KB119192

소설 예수

⑦

문이 열리다

나남
nanam

나남창작선 165

소설 예수 ❼ 문이 열리다

2022년 7월 25일 발행
2022년 7월 25일 1쇄

지은이   尹錫鐵
발행자   趙相浩
발행처   (주) 나남
주소   10881 경기도 파주시 회동길 193
전화   (031) 955-4601 (代)
FAX   (031) 955-4555
등록   제 1-71호 (1979.5.12)
홈페이지   http://www.nanam.net
전자우편   post@nanam.net

ISBN   978-89-300-0665-1
ISBN   978-89-300-0652-1 (전7권)

책값은 뒤표지에 있습니다.

나남창작선 165

윤석철 대하장편

소설 예수

⑦

문이 열리다

나남
nanam

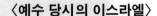

〈예수 당시의 이스라엘〉

• 시돈

페 니 키 아

▲ 헤르몬산

• 두로

• 카이사레아 빌립

이 투 레 아

갈 릴 리

바 타 네 아
(드라고닛)

프톨레마이스 • • 가버나움
막달라 • 벳새다
아벨산 ▲ 갈릴리
세포리스 • 티베리아스 호수 • 거라사

베들레헴 • 나사렛
(갈릴리) ▲ 티볼산

지 중 해

• 카이사레아

요 단 강

데 가 볼 리

• 세바스테

• 세겜

사 마 리 아

베 뢰 아

• 욥바

• 벧엘

• 여리고

엠마오 • 벳바게
예 루 살 렘 ▲ • 베다니
올리브산

나 바 테

유 대

베들레헴
(유대)

• 마케루스

소금호수
(사해)

• 헤브론

이 두 매

• 브엘세바

N
W ⊕ E
S

0   20km

성서고고학적 검토에 따라 수정.

〈예수 당시의 예루살렘〉

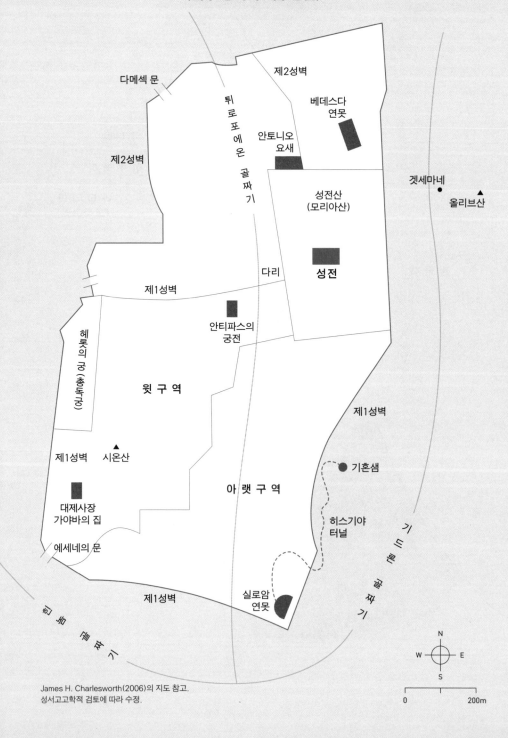

다메섹 문

제2성벽

튀로포에온 골짜기

제2성벽

안토니오 요새

베데스다 연못

성전산 (모리아산)

겟세마네

올리브산

다리

성전

제1성벽

안티파스의 궁전

헤롯의 궁 (총독궁)

윗 구 역

제1성벽

제1성벽

시온산

기혼샘

아 랫 구 역

대제사장 가야바의 집

히스기야 터널

에세네의 문

기 드 론 골 짜 기

실로암 연못

제1성벽

한 놈 골 짜 기

N
W E
S

0   200m

James H. Charlesworth(2006)의 지도 참고.
성서고고학적 검토에 따라 수정.

〈예루살렘 성전 내부구조〉

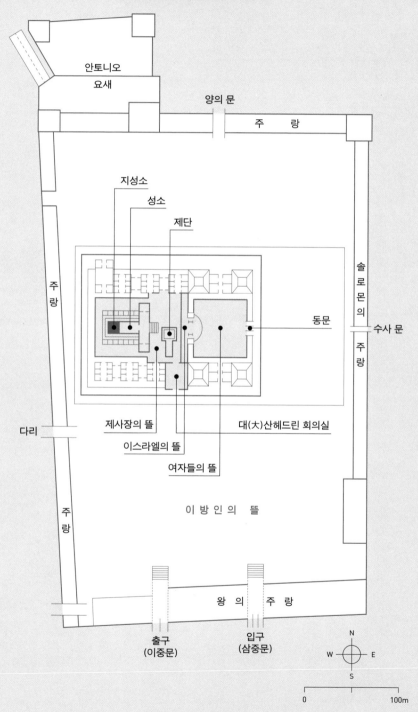

안토니오 요새

양의 문

주 랑

지성소

성소

제단

주 랑

솔로몬의 주 랑

수사 문

동문

주 랑

다리

제사장의 뜰

대(大)산헤드린 회의실

이스라엘의 뜰

여자들의 뜰

이 방 인 의   뜰

주 랑

왕 의   주 랑

출구
(이중문)

입구
(삼중문)

N
W   E
S

0   100m

소설 예수 7권
문이 열리다

차 례

소설 예수 전 7권
_____

등장인물 소개

예수	하느님의 뜻을 깨닫고 하느님을 가슴에 품고 산 사람.

히스기야	예수의 어릴 적 친구. 의적단 '하얀리본' 두목.
바라바	의적단 '하얀리본' 부두목. 바리새파 학생의 아들.
요한	세례자. 예수에게 세례를 베풀고 광야 수행으로 이끌어준 선생.

요셉	예수의 아버지.
마리아	예수의 어머니.
야고보	예수 바로 아래 동생.
다른 동생들	유다, 시몬, 요셉, 마리아, 요한나.
시몬	갈릴리 베들레헴에 사는 요셉의 삼촌. 예수에게 할례를 베풂.
예수	주인공 '나사렛 예수'와 같은 이름의 나사렛 마을 촌장 겸 회당장.

마리아 (막달라)	막달라 출신의 여자 제자.
시몬	갈릴리 호수 어부. 벳새다 출신. 예수에게서 '게바'라는 새 이름을 받음. '게바'는 헬라어로 베드로.
안드레	갈릴리 호수 어부. 벳새다 출신. 시몬의 동생.
요한	갈릴리 호수 어부. 세베대의 아들. 야고보의 동생.
야고보	갈릴리 호수 어부. 세베대의 아들. 요한의 형.
빌립	벳새다 출신. 스승이었던 세례자 요한이 처형된 후 예수를 따름.
유다	예수의 제자.
시몬	예수의 제자. '작은 시몬'으로 불림.
레위	가버나움 세리 출신. 알패오의 아들. 헬라식으로 '마태'라고도 불림.
야고보	레위의 동생. 알패오의 아들. '작은 야고보'라고 불림.

도마	쌍둥이라는 별명을 가진 제자.
므나헴	예수의 제자.
삭개오	여리고의 세리장.
글로바	엠마오 출신 예수의 제자.
빌라도	현 로마총독(5대 총독). 유대, 사마리아, 이두매 관할.
아레니우스	로마 원로원 의원의 조카. 빌라도를 따라 예루살렘에 옴.
클라우디아	빌라도의 아내.
헤롯	예수 탄생 후 사망한 유대의 왕.
안티파스	갈릴리와 베뢰아를 다스리는 분봉왕. 헤롯왕과 네 번째 부인의 아들. '헤롯 안티파스'라고 불림.
알렉산더	분봉왕 안티파스의 최측근 신하. 로마에서 유학함.
헤로디아	안티파스의 현 아내. 헤롯왕의 다른 아들 '로마의 헤롯'과 이혼한 후 딸 살로메를 데리고 안티파스와 재혼함.
가야바	예루살렘 성전의 현 대제사장. 전임 대제사장 안나스의 사위.
마티아스	가야바의 아들. 성전 제사장.
야손	성전 제사장. 성전 정보조직 책임자.
가말리엘 (랍비)	랍비 힐렐의 손자. 바리새파 선생. 예루살렘 대산헤드린 의장.
시몬 (랍비)	랍비 힐렐의 아들. 바리새파 선생. 가말리엘의 아버지.
요하난 (랍비)	자카이의 아들. 바리새파 큰 스승. 훗날 랍비 유대교의 지도자.
니고데모	예루살렘 대산헤드린 의원.
요셉	아리마대 사람. 예루살렘 대산헤드린 의원.
요셉 (구레네)	구레네 사람으로 예루살렘 아랫구역 주민. 구레네 사람 시몬의 형.

최후 진술

———·———

예수는 여러 번 하늘을 올려다보았다. 왜 그랬을까? 시간을 가늠하려
고 그랬을까? 시간이 이제 무슨 의미가 있다고 …. 다른 사람들이 늘
그렇듯 하느님이 내려다보고 있는지 그도 확인하고 싶었을까? 그분이
눈감고 있음을 이미 알고 있는데 ….

　해가 지면서 시작된 니산월 14일 벌써 밤이 한참 깊어 2경에 접어든
지 오래다. 하늘에는 유난히 창백하고 차가운 달이 구름을 누비며 천
천히 서쪽으로 흐른다. 겨울비처럼 푸른 달빛이 내린다.

　예수는 로마군 백인부대와 예루살렘 성전 경비대 병력, 그리고 대
제사장의 가병들에 둘러싸여 걸었다. 달이 내려다보고, 병사들이 들
고 있는 횃불이 길을 밝히지만, 세상은 캄캄 어둡고 조용하고 쌀쌀하
고 외로웠다. 그는 아무 말도 하지 않고, 병사들이 끄는 대로 걸었다.

　예루살렘성 아랫구역에서는 사람들이 지붕 위에 서서 말없이 내려다
보는 모습이 간간이 눈에 띄었다. 아마 병사들의 수상한 발걸음 소리에

놀란 사람들이었을 것이다. 저들 중에는 전날 밤 베다니 여인숙으로 찾아와 같이 빵을 떼었던 사람들도 있으리라. 그러나 지금은 그 일을 잊을 수밖에 없는 일이 됐다고 체념하며 가슴 조이리라. 예수가 올려다보자 그들은 얼른 고개를 돌렸다. 밤이라 서로 눈길을 마주칠 수도 없겠지만, 달빛만큼 차가운 그들의 가슴을 예수는 느꼈다. 밤이 되면 달빛에 마음도 눈도 차갑게 식기 마련인데, 누가 그들을 탓할 수 있으랴!

예루살렘은 튀로포에온 골짜기 북서쪽에서 남동쪽으로 시온산을 포함한 완만한 언덕이 계속 흘러내리다가 중간에 크게 표 나지 않을 만큼 약간 낮은 골짜기가 동서로 가로놓여 있다. 그 골짜기 위쪽에 위아래 두 구역을 나누는 담이 길게 서 있고, 그곳에 꽤 큰 문을 세워 놓고 아무나 윗구역으로 올라가지 못하도록 경비 병력이 밤낮으로 지킨다.

윗구역에 들어서자 아랫구역과 달리 높은 담을 둘러친 집들이 이어졌다. 달빛을 받은 대리석 집들이 숲속에 허연색으로 숨어 있다. 밤늦은 시간이지만, 어떤 저택에서는 불빛이 새어 나왔다. 아마, 잠 못 들 일이 있는 사람이리라.

윗구역은 올라가는 길이 가팔라서 걸음이 좀 느려졌다. 그러면 뒤를 따르던 경비대 병사가 세로로 길게 집어넣은 나무 봉을 쓱 잡아당기며 떠밀었다. 예수의 입에서 짧은 신음소리가 나오면 그는 재미있다는 듯 쿡쿡 웃었다. 등 왼쪽 오른쪽에서 비스듬하게 끼워 넣은 나무 봉을 잡은 병사들이 나무라는 눈으로 쳐다보면 그는 일부러 한 번 더 세게 잡아당겼다.

말로 듣던 대로 예루살렘 성전 대제사장 가야바의 집은 윗구역 경계를 지나 얼마 떨어지지 않은 곳에 있었다. 바깥마당에 모닥불을 환하게 피워 놓았고, 많은 사람들이 모여 웅성거려서 누가 가르쳐 주지 않아도 그 집이라는 것을 대뜸 알아볼 수 있었다.

가야바의 집 앞 가까이 이르자 병사들의 발걸음이 더욱 빨라졌다. 백인부대는 구령에 발걸음을 맞추면서 예수 옆으로 바짝 붙어 둘러싸고 경계를 강화했다. 열 명이든 백 명이든 로마군 병사들은 유대인 앞에 나설 때는 언제나 굳세고 단단하고 흐트러짐 없는 한 덩어리 부대가 된다.

병사들이 바깥마당에 이르자 불을 쬐고 있던 사람들이 쭈뼛쭈뼛하더니 모두 뒤로 물러선다.

"서!"

군호에 맞추어 병사들 모두 '척' 소리를 내며 발걸음을 멈추었다. 백 부장은 가야바의 집 가병들과 경비대 병력에게 완전히 예수를 인계한다는 듯 넘겼다. 그러면서 저항하지 않고 묵묵히 끌려온 예수가 신기한지 어깨를 한 번 툭 건드리고 떠났다. 그가 무어라고 말했는데 예수가 로마 말은 몰랐어도 말뜻을 이해했다. '또 보자!' 분명 그렇게 말했을 것이다.

대제사장 집 바깥마당에는 모닥불이 여러 무더기로 피워져 있고 꽤 많은 사람들이 예수를 기다리고 있었다. 그들 중 한 사람도 예수를 비난하거나 조롱하지 않았다. 묵묵히 쳐다보거나, 무심한 척 고개를 돌리고 불을 쬐거나, 그것도 아니면 등을 돌려 그 자리를 떠났다.

"들어가!"

성전 경비대의 우두머리가 대제사장 집 문 안으로 들어가라고 예수에게 턱으로 가리키며 명령했다.

대제사장 집 문은 높고 컸다. 문은 활짝 열려 있었다. 문 안에도 여러 사람이 모여 있었다.

'문!'

예수는 가야바의 집 문이 열려 있는 것을 보자 묘한 생각이 들었다. 하느님과 사람 사이에 맺어진 관계는 문을 열고 닫음과 같다고 생각했던 적이 있기 때문이다.

'문을 사이에 두고 문 안과 밖에 하느님과 사람이 마주 서 있다. 들어오거나 나가려면 두 존재의 작용이 서로 반대여야 한다. 한쪽에서는 밀고 다른 쪽에서는 잡아당기고. 그런데, 서로 잡아당기거나 서로 밀면 문을 열 수 없다. 문이 열리지 않는 경우에는 하느님이든 사람이든 상대의 힘을 오롯이 느낄 수 있다. 이미 사람이 그만큼 자랐기 때문이리라.'

그뿐만 아니다. 꽤 오래전부터 하느님이 문 저쪽에 서 있지 않음을 예수는 알았다. 마음먹은 대로 안으로 문을 잡아당겨 열 수도 있었고, 밖으로 밀어 열 수도 있었다. 힘껏 밀어제쳤을 때 문이 왈칵 열렸고, 정말 하느님은 문밖에 서 있지 않았다.

원래 문은 담장이나 벽으로 둘러쳐진 곳을 드나들기 위한 약속이다. 집에 있는 문도 그렇고 성문도 그렇고 하느님과 가까워진다는 성전 문도 그렇다. 문을 만들고, 그리고 들어갈 수 있는 사람, 들어갈 수 있는 때를 정한다. 문은 결코 밖에 있는 사람을 위해 세워진 것이 아니다. 문 안에 있는 사람이 정해 놓은 제도이다. 자기를 만나려면 이리로 정해진 때에 와서 두드리라고….

'가야바가 문을 활짝 열어 놓고 예수를 기다린다?'

그것은 세상에 보이려는 허세다. 실제로는 문을 꼭꼭 걸어 잠그고 싶을 것이다. 예수는 그 허세의 뜻을 알아들었다.

안마당으로 들어섰다. 그가 어느 먼 곳을 응시하듯 천천히 발걸음을 떼는 모습을 보면서, 조금도 위축되거나 두려운 기색 없이 문턱을 넘고 안마당을 지나 안뜰로 걸어 들어가는 것을 보면서, 거기 모여 있던 사람들은 고개를 갸웃거리며 한마디씩 말을 던졌다.

"어이구! 조용하고 담담하고 당당하네⋯."

"그러네. 주저함도 없고."

"자기 집 들어가는 것 같네⋯. 결박 지은 것만 빼놓고는."

어떤 사람은 큰 소리로, 어떤 사람은 속삭이듯 작은 소리로. 예수는 그들이 하는 모든 말을 알아들었다. 그들이 마음속으로 혼자 중얼거리는 소리도 들었다. 그들의 감추려고 애쓰는 떨림을 고스란히 느꼈다.

떠밀지 않아도 잘 걸어 들어가고 있건만 세로로 끼운 나무 봉을 움켜쥔 경비대 병사가 우악스럽게 예수를 떠밀었다. 마치 맡은 일을 자기가 가장 열심히 잘하고 있다고 사람들에게 표시라도 하려는 듯. 안뜰을 가로 질러 계단 앞에 이르자 성전 경비대 병력은 뒤로 물러나고, 이제부터는 가야바의 가병들이 그를 밀고 올라갔다.

"올라가! 들어가!"

예수는 저항하지 않고 순순히 그들이 하라는 대로 계단을 올라 안으로 들어갔다.

"예수를 잡아왔습니다!"

그를 떠밀고 들어온 사람이 큰 소리로 방 안을 향해 보고했다. 바라보니 아주 큰 방에 사람들이 한 40명 모여 있었다. 아마 기드론 골짜기에서 그를 체포하기도 전에 벌써 사람들을 모아 놓고 기다렸던 모양이다. 왜 안 그렇겠는가? 그들에게 남은 시간은 하루밖에 없을 테니 ….

앉은 사람, 선 사람, 차림으로 보아 한가운데 자리에 위엄을 갖추고 앉은 사람이 대제사장 가야바가 분명했다. 그를 중심으로 예수를 바라보며 양쪽에 벌려 앉은 사람들은 제사장들과 지위가 높은 관리들 같았다.

예루살렘 성전 대제사장 요세푸스 벤 가야바, 예수는 드디어 그를 만나게 됐다. 이름대로라면 그는 가야바의 아들 요세푸스지만 그 자신이나 사람들이나 가야바라고 불렀다. 은연중 그 자신보다 가야바 가문을 더 내세우려는 뜻이라고 알고 있는 사람들이 많았다. 전에 대제사장을 맡았던 안나스의 사위라서 안나스 가문으로 그를 치부하는 사람도 있지만 그의 마음속에는 가야바 가문을 세운다는 큰 목표를 품고 있는 사람이다. 왜 안 그렇겠는가? 이미 대제사장 자리를 차지하여 유대를 다스린 지 15년이나 됐으니 ….

'후! 연극!'

예수는 갑자기 세포리스에서 보았던 연극이 생각났다. 헬라 말을 알아듣지 못했기 때문에 줄거리나 내용은 기억하지 못했다. 그러나 헬라의 신과 사제들 그리고 왕과 장군들이 무대에 들어오고 나가면서 제멋대로 팔을 휘두르고 발을 구르고 서로 싸우고 미워한 연극이었다.

그때 한 가지 무척 이상했던 것은 그들은 무대 건너편에서 구경하는 관중을 전혀 의식하지 않고 자기들 맡은 역할을 연기하고 있었다. 무대가 진짜 세계라도 되는 듯⋯. 사람들이 박수를 치고 환호해도, 고함을 지르며 욕을 퍼부어도 아무 반응 없이 연극만 하고 있었다.

예수에게는 대제사장으로, 제사장으로, 유대의 지도자로 그 방 안에 모여 앉은 사람들도 연극을 하는 배우처럼 생각됐다. 그들이 입은 옷과 앉은 자리로 맡은 역할을 보여주는. 그리고 그들은 그 역할을 위해 세상에 태어난 사람처럼 엄숙한 얼굴이었다.

'저 사람이 가야바구나!'

대번 알아볼 수 있었다. 앉은 자리와 옷뿐 아니라 그의 풍채 때문이다. 방 안에 있는 다른 사람보다 누구보다 몸이 비대肥大했고 어른거리는 불빛에 얼굴이 번들번들 빛났다. 몸을 비스듬히 뉜 것처럼 거만하게 앉아 차가운 눈으로 예수를 바라보고 있었다.

가야바도 예수가 방 안에 들어올 때부터 지켜보고 있었다.

'별로 대단한 사람 같지 않구만⋯.'

적어도 갈릴리를 떠들썩하게 하고 지난 며칠 동안 성전에 들랑거리면서 크고 작은 문제를 일으켰던 사람이니 좀 특별하게 생겼을 줄 알았다. 하기야 그는 이미 마티아스에게서 얘기를 들어 알고 있었다. 예수가 아주 평범하게 생긴 사람이라는 것을. 그런데도 갈릴리로 물러가라는 말을 거절했다니, 세상을 몰라도 한참 모르는 사람이 분명했다.

'저런 자가 뭘!'

원래 사람들은 생긴 대로 산다고 믿었다. 잘난 사람은 잘난 사람으로 살고 못난 사람은 못난 사람으로 살고. 거꾸로 말하면 하는 일이 사람을 나타내는데 예수는 하려는 일과 생김이 전혀 어울리지 않았다. 평범하게 생긴 사람이 그저 하던 대로 돌이나 쪼고 나무나 켤 일이지

엉뚱한 길을 들어섰으니 그는 분명 악한 귀신에 사로잡혔음에 틀림없어 보였다.

'그런데… 저자에게서 악한 영의 기氣가 보이지 않으니 그것도 별일….'

거리가 꽤 떨어져 있는데도 가야바는 예수의 눈길이 느껴졌다. 체포돼서 유대인의 지도자들이 모두 모여 있는 재판정에 끌려온 사람치고는 놀라우리만치 조용하고 담담했다.

'그런데!'

멀리 보이던 예수의 눈길은 넘실넘실 파도를 타고 넘어오는 것처럼 방을 가로질러 가야바에게 이르렀다. 부탁하거나 애원하는 눈이 아니었다. 때로는 독한 말도 서슴없이 쏟아내는 사람이라는 말을 들었는데, 듣던 말과는 달리 온화한 사람의 눈빛이다. 샅샅이 살피며 비난하는 사람의 눈이 아니고, 그저 부드럽게 어루만지는 눈이다. 살아오면서 가야바는 그런 따뜻한 눈을 한 번도 마주한 적이 없었다. 잊고 살았던 어느 옛날을 떠오르게 하는 눈을 마주하니 갑자기 앉은 자리가 불편했다. 이대로 마주 바라보고 있을 수만은 없다. 방 안 가득 모인 사람들이 눈치를 채면 엉뚱하게 일이 흘러갈 수 있다는 것을 그는 깨달았다.

가야바는 옆에 바짝 붙어 선 사람에게 낮은 목소리로 명령했다.

"마티아스! 진행하라!"

마티아스가 한 발 앞으로 나섰다. 이미 12일에 마티아스 방에서 만난 적이 있었지만, 예수도 마티아스도 서로 아무런 내색도 하지 않았다. 마티아스가 예수를 끌고 들어온 가병에게 명령했다.

20

"저자의 결박을 풀어라!"

그 말을 듣고 예수가 한 마디 했다.

"이대로도 괜찮소!"

예수의 말을 듣고 방 안에 있던 사람들이 일순 이상하다는 표정을 지었다. 팔은 뒤로 묶어 바짝 치켜올려 얽어맸고 왼쪽 오른쪽에 하나씩 그리고 목덜미 쪽에서도 아래로 나무 봉을 끼워 넣어 보기에도 불편한데, 예수는 그대로 괜찮다고 했다.

"흠! 그럼 그대로 견디든지⋯."

마티아스는 같잖다는 듯 가볍게 코웃음을 쳤다. 그는 이미 예수가 얼마나 말이 안 통하는 사람인지 겪어 알고 있었다. 세상을 자기 생각대로 살 수 있다고 믿는 어리석은 사람이라는 것을 다시 한번 확인한 셈이다.

"아닙니다. 결박은 풀어놓고 하지요."

오른쪽에 앉아 있던 사람 중에 한 사람이 일어나서 큰 소리로 말했다. 그러자 그 옆에 앉았던 사람도 그래야 한다고 동의했다.

금방 기억을 떠올릴 수는 없어도 처음 나선 그 사람을 어디서 만나본 것 같다고 예수는 생각했다.

'누구였더라?'

대제사장 가야바의 집 모임에 참석할 만한 위치에 있는 사람. 그의 얼굴을 다시 한번 더 바라보자 어렴풋이 생각이 났다. 예루살렘에서 내려왔다면서 밤중에 갈릴리 호수 어촌까지 찾아왔던 사람, 그리고 대산헤드린 의원이라는 자기 신분을 밝히면서 여리고에 하인을 내려보내 갈릴리로 돌아가라고 연락했던 니고데모가 틀림없었다. 예수와 눈이 마주친 그는 약간 고개를 숙이면서 아는 체 신호를 보냈다.

예수는 니고데모가 아주 큰 용기를 냈다는 것을 알았다. 자기에게 돌아올 불이익을 알면서도 어려운 처지에 빠진 사람에게 손을 내밀기가 말처럼 그리 쉬운 일이랴. 예수를 옹호하고 나서는 순간, 앞으로 예루살렘에서 존경받으며 명예롭게 살기 어렵게 된다는 것을 모르지 않았을 터였다. 니고데모를 바라보는 척 예수의 눈길을 일부러 피하면서 가야바가 말했다. 어쩐지 그래야 할 것 같았다.

"풀어 줘라! 어차피 달라질 일은 없으니….."

그러더니 그는 천천히 자리에서 일어났다. 방 안 가득 들어찬 사람들을 한번 둘러본 후 위엄이 서린 목소리로 말했다.

"워낙 중요한 일이라서 이 밤중에 여러 의원님들을 모셨습니다. 대산헤드린 의장이신 가말리엘 나시님이 회의를 직접 주재할 수 없는 형편이라고 연락을 주셨습니다. 그래서 이 사람 가야바가 대신 맡았습니다. 모두 그리 아시고… 이제부터 예루살렘 대산헤드린에서 갈릴리 예수의 재판을 시작하겠습니다."

그는 예루살렘 성전 대제사장이 대산헤드린 재판을 주재하는 경위를 짧게 설명했다. 그리고 목청을 가다듬은 다음 말을 이었다.

"지극히 높으신 분께서 이스라엘에 내려 주신 법에 따라 예루살렘 성전 대산헤드린은 갈릴리 사람 예수에 대한 재판 관할권을 행사할 수 있습니다. 그리고 갈릴리의 분봉왕 헤롯 안티파스 저하도 갈릴리 예수에 대한 재판권을 정식으로 대산헤드린에 이관하셨습니다. 따라서 오늘 재판은 이스라엘의 법과 갈릴리 분봉왕 저하가 선포한 법에 따라 정당하게 이뤄지는 것입니다."

사람들은 고개를 끄덕였다. 그런데 니고데모가 예수에게 지운 결박을 풀어 주자고 얘기할 때 동조하고 나섰던 사람이 일어섰다. 그가 나서자 순간 사람들이 술렁거렸다. 그는 대산헤드린에서 남다른 위치를 차지한 사람으로 보였다. 가야바가 뜻밖이라는 듯 그에게 물었다.

　"요셉 의원! 무슨 하실 말씀이라도?"

　"예! 대제사장 각하!"

　가야바 스스로 대산헤드린 재판을 주재한다고 밝혔음에도 불구하고 그는 의장이 아니라 대제사장이라는 직함으로 불렀다.

　"지금 이 모임을 대산헤드린 재판이라고 말씀하시는 겁니까?"

　그의 목소리는 카랑카랑했다. 쉽게 거스를 수 없는 위엄이 서린 음성이었고, 호락호락 넘어가지 않는 사람의 간간함도 그 목소리에 섞여 있었다.

　"그렇소! 요셉 의원!"

　"안 됩니다!"

　그가 내뱉은 한 마디는 아주 단호했다. 그 말은 호수에 덤벙 큰 돌 하나를 던져 넣은 듯 파문을 일으켰다. 방 안에 모인 사람들이 놀랍다는 표정으로 요셉을 바라보았다.

　"이 모임은 대산헤드린 재판이 될 수 없습니다."

　"사안이 중대하고 긴급해서…."

　가야바가 무어라 설명하려고 하자 요셉은 단호하게 받아쳤다.

　"그래도 안 됩니다."

　그는 조금도 물러서지 않았다. 니고데모도 나섰다.

　"이건 대산헤드린의 재판이 될 수 없습니다."

"니고데모 의원까지 ···."

수군거리는 소리가 들렸다.

"왜 그렇게 생각하오? 니고데모 의원, 요셉 의원?"

대제사장 가야바는 마음을 가라앉히려고 애쓰면서 물었다. 그가 대단히 화가 났다는 것을 사람들은 충분히 느꼈다. 요셉은 조금도 수그러들지 않고 차분하게 자기 의견을 밝히기 시작했다.

"예, 대제사장 각하! 두 가지 중요한 문제가 있습니다."

그러더니 그는 예수 오른쪽 앞에 쭉 열을 맞추어 앉아 있던 사람들 자리에서 한 걸음 앞으로 걸어 나왔다.

"첫째, 대산헤드린 재판은 사전에 대산헤드린에서 정식으로 의결하기 전까지는 다른 장소에서 열 수 없습니다. 성전에 마련된 대산헤드린 회의실이 아닌 다른 곳에서 재판하기로 결의한 일이 없는 이상, 아무리 대제사장 각하의 저택이라고 하더라도 이곳에서 재판을 할 수는 없습니다. 왜 성전 안에 대산헤드린 회의실을 마련했는지 생각해야 합니다. 성전의 다른 방들과 달리 징으로 쪼아 잘 다듬은 돌로 한 치도 어긋남이 없이 정교하게 짜 맞춘 그렇게 좋은 회의실을 마련한 이유를 생각해야 합니다. 모든 돌이 이가 잘 맞듯 대산헤드린 회의나 재판은 원칙대로 운영해야 한다는 뜻이 아니겠습니까?"

그러더니 그는 술렁거리는 사람들을 한번 둘러보았다.

"여기 모이신 40여 명 모든 분들이 대산헤드린 의원이신 것은 맞습니다. 그러나 의원이라면 맡겨진 의무와 임무를 어떤 경우라도 잊어서는 안 됩니다. 토라에 기록된 대로 산헤드린에 특별한 지위를 부여했다면 그 지위에 합당한 일을 해야 합니다. 통상적인 회의가 아니라 재판이라면, 무슨 일로 누구를 대산헤드린 재판에 회부했는지 사전에 의원들에게 공지해야 재판을 열 수 있습니다."

대산헤드린 재판을 대제사장 집에서 열 수 없다는 그의 주장은 누구도 반박할 수 없을 만큼 아주 합당한 얘기처럼 들렸다. 게다가 의원이라면 아무런 생각 없이 이런 모임을 대산헤드린 재판이라고 받아들이면 안 된다는 말까지 듣고 어떤 사람은 부끄러운 듯 고개를 숙였다. 가야바와 마티아스 그리고 성전 측 제사장들은 일이 난처하게 벌어지고 있음을 깨달았다.

"두 번째로…."

첫 번째 제기한 주장만으로도 대제사장 가야바의 저택에서 열리는 대산헤드린 재판이 부당하다는 것을 충분히 밝혔는데 요셉은 두 번째 문제를 제기했다.

"대산헤드린 재판은 야간에 열린 적이 없습니다. 더구나 대산헤드린 의장인 가말리엘 나시님의 개회가 없으면 정식 재판이 아닙니다. 재판이든 회의든 그 주재를 나시님이 정식으로 대제사장 각하께 위임했다는 공식 발표를 저는 아직까지 듣지 못했습니다."

가말리엘의 위임에 따라 가야바 대제사장이 재판을 주재한다고 말했지만, 정당한 위임이 아니라고 제동을 건 셈이다. 재판을 시작도 하기 전에 성전 사두개파 제사장들이 계획했던 절차가 거부된 셈이다.

"그러면?"

가야바가 짜증스러운 표정으로 물었다. 사정을 뻔히 알면서 왜 트집을 잡느냐는 뜻이었고, 어떻게 진행하면 절차에 맞겠느냐 묻는 말이었다.

"대제사장 각하! 따라서 저는 대산헤드린 의원으로서 지금 이 자리의 모임은 법에 따라 예루살렘 성전에 설치된 대산헤드린과 상관없는 모임이라는 것, 그리고 모든 일은 정식 대산헤드린 재판을 통하여 다시 처리해야 된다는 것을 말씀드리는 겁니다. 대제사장 각하께서 대산헤드린 재판이라고 말씀하셨는데 이스라엘의 공식재판으로 받아들일 수 없다는 점을 모든 분들이 똑똑히 알아야 하겠습니다."

대산헤드린 의원들은 유대 최고의 정치가들이다. 요셉 의원이 정당하게 제기하는 이의異意를 듣고 있던 바리새파 출신 의원들은 즉시 그들이 모르는 어떤 내용이 숨어 있으리라고 깨달았다. 더구나, 바리새파의 최고 지도자이며 대산헤드린 의장 가말리엘이 아무런 사전 통보도 없이 성전 대제사장에게 야간 대산헤드린 비상재판 소집을 위임했다니 도저히 이해할 수 없는 일이었다. 그것도 대제사장의 집에서…. 그들이 아는 한, 가말리엘은 절대로 일을 그렇게 처리할 사람이 아니었다.

예수를 재판한다는 명분으로 대산헤드린의 힘을 꺾으려는 성전 측에서 꾸민 음모라고 눈치 채기 시작했다.

'요셉 의원이 나섰다는 일이 심상치 않군!'

요셉이 차지하고 있는 위상 때문에 말은 안 해도 모두 그런 생각을 했다.

사두개파 제사장 측 의원들은 요셉이 거세게 저항을 하고 나섬으로써 일이 쉽지 않게 됐다는 것을 깨달았고, 바리새파 의원들은 요셉 의원이 정식 재판절차를 늦추려 한다는 것으로 받아들였다. 눈에 보이지 않는 갈등이 바닥에 깔려 있고, 그 갈등은 예수를 재판하는 일보다 예루살렘 정치에서 훨씬 큰 의미를 지녔다는 것을 느끼게 됐다.

그러자 대제사장의 우측, 제사장 반열에 있는 사람들 중에서 한 사람이 나섰다. 그는 사두개파를 대표하여 대산헤드린 의원 자리도 맡은 제사장이다.

"그 말씀은 대산헤드린의 옛 전통과 지금 당면한 문제를 뒤섞은 의견이라고 말씀드리겠습니다. 첫째, 대산헤드린은 우리 선조들이 바빌론에서 돌아와 새로운 성전을 건축하여 봉헌한 이후 대대로 대제사장이 의장을 맡아 수행했습니다. 대제사장이 아닌 의장을 별도로 세우고 '나시'라고 부르기 시작한 것은 그리 오래되지 않은 일입니다. 따라서 현재 의장을 맡으신 가말리엘 나시님이 주재하여야만 정식 대산헤드린 회의를 열 수 있다는 의견에는 찬성할 수 없습니다.

둘째로 성전이 새로 건립된 것이 언제입니까? 헤롯대왕이 성전을 새로 건축하기 전에는 형편에 따라 여러 장소에서 재판이나 회의가 열렸습니다. 올리브산 자락에서도 열렸다는 기록이 있습니다. 생각해 보십시오. 토라의 가르침을 보면 우리 조상들이 이집트에서 나와 광야에 머물 때 새로 이동하는 곳마다 장막을 세우고, 그 앞에서 산헤드린을 열었습니다. 보통의 경우라면 예루살렘 성전 대산헤드린 회의실에서 나시님이 직접 대산헤드린 재판을 주재한다는 새로운 전통은 존중하는 것이 바람직합니다. 그렇다고 새로운 전통 대신 옛 전통에 따르는 일이 정식이 아니라는 의견에는 찬성할 수 없습니다."

그는 사두개파 제사장 중에 토라에 아주 밝은 사람이다. 원래 성전 예식은 사두개파가 담당하고 토라에 관한 일은 모두 바리새파가 주도

했다. 그런데 때로는 바리새파가 주도하는 대산헤드린을 견제할 필요가 있어서 성전 측에서도 제사장 중에 특별히 몇 사람을 지명하여 토라를 깊게 연구하는 일을 맡겼다. 그 사람이 말을 끝내자마자 사두개파 제사장들이 앉아있던 쪽에서 웅성거리기 시작했다.

"그러면 대산헤드린 재판을 대제사장 각하가 주재하는 것도 큰 문제 아니네!"

"암! 일이야 가볍고 무거운 것에 따라, 낮에도 모여 상의하고 급하면 밤에도 상의할 수 있는 거지."

"지금 이 판국에 절차만 따지고 있을 수 없지 않아요?"

"결국 이 재판을 무효화하자는 얘기구만! 안 그래? 지금 그렇게 한가한 소리 하고 있을 때가 아니지요!"

그러자 사두개파 제사장 중 한 사람이 자리에서 벌떡 일어나더니 큰 소리로 외쳤다.

"보세요! 로마군이 지켜보고 있다고요! 왜 로마군 백부장이 백인대를 끌고 가서 예수를 체포했겠소? 게다가 이 밤중에 우리에게 끌고 와서 넘겨주고 간 뜻이 무엇이겠어요? 적어도 유대의 지도자라면 일의 시급時急을 알아야지…. 그러니 바리새파가 욕을 먹는 거요!"

대제사장의 왼쪽, 예수가 서 있는 자리에서 바라보자면 오른쪽에 앉아 있던 바리새파 의원들이 발끈하고 나섰다.

"왜 갑자기 바리새파 얘기를 합니까? 토라와 원칙에 바리새파와 사두개파가 무슨 상관이 있어요? 원칙은 원칙인 거지! 그렇다고 내가 요셉 의원의 생각에 모두 다 찬동한다는 말은 아니고! 짚을 것은 짚으면서 어떻게 하는 것이 유대를 위해서 좋을지 따져 봅시다!"

그의 말에는 요셉과 니고데모의 원칙에는 동의하지만 예수를 재판하는 일은 그 일대로 밀고 나가자는 뜻이 들어 있었다. 분위기가 묘하게 바뀌었다. 언제나 어떤 모임에서나 힘을 가지고 모임을 주도하는 사람이 있고, 따라가는 사람이 있고, 모임 자체에 반대하는 사람이 있고, 눈치를 보다가 유리한 쪽에 붙는 사람이 있기 마련이다.

그 자리에서 벌어지는 일들을 통해 예루살렘 정치의 한 면을 예수는 볼 수 있었다. 원칙을 앞세우는 바리새파가 예루살렘 현실 정치에서 사두개파 성전에게 완전히 눌려 있다는 얘기가 그냥 헛소리가 아니라는 것을 예수는 확인했다. 그는 요셉과 니고데모를 바라보며 고맙다는 눈인사를 보냈다.

'고마워요! 됐어요. 이제 저들이 하고 싶은 대로 하도록 놔두세요. 어차피 달라질 일은 없어요.'

거리가 꽤 떨어졌지만 예수는 니고데모의 애처로운 눈길을 느낄 수 있었다.

'선생님! 제가 할 수 있는 일이 겨우 이 정도일 뿐입니다. 그래서 갈릴리로 돌아가셨다가 때가 되면 다시 오시라고 말씀드렸던 겁니다.'

'내 때는 바로 지금입니다.'

비록 비상한 상황이라지만 예루살렘 대산헤드린 재판이라고 하려면 그에 합당한 절차를 밟아야 한다. 게다가 유력한 의원 요셉이 제기한 문제들은 상당히 근거가 있고 전통과 관행에 합당한 이의였다. 그가 정당성에 의문을 제기한 이상, 훗날을 위해서라도 정당한 재판이었다는 형식을 갖추어야 했다.

가야바는 처리해야 할 상황이 녹록지 않음을 깨달았다.

'음! 나시 가말리엘과 이미 얘기가 된 일인데…. 잘못하면 요셉과 니고데모 두 의원 때문에 뜻밖으로 시끄러워지겠구나!'

가야바는 야손 제사장에게 눈길을 주었다. 야손은 확실하다는 듯 고개를 끄덕였다. 재판을 강행하기로 마음을 정한 가야바가 큰 소리로 명령을 내렸다.

"자, 야손 제사장! 저자 예수의 죄상을 낱낱이 보고하시오! 이제 이스라엘의 법에 따라 대산헤드린 재판을 시작하겠소!"

이스라엘의 법은 토라다. 예루살렘 성전에 설치된 대산헤드린은 유대 최고재판소일 뿐만 아니라 토라의 최종 해석권한을 가진 기관이다. 대산헤드린 재판을 가야바가 주재하고 나서는 그 순간 그는 유대의 법과 행정과 재판을 총괄하는 최고의 자리에 스스로 올라섰다. 원래 유대의 행정권은 총독의 위임에 따라 대제사장이 행사했다. 그런데 야간 대산헤드린 재판마저 주재하면서 사법권까지 가야바가 장악한 셈이다. 왕권을 휘둘렀던 헤롯왕도 대산헤드린 재판을 직접 주재한 적은 없었다.

가야바의 명령을 받은 야손은 얼른 자리에서 일어나 한 발 앞으로 나가며 대답했다.

"예, 의장님!"

그는 가야바를 대제사장 각하라고 부르지 않고 일부러 의장이라고 부르며 대산헤드린의 절차에 따라 진행한다는 뜻을 밝혔다.

'흠! 이제 내가 기다리던 때가 왔다!'

야손은 습관처럼 어깨를 한번 으쓱 추켜올렸다. 그리고 엄격한 고발자가 되기로 작정했다.

대산헤드린 재판에 참석한 모든 사람은 야손의 입에서 어떤 말이 쏟아져 나올지 비상한 관심을 가지고 귀를 기울였다. 성전에서 정보를 총괄하는 직책을 지니고 있을 뿐만 아니라, 무슨 이유에서 그랬는지 그가 첩자들을 풀어 예수를 오랫동안 철저하게 조사했다는 것을 모두 알기 때문이다.

가야바가 나서서 재판의 진행을 명령하자 니고데모와 요셉은 한발 물러설 수밖에 없게 됐다. 하기야 날이 밝은 다음 성전 대산헤드린 회의실에서 정식으로 다시 재판한다고 무엇이 달라질 것인가? 이미 성전에서 예수를 처벌하기 위해 기소起訴한 셈인데, 그것은 법을 위반했다는 판단에 따라 재판에 회부하는 절차일 뿐이다.

"의장님! 그리고 의원 여러분! 우선 저자 예수가 저지른 죄상을 보고하기 전에 드릴 말씀이 있습니다. 가말리엘 나시님의 분부에 대한 말씀입니다."

사람들은 바짝 긴장했다. 뜻밖에 야손의 입에서 대산헤드린 의장 랍비 가말리엘 얘기가 나왔기 때문이다.

"모든 의원님께서 궁금하게 생각하시는 것을 잘 압니다. 왜 이 중요한 일을 직접 주재하지 않으시고 대제사장 각하께 위임하셨는지…. 저도 사실 그 일 때문에 나시님을 찾아뵈었습니다. 대제사장 각하의 명령을 받고."

모두 처음 듣는 얘기였다. 대제사장 가야바도 처음 듣는 말이다. 그는 가말리엘이 참석하지 않겠다는 말만 야손에게서 전해 들었을 뿐이었다.

"나시님께서는 낮에 성전 뜰에서 벌어졌던 소란을 보시고 난 후, 이 혼란을 원만하게 수습하려면 대제사장 각하가 나서서 영도력을 발휘하는 것이 중요하다고 생각하셨습니다. 또한, 오늘 하루가 지나면 유월절 명절이 시작되는 것을 감안할 때 예수 저자에 대한 재판을 지체할 수 없다는 데 동감하셨습니다. 그래서 오늘 밤 대산헤드린 모든 절차를 대제사장 각하께 위임하셨고, 저에게 분명 그 내용을 두 번씩이나 확인해 주셨습니다. 궁금하신 분들은 날이 밝으면 나시님을 찾아 뵙고 직접 확인하시지요. 가말리엘 나시님께서는 성전에서 열리는 14일 대산헤드린 회의에도 참석하시지 않겠다고 말씀하셨습니다."

그는 자기가 가말리엘을 압박했다는 사실을 숨기려고 조심스럽게 말했지만, 이미 몇 사람은 어떤 일이 있었는지 짐작할 수 있었다. 특히 전날 밤, 가말리엘의 집 모임에 참석했던 의원이라면 당연히 알아챌 수 있었다.

성전과 대산헤드린 사이에 있었던 오랜 힘겨루기에서 드디어 바리새파 중심의 대산헤드린이 사두개파 성전에게 굴복했다는 사실을 눈으로 귀로 확인하는 순간이다. 설사 야손의 말이 거짓으로 꾸민 말이라도 이제 그가 입에 올린 내용은 공식적인 설명이 될 것이다. 가말리엘도 야손이 했던 말을 뒤집지 않고 그대로 인정하며 고개를 끄덕이고 넘어갈 수밖에 없으리라. 정치가들은 어떤 문제든 정치와 연결하고 권력투쟁으로 바꿔서 승자와 패자를 결정짓는다.

야손이 치밀하게 꾸민 공작이 성공한 셈이다. 그는 낮에 가말리엘을 찾아가 대산헤드린 의장을 계속 맡도록 성전에서 보장해 주겠다는 말을 던졌다. 왜 그러는지 이유도 설명하지 않았고 더구나 가말리엘의 말은 한 마디도 들어보지 않은 채 그 한 마디 말을 남겨 놓고 자리를 일어섰다.

이미 전날 밤 가말리엘의 집에서 무슨 얘기가 오갔는지 모두 알고 있는 사람으로 야손은 그가 할 수 있는 최선의 타협안을 제시한 셈이었다. 대제사장의 승리가 아니라, 야손의 승리였고, 그가 대산헤드린의 힘을 단번에 꺾어 누른 셈이었다. 가말리엘은 그날 밤 대산헤드린 모임에 얼굴을 내밀지 않음으로써 야손의 타협안을 조용히 받아들였다.

"이제 의장님께서 명령하신 대로, 지극히 높으신 분과 이스라엘 앞에 저자 예수가 저지른 죄와 불미스러운 일을 보고 드리겠습니다."

그리고 야손은 예수에 대해 어떻게 조사했는지 먼저 보고했다.

"저자가 태어난 갈릴리에 있는 베들레헴 마을, 자라난 나사렛 마을을 비롯하여 갈릴리 여러 성읍과 마을에 사람을 보내 그의 범죄 사실을 샅샅이 조사했습니다. 그리고 오늘 밤, 대산헤드린 비상재판에서 이처럼 저자를 기소하기에 이르렀습니다."

그러더니 야손은 거북하게 들릴 만큼 건조한 어조로 빠르게 보고를 이어갔다.

"저자에 대한 고발은 크게 세 가지로 나눌 수 있습니다. 첫째는 지극히 높으신 분이 이스라엘에 내려 주신 토라, 그 법을 거스르며 가증스럽고 참람한 주장을 한 범죄, 두 번째는 토라의 가르침에 위반하는 저자의 행동에 대한 것입니다. 그리고 세 번째는 우리 이스라엘의 안녕과 평화를 해치는 일, 즉 황제 폐하에 대한 반역의 죄입니다."

그 얘기가 나오자마자 요셉 의원이 벌떡 일어났다. 왜 또 그러느냐는 듯한 눈으로 사람들이 쳐다보든 말든 그는 큰 목소리로 항의했다.

"첫 번째와 두 번째 죄목은 대산헤드린이 살펴볼 수 있는 죄입니다. 그런데, 왜 우리가 로마를 대신해서 세 번째 죄목을 다뤄야 한다는 말입니까?"

"그건 대제사장 각하가 유대의 치안과 안전을 최종적으로 책임지는 위치에 계시기 때문입니다."

야손은 요셉을 바라보지도 않고 정면으로 대응하겠다는 자세를 보이며 차갑게 대꾸했다. 그렇다고 그대로 물러날 요셉도 아니었다.

"그래도 그건 우리가 다룰 일이 아니오! 그 건은 대산헤드린의 재판으로 하지 말고, 대제사장 각하가 로마 유대총독에게 고발하는 것으로 처리합시다."

"아니, 그게 그거지!"

"어찌 그게 그거입니까? 토라에 정해진 법 613조 어느 조항에 우리 이스라엘 사람을 이방의 법에 따라 대산헤드린에서 재판하도록 정했습니까? 그것은 내 목에 당장 칼이 들어온다고 해도 내가 대산헤드린 의원으로 있는 이상 절대로 받아들일 수 없소!"

요셉은 깜짝 놀랄 만큼 아주 강경했다. 그러자 니고데모도 요셉의 의견에 찬동하고 나섰다. 곧 분위기는 어수선해졌다. 가야바는 다시 자기가 나설 때가 됐다고 판단했다. 대제사장과 대산헤드린 의장의 권한을 적절하게 섞어 행사하면서 정리했다.

"좋아요! 총독에게 고발하는 것은 대산헤드린이 아니라 예루살렘 성전 대제사장 명의로 하겠소. 다만, 이스라엘 사람을 이방의 통치자에게 고발하는 일이라서 대산헤드린에서도 저자의 죄상은 알고는 있어야 한다고 나는 생각하오. 그러니 야손 제사장! 계속 진행하시오!"

요셉과 니고데모는 더 이상 항의하지 못하고 물러섰다.

"첫째, 지극히 높으신 분께서 이스라엘에 내려 주신 토라, 그중에서도 거룩에 관한 일을 먼저 따져보겠습니다."

야손이라는 사람이 무엇을 공격하고 나설지 예수는 알았다. 토라에서 거룩의 기준을 정하고 그 기준의 밖과 안을 얼마나 엄격하게 구분했는지 누구보다 그는 잘 알고 있었다. 일부러 토라에서 정한 기준을 넘나들면서 무력화하는 일을 했기 때문이었다.

"저자 예수는 그 출생이 지극히 의심스러운 자입니다. 저자의 고향 마을 사람들은 심지어 저자가 이름 모를 어떤 이방인의 자식일지도 모른다는 말까지 했습니다. 비록 이스라엘의 여자에게서 태어났지만 아비가 누구인지 아직도 의혹을 가지고 바라보는 사람이 그 마을에 많았습니다."

뜻밖의 말에 사람들이 술렁거렸다. 아버지가 누구인지 모른다면 이스라엘의 자손일 수도 있지만 이방인의 자손일 수도 있고, 불미스러운 관계로 태어난 사람일 수도 있었다.

"저자의 출생이 오래전 일이고, 요셉이라는 사람이 자기 아들이라고 밝히고 나섰기 때문에 그러려니 믿는 사람도 있었습니다. 그러나, 그 어미가 저자를 뱄을 때 요셉은 같은 마을에 사는 사람이 아니었고, 두 사람은 혼례를 치르기 전 그저 정혼만 한 사이였습니다."

그러더니 그는 말을 끊고 의원들을 둘러보았다. 사람들은 긴장한 표정으로 그의 다음 말을 기다렸다. 한참 입을 다물고 있던 야손이 드디어 다시 입을 연다. 눈구덩이 속 깊숙이 박힌 차가운 눈이 야릇하게 번득이고, 입이 씰룩거렸다. 사람들은 내쉰 숨을 들이쉬지도 못하고 들이쉰 숨을 내뱉지도 못했다. 야손이 엄청난 말을 내뱉을 것이 분명하기 때문이다.

"따라서, 이스라엘의 규정대로 말씀드린다면 저자는 맘제르Mamzer에 해당합니다. 사생아입니다."

"사생아?"

사람들 모두 크게 충격을 받았다. 그건 예수도 마찬가지다. 이미 어릴 때부터 마을 사람들이 등 뒤에서 수군거리는 소리를 들으며 컸다. 그리고 몇 년 전 제자들과 나사렛 마을을 찾았을 때, '마리아의 아들'이라고 불리며 안식일 아침에 마을에서 쫓겨났다. 그러나 이제 다시 예루살렘에서까지 공식적으로 '사생아'라는 소리를 듣게 된 셈이다.

어머니 마리아의 얼굴이 떠올랐다. 아버지의 얼굴도 떠올랐다. 아버지는 세상 다른 아버지와 달랐다. 그 아버지를 통해서 예수는 하느님의 사랑이 바로 아버지의 사랑과 같다고 말할 수 있게 됐다. 하느님을 '아빠 아버지'라고 부를 때면 늘 아버지 요셉의 얼굴이 떠올랐다. 누가 무어라고 하든 나사렛 목수이며 석수로 살았던 요셉의 아들이라는 것을 예수는 한 번도 의심하지 않고 지금까지 살아왔다. 세상 어느 아버지가 요셉보다 더 아들을 사랑했던가? 사랑은 사람들의 눈을 속이며 꾸밀 수 있는 일이 아니라고 예수는 굳게 믿었다.

사람들이 모두 크게 충격을 받고, 심지어 예수마저 놀라는 기색을 보이자 야손은 의기양양했다. 그리고 토라의 한 구절을 천천히 암송했다. 그 한 마디 한 마디는 사람들 마음에 도저히 뺄 수 없을 만큼 커다란 쐐기를 콱 박아 넣는 것 같았다.

"사생아는 야훼의 총회總會에 들어오지 못한다. 그 후손 10대에 이르기까지 야훼의 총회에 들어오지 못한다."

그리고 바리새파 의원들이 앉아 있는 쪽을 바라보며 물었다.

"토라에 정통한 바리새파 의원 여러분에게 묻습니다. 아직 결혼도 하지 않은 여자가 낳은 아이를 무엇이라고 부릅니까? 설사 결혼한 부부라도 아이를 잉태했을 때 그 아비와 어미가 한마을에 함께 살지 않았다면 무엇이라고 불러야 합니까? 아이를 잉태할 무렵 남편이 멀리 전장에 나갔거나 배를 타고 다른 나라에 갔거나 감옥에 갇혔으면 그 어미에게서 태어난 아이를 '사생아'라고 부릅니다. 토라에서 금지하는 사람 사이에 더러운 관계를 가지면 돌로 쳐서 죽여야 합니다. 그런데 저자 예수의 어미가 아이를 뱄을 무렵 살았던 나사렛과, 저자의 아비라고 스스로 나선 요셉이 살았던 갈릴리의 마을 베들레헴은 25리나 떨어져 있습니다. 정혼한 사이였다는 말은 나중에 저자를 출생한 이후에 지어낸 말이 분명합니다. 토라에서 정한 사생아의 기준과 저자의 신분이 다르다고 어떻게 누가 나서서 설명할 수 있겠습니까?"

아무도 그 말에 대답하지 못했다. 따지기 좋아하는 바리새파 사람들로서는 맘제르, 사생아라는 말 외에 어느 말로도 예수의 출생을 설명할 수 없었다.

"여러분! 저자가 자란 나사렛에서 몇 년 전 사람들이 안식일에 회당에서 모여 저자까지 참석한 자리에서 공식 결의를 했습니다. '마리아의 아들'이라고 선언하며 저자를 마을에서 추방했습니다. 우리 이스라엘에서 아버지 이름 대신에 어머니 이름으로 자식을 부른 적이 있습니까? 고향 마을 사람들이 '마리아의 아들'이라고 불렀다는 말은 저자를 요셉, 자기가 아버지라고 스스로 주장했던 요셉 그의 아들이 아니라고 판단했다는 말입니다. 우리가 400리도 더 떨어진 이 예루살렘에서 저자의 고향 마을 사람들이 밝히고 결정한 일을 뒤집을 다른 증거를 가지고 있습니까? 혹 그런 증거가 있으면 대산헤드린에 제출하시기 바랍니다. "

아무도 대답하지 않았다.

야손의 기소를 들으면서 예수의 죄가 무엇인지 사람들은 뚜렷하게 깨닫기 시작했다. 그의 가르침이 어떠하든, 그가 얼마나 놀라운 일을 행하고 어떻게 아픈 사람을 고쳐 주었든, 토라에 따르면 그는 이스라엘의 총회에 들 수 없는 사람이다. 이스라엘의 역사에서 어떤 누구도 그런 신분을 가진 채 활동한 사람이 없었고, 그런 신분의 사람을 총회에 끌어들일 수 있는 권한을 가진 사람은 아무도 없었다.

"그러한 저자가 매일 성전에 들어왔습니다. 저자도 그 스스로 자기의 신분을 생각해서 그랬는지 한 번도 소레그를 넘어 이스라엘의 뜰 안으로는 들어오지 않았습니다. 늘 이방인의 뜰에 머물렀던 이유가 무엇이겠습니까? 이스라엘 자손이 아니고 이방인이나 마찬가지인 사람이라고 스스로 인정한 것 아니겠습니까?"

야손은 정말 놀라운 사람이다. 그 스스로 예수의 죄목을 정하여 고발하지 않고, 듣고 있는 모든 사람들 마음속에서 예수의 죄목을 끌어내고 있었다.

"따라서 예수 저자는 거룩한 민족 이스라엘에게만 적용하는 토라의 가르침이 아니라 이방인이 저지른 범죄에 해당하는 죄목으로 다스려야 합니다. "

그러자 듣고 있던 요셉이 다시 벌떡 일어나 외쳤다.

"그러면 토라에 따라 이런 재판절차를 밟지 말고, 대제사장의 권한으로 이스라엘에서 추방하면 되겠습니다."

그는 이미 성전 측에서 예수에게 사형을 내리려고 꾸민다는 것을 알았다. 이방인이라면 죄를 지었을 경우 추방하는 방법이 있다. 그러면 예수를 살릴 수 있겠다고 그는 믿었다.

"아닙니다!"

야손 제사장이 다시 나섰다.

"이방인이 이스라엘의 구역 안에서 토라의 규정을 어기면 사형을 당하는 법이 있습니다. 여러분, 소레그를 넘어온 이방인을 우리가 추방합니까, 사형으로 다스립니까?"

"그건 소레그를 넘어 이스라엘의 뜰 안으로 들어온 이방인을 다스리는 법이지요. 이 경우는⋯."

"아닙니다. 그는 소레그를 넘어 이스라엘의 뜰 안에 들어온 이방인보다 더 악랄한 범죄를 저질렀습니다. 그에게 물어봅시다. 스스로 무어라고 대답하는지⋯."

그러더니 그는 예수에게 물었다.

"예수! 이건 목숨이 달린 문제다. 오늘 이 자리에서 지극히 높으신 분과 대산헤드린 의장을 맡으신 예루살렘 성전의 대제사장 각하와 이스라엘의 지도자들 앞에서 정직하게 대답하라. 그대는 이스라엘의 후손인가? 그대는 이스라엘 땅에 사는 이방인인가?"

예수는 침착하게 대답했다.

"나는 그대들과 마찬가지로 이스라엘 자손이오!"

야손이 외쳤다.

"들으셨지요? 이제 더 이상 이 문제를 가지고 따질 이유가 무엇입니까? 스스로 '이스라엘의 자손'이라고 부르는 자가 지극히 높으신 분이 이스라엘에게 내려 주신 법을 어기고 이스라엘 사람에게만 허락된 회중에 들었습니다. 따라서 그는 토라에 따른 재판을 받아야 하고 그 결과를 받아들여야 합니다. 그에게 이방인 대우를 하고 추방한다는 것은 말이 되지 않습니다."

"성전 뜰에서는 이방인의 뜰에만 머물고 이스라엘의 뜰에는 들어오지 않았다면서요?"

"성전에서는 그러했지만, 저자는 이미 갈릴리 여러 곳에서 회당에 들어 가르쳤습니다. 토라에 정해진 법에 따라 저자를 재판해야 한다는 뜻으로 말씀드리는 겁니다."

야손의 말을 듣고 보니 토라를 연구하고 해설하고 설명하는 일에 평생을 바친 바리새파 의원들로서는 더 이상 할 말이 없었다. 이스라엘에 들어와 사는 이방인의 죄를 들먹이다가 이제 꼼짝없이 이스라엘 사람으로 토라를 어긴 죄로 다스릴 수 있도록 야손은 교묘하게 말재주를 부렸다. 더구나 예수의 출생이나 어린 시절에 관해 아무것도 모르던 니고데모 의원이나 요셉 의원으로서는 그가 사생아인지 아닌지 더 이상 나서서 어떻게 변호해야 할지 방법을 찾을 수 없었다.

어느 재판정에서나 법을 지키는 역할을 맡아 범죄자의 잘못을 기소하는 사람이 있기 마련이다. 대산헤드린 재판정에서 제사장 야손이 맡은 역할이 그러했다.

대개 남의 죄를 들춰내는 사람은 언제 어디서든 거북하거나 미움을 받는 대상이 될 수밖에 없다. 고발자, 기소자는 늘 법을 앞세우지만, 세상 사람들은 그들이 내세우는 법이 곧 정의라고 믿지는 않았다. 법은 기득권층과 집권자들과 권력자들이 쳐 놓은 울타리라고 생각했다. 따라서 기소자는 정의가 아니라 법이 지켜 주려고 하는 이익을 확실하게 지키는 역할을 맡는다. 곧 권력자나 세상 지배자의 손과 발 역할을 한다.

경전을 깊이 연구한 사람들은 이스라엘의 경전에 포함된 욥의 얘기에서 하느님 궁정에서 고발자, 기소자의 역할이 사탄에게 맡겨졌다는 기록을 떠올리면서 늘 전율했다. 기소자라 불리는 사탄이 욥을 시험하면서 사람으로서 도저히 참을 수 없을 만큼 참혹한 고통을 안겨 주지 않았던가?

더구나 예수는 정의가 가장 중요하다고 생각하지 않는 사람이었다. '정의는 빵 접시다. 사람이 먹고 살아가는 빵을 담는 접시다. 정의를 내세우는 사람이 빵을 만들어 접시에 담아내는가? 그렇지 않다. 접시는 있는데 그 위에 어떤 빵을 담을지 아무도 모른다.'

그래도 여전히 빵 접시를 살펴보는 고발자, 기소자가 필요한가? 정의를 위해? 예수에게 중요한 것은 빵을 담는 그릇이 아니라 생명을 살리는 빵이었다.

이스라엘에서는 정의라는 말을 언제나 인과응보의 정의로 이해했다. 사람들 살아가는 세상에서 서로 지키며 살아가라고 하느님이 명령한 적극적인 '돌봄의 정의'가 아니라, '무너진 돌봄을 회복한다'는 명분으로 행해지는 보복, 폭력을 정의라고 불렀다.

"하느님의 정의는 인과응보에 따라 하느님이 폭력적으로 보복하는 정의다!"

따라서 토라의 법을 앞세우며 정의를 실현하겠다는 대산헤드린 재판이 예수에게는 아무 의미도 없는 놀음에 불과했다. 왜 하느님이 성전 제사장 야손의 손에 특별히 그런 역할을 맡긴단 말인가?

성전에서 야손은 정의의 이름으로 고발자, 기소자의 역할을 즐기고 있었다. 어떤 사람을 직접 처벌할 권한은 그에게 없지만 처벌받을 사람이 누구인지, 그리고 그의 죄목과 죄에 어떤 처벌이 합당한지 대산헤드린에 기소하면서 주장할 수 있다. 그런데 대산헤드린에 기소된 사람이 죄 없다고 판결을 받아 풀려난 적은 한 번도 없었다. 야손의 기소는 사실상 대산헤드린의 처벌을 의미했다. 야손의 기소가 옳든 그르든 그는 사람들의 멱살을 잡아 재판정으로 끌고 갈 권한이 있는 사람이었다.

그 야손이 예수를 철저하게 무너뜨리기 위해 오랜 시간을 두고 차곡차곡 준비해 온 일을 이제 차근차근 풀어놓을 차례였다. 태어나면서부터 죄인인 맘제르 신분이라는 것만으로는 예수를 처벌하기에 충분하지 않다고 야손은 생각했다. 그래서 예수가 저지른 죄를 하나씩 들어 기소하는 방법을 쓰기로 했다.

"이제부터 제가 의원 여러분께 드리는 말씀은 토라에 따라 증언이 필요한 내용입니다. 토라의 가르침에 의하면 두 사람이 증인으로 나서야 합니다. 증인은 직접 눈으로 보았거나 들었던 이스라엘의 자유인 남자로 세워야 합니다. 그래서 제가 두 사람을 증인으로 이 자리에 출석시켰습니다."

그가 손짓하자 조심스러운 표정으로 두 사람이 방 안에 들어왔다. 그들을 보면서 그러리라고 생각했던 듯 예수는 고개를 끄덕였다. 그 중 한 사람은 방 안에 가득한 유대의 지도자들을 바라보더니 부들부들 다리가 떨리는 듯 비틀거렸다. 그는 예수가 예루살렘 성전 뜰에서 사람들을 가르칠 때 하루도 빼놓지 않고 매일 찾아 올라와 앞자리에 앉아 있던 아랫구역 젊은이다. 다른 한 증인, 그는 갈릴리에서부터 예수를 따랐던 제자 므나헴이다.

므나헴은 일부러 정면만 똑바로 바라보고 서 있다. 야손이 그들 이름을 불러 앞으로 한 발 더 나오게 한 다음 엄중한 목소리로 물었다.

"내가 묻는 말에 똑바로 대답하라. 그대들은 이스라엘의 자손인가?"

"예!"

"저기 서 있는 예수의 가족이나 친척인가? 이 재판을 주재하는 의장님의 가족이나 친척인가? 지금 어느 집에서 종살이하는가? 사람에게 돈을 빌려주고 이자를 받으러 다니는 사람인가? 노름한 적이 있는가? 비둘기나 다른 짐승을 잡으러 쫓아다닌 적이 있는가? 지난 닷새 중에 부정한 것을 만지고 정결의식을 치르지 않은 적이 있는가? 지난 사흘 동안에 아내와 침상에 누운 적이 있는가? 이 외에 토라와 법에 위반하여 지금 부정한 상태에 있는가? 하나씩 물어가며 확인할 것이되, 한꺼번에 묻는 것이니 이 중 하나라도 해당되는 것이 있으면 말하라!"

"없습니다."

그 두 사람은 이스라엘의 법에 따라 증언할 수 있는 사람으로 인정됐다.

"지금부터 내가 예수 저자에 대하여 고소하는 내용을 잘 듣고 나중에 그 내용에 대해 증인들이 정식으로 증언하라!"

"잠깐!"

다시 요셉 의원이 이의를 제기하고 나섰다.

"그렇게 뭉뚱그려서 물으면 어떻게 해요? 하나씩 확인해 봐야지요!"

"의원님! 이미 증인들이 똑똑하게 대답을 했습니다."

"그래도 이건 법이 아니오!"

그러자 가야바가 나섰다.

"야손 제사장! 저자에게 이 사람들의 증언을 인정할 것인지, 이의異意
가 있는지 물어 보시오!"

그러면서 그는 턱으로 예수를 가리켰다. 야손이 묻기 전에 예수가
조용히 대답했다.

"나는 아무래도 좋소!"

그 말을 듣고 야손이 예수에게 말했다.

"예수! 그대를 위해 변호해 줄 사람을 신청할 수 있다."

"괜찮소!"

"포기하겠다는 말인가?"

예수는 그 말에는 대답하지 않았다. 그저 조용히 서 있었다.

불빛에 어른거리는 그의 얼굴은 재판정에 끌려온 죄인답지 않게 조
용하고 침착했다. 재판 자체를 인정하지 않는 사람처럼 보였다. 자기
권리를 주장하고 나선다면 그가 서 있는 재판의 절차에 참가하는 셈이
라 일부러 거부하는 모양이라고 사람들은 생각했다.

"그럼 시작하겠습니다."

야손은 자기 맡은 일을 한 치도 틀림없이 수행하여 예수에게 그의

죄에 합당한 벌을 내리겠다고 거듭 마음을 다졌다.

"예수! 그대는 갈릴리 지방에서 선량한 어부 농부들을 끌어모아 하느님 나라가 그들의 나라라고 가르친 적이 있는가?"

예수는 대답하지 않았다.

"그대는 나사렛의 목수요 석수인데, 사람들을 불러 가르친다는 것이 지극히 높으신 분이 정해 주신 각각 맡은 직분과 역할과 구분을 위반했다는 것을 인정하는가?"

예수는 역시 대답하지 않았다.

"그대는 병을 고치는 일이 그대에게 허락된 일이 아니라는 것을 알고서도 병자들 병을 고친다고 나섰는가? 귀신과 악령을 쫓아내고?"

예수가 대답하지 않자 야손은 다시 또 한 가지를 물었다.

"그대는 사람들에게 '너의 죄가 용서받았다'고 선언한 적이 있는가? 죄의 용서는 토라에 기록된 대로 성전에 속죄의 제물과 속건 제물을 드린 다음 성전 제사장이 선언해야 한다는 것을 알고서도 감히 그대가 죄의 용서를 선언했는가?"

그 말을 듣고 성전에서 제사장으로 일하는 사두개파 의원들이 분개하여 큰 소리를 질렀다.

"너 예수! 네가 어찌 감히 성전을 능멸하고 지극히 높으신 분이 내려 주신 법을 어겼단 말이냐! 사람이 지은 죄는 오직 지극히 높으신 그분만 용서할 수 있을 뿐이고, 죄의 용서는 성전 제사를 통하여 청원하여야 하는 것을…. 어허, 저놈!"

사실 예수가 병자들을 치료해 준 후 '그대의 죄가 용서받았다!'라고 선언했을 때, 제자들 중에서 특히 토라에 밝은 나다나엘이 크게 걱정한 적이 있었지만 예수는 개의치 않았다.

하느님이 징벌로 병을 내렸다고 예수는 믿지 않았기 때문이었다. 사람들이 병자에게 덧씌운 죄의 멍에를 거침없이 풀어 주고 용서를 선언했다. 그것은 얽어 맺던 억압으로부터 병자를 해방하는 일이었다. 오로지 성전과 제사장들에게만 허용됐다고 믿었던 권한을 예수가 가로챈 셈이 됐으니 제사장들이 펄펄 뛰며 화를 낼 만도 했다.

예수는 사두개파 의원들의 공격을 받으면서도 한 마디 반박도 하지 않았다. 반박하고 서로 따지는 것은 상대방이 주장하는 근거를 받아들이는 것으로 보일 수도 있다. 예수가 아무 반응 없이 조용히 서 있자 공격하던 사람들은 분통을 터뜨렸다.

"예수! 감히 네가 성전 제사장이며 대산헤드린 의원인 우리를 어찌 보고!"

그때 야손이 조용히 한 손을 들어 그들을 제지했다. 사람들의 소란이 가라앉기를 기다린 그가 아무 색깔도 없고, 광야를 불어오는 바람처럼 건조한 목소리로 천천히 물었다.

"그대는 하느님을 아빠 아버지라고 부른 적이 있는가? 그대는 지극히 거룩하신 분이 성전에 거하지 않으신다고 가르쳤다. 맞는가?"

그래도 예수가 대답하지 않자 그는 아예 대답을 기다리지 않고 묻기 시작했다.

"그대는 성전 대제사장 각하와 제사장들이 거룩하신 분의 뜻을 어기고 로마황제 폐하를 섬긴다고 비난했다. 맞는가?

그대는 로마황제에게 세금을 바치면 거룩한 분의 명령을 어기는 것이라고 가르쳤다. 맞는가?

그대는 이 거룩한 성전이 무너지고 파괴될 것이라고, 돌 위에 돌 하나도 남아 있지 않을 것이라고 말했다. 맞는가?

그대는 이 거룩한 성전이 서 있는 성전산이 들리어 바다에 빠질 것이라고 말했다. 맞는가?

그대는 성전에서 드리는 제사가 쓸데없는 의식이라고 주장하며 희생제물을 준비하는 일을 막았다. 맞는가?

그대는 성전세를 바치는 일을 훼방했다. 맞는가?

그대는 이스라엘의 위대한 예언자 엘리야를 공경한 사르밧 과부의 일을 들어 예언자를 비난했다. 맞는가?

그대는 성전에 바치는 고르반을 두고 부모에게 드릴 양식을 도적질한 것이라고 말했다. 맞는가?"

야손은 그 나름대로 예수의 죄목을 끝도 없이 열거했다. 그가 끌어대는 죄목을 듣고 있던 사람들은 사두개파 제사장이든 바리새파 의원이든 고개를 흔들고 하늘을 우러러 두 손을 높이 들어 기도했다. 하느님이 진노해서 당장 무서운 불화로를 그들에게 쏟아 엎을까 두렵다는 몸짓이었다.

"그대는 지극히 높으신 분께 드리는 희생제사가 아무 의미 없다고, 오히려 그분의 뜻에 벗어나는 일이라고 가르쳤다. 그러면서 우리 이스라엘의 조상 아브라함이 이삭을 제물로 바치려 한 믿음 깊은 제사를 조롱했다. 그대는 우리의 조상, 이스라엘이라 불린 야곱의 아들 요셉이 이집트 땅에서 거룩하신 분이 베풀어 준 지혜를 통해 가뭄을 극복했던 일을 백성을 종으로 삼은 부도덕한 일이라고 비난했다. 그대는 지극히 높으신 분이 예언자 모세를 이끌어 우리 조상을 이집트 종살이에서 해방하신 역사를 '실패한 해방'이라고 감히 폄훼貶毁했다. 이런 모든 죄상을 그대는 인정하는가?"

예수는 그래도 아무 말이 없다.

"그대는 하느님 나라가 이뤄지면 이스라엘뿐만 아니라 이방인도 그 나라에 들어간다고 가르쳤다. 맞는가?"

야손은 마지막으로 다시 한번 예수에게 물었다. 그의 얼굴에 슬쩍 미소가 흘렀다. 자기가 맡은 일을 성공적으로 수행했다는 자부심과, 이제 예수의 운명을 자기가 손에 쥐었다는 오만함이 배어 있는 미소였다. 그러더니 그는 마치 마지막으로 다시 한번 확인하겠다는 듯 두어 걸음 앞으로 걸어 나와 예수를 똑바로 쳐다보며 천천히 물었다.

"그대는 이 모든 죄를 인정하는가?"

야손이 죄를 추궁하는 말을 들으면서 예수는 목까지 차오르는 요단 강 물로 걸어 들어갔던 일이 떠올랐다. 그때 세례자 요한이 물었다.

"그대는 지극히 높으신 분 앞에서 그대의 죄를 인정하고 이제 돌이 켜 새사람이 되기로 작정했습니까?"

그때 예수는 조용히 대답했었다.

"죄인지 아닌지 알 수 없으나… 가슴 가득한 슬픔을 풀고 싶습니다."

이제 야손이 그에게 퍼붓는 심문을 받으면서 예수의 가슴속에는 세 례자 요한 앞에 섰을 때처럼 다시 슬픔이 잘름잘름 차올랐다.

'왜 이 백성은 유난히 죄 되는 일만 입에 올리며 사는가? 더불어 부 축하며 사는 대신, 죄를 찾아내려고 애쓰며 그 죄를 고발하는 일에 매 달리며 사는 사람들… 불쌍한 사람들….'

유난히 길쭉한 얼굴, 음산한 표정, 메말라 갈라 터진 개울 바닥을 떠오르게 하는 목소리, 예수의 가슴속에 야손의 모든 것이 슬픔이 되어 젖어 들었다. 왼쪽 겉옷 한 자락을 휙 돌려 오른쪽 어깨 위에 얹고 위엄을 부려보지만 그렇게 한다고 버쩍 마른 몸과 마음을 가릴 수 없었다. 야손은 불쌍한 사람이다. 방 안에 가득 들어선 사람들도 모두 불쌍한 사람들이다. 그들은 그들이 하는 일이 무엇인지 알지 못하고, 그들이 살아왔던 세상이 어떻게 허물어질지 깨닫지 못하는 사람들이다.

대제사장, 제사장, 산헤드린 의원의 직위와 그들이 걸친 옷이 그들의 헐벗은 마음과 목마름과 배고픔을 가리지 못한다. 자기 모습을 보지 못하는 사람, 자기를 찾으러 밖으로 나가 보지 못한 사람, 무엇이든 자기가 새로 붙잡아 보지 못하고 주어진 것만 손에 쥐고 어르며 평생을 사는 사람, 말라 버린 어머니 젖에 매달리는 사람들이다. 하기야 눈을 뜨기 전에는 누구라도 그럴 수밖에 없으리라.

그들을 불쌍하게 보는 마음 때문에 잠자코 그냥 넘어갈 수 없었다. 그래서 예수는 한 발 앞으로 나가더니 그들을 향해 손을 벌렸다. 그리고 말했다.

"내가 그대와 이 방 안에 있는 모든 사람들을 축복하겠소! 그대들이 눈을 뜨는 날, 세상이 얼마나 아름다운지, 그대들 한 사람 한 사람이 얼마나 귀한 사람인지 볼 수 있을 것이오."

"이렇게 방자放恣한 자를 봤나!"

그들은 예수의 축복을 받아들이지 않았다. 축복이란 원래 윗사람이 아랫사람에게, 아버지가 아들과 손자에게, 대제사장 제사장이 성전을 찾은 사람들에게 빌어 주는 일이었다. 축복은 자기가 가진 권능으로 축복해 주는 것이 아니고 자기가 지닌 지위와 자격으로 하느님이 상대에게 축복하도록 빌어 주는 일이었다. 그런데 예수는 감히 그 스스로 야손과 방 안에 있는 사람들을 축복했다. 더구나 축복의 내용이 눈을 뜬다는 것이니, 그러면 그들 모두 눈감은 사람들이라고 부르는 것과 마찬가지였다.

예수가 둘러보니 가야바는 대제사장 지위를 생각해서 분함을 억지로 참는 듯 보였다. 니고데모와 요셉 의원은 어안이 벙벙한 눈으로 망연히 그를 바라보고, 야손은 예수가 그에게 덮어 씌워진 그물을 스스로 옥죄는 모습을 즐기며 차가운 눈으로 지켜보고 있다. 다시 야손이 묻는 말이 들렸다.

"예수! 지은 죄를 인정하는가?"

죄인이 스스로 자기 죄를 인정하지 않으면 증인을 내세운다. 증언을 듣기 전 마지막 순서로 야손은 끈질기게 예수 스스로 죄를 인정하는지 물었다. 예수는 그 속셈을 이미 알아챘기에 조용히 대답했다.

"나는 그대들이 죄라 부르는 것이 죄 아님을 알려 주려고 왔소. 아버지는 아들의 죄를 살펴보시는 분이 아니오!"

"예수! 그대가 지극히 높으신 분의 아들이라고 말하는 건가? 그리고 그 일들이 그대가 지은 죄가 아니라고 부인하는 건가? 분명 죄라고 그분이 정해 주셨던 일들을?"

물론 야손은 예수가 입에 올린 '아버지와 아들'이 하느님과 예수를 의미하지 않는다는 것을 알았다. 방안에 있는 모든 사람, 방 밖에서 기웃거리며 귀를 기울이는 하인들, 안뜰 바깥뜰에 옹기종기 모여 모닥불을 쬐고 있는 사람들까지 모두 아들이라고 불렀다는 것도 알아들었다. 그런데도 못 들은 척 다시 물었다.

"그대가 지극히 높으신 분의 아들이라고 말하는 것인가?"

"나뿐만 아니라 모든 생명이⋯."

"말 돌리지 마라! 한 가지 더 묻겠다. 그대는 희년을 실시해야 한다고 주장하면서 성전 뜰에서 순진한 사람들을 선동하여 소란을 일으키려고 했다. 희년을 실시하면 우리 유대가 처한 현실을 생각할 때 어떤 혼란이 일어나고, 결국 유혈사태까지 벌어질 것을 생각하지 못했는가? 희년이 불러올 그 엄청난 소용돌이의 희생자는 결국 성전이 돌보아 주어야 할 가난하고 불쌍한 사람들이라는 것을 모르는가?"

역시 야손다운 물음이다. 그는 희년의 당위성을 언급하지 않고 희년이 가져올 사회적 혼란을 입에 올렸다.

"내가 한 가지 분명히 얘기하고 싶은 것이 있소. 희년의 근본은 안식년이고, 안식년의 근본은 안식일이오. 나는 사람이 안식일의 주인이라고 말하는 거요!"

"뭐라고?"

드디어 대제사장 가야바의 분노가 터졌다. 그는 몸을 부들부들 떨었다. 그러더니 손을 뻗어 손가락으로 예수를 가리키며 외쳤다.

"저자가 미쳤도다. 이제 감히 안식일까지⋯."

왜 안 그러겠는가? 안식일, 할례, 정결법은 이스라엘과 다른 민족을 구분하는 3가지 큰 원칙이다. 야훼 하느님이 세상을 창조할 때 일곱째 날에 쉬면서 그날을 축복했다고 기록돼 있을 만큼 가장 오래된 규정이었다.

"의장님! 저자가 안식일 규정을 어겨 가면서 사람이 안식일의 주인 이라고 떠들어 댄 적이 한두 번이 아닙니다. 희년을 실시하자고 주장한 것보다 더 발칙하고 무책임하고 참람한 주장입니다. 이 한 가지만으로도 저자에게는 토라에서 정한 가장 무거운 벌을 내려야 합니다."

한 사람이 나서서 예수를 공격하자, 예수가 한 걸음 앞으로 나서더니 나지막하게 말했다.

"들으시오!"

큰 소리로 외치지 않았어도 모든 사람이 그의 말을 또렷하게 들을 수 있었다. 한 마디 입에 올릴 때마다 그 말이 그를 얽어맨다는 것도 예수는 안다. 그러나 이스라엘의 지배자들에게 꼭 들려주어야 할 말이 있다.

"안식일은 더 이상 '쉼'의 날이 아니오. 더 이상 '하느님의 날'이 아니고 '사람의 날'이오. 그래서 내가 사람이 안식일의 주인이라고 말한 거요. '희년'은 사회를 50년마다 원래의 모습으로 돌리고 사람과 사람이 손잡고 살아가는 세상을 만들자는 말이라면, 안식일의 주인이 사람이라는 말은 하느님에게 매달려 살아가던 사람이 이제 두 발로 서서 세상을 살아가자는 말이오. 희년이 사람과 사람 사이의 올바른 관계를 이루는 것이라면, 사람과 하느님의 관계를 바로 세우자는 것이 안식일 주인의 문제요."

대산헤드린 의원으로 활동하는 사람들이라 그들 모두 예수가 하는 말이 무슨 뜻인지 알아들었다. 예수는 이스라엘의 하느님 야훼가 아니라 사람이 세상의 중심에 서야 한다고 선언하고 있는 것이다.

이스라엘이 야훼 하느님이 땅 위에 그어준 선을 넘었으니 허락받았던 선으로 돌아가자는 회복이 희년이라면, 안식일의 주인이 사람이라는 선언은 회복이 아니라 전복順覆을 목표로 한 말이다. 어느 하루도 하느님의 날이 아닌 날은 없다. 그러나 이레 중 하루를 하느님의 호흡에 완전히 맞추어 살자는 안식일, 그날을 달리 해석하고서도 아직 이스라엘이 하느님의 법 안에서 살아가는 하느님의 백성이라고 말할 수 있겠는가?

야손이 나서서 무어라 한 마디 더하려고 하는데, 가야바가 손을 들어 가로막았다.

"더 이상 저자가 제멋대로 떠들어 대는 말을 왜 우리가 듣고 있어야 하는가? 저자가 성전 뜰을 휩쓸고 다니더니 오늘 밤에는 대산헤드린 재판마저 휘젓고 있으니 이를 도저히 용납할 수 없소!"

그러더니 가야바가 자리에서 일어섰다. 기세로 보아 이제 누구도 그를 가로막고 나설 수 없는 형편이 됐다.

"내가 이 자리에 증인으로 나온 두 사람에게 묻겠다. 그대들은 이제까지 저자가 저지른 죄목들을 모두 들었다. 이제 증언하라!"

"예! 다 사실입니다. 제가 날마다 성전 뜰에 들어와서 저 사람을 매일 따라다니며 그가 하는 모든 말을 들었습니다. 이제 생각하니 큰일 날 뻔했습니다. 그 말을 듣고 앉아 있을 때는 정말 그래야 하는 것처럼 생각됐습니다. 우리가 무엇인가에 잘못 끌려다니며 살았다는 생각에 당장 성전에 몰려 들어가서 대제사장 각하를 붙잡고 따져 보고 싶었습니다. 그뿐만 아니라 예루살렘 아랫구역을 휩쓸고 다니는 로마군이 하도 미워 막 덤벼들고 싶었는데 겨우 참았습니다. 그런데 낮에 도적떼들이 성전 뜰에서 난동을 부릴 때 예수 저 사람이 도적떼와 한패거리라는 것을 확실하게 알았습니다. 그리고 제가 잘못 생각했다는 것을 깨달았습니다. 정말 큰일 날 뻔했습니다. 이제부터는 저런 자의 달콤한 꾐에 넘어가지 않고 성전을 잘 섬기면서 정신 차리고 살겠습니다."

아랫구역에 산다는 그 젊은이는 위축돼서 부들부들 떨던 처음과 달리 비교적 또랑또랑하게 증언했다. 말하면서 슬쩍슬쩍 야손 제사장의 눈치를 살폈다. 야손이 가르쳐 준 대로 증언하고 있다는 것을 사람들은 알 수 있었다. 예수를 재판하는 성전의 목적에 그의 증언은 딱 들어맞도록 짜여 있었다.

예수의 가르침을 듣고 성전에 대하여 반항하고 싶은 마음이 생겼고, 로마에 저항할 생각도 들었다니 예수가 사람들을 선동하여 얼마나 큰 위험에 빠뜨렸는가? 더구나 예수는 폭력으로 성전을 뒤집어엎으려는 도적떼와 사전에 내통한 사람이었다는 증언까지 포함되었다.

"더 할 말은 없는가? 잘 생각해 보라!"

야손이 젊은이에게 말했다. 그 말을 듣고 무엇을 빠뜨렸는지 곰곰이 생각하는 듯 젊은이는 고개를 갸웃거리고 미간을 찌푸렸다. 그러더니 생각났다는 듯 한마디를 덧붙였다.

"성전 뜰에서 사람들에게서 재물을 걷어 올리브산 자락에 있는 움막마을 사람들에게 보낸 적이 있습니다. 그러면서 '이것으로 생명을 부지하고 좋은 세상 올 때까지 견뎌라!' 그런 말을 했습니다. 저는 좋은 세상이라는 말이 저자가 속으로 음흉한 음모를 꾸미고 있었던 증거라는 생각이 듭니다. 움막마을 사람들이 좋은 세상의 주인이 된다는 말은 세상을 뒤집겠다는 뜻이 아니겠습니까? 예수는 거룩한 것과 거룩하지 않은 것을, 그것이 사람이든 물건이든 시간이나 장소 무엇이든 토라의 가르침에 벗어나 마구 뒤섞은 사람입니다. 자기만 이스라엘의 법을 지키지 않은 것이 아니고 저자를 따르는 사람들 모두 법을 지키지 않도록 선동했습니다. 저는 야손 제사장님께서 지금까지 여러 가지 차곡차곡 조목조목 들어 밝힌 저자의 죄목 모두 눈으로 보고 귀로 들은 증인으로 확실하게 대산헤드린 앞에서 증언합니다. 증언의 책임은 제가 지겠습니다."

그의 증언이 마음에 들었는지 야손은 만족한 표정을 지었다.

이제 므나헴의 차례가 되었다. 므나헴은 예수를 쳐다보았다. 하기야 그가 갈릴리에서부터 예수 제자 무리에 끼어든 것은 이런 날을 대비하여 알렉산더가 일찍이 그에게 맡긴 일이었다.

그때까지 아무런 표정도 없이 담담하게 서 있던 므나헴은 증언할 순서가 되자 무너져 내리기 시작했다. 곧 바닥에 쓰러질 정도였다.

'아! 므나헴! 나는 그대의 마음을 잘 알고 있소! 내 걱정 말고 증언하시오!'

예수가 그의 마음속에 쑥 들어가며 말을 걸었다.

'선생님! 저는 차마….'

'그래야 그대가 살 수 있소. 거부하지 마오.'

'예, 선생님!'

그는 용기를 냈다. 추스르듯 몸을 몇 번 앞뒤로 흔들고, 헛기침을 하더니 입을 열었다.

"저는 므나헴입니다. 예수의 제자가 되어 갈릴리에서부터 선생으로 모시고 따라다녔습니다. 그의 가르침과 행적을 하나도 잊지 않고 다

기억하고 있습니다."

예수의 제자였던 사람까지 증인으로 나서자 기가 찬다는 듯 차가운 목소리로 니고데모가 물었다.

"제자로 따라다녔다고? 처음부터? 그런데, 왜 선생을 고발하는 증인이 되었소? 선생이 그대에게 잘못 대해 주었는가? 아니면 선생의 가르침이 잘못됐다고 생각했는가? 그렇다면 언제부터 그런 생각을 했는가? 그런 생각이 들었으면서도 끝까지 선생을 따라 예루살렘까지 들어왔소? 혹 누가 그대에게 임무를 맡겨서 예수를 정탐하기 위해 제자가 되어 따라다녔는가?"

"의원님의 그 모든 말씀이 다 맞습니다. 저는 그랬습니다."

"어떤 것이 맞다는 말이오?"

"저는 처음부터 정탐하기 위한 목적으로 예수 선생을 따랐습니다. 이런 재판이 열리면 제가 나서서 증언하기 위해 따라다녔습니다. 그리고 마침내 오늘 이 밤에 대산헤드린 재판정에 서서 이렇게 증언하게 됐습니다."

"어허!"

사람들은 일순 크게 놀랐다. 어떤 사람은 한숨을 쉬고, 어떤 사람은 고개를 저었다. 왜 므나헴이란 사람은 예수를 정탐하는 사람이었다는 것을 스스로 솔직하게 고백하고 나섰을까?

"그래서 야손 제사장의 기소에 대하여 증인은 모두 틀림없다고 증언한다는 말이지?"

가야바가 물었다. 므나헴은 서슴지 않고 대답했다.

"그렇습니다. 틀림없습니다."

56

"예수가 죄를 지었다?"

"그런데, 예수 선생님은 그런 것이 죄가 아니라고 가르치셨습니다. 그런 일이 죄가 되는지 안 되는지 그건 제가 판단할 일이 아닙니다. 여기 대산헤드린 재판정에서 판결하실 일이라고 믿습니다. 다만 저는 야손 제사장께서 하나씩 들어 기소한 그 일들이 모두 사실이라고 말씀드리는 겁니다."

"그런데 왜 므나헴 자네는 선생을 고발했는가?"

"아닙니다. 저는 고발하지 않았습니다. 다만 선생이 실제로 그런 말을 했다고 증언할 뿐입니다."

그의 말을 듣고 서 있던 예수가 가볍게 미소를 띠며 고개를 끄덕이는 것을 사람들은 보았다. 무엇인가 특별한 사연이 있는 것처럼 느껴졌다.

"왜 그대는 이 재판정에 나왔소?"

"그것이 제가 맡은 일입니다."

"예수의 다른 제자들이 그대를 해하려고 나서지 않을까?"

"아닙니다. 그들 중 누구라도 이 자리에 선다면 그런 일이 없었다고 부인하지 않을 겁니다."

"마치 잘한 일이라고 자랑이라도 하는 것 같군! 물러가도 되오! 아참! 혹시 증인들에게 더 확인하고 싶은 것이 있는 분들은 이참에 물어보시오."

그러면서 가야바는 바리새파 의원들이 몰려 앉아 있는 왼쪽을 바라보았다. 아무도 입을 열지 않았다.

처음에는 이것저것 이의를 제기하면서 재판의 부당성을 주장하며 예수를 변호하려고 나섰던 니고데모나 요셉도 더 이상 할 말이 없는지 고개를 가로저었다. 그리고 예수에게 마음으로 말을 걸었다.

'선생님! 이러다가 큰일 납니다.'

'괜찮소, 니고데모 선생! 그리고 고맙소.'

오히려 예수가 니고데모를 위로했다.

대제사장의 명에 따라 방을 물러서던 므나헴이 예수 앞에 이르러 그 자리에 털썩 무릎을 꿇었다. 예수도 깜짝 놀랐고 방 안에 있던 모든 사람이 놀랐다. 앞장서서 문밖으로 나가던 아랫구역 젊은이는 그 광경을 보더니 무언가 충격을 받은 듯 멈칫멈칫하다가 그냥 휑하니 밖으로 나갔다.

"선생님! 이제 저를 제자로 받아 주십시오!"

"므나헴! 그대는 언제나 내 제자였소!"

"이렇게 무릎을 꿇고 선생님께 죄를 빌고 '저를 받아 주십사' 청하는 날을 기다렸습니다."

"그대의 가슴이 시키는 대로 사시오."

"선생님! 정말 죄송합니다. 그리고 한없이 부끄럽고 초라한 저를 불쌍히 여겨 주소서, 주님!"

그는 예수를 '주님'이라고 불렀다. 주님이라는 말은 이스라엘 사람에게는 야훼 하느님을 부르는 말이었고, 정치가들에게는 로마황제를 부르는 말이다. 그리고 종이 주인을 부를 때도 그렇게 불렀다.

"나를 주님이라고 부르지 마오. 나는 그대를 형제라고 부르겠소!"

그러더니 예수는 꿇어앉은 므나헴의 팔을 붙잡아 일으켜 세웠다. 그는 예수의 품에 쓰러지듯 안겼다. 그를 끌어안은 예수가 등을 쓸어 주었다. 거듭거듭 쓸어 주었다. 마치 아버지가 사랑스러운 자식의 등을 쓸어 주듯, 형이 동생을 끌어안듯.

"선생님! 제 가슴이 터질 것 같습니다."

"므나헴! 그대는 저들의 증인이 아니라 나의 증인이었소! 그대의 증언이 저들이 감추려 했던 나의 뜻을 오히려 밝히 드러냈소. 그리고 사람들은 그대의 증언을 가장 참이라고 믿을 것이오."

"선생님, 이만 저는 나가겠습니다. 다시 뵙겠습니다."

"므나헴! 나를 생각해서라도 동료들을 거두시오! 지금은 그대만 할 수 있는 일이오. 마리아가 그대를 찾을 것이오!"

"예! 선생님! 제가 있는 한 동료들 중 한 사람도 잃지 않을 겁니다."

"고맙소! 그대를 축복하겠소!"

가야바와 성전 측 의원들과 바리새파 의원들 모두 예수와 므나헴을 말없이 지켜보았다. 그러면서 어떤 사람들은 왠지 모르게 가슴속이 울렁거리는 것을 느꼈다. 더구나 처음부터 자기를 배반하기 위해 제자로 끼어들어 정탐했다는 제자를 끌어안고 위로해 주는 그의 모습을 보면서 충격을 받았다.

'무엇이 잘못되어 일이 이 지경에 이르렀나?'

니고데모나 요셉은 한없이 마음이 안타깝고 가슴이 터질 것 같았다. 다른 사람들은 므나헴을 대하는 예수를 보면서 그들이 살았던 세상과 다른 세상이 있다는 것을 느꼈다. 더구나 예수 앞에 무릎을 꿇고 정말로 제자가 되는 날을 기다렸다는 므나헴의 말이 가슴에 와서 콱 들어박혔다.

'예수, 저 사람은 과연 누구인가? 자기를 배반한 제자를 끌어안는

그는 과연 어떤 사람인가?'

므나헴에게 '그대는 언제나 내 제자였다'고 말하는 예수의 말을 들으니, 세상에 선생이 있다면 선생은 정말 그리해야 한다는 생각이 들었다. 대산헤드린의 재판을 받으면서 선생의 잘못을 인정하는 증언을 한 제자에게 '나의 증인'이라고 말하는 예수, 그는 정말 누구인가? 어떤 사람인가? 그들은 마음속에 일어나는 혼란을 어떻게 가라앉힐지 알 수 없었다.

그때, 바리새파 의원들 자리에 앉아 있던 한 의원이 이상한 말을 물었다.

"예수! 한 가지 묻겠소! 지극히 높으신 분 앞에서 거짓 없이 대답하시오!"

예수가 그를 조용히 쳐다봤다. 눈을 마주친 그는 갑자기 몸을 움찔했다. 예수가 그의 가슴속에 성큼 걸어 들어왔기 때문이다.

"그대… 예수… 저기, 에세네파 사람이오? 소금호수 유대광야 쪽?"

예수가 그를 여전히 말없이 바라보고 서 있자 그는 다시 물었다.

"세례자라고 불렸던 요한의 제자로 따라다녔다는 얘기를 들었소!"

그러자 야손이 나서서 그 말을 막았다.

"의원님! 그 질문은 오늘 재판과 상관이 없습니다."

"아니오! 나에게는 상관이 있소! 나는 예수 저 사람에게서 직접 대답을 듣고 싶소!"

그는 조금도 물러서지 않았다. 그러자 바리새파 의원들이 앉아 있는 쪽에서 소란이 일어났다.

"들어봅시다! 나는 뭔가 좀 특별한 일이 있다는 생각이 들어요."

"야손 제사장! 그대가 할 말은 끝난 것 같으니 다른 의원도 질문 좀 하고 심문해야 맞지 않겠소? 우리는 뭐 그냥 앉아 그대가 말하는 대로 듣고 판단하라는 말이오? 그럴 수는 없소! 대산헤드린 재판이라며!"

바리새파 의원들과 성전 제사장 측 의원들 사이에 묘한 틈이 벌어지기 시작했다. 에세네파, 소금호수 얘기를 듣는 순간, 가야바의 얼굴은 자기도 모르게 굳어졌다. 그로서는 대단히 불쾌한 얘기였다.

'왜 지금 에세네파 얘기가 나와!'

'저자 예수가 에세네파 사람이라면? 일이 갑자기 어려워질 수 있는데….'

바리새파 의원의 질문을 막으려던 야손은 순간 마음을 돌려먹었다. 애매한 상태에서 예수를 처형한 후 나중에 그가 어느 종파에 소속돼 있었다는 것이 밝혀져 문제가 되는 것보다는 지금 짚어 두는 것이 안전하다는 생각이 들었다.

이제 야손이 나서서 물었다.

"예수! 사실대로 숨김없이 대답하라! 너는 소금호수 서쪽 절벽에 모여 사는 그 무리 중 어느 한 파에 속한 사람인가?"

"아니오!"

"네가 하는 말과 행실로 보면 분명 그들과 한패거리라고 생각할 수 있는데, 네가 따르던 선생 세례자 요한의 권유에 따라 그 무리에 합류한 적이 정녕 없는가?"

야손의 입에서 세례자 요한의 이름이 나오자 예수는 잠시 눈을 감았다. 가슴 너머 목까지 잘름거리던 물이 생각났다. 그에게 토라 공부를 할 수 있도록 배려해 준 사람, 광야에 들어가 수행을 시작할 수 있도록 마련해 준 사람, 사람이 살아가는 일이 무엇인지 깊게 생각할 수 있도록 예수에게 시험자를 보내 단초를 제공한 사람, 아버지 요셉을 제외하고는 예수에게는 가장 큰 선생님이 그였다.

"내가 소금호수 부근의 다른 사람들과 한패거리는 아니지만, 요한 선생님과 시험자들을 통하여 커다란 깨달음에 이를 수는 있었소."

"그럼 한패거리가 분명하네!"

"우리가 사람이니 어찌 다른 사람과 완전히 다를 수 있겠소? 그렇다면 내가 그대들과 한패거리고, 그대들도 소금호수에 머무는 사람들과 한패거리라고 말할 수도 있겠지⋯."

"그런 얘기가 아니고, 네가 그자들과 한패거리가 돼서 성전을 무너뜨리네, 세상 끝날 심판의 날이 다가오네, 어쩌고 하면서 무리를 끌어들이지 않았느냐, 그 말이다."

"성전이야 스스로라도 무너질 것이지만 그대들이 두려워하는 세상 끝 심판의 날은 오지 않을 것이오."

"그건 또 무슨 헛소리인가?"

야손은 예수의 말에 일순간 혼란을 느꼈다. 에세네파는 에녹의 이름으로 기록된 예언서대로 세상 마지막 날에 어둠의 세력과 빛의 세력 사이에 최후의 전쟁이 일어날 것이라 믿는 사람들이었다. 그 전쟁을 대비하여 선택받은 사람이라고 스스로 자처하는 사람들이었다.

에세네파에는 현실적인 이유로 공동체 밖에서 가정을 이루어 살아가는 재가在家제자들이 꽤 많이 있다. 그들은 공동체에서 가르친 생활

방식과 지켜야 할 규율, 그리고 의무를 따르며 살았다. 그들은 자기들 한 달 수입 중에서 최소한 이틀 치를 별도로 모아두었다가 주기적으로 찾아오는 보호자 또는 판관으로 불리는 회원들 손에 들려 보냈다.

"에세네파 재가제자들이 모아 보낸 재물로 고아와 과부와 노인들, 병든 사람, 종으로 살던 사람, 돌보아 주는 가족이 없는 젊은 여자들, 그 밖에 가난한 사람들을 돕는다고 하던데 예수 그대가 했다는 말하고 너무 비슷한데, 관련이 없다고?"

그랬다. 에세네파 사람들은 그렇게 모은 돈을 궁핍한 사람들을 돕는 데 사용했다. 그리고 부정하게 모은 재물이나 제물을 성전에 바치고 제사드리는 것을 적극 반대했다.

대제사장 가야바나 그의 아들 마티아스, 그리고 그 재판에 참석한 대산헤드린 의원 누구도 왜 야손이 갑자기 방향을 바꿔 거듭 예수에게 에세네파와 관계를 물고 늘어지는지 이해하지 못했다.

"예수! 그대에게 다시 묻겠다! 소금호수 북서쪽에 절벽과 계곡에 몰려 사는 사람들, 그 무리들 중 어느 분파에 속하는 사람인가, 그대는?"

예수는 제사장 야손의 심문에 조용히 고개를 흔들었다.

"그들 중 어느 파에도 속하지 않는다고? 요단강을 오르내리며 세례를 준다면서 온통 소란을 피웠던 요한의 제자라면서 소금호수 쪽 사람들과 왕래가 없었다고?"

예수는 그가 왜 그런 질문을 하는지 알 수 있었다. 처음 갈릴리 호수 부근에서 제자들을 모으고 가르칠 무렵까지 예수의 가르침과 세례자 요한의 가르침, 그리고 소금호수 쪽에 몰려 산다는 공동체, 특히 에세네파 어떤 분파의 가르침과 여러 부분이 비슷했다.

비록 유대광야에 들어가 수행을 시작했지만, 그전에 세례자 요한의 제자가 되어 함께 지낸 기간이 꽤 되기 때문에 그럴 수밖에 없었다. 예수가 요한의 해설을 들으면서 토라를 공부했기 때문에 초기 그의 활동에는 요한의 영향을 받은 점이 적지 않았다.

게다가 예수도 기억에 남는 일들이 있었다. 어렸을 적 어떤 사람이 나사렛 언덕 마을을 찾아 올라오면 아버지와 어머니가 아주 반갑게 맞아들이고 정성껏 먹을 것을 차려 주었다. 그 사람이 떠날 때면 어머니는 동굴 속 항아리에 모아 두었던 것을 모두 쏟아 자루에 담아 들려주었고, 아버지는 그가 산모퉁이를 돌아 모습이 보이지 않을 때까지 마당 끝에 서서 손을 흔들었다.

"아버지! 누구예요, 저 손님은?"

"응! 훌륭한 분이다. 너도 크면 알 때가 올 게다."

아버지는 다정하게 예수의 어깨에 손을 얹으며 말했다. 그 목소리에 기쁨이 배어 있던 것을 예수는 기억했다. 나중에 생각하니 찾아왔던 사람이 분명 에세네파였다는 생각을 떨칠 수 없었고, 아버지는 어떤 연유로든 그들과 관련이 있었다는 것을 알았다.

야손은 아버지 어머니가 에세네파와 관련된 내용은 모르는 모양이었다. 세례자 요한을 통하여 예수가 에세네파와 연결되었다고 의심하고 그 내용만 집중적으로 물었다. 예수에게 자꾸 에세네파와의 관계를 묻는 야손의 심문을 들으면서 그 자리에 참석한 대산헤드린 의원들은 조금씩 상황을 깨닫기 시작했다. 야손이 파 놓으려는 함정을 그들도 깨달았다.

소금호수 부근에 은둔하고 있는 에세네파는 원래 사독 제사장 계열의 전통 제사장 계급 사람들이었다. 그들이 예루살렘 성전의 정통성을 극렬하게 공격한다는 현실에 눈을 돌리자 눈앞에 서 있는 예수에게서 새로운 위협을 볼 수 있게 됐다. 더구나 그날 낮 성전에서 소란을 피우다 물러난 자칭 혁명군이라던 도적떼들이 정통 사독 가문을 불러 제비를 뽑아 새로운 대제사장을 세우겠다고 선언하지 않았던가?

"음!"

이 사람 저 사람이 신음소리를 냈다. 예루살렘 성전에 정면으로 도전하는 다른 세력이 있었다는 사실을 상기하자, 그 자리에 모인 자기들이야말로 정통성 없고 타락한 성전의 하수인이라 비난받는 사람이라는 사실을 다시 깨달을 수 있었다.

사두개파 제사장을 맡고 있는 의원 한 사람이 벌떡 자리에서 일어나더니 큰 소리로 예수에게 외쳤다.

"대답하라! 네가, 에세네파 사람인가? 그중 어느 분파에 속하는가? 세례자라 불리던 요한이 속했던 그 분파인가? 어서 말하라!"

그러자 예수가 조용히 입을 열었다.

"그대는, 그렇게 묻는 그대는, 어둠의 자식인가, 빛의 자식인가?"

"무어라고? 이런 발칙한!"

그는 부들부들 떨었다. 그뿐만 아니라 그와 같은 줄에 앉았던 사두개파 의원들, 반대편 줄에 앉았던 바리새파 의원들까지 나서서 팔을 휘두르고, 머리를 흔들고, 미친 듯 고함을 지르기 시작했다.

"감히 네가 우리를 '어둠의 자식'이라고 부르다니! 이런 나쁜 놈!"

"어둠과 밝음은 칼로 자르듯 나눌 수 없기에 묻는 말이오. 그러니, 세상 끝날에 어둠의 자식과 빛의 자식이 겨루는 전쟁이 있을 수 있겠소?"

에세네파뿐만 아니라 많은 유대인은 악의 세력인 어둠이 물러가야 하느님의 통치가 이뤄진다고 믿었다. 하느님은 빛으로 표현했다. 하느님이 개입할 때 어둠을 물리칠 수 있고, 이스라엘의 해방을 이룰 수 있고, 하느님이 다스리는 나라가 이뤄질 수 있다고 믿었다. 그중에서도 에세네파는 어둠의 세력인 원수와의 싸움, 원수를 격멸하는 마지막 싸움을 준비하며 살았다. 세상 마지막 전투의 날을 준비하며 칼을 갈 듯 마음을 갈고 살았다.

사실, 예수가 갈릴리에서 내려와 처음 예루살렘 성전에 들어갈 무렵만 해도 그들 소금호수 부근에 모여 사는 사람들 사이에서는 내부적으로 설왕설래 의견이 엇갈렸다.

"예수는 세례자 요한의 제자이고, 그때 우리가 유대 광야에서 그를 시험해 본 바로는 그 믿음이 굳고 단단합니다. 그러니, 이번에 그가 여기 유대 지방에 내려왔을 때 아예 우리 편으로 끌어들입시다."

"좋은 생각입니다. 듣자니 그는 사람들 마음을 휘어잡는 특별한 능력이 있다고 하더이다. 그를 끌어들이면 저 가증한 악의 무리 사두개파가 장악한 성전을 회복할 수 있을 겁니다."

"헤롯왕이 지은 성전이 무슨 의미가 있습니까? 지극히 높으신 분이 땅 위에 사람 손으로 겨우 지어 놓은 성전 건물 안에 머무시겠습니까? 그리고 우리야말로, 타락한 하스몬 제사장들이나 지금 예루살렘 성전을 대체하는 성전 아닙니까?"

그 말을 듣고 있던 지도자가 예루살렘에 살면서 가끔 공동체에 돌아와 소식을 전하는 재가在家동지에게 임무를 맡겼다.

"이번에 예수 그 사람을 잘 살펴보시오. 그리고 우리의 뜻을 전하시오."

"알겠습니다."

그때 세례자 요한의 부탁으로 예수를 유대광야에서 시험했던 사람이 머뭇거리다가 나서서 입을 열었다.

"사실 따지고 보면, 예수 그 사람이 우리와 아주 관계없는 사람도 아닙니다. 제가 알기로는 이미 그 아버지 시절부터 인연이 있었습니다."

그는 예수의 아버지 요셉이 공동체가 정식으로 받아들이지는 않았지만 공동체의 뜻에 따르는 재가在家제자였다는 얘기를 털어놓았다.

"요셉에 대해서는 확실하게 기록으로 남아 있지 않습니다. 그러나 그의 삼촌 시몬은 원래 여기에서 공동체 생활을 하다가 고향으로 돌아간 사람이라는 기록이 남아 있습니다. 시몬은 공동체 정신에 따라 사는 사람이었고 우리 동지들이 갈릴리에 올라가면 시몬이 살고 있던 베들레헴에 들렀습니다. 그런 때에 시몬의 권유로 나사렛 요셉을 찾아가 만났답니다. 글을 몰라서 공동체에 들어와 생활하지는 못했지만 그는 규약에 따라 늘 식량이나 노자를 보내 왔습니다. 그러니 요셉은 시몬이 주선한 재가제자라고 볼 수 있고, 어릴 적부터 그걸 보고 자랐을 테니 예수 그 사람도 아버지를 따라 우리 공동체의 뜻에 적극 동조할 것으로 봅니다."

에세네파의 기대와 달리 예수는 세상을 보는 눈이 그들과 달랐다. 빛과 어둠을 가를 수 없다는 생각을 가졌던 그였기에 극단적인 선과 악, 이 세상 최후의 전쟁을 받아들일 수 없었다. 에세네파 한 분파에서는 실제로 전쟁을 준비하기도 했다. 그런데 그들의 규약에는 예수의 가르침과 전혀 조화할 수 없는 내용이 있었다.

"눈먼 사람들, 손과 발이 온전치 않은 사람들, 귀먹은 사람들은 우리 공동체에 받아들일 수 없다."

공동체에 받아들일 수 없다는 말은 전장戰場에 데리고 나갈 수 없다는 말이었다.

그러나 예수는 바로 에세네파가 받아들이기를 거부하는 사람들이 하느님 나라에 먼저 들어갈 사람이라고 가르쳤다. 성전 뜰에서 그가 사람들에게 가르친 내용을 알고 나서 에세네파는 도저히 예수의 가르침을 받아들일 수 없다고 생각하고 예수를 끌어들이는 일은 일찌감치 포기했다. 하기야 예수는 에세네파가 무슨 생각을 했든, 어떤 계획을 세웠다가 포기했든 알 수 없는 일이었다.

에세네파로 시작한 얘기가 갑자기 빛과 어둠으로 번졌다. 바리새파 의원 한 사람이 꾸짖었다.

"예수! 어찌 어둠과 빛을 가를 수 없다고 말하는 건가? 토라의 가르침이 그러하거늘!"

"하느님이 태초에 어둠과 혼돈 속에서 운행하셨고, 어둠과 빛을 가르셨다고 토라에 기록돼 있지 않던가요? 왜 그렇게 갈라서 밤과 낮이라 부르셨겠습니까? 아예 어둠을 없애버리지 않고?"

"그러니 묻는 거다! 어둠 속에 죄가 웅크리고 있고, 어둠 속에 악이 날개를 접고 있으니, 빛을 비추어 죄와 악을 멸하여야 하지 않느냐?"

"어둠이 죄였습니까, 죄가 어둠이었습니까? 다만 죄의 음울함과 쓸쓸함과 괴로움을 어둠에 빗대었을 뿐, 어둠과 죄는 아무런 상관이 없소이다. ”

"저런! 저런 천하디 천한 갈릴리 망종亡種이!"

바리새파 의원들로서는 예수의 항변을 도저히 받아들일 수 없었다. 예수가 이스라엘이 규정한 죄, 토라에서 가르친 죄를 들먹이면서 빛과 어둠을 마구 휘젓고 있다고 생각했기 때문이다. 단순히 휘저어 섞을 뿐만 아니라 전통적 분류, 거룩과 거룩하지 않은 것을 구분하는 경계를 확 허무는 말을 하고 있으니 야손의 기소가 한 마디도 틀림이 없어 보였다.

"네가 어찌 감히 하느님의 법과 대산헤드린의 지도와 성전의 위엄을 정면으로 훼손하는가?"

이스라엘에서 빛과 어둠은 단순히 밝음과 어둠이 아니라 죄罪와 선善, 의義와 불의不義, 거룩과 부정不淨을 가르는 기준이었다. 따라서 빛은 토라에서 지키려는 가치였다. 야훼 하느님이 세운 질서가 빛이라고 믿었으며 대산헤드린과 대제사장, 제사장은 그 질서를 수호하는 거룩한 일을 맡도록 하느님이 불러 세운 사람들이라고 자부했다.

"예수는 들어라! 지극히 거룩하신 분이 세우신 질서는 목숨을 걸고 지켜야 한다는 것을 너는 부인한다는 말이야? 일찍이 예언자 하박국이 말했다.

'비록 무화과나무가 무성하지 못하며 포도나무에 열매가 없으며 감람나무에 소출이 없으며 우리에 양이 없으며 외양간에 소가 없을지라도 나는 야훼로 말미암아 즐거워하며 나의 구원의 하느님으로 말미암아 기뻐하리로다.'

우리 민족이 하느님의 뜻을 거스르고 살아서 지금은 비록 일시적으로 어려움을 겪는다고 하더라도 언젠가 그분의 돌보심 아래 우리가 다시 높이 들리어 올려지는 날이 온다는 희망을 어찌 감히 네가 그 가벼운 입을 놀려 그분이 세우신 질서를 농단할 수 있단 말이냐?"

에세네파냐 아니냐는 야손이 시작한 심문은 번지고 번져 세상질서까지 번졌다. 처음 재판을 시작할 때 순순히 시인하던 예수가 어느새 상황을 주도하기 시작했다. 그는 대산헤드린에 새로운 문제를 들이대며 도전하고 있었다.

근본적으로 예수는 예루살렘 대산헤드린 재판정이 이스라엘의 율법에 따라 그에게 덧씌우려는 죄와 비난을 부인했다. 재판의 근거를 받아들이지 않고, 오히려 재판정을 한 번도 들어본 적 없는 새로운 사상을 선포하는 장소로 활용하기 시작했다.

그러는 동안에 시간이 많이 흘렀다. 가야바의 하인들이 방 안에 놓인 화롯불을 여러 번 갈았다. 벌건 숯불을 담아 화로에 쏟아부을 때마다 뜨거운 기운이 방 안을 후끈 데웠고, 그러면 곧 나이 많은 사람들은 그렁그렁 가래 끓는 소리를 하거나 칵칵거리며 가쁜 숨을 쉬었다.

야손 제사장이 예수의 죄목을 하나씩 들출 때마다 분노를 터트리거나 소리 지르던 사람들도 이제는 그마저 지친 듯 무덤덤했다. 사람이란 원래 오랜 시간 한 가지 일에 정신을 집중할 수 없다. 재판으로 밤을 새울 수는 없는 일, 예수가 또 다른 사상을 입에 올리기 전에 이쯤에서 마무리하겠다고 가야바는 마음먹었다.

"자! 이제 내가 대산헤드린의 의장으로서 재판을 마무리할 때가 됐소. 야손 제사장이 지금까지 저자의 죄상을 보고한 내용을 의원님 여러분이 모두 똑똑히 들었으니 이제 생각이 한가지로 모아졌을 줄 믿습니다. 그리고 저자가 제멋대로 지껄인 내용과 증인들의 증언을 바탕으로 판결을 내려야 할 때가 됐습니다."

그때 니고데모가 벌떡 자리에서 일어났다. 그리고 천천히 의원들을 둘러보았다. 그와 눈길이 마주친 의원들은 거북하다는 듯 고개를 돌리거나 딴청을 보았다.

"제가 부득이 한 가지 말씀드려야 하겠습니다. 절차를 밟겠다는 뜻에서 이렇게 무리한 재판을 열었는데, 사람들에게서 두고두고 말을 듣지 않으려면 재판받는 당사자가 그에게 걸린 죄목에 대하여 최후로 진술할 수 있는 기회를 주어야 한다고 생각합니다."

그러자 몇 사람이 고개를 돌린 채 볼멘소리로 니고데모 의원의 말을 반박했다.

"아니! 이제까지 저자가 제멋대로 입을 놀렸는데 언제까지 이 거룩한 자리를 농락하도록 허락하자는 말입니까?"

"에이! 지금까지 야손 제사장이 보고한 말과 저자가 감히 입에 올린 참람한 말을 들어봐서는 지금 당장 끌고나가 처형해도 시원치 않을 일인데 무슨 최후 진술 기회를 준다는 말입니까?"

그때 요셉이 나섰다.

"아니오! 반드시 그렇게 해야 합니다."

그가 나서자 사람들은 대놓고 반박하지 못하고 입맛만 다시며 고개를 흔들었다. 대산헤드린에서 요셉에게 신세를 지지 않은 사람이 한 사람도 없을 정도로 그는 두루 손을 펴고 산 사람이었다.

"그리하지요! 못 할 일도 아니지요!"

뜻밖에 가야바가 니고데모와 요셉의 의견을 받아들였다. 그로서는 예수가 무슨 소리를 떠들어 대든 이미 예수에게 내릴 처벌이 명백한 이상 괜히 두고두고 뒷말이 나오지 않도록 마무리하는 일도 중요했다.

원래, 예수는 가야바의 집을 들어설 때부터 일이 어떻게 진행되든 그저 놔두고 볼 생각이었다. 그래서 야손이 죄목을 하나하나 들어가면서 그를 대산헤드린에 기소할 때, 대답하지 않고 묵묵히 듣기만 했다. 그들은 가야바의 집을 재판정이라고 불렀지만, 처음부터 예수는 무대에 배우가 오르고 내리는 연극무대로 보았을 따름이다.

그런데 에세네파 얘기가 나오고, 어둠과 빛에 대해 얘기를 주고받다 보니, 마음이 바뀌었다. 저들처럼 마음 문을 단단히 걸어 닫은 사람들이 그가 남긴 말을 얼마나 받아들일지 알 수는 없지만, 그는 스스로가 씨 뿌리는 사람이라는 생각을 다시 떠올렸다.

'나에게 마지막 씨를 뿌릴 장소가 허락된 셈….'

야간에 대산헤드린 비상재판까지 열면서 그를 처형하려는 그들이 야말로 누구보다 먼저 눈을 떠야 할 사람들이 분명했다. 그들은 스스로 이스라엘의 지도자라고 우쭐댔고, 예수의 운명을 자기들이 결정한다고 생각했지만, 가장 굵은 속박의 밧줄에 꼼짝할 수 없이 꽁꽁 묶인 사람들이다.

어떤 사람은 혼자 잠자리에 들면 자기 뒤를 졸졸 따라다니는 운명을 바라보며 몸서리칠 것이고, 어떤 사람은 후회의 눈물로 침상을 적실 것이고, 어떤 사람은 자기가 무엇을 잘못했는지 그날 하루 어떤 길을 걸었는지 알지도 못하고 뒤돌아보지도 못하고 그저 잠에 곯아떨어질 사람이었다.

그래서 예수는 최후 진술에 나섰다.

　"나에게 최후 진술을 하라고 허락해 주니 고맙습니다. 이 자리에 있는 모든 사람을 축복합니다. 문득 뒤를 돌아보면 어떤 눈이 그대들을 지켜보고 있다는 것을 알게 될 겁니다. 지극히 높으신 분의 눈이기도 하고, 그대들이 윽박지르고 함부로 대하던 가난하고 힘없는 사람들의 눈이기도 하고, 그대들 발걸음을 지켜보는 역사의 눈, 시간의 눈이기도 합니다. 따라서 그대들은 역사에 책임진 사람, 세상일에 책임을 져야 하는 사람으로 살 수밖에 없습니다."

　예수의 목소리는 담담했다. 마치 완고한 형이나 동생을 설득하듯 잔잔하면서도 진정이 담긴 표정이었다. 예수의 말을 들으며 몇 사람은 자기도 모르는 사이에 뒤를 돌아다보았다. 분명 무엇이 그들을 지켜보고 있다는 생각을 떨쳐버릴 수 없었다. 축복한다는 소리를 듣고 불편한 마음에 얼굴색이 변했던 사람들도 곧 예수의 말에 빠져들었다. 역사가, 시간이, 세상이, 가장 높으신 분이 그들을 지켜보고 있다는데 어찌 아니라고 거칠게 부인하고 나설 수 있겠는가?

　예수는 성전의 문제를 누구보다 깊게 꿰뚫어 보았다. 그가 갈릴리를 떠나 예루살렘으로 내려올 때, 성전의 지도자를 만나게 되면 해 주고 싶었던 말이 있었다. 이제 그 얘기를, 재판정에서 쏟아 놓을 수 있게 됐다.

　"그대들이 마주한 일들이 지금은 특별한 일처럼 생각되겠지만, 이스라엘에서는 역사 속에서 늘 일어났던 일입니다. 성전과 성전의 대제사장, 제사장, 권력자들이 늘 했던 일이고 그대들이 다스린다고 생각했던 세상에 항상 있었던 일입니다. 이전에 없던 세상이 갑자기 눈앞에 들이닥친 것이 아니고, 그대들은 역사 속에 흐르던 강물에 몸을 담근 채 살아온 셈입니다. 돌이켜 생각해 보세요. 성전이야 있든 없든, 그 사람을 제사장, 대제사장으로 부르든, 족장이나 아버지라고 부르든, 왕이나 총독으로 부르든, 바로 가장 높으신 분, 야훼 하느님이 권위를 부어 주셨고, 그 일을 맡겨 주셨다고 생각하지 않았습니까? 그래서 모든 일이 그분의 위임을 받은 일이라고 생각했습니다. 이방 제국의 왕이나 황제나 모두 같은 생각이지요. 그들이 섬기는 신으로부터 위임을 받았다고 믿었지요."

왜 예수가 자기 재판과는 상관없는 얘기를 꺼냈을까? 사람들은 궁금했다. 대산헤드린 비상재판정은 갑자기 호기심 가득한 학당學堂으로 변했다. 예루살렘 학당, 대산헤드린 학당, 예수는 재판정을 유대의 지도자들이 눈을 뜨는 학당으로 바꾸었다.

"하느님의 뜻, 그분이 내려 주셨다는 법에 따라 살아야 하고 그 법을 어겼다고 그대들은 나를 재판합니다."

예수가 자기변호를 시작한 말처럼 들렸지만, 말귀를 알아듣는 사람은 뭔가 이상하다는 것을 곧 느꼈다.

"하느님이 내려 주신 법을 내세워 그대들이 나를 재판하지만, 나는 그분의 뜻에 따라 살았습니다."

갑자기 사람들이 술렁이기 시작했다. 예수의 입에서 나온 그 말은 이스라엘 역사에서 가장 참람한 말로 들렸다. 오직 한 분 하느님, 그분이 내려준 오직 한 가르침으로 이스라엘이 지키며 살았던 법 토라, 그 법과 하느님의 뜻이 다르다고 예수가 말한 셈이다. 그것은 불가능한 얘기였다. 토라라는 율법을 통해 세상을 바라보며 살아온 사람들에게, 하느님의 다른 뜻은 생각할 수 없는 일이었다.

"저런, 저런! 그래서 내가 저자에게 입을 벌릴 기회를 주면 안 된다고 그렇게 말했거늘….."

그러나 야손 제사장과 가야바의 아들 제사장 마티아스는 아무런 반응을 보이지 않고 예수를 뚫어지게 바라보고만 있다. 마치 하늘을 떠도는 구름 색깔을 보면서 날씨를 가늠하듯. 그것은 대제사장 가야바도 마찬가지였다. 정치가란 조그만 징조를 통해서 세상을 읽어 내는 사람이어야 한다.

'저자가 하는 말이 앞으로 어떤 일을 불러올 것인가? 한 사람이 그런 생각을 하면 곧 열 사람이 그 생각을 따르고, 머지않아 백 사람, 천 사람, 만 사람으로 불어날 터…. 조상들이, 예언자들이 그렇게 불안한 마음으로 경계했던 일이 드디어 일어나기 시작하는가?'

가야바는 아들 마티아스에게 눈짓으로 신호를 보냈다.

'저자의 말을 막지 말고 모두 들어보자!'

마티아스도 아버지의 뜻을 알아챘다. 그가 야손 제사장을 쳐다보니 그도 고개를 끄덕였다. 말하자면, 그 자리에 있는 그 많은 사람들 중에 오직 세 사람만 상황을 정치적으로 이해한 셈이다.

성전에서 혁명을 일으키려다가 실패한 하얀리본은 당시의 성전과 정치가 타락했다고 믿었기 때문에 성전 지도부를 제거하고 새로운 사람들로 교체하려고 나섰다. 그러나 사실 역사에서 어느 신전이나 사제들이 그렇지 않은 적이 있었던가? 그들의 진면목이 그러했다. 그러니 단지 사람을 바꾼다고 새로운 세상이 열릴 수 없는 일이었다.

가야바 대제사장을 위시한 지도층에서는 다른 시대와 비교했을 때

자기들이 특별히 잘못하고 있다고는 전혀 생각하지 않았다. 오히려, 로마제국의 압박과 위협 속에서도 이스라엘의 정체성과 안전을 지키고 있다고 스스로 자부하고 있었다.

'저자 예수의 말은 아예 성전이나 이스라엘의 정치를 처음부터 부정하고 나서는 말인데, 이런 고약한 일이….'

그들이 어떻게 생각하든 예수는 말을 이었다.

"하느님께서 태초에 천지를 창조하실 때, 왜 사람을 창조하시기 이전에 빛과 어둠, 물과 창공과 땅, 식물과 짐승과 새와 물고기, 해와 달과 별을 내셨습니까? 사람이 그 속에서 누리며 살라는 뜻이셨습니다. 흙으로 사람을 지으셨으니 같은 흙으로 지음받은 사람 중에 누가 높고 누가 낮겠습니까? 여자가 남자보다 낮지 아니하고, 남자가 여자보다 높지 아니하며, 누가 누구를 섬겨야 하는 존재가 아니었습니다. 그대들은 사람이 타락하여 낙원에서 쫓겨난 일, 하느님이 홍수로 세상을 진멸하시려다 마음을 돌리시어 생명을 남겨 두신 일을 듣고 배웠습니다. 우리 조상들이 이집트 왕의 압제에서 종살이하며 신음하다가 하느님의 구원으로 해방을 얻은 일을 기억합니다. 하느님은 구름기둥 불기둥으로 광야에서 우리 조상들을 인도했고, 지키고 살라고 법을 내려 주셨습니다."

"그런데? 감히 네가 이 자리에서 우리를 가르치겠다는 말인가? 주제넘게?"

한 사람이 흘끔흘끔 가야바의 눈치를 살피다가 삿대질을 하면서 예수를 꾸짖었다. 그렇게 한마디 하고 나서면 으레 대제사장이 높이 평가해 주는 것을 잘 알기 때문이었다.

"가르치다니요? 나는 그대들이 눈을 뜨기 원할 뿐입니다. "

"뭐야? 저런 망종이!"

다시 한동안 자리가 시끄러워졌지만 가야바, 마티아스, 야손 누구
도 나서지 않았다. 눈 하나 깜짝하지 않고 예수를 지켜볼 뿐이다.

"하느님이 세상을 창조하고 생명이 태어나고, 사람이 그 생명의 하나
로 지음받아 자라고, 타락하고, 그리고 타락의 대가로 고통받는다는 얘
기를 그대들은 모두 잘 알고 있습니다. 그런데, 사람이 그런 과정을 겪
으며 고통받도록 하기 위해 하느님이 사람을 지으셨다고 믿습니까?"

그러더니 예수는 몸을 꼿꼿하게 세우고, 고개를 돌려 방 안에 앉아
있는 유대의 지도자들을 둘러보았다. 그는 더 이상 재판정에 선 죄인
의 모습이 아니었다.

"귀가 있는 사람은 들으시오! 하느님은 이 세상을 지어서 사람에게
넘겨주셨습니다. 하느님은 세상 밖에서 땅을 내려 보시다가 가끔씩
세상일에 개입하시는 분이 아니고, 처음 창조하신 세상 그대로 사람
에게 넘겨주셨습니다. 사람에게 '네가 세상의 주인이다. 모든 생명과
더불어 내가 창조한 세상 속에서 생육하고 번성하라'고 맡겨 놓고 사
라지셨습니다. "

"뭐라고? 지극히 높으신 분이 사라지셨다고? 이런… 어허, 이런. "

"사라지셨다기보다 스스로를 비우셨습니다. 하느님은 원래 머무르셨
던 허무와 공허의 흑암을 비워 놓고 그분이 창조하신 세상 속에 들어
오셔서 사람 속에, 생명 속에 스며드셨습니다. 그런데 그대들은 스스
로 자리를 비운 분에게 경배하고 제사드리고, 공허를 향해 소리 높여

울며불며 기도합니다. 내가 얘기합니다. 세상 밖에 있는 하느님을 찾지 말고, 사람 속에 스며들어 와 계신 그분의 뜻을 따르십시오."

너무나 놀라운 말이라 아무도 더 이상 입을 열 수 없었다.

"어머니가 해산하여 자식을 세상에 내놓은 다음, 세 살까지 젖을 먹여 기르고, 일곱 살 여덟 살까지 돌보며 보호합니다. 그러나 때가 되면, 세상 어느 어머니라도 이제부터는 빵을 먹으라고 매몰차게 젖을 끊습니다. 나이가 차면 들로 밭으로 내보내십니다. 열 살이나 먹은 아들에게 젖을 물리는 어머니가 있습니까? 없지요? 그런데 왜 사람은 끊임없이 칭얼거리며 젖을 달라고 하느님 옷자락을 붙잡고 맴돕니까? 하느님이 차려 주신 세상을 살지 않고, 왜 그분 품안에서 응석받이로 머물려고 합니까? 그래서 하느님은 그대들이 아무리 울고불고 매달려도 '이제 네 일은 네가 감당하라!' 말씀하시면서 외면하십니다. 정확하게 말하자면, 그분은 거기 계시지 않기 때문에 그대들의 기도도 울음도 하소연도 듣지 않으십니다."

그러더니 예수는 두 팔을 크게 벌렸다. 그리고 무엇을 감싸듯 크게 편 팔을 안으로 천천히 오므리며 외쳤다.

"그대들 마음속에 스며들어 오신 그분이 듣는 세상의 저 소리를 그대들도 들으시오! 하느님도 들으시는데 그대들은 귀를 막고 뿌리치고 있소!"

예수가 하는 말을 가로막고 나서는 사람은 아무도 없었다. 그럴 수 없었다. 그들은 등을 타고 흐르는 전율을 느꼈다.

"이미 그 자리를 비운 하느님의 형상을 누가 무엇이라고 설명합니까? 그대들이 믿는 하느님은 지배자들이 그들의 욕망을 하늘에 비춘 그림자일 뿐입니다. 들으시오! 내 옆자리에 앉아 있는 사람의 마음에서 울려 나오는 그 소리가 하느님의 음성이오. 울며 가슴 치는 불쌍한 사람들의 하소연이 하느님의 신음이오! 그래서 내가 사람들에게 가르쳤소! 안식일의 주인은 하느님이 아니라 사람이라고. 스스로를 비워 사람이 되신 하느님이 정녕 안식일의 주인이라는 말이오? 성전에서 섬겨야 할 분은 스스로를 비운 하느님이 아니고, 사람일 뿐이오! 사람을 섬기지 않고는 하느님을 섬길 수 없소!"

폭포가 쏟아지는 것 같다. 예수의 말을 따라가기에 바빴다.

"사람 사는 세상을 이렇게 뒤흔들어 놓고는 하느님 나라를 이룰 수 없소. 하느님 나라는 어느 날 죽어서 그분의 은혜를 입어 하늘 궁정에 올라가는 것이 아니고 여기 이 땅에서 함께 살아가는 사람 속에서 이뤄야 하는 나라요. 그래서 나는 하느님의 뜻이 이 땅에 이뤄지기를 기도하라고 가르쳤소. 하느님의 법은 하늘에 오르는 법이 아니라, 서로 손잡고 그분이 지어 넘겨주신 세상에서 함께 살아가는 세상을 이뤄가라는 명령이오. 그대들은 하느님의 명령을 거역했고, 백성들을 그대들이 믿는 허상으로 억압했고, 백성들 입안으로 들어갈 빵과 양고기와 포도주와 올리브기름을 훔친 셈이오."

그러더니 예수는 다시 손을 크게 뻗었다.

"내가 그대들을 위해 마지막으로 손을 펼칩니다. 그대들은 한 사람도 빼놓지 않고 모두 하느님의 품성을 지닌 귀한 생명입니다. 아기가 자라나듯, 그대들도 하느님을 품고 자랍니다. 각 사람의 품에 깃들어 계신 하느님은 다른 사람들, 그대들의 이웃과 친구와 심지어 원수와

적敵의 가슴속에 들어 있는 하느님의 품성을 불러내십니다. 손잡고 같이 세상을 살아가자고 부르십니다. 하느님의 부르심을 듣고 대답하고 나서시오."

사람들은 숨을 죽이고 예수의 말을 들었다. 감히 그의 말을 가로채거나 중단시킬 수 없었다. 처음 겪는 일이었다. 그가 하는 말이 하도 같잖아서 무슨 말을 하는지 더 두고 들어보자는 생각이 아니라, 그저 멍하니 들었다. 세상에서 가장 이상스러운 재판이 이뤄지고 있는 셈이다.

"그대들은 하느님이 인간의 일에 개입하실 그날을 기다리고 있지요? 언젠가 하느님이 개입하셔서 세상을 심판하고, 의로운 사람과 하느님의 법을 지키면서 고통을 이겨낸 사람은 그분이 들어 올리실 날을 기다리지요? 하느님이 세상을 창조하셨고, 인간이 하느님의 뜻을 어기고 죄를 지어 타락하고, 언젠가 다시 하느님과 화해하는 구원의 날을 기다리지요?"

그것은 이스라엘 자손이라면 유대인이든 갈릴리 사람이든 누구나 믿고 기다리는 하느님의 역사였다. 죄인으로 체포돼 재판을 받는 갈릴리 목수의 아들이 감히 예루살렘 성전의 대제사장과 대산헤드린 의원들이 주재하는 재판정에서 입에 올릴 수 있는 얘기가 아니었다.

"그런 날은 오지 않습니다. 하느님은 인간이 타락하기를 기다렸다가 벌을 주시고, 그런 혹독한 벌을 받고 벌벌 떨며 회개할 때 구원의 손을 내미시는 분이 아닙니다. 처벌하기 위해 법을 내려 주고, 법을 지키는지 어기는지 지켜보다가 정죄하고 심판하시는 분이 아닙니다. 그건 바로 세상 왕국이나 제국이 하는 일입니다. 그러니 권력자들은 자기들 뜻과 방식을 하늘에 비추고 하느님이 그러하시다고 말했습니다. 그러니 그건 그림자일 뿐입니다, 하늘에 비친…. 들으시오! 해방은, 이제 그대들이 하느님의 사랑 안에서 진정으로 누릴 해방은, 바로 그런 환상에서 벗어나는 일로부터 시작합니다."

이스라엘의 역사와 근본을 뒤흔드는 말을 예수는 거침없이 쏟아냈다. 그는 이전의 어떤 예언자도 감히 입에 올리지 않았던 말로 세상을 번쩍 들었다가 내려놓았다.

"하느님이 세상을 주재하지 않으신다면, 무엇에 의지해서 살아야 할까, 걱정되지요? 하느님이 내려 주시는 법과, 세상 구원을 위한 그분의 계획이 없다면 무엇을 기다려야 할지 막막하지요?"

예수는 물었다. 이미 그는 재판을 받는 죄인이 아니다. 그가 묻는 질문은 이스라엘에게만 묻는 것이 아니고, 모든 사람에게 묻는 질문이었다.

"들으시오! 하느님은 그분이 지으신 세상과 그 안에서 살아가는 생명과 그리고 사람이 더불어 살아갈 동료로 사람을 세상에 남겨 두셨습니다. 그렇게 남겨 두고 마련해 주신 세상, 생명, 동료 사람과 더불어 살아가는 방법밖에 다른 무슨 수가 있겠습니까?"

땅 위에 사람이 나타난 이후, 모든 사람들이 묻고 또 물었던 질문을 예수가 물었다.

"왜 하느님은 그렇게 하실 수밖에 없는가? 그런 하느님은 과연 누구신가?"

그러더니 그는 그들 모두를 끌어안는 마음으로 말했다.

"하느님이 사람을 처음 창조하실 때 그분의 형상대로 지으셨다는 말이 무슨 뜻입니까? 바로 우리 인간이야말로 하느님의 의식을 가진 첫 번째 존재라는 말입니다. 혼자 세상을 사는 존재가 아니라, 다른 존재와 더불어 사는 존재, 나 이외의 존재와 관계를 맺고 살아가는 존재, 그래서 사랑할 줄 아는 존재입니다. 사람이 다른 사람을 사랑하지 못하면 과연 어떤 존재가 사람을 사랑할 수 있겠습니까?"

그렇게 말한 다음 예수는 천천히 방 안에 들어선 모든 사람들을 둘러보고, 가야바의 얼굴을 한참 쳐다보고, 고개를 돌려 문밖에 서성이는 사람들을 쳐다보고, 화롯불을 갈러 들어온 사람들도 쳐다보았다. 그와 눈길을 마주칠 때 움찔 놀라는 사람도 있고, 한 줄기 따스한 빛이 스며드는 것을 느끼는 사람도 있었다.

"이제 그대들 뜻대로 하시오! 그러나, 기억하시오! 그대들은 영원히 패배한 사람들이 될 것이오. 사람의 자리를 스스로 버린 불쌍한 사람들…. 그대들이 깨닫는 날, 아침이 되겠지요."

긴 재판이 끝났다. 니고데모나 요셉도 더는 나설 수 없었다. 로마황제 티베리우스 19년 니산월 14일, 예루살렘 대산헤드린에서는 예수에게 사형을 내렸다.

✠

대산헤드린 비상재판에서 율법에 따라 예수에게 최고형인 사형을 언도했고, 예수는 즉시 총독궁 감옥으로 이송되었다. 예수가 끌려 나가는 뒷모습을 바라보면서 가야바는 마음이 영 찜찜했다. 이대로 재판을 끝내면 안 된다는 생각이 들었다.

야손의 기소와 고발을 들을 때만 해도 그 많은 죄목에 대해 아무 말도 없이 그저 조용히 듣고 있는 예수가 이상한 사람이라고 생각했다. 어쩌면 변명할 말도 없을뿐더러 그를 따라다녔다는 제자까지 증인으로 나섰기 때문에 모든 것을 포기한 모양이라고 생각했다.

그러나 그가 최후 진술로 입 밖으로 내뱉은 말은 하늘이 무너지고 땅이 갈라지는 것만큼이나 무서운 얘기였다. 그런 자가 제지를 받지 않고 예루살렘 성전에 매일 들어와 사람들을 모아 놓고 맘껏 떠들고 선동하도록 놓아둔 일을 생각하니 가슴이 서늘했다.

'오늘 이 자리에서 저자가 지껄인 말을 모두 성전 뜰에서 떠벌렸을 텐데, 왜 아무도 그런 말을 보고하지 않았나? 야손 제사장은 저자를 재판에 부치면서 왜 그 일에는 입을 다물었을까?'

"야손 제사장! 방금 전 예수가 떠들었던 저 참람한 말을 성전 뜰에서도 입 밖에 냈나요?"

무서운 눈으로 가야바가 야손에게 물었다.

"아닙니다! 절대로, 한 번도 저런 소리를 한 적이 없었습니다."

"흠! 그렇다!"

가야바는 깊은 생각에 빠졌다. 놀란 사람은 대제사장 가야바 한 사람이 아니었다. 그 자리에 있던 모든 의원들, 예수를 변호하던 요셉과 니고데모도 입을 다물 수밖에 없었다.

'하느님이 사람에게 모든 것을 맡겨 놓고 사라졌다니….'

'세상을 하느님이 아니라 사람이 운영한다고?'

참람하기 그지없고, 야훼 하느님이 당장이라도 이스라엘에 어떤 큰 벌을 내려도 하소연조차 할 수 없을 만큼 하느님에 대한 모독이었다.

아직도 멍한 표정으로 충격에서 벗어나지 못한 의원들을 단속하기로 가야바는 마음먹었다. 그는 늘 그렇듯 몇 번 헛기침을 하더니 천천히 자리에서 일어섰다. 그건 아주 중요한 말을 할 차례라는 신호다.

"여러 의원님들! 예수 그자가 입에 올렸던 얘기를 모두 들었지요? 그자에게 우리 대산헤드린에서 사형을 내린 것은 지극히 정당한 판결이었습니다. 날이 밝기 전에 빌라도 총독 각하께 대산헤드린의 판결 내용을 보고하면서 로마법에 따라 엄중히 처벌하도록 고발할 것입니다. 그러나 우리 대산헤드린에서 한 가지 꼭 깊이 새겨 두어야 할 일이 있습니다. 이것은 지극히 높으신 분 앞에 이스라엘이 바로 서는 일과, 앞으로 영원토록 하느님 백성으로 우리가 살아가는 일과 관련이 있습니다."

가야바의 엄중한 선언을 모두 귀담아들었다. 그럴 수밖에 없는 일이다.

"오늘 이 자리에서 그자가 입에 올린 참람한 얘기들이 절대로 밖으로 새어 나가지 않도록 여러 의원님들이 주의해 주시기 바랍니다."

가야바의 말이 떨어지자마자 늘 그의 비위를 맞추는 데 앞장섰던 제사장이 얼른 말을 받았다. 그럴 때 다른 사람보다 한발 늦으면 큰일이라고 생각하는 사람이었다.

"맞습니다, 대제사장 각하! 만일 예수의 말이 그냥 사람들에게 퍼져 나간다면 무슨 일이 벌어질지 눈에 뻔히 보입니다. 그자의 말이 밖으로 퍼진다면 분명 오늘 이 자리에 참석한 의원님들 중에서 어느 분이 발설한 것이 분명하니 철저하게 조사해서 엄중 책임을 물어야 할 것입니다. 예수 그자의 말은 지극히 높으신 분께서 크게 노하셔서 진노의 화롯불을 쏟아부으실 만큼 무서운 일입니다. 그 말을 들었던 귀를 잘라내고 싶은 마음입니다."

다른 의원이 나섰다. 그도 힐끔힐끔 가야바를 쳐다보았다.

"지금이 어느 때입니까? 하느님 야훼께서 우리 이스라엘을 이집트 왕의 압제에서 구원해 내신 일을 기억하며 그분의 은총 앞에 엎드리는 유월절입니다. 이런 특별한 명절에 끔찍한 망언을 지껄이는 자가 유대 땅에 나타났습니다. 우리 민족에게 큰 위기가 닥치게 됐습니다. 그분의 진노가 무섭지 않습니까? 날이 밝으면 당장 큰 제사를 드리고, 온 백성이 그분 앞에 엎드려 용서를 구해야 할 때라고 봅니다."

다른 의원도 나섰다. 마치 경쟁하듯….

"그렇습니다. 이방민족에게 정복되어 노예로 끌려갔던 일을 생각해 보십시오. 바로 그분이 내려 주신 법을 백성들이 어겼고, 그 일로 그분께서 합당한 벌을 내리셨기 때문이 아닙니까? 우리 조상들이 바빌론 그발 강가에 앉아서 시온으로 돌아올 날을 기다리며 얼마나 울면서 회개하고 기도했습니까? 우리 대산헤드린의 의원 자리를 차지하고 있는 사람들로서, 이스라엘 민족의 지도자라는 사람들로서 시대와 역사에 대한 책임에서 벗어날 수 없습니다. 이제 다시 우리 민족에게 무슨 일이 벌어진다면, 바로 역사는 우리에게 책임을 물을 겁니다."

"예언자 나훔이 선언했습니다. '주님은 질투하시며 원수를 갚으시는 하느님이시다. 주님은 절대로 죄를 벌하지 않은 채 내버려 두지는 않으신다. 회오리바람과 폭풍은 당신이 다니시는 길이요, 구름은 발 밑에서 이는 먼지다. 주님 앞에서 산들은 진동하고 언덕은 녹아내린다. 그분 앞에서 땅은 뒤집히고 세상과 그 안에 있는 모든 것은 곤두박

질한다.'

그리고 이어 예언했습니다. 이스라엘이 지은 죄 때문에 하느님은 이스라엘을 이방의 손에 부치실 것입니다.

'적군들은 붉은 방패를 들고 자주색 군복을 입었다. 병거兵車가 대열을 지어 올 때에 그 철갑이 불꽃처럼 번쩍이고 노송나무 창이 물결친다. 약탈자들이 야곱과 이스라엘을 약탈하고 포도나무 가지를 없앨 것이다.'

제가 여러 의원님들께 묻습니다. 우리 이스라엘은 앗시리아에게 당했고, 바빌론에게 무너졌고, 페르시아와 헬라를 거쳐 마지막에는 로마에게 넘겨졌습니다. 다시 한번 하느님의 진노를 사서 이런 일을 더 겪어야 하겠습니까?"

그의 말은 절절했다. 사람들은 예루살렘 성벽을 허물고 이방제국의 군대, 붉은 옷, 자주색 군복을 입은 병력이 파도처럼 밀려들어 왔던 옛일을 떠올렸다.

방 안에 들인 화롯불은 아직 후끈후끈 열기를 뿜어내고 있었지만 방 안에 있는 사람들은 깊은 우물에서 길어 온 찬물을 머리 꼭대기에 끼얹은 듯 전율을 느꼈다. 으스스 몸이 떨렸다. 그들이 발 디디고 섰던 바닥이 흐물흐물 무너져 내리고, 한없이 깊은 땅속으로 끌려 내려가는 공포를 느꼈다. 한 번 떨어지면 다시는 빠져나올 수 없는 깊은 골짜기, 이스라엘이 겪었던 그 오랜 고통의 역사로 되돌아갈 수밖에 없다는 공포에 사로잡혔다.

이런 때에는 대제사장으로, 그리고 대산헤드린 비상재판을 주재하는 사람으로 가야바가 상황을 정리해야 한다. 그는 원래 기회를 잡는 일에 남다른 능력이 있는 사람으로, 눈앞에 벌어지는 상황을 정리하면서 대제사장의 권한과 위엄을 더욱 확고히 할 때가 됐다고 판단했다. 그가 손을 들었다. 양 어깨보다 조금 넓게, 그리고 어깨보다는 높지 않게 두 팔을 펼쳤다. 마치 병아리를 불러모아 품는 어미 닭 같은 자세였다. 예루살렘 성전 대제사장, 비상 대산헤드린 의장의 위엄이 넘쳐흘렀다. 그는 이제 이스라엘에게 닥친 끔찍한 위협으로부터 백성을 구하고 성전을 구할 수 있는 사람, 하느님의 용서를 약속 받아낼 수 있는 마지막 희망으로 보였다.

"여러 의원님들이 걱정하는 일은 사실 이 사람도 똑같이 걱정하는 일입니다. 유월절 명절이 기쁘고 은혜로운 명절이 되느냐, 지극히 높으신 분의 진노가 쏟아지는 때가 되느냐, 모두 우리가 하기 나름입니다. 따라서 이제부터는 평소 다른 의견을 가졌던 의원님까지 한 사람도 빠짐없이 똑같은 책임을 나눠진 사람으로 눈앞에 닥친 위기에 대처해야 할 것입니다."

그러더니 그는 요셉 의원과 니고데모 의원을 똑바로 바라보았다. 그의 눈길은 엄하고 무서웠다. 바로 엄중한 질책이 담긴 눈, 예수가 그처럼 무서운 얘기가 쏟아낼 수 있도록 입을 열어 준 일에 대한 분노가 담긴 눈이었다. 아무리 요셉 의원이 대산헤드린에서 영향력이 있는 사람이라고 해도 감히 그 눈길을 맞받아낼 수 없을 만큼 엄중했으니 그보다 심약한 니고데모 의원이야 더 말할 나위도 없었다.

"요셉 의원! 그리고 니고데모 의원!"

아니나 다를까? 가야바가 두 사람의 이름을 불렀다. 그러더니 손가락으로 그들을 가리켰다. 그것은 상대를 완전히 제압하는 몸짓이었다. 마치 분을 참지 못하겠다는 듯, 그의 손가락이 부들부들 떨렸다.

"내가 두 분 의원의 얼굴을 보아 대산헤드린 재판을 원만하게 진행하려고 이렇게까지 마음을 썼지만, 결과는 보고 들은 바와 같소! 두 분의 책임이 없다고 말할 수 없을 터! 추후 이 문제를 반드시 따져 보겠습니다. 왜 두 분이 그자를 옹호했는지 … 그때까지 두 분은 오늘 이 자리에서 있었던 일을 기록으로도 남기지 말고, 누구에게도 발설하지 마세요. 소문이 퍼지면 두 분에게 더욱 엄중한 책임을 묻겠습니다. 이 사람 가야바가 대제사장으로 두 분에게 명령합니다."

비상 대산헤드린의 임시의장이고 재판장이지만 한편으로는 대제사장인 가야바가 '명령'이라는 말을 입에 올렸다. 그가 대제사장의 권위를 발동한 이상, 유대인이라면 누구라도 그 명령을 받들어야 한다. 사법권은 대산헤드린에 있지만 현실적인 힘과 무력은 대제사장의 손안에 있기 때문이다.

"아시겠소?"

그는 두 사람에게서 항복을 받아내려고 몰아붙였다.

"알겠습니다. 명을 따르겠습니다."

할 수없이 요셉과 니고데모가 거의 동시에 대답했다. 그렇게 대답을 하긴 했지만, 니고데모의 대답은 기어들어가는 듯 가늘고 낮은 소리였다. 요셉의 목소리는 굵고 짧고 조금도 위축된 목소리가 아니었다. 시원시원했다. 대제사장의 명령을 전적으로 수긍하고 받아들이는 것처럼 보이기도 하고, 전혀 개의치 않는다는 표시 같기도 했다. 요셉의 대답 소리 속에 박혀 있는 거친 결기를 느꼈는지 가야바는 자리에 앉으면서도 불편한 눈길을 거두지 않았다.

'예수의 입에서 나온 참람한 말을 가슴속에 간직하고 옮기거나 혹 동조하는 사람이 있다면? 분명 지극히 높으신 분은 당장 유대에 커다란 재앙을 쏟아부을 일이다! 그런데, 재앙이라면?'

유대의 재앙이면 가야바의 재앙이고, 그가 대제사장 자리에서 쫓겨나는 일이 분명해 보였다. 그의 마음속에는 하느님이 이미 예언자를 통해 남겨둔 무서운 꾸지람이 떠올랐다.

"하늘아 이것을 보고, 너도 놀라고 떨다가 새파랗게 질려버려라. 나 주의 말이다. 나의 백성이 두 가지 악을 저질렀다. 하나는 생수의 근원인 나를 버린 것이고, 또 하나는 전혀 물이 고이지 않는, 물이 새는 웅덩이를 파서, 그것을 샘으로 삼은 것이다. '하느님은 끝까지 화를 내시는 분이 아니다. 언제까지나 진노하시는 분이 아니다' 하면서 온갖 악행을 마음껏 저질렀다."

그 예언을 생각하니 바로 오늘 밤 일이 분명했다. 하늘이 새파랗게 질려 떨 일이다. 하느님이 사라졌다니, 사람에게 맡겨 놓고 사라졌다니…. 도대체 어떻게 해서 저런 망나니가 나타났는지, 시대가 무서울 뿐이다.

"들으시오!"

가야바는 침통한 어조로 입을 열었다.

"한 사람이 죽어서 민족 전체가 망하지 않는 길을 우리가 택했지만, 이런 일이 일어났다는 사실이야말로 우리 민족 전체가 옷을 찢고 재를 뒤집어쓰며 회개할 일입니다. 그러니 총독 각하께서 예수 그자에게 사형을 내리도록, 마티아스 제사장과 성전 모든 분들은 한 치도 어긋남이 없도록 협력하기 바랍니다. 만일 이후로 예수에게 동조하는 언사를 하는 사람이 다시 나타난다면, 내가 대제사장의 권위로 말하는데, 우리와 함께 유월절 명절을 다시는 지낼 수 없을 것입니다. 모두들 명심하세요!"

무서운 협박이다. 그리고 사실 예루살렘 성전 대제사장 가야바는 현실적으로 그만한 힘을 가진 사람이다. 그들은 더 이상 아무 말도 하지 않고 가야바의 집을 빠져나왔다. 어떤 사람은 이만하기 다행이라고 생각했다.

가야바의 집에서 나온 니고데모와 요셉은 한동안 말없이 걸었다. 그들 뒤를 따라오는 하인들이 듣지 못하게 작은 소리로 요셉이 입을 열었다.

"니고데모 의원! 이거 우리가 자칫 잘못하면 큰 봉변을 당하게 생겼소! 예수가 그런 사람인지도 모르고 우리가 잘못 나선 것 같소!"

"으음! 으으!"

니고데모의 입에서 괴로운 신음소리가 흘러나왔다. 그는 다리에서 힘이 빠졌는지 허청허청 걸었다. 곧 주저앉을 사람처럼 보였다.

"괜찮소?"

그를 부축하려고 나서며 요셉이 물었다. 니고데모는 말없이 손을 내저었다. 그는 예수를 만나고 티베리아스로 돌아오던 그 밤을 떠올렸다. 세상을 모두 안은 듯 느꼈던 그 충만함, 새소리 풀벌레 소리마저 황홀했던 밤길도 다시 떠올렸다. 그러다가 혼잣말처럼 그는 한마디를 입 밖으로 내었다.

"이럴 수는 없어!"

"뭐라고 하셨소?"

"이럴 수는 없어요, 요셉 의원! 무엇이 잘못된 것일까요?"

"왜 그래요?"

"선생님이 변했어요!"

요셉은 더 묻지 않았다. 어찌 들으면 자기가 예수를 잘못 판단했다는 변명처럼 들리고, 어찌 들으면 정말 예수가 변해서 그도 깜짝 놀랐다는 말처럼 들렸다.

사실 니고데모는 예수를 잘못 판단하기도 했고, 예수가 변하기도 했으니 그의 잘못만은 아니다. 바리새파 사람으로, 그리고 대산헤드린 현실 정치에 몸을 담은 사람으로 그는 예수가 혹 메시아가 아닌지 그 부분에 더 관심을 가졌었다. 그래서 요셉 의원과 함께 갈릴리에 내려간 김에 그 혼자 몸을 빼서 예수를 만나러 가지 않았던가?

한참 만에 요셉이 니고데모를 위로하듯 입을 열었다.

"니고데모 의원! 내가 그때 함께 예수를 만나러 갔으면 좋았을 걸. 그러면 내가 단박 어떤 사람인지 알아봤을 텐데…."

"예?"

"아, 티베리아스에서 그 밤중에 니고데모 의원이 혼자 예수를 만나러 갔잖아요? 나만 쏙 빼놓고!"

"그때는 요셉 의원은 예수 선생을 만나기 싫다고 하기에…."

"메시아를 혼자만 만나보고 싶었던 것은 아니고? 허허! 농담이오, 괘념치 마시오!"

요셉은 예수에게 '선생'이라는 말을 더 이상 붙이지 않았다. 그가 하는 말을 듣고 보니 그 말이 사실이었던 것도 같다. 그러면서 어깨를 나란히 하고 한참을 더 걸었다. 이제 두 사람이 각자 헤어져 자기 집으로 가야 할 길목에 이르렀다. 니고데모가 한숨을 푹 쉬더니 요셉에게 물었다.

"이제 다른 방법이 없겠지요? 무슨 좋은 수가 있을까요?"

"니고데모 의원! 안 됐지만 이제 생각을 접으세요! 여기서 한 발만 더 나가면 큰일 납니다! 예수 그 사람 정말 도저히 어찌 해 볼 도리가 없는 사람이더군요. 아까 마지막 최후 진술할 때 했던 말은 우리 유대 역사에 커다란 상처로 남을 수밖에 없는 말이오. 우리 민족의 바탕을 흔드는 말…. 지극히 높으신 분이 사라지셨다니 말이 됩니까? 그런 참람한 말을 하는 사람을 살려두면 우리 민족이 또 무슨 화를 당할지 몸이 다 떨립디다. 더구나 가야바 대제사장이 우리 두 사람을 콕 찍어서 다짐받고 경고할 때, 나는 태연한 척 받아넘기기는 했지만, 정말 큰일 날 일을 했구나 후회했어요. 그런데 대제사장은 이 일을 그대로 묻어두고 넘어갈 사람이 아닙니다. 분명 우리 두 사람에게 뒤끝이 남아 있을 것입니다."

니고데모는 아무 말도 없이 요셉의 말을 들었다. 그도 떨리기는 마찬가지다. 그리고 대제사장 가야바의 경고를 그냥 무시하고 넘길 수 없을 것도 안다. 그러나 마음속에는 알 수 없는 질문이 일어나고 또 일어났다.

"니고데모 선생! 모든 사람은 아기로 태어납니다."

바로 갈릴리에서 예수를 처음 만났을 때 그에게서 들었던 얘기다. 사람이 아기로 태어나서 자라듯, 사람의 생각도 자라고 변하고 어느 날 어른의 생각을 한다는 뜻이었음을 깨달았기 때문이다. 예수가 그때로부터 변했다면 바로 그의 생각이 자랐다는 말이 아닐까? 그는 처음부터 모든 것은 변한다고 믿었던 사람이 아니었을까?

바리새파를 대표한 대산헤드린 의원이기는 하지만, 예수가 남겼던 말 중에 그의 가슴에 떨어져 묻힌 씨가 있는 모양이다. 그 씨가 싹을 틔우고 어떤 나무를 키워낼지 지금은 누구도 알 수 없다.

✢

므나헴이 대산헤드린 재판에서 증언하고 뜰로 나와 보니 전보다 더 많은 사람들이 모여 있었다. 행색으로 보아 그들은 재판에 참석한 의원들의 하인이나 종들이었다. 주인이 밤늦도록 나오지 않고 있으니, 모닥불 가에 모여 앉아 기다리고 있으면서 그들 나름대로 예수에 대해 의견을 나누고 있었다.

예수의 제자들 중 누구라도 만날 수 있을지 찾아보느라고 안뜰을 걸어 나오면서 유심히 살펴봤지만 므나헴이 알 만한 사람은 하나도 없었다. 바깥뜰에서도 마찬가지였다.

'아무도 없다니….'

기가 막혔다. 늘 예수 턱 밑을 맴돌던 요한도, 제자들 중 맏형 노릇을 하던 시몬 게바도, 용감하고 씩씩한 도마나 작은 시몬도 보이지 않았다. 혹 여제자 마리아는 무슨 수를 쓰든 들어와 있을지 모른다는 생각에 여자들이 들랑거리는 문 쪽을 바라보아도 그녀의 모습을 발견할 수 없었다.

'그러면 선생님 혼자 끌려와서 저러고 계신다는 말인가?'

가슴이 저릿저릿했다. 제자들은 모두 어디로 사라졌는데, 그래도 선생은 제자들 안전이 걱정돼 자신에게 마지막 부탁을 하지 않았던가?

그는 대제사장 집을 떠나 하스몬 왕궁으로 돌아가려다 조금 더 상황을 지켜보기로 마음먹었다. 혹 늦게라도 예수의 제자 중에 누가 찾아올 수도 있고, 재판이 일찍 끝나면 예수가 끌려 나올 수도 있기 때문이다. 제자가 아무도 없다면, 자기라도 기다렸다가 선생이 어찌 되는지 살펴보아야 할 것 같은 생각이 들었다.

"어느 의원 댁 하인이오?"

"예?"

모닥불 곁에 서서 불을 쬐는데 옆에 서 있던 사람이 물었다.

"어느 의원 댁 하인이냐고 물었소. 그런데, 조금 전에 안에서 나오는 것을 봤는데, 정말 붙들려 온 사람이 예수 그 사람 맞던가요?"

"맞습디다!"

"오늘 밤 재판을 한다고 들었는데… 어찌 되는지 들어봤어요?"

"아직 재판 중이라고 합디다."

"그쪽은 대제사장 댁 하인이오?"

"아닙니다."

"그럼?"

므나헴은 꼬치꼬치 캐묻는 것이 왠지 불편해서 자리를 피해 다른 모닥불 쪽으로 가려고 하는데, 그가 다시 말을 걸었다.

"어디서 봤는지 낯이 익습니다."

"어디서요?"

"글쎄, 성전 뜰에서 본 것도 같고… 어디더라…."

그렇거나 말거나 그는 자리를 떠 다른 모닥불 쪽으로 옮겼다. 겨우 불가에 자리를 잡고 앉아 주위를 둘러보았다.

바깥마당에만 네 개, 안마당에 두 개나 모닥불을 피워 놓았고, 안뜰에는 나무와 나무 사이에 천막도 쳐 놓았다. 안팎으로 모여 있는 사람들이 하인들이나 종들까지 쳐서 족히 백여 명 가까웠다. 바깥마당에서 안마당으로 들어가는 사람을 가야바의 가병들이 눈을 부라리며 지켜보며 서 있었다.

바깥마당보다는 그래도 안마당이나 뜰에 있어야 무슨 소리를 들어도 들을 수 있을 것 같아 슬슬 안마당으로 들어가려고 하는데 문을 지키던 가병이 앞을 가로막았다.

"어디 가?"

"나 조금 전에 나갔던 사람이오!"

"그래도 못 들어가!"

"재판에 증인 섰던 사람이오! 들어가야 하오!"

"들어가슈!"

그제야 그는 길을 터줬다. 므나헴은 안마당을 지나 뜰에 쳐 놓은 천막 아래에 들어가 앉았다. 그곳에서는 안마당 바깥마당을 드나드는 사람들이 모두 보였다. 한참 그렇게 앉아 있는데, 대제사장 집 하인들이 모닥불에서 벌건 불덩어리를 골라 항아리에 담고 있었다. 아마 안으로 들여 화롯불을 갈려는 모양이었다.

므나헴이 얼른 그들에게 다가가 거들면서 물었다.

"아직 멀었나 보네요?"

"예수 그자가 뭐라고 한참 의원님들에게 얘기를 하고 있습디다. 나원 참… 아 글쎄, 그자가 설교를 해요, 설교를! 의원님들한테. ”

“그래서요?”

“그런데 대제사장 각하나 마티아스 제사장님이나 의원들이 그냥 그 자가 떠드는 소리를 듣고 계시더라니까요. ”

“음! 무슨 중요한 얘기를 하는가 보지요. ”

“중요하기는? ‘하느님이 사라졌다’고 하던데… 사람에게 세상을 맡겨 놓으시고!”

그때 모닥불을 쬐고 있던 사람 하나가 자꾸 므나헴을 쳐다봤다. 그러더니 아무래도 못 참겠다는 듯 옆으로 다가와서 물었다.

“아까, 저기 안에서 나왔지요?”

“뭐라고요?”

자기도 모르게 므나헴은 불쾌한 목소리로 말을 받았다.

“아니! 왜 그렇게 벌컥 화부터 내슈? 내가 똑똑히 기억하는데, 그쪽이 아까 저기 저 방, 지금 재판이 열리고 있는 방에서 나오더구만… 비틀거리면서…. ”

“난 아니오!”

“뭘 아녀? 내가 봤는데…. 그런데 예수 선생의 제자였던 사람이 저기 재판에서 선생을 고발했다고 합디다. 혹 그쪽이 그런 거 아니오?”

므나헴은 아예 그의 말을 무시하고 대답하지 않았다. 커졌다 작아졌다, 누웠다 일어서는 모닥불을 바라보고 있는데, 옆자리에 서 있던 다른 사람이 툭 한마디 던졌다.

“어이! 내 눈이 틀림없다면 당신은 갈릴리 예수를 따라다니던 사람인데? 내가 성전 뜰에서 예수와 함께 있는 것을 똑똑하게 봤거든!”

"나는 아니오!"

"아니긴? 내가 봤다니까?"

"예수를 따라다니기는 했지만 제자는 아니오!"

그렇게 말하자 므나헴은 불현듯 예수가 조금 전에 그에게 마지막 건넸던 말이 떠올랐다.

'므나헴! 무슨 일이 있든, 그대가 무슨 말을 하든, 그대는 내 제자요.'

생각해 보니 선생 예수는 참 잔인한 사람이었다. 도대체 어쩌라고, 므나헴의 처지를 훤히 내다보면서도 그가 자기의 제자라고 거듭거듭 확인했으니….

"아니라면 아닌 줄 알아요! 남의 마음도 모르고…."

"지극히 높으신 그 한 분 빼놓고 누가 사람 마음을 알 수 있겠소? 다만 그대는 예수의 제자요! 내가 장담하는데 어느 때가 되든 사람들은 그걸 알게 될 거요."

그때 언제 안마당으로 들어왔는지, 바깥마당에서 므나헴에게 어느 댁 하인이냐고 꼬치꼬치 물어 대던 사람이 옆에 쭈그리고 앉으면서 큰 소리로 말했다.

"내 이제 알겠구만! 어째 어디서 본 듯 눈이 익다고 생각했는데, 내가 우리 의원님 모시고 대산헤드린에 갔을 때, 성전 뜰에서 그쪽을 봤어! 예수 선생님 제자였는데, 그때는?"

그 말끝에 주위에 앉아 있던 사람들이 모두 몰려들더니 한마디씩 거들며 시끄러워졌다.

"그러니까… 이제 보니 분명하구만! 예수 제자가 선생을 배반하고 대산헤드린에 고발했다더니, 그게 다른 놈이 아니라 그쪽이구만? 잘

한 일이네!"

"아예 처음부터 고발하기로 작정하고 선생을 쫓아다녔다면서? 갈릴리 분봉왕의 명령을 받고? 그것도 자그마치 4, 5년 동안이나? 대단한 사람이네, 알고 보니…. 아 그쪽 말이오! 뭘 시침을 떼, 떼기는? 우리도 다 들었어!"

"사람이 그러는 것 아녀! 어찌 식구를 물고 덤빌까!"

므나헴을 주인을 문 개 취급하는 말이었다. 사람을 개라고 말하면 이스라엘에서는 가장 경멸하는 말이다. 게다가 주인을 문 개라니….

밖에서 불을 쬐던 사람들은 거의 모두 의원들을 모시는 하인이나 종이었다. 예수를 재판하러 온 주인들과는 달리 그들 중에는 속으로 예수에게 기대를 품고 좋은 세상 올 날을 기다린 사람들도 있었다. 아마 항아리에 불을 담아 방 안에 들이고 내던 하인들이 들은 대로 본 대로 밖에 있는 사람들에게 말을 전한 모양이었다.

"그러니 할 수 없어! 갈릴리에 어디 사람이 살던가? 주인 무는 개만 살겠지!"

므나헴은 그들과 맞서 싸울 수 없었다. 그가 개였다. 주인을 콱 물고 덤빈 개였다. 개가 어디로 갈 것인가? 다시 주인집 문간에 가서 꼬리 내리고 문 열어 주기를 기다릴 것인가? 죽을 만큼 몽둥이로 두들겨 맞고 나면 주인이 받아줄 것인가?

그가 자리에서 일어났다. 고개를 푹 숙이고.

"왜? 사람 곁에 있기 미안하지? 들로 나가! 들개로 살아!"

그들은 므나헴에게 이빨을 하얗게 드러내듯 적개심을 보이며 독한 소리를 내뱉었다. 므나헴은 휘청휘청 안마당을 벗어나, 눈앞이 캄캄한 채 문을 걸어 나왔다. 바깥마당에 피워 놓은 모닥불 옆을 어떻게 지나왔는지, 불빛이 비치지 않는 곳까지 걸어갔다. 그가 걸어간 것이 아니고 다리가 몸을 끌고 갔다. 정신은 몸에 끌려 땅바닥을 질질 기어 왔다.

므나헴은 모퉁이를 돌기 전에 멈춰 서서 한참 대제사장 집을 바라보았다. 허연 저택이 마당에 피워 놓은 여러 무더기의 모닥불 빛을 받아 일렁였다. 문을 활짝 열어 놓기는 했지만 가로막고 버티고 선 가병들 때문에 마치 듬성듬성 이가 빠진 입을 크게 벌린 듯 보였다.

'저기, 선생님이 혼자 서 계신다. 온 유대 앞에….'

하인의 말로 미뤄 보아 야손 제사장의 가지가지 기소를 들으며 아무 말 없던 예수가 드디어 입을 열어 씨를 뿌리는 모양이다. 그러나 유대는 돌밭이다. 메마르고 거친 돌밭이다. 그런 거친 땅이라도, 아직 때가 안 됐더라도 씨를 뿌리겠다는 선생이 너무 안타깝다.

'무엇을 위해….'

므나헴은 예수에게 붙여질 죄명과 유대법에 의한 처벌을 생각하며 부르르 몸을 떨었다. 유대인들이 소리를 지르며 예수에게 던지는 돌이 마치 그에게 던져진 것 같다. 멍하니 서 있는 동안에 돌은 점점 쌓여 므나헴을 완전히 덮었다. 세상이 깜깜해졌다.

한참 만에 정신을 차리고 그는 천천히 윗구역 총독궁 길을 걸어 올라갔다. 대제사장 집 주변으로는 로마군 병사들이 군데군데 초소를 세우고 경비하는 것이 눈에 띄었다. 말이 좋아 경비지 실제로는 대제사장 집을 감시하는 것이고, 무슨 일이 생기면 봉쇄하려는 것이 분명했다.

총독궁에 이르기 조금 전에 우측으로 돌아 성전으로 가는 길로 접어들어 걸어 내려갔다. 그곳에 하스몬 왕궁, 지금은 분봉왕 안티파스가 사용하는 궁전이 있다. 알렉산더를 찾아가서 대산헤드린 재판을 보고할 일이 죽기보다 싫었다. 그의 차갑고 건조한 목소리와 사람 속을 들여다보려는 듯 깊게 번쩍거리는 눈을 다시 마주해야 한다는 생각을 하니 얼어붙듯 가슴이 싸늘해졌다.

'알렉산더 공에게 마지막 보고를 하고, 이제 내 길을 떠나리라….'

알렉산더는 늦은 시간인 데도 잠자리에 들지 않은 채 기다리고 있었다. 므나헴은 알렉산더의 그런 집요함이 이제는 견딜 수 없을 만큼 싫었다.

예상대로 알렉산더는 표정 없이 그의 보고를 들었다. 대제사장 저택에서 열린 대산헤드린 비상재판에서 예수에게 유죄평결을 할 수 있도록 증언하고 왔다고 보고를 마치자 알렉산더는 바짝 마른 갈대처럼 버스럭거리는 목소리로 겨우 한마디 할 뿐이다.

"날이 밝은 후에 총독궁에서 부르면 그 재판에도 증인으로 참석해! 그래야 확실하게 십자가에 매달아 처형할 수 있어!"

므나헴이 아무 말 없이 그대로 서 있자 알렉산더는 차갑게 한마디 덧붙였다.

"혹 마리아를 만나는 기회가 있으면 전해. 내 명령을 어기고 갈릴리로 내려가지 않았으니 합당한 벌을 내리겠다고. 그 아비가 어디에서 살고 있는지 알아냈으니, 이제 끝장을 내겠어!"

그가 몸을 돌려 물러나려고 하자 알렉산더가 불러 세웠다.

"므나헴! 예수의 제자가 됐는가?"

"무슨 말씀인지요?"

100

"그자의 제자가 됐는지 묻는다! 그런가?"

알렉산더의 눈은 차가웠다. 말 한마디 잘못 대답하면 갈릴리에 두고 온 가족들과 므나헴 그의 앞날이 헤어날 수 없는 어둠 속으로 떨어질 판이다. 알렉산더의 집요함과 잔혹함은 그를 섬기는 모든 부하들이 잘 알고 있었다.

"공께서 물으시니 사실대로 말씀드리겠습니다. 공의 지시로 예수의 제자가 되었고, 지난밤에 제자들에게 쫓겨났고, 조금 전 대산헤드린 재판정에서 선생님으로 모시던 예수의 죄에 대하여 증언하고 돌아왔습니다."

"알았다! 그 말을 기억해 두겠다, 므나헴! 나가봐!"

그 밤 내내 므나헴은 뜨거운 눈물을 흘리며 울었다. 그가 언제나 제자였다고 확인해 주던 예수의 목소리를 생각하며 울었다. 선생의 죄를 증언한 배신자가 된 일을 슬퍼하며 울었다.

'나 같은 사람이 무엇을 어찌할 수 있단 말인가? 시키는 대로 따르며 살 수밖에….'

막막했다. 아무런 생각을 할 수 없었다. 그저 커다란 구멍 하나가 뻥 뚫린 듯, 그 구멍에서 세상 모든 어둠이 꾸역꾸역 기어 나오는 것을 보았다. 그러다가 예수의 당부를 떠올렸다.

"제자들을 돌보시오. 그대이기 때문에 할 수 있는 일이오."

예수의 제자 중 아무도 대제사장 집 부근에서 만나지 못한 것으로 보아 그들은 상황을 모를 수도 있다는 생각이 들었다. 듣기로는 예수가 기드론 골짜기에서 혼자 있을 때 체포됐다니 베다니에 있는 제자들은 소식을 못 들었거나, 아니면 성문이 닫혀 아무도 성안으로 들어오지 못했음이 분명했다.

그는 베다니 여인숙으로 나가 보기로 했다. 제자들을 찾아가기로 작정하자 마음은 한시가 급했다. 한방에서 잠자는 다른 사람들이 깨지 않도록 조심조심 일어나 하스몬 왕궁을 벗어났다. 달리다시피 해서 성문에 이르렀고, 성문 경비병들은 그가 내민 패찰을 보자 두말하지 않고 문을 열어 주었다.

성문 밖 광장 우측, 움막마을 사람들이 머무는 임시 천막 밑에 사람들이 잠에 들지 않고 웅성웅성 모여 있는 것이 보였다. 베다니 여인숙을 찾아가는 것이 급해 그는 그대로 언덕길을 달려 내려갔고, 기드론 골짜기를 타고 북쪽으로 달렸다. 올리브산 남쪽 중턱으로 넘어가는 길에 이르자 예상했던 대로 로마군이 다시 길을 막았다. 품에서 패찰을 꺼내 보여주고 산 중턱을 올라갔다. 그 길은 선생을 따라 아침저녁으로 제자들이 걸어 내려오고 올라가던 길이었다. 생각하면 참으로 안타까웠다.

예수는 므나헴과 둘이 있을 때면 그에게 낮은 목소리로 당부했다.

"므나헴! 그대가 꼭 할 일이 있소!"

그는 자기의 목숨을 염려한 것이 아니라 천지를 분간하지 못하는 제자들을 걱정했다. 므나헴이 나서 뭐라 할 일은 아니었지만 정말 제자들은 하나같이 답답한 사람들이었다. 며칠 전까지만 해도 선생이 메시아라고 철썩 같이 믿었고, 선생이 이뤄내는 새 세상에서 높은 자리 차지할 생각만 하며 서로 다퉜다.

제자들을 바라보며 안타까워하던 선생의 눈길을 돌이켜 생각하니 므나헴 가슴 한구석이 스르르 무너져 내렸다. 무너져 내린 그곳으로 컴컴한 구덩이가 보였다. 끝을 알 수 없을 만큼 깊은 구덩이, 그곳에서 죽음의 냄새가 올라왔다. 죽음은 아리아리한 아픔과 후회를 머금은 허무였다.

그가 베다니 여인숙 마당으로 들어서자 그저 우왕좌왕 어쩔 줄 모르며 서 있던 제자들이 그를 둘러쌌다.

"므나헴! 무슨 소식을 가지고 왔어요?"

"선생님이 잡혀 가셨대요."

"므나헴은 선생님을 봤어요?"

여인숙의 마리아가 얼른 물 한 그릇을 그에게 내밀었다.

"그래 얼른 물 좀 마시고 얘기해 봐요, 므나헴!"

시몬 게바가 말했다. 누구도 므나헴이 갈릴리 분봉왕의 첩자라고 욕을 하며 덤벼들지 않았다. 선생이 잡혀간 일로 그를 원망하지도 않았다. 다만 숨이 턱에 닿게 찾아온 그에게서 무슨 소식을 들을 수 있으리라고 믿고 그의 입만 바라보았다.

산을 넘어올 때는 제자들을 만나면 무슨 말을 어떻게 하리라고 혼자 궁리했지만, 막상 그들을 만나니 말이 나오지 않고 가슴속 깊은 곳에서 울음이 끓어올랐다. 아무리 참으려고 해도 울음은 목울대를 타고 넘어오려고 자꾸 치밀었다. 한번 터지면 걷잡을 수 없을 것 같아 울음을 내리 눌렀다. 제자들과 4년이나 함께 자고, 먹고, 굶고, 비 맞고, 쫓겨 다니던 생각이 났다. 자기를 바라보며 무슨 말이 나올지 귀를 기울이는 그들의 얼굴을 보자 왜 예수가 끝까지 그들을 걱정했는지 알 것 같았다. 한없이 밉고 답답했던 제자들이었으나 이제 그럴 이유가 없어졌다.

"선생님의 말씀을 전합니다."

그가 겨우 그 한마디 말을 내뱉자 모두 반색을 했다.

"선생님 말씀? 지금 무사하신가요? 잡혀갔다고 들었는데?"

"날이 밝으면 선생님은 틀림없이 처형되실 겁니다. 십자가 처형 …. 대산헤드린 재판으로 끝이 나면 괜찮을 텐데, 총독궁 재판까지 받게 되셨어요. 그러면 분명 십자가형이에요."

목이 메어 더 말을 할 수 없었다. 그의 입에서 '십자가 처형'이라는 말이 나오자마자 제자들 모두 아무 말도 못 하고 그저 그 자리에 정신을 잃은 사람들처럼 우두커니 서 있다. 누구도 선뜻 나서서 말하는 사람이 없다.

"지금 모두 각자 갈 수 있는 곳으로 떠나시오! 선생님이 말씀하셨습니다. '씨를 남겨 두어야 뿌릴 수 있다'고. 여러분은 모두 '씨를 뿌리는 사람이면서 씨도 된다'고 말씀하셨습니다. 내가 선생님께 약속했습니다. 여러분 중 한 사람도 오늘 밤 해를 당하지 않고 무사히 빠져나가도록 하겠다고 말씀드렸습니다."

"선생님을 어디서 만났어요?"

그런 중에도 요한이 이상하다는 듯 물었다. 무슨 일이 생기면 므나헴에게 도움을 청하라던 마리아의 말이 언뜻 떠오르기는 했지만 막상 그를 마주하자 그대로 있을 수가 없었다. 요한은 원래 그런 사람이었다.

"대제사장 가야바의 집에서 열린 선생님 재판정에서 뵀습니다."

"유다나 작은 시몬, 마리아는 못 보았어요?"

"못 만났어요, 아무도."

"므나헴은 그 자리에 어떻게 들어갈 수 있었어요? 재판정은 아주 높은 사람만 들어가는 자리일 텐데…. 틀림없이 선생님을 만나기는 만났어요? 괜히 우리를 속이려고 수작부린 것 아니고?"

"나는 그 재판정에 예수 선생님의 말씀과 하신 일을 증언하는 사람으로 불려갔습니다."

"선생님에 대해 나쁜 얘기만 했겠군! 분봉왕의 첩자였으니까!"

므나헴의 가슴속에 슬그머니 부아가 치밀어 오르기 시작했다. 그의 말도 따라서 거칠어졌다.

"나쁘고 좋고는 내가 상관할 일 아니었소. 나는 선생님이 하신 말씀 중 일부러 더한 것도 없고 뺀 것도 없었소. 그건 바로 선생님의 뜻이었소. '나를 고발한 사람들의 증인일 뿐만 아니라 나의 증인이니, 있는 대로 얘기하라' 선생님께서 그렇게 말씀하셨소."

"아하! 그래서 선생님께서 '므나헴이 나에 대해 세상에 처음 증언하는 사람이 될 것이다' 그렇게 말씀하셨다고 주장하려는 거요?"

"그건 내가 선생님께 들어본 적 없는 말이오. 다만 여러 번 말씀하시길 '나에 대해 그대가 증언하게 되리라' 말씀은 하셨소. 그리고 그 증언을 기록으로 남기라고 말씀하셨소."

"그대가 글을 쓰고 읽을 줄 안다고 지금 자랑하는 거요?"

그러자 요한의 형 야고보가 나섰다.

"요한! 지금은 그걸 따질 일이 아니다. 우리는 선생님께서 그 위급한 중에도, 저 므나헴 같은 배신자를 통해서라도 전하려고 하셨던 그 뜻을 받아들여야 한다."

"아이구, 형도! 저자가 무엇이 안타까워 여기까지 쫓아와서 우리를 걱정한단 말이에요? 아마 알지 못할 꿍꿍이속이 있겠지요. 지난 4년 동안 자기 정체를 숨기고 천연덕스럽게 선생님을 따라다니며 정탐한 사람을 이 순간에 믿으라고요? 나는 그리는 못 하겠어요!"

말없이 듣고 있던 시몬 게바가 나섰다. 대개 그렇게 옥신각신하면서 의견이 서로 엇갈릴 때면 그가 나서서 다독이거나 다른 의견을 내서 가라앉혔다. 사람이란 아무리 입으로 무슨 말을 해도, 말과 달리 마음속으로는 상대방의 말과 내가 하는 말의 접점接點을 찾으려고 혼자 궁리하는 법이다. 그래서 사람 마음속에는 언제나 나를 위해 일하는 협상자가 있기 마련이다. 시몬이 나서면 못 이기는 체 다른 사람의 의견을 받아들이며 물러나는 경우가 그동안 여러 번 있었다.

"내가 한마디 하겠소. 선생님이 '씨를 뿌리는 사람, 씨' 그런 말씀을 하셨다고 하는데 나는 므나헴이 전한 말이 진실이라고 믿어요. 선생님이시라면 분명 그렇게 말씀하셨을 거요. 또 한 가지, 우리가 지금 예루살렘 성안에 들어가서 무엇을 할 수 있어요? 성전으로 쳐들어가고, 대제사장 가야바 집을 공격해서 선생님을 구출할 수 있어요? 어제 낮에 성전 뜰에서 왜 선생님은 하얀리본이 그들 거사에 사람들을 끌어들이지 못하게 막으셨는지 생각해 봐요. 선생님은 언제나 사람의 생명이 가장 중요하다고 가르치셨어요. '피를 흘려야 한다면 내 한 사람의 피로 족하다.' 여리고까지 선생님을 찾아왔던 어릴 적 동무라는 히스기야에게 직접 하셨던 말씀, 그대들도 모두 들었잖아요?"

"그러셨어요!"

나다나엘이 동조하고 나섰다.

"선생님이 므나헴을 시켜 몸을 피신하라고 전갈을 보내신 뜻을 따라야 한다고 봅니다. 므나헴이 밉고 괘씸하다고 해서 그를 통해 전해진 선생님의 뜻을 거부할 수는 없습니다."

"작은 시몬과 유다가 아직 안 돌아왔는데? 마리아, 막달라 마리아도 안 돌아오고."

레위가 걱정스러운 표정으로 말했다. 예수의 체포 소식을 듣자마자 올리브산을 넘어갔던 도마와 작은 시몬 중 도마는 하릴없이 성문 앞에서 계속 쭈그리고 앉아 있을 수 없다고 다시 베다니로 돌아왔고, 작은 시몬은 예수의 어머니 마리아와 동생 야고보, 그리고 막달라 마리아와 함께 움막마을 사람들 천막에 가서 밤을 새우기로 했었다.

"놔두고 그냥 떠나요, 모두! 지금! 내가 만나면 어떻게 해서든 빠져나가도록 해 볼게요."

"어디 있는지도 모르는데⋯."

"어디에 나타날지 내가 알아요. 지금 여기 있으면 위험하니 모두 떠나요! 내가 나중에 갈릴리로 찾아가겠소!"

"선생님이 저리 되셨는데, 우리만 다시 맥없이 갈릴리로 돌아간단 말이요? 어찌 발걸음이 떨어지겠소?"

"그런 말 나올 줄 미리 아시고 선생님이 나에게 마지막 부탁을 하셨어요. 자! 우물쭈물하다 보면 성전 경비대에게 모두 끌려갈 겁니다. 하얀리본 패거리들이 모두 붙잡혔는데, 이제 남은 사람들은 우리들뿐입니다. 모두 알 거 아녜요? 씨종자種子를 남겨야 농사를 질 수 있다는 것을!"

"아니 므나헴! 지금 우리라고 했어? 당신이 아직도 우리라는 말이

나와? 뻔뻔하기는….”

요한이 또 불뚝거리며 나섰다. 그러거나 말거나 므나헴은 정말 사정하듯 제자들을 달랬다. 시간이 지나면서 모두 흩어져 돌아가는 것으로 마음이 기울었다. 그때 도마가 굳은 결심을 한 사람처럼 나섰다.

“나는 못 돌아가겠소. 아무리 그래도 그럴 수 없어요. 다들 떠나시오. 나는 날이 새면 예루살렘 성안으로 들어가서 일이 어찌 돌아가는지 살펴보겠소. 내 눈으로 직접 선생님이 어찌 되는지 봐야겠소.”

“도마! 도마 혼자 남아서 무슨 일을 한다고… 그럼 우리는 어찌 떠난단 말이오? 같이 길을 떠납시다.”

“왜 내가 혼자요? 작은 시몬도 있고, 어디 있는지 모르지만 유다도 있고. 날이 밝으면 내가 다 찾아낼 수 있을 것 같아요.”

그러더니 도마는 말을 할까 말까 망설이다가 입을 열었다.

“지난 초겨울, 분봉왕 빌립의 땅 카이사레아에서 선생님이 나를 따로 데리고 저만치 떨어진 곳에 가서 하신 말씀이 무엇인지 알아요? ‘그날이 되면 그대들 모두 떠날 것이다. 그대도 떠날 것이다. 그러나 나는 그대들을 책망하지 않는다.’ 그런 말씀이었어요. 오늘 같은 날이 올 줄 알면서도 우리를 제자라고 믿고 여기까지 같이 왔는데, 이제 우리가 선생님을 저리 놔두고 떠나면 언제 다시 그 얼굴을 뵐 수 있으며 언제 다시 그 다정한 목소리를 들을 수 있단 말이오? 저들은 분명 선생님을 참혹하게 해칠 것이오. 므나헴 말로는 십자가 처형을 한다니….”

도마의 눈에서 뜨거운 눈물이 흘러내렸다. 그가 눈물을 흘리자 시몬 게바가 따라 울고, 레위도 울고, 안드레도 울고 곧 모두 눈물을 흘렸다. 그들이 눈물을 흘리는 것을 바라보던 므나헴도 손등으로 눈물을 닦았다. 그런데 웬일인지 야고보와 요한 형제는 눈물 한 방울도 흘리지 않고 그들을 멀뚱멀뚱 바라보고 서 있다.

"나는 가버나움으로 돌아가겠소!"

그들 형제는 거의 동시에 그 말을 뱉어 냈다. 그 말은 마치 물 막아 놓았던 둑 한쪽에서 물이 새어 나가기 시작하는 소리 같았다. 제자로서 선생에 대한 의리와 눈앞에 닥친 생명의 위험 사이에서 애써 명분과 의리의 줄을 붙잡고 있던 제자들이 급격하게 무너지기 시작했다.

야고보와 요한의 말을 들은 므나헴이 다시 설득하기 시작했다.

"지금 이러고 있을 때가 아니오! 성전 경비대가 언제 올리브산을 넘어 들이닥칠지 모르는데, 마냥 서서 그들을 기다릴 셈이오? 시몬 게바! 어찌 생각해요? 선생님의 말씀을 거역하고 모두 줄줄이 체포되어 묶여 가 선생님 가르침의 씨를 모두 한꺼번에 그들에게 털어 줄 셈이오?"

므나헴의 말을 들은 시몬이 작정한 듯 여러 번 숨을 크게 들이쉬고 내쉬더니 제자들을 바라보며 평상시처럼 우렁우렁한 목소리를 말하기 시작했다.

"내가 뭐 선생님 대신 여러분을 지휘할 위치에 있지도 않고 누구도 그렇게 하라고 나에게 권하지도 않았지만, 게다가 벳새다 출신으로 내가 나서는 것이 불편한 사람이 있는 것도 알지만, 지금은 일이 일이니 만큼 내가 한마디 해야겠소. 갈릴리 호수에 고깃배 몰고 나갔을 때 제각각 노를 저으면 배가 제자리에서 뱅뱅 돌기만 하듯, 지금이 그런 셈이오. 죽든 살든 한 가지를 정해야 한다고 봅니다. 성전 경비대에 잡혀가도 좋다고 생각한다면 여기 그냥 있다가 잡혀가기보다 차라리 우리가 먼저 올리브산을 넘어가 당당하게 성문 앞에 가서 예수 선생님을 내어 놓으라고 외치다 잡혀가야겠지요. 아니면 선생님이 므나헴을 통해 보내주신 마지막 전갈대로 우리가 목숨을 부지해서 씨가 되고 씨 뿌리는 사람이 되겠다면 지금 당장 갈릴리로 돌아가는 것이 합당하고요."

그가 한술 더 떠서 성문 앞에 가서 농성을 벌이자고 말하자 사람들은 정신이 번쩍 들었다. 고작 그들이 할 수 있는 일이 그것뿐이라는 사실을 깨달았다. 성전으로 쳐들어갈 수도 없고, 로마군과 맞붙어 싸울 수도 없는 그들이다. 게다가 로마군이든 성전 경비대든 그들이 나타나면 그냥 눈 뜨고 두고 볼 사람들이 아니고 대번에 잡아들일 것이 분명했다. 아니면 므나헴 말대로 지금쯤 경비대가 씩씩거리며 올리브산을 넘어오고 있을지도 모를 일이다.

"그러니, 도마! 혼자 선생님을 찾아가겠다고 나서지 말고 일단 물러나서 우리가 할 일을 다시 생각한 다음 방향을 정해 함께 움직입시다. 왜 선생님이 우리를 '씨'라고 부르고 '씨 뿌리는 사람'이라고 부르셨겠어요? 그 뜻을 생각해서 물러납시다. 자, 모두 자기 짐을 챙겨 들고 나와요. 뿔뿔이 하나씩 흩어져 돌아가는 것보다는 그래도 뭉쳐서 돌아가야 안전할 거요. 서로서로 지켜주고 옆에서 힘을 북돋아주는 동지로 함께 돌아갑시다."

도마도 한발 물러섰고, 제자들 모두 시몬 게바의 말에 따라 각자 자기 짐을 챙기러 방 안으로 들어갔다.

"요안나는?"

막달라 마리아가 아직 돌아오지 않았으니 갈릴리로 돌아갈 여자 제자로는 요안나뿐이다. 요안나와 함께 돌아가는 일이 마음에 걸린 요한이 다른 제자들을 둘러보며 물었다. 같이 따라가겠느냐고 요안나에게 묻는 것이 아니고, 그녀를 데리고 가겠느냐 묻는 것이었다.

"저는 여기 예루살렘에 남아 있겠어요. 마리아도 찾아보고, 또 다른 마리아와 살로메도 예루살렘에 와 있으니 제 걱정은 마세요. 어서 떠나세요."

그녀가 눈치를 채고 따라가지 않겠다고 먼저 말했다.

"그럼, 그러든지⋯."

끝까지 남자와 여자를 편 가르고, 그 순간에도 가버나움 출신, 벳새다 출신을 나누는 제자들을 보면서 므나헴은 가볍게 한숨을 내쉬었다.

일단 떠나기로 마음먹으니 그들의 행동은 쫓기듯 빨라졌고, 곧 모두 베다니 여인숙을 우르르 빠져나와 산을 내려갔다. 그들이 허둥지둥 올리브산 동쪽 기슭을 걸어 내려가는 모습을 바라보면서 여인숙 마르다네 삼남매는 소리도 못 내고 울었다. 차갑게 푸른 달빛 속으로 사라져가는 새 세상의 꿈이 너무 슬펐다. 지난 며칠 동안 북적거리던 여인숙의 고요함을 어찌 견딜 수 있을 것인가?

"나도 넘어가겠소. 할 일이 있으니⋯."

므나헴은 한마디 남기고 올리브산을 걸어 올라갔다. 마리아와 작은 시몬이 예수를 찾아 산을 넘어갔다니 분명 움막마을에 있을 것이라는 생각이 들어 우선 그곳부터 들르기로 했다. 동쪽으로 산을 걸어 내려가는 사람들, 서쪽으로 산을 넘어가는 사람, 그리고 남은 사람. 예수의 제자들은 그렇게 세 갈래로 나뉘었다.

✠

그 시간, 막달라 마리아와 예수의 동생 야고보와 어머니 마리아는 움막마을 사람들과 함께 천막 아래에 앉아 있었다.

예수가 체포됐다는 말을 듣고 허둥지둥 올리브산을 넘어왔지만, 예루살렘 남동쪽 성문을 지키는 경비병들은 절대로 문을 열어 줄 수 없다며 그들을 밀어냈다.

"우리는 갈릴리에서 왔고요! 우리 형이 지금….."

야고보가 눈치 없이 예수의 어머니와 동생이라며 들여보내 달라고 사정하려고 해서 막달라 마리아가 깜짝 놀라 그를 막았다.

"안 돼요! 큰일 나요!"

그들이 할 수 있는 일은 아무것도 없었다. 안타까운 마음에 경비병들을 붙잡고 문을 열어달라고 부탁하고 또 부탁했지만 소용없는 일이었다. 그저 굳게 닫힌 성문을 바라보고 서 있을 수밖에 없었다.

그때 무엇인가 한참 생각하고 서 있던 작은 시몬이 입을 열었다.

"내가 여기저기 좀 살펴보고, 찾아볼 만한 사람들 찾아서 데리고 올게요. 여기 이러고 서 있어 봐야 소용없고, 저기 움막마을 사람들 천막속에 들어가서 좀 기다려요. 해 뜨기 전에 오리다. 마리아, 부탁해요!"

그러더니 그는 기드론 골짜기를 뛰어 내려갔다. 그의 뒷모습을 바라보던 마리아가 힘없는 소리를 했다.

"아무도 안 따라 나설 텐데… 지금 아무도 없을 텐데…."

그녀는 작은 시몬이 무슨 일을 하려는지 미뤄 짐작하고 있었다.

소식을 전해 주려고 베다니에 왔던 움막마을 사람이 예수의 어머니 마리아와 동생 야고보를 천막 안으로 데리고 들어갔다. 막달라 마리아가 선뜻 따라 들어서지 못하자 나이 많은 사람이 손으로 그녀를 불러들였다.

"들어와요! 저번부터 여러 번 만났잖아요, 괜찮아요!"

그녀가 들어오자 사람들이 조금씩 자리를 좁혀 앉았다. 이미 지칠 대로 지친 데다 커다란 충격을 받아서 예수의 어머니 마리아는 몸을 가누고 앉아 있을 형편이 못 됐다. 그러자 천막 아래, 성벽에 기대고 앉아 있던 나이 들어 보이는 여자가 얼른 일어나며 자리를 내줬다.

"여기 와서 기대세요!"

성벽이 차가워서 그랬는지 그녀는 두툼한 천 뭉치를 등에 대고 있었다. 마리아가 뭉치를 주워 건네주자 그냥 등에 대고 있으라는 몸짓을 하며 그녀는 수줍게 웃었다.

천막에서는 남자들 여자들로 구분하지 않고 같은 천막 안에 가족 단위로 기거하고 있었다. 막달라 마리아는 어머니 마리아 곁에 앉아 그녀를 돌보았다. 처음에는 서먹서먹했지만 시간이 좀 지나자 야고보와 움막마을 사람들이 두런두런 얘기를 나누기 시작했다. 주로 예수의 어릴 적 얘기였다.

한참 앉아 있다 보니 어머니 마리아가 몸이 가라앉는지 막달라 마리아에게 무너지듯 기댔다. 그녀는 아예 팔을 뻗쳐 마리아를 안았다.

'어머니!'

가슴속으로 파고들어 온 슬픔이 가슴을 채우고, 목까지 차오르더니 자꾸 울음이 되어 흘러나오려고 하는 것을 막달라 마리아는 억지로 참았다. 아주 작고 바짝 마른 여인, 아들을 만나겠다는 오직 그 마음 하나로 나사렛에서 예루살렘까지 그 먼 길을 허둥지둥 걸어온 여인, 가위에 눌린 듯 그녀는 몸을 부르르 떨고 곧 또 부르르 떨었다. 그녀의 발은 아주 작고 거칠고 까맸다. 군데군데 살갗이 벗겨졌으니 걸을 때마다 얼마나 쓰리고 아팠을까? 보따리에서 약을 꺼내 발라 주고 싶지만, 혹 그러다가 잠이 깰까 봐 그대로 두었다. 가끔가끔 야고보가 어머니도 바라보고, 마리아도 바라보면서 고맙다는 눈길을 보냈다.

'선생님도 한 여인의 아들이고, 동생들의 형이고 오빠인 것을….'

다른 방법이 없어 이 길을 걸었다는 예수의 말을 떠올렸다. 그가 나사렛 마을에 남아 어머니와 동생들을 돌보았다고 한들, 생활은 아무것도 달라지지 않았으리라.

무슨 일을 하든 한 사람이 벌어들이는 것이 자기 먹는 것보다 많지 않으면 그것은 아무 소용이 없는 일이다. 자기 먹을 것도 벌지 못하면 오히려 다른 사람 입에 들어갈 몫을 줄이는 사람이 될 뿐이다.

"빚도 빚이지만, 네 입 하나라도 줄이자!"

동생들은 어리고 가난을 더 버티지 못한 아버지 어머니는 마리아를 갚아야 할 빚 대신 알렉산더의 아버지 집에 종으로 들여보냈다. 그러면 빚도 갚고, 입도 줄이는 셈이다. 빚쟁이들은 꼭 일을 할 수 있는 사람을 데려간다. 그러려면 아무리 어려도 열 살은 넘어야 했다. 더구나 빚 대신 딸을 종으로 들여보내면 얼마 지나지 않아 주인의 여자가 되는 것이 보통이었다.

예수의 동생들 중, 아무도 빚으로 종이 된 사람은 없다고 했다. 아버지는 목수일 석수일을 하다가 세상을 뜨고, 어머니는 텃밭을 가꾸고 양과 염소를 치고, 예수는 아버지를 따라 목수 석수로 일하다가 그래도 좀 낫겠다 싶어 갈릴리 호수에서 고깃배를 탔다. 그래도 여전히 살기는 어려웠다. 게다가 예수를 무척이나 따르던 막냇동생 요한나는 어린 나이에 죽었다. 가버나움 시장 터에서 샌들과 유리구슬을 동생들에게 사다 준 얘기를 할 때면 예수의 눈에는 눈물이 고였다.

그렇게 살았으니, 예수에게는 '다른 길이 없었다'는 말을 마리아는 충분히 알아들을 수 있었다. 알렉산더의 집에서 6년 꼬박 종살이하고 7년째 접어드는 해에 막달라로 돌아온 후, 약초를 뜯고 달여 약을 만들어 팔면서 돈을 모았지만, 사실 그녀에게는 그처럼 악착같이 돈을 모을 이유가 없었다. 예수의 제자가 되어 따른 것은 그녀에게도 다른 길이 없기 때문이었다.

이제 선생이 떠나면, 무엇을 의지하고 살아갈 것인가? 예수는 사람들을 위로하고 손잡아 일으켜 세우는 역할을 그녀에게 맡겼지만, 그녀 자신은 누가 위로하고 일으켜 세울 것인가? 선생에 대한 기억만으로 가능한 일일까? 히스기야에 대한 정과 그리움만으로 남은 세상을 살아갈 수 있을 것인가?

그녀는 지난날을 뒤돌아보며 매달리기보다 앞일을 내다보며 걸어갈 길을 가늠해야 할 형편이 됐다. 그런데 앞일을 바라보려면 지난 일의 매듭을 풀어야 하는 모양이었다. 바로 예수의 동생 야고보가 그랬다. 형에 대한 얘기를 조금씩 풀어놓으면서 그는 예수에게 미안한 일도 많고 서운한 일도 많다고 말했다.

"형이 마을에서 쫓겨나 언덕을 내려갈 때, 어깨 축 늘어뜨리고 제자들과 언덕을 내려갈 때, 나는 그 모습을 바라보면서 무너질 것 같았는데, 이를 악물고 참았어요. 그때 형이 불쌍하기도 했지만 참 미웠어요. 형은 모든 짐을 다 벗어 내려놓고 언덕을 내려가는데, 나는 그 마을에서 예수의 동생으로 살아야 했잖아요! 어머니 모시고, 동생들 데리고….".

그랬을 것이다. 남아 있는 사람이나, 떠나는 사람이나… 이스라엘 어느 한구석에 사람들이 마음 편하게 살 수 있는 곳이 있던가? 그것은 장소의 문제가 아니라 때의 문제라고 마리아는 생각했다. 그러다가 고개를 흔들었다. 예수의 말이 생각났기 때문이다.

낮에 성전 뜰에서 랍비 요하난 벤 자카이가 떠난 다음의 일이었다. 그때 예수는 혼자 앉아 성전 뜰을 내다보고 앉아 있었다. 그럴 때면 가슴이 시리도록 외로워 보였다.

예수가 혼자 있는 것을 본 제자들이 시몬 게바를 쳐다보았다.

"자! 우리 선생님한테 가봅시다."

그들은 모두 자리에서 일어나 시몬의 뒤를 따라 예수에게 다가갔다. 그러자 예수가 마리아를 쳐다봤다. 그건 무슨 말이든 먼저 시작하라는 신호였다. 제자들과 다른 사람들이 모여 앉아 있던 자리에서 그녀가 무언가 열심히 말하고 있었던 것을 생각했던 모양이었다.

마리아가 물었다.

"그전에 갈릴리에서는 선생님이 계신 자리에서는 늘 웃음이 있고 활력이 있고 희망이 있더니 지금은 너무 무겁고 어둡고 암담합니다. 선생님이 변하신 겁니까, 저희가 변한 겁니까?"

마리아를 한참 바라보고, 제자들 얼굴을 한 사람씩 둘러보더니 예수가 입을 열었다.

116

"그 두 가지 모두요. 샘물이 냇물 되어 흐르고 강물 되어 흐르는데 어찌 늘 고요할 수 있으며 어찌 늘 요란할 수만 있겠소? 좁은 골짜기를 만나면 깊어지든지 빨리 흘러야 하고, 바위를 만나면 휘돌든지 타고 넘어야 하듯…. 그러나 새로운 물줄기가 흘러들지 않았더라면 그 물은 이전에 흘러 들어온 물일 뿐. 그러니 기쁘다, 즐겁다, 슬프다, 무겁다 걱정할 일이 아니오. 기뻐하고 즐거워했던 사람들도 그대이고 지금 무겁게 가라앉은 사람들도 그대일 뿐이오. 깊으면 좁아지고 넓으면 얕아지고."

쉽게 알아들을 수 없는 말이었다. 마리아도 제자들도 의아한 표정으로 예수를 바라보자 그는 또 한 마디를 더했다.

"아랫물이 윗물보다 많을 수는 있으나 높을 수는 없고, 떠나온 샘을 찾아 거꾸로 흘러갈 수도 없다오!"

그 말도 알아들을 수 없기는 마찬가지였다. 마리아가 그 얘기의 뜻을 물으려고 할 때 예수는 가슴을 펴고 허리를 꼿꼿하게 세웠다. 어깨가 들썩일 만큼 숨을 크게 들이쉬고 한참 만에 천천히 내쉬었다. 그의 가슴속에 파도가 치고 바람이 부는 모양이었다. 마음을 가라앉히려고 애쓸 때마다 그런 몸짓을 보인다는 것을 제자들은 알고 있었다.

"무엇에 억눌리지 말고, 스스로 얽매이지 말라고 내가 여러 번 얘기했지요!"

그동안 예수는 그런 상태를 '해방'이라고도 말했고, '자유'라고 부르기도 했었다.

"들으세요! 자유는 더 이상 잃어버릴 것이 없는 상태입니다. 잃을 것이 없을 때, 움켜쥔 것도 없을 때 무엇을 더 잃을 수 있겠습니까? 그러니 비움이지요."

그러더니 예수는 한참 성전을 바라보았다. 그리고 혼자 고개를 끄덕이다가 말을 이었다.

"이제 큰 존재가 차지하고 있던 자리를 비울 때, 그것은 사라지는 것이 아니고 다른 존재에게 스며든 것입니다. 존재가 차지했던 자리를 기억하고 있는 한…. 하느님도 그러하시고, 사람도 그러합니다. 비움으로 영원과 하나가 됩니다."

그 말을 알아들은 사람은 마리아 한 사람인 듯 보였다. 오직 그녀만 갑자기 으스스 추위라도 느낀 듯 부르르 떨었다. 그리고 두려움 가득한 목소리로 물었다.

"선생님! 떠나시려는 겁니까?"

"내 때가 거의 다 됐지요."

그의 삶이 이제 거의 끝날 때가 됐다는 말처럼 들리기도 하고, 그가 맞이해야 할 어떤 일이 곧 일어날 때가 됐다는 말처럼 들리기도 했다.

"선생님…."

그녀는 더 말을 잊지 못했다. 얼마나 절망스러운 순간인가? 무엇이 무엇인지 아직 분간도 못 하는 제자들을 이끌고 예루살렘에 들어왔고, 이제는 두려움에 사로잡혀 어쩔 줄 모르는 그들을 앞에 앉혀 놓고 떠나는 얘기를 해야 하는 예수의 마음이 고스란히 느껴졌다.

마리아는 예수가 마음으로 하는 말을 알아들었다.

'저들은 그들이 원하는 것을 얻지 못하게 됐다는 근심에 빠지고, 일어날 일이 무엇인지 몰라 두려움에 사로잡혀 있지요. 그러나 사실 나도 두려워요. 가 보지 않은 길을 가야 하기 때문이오. 하느님이 그 길을 인도하신다고? 하느님도 그 길은 처음이고, 게다가 내가 걷는 길은 하느님에게서 벗어나는 길이오. 마리아! 기억하시오. 나나 마리아나 저들이나, 우리는 이제까지 아무도 가 본 적 없는 길을 걸어야 하는 사람들이오.'

깊은 침묵이 흘렀다. 제자들 뒤를 따라 모여들었던 사람들도 그 깊은 침묵을 깨뜨릴 수 없어 그저 지켜만 보고 있다.

'원래 입을 닫고 눈을 감으면 마음이 자유로워지기 시작하는 법이오. 몰래 아버지 연장통을 뒤적이듯 이것도 들어 보고 저것도 만져 보지요.'

예수는 그런 시간이야말로 사람이 자라는 시간이라고 생각했던 모양이다. 마치 밤이 되면 잠을 자면서 몸이 자라듯. 그런데 예수는 돌아올 수 없는 먼 길을 떠나면서, 자라나는 일은 제자들에게 맡겨 놓은 사람이다.

두런두런 남자들이 얘기를 나누는 소리를 들으면서 어린애들은 누워서 자고, 예수의 어머니는 마리아 품에서 자고, 마리아는 천막 속에서 예수에게 자꾸 말을 걸었다. 그러나 예수는 그녀의 말에 대꾸하지 않았다. 그도 하느님이 그러하듯, 제자들과 마리아를 앞세우고 사라졌는가?

비록 예수가 마리아에게 더 이상 다른 말을 하지 않았지만 그녀는 비 오던 그 밤을 잊을 수 없다. 사람들은 예로부터 밤길을 걷는 사람은 도적이나 도망자라고 생각했다. 무엇으로부터 도망치기 위해 그녀는 막달라에서 가버나움까지 밤길을 걸었던가? 비를 철철 맞으며. 왜 예수를 찾아가 무릎 꿇었던가?

그녀가 나타나자 남자 제자들이 손가락질을 했었다.

"일곱 귀신이 들린 여자입니다, 선생님! 저 여자는⋯. 왜 이 밤중에 여기에 나타나서! 물러가라! 물러가라!"

아무 말도 하지 못하고 흐느끼는 그녀를 예수는 일으켜 앉혔다. 마치 집을 찾아온 누이를 맞이하는 남자 형제처럼⋯.

"선생님! 저는 일곱 귀신이 붙었다고 소문난 여자, 마리아입니다. 막달라에서 왔습니다."

마리아는 덜덜 떨며 말했다. 겨울비에 젖어 추워서 떨었는지, 귀신 붙은 여자라는 차가운 비난에 떨었는지 그저 몸이 부들부들 떨렸다. 예수는 그녀를 화롯가에 앉히고, 두터운 덮을 것을 어깨에 둘러 주었다. 그리고 그녀를 찬찬히 바라보다가 무엇이든 뜨끈하게 마실 것을 가져오라고 제자들에게 부탁했다. 그리고 조용히 입을 열었다.

"일곱 귀신이 아니라 일곱의 일곱 귀신이 붙었더라도 그대는 하느님의 사랑스러운 딸이오! 잘 왔소! 이제 편히 쉬시오!"

무슨 죄를 지었는지, 무엇을 하며 살았는지, 왜 일곱 귀신에 붙잡혔다는 소리를 듣게 됐는지 아무것도 묻지 않았다. 그저 그렇게 불리며 살아야 했던 한 여인을 제자로 받아들이고 거두었다. 불빛을 보고 찾아온 여인, 예수는 마리아를 그렇게 받아들였고, 그녀도 이제는 예수 옆에서 등불을 들고 서 있는 사람이 됐다.

"일곱 귀신이나 들렸던 마리아도 제자로 받아들인 사람!"

예수를 비난하는 사람도 그렇게 말했고, 기댈 곳 없어 그를 찾는 사람도 그렇게 말했다.

그날 밤을 떠올리니 아주 수백 년 전 옛날 같기도 하고, 바로 언덕 하나 너머에서 조금 전 일어난 일같이 느껴지기도 했다. 한 줄로 죽 늘어서서, 때로는 두세 명씩 짝을 지어 걸어왔던 예루살렘 길도 생각났다. 그중에서도 기드론 골짜기 하얀 바위 옆에 선생을 남겨 두고 벗바게 산길을 올라가던 지난 저녁 일이 가슴 아프게 떠올랐다. 제자들을 떠나보내며 바라보던 예수의 모습이 눈앞에 떠올랐다.

마리아는 예수에게 물었다.

'선생님! 캄캄한 어두운 밤입니다! 그 밤에 저를 받아주셨던 선생님은 이제 어디로 떠나시렵니까?'

14일 달이 빛을 잃은 듯 세상은 마리아에게 다시 깜깜한 밤이 됐다. 막달라에서 가버나움으로 걸어가던 비 내리던 그날 그 밤처럼….

새 시대의 징조

클라우디아는 깊이 잠든 남편이 깰 새라 조심조심 일어나 살그머니 문을 열고 밖으로 나왔다. 침실 밖에는 조그만 방이 하나 붙어 있어서 몸종이 언제나 그곳에서 대기한다. 그녀가 조심스럽게 휘장을 한쪽으로 걷자 잠귀 밝은 몸종이 얼른 일어났다.

"쉿!"

그리고 행여 누가 들을까 봐 조심스럽게 일렀다.

"날이 밝거든 아레니우스 공이 머무는 처소에 가서 '전에 부탁드린 갈릴리 사람 일을 좀 처리해 주십사' 말씀드리고 오너라."

"갈릴리 사람이라고 하셨습니까?"

"그리 말씀드리면 아실 게다."

"지금 다녀오겠습니다."

"아니! 지금은 너무 시간이 이르고, 날이 밝아지면 바로 가서⋯."

그녀에게는 중요한 일이다. 마음으로 짚이는 일이 있기 때문이다.

아버지는 외동딸 클라우디아에게 세상 읽는 법을 가르쳤다.

"해가 뜰 때가 되면 먼저 동녘하늘이 부옇게 밝아지듯, 세상에 어떤 일이 벌어지려면 그 징조가 보이는 법이다. 세상에 변하지 않는 일이란 없단다. 그 변화를 어떻게 받아들이며 살아야 할지 늘 생각해라. 변화를 일으키는 사람, 변화 때문에 화를 당하는 사람, 변화를 쫓아가기에 급급한 사람, 변화를 막으려는 사람이 있다. 그런데 네 남편은 무슨 일이 일어나는지 깊이 생각하지도 않고 변화를 막아 보겠다고 이리 뛰고 저리 뛸 사람이다."

"남편이 그렇게 무모하지는 않습니다, 아버지!"

"집안일과 바깥일은 다르니라! 왜 사람들이 '코뿔소'라고 부르겠냐, 그 사람을?"

그녀는 화첩에서 본 코뿔소를 떠올렸다. 길고 날카로운 코로 들이받으려는 듯, 고개를 반쯤 쳐들고 노려보고 서 있는 코뿔소. 아버지는 딸에게 사위가 코뿔소 같은 사람이니 늘 주의하라고 귀띔한 것이었다.

갈릴리는 남편이 통치하는 영지도 아니고, 황제가 직접 임명한 분봉왕 안티파스의 영지였다. 그 지방 사람들이 유대 땅 예루살렘에 올라와 소란을 피운다면, 그것은 바로 예루살렘이 가진 역할 때문이라고 그녀는 생각했다. 갈릴리도 유대도 모두 로마의 속주였으니, 로마에 대한 저항이나 반감 때문이라면 굳이 예루살렘에 올라오지 않고 갈릴리 분봉왕의 왕도를 찾을 일이라고 판단하고 보니 더욱 그런 생각이 들었다.

'유대 예루살렘과 갈릴리의 문제라면, 성전과 갈릴리의 문제일 터인데… 그들이 섬긴다는 신에 대한 문제가 아니겠는가?'

정치는 신을 섬기는 일까지 관장한다. 그런데 신을 섬기는 일로 문제가 생긴다면 갈릴리를 통치하는 분봉왕의 문제였다. 분봉왕이 해결하지 못하면 유대총독이 아니라 시리아에 주둔하면서 레반트 전체를 관장하는 총독 겸 지방장관, 그리고 로마 원로원과 황제가 처리할 문제다.

그런데 남편은 괜히 그 일에 간여하고 하루하루 깊게 빠져들고 있었다. 갈릴리의 분봉왕이 꾸민 계획 속으로 스스로 걸어 들어가면서도 깨닫지 못하는 것처럼 보였다.

'유대 사람들과 갈릴리 사람들 사이에 신을 섬기는 일로 다툼이 생겼는데, 왜 성전이 아니라 유대총독이 나서야 하는가?'

그런 생각이 첫 번째 이유라면 총독궁의 하인들을 통해 들은 갈릴리 사람에 대한 얘기가 또 다른 이유였다. 예수가 세운다는 하느님 나라는 땅 위에 왕국을 새로 세운다는 뜻이 아님을 그녀는 알아들었다.

세상에 가르침만으로 나라를 세울 수는 없다. 군대를 이끌고 어느 땅 한 귀퉁이라도 점령하면서 전쟁을 일으키면 몰라도 성전 뜰 안에 들어와서 사람들 모아 놓고 가르치는 일로는 절대로 어떤 나라도 세울 수 없음이 분명했다. 가르침을 받은 사람들이 모두 들고 일어나서 나라를 세우자고 힘을 합쳐 나서도 불가능한 일이었고, 가르침이 퍼져 새 세상을 이루려면 십 년, 백 년, 천 년이 흘러도 가당치 않은 일로 보였다.

'그 사람이 나서서 외치는 그런 나라라면?'

로마에서 거리마다 사람들을 모아 놓고 열심히 세상을 가르치는 철학자들과 다를 것이 없는 사람으로 보였다. 갈릴리에서 어찌 그런 사람이 나올 수 있느냐고 따지는 것은 유대 사람들 생각이고, 어느 나라 어느 지방에 가든 그런 사람은 있기 마련 아니던가? 그런데 남편이 군대를 동원하여 거리 철학자를 잡아들이고 처벌하려고 나선다니, 그것은 괜히 스스로 문제를 만들고 나서는 일이었다.

게다가 예수가 가르친다는 하느님 나라는 당장 왕을 내쫓고, 로마를 몰아내고 새로운 세상을 만들자는 선동이 아니고, 사람들끼리 서로 손잡고 사랑하며 한 가족처럼 살아가는 세상을 만들자는 것이니, 따지고 보면 로마가 이뤄야 할 세상이 바로 그런 세상 아니겠는가?

황제와 각 지방의 지배자들이 법을 세우고, 사람들은 그 법 안에서 서로 한 가족처럼 지낸다면, 그것이야말로 황제가 이루려고 했던 로마가 가져온 평화로운 세상에 한 걸음 더 다가가는 일이라고 그녀는 생각했다.

일의 위험한 쪽만 보고, 세상이 결국 어떻게 변해 갈지 그 방향을 보지 못한다면, 막을 수 없는 것을 막으려고 나서는 것과 마찬가지리라. 남편과 달리 클라우디아는 떠오르는 해를 어렴풋이 미리 보고 있는 셈이었다.

그리고 마지막으로 그녀는 로마에서 온 아레니우스를 의식했다. 그녀 생각으로 그 사람은 분명 로마에서 어떤 임무를 맡겨 내려보낸 사람이 분명했다. 남편의 뒤를 캐고, 감찰을 목적으로 내려온 사람일 텐데, 잘못 일이 벌어지면 남편에게 큰 해가 돌아올 것이 보였다. 앞으로 3년만이라도 그 자리를 지키도록 돌봐 달라고 그에게 부탁했고, 그도 어느 정도 수락했다. 그런데 막상 예루살렘에서 일이 생기고 커지면 오히려 그 사람은 곧장 로마에 보고할 수밖에 없으리라.

그런저런 생각으로 며칠 전에 클라우디아는 은밀하게 아레니우스에게 남편을 말려 달라고 부탁했다. 유대총독인 남편이 갈릴리 일에 개입하지 않도록 막는 것이 그녀의 목적이었다.

몸종에게 지시한 후 침실로 돌아온 클라우디아는 남편이 깨지 않도록 조용히 발코니로 나갔다. 싸늘한 새벽바람이 그녀를 한번 휘감고 지나갔다. 예루살렘 전체가 진즉 깨어났으면서도 숨을 죽이고 웅크린 듯 느껴졌다. 어쩌면 아직도 깊은 잠에 빠져 있는 것 같기도 했다. 발 아래 '프레토리움'이라고 불리는 총독궁 궁정이 있고, 건너편 북동쪽 방향으로 성전산 위에 유대인들의 신전이 달빛 아래 하얀 모습으로 서 있다.

"밤이 곧 지나리니….."

그녀는 혼잣말로 중얼거렸다.

그러다가 언뜻 깨달았다. 그녀가 그 갈릴리 사람을 마음으로 동정하고 있음을…. 남편은 그를 무너뜨리려고 계획을 세우는데, 만난 적도 없는 갈릴리 선생이 가르쳤다는 말이 가슴속에서 자그만 파문을 일으키며 커지고 있었다.

"하느님 나라!"

그 나라에는 밤이 없을 것인가? 그 나라에서는 여자도 사람으로 살아갈 수 있는가? 이스라엘의 신은 정녕 그 백성을 아버지처럼 자애롭게 끌어안고 사랑할 것인가? 그럴 것 같다. 적어도 로마에 있는 늙은 아버지가 그녀를 사랑했듯, 신도 사람을 사랑할 것 같다. 사랑을 받아 본 사람은 다른 사람을 사랑할 수 있다는 것을 그녀는 안다. 신의 사랑이란 사람이 경험한 사랑의 정수精粹가 아니겠는가?

✠

"선생님! 예수 선생님!"

잠시 눈을 감은 채 쉬고 있던 예수는 난데없이 그를 부르는 소리를 듣고 눈을 떴다. 대제사장 가야바의 집 대산헤드린 비상재판에서 사형을 언도받고, 총독궁으로 끌려와 감옥에 갇힌 지 얼마 안 되었을 때다. 시간으로 미뤄 보아 아직 날이 밝을 시간은 아니었다. 불빛을 등지고 두 사람이 앞에 서 있었다. 누군지 알아볼 수 없어 그저 바라만 보았다. 그중 한 사람이 좀 더 가까이 오며 그를 불렀다. 남자였다.

"예수!"

처음 들어보는 목소리일 뿐만 아니라 이상한 억양이었다.

"선생님! 이분이 선생님을 꼭 만나보고 싶다고 해서 모시고 왔습니다. 제가 선생님을 위해 이분의 말을 통역해 드리겠습니다."

다시 여자의 목소리가 들렸다. 그녀에게서 아주 강한 향수 냄새가 났다. 남자가 말을 하고 그녀는 예수가 알아들을 수 있도록 그 말을 통역했다.

"예수 선생! 나는 로마에서 온 아레니우스라는 사람이오! 빌라도 총독의 손님이오."

유대 사람들과 달리 그는 예수를 '선생'이라고 불렀다. 예수는 아무런 말도 없이 그저 고개를 끄덕이며 들었다.

"선생의 얘기를 여러 번 들었소. 그리고 마침 총독궁으로 이송되었다는 소식을 듣고 꼭 한 번 만나 얘기를 나누고 싶어 찾아 왔소. 우선 한 가지 묻겠소! 선생은 유대 사람들이 얘기하는 메시아, 하느님의 아들,

유대의 신이 보낸 사람인가요? 유대를 독립시키고 이 땅에 새로운 왕국을 세울 사람? 그렇다면, 로마를 상대로 전쟁을 일으킬 계획이었소? 군대도 없이? 아니면, 유대인들을 선동해서 반란이라도 계획했소?"

그는 몇 가지 질문을 빠르게 입에 올렸다. 예수가 어떤 사람인지, 무엇을 하려는지 묻고 있었다. 예수는 그를 가만히 바라보았다. 불빛을 등지고 서 있지만, 눈에 익숙해지면서 그의 얼굴을 어렴풋이 볼 수 있었다.

사실 예수는 로마 사람과는 한 번도 직접 얘기를 나눠 본 적이 없다. 그렇지만 다른 유대인들과 달리 로마 사람들을 더럽다거나 한자리에 서 있어도 안 되는 죄인이라고 생각하지는 않았다. 오히려, 그들이야 말로 세상에서 가장 강고한 억압의 사슬에 얽매인 사람들이라고 생각했다. 하늘 아래 살아가는 모든 사람들이 크든 작든 각자 자기들이 짊어지고 살아가는 짐이 있고, 허덕이며 신음한다는 것을 예수는 알았다. 황제가 믿는 신이 그들의 신이었고, 황제를 섬기는 일이 그들의 신앙이었고, 황제의 호의를 받기 위해 그들도 비굴한 웃음을 흘려야 하는 사람들이었다.

"나는 사람들이 기다리는 메시아가 아니오. 사람들이 기대하는 것처럼 이 땅 위에 왕국을 세우려는 사람도 아니고, 반란을 일으켜 많은 사람들의 피를 흘리도록 일을 벌이겠다고 생각해 본 적은 한 번도 없어요."

"그런데, 왜 유대인들은 선생을 빌라도 총독의 처형에 넘겼나요? 왜 총독은 선생이 가장 위험한 사람이라고, 유대인들의 명절이 시작하기 전에 처형할 계획을 세우고 있나요?"

"파도를 막으려는 생각이겠지요. 떠오르는 빛을 덮어 보려는 몸부림이지요."

"선생은 파도인가요? 떠오르는 빛인가요?"

"사람이 어찌 파도나 떠오르는 빛이 될 수 있겠소? 오직 때가 됐다고 알려 줄 뿐이지⋯."

"때라면?"

"바다에 파도가 일어 몰려오는데, 때가 되어 빛이 떠오르는데, 아무 일 없던 것처럼 그대로 살아갈 수는 없지 않겠소?"

"이스라엘의 신, 유대의 신이 세상을 심판할 때가 온다는 얘기는 들은 바 있소만, 그럼 선생은 그때가 왔다고 미리 알려 주려는 사람이라는 말인가요?"

"아니오! 하느님은 세상을 심판하여 끝장을 내시는 분이 아니오. 오히려, 그런 날이 오지 않도록 사람들을 일깨워 스스로 돌이키라고 말씀하시는 분이시오. 그분이 지으신 세상을 끝내시려는 분이 아니고, 사람들로 하여금 좋은 세상, 모두 서로 아끼고 살아가는 세상, 모든 생명이 즐기며 누리며 살아갈 만한 세상을 이루도록 끊임없이 이끄시는 분이오."

"그래서 그분이 예수 선생을 내세웠다?"

"나를 세웠다기보다 나는 빛줄기를 먼저 본 사람이겠지요."

"그래서 선생에게 그 일을 맡겼다?"

"그 큰일을 어찌 한 사람이 맡아 할 수 있겠소? 모든 사람이 달라붙고, 하느님까지 함께하셔야 이뤄질 수 있는 세상인데⋯."

"그럼 선생은 무엇이오? 누구요?"

"길을 걷는 사람들을 위해 세워진 표지판? 이정표라고 하면 맞을 것 같군요."

"이정표라….."

"그래요! 이 길로 쭈욱 걸어가면 어느 마을이 나온다고 알려 주는 이정표. 그 길을 걷는 모든 사람들에게 가야 할 곳을 알려 주고, 길을 잃지 않도록 해 주는 이정표."

아레니우스는 예수를 만나러 오기 전까지만 해도, 예수가 혁명가이거나 정치가의 풍모를 지닌 사람이라고 생각했다. 며칠 전 성전 뜰에서 채찍을 들어 뜰 안에 들어와 있는 장사꾼들을 내쫓고, 성큼성큼 뜰을 가로질러 동쪽 주랑건물로 걸어가는 모습을 보았을 때 그에게서 감히 범접할 수 없는 비상한 힘을 느꼈다.

그러나 지금 눈앞에 있는 사내는 유대 어디를 가든 쉽게 만날 수 있는 평범한 사람이었다. 농사를 짓거나 몸으로 일해서 먹고사는 사람들이 으레 그렇듯 햇볕에 그을린 팔과 다리, 그리고 얼굴에 수염이 더부룩한 사내였다. 다만 한 가지 남다른 점이 있다면 그의 목소리는 낮고 부드러웠다. 불빛에 비친 눈은 한없이 깊었다. 그의 눈동자에는 반사된 불빛보다 더 깊고 오래된 빛이 담겨 있었다. 시간의 시작을 알고 있는 눈이었다.

"선생은 앞으로 어찌 될 것이라 생각하오? 선생 자신과 선생이 시작한 일과, 사람들 살아가는 세상이?"

"나는 그대들 로마 사람들이 계획한 대로, 그리고 세상 권력자들이 생각한 대로 지워지겠지요. 그리고 세상은 여전히 시집 장가가고 애 낳고 늙고 죽고…. 아무 일도 없었던 것처럼 자고 깨며 살겠지요.

그러나⋯."

아레니우스는 다음 말을 기다리며 침을 삼켰다.

"로마황제가 천년만년 살던가요? 알렉산드로스 왕도 죽었고, 아우구스투스 황제도 죽었고. 왕국도 제국도 앞의 나라가 무너지면 새 나라가 일어나고, 다시 또 무너지고. 그건 시간을 거스를 수 없다는 말이지요. 마찬가지로, 시간은 물이 흐르듯 낮은 곳으로 흐르게 마련입니다. 앞으로 펼쳐지게 마련입니다. 가장 낮은 곳에 시간도 이르고 물도 이르고, 사람들 마음도 이르고 세상도 그곳에 이르는 날이 오지요. 깊은 곳 낮은 곳으로 흐르고 흘러 내려간 물이 바다에 이르는 세상이 옵니다. 물이 흘러서 바다에 이르듯, 시간은 흘러서 넓어지고 깊어지고, 모든 사람이 세상의 주인이 되는 날로 흐르게 됩니다.

그러면 산봉우리처럼 우뚝 선 영웅이나 황제가 다스리는 세상이 아니고, 모든 사람이 세상의 주인이라는 것을 깨닫게 될 겁니다. 그래서 먼저 깨달은 사람에게는 그날을 생각하며 흐름을 가로막는 장벽이나 장애물이나 치워야 할 의무가 있지요, 앞당기기 위해.

그러나 들으세요! 그대가 나서든 나서지 않든, 세상은 그렇게 변합니다. 그것이 하느님의 뜻입니다. 사람이 세상의 주인이 되는 날을 그분은 예비하셨고, 그 일을 위해 마음 쓰십니다."

아레니우스는 때때로 고개를 끄덕이기도 하고, 때로는 미심쩍은 눈빛으로 예수를 바라보았다. 예수가 하는 말, 그가 바라보는 세상은 다른 사람들이 바라보는 세상과는 달랐다. 그는 그 스스로 무슨 일을 맡아서 해야 하는 사람이 아니라 그저 길거리에 서 있는 이정표라고 불렀다. 목적지가 아니고, 목적지에 이르는 길을 보여주는 표지판. 그의 말대로라면 하느님 나라가 앞으로 몇십 리, 몇백 리, 몇천 리 남았다거나, 일 년, 십 년, 백 년, 천 년 남았다고 알려 주는 표지판이라는 말이다.

"그런데, 왜 유대인들이 믿고 섬기는 신이 나서서 그 일을 이루지 않고 사람들이 이뤄야 한다고 생각하는지요?"

"하느님이 사는 세상이 아니고 사람이 사는 세상인 걸…. 하느님은 사람들과 함께 사시려고, 사람들 안에 깃들어 사시려고 세상을 지으시고 이미 사람에게 맡겨 두셨지요. 그러니 사람이 자율성을 가지고 주인으로 세상을 꾸려야지, 언제까지 하느님에게 매달려 살 수만은 없지 않겠어요?"

그때 아레니우스의 말과 예수의 말을 번갈아 통역하던 여자가 틈을 보아 예수에게 말했다.

"선생님! 저, 이름은 '빌하'입니다. 그리고 투비야의 딸입니다. 총독궁에 불려 올라와 며칠 이분을 모셨습니다. 법에 따르면 저는 이방인을 모신 죄인입니다. 앞으로 어찌 살아야 하는지요? 이분은 아내가 죽어 늘 쓸쓸했다면서 저를 로마로 데려가고 싶어 합니다."

"사람이 사람과 지내는 것이 어찌 죄가 되겠소? 그대가 그러고 싶다면 같이 가서 아내 노릇을 하시오!"

"세상 사람들이…."

"세상을 살아가는 것은 다른 사람이 아니라 그대 자신이오. 남자가 결정해 주고 세상이 결정해 주고 법이 결정해 주는 대로 여자가 살아야 하는 세상이 아니라, 남자와 동등한 사람으로 살아가는 하느님 나라가 이뤄지고 있소. 시작됐으니 이미 이뤄진 것이나 다름이 없소. 나는 그대를 축복하겠소!"

그러자 스스로를 '빌하'라고 밝힌 그녀는 예수 앞에 무릎을 꿇으려고 했다. 예수가 황급하게 말렸다.

"아니오! 이건 무릎을 꿇고 허락받을 일이 아니고 당당히 서서 누려야 할 권리요. 때가 되거든, 그대가 만나는 사람들에게 이 일을 전해서 그들도 그런 권리를 요구하고 누리도록 하시오. 그대가 먼저 눈을 떴으니 어찌 혼자 누리며 살겠소? 전하며 사시오!"

"예! 선생님!"

그러더니 그녀는 아레니우스에게 예수와 나눴던 얘기를 로마 말로 전해 주었다. 그녀가 예수와 나누는 대화를 알아듣지는 못했어도 그는 그녀를 막지도 않았고, 자기 얘기를 먼저 통역하라고 채근하지도 않았고, 그저 조용히 지켜보고 서 있었다.

"아!"

예수는 빌하를 찬찬히 바라보며 가늘게 한숨을 내쉬었다. 그녀는 아주 뛰어나게 아름다운 여인이었다.

"선생님?"

그녀가 예수에게 왜 그러느냐는 듯 물었다.

"얼마나 힘든 날들을 앞으로 살아가게 될지…."

"그렇겠지요, 선생님?"

그녀의 목소리도 떨렸다.

그럴 것이다. 만일 그녀가 예루살렘에 남아 있으면, 이방인을 모셨던 여자라고 평생 손가락질을 받으며 살게 될 것이다. 무슨 사연으로 아레니우스에게 바쳐졌는지는 모르겠지만 이미 그녀는 유대인으로 살아갈 수 없는 여자가 된 셈이다.

그렇다고 아레니우스를 따라 로마로 간들, 비록 로마 말을 유창하게 할 수 있다 해도, 로마 사람으로 살아갈 수도 없으리라. 유대에서 데려온 여자로 살다가 아레니우스가 언젠가 그녀를 내치면 로마에서 어떻게 살아갈 것인가? 수없이 많은 유대 여인들이 이런저런 이유로 유대를 뜨고 로마에 가지만, 로마에서 살아가야 할 그들의 신산辛酸한 삶이 예수의 눈에 보였다. 그에게 빌하는 그저 한 유대인 여자로 보이지 않고, 돈과 권력과 거짓 웃음에 끌려 살아야 하는 모든 유대인의 운명으로 보였다.

"아버지는 없소?"

예수가 물었다. 아버지는 집안 모든 여자의 정절을 보호해 줘야 할 의무를 지닌 사람이다. 아버지가 없으니 보호받지 못하고 손가락질 받는 길로 끌려 왔으리라 생각했다.

"아버지도 계시고, 어머니와 두 남동생과 세 여동생도 있습니다."

그녀의 말을 듣고 보니 6남매의 맏딸이었다.

"형편이 이럴 수밖에…."

말을 끝맺지 못하고 그녀는 고개를 숙였다.

"빌하!"

예수의 다정한 부름을 받고 그녀는 고개를 들었다. 볼에 흐르던 눈물이 불빛에 반짝였다.

"아레니우스!"

말은 알아듣지 못하지만 자기 이름을 부르니 그도 예수 곁으로 한 발 다가왔다. 이미 감옥에 갇힌 유대인 죄수와 로마의 귀족이라는 신분의 차이는 그 세 사람 사이에서 어느덧 사라지고 없었다.

"그대가 스스로 로마 사람이라고 밝혔는데, 사람 살아가는 일에 로마 사람, 유대 사람이 어디 다르겠소? 먹고 자고 숨 쉬고, 웃고 울고 살아가는 것을…. 이스라엘의 딸과 끝까지 귀하게 잘 살기를 축복하겠소!"

그녀는 떨리는 목소리로 예수의 말을 통역해서 아레니우스에게 전했다. 그 말을 듣고 아레니우스도 깊게 머리를 숙여 예수의 축복을 받아들였다. 빌하를 축복하고 아레니우스를 축복할 때 예수는 마치 그녀의 친정 오라버니 같았다.

예수는 아레니우스를 살펴보면서 마음속에 안타까운 마음이 일어났다. 총독의 손님이라니 낮은 신분의 사람은 아닌 듯 보였다.

'회오리바람! 그는 가슴속에 회오리바람을 품은 사람이구나!'

어디로 불어가지 못하고 제자리를 맴도는 회오리바람, 하늘을 향해 절박한 질문을 묻고 또 묻는 바람이다. 그는 만나자마자 대뜸 예수가 누구인지 물었다. 예수가 메시아인지, 무엇을 하려는지 물었다.

'무슨 일로 로마 사람이 꼭두새벽에 감옥으로 나를 찾아왔을까?'

불빛에 얼비친 아레니우스를 바라보면서 예수는 세상에 씨를 흩날릴 만한 바람을 만난 듯 느꼈다. 불어 갈 방향만 제대로 잡아 준다면 … 폭력이 뭉쳐 있는 제국 로마에서 온 사람이니 폭력의 본질을 누구보다 가까이 본 사람이리라. 세상 어느 곳에 살든지 지배자들의 폭력에서 벗어나 자유롭게 살 수 있는 사람은 아무도 없다. 로마 사람, 헬라 사람, 이집트 사람이 이스라엘과 다르지 않다고 예수가 늘 말하는 이유다.

사실, 예수만큼 폭력의 본성을 잘 알아본 사람이 없을 것이다. 그는 사람들이 당연하게 받아들이는 일에 숨어 있는 폭력의 본성을 드러냈다. 어떤 폭력도 당연하지 않고, 누구의 이름으로 폭력을 행사한다고 해도 정당하지 않다고 그는 가르쳤다. 정통성을 기준으로 폭력과 권력을 구분해야 한다는 생각을 거부했고, 폭력이든 권력이든 사람들을 강제하는 억압에서 벗어나는 해방세상을 이루려고 했다.

예수는 폭력이 법이라는 옷을 입고 나타난다는 것을 잘 알았다. 사람들이 짐승처럼 취급을 받으면서도 감히 벗어날 생각을 못한 채 스스로 포기하고, 무조건 복종하고, 무기력한 상태가 되었다면 이미 폭력이 법과 제도로 바뀌었다고 말할 수 있다. 역사는 제도적 폭력에 저항하여 일어서면 반란으로 기록하고, 저항도 할 수 없는 상태가 되면 평화와 안정으로 해석했다. 의지에 반하여 사람 이하의 수준에서 살아가거나, 그런 상황에서 벗어날 수 없는 상황에 갇혀 있다면, 바로 부정의한 세상, 구조적 폭력의 세상이라고 예수는 생각했다.

강한 폭력에는 굴복하면서 약한 사람에게는 서슴없이 폭력을 행사하는 세상, 그 폭력의 사슬에서 아레니우스를 풀어 주고 싶었다. 예수는 담담한 목소리로 말했다.

"그대가 오늘 보게 될 일은 사람이 사람에게, 그리고 폭력이 사람에게 하는 일이라는 것을 잊지 마시오!"

그 얘기를 듣고 아레니우스는 흠칫 놀라는 표정이었다. 그리고 무언가 예수와 얘기를 더 나누고 싶어 했다. 그런데 그때 감옥을 지키던 로마 병사가 들어와 그들에게 무슨 말을 하며 예수를 가리켰다. 그러자 빌하가 안타까운 표정으로 아레니우스를 쳐다보았고, 그도 아쉬운 듯 고개를 끄덕였다.

"선생님! 이제 저희는 돌아가야 합니다."

"그래요, 빌하! 잘 가시오, 아레니우스!"

여동생을 멀리 시집보내는 오라비의 마음으로, 이방인과 맺어진 인연을 이어가고 싶어 하는 여동생을 아끼는 마음으로 예수는 빌하를 떠나보냈다. 그리고 떠나가는 아레니우스의 등 뒤를 바라보며 한마디 덧붙였다.

"그대를 축복하겠소!"

예수를 만나고 나와 숙소로 돌아가는 아레니우스는 아무 말도 하지 않고 걸었다. 자박자박 걸어 그의 뒤를 따르는 빌하의 발자국 소리를 들으며.

'왜 빌라도 총독은 저 사람을 꼭 처형하려고 할까? 자기 개인의 이익 때문인가, 로마의 이익 때문인가?'

아무리 생각해도 알 수 없다. 유대인들이라면 그들이 믿고 섬기는 신에 대하여 불경한 말을 했다든지, 성전이나 사제들을 존경하지 않는다는 이유로 처벌하려고 나설 수는 있지만, 빌라도가 예수를 처형하려는 일은 그 이유를 잘 알 수 없었다.

총독으로 이름 없는 시골 출신 떠돌이 선생 하나쯤 처형하는 것이야 마음 쓸 일이 아닐 수도 있다. 성전과 예루살렘 사람들의 요구를 들어준다는 뜻으로 별 생각 없이 처형하기로 마음먹었을 수도 있다. 아니면, 해마다 유월절이 되면 불온해진다는 유대인들에게 본보기를 삼아 예수의 시체를 내걸 수도 있고, 로마에서 그러하듯 처형을 명절의 볼거리로 삼을 수도 있다.

'정말로 갈릴리 분봉왕의 부하 알렉산더가 했던 말을 총독이 곧이곧 대로 믿었기 때문인가? 하기야⋯.'

생각해 보면 총독의 개입은 예루살렘에 입성하기 전날, 야영지 군막을 찾아온 갈릴리 알렉산더의 보고로부터 시작됐다.

"총독 각하! 민란이 일어날 수도 있습니다. 황제 폐하께 반란이 될 수도 있습니다."

총독 옆에서 그의 보고를 들을 때만 해도, 로마의 속주에서 늘 벌어지기 마련인 소란이나 현지 지배세력 사이의 갈등이라고 생각했다.

그런데 예루살렘 성안으로 들어온 다음 관심을 가지고 살펴보니, 소란은 오히려 도적떼가 일으켰고, 예수는 이러니저러니 오로지 말로만 가르치는 사람이었다. 그의 목표는 성전을 뒤엎자는 것도 아니고, 로마에 저항하는 반란을 일으키자는 것도 아니고, 누가 세상의 주인인지 눈을 뜨고 바라보라고 사람들에게 가르친 것뿐이었다.

지난 닷새 동안 두고 보았지만, 예수로 인해 유대총독 빌라도의 위치가 흔들리거나, 민란이나 반란이 일어나고 총독이 당장 로마로 소환돼 올라갈 만큼 큰일이 벌어질 것 같지는 않았다.

'왜 그럴까? 그런데도 왜 예수를 처형하려고 애쓸까?'

그러다가 빌라도의 아내, 클라우디아의 얼굴이 떠올랐다. 그녀가 전한 말도 떠올랐다.

"레반트의 안정이 깨지게 됩니다. 그 일에 남편이 개입하지 않도록 도와주십시오."

그녀는 왜 예수 때문에 레반트의 안정이 깨진다고 생각했을까? 예수에게 그만한 힘이 있고, 그를 따르는 사람들에게 그만한 활동역량이 있다는 말인가? 그것은 아니다. 힘으로 눌렀을 때 반동으로 튀어나올 수 있으려면 상대도 그만큼의 힘이 있어야 한다. 겉으로 드러났든 속에 감추었든.

그때 빌하가 무슨 말을 하려고 해서 그는 손을 저어 막았다. 이럴 때 여자가 나서서 생각을 방해하는 것을 그는 참지 못하는 사람이다.

'예수가 가르친 말들은 사람들 마음속에 오고 가는 수많은 생각들 중 하나일 뿐…. 어떤 사람은 입에 올리고 어떤 사람은 가슴에 담고 있다가 스르르 사라지고. 누구도 그의 말을 실현하려고 나설 수 없는 말 아닌가? 그저 헬라의 거리 철학자들이 외쳤던 것과 무엇이 다른가? 사람들이 서로 돕고 살자는 말이 세상 모든 물질이 물, 불, 바람, 흙으로 만들어졌다는 말보다 더 위험한가?'

그렇지 않았다.

'이스라엘이 섬기는 오직 한 분이라는 신이 모든 사람들 속으로 스며들었다는 말이 위험한가?'

유대에서는 위험한 말일 수 있지만, 헬라나 로마에서는 전혀 문제될 일이 아니었다. 큰 바위 하나가 깨져 돌덩어리가 되고, 부서져 돌멩이가 되고, 더 부서져 모래가 되듯, 오히려 거대한 신이 사라지고 점점 현실적인 신으로 바뀌는 것이 사람 살아온 역사가 아닌가?

이런저런 생각을 하다 그가 머무르는 처소에 이르렀다. 그가 제지하는 손짓에 따라 입을 닫았던 빌하는 그 이후 한 마디도 없이 다소곳이 뒤를 따라왔다. 처소에 들어오자 그는 빌하를 바라보며 물었다.

"나에게 할 말이 있었던 것 같은데?"

"예! 아레니우스 공!"

그녀가 그렇게 이름을 부르며 정중하게 말할 때는 마음이 좀 들어졌거나, 무언가 심각한 얘기를 할 때라는 것을 지난 며칠 함께 지내면서 아레니우스는 알았다.

"무슨?"

"선생님은 어찌 되실까요?"

"선생님? 빌하가 이제 아주 저 사람 제자라도 된 것 같군!"

"할 수만 있다면 선생님 말씀을 오래오래 듣고 살고 싶어요."

"그렇게 좋던가?"

"예! 선생님은 저를 빌하라고 불러 주셨어요. 그리고 로마에 가서 공과 잘 살라고 축복해 주셨어요. 이방인을 따르겠다는 유대인 여자가 아니라 '한 사람 빌하'로 생각하신 것이지요. 마치 여동생 대하듯 저를 대해 주셨어요."

아레니우스는 뜻밖의 일로 감격하는 빌하를 보면서 무언가 눈에 보일 듯 말 듯, 알 수 없는 일이 가슴속으로 스며들어 오는 것을 느꼈다. 유대인 여자가 아니라 '한 사람 빌하'라고 말하면서 눈을 반짝이던 그녀, 이제까지 알지 못했던 그녀의 깊은 마음도 엿볼 수 있었다.

"제가 들었던 얘기가 있어요. 선생님이 제자들과 사람들에게 말씀하셨대요. 들어보세요. '저녁때에 하늘이 붉은 것을 보니 내일은 날씨가 맑겠구나 말하고, 아침에는 하늘이 붉고 흐린 것을 보니 날씨가 궂겠구나 말한다. 하늘의 징조는 분별할 줄 알면서 시대의 징조는 분별하지 못하느냐?'"

"시대의 징조?"

"예! 하늘의 징조와 시대의 징조…."

이때 아레니우스 가슴속으로 한 가닥 생각이 훅 파고 들어왔다.

'예수는 하늘에 나타난 징조처럼 스스로를 시대의 징조라고 생각하는가?'

예수 그가 위험한 것이 아니고, 그가 보여주는 시대가 위험하다는 생각이 들었다. 비가 올 것을 보여주는 징조, 날이 밝고 좋은 것이라고 알려 주는 징조, 그 징조를 보고서 날씨를 가늠하듯, 예수가 나타내려는 시대의 징조를 읽으라는 뜻이었다.

그러자 클라우디아가 말했던 '레반트의 안정'이라는 말을 알아들을 수 있었다. 그는 그녀가 말한 것을 그대로 받아 전날 레반트의 안정이라는 말을 빌라도에게 별 뜻 없이 전달했지만, 이제 그녀가 무엇을 걱정하는지, 왜 그렇게 남편 빌라도가 그 일에 관여하지 않기를 원하는지 어렴풋이 알게 됐다.

'여자도 깨닫는 일을 남자인 내가 보지 못했다니⋯. 예수는 시대의 징조인 것을⋯.'

날씨에 따라 미리 붉어지는 하늘을 무슨 수로 막을 수 있단 말인가? 그것은 로마황제의 명령으로도 불가능한 일, 사람들은 그저 궂은 날씨 좋은 날씨에 대비할 수밖에.

아레니우스는 점점 깊은 생각에 빠져들었다. 그에게 레반트의 안정은 관심을 가질 만한 일이 아니다. 시리아 관구 전체를 담당하는 지방장관 겸 로마총독이나 유대와 사마리아와 이두매를 맡고 있는 빌라도 총독이라면 몰라도. 오히려 예수가 다가오는 시대의 징조라면 로마에 어떤 영향을 미칠지 그 일에 더 관심이 있었다.

"내 잠시 다녀올 데가 있으니⋯."

그가 갑자기 벌떡 자리에서 일어나 나가자 빌하는 깜짝 놀란 입을 다물지 못하고 그를 배웅한다. 그럴 때에는 어디 가느냐 묻는 일은 여자가할 일이 아니다. 그저 지켜보고 무슨 일이 생기더라도 놀라지 않고 대처할 준비를 해야 한다. 여자는 그렇게 살도록 가르침 받으며 자랐다.

⊹

"총독 각하!"

"아니! 아레니우스 공! 아직 해가 뜨려면 한참 시간이 남았는데 어쩐 일로 이 꼭두새벽에! 하여튼 자리에 앉으시지요!"

전날 만난 이후로 빌라도의 태도는 많이 고분고분해졌다. 변방 유대의 총독에게는 카프리섬과 연결된 아레니우스야말로 무슨 수가 있든지 꼭 잡아야 할 끈이라는 것을 두 사람이 서로 잘 알고 있다.

"조금 전 감옥으로 예수 그 사람을 찾아가 만났습니다."

"예! 공이 만나보고 싶다고 하길래 한 번 만나볼 수 있도록 부장에게 지시했지요."

"감사합니다. 각하! 그런데 제가 그 사람을 만나고 보니, 좀 특이한 것이 있어서 총독 각하께 상의를 드리려고⋯."

"말씀하시지요! 특이한 일이라⋯."

"곰곰이 생각해 보니 그 사람 일에 각하께서 관여하시게 된 계기는 갈릴리 알렉산더 공이 군영으로 찾아와⋯."

"그랬지요. 입성하기 전날 밤에⋯."

상대방의 마음을 읽기 위해 말을 완전히 끝내지 않고 말을 넘기는 것은 고도의 정치적 수사였다. 분명한 말을 입 밖에 내는 것과, 말끝을 흐리면서 자연스럽게 상대의 말을 끌어내는 방법을 적절하게 상황에 따라 사용해야 잘못될 위험을 방지할 수 있다. 그렇게 말을 주고받으면서 빌라도도 아레니우스도 서로 상대가 무슨 말을 하려고 하는지 알아챘고, 나름 생각을 정리할 수 있었다.

"각하께서는 유대와 사마리아와 이두매를 맡아 다스리시는 총독이십니다. 레반트 전체는 시리아에 계신 총독 각하의 관할이고요."

"그렇지요. 이 빌라도는 황제 폐하의 임명을 받아 이 땅을 다스리지만, 직접적으로는 시리아에 계신 총독의 지휘를 받지요."

"제 생각입니다만… 혹 주제 넘는다고 생각하실까 봐서….."

"원! 말씀하세요!"

"제가 예전에 시리아에 계신 총독 각하의 휘하에 한동안 있었습니다. 그래서 그분을 잘 압니다."

"아하!"

빌라도는 그제야 궁금했던 일 하나가 해결됐다. 어쩐지 아레니우스가 군대 일을 알고 있는 사람, 크든 작든 부대를 지휘한 경험이 있는 사람으로 느껴졌던 일이 엉뚱한 생각은 아니었다는 것을 알게 됐다.

"그래서 드리는 말씀입니다. 직접 시리아총독 각하의 지휘 아래 있는 유대에 무슨 문제가 생기면, 그분에게 좋지 않을 것 같습니다."

"그거야….."

"갈릴리는 군사에 관해서는 시리아총독의 관할 아래 있지만, 이미 처음부터 선대 아우구스투스 황제 폐하의 임명을 받은 분봉왕이 40년 가까이 다스리고 있으니, 정치적으로 말하면 시리아총독 각하가 아니라 분봉왕이 로마에 대하여 책임을 지고 있는 셈이지요."

"그건 그렇습니다만…."

"갈릴리에서 온 예수 그 사람 말씀입니다. 오늘 처형하기로 결정하셨는데, 그런데 각하! 제가 듣자니, 자정도 되기 전에 체포한 사람을 야간재판을 해서 총독궁으로 서둘러 넘긴 이유가 무엇인지요? 저는 성전 사람들이 밤새 그렇게 서두른 이유를 모르겠습니다."

"어… 내 생각으로는 십자가에 매달아 처형하게 되면, 숨이 끊어질 때까지 몇 날 며칠 매달린 채 버둥거리는 경우가 있지요. 그러니, 해가 떨어지기 전에 그자의 숨을 끊도록 처형을 서둘러 달라는 얘기 아니겠어요? 해가 지면, 저들이 유월절 명절을 지내야 하니까 그전에 끝내려고…. 유대에서는 오늘 해가 지면 새 날이 시작되고, 유월절이 되는 셈이지요."

"그러니, 각하! 제가 주제넘은 말씀을 드리는 것 같아 조심스러운데… 갈릴리로 예수를 넘기시면 어떻겠습니까?"

"분봉왕더러 처형하라고요?"

"예!"

빌라도는 입을 닫았다. 아레니우스가 하는 말이 그동안 아내 클라우디아가 했던 말과 너무 비슷해 이상했다. 그러나 다시 생각해 보면 갈릴리 안티파스와 알렉산더의 음모에 자기가 걸려든 것이 아닌가 퍼뜩 정신이 들었다. 그렇지 않아도 갈릴리에서 처리할 일을 유대 쪽으로 떠밀어냈다는 생각이 든 적도 있었다.

"음! 이미 여기 유대에서 처리하기로, 성전 대산헤드린에서 유대법에 따라 재판하고, 총독궁에서 로마법에 따라 다시 재판하여 처리하기로 정해져 있습니다. 지금 바꾸기가 좀 곤란하네요. "

"그러시군요. 그렇더라도 모르는 척 한 번 분봉왕에게 넘겨보시지
요? 총독 각하께 손해 갈 일이나 명예가 손상될 일은 없습니다. 물론
각하께서 처리하실 일입니다만…. 허실虛失삼아 분봉왕에게 넘겨보시
지요. 분봉왕이 받아들이면 그대로 좋고, 못 받아들여도 좋습니다. "

"그건 또 무슨 얘기입니까?"

"분봉왕이 그자를 끌고 갈릴리로 데려가서 처형하면 각하는 완전히
손을 뗀 셈이고, 다시 각하께 압송해 보내면 그건 예루살렘 성전과 갈
릴리 분봉왕이 모두 각하의 처분에 맡겼다고 온 세상에 밝히는 셈입니
다. 각하께서 그를 어찌 처형하시더라도 그자의 동족이 버린 사람을
로마법에 따라 처결하신 것뿐입니다. 아무도 각하께 이러니저러니 원
망하지 못할 것입니다. "

"좋습니다. 어디… 갈릴리 분봉왕이 어찌하는지 두고 봅시다. "

빌라도의 말에 아레니우스는 빙긋이 웃으며 말을 받았다.

"아마 분명 다시 돌려보낼 겁니다. 그쪽에는 알렉산더 공이 있으니
그냥 덥석 받아들여 갈릴리로 끌고 가지는 않을 겁니다. 더구나 갈릴
리로 끌고 가지 않고 유대 지방에서 사형을 집행하려면 총독 각하의
허락이 있어야 하지 않겠습니까?"

"그건 그렇지요. "

"다시 돌려보내면 각하께서 생각하셨던 대로 처리하셔도 좋은데,
다만 총독궁 재판에는 성전 측 책임자가 꼭 참석해서 예수의 죄를 그
들 입으로 낱낱이 고발하도록 명령하십시오. "

"어? 그건 나하고 아주 생각이 똑같습니다. 이미 그리하라고 지시했

습니다. 성전이든 갈릴리든 나에게 다 떠맡기고 쏙 빠져나가는 일은 없을 겁니다."

"잘하셨습니다. 그런데 이번 일을 두고 보자면, 갈릴리에서는 그쪽 병사 한 명도 투입하지 않고, 손 한 번 쓰지 않고 두 가지 일을 모두 처리한 셈이 되겠지요. 알렉산더 공, 참 대단한 사람입니다. 멀리도 보고, 깊게도 보고."

"흠 흠!"

빌라도는 아무 말도 하지 않고 아레니우스의 말을 듣고 앉아 있다. 그의 불편한 마음을 알았는지, 아레니우스가 한마디 더 보탰다.

"각하! 나의 적은 형제고, 형제와 나의 적은 사촌이고, 나와 형제와 사촌의 적은 다른 가문이라 합니다."

"허허! 그렇지요."

"그런데, 각하! 한 가지 더 여쭙고 싶습니다. 예수의 제자들은 한 사람도 잡아들이지 않은 것 같습니다?"

"그랬습니다."

"무슨 뜻이 있으신지요?"

"그자들은 도적떼와는 달리, 선생이 잡혀 들어오면 모두 도망갈 사람들이라 굳이 잡아들인다고 소동을 피울 일이 아니라고 부하들이 건의합디다."

"잘하셨습니다. 그래도 혹시 모르니 멀리 쫓아 보내는 것이 좋겠습니다만…."

"그건 성전 경비대가 맡아 쫓아 흩기로 했습니다. 그런데, 아까 레반트의 안정이라는 말을 썼는데… 어찌해서?"

"제가 오늘 아침 들은 얘기가 있습니다. 예수가 한 말이랍니다. '저녁때에 하늘이 붉은 것을 보니 내일은 날씨가 맑겠구나 말하고, 아침에는 하늘이 붉고 흐린 것을 보니 날씨가 궂겠구나 말한다. 하늘의 징조는 분별할 줄 알면서 시대의 징조들은 분별하지 못하는 사람들!' 그랬답니다."

"시대의 징조라고요?"

"그렇습니다. 저는 그 말을 전해 들으면서, '이 사람을 처형하는 일로 끝나지 않겠구나'라고 생각했습니다. 스스로 무엇이 되겠다는 사람이 아니고, 그 자신이 날씨를 미리 보여 주는 징조처럼 붉은 하늘이라고 말하는 셈입니다. 비가 올지, 날이 좋을지. 그런데, 지금 이 평화로운 시대에 스스로 붉은 하늘이라고 말한다면, 곧 궂은 날씨가 올 것이라고 말하는 것이 아니겠습니까? 그렇다고 군대를 일으킬 사람도 아니고, 사람들을 선동해서 폭동이나 민란을 일으킬 사람도 아니고. 자기가 처형될 것을 알면서도 달아나지 않고 체포된 사람…. 그가 나타내는 징조를 알아채야 한다는 생각이 들었습니다."

"징조는 무슨 징조!"

"아닙니다. 그래서 제가 레반트의 안정을 생각해야 한다고 말씀드린 겁니다. 가능하면 각하께서 그 일에 직접 관여하지 마시고, 관여하게 되더라도 레반트의 안정과 황제 폐하께 바치는 충성, 로마의 안정때문이라고 보여야 한다는 생각입니다."

"그자가 안정이 아니라 불안정을 보여주는 징조라면서요."

"예! 그러니, 보는 사람에 따라, 이렇게도 생각하고 저렇게도 생각할 수 있도록, 앞으로 무슨 일이 벌어져도 그 일이 각하의 책임은 아니라고 말할 수 있도록…. 생각해 보십시오! 아침 하늘이 붉어 날이 궂을 것이 분명한데, 사람이 무슨 일을 할 수 있겠습니까? 비가 내리는 것을 대비할 수밖에요. 그것은 예수를 처형하든 놔두든, 이미 시작된 일이라는 생각이 듭니다."

"그런데 아까 로마의 안정과 황제 폐하께 바치는 충성을 얘기하셨는데, 이 일로 그 일을 도모한다?"

"예! 어떤 혼란을 막는다면 빌라도 총독 각하의 공이 되고, 못 막게 되면 각하께서 미리 그런 점을 염려해서 끝까지 애썼다! 바로 그렇게 말할 수 있는 근거가 되겠지요. 제가 로마에 돌아가면 숙부님은 물론, 카프리섬에 계신 분께, 그리고 티베리우스 황제 폐하의 귀에도 들어가도록 손을 쓰겠습니다."

"고맙습니다, 아레니우스 공!"

"제가 그 일을 맡기로 마음먹었습니다."

아레니우스가 돌아간 다음 빌라도는 한참 자리에 앉아 생각하다가 부장을 불러들였다. 그리고 예수를 갈릴리 분봉왕에게 넘겨주라고 지시했다. 갑자기 무슨 영문인지 몰라 부장은 머뭇거렸다. 빌라도가 자리에 앉은 채 눈을 치켜뜨고 노려보자 부장은 명령대로 하겠다며 황급히 물러났다.

'왜 아레니우스가 나에게 이런 조언을 하는가? 왜 그가 한직閑職이라할 수 있는 유대총독 빌라도에게 호의를 베푸는가?'

겉으로 보기에는 빌라도가 아레니우스보다 위에 있지만, 반대로 미래의 시간으로 본다면 그가 빌라도의 위에 있을 수도 있다. 유대총독

자리를 마치고 로마로 돌아가면 빌라도는 잘해야 로마 북쪽 평야에 있는 대농장의 주인일 뿐이다. 황제의 노여움을 받아 로마로 소환돼서 돌아가면 노예로 떨어질 수도 있다.

'제가 그 일을 맡기로 마음먹었습니다.'

그가 마지막 남긴 말이 자꾸 귓가에 맴돌았다. 빌라도의 부탁 때문이 아니고 스스로 그렇게 결정했다는 말이다. '내가 그대 빌라도의 후원자 노릇을 하기로 했소.' 바로 그런 통보다.

후원자와 후원을 받는 사람 사이의 관계는 절대로 대등한 관계가 아니다. 후원자는 자기가 후원할 사람을 일방적으로 맘대로 정하고, 바꾼다. 후원자는 후원을 받는 사람이 가지지 못한 것으로 베풀기 마련이다.

'내가 갖지 못한 것, 아레니우스가 가진 것. 그것이 무엇일까?'

생각해 보니 그것은 미래라는 시간, 그리고 미래의 권력이다. 아레니우스가 의미하는 미래의 시간, 미래의 권력은 카프리섬에 관한 일이다. 지금 황제 티베리우스는 권력에 집착하고, 고집 세고 질투심 많은 늙은이일 뿐이다. 그의 곁에 있는 젊은 가이우스를 끝없이 질투하고 미워하고 감시하지만, 가이우스 외에 다른 누구를 후계자로 정할 수도 없는 상황이다.

오늘이든 내일이든 아니면 일 년 후든 어느 날 황제가 세상을 떠나면 가이우스가 로마제국의 황제가 되고, 세상은 그의 것이 될 것이다. 마치 티베리우스가 로마의 첫 황제 아우구스투스의 뒤를 이어 세상의 주인이 되었듯.

로마 정치를 생각할 때마다 빌라도는 새로운 권력자에게 직접 줄을 대지 못한 일이 늘 아쉬웠다. 그런데 아레니우스야말로 하기에 따라서는 새로운 권력자에게 줄을 댈 수 있도록 주선할 수 있는 사람이 분명해 보였다.

'아레니우스의 말은 가이우스의 시대가 이미 오고 있다는 의미….'

아레니우스가 일부러 찾아와 들려준 얘기는 날씨 얘기가 아니고, 가이우스 시대 얘기일 수도 있다고 빌라도는 알아들었다. 위험한 얘기를 해야 할 때 로마에서 정치가들은 정반대로 해석할 수 있는 묘한 말을 던지기 일쑤였다.

"아침 하늘, 저녁 하늘에 따라 붉은 하늘의 의미가 달라진다. '예수가 징조'라는 말을 입에 올리면서 그는 은근하게 카프리섬의 가이우스 얘기를 했음이 틀림없어!"

그렇게 생각하기 시작하니 정말 아레니우스가 그랬을 것으로 믿게 됐다.

'아레니우스가 가이우스를 황제로 밀어 올리려는 사람들과 한패라면, 그의 눈에 벗어나면 나중에 내 운명이 어찌 될지 보지 않아도 뻔한일!'

아레니우스를 붙잡는다면 빌라도로서는 미래의 기회를 지금 손에 쥐는 일이다. 그러나 한편으로는 빌라도에게 가장 위험한 적이 될 수도 있는 인물이 바로 아레니우스다. 그가 무엇을 원하는지 아직 확실하게 드러내지 않았기 때문에 여간 조심스러운 것이 아니다. 카프리섬의 가이우스와 연결된 사람이라면 뜻밖으로 큰 것, 빌라도가 도저히 받아들일 수 없는 것을 요구할 수도 있으리라. 어찌 보면 친구로 삼고 의지할 만큼 마음이 통할 수 있을 것도 같고, 또 어찌 보면 도저히 그 속을 알 수 없는 사람이기도 했다. 때로는 빌라도를 위해 조언하는 것도 같고, 때로는 꼼짝달싹 할 수 없는 막다른 길로 서서히 몰아넣는 것도 같다.

빌라도는 원래 이렇게도 저렇게도 할 수 없도록 몰리는 일만은 도저히 참지 못한다. 그가 '코뿔소'라고 불리는 이유다. 아레니우스와 큰 것을 놓고 담판해야 할 때가 다가오고 있다는 것을 그는 본능적으로 느꼈다.

✛

"저하! 빌라도 총독 각하께서 사람을 보냈습니다."

"어허! 그 사람… 이렇게 아침 일찍…."

"그런데 갈릴리의 떠돌이 선동가 예수를 꽁꽁 묶어 끌고 왔습니다."

"뭐야?"

안티파스는 잠이 확 달아날 만큼 놀랐다. 갑자기 빌라도가 예수를 묶어서 보냈다니…. 생각도 못 한 일이다.

"이게 뭔 소리야?"

그가 혼잣말로 중얼거리는데 어느새 헤로디아가 그 말을 듣고 눈을 동그랗게 뜨고 나섰다.

"저하! 분명 빌라도의 흉계입니다."

"흉계라고?"

"그자를 왜 저하께 보냈겠습니까? 갈릴리 사람이니 저하가 처리하시라는 뜻 아니겠습니까?"

"그건 이미 지난번에 애기가 다 끝난 일인데? 여기서 총독이 처리하기로?"

"그런데도 보냈다면, 아무리 생각해도 자기는 빠져야겠다고 총독이 마음먹었음에 틀림없습니다. 제 생각으로는 그냥 덥석 받지 마시고 좀 알아보신 다음에…."

"맞아! 어서 알렉산더 공을 불러와라!"

그는 헤로디아의 의견이 그럴 듯하다고 생각했다. 빌라도의 의도를 한번 짚어볼 필요가 있었다.

곧 알렉산더가 들어왔다. 그리고 애기를 듣자마자 그는 혼자 실실 웃었다.

"아니, 웃지만 말고, 총독이 왜 예수를 나에게 보냈는지 한 번 생각해 봐요!"

"예! 숫양 한 마리를 가지고 여러 사람에게 생색내는 일입니다."

"생색? 허허! 총독이 나를 시험하나? 저번에는 서로 협력하자고 말하더니?"

"그래서 생색내는 겁니다. 예수를 묶어 보낸 일은 그자에 대한 처분권이 저하께 있음을 존중한다는 뜻이고, 저하가 그자를 돌려보내시면 처분권을 위임받았다고 말하려는 겁니다."

"그래서 말이오! 왜 그런 번거로운 절차를 밟느냐 그 말이오."

"총독이 냉큼 그자를 처형하면 세상이 뭐라고 하겠습니까? 저하나 총독이나 좋을 것이 없습니다."

"그럼 어찌하면 좋겠소?"

"총독에게 다시 돌려보내십시오."

"그럴까? 돌려보내기 전에, 내가 그자를 한 번 보고 싶은데⋯. 도대체 무슨 뜻으로 소란을 피웠는지⋯. 그리고 내가 처형했던 그 세례자인가 뭔가, 사람들이 예언자라고 부르던 요한하고는 어떤 관계인지 물어도 보고."

"저하께서 직접 그런 일을 물어보실 일은 아니라고 봅니다. 오늘 그자를 처형하려면 좀 서둘러야 할 텐데 그냥 다시 돌려보내시지요."

헤로디아도 그러는 것이 좋겠다고 참견하고 나섰다. 괜히 세례자 요한의 얘기를 다시 꺼내서 듣고 싶지 않은 얘기, 불쾌했던 기억을 떠올리고 싶지 않았다.

"그럴까?"

"예! 저하! 돌려보내면서 자주색 옷을 입혀 보내시지요!"

"자주색은 왜?"

"거짓 예언자! 거짓 왕이라고 널리 밝히는 셈입니다."

"그것 재미있군! 그렇게 해요."

안티파스는 예수를 그냥 빌라도 총독에게 돌려보냈다. 알렉산더의 의견을 받아들여 자주색 옷을 입히고, 갈릴리 병사를 딸려 보냈다.

분봉왕의 궁전에서 총독궁에 이르는 내내, 갈릴리 병사들은 큰 소리로 웃고 떠들며 예수를 모욕했다.

"예언자 예수님!"

그러면서 한 병사가 철썩 예수의 뺨을 후려쳤다. 다른 병사는 예수의 뺨을 손등으로 때리며 외쳤다.

"예수 임금님 만세!"

입으로는 예수를 왕이라고 부르고 손등으로 뺨을 때렸으니, 몸에 상처 하나 입히지 않으면서 사람들이 가장 치욕스럽게 생각하는 모욕을 안겨 준 셈이다. 그러면서 병사는 예수의 얼굴과 깊은 눈을 들여다 봤다. 흔들리지 않는 그의 눈길을 보면서 병사는 흠칫했다.

'이 사람은 누구인가? 사람들이 말하는 대로 과연 하느님이 보낸 사람인가?'

'그럴 리가 없지!'

병사들은 더 이상 예수를 조롱하지 않았다. 두려워 벌벌 떨지도 않고, 살려 달라고 애원하며 비굴하게 굽실거리지도 않고, 그렇다고 기개를 앞세우며 저항하지도 않는 사내, 그들은 무엇으로도 예수를 더 이상 모욕할 수 없음을 알았다. 예수는 그저 묵묵히 걸었다. 막 올리브산을 넘어온 햇빛이 예수와 병사들의 긴 그림자를 앞세웠다. 예수는 그의 길을 걷고, 병사들은 그림자에 끌려 걸었다.

분봉왕이 예수를 총독궁으로 돌려보낸 후 조금 있다가 알렉산더는 서둘러 총독궁으로 떠났다.

알렉산더는 총독궁에서 예정된 회의에 참석했다. 로마군에서는 부장과 위수대장, 성전에서는 마티아스 제사장이 참석한 회의였다.

"분봉왕 저하께서 예수 그자를 다시 총독궁으로 보내셨으니, 이제 총독 각하의 명을 받들어 그자를 재판하고 처형할 수밖에 없겠소. 그런데, 처형 장소는 어디가 좋겠소?"

총독 대신 회의를 주재하는 부장이 뻐기는 자세로 물었다. 무슨 뜻으로 그렇게 묻는지 그 속셈을 뻔히 짐작한 알렉산더가 대답했다.

"총독궁에서 미리 생각해 두신 자리가 있으실 텐데요."

"총독 각하께서 가장 사람들 눈에 잘 띄는 곳에 매달라고 명령하셨습니다. 그래야 효과가 있다고 하시면서…."

"제 생각에는 북서문 쪽 언덕이 어떨까 생각했습니다만…."

알렉산더의 말에 마티아스가 즉각 반대하고 나섰다.

"북서문 쪽 언덕은 안 됩니다. 그 장소는 도성 안쪽에 있는데, 유월절에 범죄자를 도성 안에 매달아 놓고 명절을 지킬 수 없습니다."

"그러면, '양의 문'인가 그 성전 북쪽 문밖, 골짜기 너머 거기 베데스다라나 뭐라나 조그만 언덕이 있더구만…. 우리 로마군도 거기 주둔하고 있고."

부장의 말에 다시 마티아스가 반대했다.

"안 됩니다. 성전과 너무 가깝습니다."

마티아스는 어떻게 해서든 성전에서 멀리 떨어진 곳으로 정하려고 애썼다.

"그럼 어디로 하라는 말이오? 패망산 기슭 넓은 터에는 도적떼 무리를 모두 매달기로 했는데…."

그러자 때를 놓치지 않고 알렉산더가 물었다.

"도적떼 두목 히스기야도 거기에 매답니까?"

"그럼요! 한패거리니 두목 부두목 그때 다 거기 매달 겁니다."

"잠깐만요! 두목 부두목을 예수와 함께 매달지요, 오늘."

"왜요?"

"유대인들 중에는 그들을 의인義人으로 생각하는 사람들이 있습니다. 특히 그 부두목 바라바는 이번에 성전에서 일으킨 소란의 주모자였고, 게다가 바리새파 의인의 아들이라고 예루살렘 사람들이 동정하는 움직임이 일어나고 있습니다. 그자를 며칠 더 가둬 놓고 지내는 것은 성전이든 위수대든 부담이 될 겁니다. 아예 오늘 예수와 함께 처형하면 바리새파 사람들이나 그자를 동정하는 사람들이 허虛를 찔려 크게 움직이지 못할 겁니다."

그 말을 듣고 마티아스는 아무 말도 하지 않고 지켜보았다. 하마터면 엘리아잘의 꾐에 빠져 전날 아침 도적떼에게 해를 입었을 것을 생각하니 온몸에 소름이 돋았다.

그러나 그 일로 엘리아잘과 바리새파 모든 사람들에게 싸움을 걸 수는 없다. 바로 사두개파와 바리새파의 정면충돌을 감수해야 할 일이다. 어차피 그 일은 일어나지 않았으니 하얀리본 도적떼와 엘리아잘의 음모가 서로 상관없는 것처럼 당분간 덮어두기로 마음먹었다. 그런 점에서 역시 아버지 가야바는 노회할 뿐만 아니라 유대 제일의 정치가였다. 엘리아잘 가문을 처리하는 일은 명절이 끝나고, 총독이 카이사레아로 돌아간 다음 기회를 보아 처리하자는 것이 가야바의 생각이었다.

위수대장이 나섰다.

"알렉산더 공의 의견에 저도 찬성합니다. 하얀리본의 두목 히스기야, 그리고 바리새파인 바라바와 예수를 한꺼번에 오늘 처형하면, 사람들이 궁금하게 생각할 것입니다. 그러면, 예수 그자가 도적떼와 원래 한패거리였다고 소문을 내면 되겠지요. 어쩌고저쩌고해도 하얀리본은 도적떼였으니까요."

"좋아요. 그러면 그 세 놈을 오늘 한꺼번에 십자가에 매달기로 합시다. 예수는 총독 각하 앞으로 끌고 와서 재판절차를 밟고, 나머지 두 놈은 도적떼 신분이니 그냥 처형해도 별일 없겠지요."

"그러시지요."

알렉산더와 마티아스도 고개를 끄덕이며 찬성했다. 다시 부장이 입을 열었다.

"십자가 처형장으로 여기도 안 된다, 저기도 안 된다⋯. 성전이 너무 가깝다는 마티아스 제사장 의견을 받아들여 좀 떨어진 곳으로 정하겠소. 그런데, 아까 얘기한 것처럼 패망산은 도적떼 처형장으로 남겨 놓는다면, 어디로 한다! 음! 거기가 좋겠군! 어제 내가 도성 외곽에 배치된 부대를 둘러보던 중에 적합한 장소를 하나 보아 두었소."

"어디를 말씀하시는지?"

마티아스와 알렉산더가 동시에 물었다. 위수대장은 부장이 어디를 생각하고 있는지 안다는 듯 고개를 끄덕였다.

"지금 우리 로마군 지대가 주둔하고 있는 올리브산 자락, 거기서 조금 남쪽으로 가면 쓸 만한 장소가 한 곳 있습니다."

"거기는 예루살렘 사람들이 무덤으로 사용하는 장소인데요?"

"맞아요! 그 무덤들이 층층으로 쭉 들어서 있는데, 그곳 둔덕에 십자가 몇 개 세울 만큼 공간이 있어요. 올리브산을 넘어 예루살렘성으로 내려오는 길목이고, 남동쪽 성문과 거의 마주 보이고, 거기서는 성전 앞 광장도 다 보이고, 또 헤브론에서 베들레헴을 거쳐 예루살렘 들어오는 길도 보이고⋯."

"가만있자. 그러면 기드론 골짜기 언덕 위?"

"그래요! 그 자리면 많은 사람들이 십자가에 매다는 광경이나 십자가에 매달린 시체를 며칠이고 똑바로 볼 수 있어 좋아요!"

"부장님! 그런 면에서는 좋은데, 성문에서 너무 빤히 보이고, 게다가 성전 광장에서도 보이니… 다른 곳으로 하시면….""

"됐어요. 뭐 유대에서는 메시아가 올리브산을 넘어온다는 얘기가 있었다면서요? 그러니 거기 십자가에 매달린 메시아를 보고 정신 좀 차리라고 하지요! 이제 더 이상 왈가왈부하지 말고 그리 정합니다. 우리 로마가 언제 그런 것 따지고 사정 봐주면서 처형한 적 있어요? 이건 총독 각하께서 특별히 대제사장 각하나 분봉왕 저하와의 우정을 생각해서 미리 상의하라고 명령하셨기 때문에 내가 말을 꺼낸 겁니다."

마티아스도 알렉산더도 더 이상 말을 하지 않았다. 알렉산더로서는 히스기야를 예수와 함께 처벌할 수 있어서 다행이었고, 마티아스는 바라바를 총독이 처벌하기로 해서 다행이었다.

그 기회에 알렉산더는 총독이 아레니우스를 만난 다음 예수를 분봉왕에게 보내라고 명령했다는 사실을 부장에게서 들었다.

'그러면 그렇지! 총독은 그런 정도로 생각할 사람이 아니야! 그런데, 왜 아레니우스가 이 일에 개입했을까?'

아무리 생각해 봐도 그가 개입한 이유를 짐작할 수 없었다.

'누가 아레니우스에게 예수를 갈릴리로 다시 떠넘기라고 말했을까?'

예루살렘에는 예수를 위해 손써 줄 만한 사람이 한 명도 없음을 그는 너무 잘 알았다.

'누가 손쓴 것이 아니라면 분봉왕을 궁지에 몰아넣으려는 음모였음이 분명해…. 총독과 분봉왕 사이를 갈라놓으려는 세력, 그렇게 해서

이익을 볼 수 있는 세력, 그건 성전밖에는 없어.'

그런 생각이 들자 좀 더 뚜렷하게 일이 보였다. 성전에서는 야간 대 산헤드린 비상재판을 통해 예수에게 사형을 선고했으니, 그들이 할 일은 다했다고 손을 빼려는 수작이 분명했다. 곰곰이 생각하다가 알 렉산더는 성전이 왜 그랬는지 원인을 깨달았다.

'십자가 처형이 부담스러운 게야! 오늘 해가 지면 유월절이 시작되 는데 예수 그자를 십자가에 매달아 놓고 명절을 지내기가 거북할 것이 고…. 그래서 총독도 성전도 그 일을 갈릴리로 넘기려고 했다?'

하느님을 모독한 사람, 토라에서 죽음의 벌을 내려야 한다고 정한 죄를 저지른 사람, 성전 이방인의 뜰을 넘어 이스라엘의 뜰로 들어서 는 경계 소레그를 넘은 이방인이면 성전이 처형할 수 있다. 그런데 총 독이 로마법에 따른 재판을 통해 예수를 십자가에 매달아 처형하기로 했던 사전 약조를 뒤집으려 했다면 로마에게도 그 일이 부담스럽다는 의미였다.

'만일 성전이나 총독궁에서 유월절 때문에 예수의 처형을 미룬다면?'

그러면 무슨 일이 그 안에 일어날지 알 수 없었다. 총독의 마음이 바뀔 수도 있고, 성전 뜰 안에서 뜻하지 않은 불상사가 벌어질 수도 있 고, 분봉왕이 정말 예수를 끌고 내려가 갈릴리에서 처형할 수밖에 없 는 상황도 생길 수 있다. 더구나, 무슨 이유에서든 아레니우스가 나섰 다면 전혀 생각지도 않았던 일이 얼마든지 더 벌어질 수 있으리라고 알렉산더는 걱정했다.

빌라도 총독은 만나지 못하고 부장에게만 다시 당부해 놓고 돌아올 수밖에 없었다. 다만, 총독궁 앞에 재판정이 마련되는 것을 보니 일단

160

마음이 놓였다.

알렉산더가 하스몬 왕궁으로 돌아오자 기다리고 있었던 듯 므나헴이 급한 걸음으로 들어왔다.

"공께 드릴 말씀이 있어 들어왔습니다."

"뭔데?"

턱은 아래로 당기고 눈을 위로 치뜬 채 알렉산더는 므나헴을 쳐다봤다. 무언가 마음이 불편할 때 그가 보이는 모습이다. 보통 때 같으면 그럴 경우 다음으로 미루고 조용히 물러나야 한다. 안 그러면 분명 무슨 사달이 나기 마련이었다. 그러나 이번 일은 그렇게 물러날 수 없는 일이다.

"저기, 시간을 좀 내주시면… 마리아가 찾아와서요…."

"뭐? 누가 찾아와? 왜? 뭘 해 달라고?"

그는 쉬지 않고 몇 마디를 쏟아냈다. 마리아가 찾아왔다는 말을 듣자마자 그동안 꾹꾹 참고 있던 감정이 폭발했다. 무슨 일로 찾아왔는지, 물어보지 않아도, 만나지 않아도, 듣지 않아도 뻔한 일이었다. 그는 고개를 휙 돌렸다. 그를 쳐다보는 므나헴의 눈길을 피하고 싶었다.

그런데 그건 사실 서늘한 눈, 마리아의 눈을 마주 대하고 싶지 않았기 때문이다. 그녀를 만나면 독하게 먹었던 마음이 스르르 무너질 것 같다.

"없다고 해! 만날 필요 없어!"

"공이 총독궁에서 돌아오시는 것을 밖에서 지켜보고 있다가 찾아들어 온 모양입니다."

한동안 말이 없더니 다시 입을 열었다.

"누가 마리아를 궁에 들였어? 므나헴! 네가?"

므나헴은 즉시 알아챘다. 알렉산더의 마음이 흔들리고 있음을. 마음속으로 마리아를 만나면 안 된다는 생각과 다시 그녀를 만나고 싶은 충동이 맞서고 있음에 분명했다. 평소라면 싸늘한 눈으로 입가에 알 수 없는 묘한 웃음을 띠면서 '안 만나!' 한 마디로 거절할 사람이다.

므나헴은 즉시 그 미묘한 변화를 파고들었다.

"가서 그리 전하겠습니다. 공의 마음이 워낙 확고해 도저히 더 말씀 드리지 못하고 나왔다고 전하겠습니다. 그러면 마리아라도 할 수 없이 걸음을 돌려 아랫구역으로 내려가는 길을 허둥허둥 내려가겠지요. 그런데, 조그만 보퉁이 하나를 가슴에 꼭 끌어안고 있었습니다. 예전에도 그러했다고 얘기를 들었습니다만…."

알렉산더는 그녀가 떠나가던 때의 모습을 떠올렸다. 알렉산더 아버지의 집에 빚으로 종살이하러 왔을 때처럼 6년 종살이 끝내고 7년이 되던 해, 그녀는 그렇게 보퉁이 하나 들고 떠나갔다. 깊숙이 허리 숙여 인사한 후 문을 나서던 그녀의 가슴에 보퉁이가 안겨 있었다.

세상에 보퉁이 하나 끌어안고 다니는 여자처럼 슬픈 여자가 있을까? 그 속에 무엇 그리 대단한 것이 들어 있다고 소중하게 끌어안은 보퉁이, 여자에게는 바로 운명이리라. 보퉁이 하나에 꼭꼭 싸 가슴에 안으면 그만인 운명…. 아무것도 아닌 여자, 보퉁이 하나 안고 다니며 살아가는 여자, 마리아는 그런 여자였던가? 왜 다시 찾아왔는가? 왜 다시 보퉁이를 안고 왔는가?

알렉산더는 그녀의 서늘한 눈을 마주할 용기가 없었다. 그녀의 눈에 고여 드는 눈물을 못 본 체 외면할 만큼 아직은 마음이 독해지지 못한 모양이었다.

"그래! 그냥 돌려보내! 이제 모든 것이 늦었어! 그녀가 따르던 선생 예수도, 마음으로 따르는 정인情人 히스기야도 다시 돌아갈 수 없는 선을 넘었어. 그들은 십자가에 달려 숨이 끊어지기 전부터 들짐승에 살을 뜯기고, 하늘을 날던 독수리한테 눈이 쪼일 거야! 그것이 갈릴리 나사렛 그 두 사람의 운명이야!"

므나헴이 조용히 물러난다. 그는 등을 보이지 않고, 뒷걸음으로 물러났다.

"므나헴!"

알렉산더가 그를 불러 세웠다. 그는 대답하지 않고 눈을 들어 알렉산더를 바라보았다.

"너도 떠나나?"

입을 꾹 다문 그가 고개를 끄덕인다. 그러더니 등을 보이지 않고 알렉산더를 마주 보며 뒷걸음으로 방을 나갔다. 그렇게 므나헴도 알렉산더를 떠났다.

'하기야….'

알렉산더는 이미 알고 있었다. 언젠가 므나헴이 떠나리라는 것을. 그가 예수의 제자가 되어 따른 시간이 너무 길었다는 생각이 혹 스쳐 지나갔다. 므나헴뿐 아니라, 예수와 마주 앉아 조곤조곤 얘기를 나눠 본 사람이라면 마음으로부터 그를 따르는 제자가 될 수밖에 없었으리라. 알렉산더는 그 일을 너무 늦게 깨달았다.

겨울 산비탈에 비친 해보다 따뜻하고, 달보다도 부드러운 사람을 만나고서도 끌리지 않는다면 그는 가슴이 텅 빈 사람이리라. 알렉산더는 떠나는 므나헴을 잡아 가두지 않고 그냥 보내 주었다. 그리고 혼잣말로 중얼거렸다.

'예수! 그대와 나 둘 중에 하나는 이 시대에 태어나지 말았어야 할 것을….'

20년도 훨씬 넘은 옛날, 세포리스 저수조에서 만났던 나사렛 젊은이들의 눈빛을 떠올렸다. 불을 담은 듯 활활 타오르는 눈으로 알렉산더에게 맞서던 젊은이가 히스기야였고, 부드러우면서도 깊은 눈, 그를 깨우듯 가슴을 두드리는 눈으로 바라보던 젊은이는 예수였다. 히스기야에게 잡힌 채찍을 한 번 더 휘두르지 못했고, 그들과 마주 서 있을 수도 없었다. 20년도 더 세월이 지난 후, 이제 알렉산더는 그 두 사람을 거꾸러뜨릴 수 있게 됐다.

'희생제물이 왜 필요한지 아는가, 예수? 한 생명을 바침으로 모든 사람이 살 수 있다면, 그건 시대를 책임진 사람으로서는 외면할 수 없지. 그건 나에게는 의무야!'

처음에는 마리아가 예수의 여자가 된 줄로 알았다. 시대니 역사니 이스라엘의 생존이라는 거창한 목표뿐만 아니라, 마리아를 품에 안고 비스듬히 누워 있는 예수의 모습을 생각하며 분노와 증오를 키웠다.

그러나 이제는 예수가 남자라는 생각이 들지 않았다. 그는 어쩌면 남자 옷을 벗고 스스로 여자가 된 사람일지도 모른다. 이스라엘의 울타리를 넘어 스스로 이방인이 된 사람, 남자 어른의 위엄을 내던지고 어린 계집아이가 된 사람이라는 생각이 들었다. 예수를 무어라고 규정할 수 없어 당황스러웠다.

'알 수 없는 일! 그건 그대가 선택한 길의 끝이야! 돌아올 수 없는 길의 끝!'

그러다가 문득 예수가 므나헴에게 했다는 말을 떠올렸다.

"내가 걷는 길은 다시 걸어 되돌아갈 수 없는 길이오."

예수의 길은 알렉산더나 다른 사람이 걷는 길과 다르다는 말이다. 출발한 지점이 다르고 목적지가 다르고, 이루고 지킬 것이 있는 장소가 다르다는 말이다.

'왜 그대는 갈릴리의 평범한 노동자로 살지 않고 이 길을 걸었는가?'

그런데 그 말끝에 예수가 알렉산더에게 대답했다. 깜짝 놀란 그는 주위를 돌아보았다. 아무도 없다. 이른 아침 접견실에 혼자 덩그러니 앉아 있는데 예수의 말을 들을 수 있다니….

'내가 처음일 수는 있지만 마지막은 아니오! 숨겨진 신비의 길이 아니고, 모든 사람들 눈에 밝히 드러나 있던 길이오.'

'그래서 그대가 처음 길을 냈다?'

'이미 길이 있었는데 내가 길을 냈다고 말할 수 있겠소? 걸어왔을 뿐이오.'

'돌아가지 못한다며?'

'어머니 뱃속에서 세상에 나온 사람이 다시 돌아갈 수 있겠소?'

'그런데 그대는 그렇게 할 수밖에 없었나? 다른 방법으로는 할 수 없었나?'

'하느님의 뜻을 깨달았다면 그대도 정녕 알았을 터…. 귀 막고 눈 감으니 못 듣고 아니 들었겠지요.'

알렉산더는 뭐라고 더 할 말이 없었다. 그동안 옳다고 믿고 살았던 일들이 흔들거리는 순간이다. 옳은 일이 무엇이고 세상을 위해 가로막고 나설 일은 무엇인지, 한순간에 마음속에서 뒤섞이더니 커다란 소리를 내며 휘돌았다. 혼란이 부끄러워 짐짓 목소리를 가다듬어 물었다.

'그런데, 예수! 왜 그 길을 걸었소? 지극히 높으신 분이 그대에게 명령했소? 그 일을 하라고?'

어느새 그는 예수에게 말을 높이고 있었다.

'그분과 같이 걸어 왔소.'

'그럼 내가 걱정할 일 아니구먼! 마리아가 걱정할 일도 아니고….'

'그분도 이 일은 처음이지요.'

그러자 알렉산더는 큰 소리로 외쳤다.

"무엇을 하려고 했소? 그대도 도적떼처럼 성전을 뒤엎으려고 했소?"

예수는 대답하지 않았다. 그는 사라졌다. 마치 그건 그에게 묻지 말고 스스로 생각해 보라는 듯.

"예수나 나는 하얀리본의 거사를 막으려고 나섰던 일을 그대는 모르는가, 알렉산더?"

갑자기 굵직한 목소리가 들렸다. 그는 막 문을 열고 들어오고 있었다. 벌거벗은 몸이었다. 어깨와 가슴과 허벅지 살을 떼어 내 허옇게 뼈가 드러난 상처에서 피가 흘러내려 발자국마다 피가 홍건히 고였다. 찢어져 입을 벌린 상처는 그가 거친 숨을 쉴 때마다 왈칵왈칵 피를 쏟아냈다. 누구인지 알 수 있을 것 같았다.

"히스기야?"

166

"그렇소!"

"이제 무엇을 잘못했는지 알겠지?"

"잘한 일과 잘못한 일이 무슨 차이가 있다고…."

그는 히스기야를 똑바로 쳐다볼 수 없다. 그를 고문하고, 앞가슴과 등판, 어깨와 허벅지에서 살 껍질을 벗겨 내고 살덩어리를 떼어 내라고 위수대장에게 권한 사람이 자기였기 때문이다.

히스기야는 한 걸음 한 걸음 알렉산더가 앉아 있는 자리로 걸어왔다. 빠르지도 않고, 느리지도 않고. 그는 천천히 걸어왔다. 그 한 걸음이 세상이 한 바퀴 빙그르르 돌 만큼 엄중했다.

"내가 그대에게 명령할 일이 있어서 찾아왔소!"

"명령을? 도적놈 히스기야가 감히 알렉산더에게 명령을?"

"내가 도적이 아니었다는 것과, 성전을 뒤집으려는 것을 예수와 함께 가로막고 나섰다는 것은 그대가 이미 아는 일…. 이제 그대에게 한 가지 명령을 하겠소!"

그러더니 그는 손을 들어 가슴을 가리켰다. 피가 아직 철철 흐르는 가슴과 허벅지를 가리키더니 등을 돌려 보여 주었다. 그곳에도 손바닥 3개 넓이로 뭉텅 살이 떨어져 나갔다. 히스기야는 몸을 돌리더니 다시 손가락으로 가슴 상처를 가리켰다. 그리고 무슨 말인지 알아들을 수 없는 소리를 질러 대기 시작했다.

"아 아 아 아!"

그 소리를 알아들을 수는 없지만 히스기야가 무어라 절박한 부탁의 말을 남기려고 한다는 것은 알았다. 그가 귀를 기울이자 히스기야는 다시 외쳤다.

"아 아 아 아!"

알렉산더는 입을 벌려 그도 소리를 외쳤다.

"아 아 아 아!"

그러자 그의 가슴속에 묘한 떨림이 전해져 왔다.

"아 아 아 아!"

말이 무슨 소용이 있는가, 뜻이 전해질 수 있다면? 왜 히스기야가 하려는 말을 알아들을 수 있게 되었을까? 알 수 없었다. 있을 수 없는 일이었다. 그러나 히스기야의 말을 알아들었고, 마리아의 얼굴을 다시 떠올리며 괴로운 신음을 내뱉었다.

"아! 아! 아악!"

'이건 악몽이야! 깨어나야 해!'

안간힘을 쓰면서 알렉산더는 겨우 악몽 같은 환상에서 벗어났다. 온몸이 땀으로 흥건히 젖었다.

'내가 너희들에게 질 줄 알고?'

알렉산더는 고개를 흔들면서 부드득 이를 갈았다. 정신을 차리려고 날짜를 따져보니 니산월 14일 아침이었다.

✝

그날 새벽, 제자들이 모두 떠난 지 얼마 되지 않았을 무렵, 성전 경비대 병력 백여 명이 베다니 여인숙에 들이닥쳤다. 그들은 다짜고짜 방마다 뒤졌다.

"어디 갔어? 이놈들 다 어디로 갔어?"

"모두 내뺐군!"

그들은 마르다 삼남매와 큰어머니를 마당 한가운데 천막 아래로 끌어냈다.

"이놈들이 언제 어디로 도망갔어? 똑바로 숨김없이 대답해! 너희도 한패지?"

그러자 나사로가 나섰다. 비록 나이는 누이 마르다보다 아래지만 이런 경우에는 남자인 그가 나서서 가족을 보호해야 한다. 이스라엘의 남자는 자기 집에 함께 사는 여자의 수치를 보호할 의무를 지녔다.

"밤에 모두 떠나 저 산을 내려갔습니다."

"한 놈도 안 남고?"

"예! 모두!"

"너희는 왜 안 떠났는가? 그놈들이 왜 이 여인숙에 묵었는가? 너도 한패지?"

"왜 떠납니까? 여기가 저희 집인데요. 여인숙이나 하는 사람들에게 무슨 한패가 있겠습니까? 여인숙에서 손님을 가려 받습니까? 그저 어떤 손님이든 묵겠다고 찾아오면 감사하게 받아들여 모시지요. 그게 여인숙입니다."

"그래! 그래서 여인숙을 더럽다고 하지."

그때 경비병의 우두머리로 보이는 사람이 말했다.

"돌아가자! 우리가 좀 늦었다. 그놈들마저 잡아들이려면 지난밤에 즉시 넘어와서 덮쳐야 했는데, 에이…."

그러는 사이 부엌 쪽을 기웃거리던 병사 한 사람이 수북하게 쌓인 빵을 보았다.

"저거 빵이 왜 저리 많아?"

"원래 그 사람들이 먹을 빵인데, 그냥 모두 떠났습니다."

그러자 그 병사는 성큼 부엌에 들어가 넓적한 빵 몇 장을 들고 나와 다른 병사들과 찢어 나눠 먹었다. 마르다의 큰어머니가 한마디 했다.

"이왕이면 다 드시오! 그리고 돈만 치러 주면 돼요."

"돈은 무슨? 범인들을 숨겨준 주제에….."

"여인숙에서 손님 받은 것도 죄가 됩니까?"

큰어머니는 조금도 위축되지 않은 목소리로 아주 차분하게 말을 받았다. 마르다와 동생 마리아가 나서려고 하는 것을 그녀는 몸짓으로 말렸다. 그렇게 몇 마디 주고받는 중에 서로 말문이 트였다.

"여기 묵었던 그 예수 선생님, 예, 그 선생님은 어찌됐어요?"

결국 그녀는 예수가 어찌 됐는지 묻고 싶은 것이었다.

"어쩌긴? 대제사장 각하 댁에서 밤새 재판받고, 곧 총독궁에서 재판한 다음 십자가에 매달아 처형한답니다."

그렇게 말을 남기고 경비대 병력은 서둘러 물러갔다.

마르다 삼남매와 큰어머니는 넋이 나간 사람들처럼 그저 멍하니 서 있더니 아무 데나 픽 주저앉았다. 그들로서는 할 수 있는 일이 아무것도 없었다. 누구를 찾아가서 상의해 볼 사람도 없고, 예루살렘에는 일이 어떻게 돌아가는지 알아볼 만큼 아는 사람도 없었다.

한참 만에 그래도 큰어머니가 정신을 차리고 조카들에게 물었다.

"어찌하면 좋다냐, 이 일을!"

"그러게요!"

나사로가 무엇을 결심한 듯 나섰다.

"그 제자라는 사람들은 도대체 뭐 하는 사람들인데, 저렇게 모두 사라진다는 말이에요? '선생님, 선생님!' 부르면서 따라다닐 때는 언제고? 저라도 예루살렘에 넘어가 볼게요."

큰어머니가 그의 손을 잡더니 조용히 말했다.

"그래라! 가 봐라! 다른 제자들은 다 도망가고 겨우 여제자 마리아와 한 사람만 남아 있는 것 같으니 … 아이구 그 사람들이 무슨 힘을 쓰고 어디로 선생님을 찾아다닌단 말이야! 선생님의 어머니와 동생이라는 그 사람은 예루살렘 지리를 전혀 모를 테니, 네가 가서 같이 찾아다녀 봐라!"

나사로는 누이가 챙겨주는 대로 빵 대여섯 장을 싸 들고 집을 나섰다. 문밖에 나서서 굽이굽이 동쪽으로 뻗어 내려가는 산길을 내려다보았다. 그 길을 걸어 올라오던 예수 일행을 큰 나무 아래에서 기다리던 며칠 전 일을 떠올렸다. 예수는 붙잡혀 들어갔고, 제자들은 모두 산을 내려가 달아났다.

'이렇게 끝날 일인가?'

나사로는 고개를 흔들었다.

'선생님은 씨를 뿌리는 사람이라고 하셨으니, 그리고 스스로 씨도 되는 사람이라고 하셨으니, 곧 구름이 모여들고 비가 쏟아지지 않겠는가? 마른 땅 위에서 씨가 말라 버리기 전에 비가 오지 않겠는가?'

그는 예수가 몇 번씩이나 외쳤던 말을 떠올렸다.

"나는 여러분이 기다리는 그런 메시아가 아니오!"

대부분의 제자들이 그러했던 것처럼 나사로는 예수가 겸손한 마음으로 자기를 낮추는 말이라고 생각했었다.

그동안 얼마나 많은 메시아가 나타났다가 사라졌던가? 앞으로도 얼마나 많은 사람들이 스스로 '메시아'라거나 '왕'이라고 외치며 사람들을 끌어모을 것인가? 그들은 스스로 메시아라고 부르겠지만 예수는 메시아라고 부르는 사람들, 그를 내세워 왕으로 삼으려는 사람들을 엄하게 경계했다. 갈릴리에서부터 예수를 따랐다는 제자 요한의 말대로라면 사람들이 예수를 왕으로 삼으려고 모였을 때 예수는 그 마을을 떠나 다른 마을로 옮겨갔다고 했다.

"선생님은 그때 갈릴리에서 그 사람들을 끌어모아 세력을 키워야 했어! 세상을 지배하는 힘있는 자들과 싸우려면 우선 내가 무언가 쥐고 있어야지…. 이렇게 맨주먹으로 예루살렘에 들어왔더라도 무언가 이룰 수 있는 남모르는 힘을 가졌든지…. 안 그러면 예루살렘에 올라오지 말았어야 했는데…. 무엇을 이루든 갈릴리에서 먼저 이루어 놓고 차츰차츰 세력을 넓혀야 했는데…."

남보다 눈치가 빠른 요한은 처음 하루 이틀 성안에 들어갔다 나온 다음부터 나사로를 만날 때마다 후회하는 말을 늘어놓았다. 그 나름 세상에 대해 눈을 떴음이 분명했다. 선생이 체포됐다는 말을 듣고도 다른 제자들을 충동해서 그는 산을 내려갔다. 아마 지금쯤 뒤도 안 돌아보고 엎어지듯 잦혀지듯 부지런히 달려 내려가고 있을 것이다.

마음 한편으로는 이렇게 허망하게 끝나서는 안 되는 일이라고 생각하면서도, 다른 한편으로는 앞길도 막히고 옆길도 막히고 돌아갈 길도 없는 듯, 나사로는 가슴이 한없이 막막했다.

제자들이 모두 떠났으니 자기라도 예루살렘에 들어가 일이 어찌 되는지 알아보아야 할 것 같았다. 정 안 되면 므나헴이라도 찾아보려고 마음먹었다. 분봉왕의 부하라니, 찾아보려면 찾을 수 있을 것 같았다. 올리브산 남쪽 중턱을 넘어 내려가는 길은 로마군이 막고 있다는 말을 떠올린 나사로는 북쪽 중턱을 넘기로 하고 부지런히 벳바게 길을 걸어 올라갔다. 달리듯 산을 내려가는 제자도 있고, 급한 마음에 숨을 헐떡이며 산을 오르는 사람도 있는 세상, 나사로는 오르는 길을 택한 사람이 됐다.

✠

3경이 거의 지나고 4경에 접어들 무렵까지 로마에서 온 유대인 사반은 입을 다물고 앉아 있다.

바리새파 사람들이 엘리아잘을 앞세우고 밤중에 우르르 찾아왔을 때만 해도 예루살렘 세리장이나 사반이나 뜨악하게 그들을 대했다. 평상시 같으면 말을 섞기는커녕 더러운 죄인이라며 세리를 쳐다보지도 않던 사람들이 몰려왔으니 그럴 만도 했다. 그런데 바리새파 사람들이 하도 간절하게 청하는 것을 본 세리장도 더 이상 모른 체할 수 없어 좀 나서 달라고 사반을 설득했다.

그를 찾아온 바리새파 사람들은 속이 바작바작 타는 듯 초조한 모습이었다. 엘리아잘은 사촌 동생 바라바의 구명을 위해 찾아왔고 다른 사람들은 바리새파가 처한 위기를 벗어날 길을 찾자는 사람들이다. 이런 일에는 이름이 알려진 지도자들 대신 으레 각 파벌의 중간층 사람들이 나서기 마련이다. 혹 일이 잘못돼도 중간층이 한 일이라고 발뺌이라도 할 수 있기 때문이다.

"이번에 힘을 좀 써 주시오. 일이 잘못되면 예루살렘 바리새파 사람들이 거의 모두 화를 입을 텐데, 토라의 나라에서 바리새파가 무너지면 유대는 야만의 나라가 될 수밖에 없지 않겠소?"

"바라바는 바리새파 의인의 아들입니다. 그런 사람이 대를 이어 참혹한 죽음을 당하게 된다면 민심이 흉흉해질 것입니다."

각자 자기들 아쉬운 것을 먼저 부탁했다. 유대가 어찌 되든, 성전이 어찌 되든 로마에 살고 있는 사반에게 사실 크게 놀라고 가슴 아플 일은 아니다. 그러나 사반이 하려는 일을 어느 정도 알아챈 바리새파 사람들은 유대가 무너지면 사반이 세우는 계획이 다 무슨 소용 있느냐고 말하고 싶은 것이었다.

13일 낮에 성전에서 벌어진 소란으로 전날은 하루 종일 예루살렘이 뒤숭숭했다. 하얀리본 무리 백여 명이 참살당했고, 나머지 일당은 모두 사로잡혀 로마군 군영에 갇혔으니 난리라면 큰 난리였다. 게다가 해가 떨어지고 14일이 시작된 얼마 후부터 믿을 수 없는 흉흉한 소문이 바리새파 지도자들 사이에 나돌기 시작했다. 몇십 년 만에 가장 큰 위기를 바리새파가 맞을 것이란 얘기였다. 생각하는 사람, 귀 밝은 사람이라면 그 위기가 왜 닥치게 됐는지 모르지 않았다.

해마다 봄에서 여름 사이에는 아라비아 사막에서 불어온 모래바람이 며칠이고 예루살렘을 뒤덮는 때가 있다. 유월절 명절을 맞는 도성 예루살렘은 마치 그 사막바람이 덮친 것처럼 한 치 앞도 볼 수 없을 만큼 혼돈과 짙은 두려움에 휩싸였다. 모래바람이라면 집에 틀어박혀 지나가기를 기다리겠지만 이번 일은 숨는다고 해결될 일이 아니었다. 하루 남은 유월절까지 무슨 일이 벌어지고 어디로 번져갈지 아무도 알 수 없었다.

"토라의 나라를 세우자!"

하얀리본 바라바가 혁명의 명분으로 내세운 구호가 바리새파의 목을 조이는 올가미가 된 셈이다. 바리새파가 도적떼를 끌어들여 대제사장을 살해하고 성전을 뒤엎으려고 꾸민 음모였다고 덮어 씌워도 꼼짝없이 당할 형편이 됐다.

불어 닥칠 위기를 벗어나려면 다른 길이 없어 보였다. 마음이 급한 바리새파 중간 지도자들 몇 명이 상의한 다음 알음알음 연줄을 대서 3경이 다 됐을 시간에 예루살렘 세리장의 집에 묵고 있는 사반을 찾아와 밤새 그를 설득했다.

사반이 꿈쩍도 않자 바리새파 사람으로서는 차마 하기 어려운 말까지 했다.

"앞으로 사반이 예루살렘에서 혹 하고 싶은 일이 있으면 우리 바리새파가 나서서 힘닿는 데까지 협력하겠소이다."

그 말까지 듣고 나서야 사반은 조금 반응을 보였다.

"사정을 다 듣고 보니, 아무리 로마에 사는 사람이라고 해도 유대인으로서 마음이 아픕니다. 유대에 토라가 무너지고 야만의 나라가 돼서야 어디 되겠습니까? 가서 총독에게 부탁해 보겠습니다."

"고맙습니다. 그런데, 총독하고… 괜찮겠소?"

자기 집에 사반이 묵도록 받아들였던 예루살렘 세리장도 걱정스러운 듯 그를 다시 바라본다. 방 안 그득 들어차 있던 바리새파 사람들도 모두 걱정 반 기대 반으로 그를 쳐다봤다.

"내 다녀오리다. 줄 것은 주고, 받을 것은 받아 내겠습니다."

전날 세리장들과 장사꾼들을 모아 놓고 사반이 큰소리쳤듯 돈의 힘이 예루살렘 정치를 압도하는 순간이다.

"우리는 사반을 믿고 기다리겠습니다."

"그러세요, 허허! 내 목이 몸통에 붙어 있는 채로 저 문을 걸어 들어오면 성공한 것이고, 아니면 다시 못 만나겠지요, 허허!"

"아이구! 아이구!"

그들은 큰 위험을 무릅쓰고 나서 주는 사반이 그저 고맙기만 했다. 그 순간에는 바리새파 어느 누구도 그들이 늘 죄인이라 불렸던 예루살렘 세리장의 집에 들어와 있다는 것을 잊었고, 사반을 '로마에서 온 이방인의 개'라고 생각하지 않았다.

사반은 윗구역으로 들어가는 경계에 이르렀을 때 일부러 자세를 꼿꼿하게, 걸음은 더 천천히 위엄 있게 뚜벅뚜벅 걸어 올라갔다. 그가 유창한 로마 말로 총독을 급히 만나러 들어가는 중이라고 하자, 경비병들은 큰 의심 없이 그와 그를 수행하는 하인들을 들여보냈다. 꼭두새벽에 총독을 만나겠다고 말하는 것으로 보아, 그리고 조금도 주저하지 않고 막힘없이 로마 말로 대꾸하는 것으로 보아 그럴 만한 사람, 특수한 신분이라는 것을 알아챘다.

사반이 총독궁에 들어설 때는 아침 해가 뜨기 전, 동쪽 하늘이 조금씩 환해지기 시작할 때였다. 총독궁에는 아직 불이 환하게 켜져 있었고, 사람들이 부지런히 광장을 오가고 건물을 들락거리며 무엇인가 준비에 바빴다. 안내를 받아 총독 접견실로 들어가 기다린 지 얼마 지나지 않아 빌라도 총독이 들어왔다.

"각하! 사반입니다. 이렇게 이른 시간에 수선을 떨어 죄송합니다."

"무슨 일이오? 급하게 만나자는 일이?"

아직 잠이 덜 깬 표정으로 빌라도가 물었다. 사반이 급하게 찾아왔다는 보고를 받고 혹 약조한 일에 어려움이 생긴 줄 알고 쫓아 나왔다.

"제가 각하께서 베푸시는 은혜를 입을 일이 있습니다."

"은혜라!"

"사람들 좀 살려 주십시오!"

"무슨 말을? 그렇게 토막말로 하지 말고 차근차근….."

"예! 각하! 워낙 마음이 급하다 보니…. 각하! 어제 체포한 도적떼를 저에게 넘겨주실 수 없으신지요?"

"어? 도적떼는 왜? 사반이 그 400명을 데리고 도적단을 만들려고?"

"아닙니다. 도적단이 아니라 각하를 위해 숨이 끊어지는 마지막 순간까지 땅을 파고 돌을 지어 나르는 노예를 확보하는 겁니다."

그리고 그는 차근차근 설명했다.

"장정 한 사람 하루 품삯이 한 데나리온입니다. 도적떼 400명이면 하루 400데나리온, 1년 365일이면 14만 4천 데나리온, 자그마치 품삯만 24달란트입니다. 품삯만….."

"어?"

"400명 중 말 잘 안 듣는 놈을 골라 한 달에 몇 놈씩 목을 자르든 십자가에 매달면 나머지는 꼼짝 못 하고 말을 들을 겁니다. 그렇게 몇 년 굴리면 100달란트나 되는 돈이 고스란히 굴러 들어옵니다. 이건 품삯만 따져서 그렇고, 어저께 제가 찾아뵙고 말씀드린 것처럼 이놈들을 끌고 다니면서 다리도 놓고 수로도 건설하며 밤낮으로 일을 시킬 수 있습니다. 죽지 않을 만큼 먹이기만 하면 큰돈을 벌어줄 밑천이 됩니다. 도적떼라고 모두 십자가에 매달아 처형하면 그만큼 재산을 내던지는 셈입니다."

"어허!"

"십자가에 매달아 놓아도 채 열흘도 지나기 전에 뼛조각 하나도 남지 않겠지요. 모두 개가 물어가고 날짐승이 채 갈 겁니다. 따지고 보면 십자가 처형의 효과는 고작 열흘입니다. 살려 놓고 종으로 끌고 다니며 부려 먹으면 그들 몰골을 보는 사람이면 모두 몸서리를 치면서 딴 생각 못 하고 각하의 통치에 납작 엎드려 복종할 것입니다."

"음!"

"당분간 각하께서 가둬 놓고 계시다가 제가 그놈들을 수용할 준비가 되면 저에게 넘겨주십시오. 제 눈에는 그자들이 밀밭에 뿌릴 씨종자로 보입니다. 재산을 불릴 수 있는…."

"그러니 오늘 그자들을 처형하지 말라?"

하얀리본 도적떼는 3일 후에 처형하기로 정했으면서도 빌라도는 천연덕스럽게 오늘 처형할 것처럼 말을 받았다.

"예! 우선 십자가에 매달아 처형할 것처럼 겁을 주다가 막판에 각하께서 은혜를 베풀어 목숨만은 살려 두는 것으로 처분하시면 어떠실지요? 이 명절에 도적 400명을 십자가에 매다는 것보다 훨씬 더 유용하게 쓸 수 있습니다."

"허허! 사반! 그대는 참 대단한 사람이오! 정말 대단해, 암!"

"말하자면 저놈들 목숨을 제가 하는 사업에 각하께서 투자하시는 겁니다."

178

"투자라, 투자라! 좋소! 그리합시다. 저놈들을 도성 남쪽 패망산에서 처형하려던 것을 중지하라고 해야겠군!"

"아닙니다. 완전히 중지하지는 마시고, 그냥 처형하는 것처럼 겁을 주다가, 처형 직전에 명절 지나고 처형하겠다고 연기하시고, 명절 끝나면 제가 준비를 마치는 대로 저에게 넘겨주십시오."

"그럽시다."

우선 빌라도나 사반에게 이득이 될 일부터 먼저 해결했다. 바리새파 사람들이 쫓아와 부탁한 일은 사실 사반으로서는 전혀 이득이 될 일이 아니었다. 그런데 일단 일을 맡았으니 성의는 보여야 했다. 그래야 나중에 총독을 끼고 일을 벌일 때 바리새파가 목숨 걸고 나서서 반대하지 않으리라고 믿었다.

"각하! 한 가지 더 있습니다. 그 도적떼 두목을 살려 주십시오!"

"두목? 어떤 두목? 두목이 두 놈이라고 하던데? 그놈들은 반드시 처형하기로 미리 결정이 돼 있소."

"바라바라고, 낮에 성전을 탈출하다가 붙잡힌 자 말씀입니다."

"그자면 더 안 돼요! 성전 대제사장과 제사장들을 살해할 목적으로 성전에 불을 지르려고 했던 놈이오. 황제 폐하에 대한 반란을 일으킨 자요. 그자를 살려달라는 말은 아무리 사반이 부탁한다고 해도 들어줄 수 없소. 안 돼!"

예상대로 빌라도는 강경했다. 사반은 이미 바라바의 목숨을 구하는 일은 절대 불가능하다고 판단했다. 빌라도에게 무리하게 더 청을 넣을 일이 아니다.

'큰 청을 거절했으니 작은 청은 물리치지 못하리라!'

사반은 세상을 살아오면서 수많은 협상을 했고, 불가능해 보였던 거래를 성사시켰다. 때로는 저것을 얻기 위해 이것을 요구했고, 나중에 곱절로 돌려받기 위해 먼저 상대에게 쥐여 주기도 했다. 거래는 전쟁 같아서 모든 전투를 다 이겨야 승리하는 것이 아니다. 주고 또 주고, 물러서고 또 물러서면서 마지막 승부를 결정지을 수단을 쌓아 가는 일이다. 때를 기다리면 기회는 오기 마련이다. 기회인지 모르고 흘려보내지 않는다면.

그는 바리새파 사람들이 무엇을 원하는지 속셈을 이미 읽어 낸 다음 총독을 만나러 왔다. 도적 두목 바라바의 일, 예루살렘 바리새파의 안전, 차근차근 하나씩 하나씩 줄 것 주고 받을 것 받아 내기로 마음먹었다. 바리새파 사람들도 반란을 일으켰던 주모자가 멀쩡하게 살아 나오리라고 기대하지는 않았을 것이 틀림없다. 그들이 내세운 주장을 생각하면 속으로 무엇을 원하는지 알 수 있었다.

"그는 의인의 아들입니다."

도적떼 두목 바라바는 바리새파 의인의 아들이고, 그들은 도적떼가 아니고 이스라엘을 바로잡으려는 혁명군이었다는 주장이었다. 그리고 바라바의 아버지가 헤롯왕에게 산 채로 화형을 당해 시체를 매장할 수도 없었다는 말을 여러 번 입에 올렸다. 그 말을 듣고 사반은 그 사람들의 목적을 짚어 냈다. 크게 요구하고 작은 것을 얻으려는 전략이라는 것을 눈치 챘다.

사반도 바리새파 사람들이 쓴 그 전략밖에 다른 방도가 없었다.

"각하! 가슴 아픈 얘기가 하나 있습니다. 그 일 때문에 대왕이라고 칭송받는 헤롯왕을 유대 땅에서는 가장 악랄하고 잔인한 임금이었다고 사람들이 두고두고 욕합니다."

"무슨 일인데…."

"헤롯왕이 모든 유대인들이 존경하는 바리새파 선생과 그의 제자들을 산 채로 불에 태워 죽였습니다. 그 후로 끔찍한 화형을 받은 사람들은 모두 의인으로 칭송받고 헤롯왕은 잔인한 폭군으로 불립니다."

"음! 유대인들은 화형을 아주 무서워하지…. 그거야 뭐 로마에서도 마찬가지지만."

불에 태워 죽이는 화형, 뜯어 먹혀 죽도록 맹수 우리에 밀어 넣는 처형, 그리고 십자가 처형을 사람들은 가장 무서워했다. 모두 땅에 매장할 시체가 남지 않기 때문이다.

"도적떼 두목으로 잡힌 바라바가 바로 그렇게 산 채로 불에 타 죽은 바리새파 의인의 아들입니다. 이제 각하께서 그자를 십자가에 처형하시면 그 집안은 아버지와 아들 2대에 걸쳐 시체를 매장하지 못한 가문이 됩니다. 사람들이 화형당한 아버지보다 그런 처형을 내린 헤롯왕을 더 기억하듯, 이제 그 아들마저 매장할 수 없는 처형을 받게 되면 그 일을 오래 기억할까 저는 그것이 두렵습니다. 각하를 모시고 큰일을 도모하려는데 시작이 좀 불쾌한 일과 연결될 수 있어서요."

"감히 어느 놈이 총독이 황제 폐하를 대리하여 처형하는 일에 뭐라고 말을 한다는 말이오?"

빌라도는 버럭 역정을 냈다. 바로 사반이 로마에서부터 익히 들어알고 있던 대로 코뿔소 같은 고집이었다. 그렇게 화를 내는 것은 사반이 십자가 처형을 하지 말고 풀어 달라고 하거나 다른 처형을 부탁하는 것으로 생각했기 때문이다.

"각하! 그자가 한 일로 보아서는 십자가 처형이 합당하다고 저도 믿습니다. 제가 어찌 감히 각하의 뜻을 거슬러 자꾸 이런저런 말씀을 드리겠습니까? 다만 처형은 그대로 하시고, 숨이 끊어지면 십자가에서 내려 매장할 수 있도록 은혜를 베푸시면 어떨지요? 예루살렘의 모든 바리새파 사람들이 각하의 자비로우심에 크게 감격할 것입니다. 그러면 나중에 각하를 모시고 사업을 추진하면서 때에 따라 저도 바리새파 사람들의 협력을 요구할 수 있게 되리라 봅니다."

"그건 내가 한 번 생각해 보리다. 사반이 그렇게 간곡하게 청을 하니…."

"감사합니다. 각하!"

"그뿐이오! 다른 놈들, 그 갈릴리 놈들은 모두 그대로 매달아 둘 거요."

"그 일이야 제가 나설 일이 아닙니다. 저는 다만 나중에 사업을 시작했을 때를 염두에 두고 각하께 말씀드리는 겁니다. 더구나 제가 알기로는 갈릴리에서도 그쪽 분봉왕 저하가 예루살렘에 올라와 계시다고 하니…."

"그 사람들은 아예 예수 그자의 제자들까지 모두 잡아들여 처형하는 것까지 얘기합디다."

"잡아들이셨습니까?"

"잡아들일 가치도 없는 자들이오. 왜 고기 잡는 그물마다 그물코가 제각각이겠소? 그런 잔챙이들이야 분봉왕 몫이지 왜 내가 그런 일까지 맡아 처리해야 한단 말이오?"

"잘하셨습니다. 각하! 역시 각하는 천하의 전략가이십니다."

"그대는 나의 책사策士고…."

"예! 예! 그렇습니다!"

"이거 한 가지 알아 둬요! 우리 로마에서 십자가 처형을 한 다음 그 시체를 내려준다는 것은 극히 예외적인 조치라는 것을…. 아마 유대 역사에서는 아직 한 번도 없었을 거요."

"그런데 이왕 말이 나온 김에 한 말씀만 더 드리겠습니다. 주제넘은 것 같아 걱정이 됩니다만, 각하를 위하는 제 충정으로 생각하고 들어 주시면…."

"우리 사이에 뭘 그리 어렵게 말을 꺼내요? 새삼스럽게!"

"그리 말씀하시니 감사합니다. 이번에 성전에서 있었던 일로 혹 성전의 대제사장 각하와 바리새파가 대립하지 않을까 걱정됩니다. 말씀드린 것처럼 도적떼 두목이 바리새파 의인의 아들인데, 그 일로 성전이…."

"아! 난 또 뭐라고! 무슨 말인지 알아듣겠소! 걱정 마시오. 내가 성전에게 지시해 두리다. 절대 이번 일을 빌미로 예루살렘에서 또 다른 소란을 피우지 말라고. 그러면 다들 알아듣겠지! 그럼 됐지 뭐 시끄럽게…. 그런 일 없도록 하리다."

"역시 각하십니다. 예! 저는 이제 나가서 각하의 자비로우신 뜻을 그렇게 전하겠습니다."

"그러시오. 그러면 우리가 이 새벽에 밑천을 두둑하게 준비한 셈이지? 그대는 예루살렘 바리새파 사람들에게서 신망도 얻고…."

✠

　빌라도는 부하들을 이끌고 집무실 앞 발코니로 나갔다. 막 올리브 산 위로 떠오르는 아침 햇살이 눈부신 듯 그는 연신 손으로 눈을 가렸다. 발코니 아래 궁정과 광장, 예수를 재판할 준비는 이미 모두 갖춰져 있었다. 때가 때인지라 총독궁에서도 성전의 간곡한 요청에 따라 재판을 서둘러 유월절이 시작되기 전에 처형의식을 끝내기로 내부방침을 정했다.

　카이사레아에서 이끌고 올라온 부하들과 예루살렘 위수대장이 이끄는 병력이 엄중한 표정으로 프레토리움과 광장에 도열해 있다. 그곳은 매일 아침 총독이 예루살렘에 진주한 로마군을 사열하는 장소였다. 로마의 모든 장군들은 전장에서 사로잡은 적국의 왕과 포로들을 이끌고 로마 시민들의 환호를 받으며 벌이는 개선행진을 꿈꾼다. 마찬가지로, 총독이 되어 크든 작든 영지를 맡아 다스리는 사람은 모든 부하들과 주민들 앞에 서서 황제를 대리한 행사를 벌일 기회가 있다면 그 일이 무엇이든 결코 사양하지 않았다.

　빌라도도 그러했다. 비록 십자가 처형을 위한 재판이지만, 그로서는 총독의 위엄을 뽐낼 수 있는 드문 기회였기 때문이다.

　"일동 차렷!"

　지휘관의 구령에 따라 모든 사람이 부동자세를 취했다. 철컥철컥 창과 칼을 들어 군례를 표하는 소리가 들렸다. 아침 햇살은 부하들의 투구와 군장, 창과 칼끝에 반사되어 눈을 찌를 만큼 번쩍였다. 이미 지시한 대로 성전 측에서도 마티아스 제사장이 몇 사람을 이끌고 출석

184

했고, 갈릴리의 알렉산더도 부하 10여 명을 이끌고 와 있었다.

빌라도는 거만한 자세로 아래를 내려 보았다. 광장 바깥쪽으로 여러 명의 유대인들이 서 있었고, 광장 안에는 무장한 로마군으로 가득 찼다. 광장에서 총독궁 쪽으로, 프레토리움 한가운데 예수로 보이는 초라한 사내가 조용히 서 있다.

빌라도는 오른손에 들고 있던 지휘봉을 힘차게 앞으로 뻗었다. 지휘봉에 달린 반구半球가 햇빛에 반짝였다. 로마황제 티베리우스의 위엄이 유대 땅 예루살렘에 임했다는 선언이다. 그러자 모든 로마군이 칼로 방패를 두드리고, 창으로 땅을 쿵쿵 찍어 울렸다. 그 소리에 맞추어 성전 사람들과 유대 사람들, 그리고 알렉산더까지 일제히 허리를 깊이 숙여 예를 표했다.

부장이 나서서 외쳤다.

"이제부터 본디오 빌라도 총독 각하의 주재 아래, 갈릴리의 예수에 대한 재판을 시작하겠다. 예루살렘 성전의 대제사장은 죄인의 죄상을 낱낱이 고하라!"

그 자리에 있는 사람들은 가야바 대제사장이 직접 참석하지 않았다는 것, 비록 총독에 의해 임명을 받고 총독의 지휘 아래에 있지만 예루살렘 대제사장의 신분으로는 총독궁에 들어올 수 없다는 것을 잘 안다. 그런데도 불구하고 부장이 대제사장을 부른 것은 예루살렘 성전이 공식적으로 예수를 고발하라는 명령이다. 대제사장은 총독의 휘하 사람이라는 선언이기도 했다.

부장의 부름을 받고 마티아스가 앞으로 나섰다.

"본디오 빌라도 총독 각하! 예루살렘 성전 대제사장 요세푸스 벤 가야바 각하를 대리하여, 그리고 성전을 대리하여 제사장 마티아스가 갈릴리 사람 예수의 죄상을 고발하기 위해 출석했습니다. 각하께서 허락하시면 제가 그 일을 맡겠습니다."

"허락한다! 그리해라!"

빌라도는 목소리에 잔뜩 힘을 주어 마티아스가 대제사장과 성전을 공식으로 대리한다는 사실을 확인해 주었다. 유대인들이 아무리 로마 사람들을 이방인이니 어쩌니 더럽다고 말하더라도 현실적으로 총독 앞에 유대인을 대표하여 나설 때 마티아스는 뿌듯한 자부심을 느꼈다. 예루살렘 성전을 대표하는, 그리고 대제사장을 대리한다고 공식적으로 인정을 받는 유일한 사람으로 자리매김한다는 의미였다.

성전에서 벌어진 소란을 겪으면서 마티아스는 가문과 성전을 위해 총독과 더욱 밀착하는 것 외에는 다른 길이 없음을 크게 깨달았다. 그는 빌라도에게 깊숙이 고개 숙여 최대한 공손하게 인사하더니 예수를 한 번 힐끗 바라보고 큰 소리로 그를 고발하기 시작했다.

"우선, 비록 저자가 갈릴리 사람이라고는 하지만 우리 이스라엘 동족입니다. 그런 자를 총독 각하께 고발할 수밖에 없어서 성전은 참으로 안타깝습니다."

그는 진정 이스라엘 동족을 이방제국 로마의 총독에게 고발하는 일이 슬픈 일이라는 듯 목소리까지 떨었다. 그러면서도 예수가 갈릴리 사람이라는 말은 빼놓지 않고 입에 올렸다.

"니산월 14일 밤, 예루살렘 성전에 설치된 대산헤드린 비상재판에서 지극히 거룩하신 분이 우리 이스라엘에 내려주신 법에 따라 갈릴리 예수에게 사형을 선고했습니다. 사형의 집행 방법과 날짜는 예루살렘 성전이 정식으로 총독각하께 고발하는 예수의 죄에 대해 각하께서 주재하시는 이 재판결과를 전적으로 따르겠습니다."

참으로 교묘하고 교활한 고발이었다. 유대법 토라에 따라 사형을 언도했는데 추가로 총독에게 고발하는 내용은 로마제국의 법을 위반한 죄를 고발한다는 의미를 담고 있었다. 적어도 총독의 판결이 대산헤드린이 언도한 사형보다 낮아서는 안 된다는 압박이고, 한편으로는 예수의 처형을 총독궁에 전적으로 떠미는 발언이었다.

"예수 저자는 황제 폐하에 대한 반란의 마음을 품고, 새로운 나라를 세우려고 한 죄가 있습니다. 그가 세울 나라는 '하느님의 나라' 바로 하느님이 왕이 되어 다스리는 나라입니다. 우리 유대인은 오로지 티베리우스 황제 폐하 한 분만 땅 위의 통치자로 모실 뿐입니다. 더구나 황제 폐하는 신에 의해 선택되었고 신을 대신하여 세상을 다스리시는 분인데, 하느님이 직접 다스리는 나라를 세우겠다는 말은 황제 폐하가 다스리시는 나라에 대한 반란이 분명합니다."

누가 들어도 그 고발은 억지였다. 그러나 성전은 예수에게 반란죄라는 어마어마한 죄목을 첫 번째로 걸어 고발했다. 예수로부터 시작된 소란을 뿌리째 뽑으려면, 다시는 누구도 예수라는 그 이름조차 들먹일 수 없도록 철저하게 말살해야 한다고 판단했다. 반란을 꾀한 사람으로 고발했는데, 세상에 누가 감히 나서서 예수를 변호할 것이며, 유대총독 빌라도가 어찌 마음대로 형량을 감해 줄 수 있겠는가?

"두 번째 죄목으로 그는 스스로 유대인의 왕, 즉 메시아라고 자칭한 사람입니다."

그러더니 그는 멀리 광장 밖에 서 있는 유대인도 똑똑히 들을 수 있도록 큰 소리로 외쳤다. 적어도 윗구역 총독궁 앞 프레토리움과 광장까지 올 수 있는 사람들이면 마티아스가 헬라 말로 고발하는 말은 알아들을 수 있는 사람들이다.

"저자를 따르는 사람들이 그를 메시아라고 추앙했고, '호쉬아나! 호쉬아나!' 외치며 '지극히 높으신 분의 이름으로 오는 사람, 다윗의 자손'이라 부르면서 환영했습니다. 저희 유대에는 옛 다윗왕의 후손이 메시아로 나타나 부강한 나라를 세워 임금이 되어 다스린다는 말이 전해져 내려왔습니다. 자기를 따르는 사람들이 메시아라고 부르는 것을 저자는 저지하기는커녕 마치 진정 그러한 듯 받아들였고, 정녕 자기가 메시아인 것처럼 행동하며 날마다 성전 뜰 안에 들어와 무지한 사람들을 모아 선동했습니다."

예수를 따르는 사람이라면 모두 그를 유대인의 왕으로 세우려는 무리로 간주하겠다는 뜻이 고발 속에는 은연중 포함되어 있었다. 이제 예수가 처형되면 그를 따른다고 나서는 사람은 누구든 싸잡아 처벌할 수 있는 근거를 만들려는 계획이다.

"셋째, 그는 백성을 소동騷動케 하는 자입니다. 로마황제 폐하의 다스림을 받으며 평화를 누리고 사는 백성들에게 위와 아래, 먼저와 나중을 구분한 법과 질서를 뒤집어 흔들면서 세상을 소란케 한 자입니다. 만일 무지한 백성이 그의 유혹과 선동에 빠져 그를 따르면, 이제까지 지켰던 모든 법과 전통과 질서와 예의가 송두리째 무너질 것입니다. 그런 증거는 차고 넘칩니다만, 가장 중요한 일로는 성전 뜰 안에 들어와서 희년禧年을 선동한 일입니다. 희년은 지금 저희 유대가 평화를 누리고 사는 질서가 세워지기 이전에 입으로만 전해진 제도였고,

역사적으로 한 번도 시행된 적이 없었습니다. 저자는 역사를 부정하고, 오랜 시간 차곡차곡 성립된 전통과 법을 무너뜨리기 위해 희년을 내세우며 백성을 선동했습니다. 희년을 시행하면, 모든 땅을 천 몇백 년 전의 옛 주인을 찾아 돌려주어야 하니, 저희 유대뿐만 아니라, 사마리아와 갈릴리, 이스라엘 어느 곳에서도 황제 폐하께 합당한 세금을 바칠 수 없게 됩니다."

누가 들어 봐도 하느님 나라, 새 세상, 메시아, 다윗왕의 자손이 세우는 나라 그런 주장들은 황당하게 들릴 뿐이었다. 그런 주장의 위험성을 인정한다고 해도, 예수에게 실제로 그런 힘이 있다고 믿을 사람은 아무도 없었다. 그저 미친 사람의 헛소리로 콧방귀 뀌면서 넘어갈 수 있는 일이었다.

그러나 희년 문제는 달랐다. 처음에는 균등하게 땅을 소유했을지 몰라도 세월이 지나면서 100명이 소유했던 땅이 나중에는 10명, 또 세월이 흐르면 5명에게 집중되기 마련이었다. 사람은 자기가 가지고 누리는 것에 대한 공격을 가장 치명적인 것으로 느낀다. 희년을 시행하면 땅을 빼앗길 사람들이 바로 예루살렘 윗구역에 사는 귀족과 제사장 계급이었다. 총독 빌라도만 해도 로마 북쪽 들판에 가진 땅을 두 배로 늘리는 것을 가장 큰 목표로 삼고 있지 않은가?

성전의 고발을 들으며, 총독은 물론 그의 부하들까지 예수가 얼마나 위험한 사람인지 확연히 깨달았다. 마티아스는 고발을 이어갔다.

"넷째, 저자는 성전 뜰 안에 들어와 황제 폐하께 세금을 바치지 말라고 선동했습니다. '황제의 것은 황제에게, 하느님의 것은 하느님께 바쳐라.' 바로 그가 사람들 앞에서 떠든 얘기입니다. 저자는 교묘한 말로 황제 폐하께 세금을 바치지 말라고 선동한 셈입니다. 그러나 황제 폐하의 충성스러운 신민인 이 땅의 유대인은 아무도 저자의 그런 교묘한 말에 넘어가지 않았습니다. 그리고 다시 한번 말씀드립니다만, 유대에서는 황제 폐하께 세금을 바치며 충성하는 일에 게을리 한 적이 없었습니다."

그렇게 말하면서 마티아스는 한 발짝 앞으로 걸어 나왔다. 그리고 목청을 높였다.

"그 외에 저자가 저지른 죄는 많습니다. 유대인에게 저지른 죄, 성전에 대하여 저지른 죄, 지극히 높으신 하느님과 그분의 가르침에 대한 죄, 그런 죄들은 대산헤드린에서 엄중하게 따져 그 죄들에 합당한 벌을 언도했습니다. 저희가 총독각하께 저자를 고발하는 것은 저자 때문에 황제 폐하와 총독각하께서 저희 유대의 충성을 의심할까 두렵기 때문입니다."

그 말을 하면서 마티아스는 총독을 우러러보았다. 눈이 부셔서 제대로 바라볼 수 없을 만큼 총독은 빛났다. 빌라도가 차려 입은 옷과 머리에 쓴 관과 치장 위에 아침 햇살이 정면으로 비쳐 찬란하게 번쩍였다. 감히 누구도 거역할 수 없는 위엄이 그에게서 뻗쳐 나왔다.

"마지막 한 가지, 총독 각하께서 도성에 입성하면서 내린 포고령을 저자가 정면으로 위반했음을 고발합니다."

고발을 마친 마티아스는 빌라도에게 공손히 예를 갖추고 자기 자리로 돌아갔다. 이미 해는 올리브산 위 한 뼘이나 되는 곳까지 올라와 있었다.

그때 아레니우스는 자기가 묵고 있는 거처의 발코니에 서서 프레토리움에서 벌어지는 재판을 내다보고 있었다. 그는 한 마디도 놓치지 않고 성전에서 고발하는 예수의 죄상을 주의 깊게 들었다.

사실, 로마황제가 임명한 총독이 로마 시민도 아닌 속주 주민을 처벌하면서 이처럼 거창하게 형식을 갖추어 재판한 예가 어느 곳에서도 없었다. 그저 총독의 명령 한 마디로 목을 베든 매달든, 아니면 십자가에 거꾸로 매달아 처형하더라도 아무도 문제 삼지 않을 뿐만 아니라 오히려 그것은 총독에게 부여된 당연한 권한이었다.

'연극이구나!'

그의 눈에는 이 모든 것이 연극으로 보였다. 갈릴리 분봉왕의 부하 알렉산더까지 참석해서 총독과 성전 대제사장과 분봉왕이 짜고 유월절 연극을 거대하게 벌이는 것으로 보았다. 성전이 총독에게 예수를 고발한 이유는 정당한 재판을 받을 수 있도록 그를 보호하기 위함이 아니고, 예수라는 사람을 흔적도 없이 철저하게 지우려는 뜻이 분명했다.

'입성하기 전날 밤, 알렉산더가 예수 이야기를 야영 군막에서 입에 처음 올렸지만 사실 유대인들은 이미 오래전부터 저 사람을 제거하기로 공모하고 연극을 준비했구나.'

그리고 보면, 연극 무대는 로마가 세우고, 총독이 엄청난 권한을 가진 심판자로 등장하지만, 그건 유대인들이 마련한 연극의 일부로 보였다.

"왜 저자들이 이처럼 치밀한 연극을 꾸몄을까?"

그는 자기도 모르게 혼잣말을 중얼거렸다.

"예수라는 저 사람이 세상에 이루겠다는 '하느님 나라'가 그렇게 무섭고 두려운 나라인가? 저 초라한 사람이?"

"하느님 나라는 저 같은 여자도 사람대접 받고 사는 나라랍니다."

갑자기 빌하가 그의 말을 받았다. 그녀는 아레니우스가 입 밖에 낸 혼잣말을 들은 모양이다.

"아니! 빌하도?"

"예! 아침에 직접 만나 보셨지 않습니까? 예수 선생님 저분은 정말로 훌륭하신 분에 틀림없습니다."

"빌하! 그런 위험한 소리 마오! 잘못하다가 예수 제자라는 소리를 듣겠구만."

"저뿐만 아니라 공도 저분의 말씀을 들었으니 세상에 빚진 사람 아니겠습니까? 듣고도 전하지 않으면 귀는 왜 있고 입은 무엇 하라고 있는 것입니까?"

"어허! 이 여자가…. 위험하다니까!"

아레니우스는 빌하를 좀 더 나무라려던 입을 다물었다. 빌라도가 천천히 자리에서 일어나는 것을 보았기 때문이다. 이제 로마황제가 파견한 유대총독 본디오 빌라도가 무대에 등장할 차례다. 그가 유대 땅에서 대리하는 티베리우스 황제가 등장하는 셈이다.

"내가 묻겠다. 죄인은 짧게 대답하라!"

짧게 대답하라는 말은 예수의 대답이 중요하지 않다는 말이다. 이왕 재판을 열었으니 죄인에게는 다만 형식상으로 기회를 준다는 말이다. 예수를 이미 '죄인'이라고 부르고 나섰으니 죄를 판단하는 것이 아니고, 죄인이라는 것을 확인하는 절차일 뿐이다.

"죄인은 로마 시민인가?"

"아니오!"

예수가 고개를 흔들며 대답했다.

"죄인은 유대의 메시아인가? 죄인이 주동이 되어 나라를 세우려 했는가? 그 나라의 왕이 되려는 목적으로 반란을 계획했는가?"

"아니오!"

"죄인이 부인하지만 예루살렘 성전 대제사장의 고발에 따르면 증거는 차고 넘친다."

그러더니 빌라도는 갈릴리의 알렉산더를 불러 세웠다.

"갈릴리의 알렉산더 공!"

갑자기 자기를 부르자 알렉산더는 얼떨결에 한 발짝 앞으로 나섰다. 그러면서 속으로 부지런히 생각했다.

'왜 갑자기 총독이 나를 불러내는가?'

"알렉산더 공은 갈릴리 분봉왕 저하를 대리하여 참석한 것이오?"

"예! 그렇습니다, 총독 각하!"

"그러면 내가, 유대총독으로서 갈릴리 사람을 재판하는 것에 동의하오?"

"예! 전적으로 동의합니다."

"알겠소!"

코뿔소라는 별명으로 불리는 사람답지 않게 그는 치밀했다. 예수가 로마 시민이 아니라는 것을 공식적으로 확인했기 때문에 총독이 전적으로 재판권을 갖게 된다. 원래 유대인 중에는 특별히 로마 시민권을 부여받은 사람들이 있다. 옛 헤롯왕과 그의 자식들이 그러했고, 속주에서 로마의 식민통치에 협조하는 사람들 중에서 특별히 공이 많은 사

람들에게도 시민권을 부여했다. 그렇게 로마 시민권을 받은 사람은
속주의 다른 주민들과 달리 우월한 지위를 누릴 수 있음은 물론 그가
원한다면 로마에 가서 재판받을 수 있는 권리가 있다.

또 한 가지, 갈릴리 주민을 유대총독이 재판하고 처형하는 일에 대
하여 갈릴리를 통치하는 분봉왕이 동의했으니 총독이 그의 권한으로
처형한 일에 대하여 아무도 이의를 제기할 수 없도록 마지막 쐐기를
박은 셈이다.

빌라도는 오른손에 들고 있던 지휘봉을 높이 들었다. 로마황제 티
베리우스가 유대총독에게 부여한 권한을 행사한다는 뜻이다. 한 큐빗
반, 지휘봉 양쪽 끝에 달린 황금색 반구가 햇빛에 번쩍였다.

그 순간 총독이 서 있는 테라스 아래 두 줄로 늘어서 있던 나팔수들이
일제히 나팔을 불었다. 처음 한 번 길게 불더니, 모든 사람에게 주의를
기울이라는 듯 세 번 짧게 불고, 그 다음엔 처음보다 두 배나 길게 불었
다. 나팔소리는 이제 이 자리에서 벌어지는 일은 되돌릴 수 없는 최종
결정이라고 알리는 듯, 엄숙하고 장엄하게 울려 퍼졌다.

총독이 한번 선언하면, 로마황제를 제외하고는 그 어느 누구도 그
선언을 뒤집을 수 없다.

"온 세상 사람들의 신이시고, 살아 계신 주님이시고, 영영세세 그
위엄이 세상을 덮을 티베리우스 카이사레아 황제 폐하의 위엄을 받들
어 유대와 사마리아와 이두매를 황제 폐하의 땅으로 통치하는 나 본디
오 빌라도의 명을 받들라!"

프레토리움과 광장에 도열한 로마군 병력과, 광장 경계선 밖에 서
있던 유대인들이 한꺼번에 큰 목소리로 그 명령을 받든다는 함성을

외쳤다.

"총독 각하의 명을 받들겠나이다."

"나는 유대 예루살렘 성전 대산헤드린의 재판 결과와 요세푸스 벤 가야바 대제사장의 고발과 갈릴리 분봉왕의 의견을 받아들여 갈릴리 나사렛 예수의 범죄행위를 살펴보았다."

역시 빌라도는 교활했다. 이미 공식적인 문답을 통해 확인했음에도 불구하고 그는 다시 한번 성전과 갈릴리를 입에 올렸다.

"예수는 일찍부터 황제 폐하께 불충의 뜻을 품어 갈릴리와 유대의 안정을 해쳤고, 예루살렘에서 로마의 법과 내가 선포한 포고령을 위반했도. 따라서 나는 나에게 주어진 권한으로 예수를 십자가에 매달아 처형할 것을 명령한다!"

니산월 14일 제 2시가 가까운 시간이었다. 광장은 순간 물을 끼얹은 듯 조용해졌다. 누가 기침하거나 한숨을 크게 쉬면 곧 모든 사람이 알아들을 수 있을 만큼 깊은 침묵이 내려 덮었다. 광장 밖에 모여 있던 유대인들 중 안타까움을 나타내는 사람은 한 사람도 없었다.

"다만, 숨이 끊어지기 전이라도 로마법과 포고령을 위반한 죄를 인정하고, 유대와 갈릴리의 안정을 해친 죄를 고백하고, 이스라엘의 법과 가르침에 복종하겠다고 맹세한다면 십자가 처형을 재고하겠다."

그 순간 알렉산더는 깜짝 놀랐다.

'아니! 이건 무슨 소리인가? 십자가 처형을 재고한다는 말이야, 처형을 재고한다는 말이야? 왜 총독이 막판에 한 자락 깔지?'

그러다가 그는 곧 깨달았다.

'이제 총독이 술수도 쓰네! 처절하게 무너지는 모습을 보여 주면서 죽으라는 말이구나…. 죄를 고백하고 순종하겠다고 맹세한들 충분하지 않다고 거절할 명분이야 얼마든지 있는 법. 한 번 무너지기 시작하면 바닥보다 더 밑으로 떨어져도 끝이 없지. 가장 수치스러운 죽음이 기다릴 뿐….'

그러는 사이 총독의 명령이 떨어졌다.

"십자가 처형을 진행하라!"

그러자 예수 양쪽에 서 있던 로마 병사들이 달려들어 예수를 끌고 프레토리움을 벗어나 광장으로 나갔다. 사방 다섯 큐빗, 높이 한 큐빗의 단 위에 예수를 세우더니 그가 걸친 겉옷을 벗겼고 그리고 속옷마저 모두 벗겼다. 이제 예수는 아무것도 입지 않은 알몸이 됐다.

올리브산 위에 떠오른 아침 햇살은 예수의 등에 사정없이 쏟아졌다. 로마 병사들이 예수의 오른손 왼손에 각 열댓 큐빗 길이의 줄을 매더니 잡아당기기 시작했다. 다른 병사 둘이 둘둘 말아 감은 채찍을 흔들거리며 나타났다. 한 사람은 예수 정면에, 한 사람은 뒤에 섰다.

장교의 구령이 떨어졌다.

"쳐라!"

그 구령과 동시에 예수의 뒤에 서 있던 병사가 채찍을 휘둘러 예수를 쳤다. 채찍 끝은 예수의 몸을 휘감았다. 금방 오른쪽 어깨에서부터 몸을 칭칭 휘감은 채찍의 끝이 예수의 등에 깊은 자국을 냈다. 채찍을 들고 서 있던 눈앞의 병사만 바라보던 예수는 등줄기를 때리는 채찍은 예상하지 못한 듯 짧은 비명을 지르며 몸을 흔들었다. 양쪽 팔을 묶은 끈을 잡아당기던 병사들 몸이 흔들려 끌려올 만큼 예수의 꿈틀거림이 격렬했다. 채찍을 맞은 살이 부르르 떨었다. 마치 말이나 소가 부르르 살을 떠는 것과 같았다.

곧 앞에 서 있던 병사가 채찍을 흔들흔들하더니 냅다 휘둘렀다. 그 채찍은 정확하게 예수의 왼쪽 어깨에 맞고 등을 휘감고 그 끝이 다시 앞가슴을 감았다. 채찍이 뱀처럼 몸을 칭칭 휘감았다가 풀어진 자리, 부들부들 떨리는 살에 깊게 채찍 자국이 패여 피가 흐르기 시작했다. 채찍 끝에 달린 쇳조각이 엄지손가락 한 마디 깊이로 살을 깊게 파고들어 찢어 놓았다.

장교가 무어라 짧게 구령을 붙이자 예수의 팔을 붙잡고 서 있던 병사들이 천천히 반원을 그리며 움직였다. 이제까지 총독궁을 바라보고 서 있던 예수가 이제는 광장 밖에 모여 있는 유대인들을 마주볼 수 있게 되었다.

꽤 거리가 떨어졌지만 예수는 그들 얼굴을 바라볼 수 있었다. 놀랍게도 그들은 아무런 생각도 없는 사람들인 듯 모두 무표정했다. 하기야 그들이 무엇이라 말할 수 있겠는가? 사람은 그들 깊숙한 속으로 숨어들고 거기에는 그저 그들의 몸만 서 있을 뿐인 것을.

병사들이 다시 채찍을 내둘렀다. 뒤에서, 앞에서, 다시 뒤에서, 앞에서…. 뼛속까지 고통이 파고들고, 채찍 휘두르는 소리만 들려도, 채찍을 치려고 어깨를 뒤로 한껏 빼는 모습만 보여도 마음과 달리 살이 떨리고, 다리가 후들거리고 숨이 가빴다. 차라리 후려 맞고 그 아픔을 견디는 것이 덜 고통스러웠다. 갈릴리 호숫가로 밀려오는 파도가 끝이 없듯, 채찍질은 언제 끝날지 알 수 없이 계속됐다.

원래 채찍질은 십자가 처형의 일부다. 어쩌면 십자가형은 숨이 끊어질 때까지 계속되는 고문이라고 말할 수도 있다. 그동안 그런 고문을 한 번도 받아본 적 없었지만 예수는 그들이 왜 고문을 시작했는지 알 수 있었다.

'이 예수가 무너지는 모습을 보여 주고 싶겠지.'

'내가 처절하게 무너지든, 죽기를 작정하고 견디든 이 모두 처형의 한 과정….'

채찍질을 하면서 그들은 예수가 세상에 던진 위협을 스스로 거두어들이라고 강요하는 셈이다. 두려움과 고통과 죽음을 경험하면서 예수의 사람됨을 버리라는 말이다. 예수가 무엇을 가르쳤든 어떤 행동을 했든, 로마황제가 다스리는 세상에서는 모두 용납할 수 없는 일이라는 확인이다. 그것은 바로 예수에게 던지는 고문의 의미다.

예수가 고문받는 것을 바라보는 사람들에게는 로마황제가 시민들에게 보여주는 서커스처럼 볼거리 구경거리를 제공한다는 의미도 있었다. 그것은 바로 로마 유대총독이 유대인들에게 보여줄 수 있는 권력의 과시였고, 이제부터 한바탕 벌어질 구경거리의 시작이다.

원래 지배자들이 권력을 유지하기 위해 행사하는 처벌은 잔인한 고문 끝에 처형하는 것이 일반이었다. 그런데 지배자들은 곧 잔인하게 처형하는 것보다 더 유용한 처벌의 수단을 찾아냈다. 바로 감옥에 가두는 일이다. 처형을 하면 농경시대에 가장 귀중한 자산인 노동력을 단 한 번의 처벌로 상실하게 된다.

때로는 사람으로서는 도저히 감당할 수 없다고 생각할 만큼 잔인한 고통을 의연하게 이겨내는 사람들이 가끔 있기 마련이다. 어차피 죽음 외에는 다른 길이 없는 사람에게서 굴복을 이끌어 낼 수 있는 방법은 없다. 처형받는 사람은 끝까지 굴복하지 않는 모습을 보이며 지배자에게 앙갚음했다.

그렇게 버티는 광경을 본 군중은 동요하기 마련이고 지배자에게 저항하고 나설 위험이 있다. 그래서 사람들의 눈에서 떼어 놓고 오래오래 감옥에 가두어 노동을 시키는 형벌이 점차 중요한 처벌수단으로 등장했다. 사람들 눈에는 끔찍한 처형을 중단한 인자한 지배자로 보이기 마련이다.

아랫구역 사람은 한 사람도 참관하지 못한 채 총독궁 광장에서 벌어지는 채찍질은 오롯이 예수에게 가하는 폭력이었다. 폭력의 증거를 온 몸에 가득 담고 예수는 아랫구역 사람들 앞에 모습을 드러낼 것이다. 그 자리에 참석할 수 있는 윗구역 사람들이나 성전 지도자들, 바리새파 유대인들에게 예수는 의미 없이 죽음을 맞이하는 어리석은 사람이었다.

그는 토라를 지키려는 순교자도 아니었다. 그는 쌓이고 쌓인 이스라엘의 적폐積弊를 청소하고 새 나라를 세우는 혁명가도 아니었다. 누구도 이해할 수 없는 하느님을 얘기하고 그 하느님이 다스리는 나라를 세운다고 허황한 소리를 하다가 이스라엘의 토라와 로마법에 의해 처형받는 미친 사람이다. 적어도 총독궁에서 벌어지는 재판을 멀리서나마 구경하는 사람들 중에는 예수를 동정하는 사람이 한 사람도 없었다.

오히려 그가 채찍 맞는 것을 바라보면서 그렇게 당하는 것이 마땅하다고 생각하는 사람이 많았다.

"저자는 자기가 한 짓에 합당한 벌을 받는 거야!"

"그럼! 그냥 놔두면 큰일 낼 사람이라고…. 유월절 명절이 시작되기 전에 뿌리를 뽑아낼 수 있어서 다행이지. 자칫 잘못됐으면 지극히 거룩하신 분의 진노와 총독이 휘두르는 칼바람에 이 거룩한 도성 예루살렘에 냇물처럼 피가 흘러내릴 뻔했다니까.”

공적公敵! 예수는 이스라엘의 공적으로 처벌받고 있다고 사람들은 믿었다. 그를 그대로 놔두면 온 유대와 예루살렘 성전과 도성이 위험에 빠질 수밖에 없다고 믿었다. 그 자리는 그렇게 믿는 사람들만 모여 있었다.

‘한 사람이 죽어서 전체 이스라엘이 안전을 유지할 수 있다.’

그런 생각이 들면 누구도 죽어야 할 한 사람을 동정하지 않는다. 그리고 구경하는 모든 사람이 그 죽임의 행사에 동참하는 감정을 갖게 된다. 법은 고문하는 사람이 가지게 될 마음의 고통을 해소해 주고, 법은 사람을 죽이는 공포를 잊게 해 준다. 나뿐만 아니라 법 아래 있는 모든 사람이 참여자가 되어 전체의 안전을 해치는 위험한 사람을 제거한 셈이다.

한 번 두 번 세 번 네 번. 끝없이 이어질 듯 채찍질은 계속됐다. 부르르 부르르 떨면서 몸을 꿈틀거리던 예수가 어느 때부터 그저 채찍을 맞는 고깃덩어리처럼 보이기 시작했다. 이미 채찍을 하도 많이 맞아서 한 대 더 맞나 덜 맞나 표가 나지 않을 만큼 그의 몸은 너덜너덜해졌다.

병사들은 아주 집요해서 상체에 더 이상 채찍 자국이 생기지 않자 아랫도리를 겨냥해 채찍을 휘둘렀다. 이미 정신을 잃은 듯, 아무리 다리를 휘감아 채찍을 쳐도 어깨너비만큼 벌린 다리를 오므릴 줄도 더 벌릴 줄도 모른 채 그냥 채찍을 맞고 서 있다. 양손을 단단히 맨 끈을 잡고 있는 병사들은 예수를 그대로 세워 놓기가 힘에 부친 듯 가끔 방향을 바꾸기도 하면서 두 팔에 온 힘을 줘 줄을 잡아당겼다.

사람들이 한참 예수에게 정신을 팔고 있다 보니 총독은 어느덧 자리를 떴고, 이제 예수를 처형장으로 이송하려는 로마군 병사들이 광장 앞에 대오를 지어 정렬했다.

알렉산더는 모든 일을 끝까지 지켜보았다. 이제 지난 4년여 동안 그가 꾸며 왔던 일이 마무리 지을 때가 왔다. 20년도 훨씬 지난 옛날, 세포리스 저수조에서 휘둘렀던 그의 채찍을 맞아 쓰러졌던 예수, 이제 그는 이방인의 채찍을 맞고 피투성이가 되어 서 있다. 그사이 해는 이미 올리브산을 훌쩍 넘어 와 제2시를 지나고 있었다.

예수는 채찍을 맞는 중에 기절했다. 몇 대를 맞았을 때 기절했는지 모르지만 그의 두 팔을 묶어 잡아당기며 그를 세우고 있던 병사들이 더 이상 그를 세워 둘 수 없을 만큼 그는 이미 처절하게 무너졌다. 그저 묶은 줄에 매달려 있는 셈이다. 그가 기절한 것을 본 장교가 채찍질을 멈추도록 명령했다. 그리고 팔을 묶은 줄을 잡아당기던 병사들이 손을 놓자 예수는 그 자리에 스르르 무너져 넘어졌다.

"기절했습니다."

"깨워! 끌고 가야지 메고 갈 수는 없잖아?"

장교의 명령에 따라 미리 준비해 두었던 듯, 병사 하나가 나무통에 가득 담은 물을 예수에게 쏟아부었다. 꿈틀꿈틀했지만 아직도 그는 일어서지 못했다.

"일으켜 세워. 끌고 갈 수 있도록 단단히 묶어!"

병사 몇 사람이 달라붙어 예수의 팔을 뒤로 꺾어 묶었다. 그리고 가로로 두 개, 세로로 하나 기다란 나무 봉을 등에 꽂았다. 예수는 감았던 눈을 반쯤 뜨더니 고개를 흔들었다. 정신을 차리려는 건지, 이런 일은 못 참겠다는 건지….

그러는 사이 광장에 모여들었던 로마군 병력은 차례차례 흩어져 부대로 돌아가고, 마티아스와 제사장들은 성전으로, 알렉산더는 하스몬 왕궁으로 돌아갔다. 마치 쓰레기를 치우는 일은 자기들 관심이 아니라는 듯. 예수를 체포해서 대제사장 집으로 끌고 갔던 위수대 백부장이 프레토리움에 대기하고 있다가 부하들을 끌고 광장으로 나왔다. 이제 백인부대와 채찍질을 했던 몇 사람의 병사들만 남았다.

"이제부터 내가 인수하여 주관한다!"

백부장은 짧고 위엄 있게 명령하더니 그의 병사를 시켜 채찍질하던 병사들에게서 예수를 넘겨받았다. 두세 명의 병사가 달려들어 예수를 둘러쌌다. 백부장과 병사들은 차마 눈 뜨고 볼 수 없는 상태가 된 예수를 아무렇지도 않은 듯 그저 흘깃 한 번 쳐다보고는 대오를 짰다.

맨 앞에 백부장이 서고, 그의 뒤를 따라 각 50여 명의 병사들이 다섯 걸음쯤 간격을 두고 두 줄로 벌려 섰다. 두 줄 사이에 병사 두 명이 각각 예수 오른쪽 왼쪽에서 등에 끼운 나무 봉을 한 손으로 잡고 세 번째 병사는 예수를 바짝 뒤따르며 세로봉을 잡았다. 예수 세 걸음쯤 앞에 한 병사가 예수 양어깨에 줄을 매고 끌기 시작했다. 50명씩 두 줄로 길게 늘어서서 걷는 행렬 한가운데 예수와 병사, 다섯 사람이 걷는 대형이 됐다.

총독궁 광장을 벗어나 윗구역을 지나는 동안에는 구경 나온 사람들이 별로 없었다. 어떤 사람들은 테라스 위에서 내려다보며 손가락질

하고, 하인인 듯한 사람들만 몇 명이 문밖에 나와서 무표정한 얼굴로
행렬을 지켜봤다.

원수까지 사랑하고 용서하라

—•—

빌라도 총독이 예수를 십자가형에 처한다고 명령한 순간, 예수의 신
분은 극적으로 바뀌었다. 사람이 아니라 짐승이나 마찬가지라는 선언
이다. 그를 어떻게 다루든 이제부터는 처형을 집행하는 장교가 알아
서 할 일이다.

원래 처형이란 법이 행하는 보복을 의미했다. 저지른 잘못에 대한
대가라는 뜻이다. 그런데 예수가 받는 처형은 그에게 의미가 있는 일
이 아니고, 구경하는 사람들에게 의미가 있는 의식이다. 처벌의 목적
이 고통을 주며 예수를 제거한다기보다 사람들에게 구경시키겠다는
뜻이다. 십자가 처형이란 원래 그런 것이다.

아무도 다시는 처벌받는 사람처럼 말하거나 행동하거나 일을 꾸미
지 못하도록 끔찍한 폭력으로 경고할 필요가 있다고 판단할 때 지배자
들은 십자가 처형을 시행했다. 지배 질서가 지키려는 세상이 아니라
다른 세상을 바라보는 사람들이 있을 때 그들 중 몇 사람을 본보기로

삼아 십자가에 매달면 사회는 곧 안정을 되찾는다.

로마가 처음으로 십자가형을 고안해 낸 것은 아니었다. 페르시아에서는 반란군뿐만 아니라 고위관료나 군지휘관 등도 십자가에 매달아 처벌했다. 제국이 있고 권력이 있는 곳에는 사회 교육과 처벌의 수단으로 십자가형이 존재했다.

로마는 십자가형을 광범위하게 적용했다. 노예나 폭력적 범죄자, 통제할 수 없는 반항적인 점령지 주민들을 십자가에 매달았다. 그 외에도 적군 쪽으로 탈영한 사람, 기밀유지 의무를 저버린 사람, 반역을 선동 고무한 사람, 살인자, 통치자에 대하여 거짓 예언을 퍼트린 사람, 주로 밤에 불경스러운 짓을 저지르고 다니는 사람, 마술사, 유언遺言에 대하여 중대한 거짓증언을 하거나 조작한 사람들이 십자가형을 받았다.

로마제국은 상류층이 아니라 하층민에게만 십자가형을 적용했다. 오랜 시간 고통을 겪으며 매달리는 형이 너무 참혹하기 때문이라 말하기도 하지만 사실 상류층 사람 중 한 사람이 십자가형을 받으면 곧 상류층 전체를 모욕한 것으로 받아들일 위험이 있었기 때문이다. 그처럼 죽을 때까지 고통스러운 고문을 가하는 의식이 십자가형이라는 것을 지배자들은 잘 알았다.

십자가형에는 몇 가지가 있다. 살아 있는 사람을 십자가에 매달아 죽을 때까지 고통을 겪도록 고문하는 형이 있고, 이미 죽은 사람을 십자가에 매달아 주검을 훼손하며 분풀이하고 가족이나 살아 있는 사람들을 모욕하는 경우도 있다. 때로는 죄인을 십자가에 매달아 놓고 그의 눈앞에서 가족의 눈알을 빼거나 뜨겁게 달군 쇠로 살을 지지며 고문하는 경우도 있었다.

십자가형이라 부르지만 그 형태는 가지가지였다. 수직으로 세운 기둥에 매다는 경우도 있고, 가로기둥을 설치했더라도 十자형으로 설치하거나 T자형으로 설치하는 경우도 있다. 어떤 경우에는 Y자형으로 생긴 나뭇가지에 두 팔을 묶어 매달고 처벌할 때도 있다.

처벌받는 사람이 겪는 고통을 구경하는 사람들이 오래, 깊게, 많이 느낄 수 있는 방법으로 처형을 시행했다. 처벌받는 사람이 얼마나 크게 고통을 받는지는 중요하지 않았다. 구경하는 사람이 얼마나 끔찍하게 느끼는지, 그 반응이 훨씬 더 중요했다. 그래서 사전에 처형의 순서를 자세히 공표하는 경우도 가끔 있었다.

최대한 오랜 시간 극심한 고통을 겪으며 천천히 숨이 끊어질 수 있는 방법으로 처형의 순서를 정했다. 우선, 처벌받는 사람 몸에 깊은 상처가 날 때까지 매우 심하게 매질을 했다. 처벌받는 사람이 십자가를 메고 형장으로 이동했다.

처형장으로 갈 때도 매질을 했고, 처형장에 도착하면 짊어지고 간 기둥에 팔과 발을 못 박았다. 손바닥에 못을 박으면 쉽게 찢어져 빠지기 때문에 손목에 못을 박은 다음, 손목과 팔뚝을 가로기둥에 끈으로 단단히 묶는다. 어떤 경우에는 십자가 가로기둥에 양손을 못 박지 않고 교수형에 쓰는 올가미를 가로기둥 양쪽에 걸어 놓고 양팔을 끼워 매달았다.

기둥을 세우기 전에 세로기둥에 발뒤꿈치를 못 박는데, 두 발을 포개어 못을 박지 않고 발을 벌려 기둥 양쪽에 각각 못을 박는다. 이때, 움직여 발뒤꿈치를 빼지 못하도록 조그만 나뭇조각 부목을 대고 커다란 못을 박는다.

세로기둥에 가로기둥을 고정한 다음 이미 깊게 파 놓은 구덩이에 세로기둥이 넘어지지 않도록 십자가를 세우고 흙이나 작은 돌을 채워 넣어 고정시킨다. 세로기둥에는 엉덩이 일부를 겨우 걸칠 수 있을 만큼 손바닥 크기의 받침을 매달아 놓는다.

옷을 입은 채 십자가에 매달리는 사람은 아무도 없다. 남자든 여자든 속옷 하나도 걸치지 못하고 벌거벗긴 채 매달린다. 다른 사람 앞에서 옷을 벗긴다는 것은 지중해 연안 사람들에게는 죽음보다 더한 수치였다. 발가벗겨 십자가에 매달면, 아직 숨이 붙어 있든 끊어졌든 특히 유대인으로서 죽음보다 더 참기 어려운 수치를 겪는 일이다. 처형을 집행하는 장교에 따라서는 고통과 수치를 더하기 위해 은밀한 부위에 막대기나 꼬챙이를 쑤셔 넣은 채 매달기도 한다. 때로는 처형받는 사람의 머리가 아래로 향하도록 거꾸로 세운 십자가에 못을 박는 경우도 있다.

십자가에 매달리면 곧바로 몸무게가 아래로 쏠리면서 가슴을 잡아빼는 고통을 느끼기 시작한다. 허리는 아래로 늘어지고, 가슴도 처지고 숨을 들이쉴 수 없는 고통이 숨이 끊어질 때까지 계속된다. 태어나서 처음으로 갈비뼈가 그만큼 무겁다는 것을 깨닫게 되고, 심장을 보호하기 위해 가슴을 감싼 뼈들이 가슴을 찌르는 날카로운 창끝 같다는 것을 알게 된다.

몸이 점점 아래로 처지고, 엉덩이 뒤쪽에 매달아 놓은 손바닥보다 작은 나무판으로 만든 받침은 몸을 올려놓고 기대기에 너무 작다. 그 판 위에 엉덩이를 걸치려면 안간힘을 써서 몸을 추슬러 올려야 하는데, 그건 가로기둥에 묶어 매 놓은 두 팔에 힘을 주어 끌어올려야 가능한 일이다. 그렇게 보면, 세로기둥에 매달아 놓은 나무받침은 처형받는 사람이 고통을 덜 받으라고 만든 것이 아니고, 오래오래 고통을 겪으라는 장치라는 것을 알 수 있다.

활짝 펴서 가로기둥에 묶어 놓은 팔은 한 시간도 채 되기 전에 사람을 매단 고문도구로 변한다. 손목에 박아 놓은 커다란 쇠못에서는 피가 흐르다 마르기를 계속한다. 마침 그곳은 핏줄이 지나가는 곳이라서 처음에는 피가 콸콸 솟다가 어느 때부터는 그저 흐르다 말다가, 뜨거운 햇볕에 말라붙었다가, 몸을 좀 솟구치려 하면 다시 피가 솟는다. 숨을 들이쉴 수 없으니 몸을 솟구치는 일이 죽을 만큼 고통스럽다.

사람들은 십자가에 매달리면 피를 많이 흘려서 죽는 것으로 알지만, 사실은 숨을 못 쉬어서 죽는다. 죽을힘을 다해 몸을 솟구쳐 엉덩이를 작은 나무판자에 기대고 그때 얼른 숨을 들이쉰다. 그렇게라도 숨을 들이쉬면, 그제야 다시 심장이 그동안 못 쉰 숨을 쉰다는 듯 퍼득거리다가 다시 속도가 느려진다. 숨을 들이쉬지 못하기 때문에 눈은 뜨고 있어도 아무것도 보지 못할 만큼 세상이 닫혀 보이고 부옇다.

파리와 날벌레들이 뻔뻔스럽게도 얼굴에 붙어 기어 다니고, 손목과 발뒤꿈치, 그리고 등과 옆구리에 상처에서 피를 찍어 먹는다. 그럴 때쯤 되면 턱을 올려 입을 다물고 있다는 것이 얼마나 힘든지 알게 된다. 처음에는 어떻게든 입을 다물려고 애를 쓰다가 그마저 힘이 들어 조금씩 벌어지고, 나중에는 조금이라도 숨을 들이쉬고 싶어 혓바닥을 길게 빼고 할딱거릴 수밖에 없다. 침도 나오지 않고 어쩌다 혀를 핥아보면 마치 모래를 끼얹은 듯 꺼끌꺼끌할 뿐이다.

그런다고 숨이 금방 끊어지고 죽음으로 넘어갈 수 있는 것도 아니다. 사람의 몸이란 참으로 신비해서 그런 중에도 몸을 뒤틀든지 끌어올리든지 어떻게든 겨우겨우 조금이나마 숨을 들이쉬기 마련이다. 차라리 숨이 끊어지면 좋으련만 죽지도 못하고 오로지 숨을 이어가는 일만 계속한다.

　'십자가에 매달린 채 아직 살아있다는 것이 무슨 의미가 있는가?'

　'그래도 숨을 쉬며 살아 있으니 죽은 것보다는 나은 것인가?'

　죽음과 삶의 경계는 마지막 숨을 언제 내쉬느냐 오직 그 하나뿐이다. 점점 힘이 빠지고 정신이 혼미해지고, 몸을 추슬러 올려 숨 한 모금 들이쉬기도 어려운 형편이지만, 몸뚱어리는 가끔 푸드득 진저리치며 떨린다. 몸이 떨리지 않을 때라도 허벅지 장딴지 살이 제멋대로 부르르 경련을 일으키며 떨고, 자기도 모르게 고통의 신음소리가 입에서 새어 나온다.

　눈이 흐려져서 아무것도 보이지 않아도, 마치 물속에 들어간 듯 아무 소리도 귀로 들을 수 없어도, 이상하게 코는 냄새를 맡는다. 몸에서 흘러내리다 말라붙은 피 냄새도 맡고, 자기도 모르게 쏟아내는 오줌과 똥 냄새도 맡고, 땀이 말라붙어 서걱거리는 소금 냄새도 맡고, 땅에서 치올라 오는 흙냄새도 맡는다.

　그러다 어느 때부터는 자기 몸에서 풍기는 죽음의 냄새를 맡기 시작한다. 밭에 뿌린 거름이 햇볕에 말라가는 냄새, 오래 치우지 않은 시궁창 말라가는 냄새, 생선 썩는 냄새, 살덩어리 썩는 냄새가 나기 시작한다. 십자가에 매달린 사람에게는 오히려 축복의 냄새다. 죽음까지 얼마 남지 않았다는….

'고통을 참으면 좋은 일이 온다'고 사람들은 말한다. 그러나 십자가에 매달린 사람에게는 참아야 할 고통이 아니다. 참으면 참을수록 고통이 길어지고 깊어질 뿐이다. 처음에는 허리가 끊어질 듯 아파서 다시 미끄러질 때까지 잠깐이라도 작은 나무판 위에 엉덩이를 끌어올려 기대면서 버티지만 시간이 지나면 배로 그리고 가슴으로 끊어질 듯 고통스러운 부분이 올라온다. 그때부터는 나무판에 엉덩이를 끌어올려 앉히는 것이 아무런 도움이 되지 않는다. 그저 가슴 아래부터 뚝 잘라 내버리고 싶을 뿐이다.

대개의 사람들은 십자가에 매단 지 만 하루가 지나기 전에 숨을 거두지만 때로는 사흘씩 꿈틀거리며 매달려 있는 사람도 있다. 숨 끊어지기까지 시간이 오래 걸리면 걸릴수록 더 큰 고통, 더 긴 고통을 겪는 셈이다.

죽었다고 십자가에서 내려지는 것이 아니고, 뼈와 살이 썩고 문드러지고, 새나 짐승들이 다 발라 먹고 쪼아 먹고 찢어 먹어 마지막 뼈 하나 남지 않고 사라질 때까지 그렇게 매달려 있으니 죽음과 삶의 경계는 아무 의미도 없는 구분일 뿐이다. 죽음이 의미 없다면, 산 채로 매달리는 그 순간 이미 삶의 모든 의미를 상실한다는 말과 같다. 따라서 십자가는 죽음으로도 끝이 나지 않는 고문이라고 말할 수 있다.

토라의 '신명기'에 죽은 사람의 시체를 밤새도록 나무 위에 매달아 놓지 말고 그날 땅에 묻으라고 기록돼 있다. 나무에 달린 자는 하느님께 저주받은 자이며 그렇게 밤새 저주받은 자를 나무에 매달아 놓는 것은 땅을 더럽히는 것이라고 했다. 그러나 이 율법 규정은 죽은 사람과 살아 구경하는 모든 사람에게 수치를 안겨 주려고 주검을 나무에 매다는 경우에 대한 기록이었다.

원래 십자가형을 받은 죄인은 매장이 허락되지도 않지만, 매장할 시체가 아예 아무것도 남지 않는다. 십자가에 매달린 채 들짐승 산짐승 그리고 독수리 까마귀 온갖 새들의 먹이가 되고 마지막 뼈 한 조각이 사라질 때까지 형벌은 이어진다.

죽음은 다 똑같은 죽음일 것 같고, 죽으면 모두 끝나는 것 같아도, 십자가형은 달랐다. 사람은 숨이 끊어지면서 생명이 끝나지만 십자가형의 수치羞恥는 죽음 이후에도 두고두고 이름으로 남는다. 몸은 사라지고 수치스러운 이름만 남는 형벌이 십자가 처형이다.

십자가형은 유대 총독이 내릴 수 있는 재량권에 속하는 형벌이다. 총독의 잔혹성뿐만 아니라 처형을 구경하는 군중의 마음속에 깃들어 있는 가학加虐적 잔인성도 드러낸다. 매달린 사람이 죽을 때까지 고통을 겪게 하는 처형이라서 첫 장면부터 시체가 십자가에서 서서히 사라질 때까지 사람들이 모두 구경할 수 있다. 처형 과정을 통해 구경하는 사람들 감정이 천천히 마비되고 무뎌진다.

처형당하는 사람이 처절한 고통을 받으며 며칠에 걸쳐 죽어가는 모습을 군중에게 보여줌으로 지배자는 비교적 저렴한 비용으로 최대한 억지효과를 얻고, 군중은 처절하지만 흥미롭고 짜릿한 구경을 하는 셈이다. 십자가형은 그 잔인성을 비춰보아 맹수에게 처형할 사람을 먹이로 던져 넣는 것과 마찬가지로 충격적이다. 경기장 안에 죄수를 끌어다 놓고 굶주린 맹수를 풀어 놓는 것처럼 십자가 처형도 고문과 처형을 결합시켰기 때문에 사람들을 열광시키는 유흥과 마찬가지였다.

맹수를 이용하여 처형하기 위해서는 사전에 시설을 준비해야 하지만 십자가 처형은 그런 복잡한 시설 없이도 언제나 집행이 가능했다. 광장이나 성문 앞, 사람들이 볼 수 있는 언덕이 있으면 어디서든 가능했다. 지배자들은 십자가 처형을 일종의 공공행사처럼 집행하면서 되도록 많은 사람들이 처형장면을 지켜보도록 동원했다. 공개처형을 통해 지배자는 자기의 힘을 과시하고, 법을 어기고 죄를 지으면 마땅한 대가를 치러야 한다는 공포를 사람들 가슴속에 깊게 새길 수 있다.

처벌을 구경하는 사람들이 처벌받는 사람에 대해 인간적 동정심을 갖지 못하도록 지배자들은 특별한 방법을 고안해냈다. 끔찍한 처벌을 사람들이 보고 즐기려면 지켜보는 사람과 처벌받는 사람 사이에 존재했던 동류同類의식을 제거해야 한다. 그도 같은 사람이라는 생각을 없앤다는 말이다. 사람들이 편안한 마음을 갖고 구경하도록 지배자는 죄수의 죄목을 밝힌다. 똑같은 생명을 가진 한 사람이 죄를 저지른 죄인이라고 선언되는 순간 그는 아무리 처형이 잔인해도 그런 벌을 받아 마땅한 죄인이 된다. 사람들은 자기와 같은 사람이 처형된다고 생각하지 않고, 죄인이 당연히 죗값을 받는다고 생각한다. 죄인이 잔인한 처벌을 받을수록 흥분은 커지고 오랫동안 잊을 수 없는 기억이 되어 가슴에 남는다.

울타리 안에 던져진 죄수들이 두려움에 떨며 비명을 지르다가 마침내 맹수의 공격을 받아 찢겨 죽을 때 구경꾼은 모두 일어나서 미친 듯 발을 구르고 팔을 휘두르며 소리를 지른다. 마찬가지로 십자가에 매달린 사람이 버르적거리면서 숨을 쉬기 위해 몸을 끌어올리거나 비틀면, 구경하는 사람들은 탄성을 지른다.

그런 처벌은 날마다 열 수 없는 행사다. 그래서 가장 효과가 큰 날과 장소와 방법을 선택하여 집행한다. 총독 빌라도는 갈릴리의 예수가 십자가에 매달려 버둥거리다가 숨이 끊어지는 의식과 유대인들의 유월절 명절을 연결했다.

"해방은 천년도 훨씬 넘는 과거 어느 때 오로지 한 번, 그대들의 신 야훼에 의해 일어났던 일이다. 신이 눈을 감는 한, 그대들 유대인은 세상을 다스리는 로마에 복종해야 한다."

예수가 외쳤던 해방은 현실적으로 불가능하고, 야훼는 유대를 다시 이끌어낼 힘이 없거나 오히려 로마가 옳다고 인정했다는 징표로 총독은 유월절에 십자가를 세웠다. 로마제국 제5대 유대총독 본디오 빌라도는 '불가능한 일은 정말 불가능하다'는 것을 확인하는 유월절 제물로 예수를 십자가에 매달기로 했다. 로마황제 티베리우스 19년 봄, 니산월 14일의 일이다.

✝

새벽에 알렉산더에게 부탁하러 갔던 막달라 마리아와 므나헴이 움막마을 천막으로 돌아왔을 때는 아침 해가 떠오를 무렵이었다. 두 사람은 어깨를 축 늘어뜨리고, 고개도 못 들고 천막 아래로 들어왔다. 곧 많은 사람이 몰려왔다. 어떤 사람은 천막 안까지 따라 들어오고, 어떤 사람들은 천막 주위를 에워싸고 한 마디라도 들어 보려고 기웃거렸다. 모두 그 두 사람에게 마지막 기대를 걸고 기다리고 있었다.

"오늘 아침에 총독궁에서 총독이 재판을 열어 십자가 처형을 명령한

답니다."

막달라 마리아가 하는 말을 듣고 어머니 마리아는 그 자리에 스르르 무너졌다. 그녀는 쓰러진 채 오른손으로 자꾸 무엇을 끌어안으려고 잡아당기는 시늉을 했다. 눈을 뜨기는 떴지만 그저 어느 한 곳에 시선이 꽂혀 있을 뿐이다. 턱을 덜덜 떨면서 그녀는 신음처럼 같은 말만 되풀이했다.

"내 아들… 내 아들 예수! 애야! 내 아들…."

야고보와 막달라 마리아가 그녀의 손을 하나씩 붙잡고 가라앉히려고 애썼다. 사람들이 므나헴에게 물었다.

"그래서? 그리고는?"

"제 3시에 처형한답니다."

"어디서요? 저기 패망산?"

"그건 못 들었습니다."

사람들은 아무 말도 못 하고 그저 서로 얼굴만 쳐다봤다. 그러자 므나헴이 작은 목소리로 몇 마디 덧붙였다.

"선생님을 체포하여 끌고 간 것은 로마군과 성전 경비대, 대제사장 가병들이었고, 이제부터는 로마 군인들이 끌고 가서 처형한답니다."

대제사장 집에서 열린 대산헤드린 비상재판에서 자기가 증언했다는 말을 그는 차마 입에 올리지 못했다. 그것은 영원히 그가 지고 갈 운명이다.

이제 무엇을 할 수 있을 것인가? 아무것도 없다. 그나마 지난밤에는 알렉산더를 찾아가 사정해 보면 어떤 방법이 있을지 모른다는 희망이라도 있었다. 그러나 이제는 정말 아무런 방법이 없다. 선생이 끌려 나와 처형당하는 것을 눈 뻔히 뜨고 지켜보아야 할 형편이 됐다.

므나헴과 막달라 마리아는 가끔 눈을 마주치며 해 줄 수 있는 말과 해서는 안 되는 말을 가늠했다. 때로는 모두 아는 것보다 조금 덜 아는 것이 더 나을 때가 있는 법이니….

다른 때라면 몰라도 명절 기간에는 아랫구역 사람들도 윗구역에는 마음대로 드나들 수 없으니, 움막마을 사람들이야 대제사장 집이나 왕궁이나 총독궁 부근에는 더욱 접근할 방법이 없었다. 몇 사람이 교대로 일찍부터 성문 앞에 나가 기웃거리다가 성안에서 나오는 사람을 붙잡고 소식을 물어볼 뿐이었다.

므나헴과 막달라 마리아가 천막으로 돌아온 한참 후, 성문 밖에 가서 기웃거리던 사람이 천막 안으로 들어오며 혼잣말처럼 말했다.

"저기 패망산 쪽에서 처형한다는 말도 있고, 우리가 있던 올리브산 자락 묘지에서 십자가에 매단다는 말도 있고… 종잡을 수가 없네요."

그 소리를 듣고 야고보가 깜짝 놀라 일어나며 물었다. 그는 당장 쫓아갈 기세다.

"패망산이 어딥니까? 여기서 멉니까?"

"안 멀어요! 저기, 동쪽 저 산 보이지요? 그게 올리브산이고, 저기 남쪽 산이 '패망산'이라고도 하고 '멸망산'이라고도 불러요. 옛날에는 거기에 산당山堂이 있어서 아주 부정하다고 사람들이 멀리하는 곳이에요. 오늘 거기에서도 처형이 있대요."

그 소리를 듣자 어디서 그런 힘이 솟아오르는지 어머니 마리아가 벌떡 일어났다.

"애야! 야고보야! 우리 거기로 가 보자! 거기 형이 있나 가 보자!"

그러자 처음 말을 꺼낸 사람이 손을 흔들며 말렸다.

"죄수들은 안 끌어다 놨어요, 아직…. 이따가 군인들이 행진하며 나올 테니 기다려 보세요."

그러자 야고보가 물었다.

"어디로 나오나요? 저 문으로?"

그는 움막마을 천막과 가까운 남동쪽 문을 가리켰다.

"나는 잘 모르겠네요. 여기 움막마을 사람 중에는 그런 걸 구경한 사람이 아무도 없어요."

"구경이요?"

"아니, 아니… 본 사람이 없다고요."

어제 성전에서 소란을 피웠던 도적떼 얘기를 야고보도 사람들에게 들었다. 100여 명은 죽었고 살아남은 400명은 오늘 모두 십자가에 매단다는 얘기도 들었다. 갈릴리에서는 아침 해가 뜨면 하루가 시작되기 때문에 벌써 유월절이지만, 유대에서는 해가 질 때부터 하루를 시작하니 오늘 밤부터 유월절이다. 유월절 시작 전에 모두 십자가에 달아맨다는 얘기, 유월절이 되기 전에 빨리 죽게 하려고 지독한 고문을 했을 것이라는 얘기, 움막마을 사람들끼리 소리를 죽여 수군거렸지만 들리는 말마다 소름이 끼쳤다.

그런데 예수가 어찌 될 것이라고 확실하게 아는 사람은 아무도 없었다. 모두 한두 마디 들은 것을 가지고 확실한 얘기라는 듯 떠벌릴 뿐이다. 총독 재판을 받고 처형될 거라는 사람, 도적들과는 달리 예수는 좀 특별한 대우를 받을 거라는 사람, 유월절 다음 날 십자가에 매달 거라는 사람, 의견이 제각각 달랐다.

움막마을 사람 하나가 야고보에게 자기 몫으로 받은 빵 한 장, 온전한 한 장을 내놓았다.

"야고보! 이거라도 어머니 좀 드리세요."

야고보가 차마 그 빵을 받지 못하고 주저하자 막달라 마리아가 얼른 받아들었다.

"고맙습니다."

그러더니 그녀는 품고 있던 보따리에서 조그만 병을 꺼내 마개를 열고 마리아의 코에 대 주었다. 곧 천막 안에 부드러운 향이 퍼졌다. 깊은 숨을 들이쉰 어머니 마리아가 눈을 떴다. 그러자 막달라 마리아는 조금씩, 아주 조그맣게 빵 조각을 뜯어 어머니 마리아의 입에 밀어 넣어주었다. 도리질하며 안 받으려 하다가 막달라 마리아가 무어라 귀에 대고 말하자 겨우 받아먹었다.

나이 50, 그 나이에 이른 다른 사람들처럼 어머니 마리아도 이가 다 빠져 하나도 남아 있지 않았다. 그래도 오물오물 씹었다. 그리고 움막마을 사람들이 가져다준 물도 한 모금 받아 마시더니 일어나 앉았다.

막달라 마리아가 반 넘게 남은 빵을 야고보에게 내밀자 그는 고개를 흔들었다. 그녀는 그 빵을 반으로 접더니 어머니 마리아의 보따리를 풀어 넣어주려고 했다. 그러자 그녀가 얼른 그 보따리를 끌어안았다. 마치 아무도 손을 대면 안 될 만큼 귀중한 물건이 들어 있는 것처럼. 막달라 마리아가 빵 조각을 멋쩍게 손에 들고 있자 어머니 마리아가 자꾸 그녀에게 먹으라고 손짓했다.

세상 한구석이 무너져 내려도 사람은 먹어야 한다. 한쪽에서는 장례를 모셔도 먹어야 하고, 죽으려고 곡기를 끊은 사람을 보면서도 돌아앉아 빵조각을 삼켜야 한다. 부자도 먹어야 하고, 가난한 사람도 먹어야 하고. 성전의 대제사장도 먹어야 살고, 성전에서 나무를 패고 저수조에서 물 긷는 사람도, 하루 종일 희생제사에 드릴 양을 잡던 제사장도 먹어야 산다.

그것을 보면서 마리아는 다시 예수를 떠올렸다.

'사람이 먹어야 산다는 것을 선생님처럼 철저하게 받아들이고 사신 분이 있을까?'

예수는 한 번도 배고픔을 참지 못하는 사람을 나무란 적이 없었다. 갈릴리에서 돌아다닐 때 빵이 생기면 먼저 제자들을 챙겼다. 모든 제자들이 한 조각씩 손에 받아든 다음에야 자기 몫을 받았다. 모자라 배고픈 사람에게는 자기 손에 들고 있던 남은 빵 조각을 넘겨주고 물러났다. 예수의 그런 모습은 어려서부터 몸에 익은 그의 삶이라고 마리아는 생각했다.

예수는 먹을 것이 없어서 굶은 적은 있어도 한 번도 제자들을 이끌고 금식한 적이 없었다. 제자든 누구든 졸리면 누워 자라고 했고, 배고픈 사람에게는 무엇이라도 먹이려고 했다.

"나는 그대들에게 참고 이겨 내야 한다고 말하지 않습니다. 모든 세상 사람이 다 잘 참고 견딜 수 있는 것이 아닌데, 그대들만 내 제자라고 기를 쓰고 참고 이를 악물고 견디라고 말할 수 없습니다."

참을 수 있는 사람은 참고, 견딜 수 있는 사람은 견디고, 그것이 힘들면 그냥 다른 사람들 사는 것처럼 살라고 했던 선생 예수. 그는 다른 선생들과 달리 철저하게 세상에 발 디디고 산 사람이었다.

이제 그가 떠나려고 한다. 세상을 이대로 놔두고⋯. 가장 처절한 고통을 거쳐 떠나려고 한다.

"선생님! 이 어려운 길, 그 고통을 왜 받으려고 하십니까?"

예수에게 물으면 그는 서슴지 않고 대답할 것이다.

"얼마나 많은 사람이 자기 십자가를 지고 언덕을 올랐던가요? 히스기야의 아버지도 그러했고, 여기 예루살렘에서도 2천 명이나 되는 사람들이 십자가에 매달렸고, 앞으로도 수많은 사람이 그러할 텐데⋯. 십자가를 안 지겠다고 내가 물러설 수야 없지요."

"그럼 저희들도?"

"질 만한 사람은 지고 아니면 일부러 질 것은 없지요. 나는 이 길밖에는 없었으니 할 수 없었소."

그리고 무슨 일이 생겼다는 소리를 들으면 머뭇거리지 말고 달아나라고 말했을 것이다.

그때 어떤 사람이 천막 아래를 들여다보며 꽤 큰 소리로 얘기했다.

"패망산에서는 어제 붙잡힌 도적떼 무리를 처형하고 예수 선생님은 올리브산에서 처형한대."

"왜 올리브산?"

"그 옆에 로마군 부대가 진을 치고 있으니, 누가 와서 시체를 훔쳐가지 못하게 지키기 쉬워서 그런가 봐."

"아! 그래서 저기 골고다 언덕배기에 군영에서 나온 로마 군인들 몇 명이 아까부터 서성거리고 있었구만?"

"골고다? 해골처럼 생긴 바위가 있는 저기?"

"맞아! 바위 쪼개진 것이 꼭 해골 같잖아? 눈이 푹 꺼지고 저기는 입을 벌린 것 같고….”

그러면서 그들은 유대인들의 묘지 한가운데 있는 바위를 가리켰다. 기드론 골짜기를 지나 베다니로 넘어가는 길 오른쪽에 이상한 바위가 있다. 바위 위에 둔덕이 있고, 그곳이면 예루살렘성 남동쪽 문도 보이고, 성전으로 오르는 언덕길과 성전광장 그리고 성전으로 올라가는 훌다문 계단도 보이는 곳이다.

✠

“빵이라도 몇 장 가지고 올 걸!”

“아니, 안드레! 지금 빵 생각이 나?”

야고보가 안드레에게 핀잔을 하자 시몬 게바가 동생 편을 들었다.

“뭐, 배고픈 거야 사실이잖아? 선생님이 뭐라고 하셨어? 사람은 배고프면 먹어야 하고, 졸리면 자야 한다고 말씀하셨잖아? 참을 수 있는 사람은 참고, 못 참는다고 죄를 짓는 것은 아니라고….”

“지금 이 판국에 옛 얘기만 하고 있게 생겼어? 어서 가자고…. 잘못하면 붙잡혀 끌려간다고! 가세!”

그러자 요한이 길옆 바위 위에 털썩 주저앉으며 말했다.

“잡혀갈 때 잡혀가더라도 좀 쉬어야겠다! 올라가는 길만 힘든 줄 알았는데 내려오기는 더 힘드네. 나는 다리가 휘청거리고 곧 쓰러질 것 같아요. 형! 좀 쉬어요. 여기서 올려다보면 누가 쫓아오는지 다 보이는 데 뭘…. 아직 괜찮아요. 아이구!”

그랬다. 그 자리에서는 예루살렘 쪽에서 내려오는 길을 훤히 올려다 볼 수 있었다. 만일 성전 경비대가 쫓아 내려오면 대번에 알 수 있는 장소였다. 요한의 말을 듣고 보니 좀 쉬어 가도 괜찮을 것 같아 모두 여기저기 바위를 찾아 걸터앉았다.

그때 무언가 한참 생각하던 도마가 머리를 저으며 말했다.

"게바나 안드레, 야고보, 요한, 레위, 작은 야고보야 갈릴리 가버나움으로 돌아간다고 치고…. 나는 왜 거기로 돌아가야 하나? 빌립은 원래 집이 벳새다이니 가버나움 옆이고."

"나야 가나로 돌아가는 거지 뭐…."

나다나엘이 말했다. 그 말을 듣고 시몬 게바가 새삼 무엇을 깨달았는지 시무룩하게 물었다.

"다 같이 가버나움으로 가는 거 아녔어?"

"뭐 하러 거기로 다 몰려가? 이제는 선생님도 거기 안 계신데…."

나다나엘은 말끝을 맺지 못했다. 그곳에 예수가 없다는 말을 하려니 목이 콱 막혔다. 괜히 슬그머니 돌아앉아 산 아래 먼 곳을 내려다보았다. 이제 산을 내려가면 허둥지둥 뿔뿔이 흩어져야 한다고 생각하니, 정말 막막하고 암담했다. 예수를 만나 선생님으로 모시고 따라다니기 전보다 더 답답했다.

어디로 갈 것인가? 어디를 간들 거기서 무엇을 할 것인가? 무엇보다도 지금 예수가 어떻게 됐는지 궁금했다.

"요한! 선생님이 궁금하지 않아? 지금 어찌 되셨는지?"

나다나엘의 물음에 무어라 대답하려던 요한이 고개를 획 돌렸다. 그는 그런 채로 예루살렘 올라가는 길, 방금 허둥지둥 달려 내려온 그 길을 망연히 바라봤다. 가야 할 길을 바라보는 일과 걸어온 길을 뒤돌아보는 것은 전혀 다른 일이다. 닷새 전에 예수와 함께 걸어 올라갔던 길, 이제 제자들만 정신없이 달려 내려온 길. 눈앞에 굽이굽이 펼쳐진 길이 이제는 그들을 밀어내고 있다.

'내가 이 길을 다시 걸을 수 있을 것인가?'

아닐 것 같다. 왜 다시 올 것인가? 누구와 다시 올 것인가? 요한은 아주 세게 고개를 저었다.

'나는 안 와! 다시는!'

그렇게 도리질하는데 자꾸 예수의 얼굴이 떠오른다. 선생님의 눈길은 요한의 눈 속으로 서슴없이 쑥 들어온다. 예수에게 느꼈던 따뜻한 사람 냄새가 코끝에 맺혀 있다. 다정하게 말 걸던 목소리도 들리고, 혼자 욕심 부릴 때 어머니와 꼭 닮은 눈길로 쳐다보던 예수의 눈빛이 보였다.

'요한!'

'선생님!'

'두려워 마오. 내가 늘 요한과 함께 있을 것이오.'

'떠나신다면서요? 영원히!'

'떠나는 것과 함께 있는 것은 같은 일이오!'

'왜 그렇습니까?'

'내 가슴에 있으면 영원히 함께 있는 것이고, 지우면 사라지고….'

'돌에 새기듯 말씀입니까?'

'아니오! 돌로 된 심장이 살로 된 심장으로 바뀌었을 때!'

'원래 살이었잖습니까?'

'그러니 말이오. 돌처럼 단단한 마음이 살로 된 마음이 되었을 때,

요한! 그대는 그런 사람이 될 거요.'

요한은 예수가 남긴 말을 따라 했다.

"돌처럼 단단한 마음이 살로 된 마음이 되었을 때!"

제자들은 요한이 산길 아래 먼 곳에 눈을 두고 혼잣말로 중얼거리는 소리를 들었다.

"요한! 뭐라고?"

"돌로 된 심장이 살로 된 심장이 되었을 때, 돌처럼 단단하게 굳은 마음이 살로 된 마음이 되었을 때, 선생님은 나와 함께 계신 거래요."

그러자 나다나엘이 말했다.

"돌로 된 심장? 살로 된 심장?"

"단단하게 굳은 마음이 살로 된 마음으로 바뀌면, 그 자리를 비우고 떠나신 것이 아니고, 우리 안에 스며드신 것이래요."

요한은 열에 들뜬 사람처럼, 헛소리 같은 말을 중얼거렸다. 그는 산 아래 먼 골짜기를 바라보고 있었지만 땅과 골짜기와 산을 바라보고 있는 것 같지 않았다. 잡힐 듯 잡힐 듯, 무엇이 요한의 마음속에서 슬그머니 머리를 내밀었다가 사라지기를 계속했다. 그러더니 그는 길게 한숨을 쉬었다.

"아! 이건 선생님께 더 여쭤봐야 하는데…. 나한테 너무 어려운 말인데…."

그러자 나다나엘이 일어나서 요한처럼 산 아래 골짜기와 그 건너편, 하늘 끝에 있는 고원을 바라보며 경전 한 구절을 암송했다.

"너희에게 새로운 마음을 주고, 너희 속에 새로운 영을 불어넣어 주며 너의 몸에서 돌같이 굳은 마음을 없애고 살갗처럼 부드러운 마음을 주며 너희 속에 내 영을 두어 너희가 나의 모든 율례대로 행동하게 하겠다. 그러면 너희가 내 모든 규례를 지키고 실천할 것이다. 그때에는 내가 너희 조상에게 준 땅에서 너희가 살아서 너희는 내 백성이 되고 나는 너희 하느님이 될 것이다.' 예언자 에스겔이 한 말이에요."

그러더니 나다나엘은 다른 제자들을 바라보며 물었다.

"이 경전 구절을 들어본 적이 있나요? 선생님이 이 구절로 우리에게 가르치신 적이 있나요?"

그러자 모두 모르겠다는 듯 고개를 갸우뚱했다. 그러자 요한이 말했다.

"나는 그 말씀이 선생님 말씀과 같은 줄은 모르겠고, 다만 선생님은 살로 된 심장에 새기면 선생님이 어디 떠나신 것도, 안 돌아오시는 것도 아니라고 말씀하셨던 것으로 생각했어요."

"언제 그러셨어요?"

"지금!"

"지금? 아니, 지금?"

나다나엘, 도마 그리고 다른 모든 제자들이 이상하다는 듯 그에게 물었다.

"그게 뭔 소리여? 요한!"

"선생님이 그러셨어요. 돌에 새기는 것이 아니고 살로 된 심장에 새기라고."

"뭐를?"

"선생님 가르침을…. 그런데 나다나엘! 왜 선생님은 고난을 받으실까요? 마치 스스로 고난 속으로 뛰어드신 분 같기도 하고…. 저렇게 생각하면 큰 잘못을 저지르신 것도 같고, 이렇게 생각하면 그게 왜 잘못이냐는 생각도 들고. 경전에도 밝고 들은 얘기도 많으니, 나다나엘은 혹 생각나는 것이 있어요?"

요한은 그렇게 말하면서 목소리가 촉촉하게 젖어 들었다. 그러자 시몬 게바, 빌립, 도마, 야고보 그리고 레위 형제들 모두 나다나엘을 바라봤다. 생각하고 또 생각해 봐도 알 수 없는 그 일을 설명해 줄 사람이라고 기대하는 것처럼.

예수가 그동안 제자들을 이끌고 가르쳤던 일, 왜 그런지 묻고 스스로 답을 찾아보라는 일이 이뤄지고 있는 순간이다. 그때 예수는 십자가 가로기둥을 등에 짊어지고 올리브산 서쪽 자락을 오르고 있었다. 그러나 한편으로는 산을 내려가 달아나던 제자들이 예루살렘과 여리고 중간쯤 길목에 앉아 뜻하지 않게 또 다른 성격의 공동체, 바로 예수 제자들의 모임을 만들기 시작했다.

나다나엘은 주저했다.

"내가 뭘!"

"아니! 그래도 나다나엘이 생각을 좀 먼저 얘기하고, 요한도 얘기를 하고, 마리아가 있었으면 좋을 텐데 그건 할 수 없고."

모처럼 시몬 게바가 제자들을 한 사람씩 둘러보며 얘기를 이끌었다. 그것은 어디에서나 늘 있는 일이었다. 모두 같은 신분의 사람이거나, 같은 일을 하는 사람이거나, 같은 파당에 속하는 사람으로 달리 누가 높고 낮은지 정할 수 없을 때는 나이를 따졌다. 나이야 야고보나 시몬 게바나 몇 사람이 비슷비슷했지만 그래도 이 사람 저 사람과 제일 원만하게 지내는 사람이 시몬이었다.

시몬 게바까지 나서서 권하자 나다나엘은 자기가 생각했던 일을 얘기하기 시작했다.

"우리 이스라엘에서 서로 편을 가르고 싸운 일들이 끊임없이 역사에 나타났는데, 그 일들은 하느님을 섬기느냐, 다른 신을 섬기느냐 그런 일을 가지고 싸운 것이 아니었어요."

"그럼? 이방신을 믿는 자들 때문에 고생한 적도 있었잖아요?"

"물론 이방신을 끌어들인 왕 때문에 백성이 고생하고 벌을 받은 적은 있지만, 섬기겠느냐, 섬기지 않겠느냐 싸운 것이 아니고, 어떻게 섬기는 일이 정말 그분의 뜻에 따라 잘 섬기는 일이냐, 천년도 넘는 지난 세월 동안 그 일로 싸웠다고 보면 됩니다. 이방신을 섬긴다고 아주 하느님을 안 섬긴 것이 아니고, 모두 하느님도 섬기고 이방신도 섬기고 그랬잖아요? 전쟁에 나갈 때는 야훼 하느님께 엎드리고, 농사 잘 짓게 해 달라고 바알 신에게 제물을 바쳤고."

"그러네…. 듣고 보니 그러네. 역시 나다나엘은 아는 것이 많아!"

"지금도 바리새파니, 사두개파니, 서로 아옹다옹 하는 것이 모두 자기들 방법이 옳다고 생각해서 그렇겠지."

"맞아요. 선생님이 지금 고난을 받으시는 것은 이스라엘이 하느님을 섬겼던 이제까지의 방법, 그건 모두 토라에 기록돼 있고 율법으로 지키고 있는데, 그 방법이 잘못돼 있다고 가르치셨기 때문입니다."

"그러면, 어떤 방법이 옳은 방법인지, 그걸 어떻게 알지요?"

"그것은 사람이 결정할 일이 아니고, 전능하신 하느님께서 보여 주실 일입니다."

"만일에 우리 선생님이 옳고, 성전이나 바리새파가 틀렸다면?"

"하느님께서 선생님을 높이 들어 세우시겠지요."

그러더니 나다나엘은 얘기를 이어갔다.

"하느님을 섬기는 길이 여럿 있었지만, 어느 때부터인가 오직 한 가지밖에 허락이 안 됐지 않습니까? 선생님께서 말씀하셨듯이, 하느님 섬김을 독점한 성전이 사람들을 억압하기 시작했습니다. '오직 하느님 한 분을 섬기되, 예루살렘 성전에서 드리는 제사로, 그리고 우리 이스라엘에게 법으로 내려 주신 토라를 지키면서 섬겨라!' 내 생각에 예루살렘 성전 제사와, 토라 그 두 가지 방법밖에 없다는 것을 선생님을 거부하신 것입니다. 이제까지 선생님이 우리를 가르치시고, 사람들을 모아 놓고 가르치신 모든 말씀을 생각해 보면 분명 그렇다는 것을 우리 모두 잘 알 수 있을 겁니다."

입을 다물고 듣고 있던 레위, 어떤 사람들은 그를 얕잡아 보며 헬라식으로 '마태'라고 부르는 세리 출신 레위가 입을 열었다.

"저번에 나다나엘도 그런 얘기를 했지만, 선생님이 지혜를 말씀하셨을 때, 우리가 이제까지 듣고 지켰던 가르침과 얼마나 다른지 깜짝 놀랐어요."

요한은 나다나엘이 한 말을 정면으로 나서서 반박할 능력은 없지만, 무언가 선생의 가르침을 너무 자기 생각대로 해석한다는 느낌을 받았다. 그러나 토라에 대해서나, 이스라엘의 역사에 대해서나 제자들 중에서는 그래도 그중 많이 알고, 나이도 요한보다는 훨씬 많아서 무어라고 당장 따지고 나설 수는 없었다. 다르기는 다른데 무엇이 어떻게 얼마나 다른지 그는 분명하게 구분하여 말할 수는 없었다.

제자들은 가끔 예루살렘에서 내려오는 쪽으로 눈길을 주었다. 멀리

228

보이는 산모퉁이는 뒷산이 없는 능선이어서 누가 그곳으로 내려온다면, 당장 눈에 띄기 마련이었다. 더구나 그 길은 보이기는 똑바로 보여도 제자들이 앉아 쉬는 자리까지 내려오려면 언덕을 몇 개씩 돌고 골짜기를 내려갔다 올라와야 해서 족히 두세 시간은 걸릴 거리였다.

시몬 게바는 무작정 갈릴리 가버나움으로 멀리멀리 달아나기보다는 그래도 멀지 않은 곳 어디에 몸을 숨기고 있는 것이 좋겠다고 생각했다. 예수가 어찌 되었는지 알아보지도 않고 그냥 도망만 간다면 그건 잘못이 아니겠는가?

잠시 자리를 비운 것이 아니고 지금처럼 선생이 어찌 될지 알 수 없는 처지라면, 누군가 나서서 제자들을 하나로 모아 꾸려야 한다는 생각이었다. 아무리 보아도 그것은 자기 몫같이 생각됐다.

나다나엘의 얘기가 끝나자 대화가 중단됐다. 누구라도 이어받아야 다음 얘기가 계속될 텐데, 모두 입을 다물고 있다. 사실 그들은 지금 형편에 무엇이 옳으니 그르니 얘기를 주고받을 마음의 여유도 없었다.

"근데 말이야⋯."

할 수 없이 시몬 게바가 나섰다.

"내 생각으로는 성전에서 양이나 염소를 잡아 제사드리는 일이 어쩐지 좀 맞지 않는 것 같아! 왜 제사드릴 때 꼭 짐승을 잡고 피를 뿌려? 저번에 내가 동문 밖에서 제사장의 뜰을 들여다봤는데, 제사장들이 피를 잔뜩 뒤집어쓰고 양을 잡고 배를 가르고, 내장을 꺼내서 불 위에 올리고⋯. 그것은 어째 무섭고 싫더라고."

"그건 나도 그랬어! 아이구 냄새야! 처음에는 고기 타는 냄새가 향

굿하고 좋았는데 나중에는 아주 역겨웠어요. 연기가 하늘로 올라가고 냄새는 온통 퍼지고⋯."

"그건 어떻게 보면 폭력 아냐? 선생님이 늘 말씀하셨듯이?"

폭력이라는 말이 나오자 도마가 입을 열었다.

"선생님 말씀 중에 똑똑히 기억하는 것이 있는데, 다른 사람들은 어떤지⋯. 선생님이 그러셨어요. '하느님이 누구를 처벌할 때는 다른 사람을 시켜서 공격하도록 만드셨다. 어떤 사람을 처벌하려면 사람을 내세우고, 지파를 처벌하려면 다른 지파를 내세우고, 나라를 처벌하려면 다른 나라를 내세우고, 이스라엘에게 수치를 안겨 주고 처벌하려면 다른 이방민족을 내세우신 것으로 경전에 기록돼 있다.' 그렇게 말씀하시고 난 다음, '그것은 하느님 뜻이 아니다. 복수하려는 사람들이 하느님 이름으로 복수한 것이다. 하느님은 그런 분이 아니시다. 벌을 주거나, 복수하거나, 멸절시키는 분이 아니다!'"

그러더니 그는 다른 제자들을 바라보며 확신에 찬 목소리로 말을 이었다.

"그 말씀을 곰곰 생각하면 우리 선생님은 이스라엘의 어떤 예언자도 하지 못한 말을 하셨고, 토라에서 가르쳤던 하느님이 그런 분 아니라고 말씀하셨어! 이건 정말 엄청난 말씀이야! 그렇게 말할 수 있는 분! 결국 아무도 알지 못했던 하느님의 마음을 모두 아는 사람, 특별한 관계에 있는 분이 아닐까, 우리 선생님은?"

그러자 빌립이 말을 받았다. 그는 처음 선생으로 모시고 따랐던 세례자 요한이 갈릴리의 분봉왕 헤롯 안티파스에게 잡혀가 마케루스 요새에서 목이 잘렸고, 두 번째 선생님으로 따랐던 예수가 로마 유대총독에게 십자가 처형을 당하게 된 일을 생각할 때 결국은 하느님이 개입하고 나설 때가 가까웠다는 생각을 떨칠 수 없었다. 아무리 예수가 하느님의 최후 심판이나 끝날은 없다고 여러 번 가르쳤어도, 그의 생각은 변함이 없었다.

"선생님이 말씀은 그렇게 하셨어도 둘 중에 하나를 생각하셨을 거요, 내 생각으로는⋯. 지금 우리가 살아가는 세상은 사람의 힘으로 도저히 어찌해 볼 수 없을 만큼 악하고 타락한 말세인데, 하느님 심판의 날을 받아 놓았다고나 할까?"

말하면서 그는 점점 확신에 찬 목소리로 변했다. 가슴속에 떠오르는 생각이라도 한 번 입을 통해서 말이 되어 나오면 얘기라는 틀을 갖춘 뜻이 되기 때문이다.

"아브라함을 생각해 봐! 악한 도시 소돔과 고모라를 쓸어버리겠다는 하느님 앞에 서서 몇 명이라도 의인義人이 있으면 뜻을 거두시라고 간청했잖아? 하느님은 아브라함의 그런 마음을 기특하게 여기셔 의인의 숫자를 쉰 명, 그보다 작은 마흔 명, 서른 명, 스무 명, 그리고 마지막으로는 열 명까지 낮추어 주셨지, 열 명의 의인이 있으면 멸망시키지 않겠다고."

이스라엘 사람이라면 모르는 사람이 없는 얘기였다. 결국 의인 열 명이 없어서 소돔과 고모라는 유황과 불이 쏟아져 멸망했고, 하느님은 아브라함의 조카 롯을 보아 그 가족을 구했다는 얘기. 그런데 뒤를 돌아보지 말라는 명령을 안 지킨 롯의 아내는 그 자리에서 소금기둥이 됐다는 얘기는 두고두고 자식들에게 들려주는 얘기였다.

"우리 선생님은 하느님의 심판을 막으려고 하셨던 분 같아. 어떻게 해서든 심판의 그날을 막아 보려고, 미뤄 보려고 하셨던 분, 그러면서 세상 사람들에게 눈을 뜨고 깨어나라고 가르치고 열 명의 의인을 찾으러 다니셨던 분 같아. 의인을 찾을 수 없으니 직접 의인을 키우려고 하셨고…. 요한 선생님은 다가오는 심판의 날을 보면서 사람들을 깨우셨고, 예수 선생님은 다가오는 심판을 보면서 몸으로 막으려고 하셨고. 그런데 세상은 선생님의 그런 뜻을 모르고 오히려 해치려고 흉계를 꾸민 셈이지. 마치 소돔에 사는 롯의 집에 이른 하느님의 천사를 사람들이 욕보이려고 달려들었듯이."

"그러면 어제 성전을 둘러엎으려고 나섰던 하얀리본의 두목 바라바는 심판의 날을 앞당기려고 했던 사람이겠군."

"그렇게도 볼 수 있겠네. 예수 선생님은 심판의 날을 온몸으로 막아서서 뒤로 물리려고 했고, 선생님 동무 히스기야는 요한 선생님처럼 심판의 날이 다가온다는 것을 미리 보았고, 칼을 휘두르며 성전으로 쳐들어간 바라바는 하느님의 개입을 끌어내고 심판의 날을 앞당기려고 했고…. 생각해 보니 그런 것 같네. 음… 그건 확실해!"

제자들이 예수를 어떻게 생각할지, 두 번이나 성전 뜰에 올라와 예수를 만났던 요하난이 정말 정확하게 예측한 셈이 됐다. 그들은 예수의 가르침보다 먼저 예수가 맡았던 역할을 확인하는 일부터 시작했다. 아무리 하느님의 최후 심판이 없다고 예수가 가르쳤어도 제자들 눈에는 곧 다가오는 심판의 날이 보였다.

"맞아! 이제 곧 세상에 닥칠 심판을 빼놓고는 선생님이 지금 받고 계신 고난을 설명할 수 없어! 모든 일이 심판과 연관돼 있어!"

시몬 게바가 말했다. 세상을 창조한 하느님은 축복을 내리기도 하고, 벌을 주기도 하고, 마지막에는 세상을 심판하여 땅 위든 하늘 위든 새로운 세상, 하느님 나라를 이룬다고 그는 믿었다.

시몬 게바의 말끝에 요한이 나서서 자기 의견을 덧붙였다.

"도마, 나다나엘, 빌립 그리고 게바의 얘기를 듣고 보니 내가 생각나는 것이 있어요. 처음에는 하느님이 흑암黑暗 속에 혼자 계시면서 천지를 창조하시기 시작했지요. 그러니 흑암은 창조 이전의 세상이면서 다시는 사람이 돌아가면 안 되는 곳이고 때인 셈이지요. 그곳에는 사람이란 존재가 없으니까. 그런데….."

제자들은 어느덧 알게 모르게 예수가 그들에게 말하던 방식을 모두 따르고 있었다. 말을 끊고 사람들 관심을 끌어들이는 것이 예수와 똑같았다. 요한도 거기서 말을 끊고 형 야고보, 시몬 게바, 빌립, 자기보다 나이가 훨씬 많은 사람들을 슬쩍 쳐다봤다. 보기에 따라서는 자기 얘기를 지지해 달라는 신호 같았다.

"그런데, 우리가 선생님에게서 배운 얘기나 어려서부터 듣고 배운 얘기를 모두 생각해 보면… 처음에는 세상에 하느님만 계셨어요. 흑암 속에서. 그런데 사람을 하나 만드셨어요, 첫 사람 아담을. 하느님의 형상을 따라서. 그다음에 사람을 또 하나 만드셨어요. 그러면서 두 사람이 세 사람 되고, 네 사람 되고 점점 늘어났지요. 그것은 하느님과 사람의 관계라고 생각이 돼요. 그런데, 세상에 있는 수많은 사람들 중에 아브라함을 선택하셨고, 아브라함을 통해 우리 이스라엘이라는 민족을 이루고 선택하셨어요. 땅 위에 있는 수많은 민족 중에 아브라함으로부터 시작한 이스라엘 민족. 그것은 하느님과 땅 위에 사는 민족들과의 관계라고 생각돼요. 그런데, 내가 언뜻 생각하기에, 하느님은 예수 선생님을 통해서 세상과 관계를 맺으려고 하시는 것 같아요. 말하자면 아담과 사람, 아브라함과 민족, 이제 예수 선생님과 세상! 저는 그런 생각이 들어요."

그러자 이제까지 듣고만 있던 작은 야고보, 레위의 동생이 처음으로 말참견을 했다.

"하느님이 우리 선생님이 옳았다는 것을 인정하신다면 그 말이 맞을 것 같고. 선생님이 틀렸다고 하신다면… 우리는 그저…. 아! 어째야 하나!"

작은 야고보의 말을 듣고 그들은 다시 현실로 돌아왔다. 그들은 체포되는 것을 피하기 위해 달아나는 사람들이다. 체포된 선생을 구하기 위해 성전 경비대와 싸울 수도 없고, 총독궁으로 쳐들어갈 수도 없고. 사람들 눈에 안 띄게 갈릴리 가버나움, 닷새 길을 달려가야 하는 사람들이다. 성전 경비대와 로마군이 설쳐 대는 유대 지방을 벗어나는 일이 무엇보다 급했다.

그러자 시몬 게바가 자리를 털고 일어나 제자들 모두에게 말했다. 그도 예루살렘으로부터 멀리 멀리 달아나야 한다고 생각하기 시작했다.

"자! 이제 쉴 만큼 쉬었으니 가 보자구! 도마나 나다나엘 뭐 어디 특별히 갈 데가 없으면 우리와 같이 우선 가버나움으로 갑시다. 거기서 차근차근 생각하고 무엇을 어찌할지 계획을 세우기로. 뭐 당분간 배를 타고 그물질하면서 좀 상황을 살펴보는 것도 나쁘지 않을 것 같소. 야고보가 아버지께 말씀드려 배를 태우든지."

"배는 아무나 타나?"

"아이구! 나사렛에서 나와 처음 배를 탄 예수 선생님도 얼마 지나니까 아주 훌륭한 어부가 되던데 뭘!"

"그런데 작은 시몬은? 유다는?"

"그 사람들은 걱정 안 해도 돼요. 하얀리본을 하던 사람들이니 어디 가서 어떻게 구르든 잘 지낼 사람이오. 생각이 있는 사람이라면 유다는 어디 멀리 사라질 테고, 작은 시몬은 어쩌면 가버나움으로 우리를 찾아올지도."

그러자 마리아 생각이 나서 요한이 한숨을 푹 쉬며 말했다.

"마리아, 막달라 마리아는 어쩌나요? 여자 몸으로? 우리와 함께 내려왔는데? 요안나도 걱정이네!"

그러자 다들 얼굴이 어두워졌다. 야고보도 시몬 게바도 다들 심각한 표정이 됐다.

"그러게, 마리아를 찾으러 다시 예루살렘으로 갈 수도 없잖아?"

다시 작은 야고보가 나섰다.

"마리아는 걱정 안 해도 될 것 같아요. 아, 마리아가 여기 남아 있어야 선생님 어머니를 돌볼 수 있지 않아요? 게다가 잘못되면 분봉왕 부하가 챙겨줄 수도 있고. 요안나도 분봉왕 따라서 티베리아스로 가면 되고."

"그러네! 나중에 마리아가 가버나움으로 우리를 찾아와서 소식을 알려 주겠지. 자, 갑시다. 예루살렘에서 일어난 일이 소문을 타고 퍼지기 전에 우리가 빨리 움직여야 안전하게 돌아갈 수 있어요. 아니면 오도 가도 못해! 서두릅시다."

그들은 모두 자리를 털고 일어섰다. 그리고 부지런히 산길을 걸어 내려갔다. 요한은 가끔가끔 멈춰 서서 뒤를 돌아다보며 혹 누가 쫓아

오지 않는지 살폈다. 처음에는 오로지 공포에 질려 달아났지만, 이제 무언가 해야 할 일이 조금씩 보이기도 했다. 그 일은 예루살렘에서 멀리 떨어진 갈릴리에서 시작해야 할 것 같았다.

✝

유다는 방구석에 틀어 박혀 그 밤을 꼴딱 새웠다. 문밖은 달빛으로 훤했지만, 그에게 세상은 온통 캄캄했다. 안토니오 요새의 위수대에서 쫓겨나온 후 어떻게 하얀리본 동지들이 몸을 숨겼던 벳바게 외딴집을 찾아왔는지 전혀 기억도 나지 않았다. 어디를 어떻게 헤맸는지 그것은 어쩌면 전혀 중요한 일이 아니었다. 그저 다시 혼자가 됐다는 생각뿐이었다. 하얀리본 결사에 가입해서 동지들과 밤잔치를 벌이며 돌아다녔던 일, 예수 제자가 되어 갈릴리에서 유대 예루살렘으로 걸어왔던 일도 먼 옛날, 그가 세상에 태어나기도 전에 겪었던 일처럼 아득했다.

문을 마주보는 방구석에 쭈그리고 앉아 있으니, 밤새 동지들이 드나들고 두런두런 얘기를 나누고 어떤 동지는 벽을 바라보고 코를 골며 잠든 모습이 보였다. 바라바는 자꾸 하품을 하면서 얼굴을 비비고…. 정말 그 방에 동지들이 가득 모여 앉아 있는 것처럼 느껴졌다. 그런 중에도 베다니에 내려가서 게바나 야고보나 마리아를 만나보겠다는 생각은 엄두를 내지 못했다. 선생 혼자 잡혀 들어가더라는 말을 생각하면 제자들은 모두 달아났음이 분명했고, 혹 어디서 그들을 찾는다고 해도 싸늘한 눈초리와 추궁을 받아낼 자신이 없었다.

"배신자! 배신자 유다!"

그들은 분명 유다를 '배신자'라고 부를 것이다. 배신은 그들과 함께 어제 하루 벌어진 일을 겪지 않았기 때문이다. 배신은 선생의 가르침을 따르지 않고 하얀리본의 봉기에 참여했기 때문이다. 배신은 예수의 제자가 위수대장과 은밀하게 접촉했기 때문이다. 배신은 선생의 승낙을 받지 않고 로마군 감옥에 스스로 갇혔기 때문이다. 배신은 유대인으로 로마군 요새를 드나들었기 때문이다. 듣기에 따라서는 보기에 따라서는 예수가 로마군에게 체포되어 끌려간 것도 유다의 배신 때문이라고 생각할 수도 있다.

씩씩거리며 경멸의 눈초리를 보내는 요한, 금방 한 주먹 내리칠 듯 부들부들 떠는 도마, 원래 그런 사람인데 몰라보고 제자로 받아들인 일이 잘못이라는 듯 고개를 가로젓는 나다나엘의 모습도 떠올랐다. 작은 시몬도 그를 옹호하러 나설 수 없는 일이다. 모두 유다 혼자 저지른 일이었으니….

무슨 일을 할 수도 없고, 어디로 가 볼 곳도 없고…. 누구를 앉아 기다리는 것도 아니고 그렇다고 찾아 달려가 만날 사람도 없고. 그저 꼼짝 없이 어둠에 사로잡혀 갇힌 것 같았다. 히스기야 대신 감옥에 갇혀 하루 종일 기다렸던 것보다 더 길고 캄캄하고 무거운 밤이다.

'무엇이 잘못됐는가?'

'잘못이 아니고 이렇게 될 수밖에 없는 일이었던 것을….'

그러다가 벽을 주먹으로 한 번 쾅 치면서 분하다는 듯 거친 말을 내뱉었다.

"아니야! 그건 아니야! 분명 잘못된 일이 있었어! 그렇지 않고는 이렇게 허무하게 무너질 수 없어! 그건 말이 안 돼!"

"그래! 유다 동지! 우리가 너무 허술했어! 다음에는 잘해 보자고!"

코를 골며 잠들었던 동지가 부스스 일어나 유다에게 말을 걸었다. 뚫어지게 바라보던 바라바도 고개를 끄덕이며 한마디 보탰다.

"이제 동지가 맡을 수밖에 없어!"

정신을 차리고 보면 방 안에 아무도 없이 혼자 앉아 있는데, 잠시 후면 다시 사내들이 그득하게 들어 앉아 있었다.

그 밤 내내, 유다는 갈릴리와 유대를 오가는 길 위에 서서 예수도 만나고 제자들도 만나고, 그리고 하얀리본 동지들을 만났다. 예수는 아무 말도 없이 그저 유다를 지켜보기만 했다. 그의 가르침을 따르라든지 그가 걸어온 길을 따라 걸으라든지, 아니면 어디로 가라는 말도 없이 그저 유다를 바라보았다. 마치 이제부터는 스스로 결정해서 행동하라는 듯.

"선생님! 제가 그리해도 되겠습니까?"

"나는 그대가 가슴 속에 품고 있는 불을 보고 있소! 안타까운 일이지만 그 불이 세상을 태우는 날도 보고 있소, 유다!"

"불은커녕 허옇게 뒤집어진 재 무더기일 뿐입니다."

"그 속에 불씨가 숨어 있소!"

왜 선생은 그를 끌어들이지 않고 내버려 두었을까? 알 수 없는 한마디 말을 남기고 예수는 가던 길을 걸어갔다. 그런데 유다는 선생이 갈릴리 길로 갔는지 유대로 갔는지 알 수 없었다. 어느 쪽 길이 어디로 가는 길인지 알 수 없었다. 제자들은 이쪽 길이라 하고, 하얀리본 동지들은 저쪽 길이라 했다.

달빛이 스러질 무렵, 동쪽 하늘이 밝아질 무렵, 밤새 조용하던 새들이 지저귀기 시작할 무렵, 유다는 그가 걸어갈 길을 보았다.

'예수의 제자였던 사람으로 살기보다 하얀리본으로 살겠다!'

유다에게는 예수가 이루려던 세상이나 하얀리본이 이루려던 세상이나 크게 다를 것이 없어 보였다. 다만 그 방법만 달랐을 뿐…. 하얀리본의 실패는 군중 동원에 실패했기 때문이라고 생각했다. 스스로 군중을 이끌 능력을 갖추지 못하고 예수에게 의지하려고 했던 일로부터 실패가 시작됐다고 판단했다. 하얀리본에 동조하지 않는 예수를 끌어들이려고 생각했던 실책이 뼈아플 만큼 후회스러웠다.

'하얀리본뿐만 아니라 불만을 가졌던 다른 모든 세력들과 연합하고, 적의 무리는 작게 잡고 우군은 크게 잡고, 지배세력의 우두머리를 제거하는 데 집중하기보다는 그들 스스로 두려움에 떨면서 군중으로부터 떨어져 나가도록 해야 한다. …'

동조할 수 있는 세력 사이의 다름에 눈을 두기보다는 같은 목표를 가진 세력이면 모두 끌어안아야 한다고 생각했다. 다름은 나중의 문제로 보였다. 다만 무력을 동원하는 데 동의하기만 하면 누구든 우군으로 삼아야 한다.

유다는 길을 떠나기로 마음먹었다. 예수의 제자였던 신분을 철저하게 숨기고, 이름도 바꾸고 다시 사람들을 끌어모으기로 했다. 비무장으로 갈릴리와 유대를 휩쓸고 다녔던 하얀리본과 달리 이제부터는 시카 칼 하나씩은 가슴에 품기로 했다. 성전 북쪽 베데스다 골짜기 건너 거지들 집에 시카 칼을 맡겨 두었던 일이 그나마 다행이었다.

'떠나기 전에 선생님이 어찌 되셨는지나 알아보고….'

유다는 예수의 제자들 중에 끝끝내 칼을 놓지 않은 사람이 되었다. 예수의 처형장에 잠시 나타났다가 사라진 이후, 완전히 잊힌 사람으로 살았다. 예수의 제자들은 그를 '배반자'라고 불렀다. 30여 년 후, 예루살렘 성전 뜰에서 대제사장 요나단이 암살당했다. 그때까지 아무도 유다와 그 무리가 '시카리 파'라는 사실을 알지 못했다.

작은 시몬은 떠들썩한 소리에 눈을 떴다.

"어! 이런, 이런! 내가 왜 여기 이러고 있었지?"

내리쬐는 햇빛을 받으며 정신을 차리려고 애썼다. 도대체 왜 자기가 바위에 등을 기대고 잠들어 있는지 처음에는 도무지 알 수 없었다. 기절했는지, 깊은 잠에 빠졌는지…. 올리브산을 넘어온 해의 길이로 보아 벌써 제2시가 넘은 것 같았다.

정신을 차리려고 아무리 애써도 기억은 가물가물하고, 그저 어디로 부지런히 달려가고 달려오고, 미끄러지듯 언덕길을 내려온 것밖에 생각나지 않았다. 몸이 천근만근 무겁고, 그저 다시 눈을 감고 하루 종일 잠이나 자고 싶을 뿐이다. 목덜미를 흠뻑 적실 만큼 온몸이 땀에 젖었다. 바글바글 흘린 땀이 이마에도 흥건했다.

기드론 골짜기 옆길, 많은 사람들이 부지런히 아래쪽으로 걸어 내려가고 있었다.

"예수가… 십자가….'"

자기들끼리 떠들며 걸음을 재촉하는 소리를 들으니 무슨 일이 있었는지 조금씩 기억이 되살아났다.

'지난밤 성문 앞에서 선생님의 어머니와 동생, 그리고 마리아와 헤

어졌지.'

'그래! 내가…. 베다니도 갔었고….'

불 꺼진 베다니 여인숙은 어둡고 조용했다.

"에구! 누구요?"

마당 한가운데 쳐 놓은 천막 아래 마르다 자매와 그리고 그들의 큰 어머니가 넋을 놓은 듯 앉아 있었다.

"시몬이오. 작은 시몬! 다들 어디 갔어요?"

"어디 가기는요? 동쪽으로 갔지요."

"동쪽이면?"

"다 달아났어요. 한 사람도 안 남고…."

자매의 큰어머니는 예수 선생님이 잡혔다니까 뒤도 안 돌아보고 달아난 제자들이 아주 괘씸한 사람들이라는 듯 한참을 푸념했다.

말을 들어보니 제자들은 쫓아 따라잡기에는 이미 너무 멀리 산을 내려갔을 것 같았다. 어찌해야 할지 아무리 생각해 보려고 해도 그저 막막할 뿐이었다. 한 사람도 남아 있지 않고 모두 달아났다니 맥이 탁 풀렸다.

"왜 여자 한 명 또 있었잖아요, 제자!"

"예, 요안나! 그 여자도 달아났어요?"

"아녀요! 여자까지 데리고 달아나기가 불편한지 남겨 놓고 갑디다."

"그러면 어디 있어요, 지금?"

"제자들 떠난 다음에 예루살렘으로 넘어갔어요. 걱정돼서 가지 말라고 말려도, 가 봐야 할 데가 있다고 부득부득 우기며 넘어갔어요.

밤길에 여자 혼자…."

그 말을 듣고 작은 시몬은 가슴이 덜컥했다. 밤길에 여자 혼자 산길을 넘어갔다니…. 남동쪽 성문에서도 못 보았고 벳바게를 지나 베다니 오는 길에서도 못 보았으니 길 어디에서 변을 당했을 것 같아 걱정됐다.

"나는 다시 넘어가 볼게요. 그동안 신세 많이 졌습니다. 아침저녁 먹을 것도 내주시고, 다른 손님 내보내고 우리에게 방을 다 내주셔서 편안하게 잘 묵었습니다. 정말 고맙습니다. 오래오래 건강하게 사세요."

"에구! 그런 인사 듣자고 한 일 아니었어요. 그런데, 그렇게 인사말이라도 하는 사람은 댁 한 사람뿐이네요. 다들 그냥 허둥지둥 떠나더라고요. 그나저나 몸조심하세요."

터덜터덜 여인숙을 걸어 나왔다. 하늘에 니산월 14일 달이 아직 조금 남아 있지만, 세상은 처음부터 한 번도 빛이 없었던 것처럼 캄캄했다. 사람이 떠난다는 것, 지나고 보니 같이 생활했다는 것이 아무것도 아니었다고 느낄 때처럼 허탈한 일은 없다. 어린 나이에 홀몸이 되어 떠돌 때처럼 이제 다시 혼자인가?

올리브산 중턱을 돌아 천천히 걸어 내려갔다. 베다니에 갈 때는 마음이 바빠 숨이 턱에 찰 정도로 뛰어 올랐는데, 이제는 뛰고 달리는 일이 아무런 의미가 없을 것 같았다. 눈앞에는 예루살렘 성전, 윗구역, 그 너머에 총독궁 건물이 불 속에 환히 빛났다. 그것들을 무너뜨리려고 했던 일이 다 부질없는 일같이 느껴졌다. 그러다가 전해들은 경전 구절이 생각났다.

242

"계획은 사람이 세워도 그 걸음을 인도하시는 이는 야훼 하느님이시니라."

그런가? 정말 그런가? 그래서 모든 계획이 그렇게 허무하게 무너졌는가? 한 번도 무슨 일을 심각하게 생각해 본 적이 없던 시몬은 '그런가? 정말 그런가?' 그 물음으로부터 한 발짝도 더 앞으로 나가지 못하고 맴돌았다.

그런데 성전 불빛을 바라보는 동안 갑자기 급한 마음이 들었다. 곧 예수에게 무슨 일이 생기는 것 같아 엎어지고 미끄러져 자빠지며 산길을 달려 내려왔다. 그런데 기드론 골짜기 옆길에 이르렀을 때, 달빛 아래 하얀 바위가 보였다. 전날 해질 무렵, 제자들을 먼저 보내고 예수가 등을 기대고 앉았던 바위였다.

"선생님!"

작은 시몬은 바위 쪽으로 다가가면서 예수를 불렀다. 바위는 달빛 아래 차갑게 웅크리고 있다. 마치 처음부터 땅 위에 드리웠던 허무, 텅 빈 가슴으로 연결되는 지점 같았다. 그는 하얀 바위에 등을 대고 앉았다. 빈 자리, 자기라도 그 빈 자리를 채워야 할 것 같았다. 동쪽을 바라보고 앉으면 올리브산이 보이고, 서쪽을 바라보면 성벽이 하늘에 닿을 만큼 높이 서 있다. 성벽 너머에는 성전이 있고.

'선생님이 여기서 혼자 있다가 잡히셨다니….'

얼마나 막막했을까? 얼마나 두려웠을까? 얼마나 외로웠을까?

그 자리에 혼자 남아 하얀 바위에 등을 대고 깊은 생각에 빠졌다가, 무릎을 꿇고 하느님께 매달리며 기도하다가, 한없이 높은 하늘과 달과 곧 쏟아질 만큼 하늘을 가득 채운 별을 보고 또 보고 앉아 있었다.

예수도 분명 그렇게 했을 것이었다.

'선생님은 지금 어떻게 되셨을까?'

'가야바의 집에 끌려가셨다니 거기서 제사장 놈들과 바리새파 선생들에 둘러싸여 온갖 욕설과 비난을 받고 계시겠지.'

'예전처럼 선생님은 그들을 또 물리치실까?'

그러다가 하얀리본 생각이 났다. 그러면서 깜짝 놀랐다. 오로지 예수와 제자들만 생각했음을 알았다. 동지들, 바라바, 히스기야, 그리고 소식이 끊어진 유다를 까맣게 잊고 있었다. 하얀 바위에서 남쪽으로 500걸음쯤 내려가면 성전 수사문으로 올라가는 계단이 나온다. 수많은 동지들이 분명 그곳에서 몰살되었을 텐데, 한 번도 그 생각을 하지 않고 제자들만 찾아 이리 달리고 저리 달린 자신이 이상하고 무서웠다.

"저기 동지들이 서 있네! 여기를 바라보며 서 있네!"

달빛 아래, 수사문에서부터 기드론 골짜기 바닥까지 죽 늘어서 있는 동지들의 모습이 보였다. 그들은 모두 작은 시몬을 향해 손가락질하며 서 있다. 마치 '이것이 다 네 잘못이야' 하는 것처럼.

그곳으로 다가가 볼 엄두가 나지 않았다. 눈을 감았다 뜨면 희끄무레하게 보이던 동지들이 사라지고, 다시 뜨고 보면 모두 서서 이쪽을 바라보고.

'다 죽었을 텐데….'

수사문 아래로 내려가 보면 칼을 맞고 창에 찔려 죽어 넘어진 동지들 시체가 즐비하게 널브러져 있을 것 같았다. 평소에는 꽤 담력이 세다고 자랑했던 그였지만, 달빛 아래 그 골짜기에 갈 용기는 없었다.

동지들 시신을 바로 수습하여 누이고, 눈을 감지 못한 동지들 눈도 감겨주고, 벗어진 옷매무새를 가다듬어 줄 힘이 조금도 남아 있지 않았다. 고개를 돌려 외면하고 골짜기를 따라 내려갈 수도 없고, 베다니로 다시 돌아갈 수도 없고, 그는 하얀 바위에 등을 대고 덜덜 떨다가 어린 애처럼 발버둥질하고 몸부림치다가, 바위 반대쪽에 등을 기댔다.

그렇게 잠이 든 모양이었다. 예수가 기대앉았던 바위에 그도 등을 대고 앉았지만, 예수는 만나지 못하고 끝없이 쫓겨 다니는 꿈만 꾸었다. 선생과 마음을 이으려고 아무리 애를 썼어도 그는 꿈속에서 내내 혼자 도망 다녔다.

무리무리 지어 골짜기를 따라 내려가는 사람들이 수사문 아래를 아무렇지도 않게 지나갔다.

"으? 그럴 리가 없는데?"

자리에서 일어나 있는 대로 고개를 쭉 빼고 골짜기를 내려다봐도 지난밤 생각과는 달리 그곳에는 아무런 일도 없었던 것처럼 보였다. 새벽 내내 그곳에 늘어서서 손가락질하던 동지들이 모두 사라졌고, 죽어 널브러졌다고 생각했던 동지들 시체도 없었다.

'그럼? 어제 로마군이 모두 치웠나? 성전 옆이라 성전에서 치웠나? 수사문으로 탈출한 동지들은 모두 그 자리에서 참살 당했을 텐데?'

그때 예루살렘 성 남동문 쪽에서 소란스러운 소리가 들렸다. 기드론 골짜기를 따라 내려가던 사람들이 뛰어가기 시작했다.

'선생님이? 지금….'

작은 시몬은 튕기듯 골짜기 옆길로 올라섰다. 그리고 달렸다. 예수가 끌려 나오고 있음이 분명하다고 생각하면서.

✛

　예수가 빌라도 총독에게 재판을 받고 처형장으로 끌려 나가 십자가
에 매달리는 날이다. 이미 그의 체포 소식은 날이 채 밝기도 전에 예루
살렘 윗구역 아랫구역에 쫙 퍼졌다. 처음에는 힌놈 골짜기로 끌려 내
려가 사람들이 던진 돌에 맞아 죽는 벌을 받게 될 것이라는 얘기가 떠
돌았다. 그러다가 로마 총독궁에 넘겨져 로마식으로 처형할 것이라는
새로운 얘기가 뒤따랐다.

　예수를 따랐거나 한 번이라도 성전 뜰에 올라 가까이 앉았던 사람들
은 거센 파도가 가슴속으로 몰려드는 것을 느꼈다. 파도는 온 세상을
휩쓸어 덮을 듯 맹렬했고, 발 디디고 선 자리에서 한 발짝도 뒤로 물러
날 땅이 없음을 알았다. 이번 일로 자기가 공연히 무슨 일에 말려들까
걱정하는 사람도 있고, 어떤 사람은 처음부터 그럴 줄 알았다는 듯 고
개를 끄덕였다.

　예루살렘 세리장의 집, 비록 아랫구역에 있지만 부근에서는 제일
크고 좋은 집이다. 다른 집들과는 달리 뜰에 푸른 나무도 가득 심어져
있고 담장이 제법 높았다. 아랫구역에 사는 사람은 윗구역에 있는 집
보다 더 크게 지을 수 없다는 법이 있다. 그런 이상한 법이 없었다면
윗구역 어느 집에 못지않게 크고 좋은 집을 지을 수 있을 만큼 세리장
은 재산을 많이 모은 사람이다.

그 집에 지난 며칠 동안 여리고에서 올라온 삭개오와 유대 각 지방의 세리장들, 로마에서 온 사반, 그리고 부자라고 손가락질을 받는 장사꾼들이 열댓 명 모여 지냈다. 오늘은 아침 일찍부터 여러 사람이 삭개오를 설득했지만 자꾸 고집을 부리는 그에게 점차 짜증스러운 표정을 보이는 사람도 생겼다.

"나, 안 되겠어요!"

결심했다는 듯 삭개오가 벌떡 자리에서 일어나자 방 안에 앉아 있던 사람들이 모두 나서서 다시 말렸다. 그중에서도 사반과 예루살렘 세리장이 제일 강경했다.

"삭개오! 안 돼요!"

"그럼 안 돼! 모든 일이 삐그러져, 삭개오 때문에….."

"진정하고 앉아서 어찌 되는지 기다려 봐요!"

삭개오는 털썩 주저앉았다. 그러더니 고개를 가슴에 파묻은 채 몸을 웅크렸다. 그렇지 않아도 체격이 아주 왜소한 사람이라 크게 싸 놓은 보따리처럼 보였다. 한참 말없이 웅크리고 있던 그가 조금씩 어깨를 출렁거리기 시작했다. 애써 참는 흐느낌 소리도 들렸다.

사람들은 아무 말도 못 하고 그저 바라보고 앉아 있다. 고집부리는 그가 밉기도 하지만 한편으로는 자기라도 그럴 것 같았다. 왜 안 그렇겠는가? 태어나서 처음으로 사람대접을 해 준 사람이 예수였다는데… 방 안에 모여 있는 그들 모두, 어디에 살고 있든 비슷한 처지에 있는 사람들이다. 더럽고 죄인이고 탐욕스럽고 돈 많고….

자기라도 나서서 한 마디 해야 된다는 듯 사반이 입을 열었다.

"우리 모두 삭개오 마음을 이해해요. 그런데 지금 예수 선생 주위에 나타나면, 삭개오는 여리고 세리장 자리에서 쫓겨날 것이 분명해요. 그러면 기다리고 있었다는 듯 다른 사람이 그 자리를 채울 텐데….”

삭개오는 아무 말 없이 사반의 말을 들었다. 그까짓 것, 세리장 그만두면 되리라는 생각도 들었다.

“삭개오가 그만둔다고 세리장 자리가 없어지나요? 다른 사람이 나서서 더 악착같이 할 텐데…. 그것보다, 이제 막 우리가 손잡고 하려던 일이 다 위험해질 수 있어요. 삭개오에게 무슨 일이 생기면… 안 그래요?”

다른 사람이 한 마디 하려는 것을 눈짓으로 막으며 사반이 말을 이었다.

“결국 예수 선생은 실패한 것으로 볼 수밖에 없는데…. 그건 힘이 없기 때문이지요. 병력도 없고, 돈도 없고, 군중을 동원하지도 못했고…. 그런데, 그런 힘을 우리가 가질 수 있단 말이에요. 어느 날 때가 되면, 그때가 반드시 올 텐데…. 때가 되면, 로마황제보다, 유대 총독보다, 예루살렘 성전 대제사장보다 돈이 더 큰 힘이라는 것을 알게 되는 날이 오지요. 우리가 황제가 되고 총독이 되고 성전의 제사장, 대제사장은 될 수는 없어도 돈을 가지고 있으면… 그리고 때가 되면, 삭개오 그대의 생각대로 세상을 바꿀 수 있어요! 돈으로 힘을 삼아 세상을 바꿀 수 있다고 우리는 믿는 사람들이잖아요? 때가 되면 분명 그리 될 겁니다. 기다립시다!”

사반은 여러 번 ‘때가 되면’이라는 말을 되풀이했다. 그는 정말 그런 때가 올 것으로 믿는 사람이었다. 예루살렘 세리장도 거들고 나섰다.

“예수 선생도 사람이 먹고사는 일, 목숨을 보존하는 일이 중요하다고 했다면서요?"

삭개오는 결국 주저앉았다. 예수의 마음으로 돈을 모으고, 예수의 마음으로 돈을 쓰기로 작정했다. 세상에는 앉았던 자리를 모두 털고 일어날 수 있는 사람이 많지 않다. 계획했던 일을 모두 내려놓고 예수를 따라 나설 수 있는 사람이 지금은 아무도 없어 보였다. 예수가 걷는 길은 십자가에 매달려 처형받는 길이기 때문이다. 자리에 다시 주저앉아 눈물을 흘리기는 삭개오 한 사람만 겪는 일이 아니었다.

예루살렘 아랫구역, 엠마오의 글로바와 아내 마리아가 묵고 있는 집에서도 똑같은 일이 벌어졌다.

글로바는 문밖으로 나가려고 하고, 아내 마리아는 원망 섞인 눈초리로 그의 등을 바라보며 입을 벌린 채 서 있다. 아저씨는 두 팔을 쫙 벌리고 아예 문을 막았다.

"안 된다! 네가 아주 우리 집안을 망치려고 드는구나! 절대로 못 나간다."

어찌 보면 당연한 일이다. 총독이 십자가에 못 박아 처형하도록 명령했으니 다음 차례는 예수를 따르는 사람을 잡아들이는 일이 뻔했다. 그냥 처형을 구경하는 사람이라면 몰라도 드러나게 예수를 따르던 사람은 스스로 몸을 드러내면 안 될 처지였다. 로마군 병사들이 직접 나서든, 성전 경비대를 앞장세우든 예수 일당이 처형장 부근에 얼씬거리면 무사하지 못할 일이다. 아무 일도 없었던 듯 그냥 조용히 넘어가리라고 생각하는 사람은 한 사람도 없었다.

"너는 예수를 안내해서 토라 선생들을 만나러 돌아다녔다며? 네 아내까지 데리고? 안 된다. 절대 한 발짝도 못 나간다!"

"우리 그냥 엠마오로 내려가요, 오늘이라도⋯."

걱정 가득한 목소리로 아내가 글로바를 설득하고 나섰다.

"내가 어찌!"

고집을 부리던 글로바도 점점 풀이 죽었다. 자기가 나선다고, 예수 뒤를 따르며 눈물 흘린다고 바뀔 일은 아무것도 없다는 것을 모르지 않았다. 그래도 선생님 마지막 가는 길을 배웅이라도 하겠다고 다짐 하지만 마음은 점점 약해졌다.

'그러나⋯ 아!'

글로바는 무너지듯 주저앉았다. 십자가 처형을 받는다는 말은 그가 사람들과 맺었던 모든 관계가 일시에 단절될 수밖에 없다는 의미다. 십자가에 매달린 사람과 어떤 관계가 있다고 나서는 사람이 아무도 없 게 된다는 의미였다.

처형은 예수에게 내려진 벌이지만, 따지고 보면 그가 속했던 집단 과 구성원 모두에게 내려진 정죄였다. 갈릴리 사람 예수가 처형됨으 로 해서 모든 갈릴리 사람들이 수치를 겪게 되고, 예수를 따랐던 사 람, 예수를 알고 있던 사람, 예수에게서 가르침을 받았던 모든 사람들 이 모두 똑같은 죄를 졌다는 선언이다. 지중해 연안에 있는 나라에서 는 어디서나 언제나 그러하듯, 유대나 갈릴리에서도 예수는 그 한 사 람 예수가 아니었다. 그가 속한 모든 집단의 한 사람이었으므로 그로 인해 공동체 구성원 모두 똑같은 대우를 받게 된다. 세상은 예수의 제 자들 모두 십자가형을 받은 사람으로 간주할 것이다. 앞으로 몸을 낮 추고 예수와는 상관없는 사람으로 살든지, 십자가 처형의 수치를 받은 예수의 제자로 살든지… 결단할 때가 오리라.

바리새파 선생이며 예루살렘 대산헤드린의 의원이었던 니고데모나
요셉도 이제는 더 이상 예수를 위해 무어라 옹호하며 나설 수 없는 처
지가 됐다. 이미 그들이 나서기에는 일이 완전히 기울었고, 파국에 이
른 셈이다. 게다가 두 사람 모두 대산헤드린 의원이고, 바리새파의 선
생이다. 바리새파가 목숨을 걸고 지키는 토라와 예수의 가르침은 결
코 조화시킬 수 없다. 더구나 예수에게 사형을 언도한 대산헤드린의
의원으로 형장에 그들이 모습을 드러내면 그것은 대산헤드린의 입장
과 배치되는 일로 보일 뿐이리라. 예수당으로 몰릴 수밖에 없고, 따라
서 이제까지 누렸던 지위에서 축출될 위험이 눈에 보였다. 엄격하기
그지없는 바리새파 공동체는 틀림없이 두 사람을 제명하려고 나설 것
이다.

그날 아침에도 다른 날과 마찬가지로 대산헤드린 의원들이 회의실
에 모이기는 했다. 그러나 의장을 맡은 가말리엘이 출석하지 않았기
때문에 회의는 별다른 논의도 없이 흐지부지 끝났다. 해가 지면 유월
절이 시작되고, 다음 날은 법에 따라 대산헤드린 회의가 없는 날이다.

자리에 앉아 심란한 표정을 짓고 있는 니고데모에게 옆자리에 앉았
던 요셉이 몸을 기울이더니 말을 걸었다.

"니고데모 의원! 그렇게 심란한 표정을 짓고 있으니 '나는 예수당입
니다' 티를 내는 것 같네요! 얼굴을 펴세요!"

"지금 끌려 나가고 있을 텐데…."

"저들이 이겼지요. 이제는 어찌해 볼 도리가 없어요! 우리도 할 만

큼 했어요!"

그렇게 말하면서 요셉은 한숨을 푹 내쉬었다. 그러더니 도저히 알수 없는 일이라는 듯 말을 이었다.

"그런데 왜 그 사람은 일부러 그러는 듯, 이스라엘의 토라를 정면으로 부정했을까요? 나는 지난밤 아무리 이리저리 생각해봐도 그 이유를 모르겠습니다. 무슨 이유로 그런 처벌을 자초했는지…."

"요셉 의원! 나는 우리가 알지 못한 어느 곳에 예수 선생님이 한참 앞서서 걸어가고 있다는 생각입니다. 언젠가 우리 모두 걸어가야 할 그 길…."

"에구! 십자가를 지고? 나는 싫습니다."

"누군들 십자가를 지고 싶겠습니까? 다만, 나는 예수 선생님이 우리 모두에게 무언가 보여주려고 그런다는 생각을 떨쳐 버릴 수가 없습니다."

"어허! 위험해요! 어제 그 사람 최후 진술을 듣고서도 그러면… 큰일 납니다. 지금은 가야바 대제사장이 비상권한을 움켜쥐고 있는데… 절대 입에도 올리지 말라고 엄하게 당부한 것으로 보아 대제사장도 예수가 입에 올렸던 말의 위험을 충분히 깨달았기 때문이겠지요. 잘못하면 그 한 사람 때문에 우리 온 민족이 큰 환난을 당할 수도 있을 테고…. 그나저나, 나는 이제 나가보렵니다. 오늘 회의는 어차피 못 열리니… 같이 나갑시다."

"좀 앉아 있다가 가겠습니다. 먼저 나가세요."

아리마대 사람 요셉 의원이 나가고, 샤마이파 사람들도 한 사람 두 사람 나가는데 힐렐파 의원들은 군데군데 모여 수군거리고 있었다.

지난밤 대제사장의 저택에서 열린 대산헤드린 비상재판에 대해 참석하지 않았던 의원들을 붙잡고 상황을 설명하는 모양이었다. 한참 그렇게 수군거리더니 힐끔힐끔 니고데모를 바라보다가 그들도 몰려 나갔다.

이제 오직 니고데모만 남았다. 텅 빈 회의실에 한참 동안 혼자 앉아 있다가 이방인의 뜰을 내다보았다. 다른 날과 달리 성전 뜰에 들어온 사람들 숫자가 눈에 띄게 적었다. 아마 예수를 십자가에 매다는 처형장으로 모두 몰려간 것 같았다.

밖을 내다보니 솔로몬 주랑건물이 눈에 들어왔다. 지난 며칠 동안 예수가 늘 자리 잡았던 곳이다. 성전 뜰에서 사람들을 가르치다가 그곳에 들어가 쉬기도 하고, 찾아오는 사람을 만나기도 하고. 마음과 달리 그는 한 번도 그곳으로 예수를 찾아가지 못했다. 바리새파 토라 선생의 체면, 예루살렘 대산헤드린 의원의 체면 때문이었다.

니고데모는 갑자기 그곳으로 가 보고 싶었다. 비록 예수는 그 자리에 없지만, 무언가 그에게 남겨 둔 말이 있을 것 같다. 그의 가르침이 천장에 매달렸거나 벽에 몸 기대고 서서 니고데모를 기다리고 있을 것 같다.

"선생님! 저는, 이 니고데모는 바리새파 사람입니다. 어찌자고 저에게 그런….”

예수를 생각하며 솔로몬 주랑건물을 향해 걸어갔다. 그런데 누가 지켜보고 있는 것 같아 언뜻 돌아보았다. 성전 본 건물 제사장의 뜰에서 이스라엘의 뜰로 나오는 문에 몇 사람이 서 있었다. 그중 한 사람은 분명 야손 제사장이다. 휙 겉옷을 올려 다른 쪽 어깨에 척 걸치는 모습이 보였다.

"어!"

순간 니고데모는 멈칫하다가 발걸음을 돌렸다. 야손의 몸짓이 무엇을 의미하는지 그는 잘 알았다. 하늘을 날던 독수리가 먹이를 발견하고 쏟아져 내려올 때처럼, 누군가를 끊임없이 지켜보다가 결정적으로 증거를 발견했을 때 보이는 몸짓이었다. 니고데모는 아직 소레그를 넘어 이방인의 뜰까지 걸어 나오지 않은 것을 그나마 다행스럽게 생각했다.

산헤드린 회의실로 발길을 돌리면서 니고데모는 떨리는 목소리로 말했다.

"선생님, 저는… 선생님, 저는…."

니고데모는 그 순간 예수의 부드러운 음성을 들었다. 옛날 갈릴리 어부들 마을에서 헤어질 때 들었던 음성이다. 부드럽고, 따뜻하고, 가슴을 어루만지듯 슬그머니 들어오는 말이다.

"니고데모 선생! 편히 계시오! 아직 선생의 때가 아닌가 보오!"

그 말 한 마디에 니고데모는 놓임을 받았다. 예수는 무엇에 묶인 사람들을 언제나 그렇게 풀어주었다. 단지 사람들이 알아듣지 못했을 뿐.

예수는 누구 어깨에 감당할 수 없는 짐을 얹어 놓고 따라오라고 말하는 사람이 아니다. 길을 이끌고 가는 사람이 아니라 가야 할 길을 보여주는 이정표가 되기로 작정한 사람이다. 그 길을 걷는 일은 오로지 걷는 사람의 몫이라고 말하는 사람이다. 주저앉았던 사람이 일어나 다시 길을 걷기 시작하면 기쁜 얼굴로 바라보며 미소 짓는 사람이었다.

✠

윗구역을 지나 아랫구역에 들어서자 행렬이 더 앞으로 나아갈 수 없을 만큼 많은 사람들이 길에 나와 있었다. 길가에 죽 이어 지은 작은 집들 지붕 위에도 빽빽하게 많은 사람이 올라서서 행렬을 내려다보았다.

그 길에 들어서자 백부장의 구령에 따라 병사들이 갑자기 칼로 방패를 두드리고, 창을 든 병사는 창 자루로 땅을 쾅쾅 치며 걸었다. 그러면서 그들은 한목소리로 박자에 맞추어 괴성을 질렀다.

"욱! 욱! 욱! 욱!"

행렬 맨 앞에 선 백부장은 주위에 몰려든 사람들이 눈에 안 보인다는 듯 왼손으로 칼자루를 꽉 움켜쥐고, 오른손을 앞뒤로 절도 있게 흔들며 걸었다. 누구라도 길을 막아서면 가차 없이 칼을 뽑아 후려칠 것처럼 기세가 사나워 보였다.

"예수! 꼴좋다!"

지붕에서 내려다보던 사람이 큰소리치며 조롱했다. 그리고 다른 사람들 보라는 듯 침을 칵 뱉었다. 그러자 지붕에 서서 구경하던 사람들, 길에 나와 서 있던 사람들이 웅성거리기 시작하더니 제각각 한 마디씩 했다.

"내가, 분명 저런 일이 일어날 줄 알았어! 주제에 무슨 힘으로 하느님 나라를 세우겠다고!"

"성전에서 채찍을 휘두르던 그 기세는 다 어디 갔나?"

"저건 사람이 아니라 그저 피가 절절 흐르는 살덩이구만…. 살덩이가 걸어가는 것 같아!"

"걷는 거야? 끌려가는 거지. 제 걸음도 못 걷는 사람이 누구를 어디로 인도한다고!"

그 소리는 예수의 귀에도 들렸다. 조금씩 정신을 차린 모양이다. 제자들을 이끌고 갈릴리 북쪽 어느 산길을 걷고 있는 줄 알았는데, 눈을 떠 보니 수없이 많은 사람이 쳐다보고 있었다. 병사들에게 질질 끌려 걷고 있었다. 한 손으로는 나무 봉을 쥐고 한 손으로는 그의 팔을 부축하는 것이 힘들었는지, 병사들은 아예 나무 봉에서 손을 떼고 걸었다. 예수의 귀에 그들의 힘든 숨소리가 들렸다.

갑자기 예수가 걸음을 멈추었다. 그리고 몸을 부르르 떨었다. 눈을 떴다 감았다 하더니, 헤 벌린 채 침을 흘리던 입을 다물었다. 병사들은 예수가 정신을 차리려고 애쓴다는 것을 알아채고 그대로 서서 지켜봤다.

"됐어요! 애썼어요!"

무슨 말인지 알아듣지는 못했어도 그들은 예수의 마음을 알았다.

예수는 자기 힘으로 걸으려고 애썼다. 채찍 자국으로 다리며 허벅지며 가슴과 옆구리 어디 한 곳 성한 곳이 없었다. 그 자국 따라 줄줄이 깊은 상처가 패였고, 어느 상처는 피가 말라붙었고, 어느 상처에서는 움직이는 대로 피가 흘러나왔다. 날벌레와 파리들이 상처를 노리며 그의 곁을 맴돌았다.

'제 걸음도 못 걷는 사람… 내가 과연 그렇구나!'

비웃는 말들이 아프게 따라붙었다. 그는 늘 스스로 길을 걷는 사람이라고 표현했다.

'내가 걸어 온 길, 내가 걸어 갈 길, 하느님과 함께 걷는 길.'

256

길은 그의 삶이었고, 그가 겪어온 사건이고, 깨달음의 과정이었다. 그러나 이제 처형장으로 마지막 끌려가면서, 그 스스로도 준비 안 된 길을 얘기했음을 느꼈다. 후회가 아니라 안타까움이다.

'나는 이 길을 다시 걸어 돌아가지 못할 것이오.'

갈릴리를 떠나 예루살렘 길에 올랐을 때 얼마나 여러 번 그런 얘기를 했던가? 모든 것을 알고 있는 것 같았고, 그의 운명까지도 훤히 내다보는 것처럼 말은 했지만, 그것은 사실 마음속 생각이었다. 아직 몸으로 겪어보지 않은 상상 속의 길이었다.

얼마나 쉽게 말했던가?

'나를 따르시오. 고난을 각오하고 따르시오!'

그 스스로 겪어보지 못한 고난을 제자들에게 각오하고 따르라 말했으니, 얼마나 허공중에 뜬 실체 없는 말이었던가? 이제 몸이 겪는 일을 마음이 따르지 못하는 셈이다. 때로는 둘이 서로 떨어지고 뒤처진 한쪽을 다른 쪽이 끌지 않던가? 마음이 몸을 이끈다고 생각했지만, 몸이 마음을 이끌고 있었다.

'얼마나 더 고통을 받아야 끝날까?'

벌써 그는 끝나는 것을 생각하기 시작했다. 시작은 있어도 끝은 없는 것이 십자가형이다. 몸이 십자가에 매달리면 그때 마음도 매달릴 것이다.

제2시가 넘었을 무렵, 성벽에 잇대어 천막을 세워 놓은 움막마을 사람들이 갑자기 술렁거렸다. 그리고 외치는 소리가 들렸다.

"저기, 저기! 아이구! 마리아!"

천막에서 함께 지냈던 여자가 마리아를 부르며 그 자리에서 발만 구른다. 움막마을 사람들이 성문 쪽으로 달려갔다. 여자들은 아기들을 안고 업고 달려갔다. 아이들은 어른을 앞질러 달려갔다.

자리에서 일어나던 어머니 마리아가 다시 무너져 내렸다. 겨우 막달라 마리아와 야고보가 각각 한쪽 팔을 붙잡고 성문 쪽으로 걸어갔다. 어머니 마리아의 발걸음이 더 빨랐다.

"어머니! 넘어져요! 천천히 가요!"

야고보가 말렸지만 그녀는 어디서 그런 힘이 났는지 들은 체도 않고 꼿꼿이 머리를 들고 허우적거리며 걸었다. 그녀 눈에는 아무것도 보이지 않았다. 맨눈으로 해를 바라봤을 때처럼 눈앞에 형체 모를 것들이 어른거리기도 하고, 갑자기 캄캄한 밤 끝없는 깊은 어둠 속으로 몸이 빠져들어 가는 것 같았다.

"예수! 얘야, 얘야…."

그녀는 애타게 아들을 부르며 종종걸음으로 걷다가 이제는 달리기 시작했다. 비척비척 달렸다. 아들 만나려고 닷새 엿새 걸어왔는데, 아들 끌어안고 얼굴 한 번 쓰다듬어 주려고 그 먼 길 쫓아왔는데.

아들에게 닥친 모든 일이 어미 잘못 같았다. 절대로 내놓지 않겠다고 아들을 감춰 기르지 못한 후회가 가슴을 후벼 팠다. 가슴이 쓰리고, 아팠다. 정말 무어라 말할 수 없을 만큼 찢어지듯 아팠다. 어머니 마리아는 알아들을 수 없는 말을 중얼거렸다.

"이제, 드디어… 이제 그 일이…. 내 아들 예수!"

그들이 달려오는 것을 본 움막마을 사람들이 길을 비켜 주었다. 그러나 성문 앞 넓은 공터에는 갈 수 없었다. 벌써 성전 경비대 병력과 로마 군인들이 길을 가로막고 접근을 금지했다.

성문 밖으로 걸어 나오는 예수를 보며 외쳤다.

"예수야! 예수야! 어미다! 어미 여기 왔다!"

예수는 자기 발로 걷고 있었지만 차마 눈 뜨고 볼 수 없는 모습이다. 하체까지 모두 벗긴 모습으로, 온몸에는 채찍 자국이 징그럽게 뒤덮였다. 채찍 자리마다 시뻘겋게 터지고 부어오르고, 다리로 정강이로 피가 흘렀다. 그래도 예수는 애써 걸었다.

"선생님! 예수 선생님!"

아이들과 여자들이 울음을 터트리며 외쳤다.

움막마을 남자들은 예수의 처참한 모습을 보면서 입을 꾹 다물었다. 그들도 마음 같아서는 예수를 부르며 울부짖고 싶지만, 그러면 안 됐다. 일이 어찌 되는지를 살펴야 하기 때문이다. 성전만 해도 무서운데 더 무서운 로마 유대총독까지 나서서 처형하는 예수, 조금이라도 그를 동정하는 표를 내면 어떤 불이익이 돌아올지 그들은 알아도 너무 잘 알았다.

더구나 오늘 낮이 지나면 양고기를 먹을 수 있는 유월절 명절이 시작되지 않는가? 짐승들은 눈에 띄는 먹거리를 먹는다. 그러나 사람은 허락된 것만 먹는다. 허락은 언제나 금기를 포함한다. 아무리 먹음직스러운 먹거리가 눈앞에 있다고 해도 사람은 포기하고 돌아설 줄 알아야 한다. 짐승들이야 힘이 먹거리를 차지하는 수단이지만, 사람은 허락과 금기 그리고 수많은 제약을 따져야 한다. 먹거리가 사람을 구분하고 사람들은 먹거리가 세운 구분을 받아들이며 산다.

"동전 한 개를 가진 사람은 채소 한 바구니를 산다. 10개를 가진 사람은 생선 몇 마리를 사고, 50개면 고기 한 덩어리를 산다."

그 말처럼 한 끼분 고기는 생선의 5배, 채소의 50배에 해당할 만큼 귀한 먹거리였다. 사람들은 곧 시작되는 유월절 명절처럼 특별한 경우에만 고기 맛을 볼 수 있었다. 혀에 고기가 닿는 순간, 씹어 목구멍에 넘기는 순간, 사람들은 까마득하게 잊고 살았던 먼 옛날 어느 때로 돌아갈 수 있었다. 그래서 고기 먹는 일은 사회가 제대로 굴러갈 수 있도록 수레바퀴에 가끔가끔 기름을 쳐 주는 일과 같다.

움막마을 사람들뿐만 아니라 예루살렘 아랫구역 사람들에게도 고기는 이번 유월절에 꼭 받아먹어야 할 귀한 음식이다. 고기 먹을 기회를 놓치면서까지 매달려야 할 중요한 일이란 그들에게는 아무것도 없다. 성전은 그것을 알아도 너무 잘 알았다.

세상에 먹을 것으로 남을 이리저리 통제하고 조정하는 사람처럼 야비한 사람은 없다. 먹이를 놓고 으르렁거리며 빙빙 도는 짐승처럼 사람을 대할 뿐이다. 먹을 것 때문에 남에게 허리 굽히고 머리 조아리는 것처럼 비참한 일은 없다. 그것을 알면서도 스스로를 낮출 수밖에 없다. '고기'라는 말만 들어도 입맛을 다시는 어린 자식들을 보면 무슨 짓인들 못 할 것인가?

성전은 얼마 전부터 은근히 소문을 퍼뜨렸다. 늦어도 니산월 14일, 유월절이 시작되기 전날까지 예수를 제거하기로 이미 계획을 세웠기 때문이었다.

"이번 유월절에는 성전에서 움막마을에 다른 명절보다 양고기를 좀 더 나눠 준다!"

얼마를 누구에게 어떻게 나눠 준다는 말은 일부러 빼놓았다. 사람들 하기에 따른다는 의미였다. 그러니 사람들은 모여 앉으면 고기 얘기를 할 수밖에 없었다.

"사람 머릿수대로 나눠 주려나?"

"언제 그런 적이 있었다고! 그저 몇 마리분… 너희들이 나눠 먹어, 그러겠지."

그러면 양고기를 나누는 일을 맡게 될 사람을 쳐다봤다. 그가 평소 성전에서 나온 사람들과 가깝게 지냈기 때문이다. 건너편 올리브산 자락에서 천막을 치고 지낼 무렵부터 예수를 못마땅하게 생각했던 사람이 그였다.

"선한 선생보다 빵을 나눠주는 성전이 더 중요하다."

예수를 따르려는 사람들에게 그는 여러 번 엄하게 경고했다. 그의 눈 밖에 나면 안 된다는 것을 사람들은 알고 있었다. 유월절 양고기가 그에게 달렸으니….

예수가 끌려 나오고 있다는데, 양고기 나눠주는 일을 맡게 될 바로 그 사람이 천막에서 성문 앞 넓은 터에 이르는 길목에 앉아 감시하고 있었다. 마치 누가 어찌하는지 하나도 놓치지 않고 지켜보겠다는 태도로. 성문으로 내달리던 움막마을 사람들은 발걸음을 멈추거나 돌아섰고 아예 처음부터 따라 나서지 않고 천막에 앉아 멀리서 바라보는 사람도 있었다.

"예수 선생님!"

"예수!"

소리는 점점 커졌다. 아이들이 울고 여자들도 울고, 눈치를 보며 넓은 터까지 나온 남자들은 예수의 처참한 모습을 보고 고개를 돌렸다.

"아이고! 저런… 저런… 어쩌나!"

길목을 지키고 앉아 있는 사람의 눈을 의식해서 머뭇거리던 사람들도 이제는 못 참겠다는 듯 성문 밖으로 몰려가기 시작했다. 그들은 뛰어가고 빠른 걸음으로 걸어가면서 자기도 모르게 예수의 이름을 불렀다.

예수라는 이름은 1년을 기다렸던 양고기를 잊고 사람들이 성문으로 달려가도록 일으켜 세웠다. 일단 발걸음을 떼 놓기 시작하니 무엇에 홀린 듯 사람들이 오직 한곳으로 몰렸다. 양고기와 예수 중에 하나를 고르라면 양고기를 집어 들겠지만, 마음과 달리 몸은 예수에게 달려갔다.

누가 그들의 아픔을, 배고픔을, 서러움과 억울함을 알아주었던가? 당장 풀어 주고 채워 주지는 못했지만 예수는 그들에게 비참함을 견디면서라도 살아남아야 할 이유를 알려 준 사람이었다.

"돌아앉으라면 돌아앉고, 욕하라면 욕하고, 돌 던지라면 던지세요. 그렇게 해서라도 빵을 받아먹고 살아가세요!"

그건 비겁하게 살라는 말이 아니라는 것을 그들은 마음으로 알았다. 불의에 눈감고, 위협에 굴복하라는 말이 아니고, 땅바닥에 배를 끌고 기어 다니며 살더라도 생명을 이어가라는 말이었다. 세상 어떤 가치 있는 것보다 생명이 더 중요하다는 가르침이었다. 내 생명이 중요하면 다른 사람의 생명도 중요하다는 것을 깨달으라는 말이었고, 하느님 나라는 그렇게 중요한 생명이 생명으로 존중받으며 살아가는 세상이라는 선언이었다.

"부끄러움을 주던 사람이 스스로 부끄러움을 깨닫게 되는 세상!"

예수는 세상의 기준으로 닫힌 문을 열어젖히는 사람이었다.

제 2시에 접어들었을 무렵, 움막마을 천막에 앉아 있다가 선생이 끌려 나온다는 소리를 듣고 므나헴도 예수의 어머니와 동생 그리고 막달라 마리아와 함께 성문으로 달려왔다. 예수의 모습을 보자마자 후들후들 다리가 떨려서 제대로 서 있을 수 없었다. 대산헤드린 재판에 증인으로 나서서 예수의 가르침과 행적을 증언했던 그가 아닌가?

'아! 선생님! 제 잘못입니다.'

차마 두 눈 뜨고는 볼 수 없었다. 예수의 온 몸을 줄기줄기 채찍 자국이 휘감고 있었다. 찢어지고 터진 살에서 피가 흘러 내렸다. 아무것도 걸치지 못한 아랫도리를 보니 숨이 컥 막혔다. 므나헴의 가슴이 무너져 큰 구덩이가 생기고 그곳에서 쏴아쏴아 바람이 불어나왔다.

눈을 질끈 감고 그 자리를 뜰 수밖에 없었다. 예수 모습을 보면서 있을 수도 없고, 혹 눈길이라도 마주치면 도저히 감당할 수 없을 것 같았다. 아무 생각도 할 수 없었다. 증언을 기록하라는 말도, 다른 제자들을 보호하라는 마지막 부탁도 아무 의미 없을 것 같았다. 이대로 세상이 끝나는데 해야 할 일 무엇이 남아 있단 말인가?

눈에 아무것도 보이지 않았다. 성문 큰 공터를 가득 메운 사람도, 예수의 어머니와 동생과 마리아도, 가파른 언덕길도 눈에 들어오지 않았다. 그저 뛰어 달아날 수밖에 없었다. 멀리멀리 땅끝 어디로, 배를 타고 달아나든 동굴을 찾아 숨어들든… 예수의 눈길이 미치지 않는 곳으로, 그런 곳을 찾아가 엎드려 통곡하고 싶었다. 선생의 이름을 부르며, 불쌍한 므나헴의 이름도 부르며, 몸이 녹아 땅에 스며들 때까지 그렇게 울고 싶었다.

므나헴은 기드론 골짜기로 달아났다. 미끄러지고 넘어지면서. 그런데 그곳은 세상의 끝이 아니었다. 힌놈 골짜기를 타고 서쪽으로 달릴까? 그런데 어느새 그는 기드론 골짜기에서 올리브산 자락을 오르고 있었다. 세상 끝을 찾아 허둥지둥 뛰고 걸었지만 예수를 뒤따라 다른 제자들과 걷던 그 산길을 헐떡거리며 뛰어올랐다.

로마군 군영 앞, 길을 막고 서 있던 병사들이 웬일인지 그를 막지 않았다. 그는 한참 더 걸어 올라 묘지 중간에 있는 해골바위 쪽으로 들어가는 길도 지나 길가에 있는 바위에 털썩 걸터앉았다. 세상 끝으로 달아날 때 달아나더라도, 눈으로나마 선생을 지켜보고 싶었다. 다른 제자들 모두 떠났는데 그마저 이대로 떠날 수는 없다는 생각도 들었다.

골짜기 건너 성문 앞 큰 공터를 바라보았다. 사람들은 더 많이 모여들었고, 로마군에 둘러싸인 예수가 막 언덕길을 내려가기 시작했다. 그런데 이상하게도 아무 소리도 들리지 않았다. 울부짖는 소리도, 군중이 떠드는 소리도 들리지 않았다. 세상에 소리가 사라진 것 같았다. 하기야 세상이 예수의 입을 막았는데 무슨 소리가 아직 남아 있을 것인가?

그는 예수가 떠난 세상이 그의 뜻과는 반대로 거꾸로 걸어가기 시작할 것을 알았다. 비록 예수의 가르침을 므나헴이 전한다고 해도, 세상은 아직 그 가르침을 받아들일 때가 되지 않았음을 깨달았다. 사람이 세상의 주인이 되는 때, 그때는 이미 시작됐지만 실현되려면 얼마나 오랜 시간을 기다려야 할지 아무도 그때를 알 수 없으리라.

264

울음소리, 외치는 소리, 병사들이 지르는 이상한 군호 소리 속에서 예수는 어머니의 목소리를 들었다. '예수야!' 외쳐 부르는 소리를 들었다. 피 울음이 섞인 그 목소리는 분명 어머니가 아들을 부르는 소리였다. 세상의 모든 새끼들은 생명이 붙어 있는 한 어미가 부르는 소리를 알아듣는다.

"어머니? 어머니!"

예수는 눈으로 어머니를 찾았다.

로마군 병사들 틈으로 어머니가 보였다. 키 작은 어머니가 보였다. 발을 구르며 울부짖는 여자들 틈에 서서, 어머니가 그를 부르고 있었다. 방패와 칼을 든 로마군 병사들이 촘촘히 늘어서서 사람들의 접근을 막았다. 그들 사이로 동생 야고보도 보였다. 정신이 나간 사람처럼 멍하니 서 있는 동생 야고보, 그리고 입을 꼭 다물고 어머니 옆에 붙어 서 있는 여제자 마리아도 보였고 참담한 얼굴을 한 므나헴도 언뜻 보였다.

예수가 그쪽으로 걸음을 옮겼다. 어머니와 동생이 서 있는 곳으로. 처음에는 얼떨결에 그냥 놔두었던 병사들이 우악스럽게 예수를 다시 대열 가운데로 떠밀고, 왼쪽 오른쪽 그리고 뒤를 따르던 병사가 나무봉을 갑자기 잡아채 예수를 제어했다. 그는 꼼짝 못 하고 다시 로마군 병사들이 만든 행진대열 가운데로 끌려 들어갔다. 어머니와 동생에게 한 마디 말도 하지 못했고, 눈도 마주치지 못했다.

그 광경을 본 움막마을 여자들이 갑자기 소리를 지르며 울음을 터뜨렸다. 아이들도 울고, 남자들은 차마 못 보겠다는 듯 고개를 돌렸다. 남쪽 패망산도 바라보고, 메시아가 그 산을 넘어 예루살렘에 들어온다는 올리브산을 바라보아도, 그들이 할 수 있는 일은 아무것도 없었다. 소리 지르며 울지도 못했고, 그저 남이 볼 새라 흐르는 눈물을 슬그머니 주먹으로 씻어낼 수밖에 없었다.

로마 병사들은 예수를 끌고 골짜기 길을 내려갔다. 사람들이 행렬의 뒤를 바짝 좇아 내려오지 못하도록 한 무리의 병사들이 길을 막았다. 엄청나게 많은 아랫구역 사람들이 성문 밖으로 쏟아져 나왔고, 움막마을 사람들도 그들 틈에 섞여 주춤주춤 뒤를 따랐다.

네 명의 병사들에 둘러싸여 예수는 기드론 골짜기로 내려갔다. 거기에 커다란 나무 기둥이 길게 가로놓여 있었다. 그는 그것이 무엇인지 대뜸 알아챘다. 어른 허벅지보다 굵은 나무였다. 잔가지 자리도 툭툭 칼질로 쳐냈고, 껍질도 대충 벗긴 거칠기 짝이 없는 나무. 목수 일을 하면서 나무라면 잘 알아보던 예수도 눈앞이 흐려져서 그런지 이 나무 기둥이 무슨 나무인지는 알 수 없었다. 하기야 어떤 나무인들 무슨 상관이 있겠는가?

나무 기둥을 가로로 베고 눕도록 로마군은 예수를 밀어 붙였다. 그들이 말하지 않아도 어떻게 하라는 것이지 알 수 있었다. 나뭇가지를 잘라낸 옹이 부분이 예수의 뒷목을 찔렀다. 그것을 본 병사 한 사람이 다른 병사들 눈치 채지 못하도록 슬그머니 기둥을 돌려 주었다. 병사들은 예수의 양팔을 쫙 벌려 기둥에 양쪽 손목을 단단히 묶었다. 그때 장교가 무어라 명령하자 병사들은 팔꿈치 위쪽 손가락 두 마디쯤 떨어진 곳을 또 묶었다.

채찍을 든 병사가 큰 소리를 지르며 예수에게 일어나도록 명령했다. 그러면서 채찍으로 기둥을 냅다 후려쳤다. 안 일어나면 직접 예수를 때리겠다는 위협이었다. 벌렁 드러누워 있던 상태라 아무리 일어나려고 애를 써도 예수는 몸을 일으켜 세울 수가 없었다.

그때였다. 어떻게 다가왔는지 한 사람이 앞으로 나서서 로마군 장교에게 로마 말로 사정했다.

"제가 이 기둥을 지고 가면 안 될까요? 보십시오! 살이 너덜너덜 떨어지고, 온몸이 피투성이입니다. 그리고 맨발로 저 골짜기를 걸어야 합니다. 제가 대신 지고 올라가겠습니다."

그러더니 그는 안타까운 얼굴로 나무기둥을 지고 누워 있는 예수를 내려다보았다. 처음 보는 사람이다.

"선생님! 저는 알렉산더와 루포의 애비, 구레네에 사는 시몬입니다."

있는 힘을 다해 예수가 그에게 말했다.

"고마워요. 그러나 이건 내 일이요. 내가 감당해야 해요."

왜 그럴까? 왜 예수는 언제나 그런 일을 '자기 일'이라고 말하는 걸까? 갈릴리에서도, 유대 지방에서도, 성전에서도, 예수는 어떤 일이 있으면 늘 자기가 그 일을 맡은 사람처럼 말하고 행동했다. 때로는 명확하게 그래야 한다고 알고 그랬고, 때로는 알지 못하는 사이에 그랬다. 마치 그 일을 책임진 사람처럼, 그에게 그런 권리가 있는 사람처럼, 그에게 그런 의무가 있는 사람처럼….

예수는 새로운 세상을 세워야 한다고 말했고, 그러기 위해서는 낡은 세상이 무너져야 하는 것처럼 가르쳤고, 때로는 낡은 세상마저 새 세상 안에 녹여 넣어야 한다고 말했다. 성전이 무너질 것을 말했고, 땅 위에 하느님 나라가 이뤄진다고 가르쳤다. 그 일을 위해 부름을 받은 사람처럼 행동했고, 그 일을 놔두고 편히 누워 눈 감고 잠들 수 없는 사람처럼 서둘렀다. 알 수 없는 어떤 힘이 예수를 가득 채우고 있었다. 그 힘은 단단하지 않았고, 그렇다고 형체 없이 흐물거리거나 모호하지 않았다.

이제 기드론 골짜기의 가장 아래, 예루살렘성에서 내려온 언덕길의 가장 아래, 힌놈 골짜기와 만나는 지점에 피투성이가 된 채 누워 기둥을 짊어지고 일어나야 하는 예수는 다시 또 그 일이 자기가 해야 하는 일이라고 말한다. 다른 사람 같으면 정신을 놓고 널브러질 만큼 고통스러울 텐데 자기가 매달리게 될 십자가 가로기둥을 짊어지고 다시 일어서려고 버르적거렸다.

그때 장교는 짧은 말로 명령했다

"뭣들 하나! 이자를 일으켜 세워!"

그러자 로마 병사들이 채 나서기 전에 부근에 서 있던 몇 사람이 먼저 달려들어 예수를 일으켜 세웠다. 아랫구역에 살고 있는 구레네 사람 요셉과 방금 나섰던 시몬, 그리고 시몬의 아들 알렉산더와 루포였다. 그때 다시 시몬이 나서서 병사들에게 사정했다.

"나으리! 그럼 이거라도… 차마…."

그는 머리에 담아 두르고 있던 터번을 벗어 곱게 펴서 손으로 받쳐 들었다.

"뭐야!"

"이걸로라도 좀 가릴 수 있도록 자비를 베풀어 주시면…."

총독궁 앞 광장에서 채찍질을 당할 때부터 예수는 온몸을 모두 드러낸 채 벌거벗은 상태였다. 아랫배 밑, 두 허벅지 사이의 부끄러운 모습이 고스란히 드러나 보기에도 민망했다. 벗은 몸, 특히 아랫도리가 드러난다는 것은 이미 사람대접을 할 수 없는 가장 밑바닥에 떨어졌다는 표시다.

"안 돼!"

병사는 단호하게 고개를 저으며 시몬을 밀어냈다. 그때 그 옆에 서 있던 다른 로마 병사가 그들을 지켜보는 백부장을 바라보았다. 백부장은 좀 망설이더니 무언가 결심한 듯 고개를 끄덕였다. 그러자 병사는 다행이라는 듯, 백부장의 마음이 변하기 전에 얼른 시몬에게서 받아 든 천으로 예수의 아랫도리를 감았다. 천이 꽤 길어서, 허리를 두 바퀴 넘어 돌려 감고, 흘러내리지 않게 끝을 꽁꽁 묶을 수 있었다.

예수는 가로기둥을 짊어진 채 로마 병사가 하는 대로 몸을 맡겼다. 그리고 언덕을 내려오는 사람들을 바라보고 서 있다. 눈으로 어머니 마리아를 찾고 있었다. 채찍질 끝에 기절까지 했으니 눈에 힘을 모아 무엇을 제대로 바라볼 수조차 없었다. 그렇지만 잘 보이지도 않는 눈으로 그는 어머니를 찾았다.

로마군 병사들이 길을 터주었는지 성문 앞 광장에서 엄청나게 많은 사람들이 언덕길을 걸어 내려오고 있었다. 그 맨 앞에 어머니가 내려왔다. 야고보도 막달라 마리아도 따라오지 못할 만큼 빠른 걸음으로 구르듯 달려 내려오고 있었다.

그때, 예수를 부축해서 일으켜 세웠던 알렉산더와 루포가 울음 섞인 목소리로 예수를 불렀다.

"선생님!"

그들 눈에는 눈물이 가득했다. 차마 눈을 들어 예수의 찢어진 상처를 쳐다보지도 못했다. 구레네 사람 요셉은 예수 등에 깊게 패인 상처에 박힌 흙과 모래를 입으로 불어냈다. 손을 대서 털어낼 수 없기 때문이다. 예수는 겨우 한 마디 할 수 있었다.

"괜찮아요!"

그때 안타까운 눈으로 그 광경을 지켜보던 구레네 요셉의 동생 시몬이 물었다.

"선생님! 어디로 가십니까?"

예수는 대답할 수 없었다. 그가 처형장을 묻는 것이 아니라는 것은 알고 있지만 어디로 가는지 대답해 줄 수 없었다. 예수도 알지 못하기 때문이다.

"선생님! 세상 끝날에, 지극히 높으신 분께서 선생님을 일으켜 세우실 때, 저희도 기억하소서!"

"세상 끝날까지, 그대가 어디에서 살든, 내가 그대와 함께하겠소. 그대를 축복하오!"

예수는 그렇게 말했다. 십자가로 쓸 나무기둥을 대신 지겠다고 나서며 죽음 이후에 어디로 가는지 묻는 사람에게 무슨 말을 해 줄 수 있으랴! 다시 오겠다고 약속할 수도 없고, 세상 끝날까지 그의 마음속에 함께하겠다고 말해 줄 수 있을 뿐이다.

그러더니 예수는 처음으로 로마군 백부장의 얼굴을 똑바로 쳐다보며 입을 열었다.

"나에게 시간을 좀 주시오! 내가 마지막으로 할 말이 있소!"

그가 예수의 말을 못 알아듣자 루포가 나서서 통역했다.

"백부장 나으리! 선생님이 꼭 여기 모인 사람들에게 하실 말씀이 있다고 합니다. 시간을 좀 달라고 부탁하십니다."

그러더니 백부장 앞에 루포가 털썩 무릎을 꿇었다. 그러자 그의 형 알렉산더도, 아버지 시몬도, 큰아버지 요셉도 무릎을 꿇었다. 본토 유대에 사는 사람들이라면 그렇게 많은 사람들이 지켜보는 앞에서 아무리 로마군 백부장이라도 이방인에게 무릎을 꿇을 수는 없다. 무릎 꿇는다는 말은 상대방을 주인이나 선생으로 모실 때나 하는 일이다.

백부장은 하늘을 올려다보았다. 그는 제3시에 예수를 십자가에 못 박으라는 명령을 받았다. 그가 하늘을 올려다본다는 것은 시간을 가늠하는 것이라는 것을 눈치 챈 구레네 사람 형제와 아들들은 다시 머리를 조아렸다.

"백부장 나리! 시간은 충분합니다. 지금 제2시밖에 안됐습니다."

제2시인지 제3시인지 성전에서 부는 나팔 소리가 들리지 않는 이상 그들로서는 시간을 잴 방법은 없다. 오직 한 가지, 백부장의 마음을 돌리겠다는 생각뿐이다.

사실 백부장은 전날 기드론 골짜기 바닥에서 예수를 체포할 때부터 그에게 특별한 감정을 느꼈다. 자기를 잡으러 오는 것을 뻔히 알면서 그는 조용히 일어서서 기다리다가 순순히 체포됐다. 묶으라고 스스로 손도 내밀었고, 그를 체포해서 끌고 가는 성전 경비대 병사를 축복하기도 했다.

의연하게 죽음을 맞이하는 사람은 많다. 죽을 줄 알면서도 적진으로 앞장서 돌격하는 병사도 있고, 부대의 이동에 방해가 된다고 스스로 목숨을 끊는 부상병도 보았다. 그런 일에는 언제나 단단한 의지와 무엇으로도 꺾을 수 없는 결기가 보였다.

그러나 예수는 그런 의지나 결기, 영웅적인 행동을 보여 주는 사내가 아니었다. 다만 사람의 마음을 덮고 있는 겉껍질을 모두 벗은 사람, 그저 찌르면 피가 흘러나올 수밖에 없는 순전한 살의 사람이라고 그는 느꼈다.

어차피 오래오래 고통을 겪으며 서서히 죽을 사람, 그에게 한 시간을 더 준다고 세상이 잘못될 것 같지 않았다. 게다가 아직 제 3시가 넘지는 않았고 어린 티도 못 벗은 젊은이들이 무릎을 꿇지 않았는가?

그는 언덕에 서 있는 유대인들, 성문 앞 광장에 서 있는 사람들을 올려다보았다. 그들 모두 백부장의 처분을 기다리고 있었다.

"짧게 하라!"

백부장은 아무 감정도 실리지 않은 목소리로 허락했다. 무릎을 꿇었던 구레네 사람들 네 명이 깊이 머리 숙여 감사했다.

예수는 언덕을 향해 섰다. 긴 가로기둥을 메고 몸을 약간 앞뒤로 흔들어보며 균형을 잡았다. 올리브산 위에 올라온 아침 해가 그의 그림자를 골짜기 바닥에 길게 그려냈다. 그림자는 이미 예수가 십자가에 매달린 모습을 그려냈다. 언덕길을 가득 메우고 내려오던 사람들이 모두 그 자리에 앉았다. 어머니 마리아, 동생 야고보, 그리고 막달라 마리아가 사람들을 헤치고 아래로 내려왔다.

"예수야!"

어머니는 아들 앞에 섰다. 그의 몸에 난 상처를 똑바로 바라보지도 못했다. 그녀가 손을 뻗어 아들의 얼굴을 쓰다듬으려고 하자 예수가 어깨를 조금 숙여 어머니의 손길을 받아들였다. 가로기둥 무게 때문에 앞으로 휘청 넘어질 뻔했다.

　마리아는 들고 있던 보따리를 작은아들 야고보에게 넘기고, 큰아들 예수의 수염 더부룩한 얼굴을 두 손으로 쓰다듬었다. 그녀는 울지도 못했다. 피가 흐르는 상처에도 손을 대지 못하고 그저 쓰다듬는 시늉만 했다. 그러더니 야고보에게 맡겼던 보따리 춤에 밀어 넣었던 빵 조각을 꺼내 조금씩 찢어 아들의 입에 밀어 넣어 주었다.

　"으흑… 으흐흐… ."

　그 광경을 보고 있던 사람들 목구멍에서 울음인지 탄식인지, 알 수 없는 소리가 터져 나왔다. 막달라 마리아도, 보고 있던 야고보도 소리 없이 눈물을 흘렸다. 어머니가 넣어 주는 대로 서너 조각 입에 받아먹은 예수가 어머니에게 뒤로 물러나라는 눈짓을 했다.

　빵을 입에 넣어 주는 어미, 그 마음을 알기에 거절하지 않고 받아먹으며 입을 우물거리는 자식, 그들도 다른 사람들과 똑같은 어미고 자식이었다. 예수의 눈짓을 받은 막달라 마리아가 조심스럽게 어머니 마리아를 끌고 뒤로 물러섰다. 그리고 예수 앞 열 걸음도 안 되는 조그만 바위 위에 앉았다. 마치 어머니와 딸처럼, 둘이 꼭 붙어 앉았다. 야고보도 어머니 뒤에 앉았다.

✝

　예수가 입을 열었다.

　"쉘라마!"

　사람들은 울음 가득한 목소리로 그의 인사를 받았다.

"쉘라마!"

"선생님! 쉘라마!"

평화를 빌어 줄 수 없는 형편에서도 예수는 평화를 빌었다.

"여러분! 우리는 쉘라마 인사를 했습니다. 이제부터 여러분은 형편이 어떠하든 서로에게 '쉘라마' 평화를 빌어 주며 사십시오. 평화가 따로 있는 것이 아니고 우리가 하는 말, 행동, 상대방을 바라보는 눈길 모두 평화를 이루는 길입니다. 평화는 우리가 찾아가야 할 어느 곳이 아니고, 우리가 매일 걷는 그 길입니다."

그때 루포가 조용히 일어서 백부장 곁으로 다가갔다. 그리고 작은 소리로 예수의 얘기를 로마 말로 통역해 주기 시작했다. 그러자 알렉산더도 몰려 서 있는 로마 군인들 사이로 걸어 들어가 예수의 말을 통역했다. 예수의 가르침이 직접 로마군에게 전해지는 순간이었다.

"아까 저분이 물었습니다. '어디로 가느냐'고. 그리고 세상 끝날에 지극히 높으신 분이 저 예수를 높일 때 자기를 기억해 달라고 부탁했습니다. 그래서 저는 '세상 끝날까지 함께하겠다'고 말해 주었습니다. 저분이 어디에 살든⋯."

구레네 요셉의 동생 시몬은 예수가 자기 얘기를 하자 두 손을 겹쳐 모아 가슴에 붙이고 감격스러운 얼굴로 예수를 바라보았다.

"그런데, 제가 이제 곧 떠날 텐데, 그 말만 남기고 떠날 수 없었습니다. 제 말을 말 그대로 믿으면서 여러분이 동굴 속으로 걸어 들어가는 모습이 제 눈에 보였기 때문입니다. 하느님은 여러분이 동굴로 찾아 들어오기를 기다리시는 분이 아니고, 여러분과 손잡고 동굴을 벗어나 들로 산으로 나가기를 원하십니다. 지나다 보면, 그분이 여러분을 남겨 놓고 어디로 사라지셨다는 것을 아는 날이 올 것입니다. 저는 그날이 빨리 오기를 기다립니다. 그 일을 위해 저는 십자가를 집니다."

사람들은 예수가 무슨 얘기를 하려는지 몰라 침을 꿀꺽 삼켰다.

"이 말은 이스라엘뿐만 아니라 세상 모든 사람, 여기 저와 함께 서 있는 로마 사람이든, 멀리 떨어져 있는 헬라 사람이든, 이집트 사람이든 모두 생각해야 할 일입니다. 그 사람이 남자든 여자든 아이든 종이든 군인이든 장사하는 사람이든 깨닫고 눈을 뜨기를 원합니다."

그러더니 그는 등에 지고 있는 무거운 가로기둥을 옆으로 돌리며 로마 군인들도 돌아보고, 백부장도 돌아보고, 언덕 위에서 내려다보는 사람들도 올려다보았다. 그리고 단호한 목소리로 말했다. 그만큼 채찍을 맞고, 부끄러운 곳만 겨우 가린 사람에게서 어떻게 그런 목소리가 나올 수 있는지 놀라울 뿐이었다.

"세상 끝날은 없습니다. 하느님은 그분이 지으신 세상을 끝내시는 분이 아닙니다. 그러니, 하느님이 세상을 심판하고 악한 사람, 선한 사람을 골라 심판하여 벌을 주고 상급을 주는 그런 마지막 심판의 날은 없습니다. 그러나 사람이 세상을 끝낼 수 있다는 것을 잊지 마세요. 하느님이 아니라, 우리 사람이 우리가 살아가는 이 세상을 끝낼 수 있다는 말입니다. 사람이 사람을 죽이고, 사람이 사람을 종으로 삼고, 사람이 사람 사는 집을 허물고 불태우고, 사람이 다른 사람 입에 들어갈 빵을 빼앗고, 군대를 일으켜 다른 사람 살아가는 곳을 쳐들어가 사람들을 쳐 죽이고 노예로 끌어가고…. 서로 죽이고 서로 미워하고 복수하고 또 복수하면, 들으세요! 바로 사람이 사람 사는 세상을 끝내는 일입니다."

예수의 말을 들은 사람들 모두 머리 끝에서부터 찌르르 온몸으로 퍼지는 전율을 느꼈다. 알렉산더와 루포의 통역을 듣고 있던 로마 군인들과 백부장도 놀라는 표정이 역력했다.

"여러분은 세상의 끝날, 종말이 언젠가 온다고 가르침을 받았고 그날이 올 것으로 믿었습니다. 그날이 되면 벌을 받을 사람, 상을 받을 사람이 정해져 있고, 그러니 법을 어기지 말고 법에서 허락된 일만 하고 살아야 한다고 믿었습니다. 이스라엘이 계속 이방제국의 지배와 억압을 받고 살았으니 어느 날 하느님이 개입해서 지금 이 악한 세상을 뒤집어 바로 세울 것으로 믿었습니다. 그러나 들으십시오! 하느님은 그런 분이 아닙니다. 이스라엘에게만 마음을 쏟으시는 하느님이 아니고, 로마 사람에게도 시리아 사람에게도 이집트 사람에게도 하느님이 되시는 분입니다. 그러면 어떤 모습의 하느님이어야 하겠습니까? 유대 사람? 시리아 사람? 아닙니다. 하느님은 사람의 형상을 가진 분이 아닙니다. 사람이 하느님의 형상을 가졌습니다. 그런데, 사람의 피부 색깔이 그러하겠습니까? 키가 그렇겠습니까? 하는 말이 그러하겠습니까?"

이제까지 생각했던 이스라엘의 하느님이 로마 사람, 시리아 사람, 이집트 사람의 모습일 수도 있다고 사람들은 처음으로 생각했다.

"아닙니다. 사람이 본받은 하느님의 형상, 이제까지 이스라엘이 배웠듯 하느님의 형상을 따라 사람이 지음받았다고 했는데 그것이 무엇이겠습니까? 바로 하느님의 품성입니다. 하느님의 품성이 무엇이겠습니까? 마음입니다. 슬픈 일을 보고 울고, 기쁜 일을 보고 크게 웃고, 고통받는 사람을 보고 가슴 아파하면서 내가 어찌하면 저 사람의 고통을 덜어 줄까 손 내미는 일입니다. 물에 빠진 사람을 보면서 내 손에 들려 있는 장대를 내밀어 붙잡고 나오도록 하겠습니까, 아니면 그 장대로 그 사람 머리를 꾹 눌러 물속에 가라앉히겠습니까?"

그러자 언덕 중간에 서 있는 사람이 큰 소리로 외쳐 대답했다.

"원수면 눌러 가라앉히고, 아는 사람이면 붙잡고 나오게 하겠습니다."

"그래서 제가 얘기합니다. 모든 사람 속에 하느님의 형상이, 품성이 들어 있다고. 그 사람 속에 하느님이 계신데 어떻게 구하지 않을 수 있겠습니까? 하느님이 아니라 우리 사람이 세상을 끝장내고, 끝날을 보지 않으려면 사람이 다른 사람 속에 스며들어 계신 하느님을 바라볼 수 있어야 합니다. 그것은 위에 계신 하느님의 명령이 아니라, 내 가슴속, 사람마다 가슴속에 모시고 있는 하느님의 뜻이 그러하기 때문입니다."

그때 언덕 맨 위, 성문 앞 광장 쪽에 서 있던 사람이 크게 손을 흔들었다. 자기가 할 말이 있다는 표시였다.

"말씀하세요!"

"예수! 그대의 말은 황당하기 짝이 없소. 사람 중에는 어쩔 수 없는 악인이 있는 법! 그런 악인을 심판하고 벌주지 않는 분이라면, 지극히 높으신 분이 아니라 여자일 뿐이네요!"

"그렇습니다. 그렇게 얘기하니 여자가 분명합니다. 여자 하느님! 조금 전에 여러분 모두 보셨듯이 십자가에 매달리러 가는 아들에게 빵 한 조각 떼어 입에 넣어 주시는 어머니…. 하느님은 그분이 창조하신 사람을 먹이고 돌보고 가슴앓이하시는 분입니다. 바로 그분의 품성을 모든 사람이 받고 세상에 태어났다고 말씀드리는 겁니다."

무거운 가로기둥을 지고 서서 큰 소리로 얘기하는 것이 얼마나 힘이 드는지 예수는 가끔 다리를 부들부들 떨었다. 루포가 백부장을 쳐다보자 그는 그것만은 안 되겠다는 듯 고개를 흔들었다. 그리고 자꾸 하늘을 올려다봤다.

"세상 나라는 사람들이 모두 악하게 태어났다는 생각으로 법을 만들어 지키도록 강제합니다. 나라만 그러는 것이 아니고, 어떤 신을 섬기든 신도 사람들에게 법을 내려 주고 강제합니다. 사람을 그냥 놔두면 버릇이 없어져서 부모를 공경하지 않는다고 생각하고, 왕에게 충성을 바치지 않는다고 생각하고, 신에게 복종하지 않는다고 생각합니다. 그래서 아버지는 자식에게 회초리를 들고, 좀 더 크면 몽둥이를 듭니다. 왕은 감옥을 만들고 법을 어긴 사람을 잡아 가두고 처벌하고, 신은 개인이라면 유황불 펄펄 끓는 지옥에 보내고 민족이나 나라는 이방 제국의 손에 붙입니다."

사람들이 듣기에 그건 이스라엘만의 얘기가 아니었다. 지금만 그런 것도 아니었다. 예나 지금이나, 이스라엘이나 로마가 모두 그러니, 그것은 당연한 일이 아니겠느냐고 생각하며 살았다.

"들으세요! 아기가 처음 세상에 태어났을 때, 얼마나 예쁩니까? 제 밑으로 동생들이 태어났을 때 그렇게 예쁘고 귀여울 수가 없었습니다. 어머니를 알아보고 식구를 알아보고, 제가 아기한테 '까꿍' 하고 놀리면 막 팔다리를 휘저으며 아는 척하는 것이 너무 예뻐서 하루에도 몇 번씩 들여다봤습니다. 어린 아기가 원수처럼 보인 적 있습니까?"

그 얘기를 들으면서 사람들 얼굴에 엷은 미소가 퍼졌다. 어머니 마리아도 옛 생각이 나는지 이렇게 참혹한 일을 당하는 형편인데도 얼굴이 부드러워졌다.

"그래서 제가 얘기합니다. 모든 사람은 아기로 태어났습니다. 어른으로 태어난 사람도 없고, 태어나면서부터 악한 사람은 아무도 없습니다. 아기는 그저 아기이고, 예쁘기만 할 뿐입니다."

사람들은 고개를 끄덕였다. 그러자 다시 예수가 큰 소리로 외쳤다.

"아기의 밝고 예쁜 모습을 생각하면 그가 커서 나쁜 짓 할 사람이라는 생각을 할 수 있습니까? 그러니 들으세요! 모든 사람은 선하게, 아기처럼 선하게 태어났습니다. 그 속에 하느님이 부어 주신 선한 본성이 깃들어 있습니다. 그러니 악한 사람, 나쁜 사람, 살인하거나, 도적질하거나, 백성을 억압하고 약탈하거나, 커서 그렇게 되는 사람은 그렇게 나쁜 사람으로 태어난 것이 아니고, 커 가면서, 세상을 살아가면서 그렇게 된 것입니다. 그러니 누구 책임입니까? 바로 함께 살아가는 사람의 책임 아니겠습니까? 악인도 아기 때는 방긋방긋 웃으며 재롱을 떠는 예쁜 아기였다는 것을 생각하십시오. 악만 보지 말고 그 안에 담겨 있는 선善을 보십시오. 그 선을 끌어내십시오. 그래야 세상은 끝날을 피할 수 있습니다."

그때 백부장은 자꾸 하늘을 올려다봤다. 그동안에 이미 해가 올리브산을 넘어 성전 쪽으로 많이 올라왔기 때문에 걱정되는 모양이었다.

예수는 계속 말을 이었다. 언제 다시 사람들에게 이렇게 가르칠 것인가?

"여러분! 그러니 누구를 미워하지 말고 서로 사랑하십시오. 돌보고 아끼고 내 것을 나누고, 내 옆 사람의 고통을 내 고통으로 생각하십시오. 이 세상은 여러분이 오직 한 번 살고 떠납니다. 어디로 가는지 알수 없고, 다시 돌아올 수 있는지 알 수 없고, 그저 한 번 이웃과 이웃나라와 부대끼고 어울리며 살아가는 세상입니다. 사람이 죽은 다음어디로 가는지, 그곳에 갔다가 돌아온 사람이 아무도 없으니, 우리가살아가는 이 세상이야말로 우리가 아는 유일한 세상이 아니겠습니까? 그러니 서로 사랑하십시오. 원수까지도 사랑하십시오. 원수에게 축복을 빌어 주십시오. 그러면, 세상은 점차 사람이 살 만한 세상으로바뀔 것입니다."

그러더니 예수는 백부장을 쳐다보며 말했다. 그의 얼굴에는 희미하나마 웃음이 감돌았다.

"고맙습니다. 이제 그대가 해야 할 일을 하러 갑시다."

그리고 언덕과 골짜기와 성문 앞 광장에 가득한 사람들에게 인사를했다.

"쉘라마!"

많은 사람들이 자리에서 일어나 그의 인사를 받고, 그들도 마주 인사했다.

"쉘라마!"

"쉘라마! 예수 선생님!"

마지막 인사까지 모두 백부장에게 통역한 루포, 그리고 로마 군인들 가운데 서서 열심히 통역하던 알렉산더도 예수의 마지막 인사를 그들에게 전했다.

"쉘라마"

그런데 뜻밖으로 백부장이 예수를 바라보며 똑같이 인사를 했다.

"예수! 쉘라마!"

예수는 스스로 로마 군인들 앞에 서서 걸어가기 시작했다. 사람들은 그제야 정신이 돌아왔다. 조금 전까지 그들은 곧 십자가에 매달려 처절한 고통을 겪으며 버둥거릴 사람 예수의 얘기를 듣고 앉아 있었음을 깨달았다. 그가 처형을 받을 사람이라는 것, 로마 군인들이 예수를 끌고 처형장으로 간다는 것, 죽음을 향해 걸어가는 예수에게 자기는 아무것도 해 줄 수 없다는 현실에 눈을 떴다.

'왜 예수는 처형받으러 가는 마지막 길에서도 저런 말을 하는가?'

알 수 없었다. 예수는 모든 사람을 대신해서 고통을 받으러 끌려가는 사람인가? 모든 사람이 겪을 고통을 먼저 겪는 사람인가? 그것은 아직 그들로서는 알 수 없는 영역에 속했다. 한 번도 그런 일을 본 적도 없고, 들어본 적도 없었기 때문이다. 이 세상이 사람 살아가는 마지막 세상이라면서 마치 어디 잠시 다녀오려고 길 떠나는 사람처럼 십자가를 등에 지고 그런 얘기를 한 예수는 과연 어떤 사람인가?

무거운 가로기둥을 짊어지고 큰 돌 작은 돌, 뾰족한 돌이 가득 깔린 골짜기 바닥을 맨발로 걸으면서 예수는 점점 무릎이 펴지지 않는 것을 느꼈다.

'무릎을 못 펴면 곧 쓰러진다. 무릎을 펴야 한다.'

여러 번 속으로 다짐하지만 한 발 한 발 움직일 때마다 곧 주저앉을 것 같았다.

병사들은 골짜기 옆에 길이 있건만 굳이 골짜기 바닥으로 예수를 끌고 갔다. 성전을 지으면서 굴려 내린 돌들이라 모서리가 아직 뾰족하

게 날이 서 있었다. 하얀 돌, 거무스레한 돌, 단단하고 반질반질한
돌, 날카로운 돌, 돌을 골라 디딜 수도 없어 그저 아무 돌이나 맨발로
디디며 걸었다.

어깨에 묶여 있는 기둥이 몸을 자꾸 뒤로 잡아당겼다. 잘못하면 기
둥을 지고 벌렁 뒤로 나자빠질 형편이다. 예수는 비틀거리던 다리를
어깨너비로 벌리고 서서 몸과 기둥의 중심을 잡았다. 허리를 좀 더 앞
으로 숙이면 몸이 앞으로 고꾸라질 것 같고, 허리를 펴고 일어서면 뒤
로 넘어질 것 같고. 겨우 중심을 잡고 걸음을 떼려는데 걸음을 지체했
다고 채찍이 날아든다. 채찍은 기둥과 오른팔을 몇 바퀴나 휘감았다.
그 바람에 몸이 휘청거렸다.

"아이고, 저런! 아이고, 저런! 선생님!"

"아이고, 선생님! 어쩐대요! 어쩌면 좋대요!"

여자들의 울음소리가 들렸다. 분명 성문에서부터 예수를 따라 내려
온 움막마을 여자가 틀림없다. 어머니의 신음소리도 그 울음 속에 섞
여 있었을 것이다. 뒤따라오는 사람들 중 아이들을 로마 병사가 쫓아
보냈다. 그들도 이제부터 벌어질 처참한 광경을 애들에게 보이는 것
이 마음에 걸렸던 모양이다.

뒤로도 벌렁 넘어지고, 앞으로도 푹 고꾸라지기를 여러 번, 그때마
다 병사들은 채찍으로 예수를 사정없이 내려쳤다. 일행의 뒤를 따르
며 가끔가끔 큰 소리로 예수를 조롱하던 아랫구역 사람들도 입을 꾹
다물었다. 움막마을 남자들은 병사가 채찍을 휘두를 때마다 마치 자
기가 그 채찍을 맞은 듯 움찔움찔했다. 넘어진 예수를 내려치는 채찍
을 잡아채 거꾸로 병사들에게 힘껏 휘두르고 싶은 마음이었다.

남동쪽 성문 앞 넓은 터와, 성벽 너머의 성전 광장과 계단에서 수많은 유대인들이 기드론 골짜기를 느릿느릿 걸어 올라가 올리브산 자락에 이른 행렬을 지켜보고 서 있다. 성문 쪽에 모여 있는 사람들은 간간이 큰 소리로 예수를 비난하기도 하고, 어떤 사람이 우스갯소리를 하면 웃음도 터트렸다. 사람들은 자기의 본마음을 숨기려고 일부러 큰소리로 떠들거나 과장스러운 몸짓을 한다. 그러면 마음 바닥부터 기어 올라오는 두려움을 다른 사람이 눈치 채지 못하도록 슬그머니 밀어낼 수 있기 때문이다.

총독이 계획했던 대로, 성전과 예루살렘 지배자들이 원했던 대로, 이제 예수는 십자가를 지고 떠난다. 곧 한 걸음 한 걸음 산비탈을 힘들게 걸어 올라갈 것이다. 그러면 지난 수십 년 내 가장 위험스러운 인물을 무난하게 제거하는 셈이다. 예수를 제거함으로 잃을 것을 지켰고, 무너질 뻔한 것을 붙들어 세웠고, 휩쓸려 떠내려 갈 것을 잡아 뒀다고 생각할 것이다.

그런데 마음속을 파고드는 불안은 무엇 때문인가? 예수가 떠들었던 얘기 때문인가? 그의 가르침에 귀를 세우고 듣던 사람들 때문인가? 동쪽하늘 저쪽에 떠 있으면서 예루살렘을 지그시 내려다보는 구름 때문인가?

"선생님! 왜 선생님이 이런 고난을 겪습니까? 선생님이 잘못한 것이 도대체 무엇이라 이런 일을 당하시고… 왜?"

기드론 골짜기 끝 무렵, 산자락으로 막 올라가는 길목에 서 있던 여자가 울면서 소리쳤다.

예수가 무슨 말로 대답할 수 있단 말인가? 왜 예수를 처형하느냐고 물으려면 로마 유대총독 빌라도나, 예루살렘 성전의 대제사장 가야바나, 갈릴리 분봉왕 헤롯 안티파스에게 물어야 한다. 그들이 바로 예수를 처형하는 사람들이다.

그들이야말로 예수가 내려놓으라고 가르친 것을 움켜쥔 사람들이다. 가장 많이 움켜쥔 사람 밑에 조금 덜 쥔 사람이 있고, 그 밑에는 더 덜 가진 사람이 있다. 그런데 울부짖는 여인은 아무것도 지킬 것이 없는 여자다. 많은 사람들 앞에서 부끄러움도 모르고 큰 소리로 울부짖을 만큼 수치도 모르는 사람이다. 가진 것을 모두 잃은 사람이다. 그녀는 예수에게 울면서 물었다. 하느님이 언제 그녀의 울부짖음을 들어준 적이 있었던가?

할 수만 있으면 그녀는 하늘을 우러러 외치고 싶었으리라.

"도대체, 우리에게 해 준 게 무엇이 있다고, 이런 끔찍한 일을 이 사람 어깨에 얹으셨습니까? 우리에게 따뜻한 말 한 마디라도 건넨 사람은 온 세상에 오직 이 한 사람 예수뿐이었습니다. 그런데, 하늘을 맴돌던 독수리가 병아리를 채 가듯, 이 사람을 발톱으로 움켜쥐고 채 가도록 놔두는 이유가 무엇입니까?"

분명 하느님에게는 그렇게 물어야 했다. 위에서 허락하지 않은 일이라면 땅의 사람들이 어찌 감히 할 수 있겠냐 생각하며 살지 않았던가? 땅 위의 모든 지배자들은 그들의 권세가 하늘로부터 내려온 것이라고 말하지 않았던가?

예수는 울부짖는 여자 앞에 섰다. 헉헉거리고 무거운 기둥을 짊어지고 비틀거리며 걸어와서 한동안 숨을 고르다가 입을 열었다.

"슬퍼하지 마세요! 내가 지금 확실하게 가진 것은 내 생명뿐입니다.

나는 내가 가진 것을 내놓는 것입니다. 사람이 자기가 갖지 않은 것을 어찌 내놓을 수 있겠습니까? 자기 것을 내놓지 않으면서 다른 사람에게 내려놓고 내놓으라 할 수 있겠습니까? 그런데, 왜 이런 일이 일어나는지 울며 묻고 있으니 그대는 세상을 가슴에 품은 사람입니다."

예수가 하는 말을 옆에서 듣고 있던 아랫구역 사람이 몸을 부르르 떨었다. 그는 바리새파의 가르침을 열심으로 따르는 사람이었다.

"자기가 가진 것을 내놓으라!"

세상 사람들은 마음으로 함께하겠다고 말한다. 찾아와서 저녁내 하소연한 사람에게 아주 측은한 눈길을 보내며 말한다. 사람들은 그런 일에 익숙한 채 살았다.

"어두운 길 조심해서 가라! 이스라엘의 하느님이 이스라엘 사람 그대를 돌보시기를 내가 원하노라!"

그런데 예수는 자기가 가지고 있지 않은 것으로 내놓는 척하면 위선이라고 말하는 것 같았다. 자기가 가진 것은 오직 생명 하나, 그래서 내놓는다고 말했다. 그는 생명밖에는 아무것도 자기 몫으로 갖지 못한 사람이다. 다른 생명이 겪는 고통을 보면서 자기 생명을 걸고 고통 앞에 맞선 사람이다.

"왜 그렇냐 물으며 울고 있으니…."

"세상을 가슴에 품은 사람!"

다른 사람이 겪는 고통을 보며 자기도 고통스러워 울부짖고, 왜 그래야 하느냐고 묻는 사람이라면, 눈물과 아픔으로 세상과 연결된 사람, 세상과 하나가 된 사람, 세상을 가슴에 품은 사람이라는 예수의 가르침이다.

이스라엘에서 성전이 그런 일을 했던가? 이스라엘의 선생 바리새파가 그 역할을 맡았던가? 그들은 그들이 줄 수 없는 축복과 용서를 자기들 것인 양 빌어 주었다. 자기들이 가진 것이 아니라, 하느님의 것을 덜어 내어 나눠 주겠다고 나섰다.

'사람들이 원했던 것은 축복이 아니라 빵 한 조각인 것을…. 그들이 간구한 것은 죄의 용서가 아니라 같이 울어 주는 마음인 것을…. 그것이 사람이 사람답게 살아가는 세상을 이루는 첫 걸음인 것을….'

아랫구역에 사는 바리새파 그 사람은 울부짖던 여자 앞으로 나왔다. 그리고 예수에게 무릎을 꿇었다.

"선생님! 저를 제자로 받아 주십시오. 제가 살아 있는 동안, 선생님의 가르침을 한시도 잊지 않고 세상에 전하겠습니다. 이제 왜 선생님이 이 고난을 받으시는지 잘 알게 됐습니다."

몸의 균형을 잡느라고 한 발 두 발 앞으로 갔다가 뒤로 한 발 물러나기를 거듭하면서 예수가 말했다.

"일어나시오! 사람은 어떤 누구에게도 무릎을 꿇으면 안 됩니다. 아끼고 사랑하고 존중하되, 섬기면 안 됩니다."

그는 일어섰다. 그리고 예수를 포옹하려고 다가갔다. 그때 로마 병사가 방패를 들이대며 막았다.

울부짖던 여자가 다시 외쳤다.

"선생님! 저도 제자가 될 수 있습니까?"

"그대는 내 제자라기보다 이미 함께 길을 걷는 친구가 됐습니다. 이제 나를 위해 울지 말고, 그대를 위해 울고, 이웃을 위해 우세요. 울음은 사람 마음을 여는 열쇠입니다. 그대들, 여기 있는 모든 사람을 축복합니다."

그러더니 예수는 늘 그랬던 것처럼 편안한 얼굴로 사람들에게 인사
했다.

"쉘라마!"

"쉘라마! 쉘라마, 선생님!"

기드론 골짜기에서 마지막으로 사람들을 가르친다고 너무 시간을
지체해서 백부장은 마음이 급했다. 그가 눈짓으로 명령하자 로마 군
인들이 예수를 돌려세웠다. 예수는 순순히 그들이 하자는 대로 언덕
길로 접어들었다.

등에 짊어진 기둥도 무거웠고 뒤로 넘어지지 않으려면 목을 숙이고
상체를 숙여야 해서 더욱 힘들었다. 언덕길로 들어서자 지금처럼 상
체를 숙이면 몸이 앞으로 처박힐 것 같았다. 균형 잡는 방식이 달라져
야 했다. 앞뒤로 흔들거리는 몸의 균형을 잡기 위해 예수는 잠시 멈춰
서서 몸을 가누었다. 그때 로마 병사의 채찍이 날아들었다.

"딱!"

채찍은 기둥을 넘어 예수의 몸을 한 번 휘감고 왼쪽 옆구리를 갈겼
다. 백부장이 병사에게 서두르라고 다시 신호를 보낸 모양이었다.

"으으 으으!"

느닷없이 채찍을 맞은 예수는 앞으로 고꾸라질 뻔했다. 고꾸라지지
않으려고 너무 과도하게 뒤로 제쳤는지 기둥을 지고 그만 뒤로 나뒹굴
었다. 그 순간, 길옆에 서 있던 사람들이 너무 놀라 입을 다물지 못하
는 모습이 보였고, 여자들의 비명소리가 들렸다.

예수의 눈에 철렁 파란 하늘이 들어왔다.

"아!"

그렇게 벌렁 뒤로 넘어져서 한눈에 가득 들어온 하늘을 바라보자 눈물이 나려고 했다. 그냥 이대로 십자가 가로기둥을 짊어진 채 누워 있을 수 있다면….

"일어나!"

분명 그런 소리였을 것이다. 병사가 무어라 외치면서 팔을 높이 쳐들었을 때, 누가 번개처럼 나서서 병사를 떠밀고 채찍을 잡아채더니 길옆에 늘어선 사람들 뒤쪽으로 멀리 던졌다.

"아, 히스기야!"

그 사람은 분명 히스기야일 것이다. 세포리스 저수조에서 알렉산더의 채찍 한 끝을 휘어잡고 버티던 히스기야가 분명했다. 사람은 채찍맞을 존재가 아니라고 다시 히스기야가 외치고 나섰다고 생각했다.

로마군 병사들이 달려들어 그 사람을 붙잡아 땅바닥에 엎어 놓고 발로 등을 밟았다. 등 뒤로 팔을 꺾어 포박했다. 땅에 처박힌 얼굴을 예수 쪽으로 돌리려고 애를 쓰는데, 로마 병사가 무릎으로 꼼짝 못 하게 얼굴을 찍어 누르고 있었다.

뒤로 벌렁 누워 일어나지도 못한 채 버르적거리며 예수가 외쳤다.

"히스기야! 안 돼! 그러지마! 이제 그만해도 돼!"

그의 목소리는 울음이 반, 절규가 반 섞였다.

"안 돼! 그만해도 돼!"

그를 포박한 병사들이 그를 끌고 일으켜 세웠다. 얼굴이 보였다. 땅에 얼굴이 짓이겨져서 코가 터지고 입에서 피를 흘리는 젊은이, 그는

히스기야처럼 보이기도 하고 아니기도 했다. 벌렁 누워 올려다본 그
의 얼굴이 하늘을 반이나 가릴 만큼 커 보였다.

예수와 눈이 마주치자 젊은이는 입을 벌리고 울음을 터트렸다. 피
와 침과 콧물이 뒤범벅이 된 얼굴, 그는 소리도 못 내고 울음을 터트렸
다. 컥컥 숨이 막히게 울었다. 그리고 예수를 내려다보며 말했다.

"선생님!"

히스기야가 아니고 예루살렘성 아랫구역에 산다는 젊은이였다. 지
난밤, 대제사장 가야바의 집에서 열린 재판에서 예수의 죄를 증언한
젊은이, 첫날 성전 뜰에 들어왔을 때부터 늘 예수 주위를 맴돌던 젊은
이, 유난히 눈이 반질반질하고 호기심이 많던 그 젊은이였다.

백부장이 신호를 하자 병사들이 예수를 일으켜 세웠다. 왼쪽 오른
쪽에서 기둥을 들어 올리고, 한 사람은 뒤에서 등을 밀고, 한 사람은
앞에서 그를 끌어당겼다. 겨우겨우 몸을 일으켰고, 밀고 당기고 기둥
을 들어 줘서 균형을 잡을 수 있었다.

예수는 젊은이를 바라보며 타일렀다.

"그러지 않아도 돼요! 나는 그대 마음을 알아요."

그리고 백부장 쪽으로 얼굴을 돌렸다. 백부장은 등 뒤 왼쪽에 서 있
어서 기둥을 짊어진 예수는 그를 돌아보며 말할 수 없었다.

"저 젊은이를 놓아주세요. 아직 할 일도 많고 세상을 많이 살아야
할 사람입니다."

그때 루포와 알렉산더가 헐레벌떡 언덕길을 뛰어올라 왔다. 그들의
뒤에는 그들의 아버지 시몬과 큰아버지 요셉이 꺾인 무릎으로 걷듯 올
라왔다. 루포는 헐떡이는 숨으로 예수를 바라보았다.

"선생님!"

"백부장에게 저 젊은이를 놓아 달라고 말을 전해요. 내가 다 내놓았으니, 다른 사람은 그냥 놓아 달라고 말해요."

루포가 로마 말로 백부장에게 그 말을 전했다. 백부장이 어떻게 처리하는지 사람들이 모두 지켜보고 있다. 무장한 로마 군사가 100여 명, 산자락에 자리 잡은 군영에만 300여 명, 유대인들이 소란을 일으켜도 진압이야 할 수 있겠지만, 위수대장에게서 특별히 받은 명령이 마음에 걸렸다.

"유대인들을 격동하지 말고 죄인들만 처형하라!"

그는 턱으로 신호를 보냈다. 병사들은 젊은이의 결박을 풀어 주고, 그를 유대인들 뒤로 밀어냈다. 젊은이는 밀려나면서 큰 소리로 울었다. 그리고 외쳤다.

"선생님! 제 잘못입니다. 저는… 평생 벗어날 수 없는 죄를… 하느님과 선생님… 동족 유대인들에게도 죄를 지었습니다."

예수가 그를 위로했다.

"아니오, 젊은이! 그건 죄가 아니고, 삶이오. 그렇게라도 살 수밖에 없는 세상 때문이오. 그대를 통해서 세상은 돌이킴을 배울 거요. 젊은이! 그대를 축복하겠소!"

그리고 예수는 길옆에 서 있는 사람들을 바라보며 말했다.

"원수를 사랑하시오. 원수를 위해 기도하시오. 원수는 싸워 이겨야 할 적이 아닙니다. 원수에게서 승리를 구하지 말고, 관계를 바로잡아 치유하세요. 원수가 될 만큼 미워했던 상대에게 먼저 다가가시오. 왼쪽 뺨을 때리면 오른쪽 뺨을 돌려 대고, 겉옷을 벗어 달라고 강제하면 속옷도 벗어 주고, 내 짐을 지고 5리를 가자고 하면 10리까지 지고 가세요!"

예수가 여러 번 사람들에게 가르쳤던 말이다. 전에는 원수를 사랑하라는 말을 들으면 고개를 흔드는 사람, 히죽히죽 비웃는 사람도 있었다. 그러나 올리브산 언덕길, 무거운 가로기둥을 짊어지고 십자가 처형을 받으러 가는 예수의 입에서 다시 그 말이 나오니 사람들 마음속에 이전과 달리 깊은 파동이 일었다.

그러자 아니나 다를까 어떤 사람이 외쳤다.

"그렇게 원수를 사랑하면, 나중에는 하느님이 원수를 대신 갚아 주십니까? 원수 갚는 것은 하느님에게 맡기고, 우리는 그저 참고 넘어가야 합니까?"

"참고 넘어가는 것이 아니고 사랑하는 것입니다. 폭력을 폭력으로 갚지 말고, 나를 억압하고 강제하고 폭력을 휘두른 사람에게 폭력으로 이길 수 없는 것이 있다는 것을 보여 주는 겁니다. 그의 가슴속에도 심어져 있지만 눈을 감고 잠들어 있는 하느님의 마음을 깨우는 일입니다. 사랑과 용서는 세상을 바꾸는 가장 큰 걸음입니다."

"뺨을 돌려 대면 또 때릴 텐데요!"

"그러겠지요. 그리고 부끄러움을 느끼겠지요."

루포가 눈을 반짝이며 물었다.

"아무리 그리해도 그 사람이 부끄러움을 안 느끼면, 맞서야 합니까? 그가 깨닫도록?"

"아닙니다. 그가 했던 것과 똑같이 갚는 일이 맞서는 것이고, 그냥 눈을 감고 꼼짝 못 하는 것은 피하는 것이지만, 상대의 눈을 똑바로 바라보며 자꾸 뺨을 돌려 대면, 그대가 이길 것입니다. 폭력은 폭력으로 끝낼 수 없습니다."

알아듣기 어려운 말이었다. 예수가 당하고 있는 일을 보면 그가 온 힘을 다해 마지막 깨우침을 전해 주려고 한다는 것은 알겠는데, 5리 갈 것을 10리까지 가 주고, 왼뺨 오른뺨 계속 돌려 대는 것으로는 끝이 없을 것 같았다.

사람들 얼굴에 의아한 표정이 떠오르는 것을 백부장은 똑똑히 보았다. 이때가 바로 예수를 사람들에게서 떼어 놓을 때라고 생각했다.

"끌고 가!"

병사들은 예수가 지고 있는 기둥의 양 끝을 붙잡고 앞으로 밀었다. 예수는 그들이 미는 대로, 끄는 대로 밀려가고 끌려갈 수밖에 없었다. 자기 발로 걸어 내려오고 올라가던 길을 이제 꼼짝없이 제압당해 올라가면서도 예수는 생각의 끈을 놓지 않았다.

곧 십자가에 매달려 끝없는 고통 끝에 숨을 놓는다고 해도, 그는 그가 가야 할 길을 멀리멀리 내다보아야 할 사람이다. 이제 누구에게도 말로 설명해 줄 기회는 없다고 하더라도, 예수가 걸었던 길, 그 언덕길과 골짜기를 예수처럼 생각하며 더듬을 사람이 있으리라 믿었다. 사람이란 원래 그렇다고 생각했다.

한 걸음 떼고, 또 한 걸음 떼면서 예수는 그가 했던 말을 다시 생각했다. 때로는 말이 먼저 나오고 생각이 그 뒤를 따른다. 생각한 대로 말을 하기도 하지만.

'언젠가 저들도 깨달을 수 있으리…. 반드시 그리 될 것을! 사람이 본래 그렇지 않겠는가? 하느님이 사람을 그렇게 짓지 않으셨겠는가? 사람을 만들면서 서로 죽이고 싸울 것을 예상하셨겠는가? 첫 사람 아담에게 또 한 사람을 이끌어 같이 지내도록 하면서, 그들의 자손이 죽이고 죽고, 주인이 되고 노예가 될 것을 생각이나 하셨겠는가?'

눈으로 땀이 흘러들어 따갑고 쓰렸다. 맨발로 골짜기를 걸었고, 언덕을 올랐으니, 발바닥에 성한 곳은 한 군데도 없다.

"하느님이 마지막에 원수를 갚아 주십니까? 그러니 그때를 기다려야 합니까?"

어제 성전 뜰에서도, 조금 전 골짜기 끝에서도 사람들이 물었던 그 말이 자꾸 생각났다.

'누가 내 대신 원수를 갚아 주거나, 미운 사람과 원수를 내 대신 거꾸러뜨리기를 바란다면… 세상에 평화가 올 수 없으리라. 끊임없는 폭력의 악순환, 주거니 받거니 미움이 커질 수밖에 없을 것이다.'

언덕을 올라가면서 바라보니 오른쪽으로 비탈에 있는 묘지들이 보이고, 그 저쪽에 사람들이 기다리고 있는 것도 보였다.

'저곳이겠지…. 저기까지 가야겠지….'

너무 짧은 거리 같기도 하고, 하던 생각을 마저 하기에 충분할 만큼 먼 거리로도 보였다.

예수가 폭력으로 폭력에 대항하지 말라고 가르친 것은 사람이 얼마나 귀한 존재인지, 내가 사람이라는 것뿐만 아니라 상대도 귀한 사람이라는 깨달음에 이르렀기 때문이다. 그는 여러 번 사람들에게 가르쳤다.

"한 사람의 생명이 이 세상 모든 사람의 생명보다 결코 가볍지 않습니다!"

희생은 한 생명을 내어주어서 많은 생명을 살린다는 생각이다. 한 생명과 많은 생명을 따진다면, 큰 생명과 작은 생명도 따지게 되고, 무거운 생명과 가벼운 생명, 귀한 생명과 하찮은 생명을 구별하게 된다. 하느님이 처음에 한 사람을 만들었으니 그 사람이 사라지면 세상에는 더 이상 사람이 없어지지 않겠는가? 그래서 두 사람을 만들었다면, 둘 중에 한 사람이 사라지면 세상 사람의 반이 없어지고, 셋 중에 하나가 사라지면 세상의 삼분지 일의 사람이 사라진 것인가?

'아니다. 하느님은 처음부터 한 사람, 두 사람, 천 사람, 만 사람, 숫자로 생각하신 것이 아니고, 사람을 한 생명으로 보신 것이다. 사람에게 눈이 있고 귀가 있고 입이 있고 발이 있고, 몸통이 있는데 어디까지 사람이고 어디부터는 사람이 아닌가? 몸 전체를 사람이라고 부르듯, 땅 위에 있는 모든 사람을 하느님은 사람이라고 부르셨으니… 그중 한 사람과 나머지를 어찌 나누고 귀하다 값없다 정할 것인가?'

그것은 어떤 사람이든 존경하고 아껴 주고 사랑할 만큼 귀한 사람이라는 말이다. 그것을 깨달아 사람이 모두 한 사람으로 보이면, 하느님의 뜻이 사람에게 실현되는 것이라고 예수는 생각했다.

"하느님이 원수를 갚아 주십니까? 그때까지 참고 기다려야 합니까?"

사람들은 예수에게 묻고 또 물었다. 하느님이 원수를 갚아 주는 날, 억울한 사람의 사정을 들어주고, 악한 사람에게 영원히 벗어날 수 없는 벌을 주는 날을 기다렸다. 어떤 날을 세상의 끝날이라 믿었고, 어떤 사람은 그날이 오면 하느님이 아들을 내려보내 이 땅에 새 하늘과 새 땅을 열어 줄 것이라고 믿었다.

'원수가 거꾸러지는 것을 기다리는 마음….'

'그런데 왜 하느님이 나서기를 기다릴까?'

사람들의 그런 마음을 생각하면 예수는 가슴이 먹먹했다. 세상에는 그들을 위해 나서는 사람이 아무도 없었기 때문이리라. 억압하는 사람 앞에 서서 고개를 떨구고 무릎을 꿇으면서 하느님이 나서 줄 날을 기다릴 수밖에 없는 사람들. 그들을 위해 나서는 사람을 한 번도 본 적이 없고 들은 적도 없으니 당연히 그렇게 생각했을 것이다.

　시간이 주어진다면 예수는 그들에게 얘기하고 싶다.

　"자기 목숨을 걸고 싸워서 저항하십시오. 폭력에 폭력으로 저항하지 말고, 내 목숨을 가져가라고 저항하십시오. '내 목숨도 당신 목숨만큼 귀중한데, 이제 당신은 결단해라! 내 목숨을 가져가겠느냐, 폭력을 중단하겠느냐?'"

　예수가 폭력에 저항하지 말라는 말은 굴복하라는 말이 아니었다. 상대방이 칼로 푹 찌를 때 대항하지 말고 그저 칼을 맞고 죽으라는 말이 아니고, 칼을 든 사람의 눈을 보라는 말이다. 그가 칼로 찌르는 나도 그와 마찬가지로 사람이라는 것을 깨닫게 해 주라는 말이다.

　'폭력의 수단을 갖지 못한 사람이 가진 유일한 저항수단, 그것은 내가 가진 것뿐! 내가 가진 유일한 것, 내 생명뿐이다.'

　'그러니 폭력에 순종하는 것이 아니고, 충돌을 회피하는 것이 아니고, 세상을 눈 감고 조용히 넘기며 사는 일이 아니고, 내 모든 것을 가지고 저항하는 일이다.'

　이제 처형장이 가까웠다. 긴 층계처럼 줄줄이 무덤이 자리 잡은 곳이다. 그 한 줄에 접어드니 끝에 처형장이 보였다. 줄 몇 개가 뚝 끊어진 듯 커다란 바위가 있고, 그 바위 위에 평평한 터가 있다. 바라보니 이미 십자가 두 개가 세워져 있고, 벌거벗은 사람들이 매달려 있다. 그리고 그 밑에는 로마군 병사 열댓 명이 기다리고 있었다.

눈짐작으로 오백 걸음쯤 되는 것도 같고 천 걸음도 넘는 것 같다. 예수는 갑자기 무서운 생각이 들었다. 십자가에 매달리는 것도 무섭 지만, 처형장까지 걸어가지 못하고 쓰러지거나, 아래 무덤으로 굴러 떨어지거나, 아까처럼 뒤로 벌렁 넘어질까 봐 두려웠다.

'의연하게 잘 견뎠는데…여기서 무너질 수는 없지….'

마음을 다잡고, 기둥을 한 번 추썩 추스르고 부들부들 떨리는 무릎 에 힘을 주고, 한 걸음 한 걸음 걸었다. 넘어지지 않고 빨리 걸어 처형 장에 무사히 도착하겠다는 생각도 들고, 할 수만 있다면 되도록 천천 히 걸어 시간을 좀 늦추고도 싶었다.

'죽음을 피할 방법이 있는가?'

'없지! 세상 어느 누가 죽음을 피했던가? 달아나도 쫓아오고, 숨어 도 찾아내고….'

죽음을 눈앞에 두고 보니 죽음을 멀리하고 싶은 사람들 마음을 예수 는 더 잘 알 수 있게 됐다.

'그래서 지배자들이 죽음을 가지고 위협했구나!'

어느 사람도 죽음을 피할 수 없기에 죽음 이후의 천국과 지옥을 내 세워 사람을 유혹하거나 위협했다. 천국은 보상이었고 지옥은 처벌이 었다. 사람이 위협이나 보상 때문에 그의 행동을 결정한다면 몸이 죽 기 이전에 정신이 먼저 죽은 사람이 된다. 속은 죽고 껍데기 몸만 걸어 다니는 사람이 된다. 그러면 다른 사람과 더불어 세상을 어찌 살아야 할지 도덕이 끼어들 자리가 없다.

'한 사람과 마찬가지로 이스라엘이 하느님의 축복을 찾고 처벌을 회피하기 위해서 무슨 일을 결정한다면, 이 땅에 도덕이 설 자리는 없다. 도덕은, 그리고 사람이 사람답게 살기 위해 지킬 윤리는 세상에서 필요 없는 것인가? 자유, 자율성, 자기 행동을 자기가 책임지는 일을 외면하면서도 하느님이 이 세상에 사람을 낸 이유를 따로 찾을 수 있을 것인가?'

그동안에는 죽음이 어떤 관념이었다면, 이제 몇 걸음 눈앞에서 예수를 기다리는 현실이 됐다. 십자가 가로기둥을 짊어지고, 조심조심 무덤 사이를 걸어 처형장에 올라서고, 그리고 십자가에 매달려 참을 수 없는 고통을 겪으며 오래 기다려야 죽음에 이르게 된다.

'죽음보다 죽음에 이르기까지 거쳐야 할 고통이 더 두려운 것을….'

그렇게 보니 죽음과 삶을 가르는 구분이 모호하게 느껴졌다.

어떤 방법으로도 피할 수 없는 죽음으로부터 달아나겠다고 영생永生의 방법을 찾아 헤매는 사람들이 있다. 며칠 전, 성전 뜰 솔로몬의 주랑건물로 예수를 찾았던 젊은이도 그랬다. 다른 사람들과 달리 편안한 삶을 누리면서도 그는 죽음으로부터 면제를 받고 싶어 하지 않았던가? 삶 자체가 대부분 사람들에게는 이미 견디기 힘든 고통인 것을….

'문제는 하느님의 축복과 징벌을 죽음과 연관 짓는 가르침이다.'

힘들게 걸음을 떼면서, 십자가를 지고 걸으면서 예수는 가슴속에서 솟아오르는 새로운 깨달음을 맛보았다.

'그래서 다 때가 있다고 한 모양이지….'

죽음을 눈앞에 두고 걸으면서 죽음을 생각하니 죽음을 만질 수 있고, 죽음에게 말을 걸 수도 있고, 죽음이 들려주는 소리도 들을 수 있게 됐다. 죽음이 예수에게 말을 걸었다.

'나는 사람들에게 속삭이는 약속이 아니야! 새로운 세상으로 들어가는 문이 아니야! 여기서 끝이야!'

예수는 이스라엘의 경전에 숱하게 나타난 죽음과 징벌을 생각했다. 어떤 사람도 피할 수 없는 죽음이 징벌의 결과라고 본다면 땅 위에 숨 쉬며 살아가는 모든 생명은 지은 죄가 있든 없든 모두 징벌을 받았다는 말이다. 하느님에게 축복을 받고 누릴 것 다 누리고 산 사람들이 죽으면 '조상의 곁에 누웠다'고 기록하고, 하느님이 미워한 사람의 죽음은 '하느님이 그를 치셨다'고 기록했다. 죽음에 다름이 있는가?

며칠 전, 성전 뜰에서 가르칠 때 예수는 사람들에게 죽음을 언급한 적이 있다.

"죽음은 아무것도 바꿀 수 없습니다. 내가 살아 있는 동안에는 죽음이 나를 지배할 수 없고, 내가 죽은 다음에는 죽음이 더 이상 나에게 문제될 것이 없습니다. 죽음이 눈앞에 다가오는 것을 느끼며 두려워하지만 삶이란 생명이 시작하면서부터 한 발짝씩 때가 정해지지 않은 끝으로 나아가는 걸음이 아니겠습니까?"

그때만 해도 그는 죽임을 당하리라 예상하고 있었지만 아직 눈앞으로 다가오지는 않았다. 죽음이 아직 먼 훗날의 일이라고 생각할 때와 이제 눈앞에 닥친 일이 되었을 때 어떻게 서로 다른지 예수는 가로기둥을 지고 걸으면서 절실하게 깨달았다. 그리고 결국 그 스스로 죽음을 일부러 무시했다는 결론에 이르렀다.

'나의 죽음과 다른 사람의 죽음, 눈앞에 닥친 죽음과 언제가 될지 알수 없는 막연한 죽음…. 결국 죽음을 가지고 위협한 성전이나, 죽음

을 일부러 별것 아닌 것처럼 무시했던 나나 별반 다를 것 없었구나!'

그 생각에 이르자 갈릴리에서 만난 노인 생각이 났다. 예루살렘 길에 오르기 전, 죽음을 앞둔 어느 노인의 손을 잡고 예수가 위로한 적이 있었다.

"죽음이 두려우신가요?"

죽음이라는 말을 듣고 갑자기 그의 숨이 가빠졌다. 곁에서 들어도 헉헉 숨쉬기가 쉽지 않아 보였다.

"늙었으니 죽긴 죽어야겠지요, 선생님?"

예수가 잡은 그의 손이 가늘게 떨렸다. 죽음을 받아들이는 말 같아도, 피하고 싶다는 생각을 그렇게 표현한 대답이었다. 세상에는 일부러 죽음을 찾아 길을 떠나려는 사람도 있고, 죽음이라는 말만 들어도 가슴이 답답하고 숨이 가빠지는 사람도 있다.

예수는 그 노인에게 죽음 이후 다른 세상이 있다는 위로를 주기로 마음먹었다. 다른 세상의 기대를 가지고 남은 날들을 위로받으며 사는 노인에게 일부러 야박하게 빈 그릇이라고 들어 보여 줄 이유가 없다고 생각했다.

"편안하게 생각하세요. 죽음이란 슬쩍 어떤 선을 넘어 다른 세상으로 들어가는 것이라고 생각할 수도 있지요. 그렇다면 그걸 두려워할 이유가 무엇이겠어요? 또 달리 생각하면 삶과 죽음은 이 색깔과 저 색깔 중 어느 것이 더 짙은지 그저 보기 나름이라고 생각할 수도 있지 않겠어요? 사람이 죽을 때, 언제 죽었다고 판정합니까? 숨이 끊어지면? 마지막 숨을 내쉬면? 사람은 태어나서 첫 숨은 들이쉬고 생을 마칠 때 마지막 숨을 내쉽니다. 죽음을 이기려 애쓰지 않고 그냥 받아들이는 것이지요. 사람은 죽음과 함께 살아간다는 사실을 인정하는 거지요. 그러니 그냥 이제까지 길을 걸었듯 앞으로도 그렇게 걸어간다고 생각하세요. 그러다가 어디에 도착하면 저쪽으로 넘어가는 것이라고."

그 노인은 예수의 말을 들으면서 긴가민가하는 눈치였다. 그러더니 한참 만에 힘겹게, 그러나 멋쩍은 눈빛으로 입을 달싹이면서 말했다.

"그래도… 지금은 말고… 조금 더 있다가…."

나이 많이 든 사람 앞에서는 되도록 죽음이라는 말을 입에 올리지 않는 것이 예의였다. 피할 수는 없겠지만, 마지막 어쩔 수 없는 순간까지 미뤄 놓고 싶다는 생각 때문이다. 그런데 오히려 예수는 죽음에 대해 터놓고 노인에게 말을 걸었다. 어차피 곧 맞이할 죽음인데, 슬그머니 닥친 죽음 때문에 당황하다가 숨을 거둔다면, 그건 사람이 살아온 자기 삶에 대한 예의가 아니라고 생각했다.

"죽음은 하느님의 징벌이 아닙니다. 생각해 보세요. 그분에게서 사랑을 받았던 모든 사람도 결국 죽지 않았습니까? 아침에 해가 뜨고 저녁이면 지듯 그저 일어나고 또 일어나는 일입니다. 나에게는 오직 한 번만 일어날 일이라고 생각하세요. 그러면 덜 두려울 겁니다."

그러자 그런 중에도 노인은 비시시 웃었다.

"한 번만 죽는다고요?"

"그럼요! 그러니 두려우시면, 나는 한 번밖에 안 죽는다고 마음 편하게 생각하세요."

그러자 노인의 얼굴에 슬그머니 미소가 퍼졌다. 한 번밖에 안 죽는다는 말이 그를 위로한 모양이었다.

'그렇지! 한 번만 죽으면 되지….'

처형장을 바라보며 그 생각을 하니, 예수에게도 위로가 됐다.

그리고 잠시 걸음을 멈추고 천천히 몸을 돌렸다. 조금만 균형을 잃으면 몸이 기우뚱 넘어질 형편이다. 무덤 끝 발을 디디고 선 자리는 장정 두 사람이 겨우 설 수 있을 만큼 좁았다. 오른발을 중심으로 삼아 왼발을 조금씩 조금씩 움직여 완전히 돌아섰다.

올리브산 중턱을 넘어 베다니로 넘어가는 길, 그곳에 사람들이 가득 늘어서 있다. 눈이 뿌예서 잘 보이지는 않지만 어머니도 동생도 그리고 막달라 마리아도 그곳에 서서 가로기둥을 지고 걸어가는 그를 바라보고 있을 것이다. 그가 떼는 걸음걸음을 함께 걸을 것이다. 어딘가 사람들 틈에 끼어서 므나헴도 그의 마지막 걸음을 지켜보고 있으리라. 기드론 골짜기, 성문 올라가는 길, 성문 앞 광장, 성전 길, 그리고 성전 광장에도 셀 수 없을 만큼 많은 사람들이 그를 지켜보고 서 있는 것이 보였다. 눈으로는 보이지 않지만 그는 보았다.

'내가 저들에게 무엇을 주었는가? 희망인가, 절망인가?'

어느 초겨울 나사렛 마을 옆 산에 불이 나서 모두 다 타버렸던 일이 떠올랐다. 시커멓게 타버린 산판을 보며 걱정하니 아버지가 예수의 어깨를 잡고 말해 주었다.

"괜찮아! 봄이 되면 새로 싹이 난단다. 저렇게 타버린 풀과 나무가 오히려 거름이 돼서 더 싱싱하고 푸른 풀이 돋는단다."

정말 그랬다. 몇 년 지나지 않아 예전보다 더 푸르러진 산을 보면서 얼마나 신기한지 모를 정도였다.

'이 일도 그렇게 되기를… 저들에게 아직 희망이 있기를….'

세상 가장 큰 이별

—·—

빌라도는 예수를 십자가형에 처하도록 명령한 후 곧 집무실로 돌아왔다. 예수가 채찍을 맞든 발가벗겨지든 이제부터는 더 이상 총독이 관심을 둘 가치도 없는 범죄자라는 표시였다. 집무실에 돌아오자마자 기다렸다는 듯 클라우디아가 좀 보자고 청했다.

마음속으로 매우 불쾌했다.

'아니… 지금 이때에….'

그렇다고 마냥 버티고 있기에도 마음이 불편했다. 얼마 후에 성전에서 마티아스가 찾아오기로 공식 일정이 잡혀 있으니 아내를 먼저 만나보기로 작정했다.

그가 안으로 들어가자 테라스에서 밖을 내다보던 클라우디아가 그를 바라보며 그대로 서 있다. 마치 그쪽으로 오라는 듯. 빌라도는 멈칫하다가 그녀 옆에 다가섰다. 그곳에서는 총독궁 광장도 보이고, 조금 전 예수를 재판했던 프레토리움도 보였다.

빌라도가 옆에 왔건만 그녀는 아무 말도 하지 않고 계속 건너편 산 위에 높이 서 있는 성전만 바라보았다. 그도 아무 말 하지 않고 성전을 바라보고 예루살렘 윗구역, 아랫구역, 눈이 닿을 수 있는 대로 멀리 내다봤다.

때로는 무슨 말을 하기보다 그저 같은 곳에 서서 같은 곳을 바라볼 때 훨씬 더 많은 말을 나눌 수 있다. 유대총독으로, 그에게 주어진 권한에 따라 유대인 한 사람을 처형하도록 재판을 통하여 명령했을 뿐이다. 왜 그 일에 아내는 그렇게 관심을 쏟을까? 그리고 왜 빌라도는 그처럼 마음이 무거울까? 마음만 무거운 것이 아니라 무엇인지 알 수 없는 불길한 예감이 슬쩍슬쩍 마음에 그림자를 던졌다. 그것은 형체를 알 수 없는 두려움이고, 해서는 안 될 일을 했을 때처럼 후회하는 마음이기도 하고.

불어온 바람이 아내 클라우디아의 치렁한 머리를 흔들고 지나갔다. 맑고 깨끗하고 작고 예쁜 귀가 눈에 들어왔다. 고운 목 줄기도 눈에 보였다.

"클라우디아! 이제 더 이상 마음 두지 말아요. 어차피 내가 해야 할 일이었어요!"

"아니에요! 비록 유대총독이지만, 당신이 직접 처형을 결정하지 않아도 됐어요."

평소답지 않게 단호한 목소리로 그녀는 말했다. 그 목소리를 들으니 괜히 가슴이 덜컹거리기 시작했다.

"그는 천하를 어지럽힌 사람이오. 그대로 놔두면 유대인들의 가슴 속에 반란의 불길을 일으킬 사람이오. 당신이 그를 잘 몰라서 동정하

는 것 같은데…. 그가 얼마나 위험한 사람인지 알았다면, 내 손으로
처리하는 것이 옳은 일이라고 생각했을 거요."

"유대에 와서 알았어요. 습기를 먹은 바람이 불면 비가 오고, 매캐
한 바람이 불면 곧 사막 바람, 모래바람이 불어 닥친다는 것을. 그건
황제 폐하도, 그리고 유대총독도 막을 수 없는 일이에요."

"징조?"

빌라도는 아침에 아레니우스가 입에 올렸던 말을 생각하며 혼잣말
처럼 물었다.

"예! 징조예요. 사람들이 갈릴리 선생에게 징표를 요구했는데, 그
는 오로지 앞으로 올 세상의 징조만 얘기했다는 소리를 들었어요."

"나는 당신이 그 보잘것없는 갈릴리 사람 일에 왜 그렇게 마음 쓰는
지 알 수가 없소. 이제 다 끝났소. 그 사람의 목숨을 구할 수 있는 사
람은 오직 황제 폐하 한 분뿐! 이미 처형을 명령했으니, 아무리 내가
유대총독이라고 해도 되돌릴 수는 없는 노릇!"

"그래서 안타까울 뿐입니다. 제 남편이 결국 저 사람의 처형을 명령
한 사람으로 기억될 테니까요."

"아무래도 상관없소! 사람들은 내가 옳은 결정을 했다고 기억할 것
이오."

"시간을 붙잡아 두려고 애쓴 사람으로 기억하겠지요."

그렇게 말할 때 그녀는 아주 쓸쓸해 보였다. 그녀의 온몸을 감싸고
있는 슬픔을 그는 느낄 수 있었다.

"당신이 왜 이러는지…. 내가 시간을 붙잡아 두었다면 황제 폐하께
서 나에게 큰 상을 내리시고, 세상 사람들은 두고두고 고맙다고 하겠

지요.”

“저도 몰라요! 무엇이 눈에 확실히 보였으면 당신에게 얘기했을 거
예요. 그저 안개 속으로 희뿌옇게 형체를 알아볼 수 없는 사람이 걸어
오고 있어요. 다만 저는 당신이 그 일에 손을 대지 않기만 바랐을 뿐이
에요.”

그녀는 감히 테라스에 나가 서서 예수가 재판받는 광경을 볼 엄두가
안 났다. 열린 문 안에 몸을 감추고 예수가 채찍 맞는 숫자를 세었다.
한 번 또 한 번의 채찍마다 그녀의 가슴속에 줄기줄기 깊은 상처를 남
기며 휘감고 돌았다. 쉰다섯 번의 힘껏 휘두른 채찍에 그가 쓰러질
때, 그녀도 겨우 가누던 몸을 더 이상 지탱하지 못하고 쓰러졌다.

‘왜 그랬을까?’

아무리 생각해도 알 수 없다. 한 번도 만나 본 적 없는 예수, 로마가
그곳도 유대라고 부르는 저 먼 북쪽 갈릴리 시골 어느 가난한 마을에
서 태어나고 자랐다는 사람. 왜 그의 아픔이 그녀의 아픔이 되었고,
왜 그가 쓰러질 때 그녀도 쓰러졌는지 알 수 없는 일이다. 남편 빌라도
가 개입하지 않도록 애썼다지만, 따지고 보면 그녀 스스로 알 수 없는
이유 때문에 개입한 셈이다.

“애야! 알 수 없는 일에 눈감는 사람은, 눈앞에 닥친 자기 일에도 눈
감는 법이다. 어떤 사람이 자기와 자기 가문과 자기 파당의 이익을 위
해서가 아니고, 알 수 없는 일로 고통을 스스로 짊어지고 나선다면 그
는 세상 모든 사람을 위해 나섰다는 것을 알아 두어라! 그런 사람 뒤를
따라 세상은 한 번도 가 보지 않은 길을 따라 걷는단다.”

클라우디아의 마음에 말을 건 아버지는 예수가 그런 사람이라고 알

려준 셈이다. 그녀의 마음을 아는지 모르는지 빌라도가 한마디 툭 내뱉었다.

"성전에서 보고할 일이 있다고 해서 다시 나가 봐야 해요. 괜한 일로 마음 쓰지 말고, 쉬어요."

"제가 언제 무슨 일을 했나요? 그저 늘 안에 있으면서 쉬었지! 걱정 마세요. 이제 늦었어요. 나가 보세요."

빌라도는 더 이상 아내를 붙잡고 얘기할 말이 없었다. 그래서 나오려는데 클라우디아가 그를 불러 세웠다. 다른 때 같으면 늘 문밖까지 따라 나와 배웅하던 그녀였다.

"저기요!"

"왜?"

그가 반쯤 몸을 돌리고 돌아보자 그녀는 다시 입을 닫았다.

"아니에요!"

그러더니 그가 문까지 걸어가는 뒷모습을 지켜보던 클라우디아가 다시 그를 불러 세웠다. 왜 자꾸 그러는지 화도 나고, 한편으로는 걱정이 돼서 쳐다보니 그녀가 작은 목소리로 말했다.

"성전 사람이 온다고 했지요? 그들에게 분명히 말해 두세요. 당신은 전혀 그럴 생각이 없었는데 성전 때문에 일을 그렇게 처리했다고. 총독의 이름으로 그 사람을 처형하지만, 그건 성전이 처형한 셈이라고. 부장이든 부하들이든 모두 모아 놓고 그렇게 말씀해 두세요. 중요한 일이에요."

"알겠소!"

짧게 대답하고 문을 나서다가 다시 돌아서서 아내에게 말했다.

"내, 그리하리다. 걱정 말고 쉬시오."

마티아스는 연신 총독의 안색을 살피더니 조심스럽게 입을 열었다.

"총독 각하! 이번 일을 명쾌하게 처리하시어 유대의 걱정거리를 말끔하게 제거하신 각하께 축하의 인사말씀을 드리라는 대제사장 각하의 명을 받고 이렇게 찾아뵈었습니다."

"그래요?"

빌라도는 일부러 아주 천천히 끄는 소리로 말을 받았다. 그러면서 아내 클라우디아가 무엇을 걱정했는지 조금씩 알 것 같았다.

'흠! 저희들은 이 일에 아무 책임이 없다고 발뺌하려고!'

총독이 왠지 뜨악하게 반응한다고 느끼면서 마티아스는 마음이 불안했다. 총독이 카이사레아로 돌아갈 때 바칠 선물을 미리 귀띔하려고 왔는데, 다른 때와 달리 부하들까지 잔뜩 불러 모아 놓은 것도 이상했다. 그런 일이라면 으레 단둘이 마주 앉아 상의하지 않았던가?

"지금쯤 도적 두목들과 갈릴리 떠돌이 선생이 처형장에 거의 도착했을 시간입니다. 모두 각하의 명철한 판단 덕에 큰일 없이 마무리되어 성전과 모든 유대인들이 각하를 크게 칭송하고 있습니다."

그 말끝에 마티아스는 한마디를 덧붙였다.

"총독 각하와 장병들에게 명절 끝에 크게 감사의 인사를 드리라고 대제사장 각하께서 명령하셨습니다."

"뭐 그럴 거는 없고…,"

그러면서 빌라도는 방 안 가득 들어선 부하들을 휘 둘러보았다.

"사실, 나는 갈릴리 그 사람을 이렇게 처형할 생각은 전혀 없었소!

예수라는 그 사람 말이오!"

그 말을 듣고 마티아스는 물론, 빌라도의 부장이나 다른 부하들도 깜짝 놀랐다. 이제까지 총독이 했던 말이나 처신과는 전혀 다른 말을 천연덕스럽게 내뱉는 뜻을 알 수 없었다.

"들어 봐요! 내가 왜 군이 갈릴리 사람, 예수를 분봉왕에게 다시 돌려보내지 않고 십자가에 매달라고 명령했는지…. 도적 두목들과는 달리, 그자는 사실 몇 대 채찍질만 해서 내보내도 될 만한 사람이었소. 입을 함부로 놀린 죄는 있으니까…. 그런데, 성전에서 이미 사형을 언도했고, 아까 재판에서 대제사장이 그자의 죄상을 아주 엄청난 것처럼 고발하는데, 내가 가볍게 처벌하면 대제사장이나 성전의 체면이 크게 떨어질 것 같아 그대들이 원했던 대로 처형을 명령한 것이오."

마티아스는 총독의 말을 들으면서 아차 싶었다. 두 시간도 안 된 그 사이에 무슨 일이 있었는가? 아니면 총독이 정말 그렇게 생각하고 있었단 말인가?

"만일 내가 성전이 고발한 대로 처형하지 않았으면 유대인들이 성전이나 대제사장을 어찌 보겠소? 예수라는 사람을 크게 질투한 성전이 그자를 억지로 사형시키려 총독에게 거절당했다는 말이 퍼지면 가야바 대제사장이 어찌 유대를 제대로 다스릴 수 있겠소?"

무서운 말이었다. 십자가 처형을 명령한 빌라도 총독이 단지 예루살렘 성전의 체면을 생각해서 예수를 처형하라고 명령했을 뿐이라는 선언이다. 그렇게 말하니, 총독은 성전에게 큰 호의를 베푼 사람이고, 십자가 처형을 받는 예수에게도 크게 잘못이 없다고 말한 셈이다.

더구나 성전이 예수를 처형하도록 총독에게 간청한 것은 예수를 질투해서 그랬다는 것을 자기는 다 안다는 투로 말했다.

"그러니 세상에다 대고, 내가 작정하고 그자를 처형했다고 말하지 마오! 유대인들의 명절에 성전과 유대인들의 요구를 그저 들어주었을 뿐! 알겠소?"

"예! 각하! 각하의 뜻이 그러하시다는 것을 저희들은 이미 다 알고 있었습니다."

빌라도의 부하들은 부장을 위시해서 모두 그의 말에 즉각 입을 모아 대답하고 나섰다. 무슨 뜻으로 그러는지 속마음은 알 수 없지만, 총독이 그런 말을 입 밖에 냈을 때는 충분한 이유가 있으리라 믿었다. 그들 생각으로는 이러나저러나 달라질 것은 아무것도 없다. 예수는 처형장으로 끌려갔고, 나머지 일이야 오로지 정치의 영역이었다. 따지고 보면 예수를 십자가에 매달아 처형하는 것 자체가 총독이 펼치는 고도의 정치였으니 부하들이 나설 일은 아니었다.

난감한 사람은 마티아스였다. 그는 빌라도 총독이 그렇게 손바닥 뒤집듯 말을 바꿀 줄은 전혀 생각하지 못했다. 총독에게 넘겨 처형은 했지만, 책임은 고스란히 다시 성전으로 넘어왔다. 더구나 마티아스는 총독의 말 속에 날카로운 비수가 숨어 있음을 알았다.

"갈릴리 사람, 분봉왕에게 돌려보낸다."

총독이 짧게 입에 올린 그 말은 결국 갈릴리 분봉왕과 성전이 서로 결탁해서 예수를 제거했다는 선언이다. 총독의 부하들도, 그리고 성전에서도 빌라도가 그날 새벽에 예수를 묶어 분봉왕의 궁전에 보냈다는 일을 잘 알았다. 따라서 분봉왕 헤롯 안티파스는 갈릴리 자기 백성을 이방인의 손에 부친 사람이 되었다. 성전이 유대인을 이방인의 손으로 처형한 것처럼.

"마티아스 제사장! 내 말뜻을 아시겠소?"

한 술 더 떠서 빌라도는 마티아스를 똑바로 노려보며 다그쳤다. 무어라고 말할 것인가? 원래 그런 것이 아니었다고 항변할 것인가?

'아! 무서운 사람! 누가 총독을 코뿔소라고 불렀나? 표범 같은 사람이고 뱀 같은 사람인 것을….'

마티아스는 등이 서늘했다. 총독이 상황을 최종 정리해서 발표한 일이다. 그것을 거절하면 대제사장도 성전도 무사하지 못하리라.

"예! 각하! 잘 알고 있습니다. 저희 예루살렘 성전과, 가야바 대제사장 각하는 늘 황제 폐하와 총독 각하의 뜻을 받들어 왔습니다. 각하의 현명하신 판단과 명쾌한 조치를 받아들이는 데 조금도 실수가 없도록 몸과 마음을 다하겠습니다."

총독과 부하들은 성전이 빌라도의 얘기를 모두 받아들이고 따른다는 말로 알아들었고, 마티아스는 그 일마저 황제와 총독의 뜻에 따른 것이라고 말했다. 빌라도는 그 문제를 더 이상 끌며 얘기하고 싶지 않았다. 발뺌할 근거는 충분히 만들어 놓았다. 아내 클라우디아가 대단히 현명한 여자라는 것을 다시 한번 느꼈다.

그런데 빌라도는 더 이상한 말을 했다.

"마티아스 제사장! 내 말을 명심하오! 이번에 성전에서 일어났던 일로 어느 가문이든 어느 파당이든 조금도 흔들면 안 되오! 일어났던 일은 일어난 일로 정리하고, 더 이상 다른 일을 일으켜 사람들이 뒤숭숭하고 불안해하지 않도록 하시오! 만일 그런 일이 있으면 내가 엄중하게 책임을 묻겠소!"

놀라운 명령이었다. 그는 이미 성전이나 대제사장이 어떤 일을 계획하고 있는지 모두 안다는 투로 단호하게 말했다. 모든 책임을 성전에게 떠넘기더니, 이제는 엄중한 책임이라는 말까지 입에 올렸다. 도대체 무슨 일이 뒤에서 벌어지고 있는지 종잡을 수가 없었다.

"각하! 이제 오늘 해가 지면, 이스라엘에게 가장 큰 명절, 바로 유월절이 시작됩니다. 총독 각하께서 친히 도성에 왕림하셨고, 걱정거리도 모두 사라졌으니, 온 백성이 즐겁고 감사한 마음으로 명절을 지낼 수 있게 됐습니다. 다시 한번 대제사장 각하께서 드리는 감사의 인사말씀을 전해 올립니다."

그리고 마티아스는 빌라도 앞에서 물러났다. 그에게 쏟아지는 눈길이 그렇게 따갑다는 것을 처음 느꼈다.

'로마에게 유대는 무엇인가?'

아무것도 아니었다. 위수대에서 대제사장과 제사장들의 예복을 인수해 나오면서 느꼈던 깊고 깊은 절망감이 다시 그를 엄습했다.

성전으로 가는 길에 들어서기 전, 그는 총독궁을 뒤돌아보았다. 유대 역사상 가장 뛰어난 왕, 헤롯대왕이 지은 왕궁을 차지한 로마 유대 총독은 그저 큰 바다 동쪽 변방 유대를 다스리는 총독이 아니었다. 그는 로마였다. 법을 만들고, 법을 강제하는 로마였다. 로마는 어떤 경우에도 위엄을 잃거나 명예를 손상하면 안 되는 존재였다. 그들은 판단의 기준을 정하고, 스스로 판단했고, 언제든지 기준을 올리거나 낮추거나 옮길 수 있었다.

'로마가 가진 기준을 따르라고 하다가도, 감히 너희가 어딜! 너희는 저리 물러나 있어! 그렇게 어느 때나 누구에게나 말할 수 있는 존재.'

그런 생각을 하다가, 갑자기 왜 총독이 태도를 바꾸었을지 원인을 더듬어 보다가 마티아스는 무서운 사실을 깨달았다.

'로마의 눈으로 보면, 예수 그자는 무언가 두려운 존재였음이 틀림 없어! 그냥 십자가에 매달아 없애도, 그 일로 어떤 일이 일어나기 시작한다는 것을 알았음이 틀림없어. 그래서 이스라엘을, 유대를 영원히 올가미에 얽어매 놓으려고 총독이 얼굴을 바꾼 거야! 무엇일까? 예수의 무엇을 보고 총독이 저런 소리를 했을까?'

성전으로 돌아가는 길에 마티아스는 걸음을 멈추고 총독궁을 돌아보고 또 돌아보았다. 총독궁은 그저 건물이 아니다. 총독이 들어와 앉는 순간, 그곳으로 유대의 모든 정보와 물자가 모이고, 그곳에서 뻗어나온 힘이 유대 구석구석까지 미친다. 예루살렘 성전이 아무리 대단하게 보여도 결국 총독궁에 매여 있다는 것을 거듭 느꼈다. 무슨 말을 하든 무슨 짓을 하든, 유대인은 총독에게 대들 수 없고 책임을 물을 수도 없다는 점을 뼈저리게 느꼈다.

황제가 세상의 기준을 정하고, 유대의 기준은 총독이 정한다. 황제의 생각이 세계의 생각이어야 하고, 총독의 생각이 예루살렘 성전과 유대인의 생각이어야 한다. 총독이 바뀌면 유대가 적응해야 한다는 사실 앞에, 마티아스는 깊게 절망했다.

성전에 돌아가자마자 아버지 가야바에게 모든 일을 보고했다. 마티아스의 보고를 듣던 가야바는 아주 심각한 얼굴로 사람을 시켜 야손을 불렀다. 그러면서 야손이 들어오기 전에 확실히 해 놓아야 된다는 듯,

마티아스에게 빠르게 몇 마디 지시를 했다.

"너는 총독을 만나서 들은 얘기만 하거라! '이럴 것이다, 저렇겠다' 네 의견을 내지 말고…."

"예! 아버지!"

"빌라도 총독! 생각보다 무서운 사람이다. 그런데 야손이 위수대장, 그리고 총독에게 아주 밀착한 것 같으니, 어디 좀 살펴보자."

"예, 그래야 할 것 같습니다. 어제와 오늘 위수대장을 만나고, 총독 각하를 만나 뵈면서 평소와 다른 느낌이 들었습니다. 로마의 통치를 받는 유대, 예루살렘 성전, 아무리 우리가 크네 높네 자부심을 가졌더라도 로마의 눈에는 고작 유대인과 유대인들의 성전이라는 생각이 들었습니다. 이처럼 처절한 느낌은 처음이었습니다."

"그렇게 느꼈으면 됐다. 이미 중요한 것을 깨달은 셈이니, 너도 유대의 정치가로 해야 할 일과 하지 말아야 할 일이 무엇인지 이제는 가늠할 수 있겠구나. 가야바 가문을 일으킨다고 달라질 것이 무엇이겠냐? 다 한 그물 속에 든 물고기인 것을…."

"한 그물이라고 하셨습니까?"

"로마는 잡으려는 고기 종류에 따라 그물을 따로 준비하지 않는다. 정어리 새끼 한 마리도 빠져 나갈 수 없는 촘촘한 그물을 첨벙 던져 끌어올린다. 큰 고기는 큰 고기대로 소금에 절이고, 작은 고기는 작은 고기대로 섞고 쪄 양념을 만들고…. 그러니 고기 씨가 마르지 않겠느냐? 예루살렘 성전을 안나스 가문, 바이투스 가문 그렇게 누구누구 따로 보지 않고 그저 유대 지방에 있는 예루살렘 성전으로만 바라본다. 네 말을 듣고 보니, 더욱 그런 생각이 든다."

"그런데, 왜 갑자기 모든 일을 성전에 떠밀어 놓을까요?"

"예수 그자가 보여준 위험이 생각보다 크다는 것을 알아챈 거겠지."

"그래도 오늘 아침 재판할 때까지도 안 그랬습니다. 그래서 명절 선물 얘기를 하러 갔더니….'

"선물이야 어차피 내 수중에 있으나 총독 수중에 있으나 마찬가지로 보았을 테고. 그런데 말이다. 총독이 재판해서 처형하기로 했던 예수를 갑자기 분봉왕에게 보냈다는 보고를 받았을 때부터 나는 일이 이상하게 미끄러진다고 보았다. 누가 총독의 마음을 흔들어 놓았겠느냐? 총독이 그 정도로 귀가 얇은 사람은 아닌데 갑자기 흔들리는 것으로 봐서는 우리가 모르는 무슨 일이 벌어지고 있음이야…누구!"

"혹시 아레니우스 공, 그 사람 아닐까요?"

"왜?"

"야손 제사장이 무엇 알아본 일이 있는지 물어보겠습니다."

"야손을 너무 믿지 마라!"

그때, 야손을 부르러 갔던 사람이 돌아와 조심스럽게 말했다.

"죄송합니다만, 지금은 올 수 없다고 합니다."

가야바와 마티아스는 누가 먼저라고 할 것도 없이 얼굴을 마주 보았다. 야손이 대제사장의 부름을 거절하다니…. 있을 수 없는 일이다. 그런 일이 있었다고 성전에 말이 퍼져서도 안 되는 일이다.

마티아스는 야손의 얼굴을 떠올렸다. 차가운 눈을 번쩍이며 '지금은 갈 수 없다'고 말하는 얼굴이 눈에 선했다. 대제사장보다 더 윗사람의 지시를 수행하고 있다는 말이나 같다. 총독의 지시, 예루살렘 위수대장의 지시, 로마군이 우선으로 생각하는 일, 그 일이 유대 최고 지도자의 부름보다 더 중요하다는 말이다.

그 사람이 문밖으로 나가기를 기다렸다가 마티아스가 가야바에게 은근한 목소리로 물었다.

"아버지, 아레니우스에게 실제로 어떤 힘이 있다고 생각하십니까?"

"내 생각으로는 그 사람이 총독을 움켜쥔 것 같다."

"그러면 어찌해야 하겠습니까?"

"휴!"

가야바는 길게 한숨을 쉬었다. 그럴 때 그의 턱 밑으로 축 늘어진 살에 깊은 세로 주름이 여러 개 맺혔다. 고개를 쳐들어 천정을 한참 바라보더니 천천히 입을 열었다.

"유대를 위하는 일과 가문을 위하는 일이 지금은 같지 않구나…."

마티아스는 아버지의 마음을 충분히 알 수 있었다. 전날부터 그 자신도 마음속으로 생각했던 고민이었다. 이제까지 한 번도 생각해 보지 않았던 일, 대제사장의 아들로 성전에서 위세를 부리고, 성전을 대표해서 로마 유대총독을 상대하고, 성전 재물을 마음대로 주물러 대며 자랑스럽게 생각했던 일들이 아무 의미도 없는 하찮은 일이었다는 생각이 들었다.

성전은 이스라엘의 하느님 야훼를 모시는 곳, 유대를 대표해서, 이스라엘과 세상을 대표해서 하느님 앞에 서는 일을 맡는 제도였다. 그런데 이스라엘의 하느님은 너무 오래 침묵했다. 아무리 하느님의 음성이 토라에 기록으로 남아 있다고 생각하더라도 그렇게 토라만 남겨 놓고 뒤로 물러난 하느님으로는 유대의 아픔을 달랠 수 없었다.

그러니 예수 같은 떠돌이 선생이 감히 성전을 공격하지 않았던가?

그가 남겼던 말이 비수처럼 가슴을 파고든다.

"하느님이 떠난 성전!"

그 말끝에 예루살렘 성전 뿐만 아니라 온 세상이 깜짝 놀랄 말도 거침없이 내뱉었다. 대산헤드린 의원들에게 아무리 단단히 입단속을 했다고 해도, 사람들 마음속에서 일어나고 스러지는 생각이야 어찌 막을 것인가?

"하느님은 사람에게 모두 맡겨 놓고 사라지셨습니다. 사라지셨다기보다 사람의 마음속으로 스며드셨습니다."

얼마나 무서운 말인가? 하느님이 성전에 머물지 않고, 하느님이 세상을 내려다보며 감찰하지 않고, 그 자리를 비워 놓고 사람의 마음속으로 스며들었다면, 성전은 무슨 필요가 있으며 대제사장 제사장은 무슨 의미가 있는 자리인가? 아버지 가야바가 꾸었다는 꿈, 거대한 물결이 성전을 덮치더라는 꿈, 성전이 깊은 물속에 가라앉았다는 꿈, 그 불길한 꿈이 눈앞에서 현실이 되어 넘실거렸다.

"예수, 그자는 정녕 올리브산을 넘어온 물줄기인가요?"

불쑥 마티아스가 아버지에게 물었다.

"물줄기는 무슨! 물결은 무슨⋯."

가야바는 눈을 감고 몰려드는 어떤 생각을 밀어내려고 애쓰면서 혼잣말처럼 대답했다. 한참 만에 한숨과 함께 체념하는 듯 말했다.

"그는 스며드는 물이었나 보다. 산을 넘어오고 파도를 일으키고 폭포처럼 쏟아지는 물줄기가 아니고, 여기저기 땅에서 조용히 솟아 스며드는 물이었나 보다. 파도는, 물결은, 성전을 뒤덮은 깊은 물은 바로 그 결과였나 보다."

마티아스 눈에 보였다. 강가 모래톱이 물에 젖듯, 바닷가에 만들어 놓은 모래성이 사그락사그락 소리를 내며 조용히 무너지듯, 세상은 그렇게 무너지고 있다. 그것은 예수라는 사람이 큰 소리로 외쳐서 시작된 일이 아니고, 때가 되었고, 일이란 원래 그런 것이라는 생각이 들었다.

"그자 한 사람을 콕 집어내서 세상 밖으로 내던진다고 될 일이 아니었나 봅니다, 아버지!"

"내가 예루살렘 성전 대제사장인데 달리 무슨 일을 할 수 있었겠느냐? 다만, 총독이 군대를 휘몰아 성전을 덮치는 일, 성전 뜰을 가득 메웠던 사람들이 피 흘리며 쓰러지는 일은 막았으니…. 더구나 그자는 갈릴리로 조용히 돌아가라는 말을 거부하지 않았느냐? 우리가 달리 할 수 있는 일은 아무것도 없었다."

가야바는 그렇게 위안을 삼으려고 애쓰는 것처럼 보였다. 마티아스는 그런 아버지를 바라보면서, 아버지 말대로 다른 방법이 없었다는 것을 다시 깨달았다. 그런데 빌라도가 무엇을 생각하면서 모든 일을 성전 책임으로 떠밀었는지 그 뜻을 알 수 없는 일이 답답했다. 답답했다기보다 걱정되기 시작했다. 상대의 뜻을 모르면서 구슬리려면 그가 원한다고 생각하는 것보다 훨씬 더 깊게 크게 생각하고 대비해야 한다.

총독이 가자는 대로, 모는 대로, 달리고 걸어야 하는 말, 성전과 대제사장은 총독을 등에 태운 말일 뿐이다. 다른 방법이 없다. 유대의 운명이 그러하다고 생각했다. 모래성은 무너졌고, 출렁이며 슬금슬금 밀려든 물이 곧 바닷가 모래밭을 덮는 것을 마티아스는 보고 있다. 시절이 그런 것인지, 예수가 예루살렘에 몰고 온 새로운 시대인지….

가야바나 마티아스나 그들이 감당할 수 없는 변화가 밀려오고 있음을 알았다. 가야바가 꾸었다는 꿈처럼, 예루살렘 성전은 깊은 물속에 가라앉고 있었다.

✢

"아레니우스 공은 어디 있나? 좀 모셔오라. 그리고 내가 부르기 전에는 누구도 다른 사람을 들이지 말라!"

성전의 마티아스가 떠난 다음 빌라도는 부하들을 내보내면서 아레니우스를 찾았다. 예수 처형장에 가려고 나서던 아레니우스는 발길을 돌려 빌라도의 집무실에 들어섰다. 두 사람은 오늘 하루에만 벌써 두 번씩이나 다시 얼굴을 마주하고 앉았다.

"찾으셨습니까, 각하?"

빌라도는 다짜고짜 아레니우스에게 물었다.

"공은 어찌 생각하십니까?"

"무슨 말씀을?"

묻는 말이 무엇인지 뻔히 알면서 한 걸음 빼며 아레니우스가 빌라도 얼굴을 빤히 바라본다. 새벽녘에 만나서 이미 기선을 잡았다고 생각한 그는 이제부터 자기 생각대로 빌라도를 끌고 가기로 마음먹었다.

'어디로든…. 내가 가자는 대로 총독이 따라올 수밖에 없지!'

"오늘 일 말입니다."

"예수를 처형하는 것, 그 일 말씀인지요?"

"예! 처형은 합니다만, 왠지 마음이 자꾸 쓰입니다."

"그러시겠지요…. 그러겠지요…. 왜 안 그렇겠습니까?"

빌라도의 마음을 모두 다 안다는 듯, 그는 고개를 끄덕였다. 그리고 아무 말도 없다. 만나자고 찾은 사람은 총독이니 먼저 속마음을 얘기하라는 것처럼.

"공이 '레반트의 안정'이라는 말을 쓰셨는데, 예수 그자가 우리 큰 바다 동쪽 전체에 그만한 영향을 끼칠 만한 사람이라고 보신다는 뜻 같아서….."

"그랬습니다."

"어째서 그자를 그렇게까지 높이 평가합니까?"

"갈릴리 사람이 유대에 와서 처형당하기 때문입니다."

마음이 혼란스러운 상태라서 빌라도는 아레니우스가 하는 말을 차분히 생각해 볼 수 없었다. 더구나 이리저리 마음을 쓰면서 무엇을 깊이 생각하고 싶지도 않았다. 그는 괜히 아레니우스를 불러들였다고 생각했다. 아까만 해도 아레니우스를 불러 로마 얘기, 카프리섬 얘기를 듣고 싶었는데 왠지 자꾸 얘기가 빗나가고 있었다.

더구나 빌라도는 앞으로 나아가기도, 뒤로 물러나기도 난처한 입장임을 알게 됐다. 예수의 처형에 관련한 책임을 성전에 모두 떠넘기기는 했지만, 유월절 명절을 맞아 카이사레아에서 출발할 때 가졌던 계획은 모두 헛일이 됐다는 생각이 들었다. 어떤 일을 당하면 사람은 서로 다른 두 가지 생각을 동시에 하기 마련이다. 그래도 다행이라는 생각과 무엇이 잘못되어 일이 이 지경이 됐는지 후회하는 마음이다. 예수의 일도 그랬다.

유월절 명절처럼 가장 불온한 시기에 유대에서 일어날 뻔했던 소란을 잘 막았다는 생각도 들었지만, 한편으로는 왜 갈릴리 일에 유대총독이 빠져들었는지 생각할수록 마음이 불편했다. 마치 자기는 깊은 수렁에 발이 빠져들어 가는데 갈릴리 분봉왕은 언덕 위에 서서 팔짱을 끼고 웃으며 구경한다는 느낌이다. 그렇게 생각하니 분봉왕에게 당한 일이 분했다. 만일 눈앞에 알렉산더가 있다면, 그 잘생긴 얼굴을 채찍으로 한번 휘갈기고 싶었다.

그때 아레니우스가 한술 더 뜨고 나섰다.

"갈릴리에서 막았어야 할 일이었습니다. 예수도 그렇고, 도적떼도 그렇고…. 모두 갈릴리 사람들 아니었습니까?"

알렉산더는 유대인들이 섬기는 예루살렘 성전의 문제, 이스라엘의 문제라고 말했지만, 그런 일을 다스리는 것이 통치자의 임무가 아니었던가?

"분봉왕이 했어야 할 일, 예루살렘 성전과 대제사장이 했어야 할 일, 그 일이 모두 총독 각하께 넘겨진 셈이지요. 더구나…."

그는 말을 끊었다. 그리고 빌라도를 빤히 바라보았다. 누가 그렇게 빤히 쳐다보는 것은 대단히 기분 나쁜 일이다. 책망을 받는 것도 같고, 놀림을 당하는 것도 같고. 아랫사람은 어떤 경우에도 윗사람을 그렇게 바라보지 않는다. 아레니우스의 그런 눈길을 보면서 빌라도는 속으로 불끈하는 마음이 솟았다.

'이자 봐라! 감히!'

어디로든 터져야 속이 시원할 만큼 부글거리는 마음을 억지로 참고 있는데 아레니우스가 도발을 하는 셈이다.

"왜요?"

맞바라보며 턱을 쳐들었다. 빌라도 속에 숨어 있던 코뿔소가 불쑥 코를 쳐들고 일어난 셈이다.

"예! 징조를 못 본 셈이지요."

"그래서요!"

"각하는 그 징조를 읽고 대처한 사람이고요."

들었다 놓고 올렸다 내리고, 아레니우스는 이제 빌라도를 마음먹은 대로 끌고 간다. 그 말끝에 빌라도는 침묵에 빠졌다. 코뿔소가 아예 드러누웠다. 그랬거나 말았거나 아레니우스로서는 급할 것이 없다.

"각하! 저는 마침 처형장에 좀 가 보려고 나서던 참이었습니다."

"거긴 왜?"

"십자가에서 흘린 피가 어디로 흘러가는지 보려고 합니다."

"아래로, 골짜기로 흘러가겠지요. 아니면 두세 길 흐르다 말라붙든 지….."

"그럴까요? 여기 유대인들이 믿는 하느님은 '땅에 흘린 피가 외친다' 고 했다던데요?"

"어?"

짧은 신음이 자기도 모르게 입 밖으로 흘러나왔다. '땅에 흘린 피가 외친다'는 말은 카이사레아 총독궁에 들였던 유대인 토라 선생에게 들은 적이 있는 말이었다. 빌라도는 짐짓 어깃장을 놓았다.

"땅에 스며든 피가 외치고, 그 소리를 저들의 신이 알아듣고 깨어난 다면, 이미 저들의 신은 천 번도 만 번도 더 깨어났을 거요. 이 예루살 렘만 해도 얼마나 여러 번 무너지고 점령당하고 사람들이 도륙을 당했 는데요."

"그렇겠습니다. 그런데 이번에는 유대 성전이 각하의 힘을 빌려 피를 땅에 뿌립니다."

"그러니 핏값이야 유대인 몫이지요. 이미 그렇게 말해 줬어요. 성전 마티아스에게…. 지금쯤 대제사장과 만나 쑥덕거리고 있겠지…."

그렇게 말하면서 빌라도는 조금씩 정신을 차리고 자기 자리를 잡기 시작했다. 깊게 빠져들어 가던 수렁에서 겨우 한 발을 빼냈다. 이제 서서히 유대총독 빌라도의 위엄을 찾기 시작했다.

"아레니우스 공이 유대에 건너온 지 벌써 시간이 꽤 많이 지났지요?"

이제 세상 얘기 좀 하자는 뜻이다. 로마 얘기든 카프리섬 얘기든.

"총독 각하를 찾아뵐 요량으로 로마를 떠날 때만 해도, 이런 일을 눈으로 보리라고 전혀 생각을 못 했습니다. 유대가 로마에서 보면 동쪽의 동쪽인데, 그렇다고 새로운 기운이 여기서 시작할 것을 어찌 생각이나 할 수 있었겠습니까?"

아레니우스는 빌라도의 말에 넘어가지 않고, 얘기에 다시 유대를 끌어들였다.

"새로운 기운이라고 할 것까지야…."

"그럼 징조라고 하겠습니다."

'징조', 빌라도는 징조라는 말을 여러 번 혼자 입속에 되뇌었다. 말 그대로 어떤 일이 일어나기 전에 미리 그 현상의 일부가 나타나거나, 일이 일어날 기미를 말하는데, 왜 아레니우스는 그 말을 오늘 하루만 해도 여러 번 입에 올리는가?

"예수가 무엇을 미리 보여주는 징조이겠습니까? 그는 스스로 높게 되거나 이스라엘, 유대, 갈릴리의 무엇이 되겠다는 마음 없이 자기 생각을 가르치고 몸으로 보여 주었습니다."

"무엇을 보였다는 말입니까?"

"사람이 사람으로 살아가는 세상을 그는 얘기했습니다. 말하자면 지금 세상은 사람 사는 세상이 아니라는 말이고, 이런 세상에서 사는 사람은 사람이 아니라는 말입니다. 그 일을 위해 뻔히 죽을 줄 알면서도 날마다 예루살렘 성전에 들어와 가르쳤고, 저항하지 않고 체포되어 처절하게 고문받고 처형당하러 끌려갔습니다."

"그렇게까지 의미를 둘 거야… 그건 좀…."

"아닙니다, 각하! 그가 그 길을 걸었으니 세상 사람들도 걸을 겁니다. 워낙 먼 길이고 험한 길이기는 하지만, 그래서 사람들이 그 길을 따르다가 멈춰서고, 돌아서고, 길을 잃고 헤매겠지만, 크게 보면 다시 그 길을 찾아갈 것입니다. 마치 눈이 수북하게 쌓인 길을 처음 걸어간 사람 발자국 따라 걷듯…."

"갈 만한 길이어야 사람들이 따라 걷겠지요."

"이미 그가 걸었잖습니까?"

"그런데 왜 징조가 됩니까?"

"천 리 길 떠나는 사람도 첫 걸음부터 시작하지 않겠습니까? 여기서 걷기 시작해서 다마스쿠스나 이집트의 알렉산드리아로 걸어간다고 칠 때, 길을 떠나는 사람은 이미 마음속에 목적지에 이른 셈입니다. 세상에 하늘을 날아서 단번에 그곳에 갈 수 있는 방법은 없지 않습니까? 그러니 한 걸음 한 걸음 걸어야겠지요. 그래서 예수는 알렉산드리아로 가는 길이고, 알렉산드리아에서 일어날 일을 미리 보여 준 사람이고, 그곳으로 가도록 사람들 등을 떠민 사람이고, 앞에서 잡아 일으켜 세운 사람입니다."

"듣자 하니 아레니우스 공이 마치 그 사람 제자 같습니다, 그려! 허허허! 미안합니다."

"제가 제자가 못 될 것도 없지만, 안 되겠습니다. 저는 총독 각하와 손잡고 할 일이 너무 많아서… 그 길을 걷겠다고 모든 것 놔두고 떠날 수는 없습니다."

슬쩍 눙치면서 말을 돌리는 그의 눈에서 빌라도는 출렁거리는 물결을 보았다.

"왜 그자가 그런 짓을 했을까요? 자기에게 무슨 이익이 있다고? 자기는 차치하고, 유대인 갈릴리 사람들에게 무슨 이득이 있다고? 나는 차라리 도적떼 두목은 무슨 뜻으로 그랬는지 알 수 있는데, 예수 그자는 도무지 알 수가 없어요. 미친 사람도 아니고…."

"총독 각하! 그래서 사람들이 그자를 미쳤다고 했다면서요? 그런데, 제가 중요하게 생각하는 것은 자기는 그렇게 앞서서 걸어갔으면서도 사람들에게는 모두 손잡고 천천히 걸어가야 한다고 가르쳤답니다. 그리고 하루아침에 이뤄지는 것이 아니라 오랜 세월 천천히 이뤄질 일인데, 발걸음을 떼기 시작하면 이미 그 길에 오른 것이라고요. 그걸 보면, 사람이 할 수 있는 일과 할 수 없는 일을 잘 아는 사람이기도 하고요."

빌라도는 아레니우스가 언제 그렇게 예수에 대해서 알아봤는지 슬그머니 궁금해졌다.

"공이 유대인들 틈에 끼어서 그자 얘기를 직접 들어봤습니까? 어쩐지 그런 생각이 듭니다."

"아닙니다. 토막토막 전해들은 얘기인데, 오늘 아침 그자가 프레토리움에서 재판받는 것, 광장에서 벌거벗겨 채찍을 맞는 것을 보면서 하나씩 하나씩 꿰어 맞춰 봤습니다."

"그랬군요."

왜 그랬을까? 왜 그처럼 뛰어난 지식과 웅대한 포부를 가진 사람이 예수의 말을 파고들었을까? 빌라도는 그 일이 궁금했다.

"공은 로마에 돌아가면 예수 얘기를 전하겠군요. 징조라고⋯."

"황제 폐하께서 다스리는 로마가 그 얘기를 받아들일 수 있겠습니까? 어림도 없지요. 그의 가르침이 황제 폐하나 로마에 조금도 위협이 안 된다는 것이 드러나기 전에는 아무리 누가 전해도 로마는 받아들일 수 없을 겁니다. 저는 유대 땅에서 그런 일을 겪었다, 이런 사람이 있었다고는 말할 수 있겠지만, 그의 말이 어떻다고 나서서 전할 수는 없습니다. 제가 맡은 일은 그 일이 아닙니다."

"아레니우스 공! 이왕 얘기가 나온 김에 공이 맡은 일을 좀 얘기합시다."

"그래야지요! 그래서 제가 유대에 건너왔습니다. 그러나 지금은 처형장에 가서, 예수 그 사람의 마지막을 제 눈으로 지켜보는 일을 하고 싶습니다."

"왜요?"

"글쎄요⋯ 뭐라고 할까⋯ 증인? 예 증인!"

빌라도가 알았다는 듯 고개를 끄덕이고 있자 아레니우스가 자리에서 일어났다. 마침 생각났다는 듯 빌라도가 한마디를 더했다.

"그럼 나중에 다시 자리를 만듭시다. 그런데, 유대인들 명절은 오늘 해가 지면 시작됩니다. 성전에 들어 명절 구경을 하기로 했으니….”

“각하의 뜻은 고맙게 생각합니다. 그런데 그러지 않아도 될 것 같습니다. 예수를 처형하는 성전이라면, 크게 관심이 없습니다. 흥미가 사라졌습니다.”

자리를 물러나는 아레니우스를 보면서 빌라도는 아쉬움을 느꼈다. 그는 무언가 손에 잡았는데, 자기는 빈손이라는 생각이 들었다. 그것이 축복받을 일이든 행운이든 카프리섬 얘기든, 왜 그는 손에 잡았고 자기는 늘 빈손인가?

역사란 사실의 전달이 아니라 후대 사람들에게 제시하는 당대의 해석이다. 그것은 어느 때 어느 역사나 마찬가지다. 그래서 제시된 해석의 포장을 풀고 그 안에 숨겨져 있는 사실을 찾아내고 후대의 눈으로 다시 해석해야 한다.

빌라도가 예루살렘 성전의 마티아스에게 던졌던 마지막 말이 그러했다. 아내 클라우디아의 지혜로운 조언에 따라 오금 박듯 성전에 던져 놓은 그 말이 예수 처형에 대한 총독궁과 성전의 공식 해석이 되었다. 예수는 유대의 정치무대에서 유대인들 사이의 미움과 질투 때문에 빌라도의 손을 빌려 처형된 사람으로 기록됐다.

심지어 예수를 따르는 사람들 중에는 빌라도를 성인聖人으로 추앙하는 사람도 생겼다. 예수가 저항했던 잔혹하고 탐욕스럽고 폭압적인 제국 로마와 유대총독 본디오 빌라도의 폭력은 감춰졌다. 예수를 처형했다는 책임에서 벗어났다. 심지어 물을 떠다 손을 씻으며 자기 손은 깨끗하다고 선언했다는 근거 없는 얘기까지 전해졌다. 한 발 더 멀리, 한 시간 더 빨리 세상을 내다본 사람들이 역사를 지배했다. 로마 총독 빌라도는 스스로 그런 사람이라고 생각했다.

"그런데… 이건 아닌 것 같은데….."

빌라도는 혼잣말을 중얼거렸다. 아레니우스가 남겼던 말을 곰곰이 되짚어 생각하니 마음에 턱 걸리는 일이 남아 있다.

'땅에 흘린 피가 소리 높여 외친다는데…..'

'내가 그를 처형했는데… 그 피를 씻을 수 있겠는가?'

아내가 알고, 아레니우스가 알고, 부하들이 알고, 광장을 가득 메웠던 병사들이 알고, 갈릴리 분봉왕이 알고, 성전이 알고… 너무 많은 사람들이 알고, 너무 많은 사람들이 직접 보고 들었다. 한두 사람 입을 막는다고 막을 수 있는 일이 아니다. 역사에 어찌 기록되었든 언젠가 사실이 드러나리라.

"예수를 십자가에 못 박아 처형한 로마총독 본디오 빌라도!"

감춰진 것을 못 보는 사람은 그를 성인으로 섬기고, 눈을 뜬 사람이라면 역사에서 그의 이름을 찾아내리라.

빌라도는 몸을 부들부들 떨기 시작했다. 어금니를 꽉 깨물고, 두 주먹을 불끈 쥐고, 무릎을 세우고 발끝까지 힘을 줘 봐도 떨림이 멈춰지지 않았다. 그리고 몹시 추웠다. 돌 벽에서 감당할 수 없을 만큼 차가운 기운이 뿜어져 나왔다. 집무실 바닥이 벽이 천정이 내뿜는 한기 때문에 그는 덜덜 떨며 안으로 들어갔다. 웬일인지 다리가 질질 끌렸다.

클라우디아는 고개를 쑤욱 빼고 멀리 동쪽 올리브산을 바라보고 있었다. 갈릴리 사람 예수가 유대총독 빌라도의 명령으로 십자가에 매달리기 위해 산자락을 오르기 시작한 때였다.

분명 예루살렘 아랫구역 사람들은 모두 몰려갔으리라. 예수가 얼마나 비참한 모습으로 십자가에 매달렸는지, 거듭거듭 얘기하면서 오늘 밤 유월절 양고기를 먹으리라. 그때까지 예수가 숨을 쉬고 살아 있든 죽었든, 올리브산 자락 묘지 위에 세워진 십자가를 일부러 잊은 채 유월절 빵을 떼고 쓴 나물을 먹고 머리 위까지 포도주 잔을 들어 그들의 신에게 감사하리라.

"한 사람이 죽어 유대, 이스라엘을 보호하셨으니 감사합니다."

성전 뜰에 둘레둘레 모여 앉았든, 아랫구역 조그만 집에 식구들이 모였든, 분명 그렇게 기도하리라고 빌라도는 생각했다. 어두운 기드론 골짜기는 유대인이 결코 넘어갈 수 없는 깊은 단절이 되리라고 빌라도는 믿었다. 아레니우스의 말이 아니더라도 예수는 너무 멀리 떠난 사람이기 때문이다. 토라 선생에게 들은 유대의 가르침으로 보면 예수는 결코 받아들여질 수 없는 사람이 분명했다.

"총독 각하의 손님이시라고 들었습니다. 그런데, 여기 이렇게 서 계시면 좀 위험할 것 같습니다. 지금은 유대인들이 조용히 지켜보지만, 혹 무슨 일로 흥분하면 걷잡을 수 없을 겁니다. 총독궁으로 돌아가시는 것이 어떨지요?"

아레니우스가 기드론 골짜기를 내려다보며 성문 앞 공터에 서 있을 때 성문을 경비하던 로마군 장교가 군례를 붙이더니 걱정스러운 듯 입을 열었다.

"아니오! 괜찮아요. 만일의 경우에 쓰라고 피리도 받아왔어요. 내가 저기 처형장 가까이 가 보고 싶은데…."

그러자 아레니우스가 데리고 온 병사 다섯 명으로는 위험하다며 장교는 자기 병사를 열 명이나 붙여 주었다.

"유대인들과 섞여 움직이지 마십시오. 저들이 언제 거칠어질지 무척 불안한 상황입니다. 저기 산자락에 있는 군영으로 가시지요."

아레니우스는 성문 앞 언덕길을 내려갔다. 기드론 골짜기를 따라 걸어 올라가 올리브산 자락에 접어들었다. 아레니우스는 예수가 마지막 걸어간 길을 처음으로 따라 걸은 로마 사람이 되었다.

로마 사람 한 명이 지나가면 유대인들이 가끔 적의를 드러낸다. 그러나 무장한 병사 열댓 명의 호위를 받으며 지나가는 아레니우스에게는 아무런 말없이 길을 비켜 주었다. 호위하는 병사들 중 십부장으로 보이는 군인이 피리를 빽빽 불었다. 그러자 산자락 군영에서 수십 명의 병사들이 떼를 지어 몰려 내려오더니 아레니우스를 호위했다. 그들의 호위를 받으며 아레니우스는 움막마을 사람들이 천막을 치고 묵었던 자리, 로마군 부대가 군막을 친 군영까지 옮겨갔다.

✠

"흐… 이건… 그냥 꿈틀거리는 고깃덩어리가 됐군."

정신을 차리려고 히스기야는 여러 번 고개를 흔들었다. 숨을 쉴 수 없을 만큼 가슴이 아팠다. 얼마나 몸부림쳤는지 묶여 매달린 두 팔도 마치 끊어진 것처럼 아무 느낌이 없다.

"놈들! 그냥 콱 죽여 버리지… 이렇게까지…."

불빛 아래 매달린 자기 몸을 내려다보며 히스기야는 허탈하게 웃었다. 입으로는 말하지만 소리가 되어 나오지는 않았다.

로마 병사는 사람이 얼마나 잔인할 수 있는지 보여 주려는 것 같았다. 그가 했던 말, 그가 했던 고문이 아무것도 기억나지 않는다. 그저 끊임없이 지껄이면서 이 짓도 해 보고 저 짓도 해 보고. 입으로는 험한 말을 하면서 눈은 웃고, 때로는 입이 찢어져라 웃으면서 칼을 번득였다. 그는 절대로 살을 뭉텅뭉텅 떼어 내지 않았다. 무척 귀중한 것을 아끼듯, 조금씩 한 점씩 살을 떼어 냈다. 한 번에 한 곳에서 떼어 내지 않고, 가슴살을 떼어 낸 다음에는 허벅살을 떼어 내고, 그리고 칼끝으로 등을 찢고 후벼 파면서 잘라 내고 떼어 냈다.

이를 악물고 참으면, '이래도? 이래도?' 하면서 찢고, 비명을 지르면 껄껄거리고 웃으며 저며 냈다.

"히스기야 벤 유다! 차라리 죽었으면 좋겠지?"

"아니다! 네가 즐기는 모습을 보며 나도 즐긴다!"

"호호! 그러던지…."

그가 칼을 한 번 들이댈 때마다 수사문 밖에서 죽어갔을 동지들을 생각했다. 못 견디게 더 고통스러울 때면 바라바를 생각했고, 늘 자기를 따라다니던 동지의 얼굴을 떠올렸다.

"동지! 내가 동지들을 죽음으로…. 동지들!"

침을 뱉던 얼굴도 떠오르고, 깊은 밤 담장을 넘던 일도 떠오르고, 어느 골짜기에서 서로 끌어안고 추위를 견디던 밤도 생각났다. 그 귀중한 동지들의 생명을 모두 한 두름에 꿰어 로마군에게 밀어 넣었다는 생각으로 고문의 고통을 받아들였다.

생각해 보면 이투레아 현인의 말이 옳았다. 스스로 죽음의 저편으로 넘어가는 일을 수련한 것은 아무 쓸모없는 일이었다. 스승은 죽음을 어떻게 받아들여야 할지 이미 알았던 모양이다.

"그렇게 쉽게 저쪽으로 걸어 들어갈 수는 없느니라…. 겪을 것 다 겪고, 받을 것 다 받고, 자근자근 밟아 가면서 그 길을 걸으리라. 애야! 나는 너를 안다. 너는 그럴 것이다."

그것은 히스기야만 특별히 그렇다는 말이 아니고, 누구도 그렇게 쉽게 산모퉁이 돌 듯, 내를 훌쩍 건너뛰듯 죽을 수 없다는 말이었다. 죽음이 차라리 다행이라고 생각할 수밖에 없는 사람들을 놔두고, 수련했다고 한 번에 펄쩍 뛰어 넘어갈 수는 없다는 말, 죽음을 죽음으로 받아들이라는 가르침이었다.

겨우 고개를 숙여 바닥을 내려다보니, 피가 흥건했다. 놈이 떼어 낸 살덩어리가 불빛 아래 거무스레한 색깔로 쌓여 있다. 그 로마 병사는 왜 그렇게 떼어 내고 베어 내고 찢어 낸 살을 저렇게 쌓아 놓았을까, 차곡차곡?

"왜 엉덩이는 놔두고 허벅살은 떼어 냈을까?"

아마 등이든 가슴이든, 무슨 형상처럼 떼어 냈을 것 같다. 그냥 여기저기 살이 붙어 있는 데서 잘라 내고 떼어 낸 것이 아니고, 로마 병사는 그대로 형상을 새겼을 것 같다.

어디서 바람이 불어 들어오는 것도 아닌데, 살을 떼어 내 뼈가 드러난 곳이 이가 시린 것보다 훨씬 더 시렸다. 왜 고통은 파도처럼 몰려다닐까? 찌릿찌릿 깊게 파고들다가 슬쩍 사라졌다가 다시 밀려온다. 등에서, 머리에서, 옆구리에서 실 가닥 같은 고통이 풀려 나오더니 곧장 앞으로 퍼져 나가다가 눈앞 저 멀리서 모두 하나로 모여 굵은 한 가닥이 되고, 거기서부터 한없이 앞으로 뻗어 나가는 것 같다.

고통의 끝에 무엇이 있는지 가 보지 못했다. 끝에 도달하기 전에 기절했으니까. 기절하면 병사는 좀 쉬다가 다시 히스기야를 깨우고, 그가 깨어나면 갖은 소리를 다하며 모욕하면서 다시 몸을 찢고 베고 자르며 덤벼들었다.

깨어나 보니 그 혼자 남겨져 있었다. 제멋대로 실컷 가지고 놀던 병사는 히스기야가 아주 까무러쳐서 깨어날 기미가 보이지 않자 더 이상 재미가 없었는지 그를 놔두고 나간 모양이었다. 어디서 쏴쏴 바람이 불었다. 나사렛 언덕을 불어 뒷산으로 올라가는 바람 같기도 하고, 눈 덮인 이투레아 산골짜기를 달려 내려가는 눈보라 같기도 했다. 바람소리에 뼈도 시리고 마음도 시렸다.

귀를 기울여 바깥 동정을 살피는 것도, 시간을 가늠하는 것도 이제는 다 부질없는 일처럼 생각됐다. 처음 고문받기 위해 매달렸을 때는 눈을 감기 전에 마리아 그녀를 다만 한 번이라도 더 보고 싶었는데, 지금은 너덜너덜 찢어진 모습을 그녀에게 보여 주면 안 될 것 같았다. 그녀에게는 성전 뜰에서 몸을 돌려 의연히 감옥으로 걸어 들어간 남자로 남고 싶은 마음뿐이다.

그렇게 한 시간인지, 하루인지, 한 달인지 일 년인지, 알 수 없을 만큼 오랜 시간 무엇을 붙잡고 매달렸다가 다시 정신을 놓았다.

자꾸 몸이 출렁거리는 것 같아 정신을 차려 보니 로마군 병사 네 명이 들것에 그를 싣고 낑낑거리며 언덕을 오르고 있었다. 로마군인지, 유대인인지, 길옆에 서 있던 사람들은 그를 내려다보며 말도 하지 못하고 신음소리만 냈다.

"어어! 아이구!"

아마 핏덩어리, 살덩어리, 허옇게 뼈가 드러난 고깃덩어리가 들것 위에 놓여 있어서 그러리라. 신음소리를 내는 그들이 사람인지, 나무인지, 바람인지, 구름인지…. 올려다본 파란 하늘에 구름이 뭉게뭉게 떠 있으니, 그들은 아마 구름이었으리라. 슬쩍 불고 지나가는 바람이었을 수도. 그들이 무엇이든 아무 상관없었다.

두리번거리며 무엇을 살펴볼 것인가? 여기가 어디인지, 지금 시간이 어찌됐는지, 얼마나 많은 사람들이 지켜보고 있는지, 아직 목숨이 붙어 있어서 헐떡거리며 숨을 쉬고 있는 고깃덩어리를 가져다 무엇을 할 것인지, 궁금하지도 않고, 앞일이 걱정되지도 않았다. 다만 아프고 쓰리고 시릴 뿐이다.

들것 머리맡에 무언가 묵직한 것이 놓여 있다. 흔들릴 때마다 그 묵직한 것이 머리를 부드럽게 어루만졌다. 딱딱하지 않고 아주 부드러운 것, 그러면서도 묵직한 무엇이라고 느꼈다.

'이게 뭔데 들것에 실어 가지고 갈까?'

그런 생각을 하다가, 히스기야 자신도 이제는 생명이 아니라 그저 들것에 싣고 가서 내버릴 무엇일 뿐이라고 생각했다. 다만 내버리는 절차가 남아 있는….

그런데 올려다본 하늘은 참 파랬다. 그리고 높았다. 하늘이 점점 더 높아지더니 그는 다시 정신을 놓았다. 병사들은 히스기야를 싣고 올라온 들것을 털썩 땅에 내려놨다. 힘이 들었는지 후유후유 가쁜 숨을 몰아쉬며 땀을 닦았다. 위수대 감옥에서부터 들것을 떠메기도 하고 들기도 하며 걸어왔으니 꽤 먼 거리였다.

산비탈 건너편에 예루살렘 성전이 햇빛에 환하게 빛났다. 기드론 골짜기 남쪽 끝, 힌놈 골짜기와 만나는 자리에 사람들이 많이 모여 있었다. 골짜기에서 성문 올라가는 언덕길과 성문 앞 광장에도 엄청 많은 사람들이 모여서 골짜기를 내려다보고 있었다. 골짜기 바닥에는 벌거벗은 사내가 기둥을 가로로 짊어지고 서 있고.

"매달까요?"

들것을 내려다보며 병사 하나가 책임자에게 물었다.

"백부장님이 올라오시기 전에 두 놈 다 매달아 놓고 기다리라고 하셨어! 시작해!"

"또 한 놈은?"

"저기 군영에서 지금 떠메고 올라오잖아! 우선 이자부터 매달아!"

병사들은 바닥에 놓여 있는 기둥 두개를 묶어 십자가를 만들었다.

"세로기둥을 좀 위로 빼! 그래야 머리를 붙들어 매지!"

히스기야를 들것에 담아 날라 온 병사들은 멍하니 서서 구경하고, 다른 네 명의 병사가 달라붙어 십자가를 만들었다.

그리고 히스기야를 질질 끌 듯 들것에서 내려 두 팔은 십자가 가로기둥에, 그리고 머리는 십자가 세로기둥에 묶었다. 기절한 히스기야는 깨어나지 못하고, 병사들이 이리 굴리고 저리 굴리는 대로 흐느적거리고, 가끔 꿈틀거렸다. 손목에, 발뒤꿈치에 커다란 못을 박아도 꿈틀거리기만 할 뿐이다.

"벌써 죽었나?"

"아니야! 아직 멀었어! 그렇게 쉽게 숨이 끊어진 적은 없어. 하루는 갈 거야."

자기들끼리 주거니 받거니 얘기하면서 십자가에 매달고 기둥에 묶은 줄을 잡아당기며 세우기 시작했다. 십자가 뒤 양쪽으로 한 명씩, 앞으로는 두 명씩 줄을 잡고 앞에서 잡아당겨 세워야 한다. 그런데 균형을 못 맞추어 십자가가 왼쪽으로 꿍 쓰러졌다.

그 바람에 기절했던 히스기야가 정신을 차렸다. 병사들은 다시 줄을 잡아당기며 십자가를 세웠다.

"아!"

히스기야는 신음소리를 내며 눈을 떴다. 하늘이, 땅이, 희미하게 보이는 건너편 성전이 오른쪽에서 비스듬히 왼쪽으로 쏠려 내려가는 것을 보았다. 이제 세상이 무너지는 것을 보았다.

'세상이 왜 이러나! 이제야 무너지나! 하늘이 내려앉나!'

눈을 감았다. 눈구멍 속으로 한없이 눈알이 미끄러져 들어가는 것 같았다. 그는 다시 깊고 깊은 곳으로 끌려 내려갔다.

무어라고 떠들썩하게 얘기하는 소리도 들렸다. 로마 말인지 유대 말인지 알 수 없었다. 눈앞에 웬 굵은 줄이 위에서 아래로 늘어져 출렁거렸다. 잡으려고 아무리 애써도 줄은 요리조리 방향을 바꾸며 출렁거리고 도무지 잡아챌 수가 없다.

'내가 지금 뭐 하러 줄을 잡으려고….'

그것도 시들해서 그만뒀다. 기둥에 머리를 묶어 놓았으니 고개를 돌릴 수도 없고 아래를 내려다볼 수도 없다. 겨우 눈동자를 힘없이 돌려 바라볼 수 있을 뿐.

'그거! 아까 그것. 내 머리맡에 있던 묵직하기도 하고, 부드럽기도

했던 것.'

히스기야는 갑자기 그것이 무엇인지, 꼭 찾아야 할 것 같았다.

"아까 그거 어디 있소? 내가 가지고 가야 할 것 같던데…."

말은 소리가 되지 못하고 그저 입안에서만 맴돈다. 소리가 말이 되는 줄 알았는데, 이제 보니 그 반대였던 모양이다.

"히스기야!"

누가 부르는 소리가 들렸다. 벌건 고깃덩어리를 보고서도 그를 알아보니 알기는 잘 아는 사람 같은데, 처음 듣는 목소리다. 눈이 무거워 도저히 뜰 수가 없으니 그나마 내려다볼 수도 없다.

"히스기야!"

조금 더 큰 소리로 그가 불렀다. 이투레아의 현인 목소리도 아니고, 예수 목소리도 아니고, 예수의 아버지 요셉의 목소리도 아니고, 늘 그를 못살게 굴었던 세포리스 공사장 감독의 목소리도 아니다. 누구인지도 모르겠고, 실제로 누가 그를 불렀는지도 모르겠고, 숨은 조금씩 가빠지고 출렁거리는 파도는 끝없이 호수 가장자리로 밀려왔다.

그런데 곧 엄청난 비명소리가 들렸다.

"악! 으악!"

그러더니 욕하는 소리가 들렸다.

"으악! 이 로마 돼지들아! 내가 … 너희들을 모조리 … 으악 … ."

헉헉거리며 숨을 쉬는 소리, 땅속에서 올라오는 것만큼 절망적인 신음소리, 코를 훌쩍거리는 소리도 들렸다. 한동안 그렇게 소리를 지르다가 조금 잦아들고, 또다시 세상 한구석이 무너지는 것처럼 절망적인 비명이 들렸다.

정신을 조금씩 차리며 생각하니 그것은 바라바의 목소리다. 하얀리본의 바라바, 갈릴리로 유대로 사마리아로 돌아다니며 부잣집 창고와 시골에 있는 장원을 같이 털었던 동지의 목소리다.

"바라바 동지?"

여전히 목소리가 나오지 않았다. 놈들이 혹시 혀를 자르거나 잡아빼지 않았나, 억지로 혀를 돌려보니 입안에 그대로 붙어 있다. 그런데 말은 나오지 않고, 그의 귀에도 그저 거친 숨소리만 들렸다.

"히스기야! 나 바라바요!"

비명을 지르는 중간중간에 그는 히스기야를 불렀다.

'이제 그게 무슨 소용이 있는가? 바라바가 히스기야가 되든 히스기야가 바라바가 되든 뭐가 다르다고….'

정신이 자꾸 몸에서 흘러내린다. 주르르 흘러내린다. 그렇게 빠져나가면 다시는 기어오를 수 없을 것 같다.

"아악! 이 도적놈들아! 이 개들아! 돼지들아! 윽!"

그러다가 조용해졌다. 자기는 어땠는지, 히스기야는 갑자기 그 일이 걱정됐다.

'저렇게 소리치고 욕을 퍼부었을까?'

그랬을 것도 같고, 꾹 참았을 것도 같고. 어쨌는지 도저히 생각이 안 났다. 기억이 뭉텅 잘려져 나간 것 같다.

조금 있으니 바라바를 매단 십자가가 세워졌다. 이리저리 고개를 돌려보려고 애쓰고 머리를 움찔거렸더니 단단히 묶여 있던 머리를 조금 돌릴 수 있었다. 바라바는 입을 헤 벌린 채 십자가에 달려 올라오고 있었다. 히스기야의 왼쪽에. 아직 머리를 완전히 돌릴 수 없어 겨우 곁눈으로 그를 바라보았다.

그가 숨을 헐떡일 때마다 앞 윗니가 모두 빠진 입안에서 벌건 혓바닥이 들랑날랑했다. 그런데 웬일인지 바라바의 머리는 기둥에 묶어 놓지 않아서 그는 고개를 왼쪽 오른쪽으로도 돌리고 위도 아래도 볼 수 있었다.

바라바가 히스기야를 보고 피가 그득 섞인 침을 뱉어 내며 외쳤다.

"이 배신자! 갈릴리의 거지! 꼴좋다! 너도 결국 별 수 없었구나? 동지들을 배신한 값이 겨우 그거냐?"

히스기야는 아무 대꾸도 하지 않았다. 분노와 저주와 뼛속까지 파고든 미움 하나만으로 바라바는 버티며 숨을 쉬고 있으리라. 그가 아무 말 않고 곁눈으로 지켜보자 바라바는 또 독설을 늘어놨다.

"네 꼴 좀 봐라! 그게 어디 사람이냐? 개가 뜯어먹다 놔둔 뼈다귀지. 봐라, 네 발뒤꿈치에 박은 못에 주렁주렁 걸린 살덩어리를 봐라! 줄줄이 꿰어 매달아 놓은 살덩어리가 벌써 썩고 있구나!"

그제야 히스기야는 무슨 말을 하는지 알아들었다. 로마군 병사가 히죽거리며 히스기야 몸 여기저기서 떼어 내고 저며 내고 찢어 낸 살점들을 줄에 꿰어 양쪽 발뒤꿈치에 박은 쇠못에 걸어 놓은 모양이었다.

물어 보지 않았어도 왜 그랬는지 뻔했다. 십자가에 사람을 매달아 놓고 사람들이 자리를 비켜 주면 들개들이 모여든다고 했다. 언덕 너머에서 서성거리며 달려들 때를 기다리던 다섯 마리 열 마리 개는 제일 많이 찢어지고 다친 사람에게 먼저 달려든다. 살점을 주렁주렁 매달아 놓고, 뼈가 드러나도록 헤집어 놓았으니 십자가에 매달린 사람

중에서 개들이 그부터 물어뜯을 것이 분명했다.

"푸!"

'히스기야 벤 유다, 히스기야 벤 유다!' 아기가 말하듯 이상한 유대 말로 그를 부르던 로마 병사의 얼굴을 떠올렸다. 말하자면 그는 오래오래 끈질기게 분풀이를 하는 셈이다. 그렇게 독한 마음을 품고도 눈으로 입으로 웃을 수 있다니, 사람이 사람 속을 알 수 없다는 말이 정말이라는 생각이 들었다. 세상에는 여러 사람이 있다. 바라바처럼 분노와 증오로 고통을 이겨내는 사람도 있고, 로마군 병사처럼 언젠가 앙갚음할 수 있는 날을 기다리며 가슴속에 칼날을 가는 사람도 있고.

어느 봄날, 그날은 안식일이었다. 그런 날은 세포리스에 가도 일거리를 얻을 수 없었다. 히스기야는 예수와 함께 뒷산 독수리바위 앞가슴에 앉아 마을을 내려다보고 있었다. 멀리 이즈르엘 들판은 노곤한 아지랑이가 덮고 있었다.

"히스기야! 사람들은 나와 너를 인정하지 않고, 나는 우리로, 너는 너희들로만 보며 살고 있으니…. 언제쯤 되면 사람이 사람을 한 사람으로 보는 날이 올까?"

"그게 뭔 소리야? 그 말이 그 말 같은데…."

"히스기야와 예수가 아니고 세상은 그저 나사렛 사람들이라고 부를 테니 말이야!"

생각해 보니 그때 예수가 했던 말이 맞는 것 같았다. 히스기야도 마음속 한구석에는 바라바를 바리새파라고 보았던 듯하고, 바라바는 히스기야를 갈릴리 사람이라고 생각했던 모양이다. 로마 병사는 히스기야를 유대인 도적떼로 생각했고, 그는 병사를 로마 군인으로만 생각하지 않았던가? 그러니 바라바가 왜 히스기야에게 대뜸 갈릴리를 들먹이며 욕을 퍼붓는지 알 수 있을 것 같았다.

하얀리본을 조직해서 갈릴리 유대를 휩쓸고 다닐 때는 하얀리본의 동지였다. 그래서 '우리'였다. 그러나 두 사람을 하나로 묶었던 하얀리본의 끈이 풀어지자 결국 갈릴리 사람과 바리새파 사람으로 다시 돌아갔다.

사람들은 한 번도 '나'를 나라고 생각하지 못했다. '나'는 '우리'에 속한 나로서 우리가 하려는 일, 우리가 중요하게 생각한 가치를 함께 이루어야 했다. 그럴 경우, 바라바든 엘리아잘이든 요셉이든 니고데모든 그들은 그저 바리새파였을 뿐이다. 사람은 사라지고 바리새파만 보인다. 크게 보면 바라바는 사라지고 바리새파만 보이고, 히스기야는 사라지고 갈릴리 사람만 보인다. 로마군 병사에게 그는 히스기야가 아니고 죽이든 살리든 찌르든 베든 꼼짝 못 하고 받아들이는 유대인으로 보였을 것이다.

사람이 사라지고 그가 속한 집단으로만 보이는 세상, 그 속에서 감당할 수 없는 공포를 느끼게 되거나 자기가 속한 집단의 명예를 손상시켰다는 생각이 들 경우에는 집단 밖에 있는 누군가를 표적으로 삼아 분풀이를 해야 한다.

기둥에 묶여 활활 타오르는 불 속에서 죽음을 맞으며 헤롯왕을 꾸짖고 토라의 회복을 외쳤던 '바리새파 의인'이었던 아버지, 바라바는 그 아버지를 잊지 못했다. 바라바가 자랑스럽게 뒤따르려던 아버지의 길을 망친 사람이 히스기야였다. 성전 경비대보다 밉고, 대제사장보다 밉고, 그를 십자가에 높이 매단 로마군보다 더 미운 배신자, 그는 갈릴리 사람일 뿐이다.

히스기야가 겨우 한 마디 입 밖에 냈다.

"바라바 동지! 이제 내려놓자고… 이 마당에…. 동지나 나나 똑같이 매달린 사람, 누가 옳고 누가 그른 것이 무슨 상관…."

"닥쳐라, 이 더러운 배신자! 400명의 동지들이 너로 인해 오늘 모두 십자가에 달린다."

"동지들이 그럼 아직 살아 있다는 말인가?"

"죽었기를 바랐나? 다 네가 배신했기 때문이야! 이 더러운 갈릴리 거지야!"

"나 때문이지만, 내 배신 때문은 아니야! 나는 배신하지 않았어!"

그 말끝에 히스기야는 깜깜한 어둠, 끝을 알 수 없을 만큼 깊고 무거운 곳, 그리고 아무 소리도 들리지 않는 곳으로 또 가라앉았다. 그곳은 그저 아무것도 없는 곳이다. 도저히 어찌해 볼 도리가 없는 깊고 무거운 어둠이다. 그는 어둠의 일부가 되어 천천히 그 속으로 스며들었다.

✚

예수가 아직 십자가 가로기둥을 짊어지고 비틀거리며 언덕길을 올라가고 있을 때 아레니우스는 산자락에 주둔한 군영 앞에 서서 예수의 뒷모습을 바라보았다.

'예수! 그는 누구인가?'

그는 혼자 묻고 또 물었다. 무엇을 하려는지 묻지 않고 누구인지 물었다. 하기야 지중해 연안에 사는 사람이라면 늘 그렇게 물을 것이다. 무슨 일을 하느냐 묻지 않고 누구냐고 묻는 것이 제일 중요한 질문이었다.

지난 며칠 동안 성전 뜰에 사람들을 끌어 모았던 예수였다. 그들은 예수의 가르침에서 위로를 받기도 하고, 눈을 뜨기도 하고, 하느님 나라가 이 땅에 이뤄지는 소망을 얻기도 했다.

그런데, 올리브산 자락 유대인의 공동묘지, 사람들이 '해골바위'라고 부르는 골고다에서 십자가에 달리는 예수가 여전히 사람들을 끌어 모았다. 골짜기 건너 성문 앞에도, 성전 올라가는 언덕길에도, 성전 앞 큰 계단이 있는 광장에도 그리고 올리브산 자락 언덕길에도 하얀 옷을 입은 유대인들이 골고다를 바라보며 서 있다.

무심하게 처형장을 바라보는 사람은 아무도 없다. 어떤 사람은 마땅히 일어날 일이 일어났다고 생각하고, 어떤 사람에게는 하늘이 내려앉고 땅이 무너지는 충격이었다. 그리고 앞으로 일어날 일의 징조로 생각하는 사람도 있었다.

아레니우스는 자기도 모르게 고개를 가로저었다. 아무리 생각해도 예수가 무슨 까닭으로 십자가 처형을 받는 길을 걸어왔는지 이해할 수 없었다. 그도 이제는 예수가 했던 일에 눈을 돌린 셈이다.

'선생이 받는 고통은 이스라엘의 신을 모욕하는 일이 아닌가요? 고통을 받으며 수치스럽게 죽고, 심지어 죽은 다음에도 수치가 끝나지 않는다면? 그러면 사람들은 선생이 섬긴다는 신이 과연 어떤 신인지 물을 수밖에 없을 텐데!'

사람의 고통을 지켜보는 신, 아끼고 사랑한다는 사람을 고통에게 내어주고도 모른 체 지켜보는 신, 그런 신이라면 과연 어느 누가 신 앞에 엎드려 경배하고 섬기겠는가? 신은 좋은 신전에 모셔지고 좋은 대접을 받으면 언제나 만족했고, 그러려면 섬기는 사람들이 고통과 불행을 겪지 않도록 잘 돌보아 주어야 하지 않았던가?

'그렇다면? 선생이 고통받는 것은 이스라엘이 섬기는 신의 뜻이 아닌 말인가요? 선생이 신의 뜻을 거슬렀는지요? 메시아라고 부르던 사람들의 기대는 그렇게 여지없이 무너지고?'

그가 예루살렘에 들어온 이후 매일 밤 시중을 들었던 유대 여인 빌하의 말이 떠올랐다. 그녀는 예수야말로 이스라엘이 오랫동안 기다렸던 메시아가 틀림없다고 믿고 있었다. 그래서 그날 새벽에 총독궁 감옥으로 예수를 찾아갔을 때 아레니우스가 물었던 첫 번째 질문이 바로 메시아였다.

"선생이 메시아요, 유대인이 기다린다는?"

예수는 고개를 저었다. 그러면서 그가 생각하는 세상, 이루려는 세상을 편안한 표정으로 설명했다. 뜻밖으로 예수는 평범하고 온화한 사람이었다. 그런데 웬일인지 그가 겪는 고통이 세상을 위한 일처럼 느껴지기 시작했다. 세상을 위하되 신의 뜻은 아닌 일….

아직 아레니우스에게는 예수가 누구인지 그리고 무엇을 하려는지 두 가지 질문이 뒤엉켜 있었다. 갑자기 그의 가슴에 한 가지 생각이 퍼뜩 떠올랐다.

'프로메테우스! 그래, 이스라엘의 프로메테우스!'

헬라의 프로메테우스 신화는 지중해 연안 여러 나라에서 잘 알려진 얘기였다. 원래 티탄 신족神族이었던 프로메테우스는 올림포스산의 신들에게 투항한 후에도 계속 신의 역할을 맡았다. 올림포스 신 중에서 제일 높은 제우스 신의 명령대로 프로메테우스는 사람을 창조하였고, 동생 에피메테우스는 동물을 창조했다.

티탄의 시대가 끝나고 사람과 신들이 갈라섰을 때 소의 어떤 부분을 누가 먼저 먹을지, 신과 사람이 좋아하는 부분을 선택하는 일이 있었다. 사람은 프로메테우스가 알려준 속임수를 따라 제우스 신보다 더 좋은 부분을 먹을 수 있게 됐다.

화가 난 제우스가 사람에게 내리는 벌로 불을 빼앗았는데 프로메테우스가 대장간에서 불을 훔쳐 사람에게 전해 주었다. 제우스는 프로메테우스를 코카서스산 바위에 쇠사슬로 묶어 매달고 날마다 독수리가 날아들어 그의 간을 쪼아 먹도록 벌을 내렸다. 두 번씩이나 사람을 위해 나섰던 프로메테우스가 끔찍한 벌을 받아 매달려 고통을 받고 있었지만 사람은 그저 바라볼 수밖에 없었다.

아레니우스의 눈에 큰 바위 사이에 두 팔을 쫙 벌린 채 쇠사슬에 묶여 매달려 고통받는 프로메테우스 모습이 예수에게 겹쳐 보였다.

'예수! 선생이 메시아라면 이스라엘의 신이 잔인하다거나 무력하다거나, 아니면 이스라엘을 내버려두고 신의 자리를 벗어났다는 증거로 보일 뿐 아니겠소? 메시아가 십자가에 매달린다는 말을 세상 어떤 사람이 받아들일 수 있단 말이오? 그런데, 메시아가 아니라면, 선생은 프로메테우스 놀이를 하고 있음이 분명하오! 왜?'

아레니우스는 예수가 십자가 처형을 감수하는 이유를 혼자 묻고 또 물었다. 그런데 따지기로 하자면 왜 로마 사람인 자기가 갈릴리 사람 예수를 처형장까지 따라왔는지 그것부터 먼저 물어야 할 일이다.

'내가 왜? 유대에 사는 로마 사람이 아니고, 곧 로마로 돌아갈 사람인데 … 예수 선생이 말했듯 나도 씨를 뿌리는 사람이 되었는가? 아니면 바람에 흩날리는 한 움큼의 씨앗인가?'

총독을 따라 예루살렘에 입성할 때 느꼈던 가슴 설렘이 마치 이번에 겪는 일의 전조였던 것 같다. 유대인의 해방명절이 억압받고 사는 세상 모든 사람들의 해방으로 뻗어 나가는 역사의 한 마디〔節〕, 그곳에 로마 사람으로 아레니우스 자기가 서 있을 것처럼 느껴져 당혹스러웠다.

'그럴 수 없는 일, 유대가 받아들일 수 없는 일을 어찌 로마에서 ….'

로마는 세상의 기준이고 법이었다. 흩어져 혼돈스러웠던 세상을 하나로 모아 통일했고, 법을 세워 질서와 평화를 이룬 일이야말로 로마가 이룬 위업이 아니었던가? 그래서 로마는 인류에게 내린 신의 축복이었다.

'질서는 언제나 위에서부터 내려오는 것, 제각각 뻗어 나간 줄기를 하나로 모으는 것 ….'

혼란과 혼돈에서 질서를 세우는 일이 세상 창조 얘기였다. 따라서 혼돈을 끝내고 질서를 가져온 로마 황제는 이스라엘의 하느님 야훼처럼 세상의 주인이고 질서의 상징이다. 하늘 궁전과 마찬가지로 황제의 친구들이 원로원 의원으로 황제를 보좌하고, 제국 곳곳에는 총독이나 사령관이 황제의 위임을 받아 통치했다.

아레니우스에게 유대가 땅이라면 로마의 수도는 하늘 궁전이고 황제는 유피테르 신이나 마찬가지였다. 비록 그가 로마에서 이름 있는 정치가는 아니지만 카프리섬의 가이우스를 다음 황제로 옹립하려는 무리 중 한 사람이다. 신격화된 황제와 로마의 법과 제도, 로마가 운영하는 세상의 질서에 누구보다도 민감할 수밖에 없었다. 유대 총독 빌라도나 갈릴리 분봉왕은 그들의 영지에만 관심을 기울였지만 아레니우스는 로마제국의 눈으로 세상을 바라보는 사람이었다.

그런 사람이기에 예수가 하려는 말의 핵심을 누구보다 분명하게 알아들었다. 그날 새벽 감옥으로 찾아가 나눈 몇 마디 말로 세상의 지배 체제와 황제의 다스림을 철저하게 거부하는 사람이 예수라는 것을 알아챘다.

"나는 메시아가 아니오!"

그러니 신의 뜻이 아니라 사람의 힘으로 세상을 바꾸려는 혁명가라고 그를 부를 수밖에 없었다.

"사람이 세상의 주인이 되는 세상!"

예수는 황제 한 사람에게 집중된 세상을 흩으려는 사람이다. 혼돈에서 출발하여 질서를 향해 오랜 세월 걸어온 인류 역사를 되돌리는 일을 꿈꾸는 사람으로 보였다. 그가 이루려는 세상은 로마제국과 속주 유대의 문제가 아니었다. 황제와 세상 모든 사람들, 한 나라의 정치를 넘어 세상에 발붙이고 사는 모든 사람의 문제일 수밖에 없었다.

아레니우스는 그 혼자 새로운 깨달음을 얻고 새 세상을 향해 걸음을 옮기는 일은 생각할 수 없는 사람이었다. 개인의 명예나 개인의 부나 개인의 신분을 높이는 일보다 언제나 가문과 동지들 그리고 그가 속한 집단의 명예나 신분을 높이는 일이 더 중요했다. 그러니 예수의 가르침에서 깨달음을 얻기보다 예수가 누구인가, 무엇을 하려던 사람인가, 그리고 유대에서 벌어진 일, 로마제국에 미칠 영향을 하나도 빼놓지 않고 로마에 있는 동지들과 후원자들에게 보고하고 나눌 의무를 지고 있었다. 하나라도 숨기면 믿을 수 없는 사람이 되고, 하나라도 빠뜨리면 무능한 사람이 될 뿐이다.

보통의 경우라면 유대인이 어떤 신을 믿든, 누구 때문에 그들의 삶이 얼마나 황폐해졌든, 로마 사람들이 관심 둘 일은 아니다. 그건 속주 어느 곳에 가든 늘 눈으로 볼 수 있는 일이다. 속주마다 로마에 협력하는 토착세력이 있고, 로마가 임명한 지방장관이나 총독이 있다. 속주에서 생산되는 곡물이나 물자를 로마로 실어 보내는 일에 그들을 동원해야 하기 때문에 현지 주민들과 아슬아슬한 긴장이 생기고 충돌이 벌어지기 일쑤였다. 그리고 그런 일은 어쩔 수 없는 일, 속주 사람들이 받아들여야 할 일이었다.

그런데 아레니우스가 유대 예루살렘성에 들어와 지난 며칠 동안에 보고 들은 일들은 다른 속주에서 겪는 일들과 달랐다. 어쩌면 로마제국의 앞날에 커다란 영향을 끼칠 일로 보였다. 특히 갈릴리 사람 예수가 문제였다.

'예수 그는 누구인가? 무엇이 그를 이끌고 있는가?'

예수를 이끄는 존재가 궁금했듯, 예수라는 사람이 궁금해서 아레니우스는 올리브산 자락까지 그를 따라온 셈이었다.

올려다보고 있자니 십자가 처형장이 점점 거리가 가까워지는 것처럼 느껴졌다. 가까워졌다가 갑자기 쓱 멀어지고, 다시 눈앞으로 다가오고…. 아레니우스의 가슴속에 수없이 많은 생각들이 떠오르고 가라앉았고, 때로는 선명하고 그러다가 곧 실체 없는 관념으로 물러나기를 거듭했다. 때로는 생각이 앞서 올라가더니 처형장 주위를 서성서성 맴돌았다. 뒷짐을 지기도 하고 팔짱을 끼기도 하고… 그러더니 뒤처져 멈칫거리는 아레니우스에게 자꾸 손짓을 했다.

'여기 와 봐! 이건 꼭 보아야 해!'

처형장까지 올라오라고 자꾸 그를 꼬드겼다. 하고 싶은 대로 모든 길을 걷는 사람은 아무도 없다. 생각이 먼저 한 바퀴 둘러보고 와서 얘기해 주면 고개를 저으며 되돌아갈지 말지 마음을 정하기 마련 아니던가? 더구나 다시 넘어올 수 없는 선을 넘는 일이라면….

"흐음! 음!"

처형장을 올려다보며 아레니우스는 자기도 모르게 거듭 신음소리를 냈다. 피할 수 없는 일이 벌어진다는 예감이 휙 가슴으로 날아 들어왔기 때문이다.

예수가 거기 서 있다. 아레니우스에게 할 말이 있다는 듯. 새벽녘 감옥에서 빌하를 바라보던 그 부드러운 눈빛으로 서 있다.

'선생이 이스라엘, 유대의 프로메테우스면 어떻고 메시아면 어떻다는 말인가? 나와는 상관없는 일 … 그런데 … 내가 걸어가는 길 앞에 왜 서서 기다리고 있는가?'

생각을 떨치려고 고개를 흔들었다. 소용없다. 예수가 하는 말인지, 그 스스로 하는 말인지, 목소리가 들렸다.

'사람이 주인이 되는 세상 앞에 서리니 …'

목소리는 곧 가슴을 두드리기 시작했다. 밀어내면 밀어낼수록, 누르면 누를수록 소리는 점점 커졌다. 슬쩍 날아온 예감도 끈질겼다. 도저히 손을 뗄 수 없고 발을 뺄 수도 없을 만큼 끈적하게 달라붙었다.

이제 뒤로 물러날 수도 없게 됐다. 예수의 가르침이 깃발처럼 바람에 펄럭이는 광경이 보였다. 깃발은 세상을 덮고 로마는 주춤주춤 뒤로 물러나고 있었다.

예수를 만난 사람은 그가 누구이든 자기도 모르는 사이에 씨앗을 하나 받아 들게 된다. 아직 깨닫지는 못했어도 아레니우스도 그랬다. 반대하는 사람이 가장 잘 이해하는 사람일 수밖에 없는 이유다. 비록 짧은 시간 몇 마디 얘기를 나눴을 뿐이었지만 아레니우스는 예수 가르침의 핵심을 누구보다 분명하게 꿰뚫어 보았다. 예수야말로 세상을 바꾸고 정치체제를 뒤집으려는 혁명가라고 판단했다.

아레니우스의 가슴속에는 두 가지 생각이 소용돌이치고 있었다. 하나는 예수의 가르침이고 다른 하나는 로마 사람으로 지녀야 할 생각이었다. 그런데 역설이다. 예수를 가로막는 사람이 그의 뜻을 이루고, 예수를 전하는 사람이 그의 뜻을 가로막는 일이 올리브산 자락에서 이미 일어나고 있었다. 아직 깨닫지 못했지만 아레니우스가 바로 그런 운명을 띤 사람이었다.

그는 로마 사람으로 남으려고 애썼다. 속절없이 예수가 이루려는 세상으로 나아갈 수는 없지 않은가?

'내가 유대에 건너온 임무가 있는데…'

'거리를 둬야 한다! 이대로 예수에게 끌려가면 안 된다! 아레니우스.'

생각을 모았다. 휩쓸리지 않기로 다짐했다. 로마 쪽에 서서 바라보려고 애썼다.

'저 사람의 사상이 로마제국에 퍼진다면? 안 돼! 무슨 수를 쓰든 틀어막아야 해! 십자가보다 더 끔찍한 방법을 동원해서라도….'

예수를 막아야 한다는 생각을 하면서도 한편으로는 빌라도 총독이 그를 처형하고 나선 일은 잘못이라는 생각이 들었다. 그 일은 돌이키기에는 이미 너무 늦었다.

'다른 방법이 있었을 텐데…….'

'유대에서 총독이 나설 일이 아니고 갈릴리에서 분봉왕이 처리했어야 하는데…….'

아쉬웠다. 총독이 예수를 갈릴리로 쫓아 보내면 될 일이었다. 아니면 성전을 시켜 슬그머니 잡아들여 가둬 놓고 있다가 분봉왕이 갈릴리로 돌아갈 때 딸려 보내도 될 일이었고. 시끄럽게 총독궁에서 재판을 열고 예루살렘 모든 주민이 바라볼 수 있는 곳에 로마 총독의 명령으로 십자가에 못 박아 처형을 하니 공식적으로 로마가 끼어든 셈이 됐다.

'잘 알지도 못하는 예수의 일에 총독이 책임을 지게 생겼으니 … 결국 로마의 일이 되지 않았나? 예루살렘 성전과 빌라도 총독이 갈릴리 분봉왕, 그 부하 알렉산더의 술수에 놀아나고 말았구나! 왜 그랬을까? 정말 알렉산더의 술수인가, 성전이나 총독에게 꼭 그럴 수밖에 없는 이유가 있었을까?'

빌라도가 아무리 책임을 성전으로 떠넘겼다고 해도 벌어진 일이 없던 일이 될 수는 없다. 엎지른 물처럼 아래로 흘러갈 것이다.

갈릴리의 알렉산더도 올리브산 자락을 걸어 올라왔다. 예수가 얼마나 처절하게 무너지는지, 로마군 병사의 고문을 받은 히스기야의 모습이 얼마나 너덜너덜하고 끔찍한지, 그 모습을 본 막달라 마리아가 다리 힘이 풀려 그 자리에 쓰러지는 것을 두 눈으로 보고 싶어 올라왔다.

로마군 군영 앞을 지날 때였다. 로마군 장교와 병사들의 호위를 받으며 아레니우스가 거기 서 있었다. 둘은 서로 눈이 마주쳤다.

"아니, 아레니우스 공!"

"어허! 알렉산더 공!"

생각지도 않았던 곳에서 두 사람이 만나게 되니 반갑기도 하지만 무언가 속마음을 들킨 듯 마음이 찜찜했다. 알렉산더가 물었다.

"반갑습니다. 그런데 아레니우스 공은 웬일로 여기까지⋯."

"처형 장면을 좀 지켜보려고요."

그 말에 알렉산더는 이상하다는 듯 고개를 갸웃했다. 그러면서도 그의 눈은 꾸역꾸역 언덕길 위로 올라가는 유대인들과, 그로부터 멀지 않은 곳에 자리 잡은 처형장을 지켜보고 있었다.

아레니우스가 알렉산더에게 물었다.

"저기 이미 두 사람이 십자가에 매달렸는데⋯?"

"예! 어제 성전을 공격한 도적떼 두목입니다. 이쪽 끝에 있는 놈은 옛날 두목 히스기야, 그리고 저쪽에 있는 놈은 어제 성전을 뒤집어엎으려고 날뛰었던 바라바인데, 히스기야가 잡힌 다음 두목 노릇을 했습니다. 그런데, 저자는 예루살렘에서 아주 유명한 집안의 아들입니다. 바리새파 사람입니다."

"십자가 팻말에 뭐라고 써 놓은 것 같네요?"

"예! 도적 두목들에게는 '메시아'라는 팻말을 붙이고, 이제 곧 세워질 예수의 십자가에는 '유대인의 왕'이라고 써 붙인답니다."

"도적 두목들이 메시아? 그리고 예수는 유대인의 왕?"

"그렇습니다. 죄목을 그렇게 붙여야 총독 각하께서 정당하게 처벌하셨다는 근거가 된다고요. 물론, 예수 그자가 유대인의 왕이란 뜻은 아니고, '유대인의 왕이 되려고 했던 죄인이다. 그러니 황제 폐하게 반란을 음모하고 실행한 죄인이다. 그런데 보아라, 이 사람은 결국 이렇게 실패했다' 그런 뜻이지요. 허허!"

아레니우스는 모든 일이 알렉산더의 계획이었다는 생각이 들자 힐끗 그를 바라보았다. 알렉산더는 참 잘생긴 사람이다. 그런데 잘생기고 고귀해 보이는 얼굴과 달리 보는 사람이 섬뜩할 정도로 눈이 매섭게 번쩍였다. 아레니우스는 속담을 떠올렸다.

"어떤 물고기인지 물에서 잡아 끌어올려 봐야 안다."

왠지 알 수 없지만 알렉산더도 그런 사람 같았다. 그에게서 비릿한 질투와 음모의 냄새가 풍겼다. 그건 마치 생선이 썩는 냄새 같다. 로마에 있는 후원자에게서 들었던 얘기가 떠올랐다.

"정신이 썩으면 냄새가 난다."

이스라엘을 생각하고, 유대인 동족을 생각해서 유월절 명절에 벌어질 유혈사태를 막겠다던 알렉산더였다. 입성 전날 총독의 야영 군막을 찾아와 가슴 떨릴 만큼 진정 어린 목소리로 호소하던 알렉산더, 그 속에서부터 썩어가는 냄새를 이제 아레니우스는 맡을 수 있게 됐다.

'알렉산더 이 사람, 참 무서운 사람이구나! 잘생긴 저 얼굴과 달리 속에는 오만과 음모와 온갖 흉계를 감춘 사람…. 그런데, 왜 그랬을까?'

알렉산더가 계획한 대로 예수도 도적떼도 모두 예루살렘에서 체포되고 총독의 명령에 따라 십자가 처형을 받게 됐다. 갈릴리 분봉왕은 군사 한 명도 동원하지 않았고, 예수와 도적떼의 재판과 처형에서 완전히 손을 빼고 구경만 하고서도 목적했던 일을 달성한 셈이다. 알렉산더는 모든 상황을 정확하게 미리 내다보며 예수를 이리 몰고 저리 밀었다.

사람들은 모두 자기가 최선이라고 생각한 방법을 선택하고 행동한다. 그리고 자기가 스스로 내린 결정은 항상 옳다고 믿고, 자기는 그런 올바른 판단에 따라 행동했다고 생각한다. 예수도 그의 길을 걸어왔다고 스스로 믿겠지만 결국 알렉산더에게 쫓겨 예루살렘으로 밀려온 사람이라는 생각이 들었다. 예루살렘성 동쪽 올리브산 자락, 유대인들 묘지 자리에서 십자가에 매달리려고 예수가 일부러 그 길을 걸어왔다고는 생각할 수 없는 일 아닌가?

예수와 제자들이 무리를 지어 강 길을 따라 걷고 언덕을 넘고 산을 오르는 모습이 떠올랐다. 무엇인가 해 보겠다고 쭈뼛쭈뼛 예루살렘성안으로 들어왔을 그들, 몸에 걸친 허름한 옷만큼이나 헐벗고 볼품없는 사람들이 아니었겠는가? 그렇게 생각하니 예수가 살아가는 세상과 이루려는 세상이 결코 하나로 합쳐져 어울릴 수 없다는 생각이 들면서 어쩐지 가슴이 찡했다.

그러는 사이, 예수의 십자가가 세워졌다. 그런데 어쩐지 뭔가 좀 어색했다. 그것을 눈치 챈 알렉산더가 우쭐하는 얼굴로 아레니우스에게 물었다.

"이상하지요?"

"뭘 말씀입니까?"

아레니우스가 시치미를 떼고 거꾸로 묻자 알렉산더는 그의 마음을 다 안다는 듯 한참 고개를 끄덕이다가 큰 선심이나 쓰는 것처럼 입을 열었다.

"제가 위수대장에게 얘기해서 위치를 좀 바꿨습니다. 원래는 예수 자리가 3개의 십자가 중 가운데였습니다. 예루살렘 성전이나 총독 각하께서 생각하시기에 예수가 제일 중요한 사람이었으니까요. 그런데, 제가 바라바를 가운데 십자가에 매달자고 권했지요. 그리고 바라바 오른쪽에 예수를 매달지 말고 왼쪽에 매달자고 얘기해 두었지요. 그 래서 저기 3개의 십자가 중에서 가장 낮은 자리에 예수가 매달리게 되었습니다."

도적떼 두목 두 사람과 예수를 함께 십자가에 매달면서 일부러 예수를 가장 낮은 자리로 밀어냈다는 얘기였다. 그 얘기를 듣고 나니 아레니우스는 몸에 오소소 소름이 돋을 만큼 알렉산더가 싫었다.

그처럼 세밀한 일까지 들여다보며 알렉산더가 예수에게 수치를 안겨 주려는 이유가 무엇일까? 대개 그럴 경우에는 해묵은 원한이 이유다. 예수에게 어떤 원한을 그는 품고 있는가? 분봉왕의 제일 높은 신하가 신분을 비교할 수도 없는 갈릴리 하층민 출신 예수에게 그렇게 독하게 품을 원한이 무엇일까? 아레니우스로서는 짐작할 수 없는 일이었다.

"저기… 아레니우스 공! 잠깐 볼일이 있어서… 다녀오겠습니다."

처형장과 언덕길을 힐끔힐끔 살펴보던 알렉산더의 표정이 갑자기 바뀌고, 얼굴이 굳어지더니 아레니우스에게 양해를 구했다. 그리고 무척 서두르는 기색을 보이며 군영 앞 빡빡하게 서 있는 사람들을 밀치며 언덕길을 올라갔다. 그리고 길에서 처형장으로 들어가는 길목을 지키는 로마군 병사들에게 다가가 한참 무슨 얘기를 했다. 병사들은 칼을 빼 들고 험악한 자세로 서 있거나 창 자루를 옆으로 뉘어 처형장으로 가는 길을 막고 있었다.

보아하니 알렉산더는 로마군 병사들에게 어떤 사람들이 처형장으로 들어갈 수 있도록 허락해 달라고 부탁하는 것처럼 보였다. 그의 뒤에 키가 자그마한 여자 노인과 그의 아들로 보이는 사내, 그리고 아내로 보기에는 좀 나이가 들어 보이는 여자가 서 있었다. 아무리 얘기해도 로마군 병사가 말을 듣지 않자, 알렉산더는 고개를 흔들며 내려왔다. 갈릴리 분봉왕 안티파스에게 제일 신임받는 그가 로마군 병사에게 거절당하고 할 수 없이 물러난 셈이다. 그 일이 대단히 불쾌한지 알렉산더는 어깨를 들먹거리며 씩씩거렸다.

"저 사람들이 누구인데 공이 직접 나섰습니까?"

"예수의 어머니와 남동생, 그리고 여자는 마리아라고 예수의 제자입니다."

뜻밖이었다. 아레니우스는 알렉산더가 가슴에 품고 있는 어떤 비밀의 냄새를 맡기 시작했다.

"저들이 처형장에 들어가 십자가 밑으로 가고 싶어 해서 좀 들여보내 주라고 얘기했지요. 그런데 병사가 영 말을 안 듣네요. 그렇다고 일부러 저 안쪽 처형장에서 바쁘게 지휘하는 백부장을 불러내 부탁할 수도 없고….."

아무 말도 하지 않고 아레니우스는 듣기만 했다. 예수가 처형받는 장소로 들어가겠다고 애쓰는 가족이 안쓰러웠지만 괜히 말랑해지는 마음을 애써 외면했다.

아레니우스는 알렉산더에게서 듣고 싶은 말을 차근차근 끌어내기로 마음먹었다.

"알렉산더 공이라면 예루살렘 성전이 왜 예수를 제거하려는지 이유를 아실 것 같은데요. 도적떼야 성전을 뒤엎으려고 소란을 떨었기 때문에 그렇다 하더라도, 나는 갈릴리의 선생에 대해 성전이 가진 반감을 잘 모르겠어요."

이미 들었던 얘기에 더해서 특별히 새로운 대답이 나올 것 같지 않았지만 아레니우스는 다시 한번 물었다.

'없었던 것처럼 예수의 일을 그냥 넘어갈 수는 없지!'

로마에 돌아가서 유대에서 겪은 일을 전하려면 관련된 여러 사람들의 생각을 명확하게 정리할 필요가 있다. 우선 성전에 대해서 묻고, 갈릴리의 입장을 묻고, 그리고 유대인의 입장에서 보았을 때 총독이 왜 그랬을지 확인해 보기로 했다.

"갈릴리의 선생이라고 부르셨는데, 이미 말씀드린 것처럼 저자가 태어나고 자란 곳이 갈릴리인 것은 맞습니다. 그러나 저자는 갈릴리든 유대든 지방을 나누는 경계와 아무 상관이 없는 사람입니다. 이스라엘이 수천 년 섬기고 모셔온 믿음, 바로 가장 중요한 기초를 흔들려고 나선 사람이기 때문입니다. 그래서 성전에서는 저자를 결코 그대로 놔둘 수 없었을 겁니다."

아레니우스가 펼쳐 놓은 그물 쪽으로 알렉산더는 발걸음을 옮기기 시작했다. 왜 갈릴리 분봉왕이 예수를 제거하려느냐 물었다면 그는 분명 다른 대답을 했을 것이다. 그러나 성전이 왜 그랬느냐 물었기 때문에 결국 마지막 질문이 무엇일지 크게 생각하지 않고 그는 입을 떼었다.

"제가 단정적으로 말하지 않고 저 나름대로 추측한 얘기를 하는 것
은, 성전이 겉으로 내세우는 이유와 속으로 판단한 내용이 다르리라
고 믿기 때문입니다."

"그건 또 무슨 말씀인지, 제가 잘 알아듣지 못하겠습니다. 그렇다면,
알렉산더 공은 성전이 겉 다르고 속 다르다고 말씀하시는 것인지요?"

"꼭 그렇다기보다…."

그도 유대인이기 때문에 성전에 대하여 하고 싶은 말을 마음 놓고
하지는 못했다.

"알렉산더 공! 뭘 주저하십니까?"

"말씀드리자면, 오늘 총독궁 재판에서 저자를 고발한 죄목들은 표
면적 이유입니다. 로마 총독이 로마법에 따라 예수를 처형했다고 보
이도록 내세운 명분이었지요. 그러나 더 큰 이유는…."

그러면서 그는 말을 할까 말까 주저하는 빛을 보이더니 아레니우스
가 자기 말을 기다리고 있자 드디어 입을 열었다.

"예전에 제가 공에게 유대와 갈릴리의 다른 점을 말씀드린 적이 있
었지요?"

"예! 기억합니다."

"지난밤, 대제사장 댁에서 열린 대산헤드린 재판은 토라에 따른 재
판이었습니다. 그러니 당연히 예수가 토라의 어느 부분을 어겼고, 그
러면 어떤 벌을 받아야 하는지 재판했을 겁니다. 그 재판에서 사형을
언도했다고 총독 각하께 보고도 했습니다."

"그랬지요!"

그러면서 아레니우스는 성전에서 재판한 후에 총독에게 넘기도록 뒤

에서 일을 꾸민 알렉산더가 왜 그 얘기를 다시 입에 올리는지 궁금했다.

"그런데⋯."

알렉산더는 거듭 머뭇거렸다. 함부로 입에 올리기 거북한 얘기인 모양이다.

"처음 예수가 성전에 드나들 때만 해도 그가 갈릴리 사람이라 토라를 제대로 지키지 않는다고만 생각했습니다. 거룩이나 정결법 그리고 이스라엘의 하느님이 내려준 법을 가르침대로 지키지 않았다고만 생각했던 모양입니다. 다른 사람들에게 경고하려고 예수를 처벌하겠다고 생각한 모양입니다."

그의 얘기는 뜻밖의 다른 일이 벌어졌다는 암시처럼 들렸다.

"'토라를 제대로 지키지 않는 갈릴리 사람, 그에게 엄중한 토라의 가르침을 보여 주고, 다른 갈릴리 사람이나 이방에서 온 유대인들에게 토라를 확고하게 세우자!' 그런 뜻이었습니다. 그때까지만 해도 예수는 토라를 따르는 사람인데 어느 부분에서 토라의 적용에 대하여 잘못 생각하고 있다는, 말하자면 토라의 해석과 적용에 대한 잘못이라고 생각했습니다. 물론 성전에서도 예수를 달리 생각하는 사람들도 있었고요."

"그런데요?"

"그런데, 막상 성전 뜰에 들어온 예수는 토라의 틀을 완전히 벗어난 가르침을 폈습니다. 예수가 갈릴리 사람이라, 토라를 잘 몰라서 갈릴리식으로 하느님을 섬기기 때문에 그러리라 생각했던 성전이 깜짝 놀랄 수밖에 없었습니다."

알렉산더는 말을 끊고, 기드론 골짜기 너머 성전산에 서 있는 성전을 한참 바라보았다. 성전 건물은 햇빛에 눈부시게 빛났다.

"사실 갈릴리에서도 토라의 가르침을 따르되 유대처럼 엄중하게 생각하지는 않습니다. 하스몬 왕조 시절, 그러니까 130여 년 전에 유대가 갈릴리를 처음 정복한 다음에 토라가 전해졌고, 토라를 가르치기 시작한 것은 그것보다 훨씬 훗날의 일이었습니다. 물론 갈릴리 사람들도 오래전부터 나름대로 하느님을 섬겼지만 토라에서 정한 방법대로 엄격하게 섬기는 것은 아니었습니다."

이미 며칠 전 알렉산더가 설명했던 내용이다. 아레니우스가 얼른 한마디 끼어들었다.

"예, 지난번에 말씀하셨지요. 남왕국 북왕국으로 나뉘고 난 다음 800년을 서로 다른 나라로 살았다고⋯."

"아이고! 공이 유대 역사에 훤하십니다! 그렇습니다. 하느님을 섬겼지만 토라는 몰랐지요."

"그래서요?"

알렉산더는 입에 올리기도 두려운 얘기라는 듯, 갑자기 목소리를 낮추었다. 그의 눈에도 당혹스럽다는 뜻이 담겨 있었다. 목소리까지 낮출 만큼⋯.

"그런데 사실 예수는 토라를 인정하지 않는 사람이었습니다. 몰라서 그런 것이 아니고 알고도 일부러 그런다는 것을 모든 사람이 알게 됐습니다. 드러내 놓고 토라를 부정하고 드러내 놓고 성전의식과 하느님 섬김을 부정하고 나섰으니 성전이나 예루살렘 지배층에서는 그대로 두고 볼 수 없었습니다. 더구나 그는 이스라엘이라는 선택된 민족을 통해서 세상을 구원하신다는 큰 계획을 부정했습니다. 하느님은 이스라엘을 축복도 하고 벌도 내리는 분이 아니라고 말했고, 하느님이 이스라엘의 원수를 진멸하시고 이스라엘을 대신해서 원수에게 복수하지도 않는다고 가르쳤습니다."

"원수라면 우리 로마도 당연히 포함되었겠지요?"

"제 입으로 말씀드리기는 곤란하지만… 하느님을 섬기는 법으로는 분명 하느님이 세상을 다스리는 왕이십니다. 하느님이 땅 위에 있는 모든 권세와 왕국을 무너뜨리고, 지배자들을 심판하면 이방의 왕들과 백성들이 예루살렘 성전에 올라와 야훼 하느님께 경배를 드린다는 가르침이 전해져 내려왔습니다. 이스라엘 사람들은 그날을 기다리며 살았습니다."

"그러면 내가 로마 사람이지만 양을 몰고 예루살렘 성전에 올라 이스라엘의 신에게 제사를 드려야 하고…."

아레니우스가 좀 비꼬는 투로 말했다. 알렉산더는 그 말에 대꾸하지 않고 갑자기 입을 다물었다. 로마 사람에게 해서는 안 될 말을 했다는 것을 깨달았기 때문이다.

이스라엘이, 그리고 예루살렘 성전이나 대제사장이 언제가 이방제국 로마가 무너지고 하느님의 통치를 받아들일 날을 기다린다고 말하면 황제에 대한 커다란 불충이다. 더구나 아레니우스는 카프리섬과 연관 있는 사람이니 다음에 들어설 황제에게 혹 잘못 말이 들어가면 이스라엘은 엄청난 재앙을 겪을 것이 뻔했다.

"유대는, 온 이스라엘은 황제 폐하의 다스림 아래 평화를 누리며 살고 있습니다. 그래서 아우구스투스 황제 폐하께서 세상에 가져오신 평화를 어느 민족보다 더 감사하며 황제 폐하께 대대로 충성하기로 군게 다짐하고 삽니다."

자기가 얼마나 엄청난 말을 했는지 깨달은 알렉산더는 그 말을 수습
하려고 진땀을 흘리기 시작했다. 아레니우스는 그런 알렉산더를 바라
보며 속으로 웃었다.

'애쓰는군!'

원래 알렉산더는 유대와 갈릴리가 얼마나 다른지 다른 사람보다 훨
씬 잘 알고 있었다. 갈릴리 호수 물고기가 제멋대로 돌아다니듯 갈릴
리 사람이 유대에 올라와 제사드리는 것이 조금도 이상하지 않다고 말
한 사람이었다. 다름을 얘기하고 싶은데 그러면 갈릴리 사람이 유대
에 와서 일으키는 소란에 책임을 져야 하고, 같다고 얘기하자니 두 지
방 사이에 놓여 있는 근본적인 갈등을 설명할 방법이 없었다.

알렉산더는 토라가 어떻게 처음 기록되기 시작했고, 유대와 갈릴리
가 어떻게 토라를 받아들이는지, 다시 한번 더 길게 설명했다.

"알 만한 사람은 알고 있는 얘기입니다. 다만 눈을 감거나 믿으려
하지 않을 뿐입니다."

알렉산더의 말을 들으면서 아레니우스는 고개를 끄덕였다. 로마에
서도 그랬다. 로마제국의 첫 황제 아우구스투스의 탄생과 관련한 신
비한 얘기를 사실로 믿는 사람은 별로 없었다. 다만 믿어야 하는 것과
믿는 것이 꼭 사실만은 아니라는 것을 알면서도 조금도 이상하게 생각
하지 않았다.

이제 다시 예수 얘기로 방향을 돌리려고 아레니우스가 물었다.

"그런데, 예루살렘 성전에서는 예수가 새로운 계명, 새로운 토라를
선포하는 사람이라고 보기 시작했다, 그 말씀입니까?"

"그것보다 더 이상한, 미친 사람입니다."

"미쳐 보이지는 않던데요?"

"그래서 문제지요. 미친 사람이나 할 소리를 미치지 않은 사람처럼 태연히 내뱉으니 … 끔찍한 일입니다. 지난밤에…."

다시 알렉산더는 입을 닫았다. 사람에게 세상을 맡겨 놓고 이스라엘의 하느님 야훼가 사라졌다고 예수가 말했다는 소문을 들었기 때문이다. 그는 몸을 부르르 떨었다. 마치 생각하는 것만으로도 죄를 짓는다는 것처럼. 그럴 때는 왜 그러느냐고 물으면 더욱 몸을 사리는 법이다. 아레니우스는 관심이 없는 척, 성전도 건너다보고, 처형장 쪽으로도 눈길을 돌렸다. 그런데 아무리 딴청을 피우며 기다려도 알렉산더는 입을 다물고 더 이상 말하지 않았다.

"알렉산더 공! 입성하기 전날 밤, 총독 각하의 군영에 찾아와서 이스라엘의 역사와 유월절과 예수라는 사람이 몰고 올 불길한 일들에 대해 차근차근 설명하셨을 때, 저는 사실 큰 감명을 받았습니다. 이스라엘에, 우리 로마에서는 유대라고 부릅니다만, 이런 큰 생각을 하는 인물이 있구나…. 그래서 친구로 사귀고 싶었습니다, 저번에 말씀드렸던 것처럼."

그러면서 슬쩍 눈치를 살피니 그는 얘기 방향을 돌리게 된 것을 무척 다행스럽게 생각하는 표정이었다. 그 틈을 타서 아레니우스는 알 수 없다는 표정을 지으며 알렉산더에게 말했다.

"그런데 저는 도적떼가 예루살렘 성전에서 칼을 들고 날뛰며 소란을 일으킨 일을 볼 때, 왜 총독이 나서서 예수 그 사람을 저렇게 처형해야 하는지, 받아들이기가 어려웠습니다. 로마에 위협이 되는 건 도적떼

였지, 도적떼를 설득해서 성전에서 물러나도록 한 예수가 아니었다는 생각이 듭니다."

알렉산더에게는 뜻밖의 말이었다. 그 말을 들으면서 그의 얼굴이 묘하게 실룩실룩 뒤틀리기 시작했다. 아마 마음속에 서로 상반되는 두 가지 생각이 동시에 떠올라서 그럴 것이다.

"오늘 아침 재판에 미진한 점이 있다고 말씀하시는 것 같습니다! 총독각하께서 주재하셨는데…설마 그런 말씀은 아닐 것이라고 생각은 합니다만…."

알렉산더는 아주 빠르게 평소의 모습으로 돌아왔다. 더욱이 그날 새벽 총독이 예수를 묶어 갈릴리 분봉왕이 묵고 있는 하스몬 왕궁으로 보냈던 일을 떠올렸다. 예상했던 대로, 예수를 분봉왕에게 넘긴 일에 아레니우스가 간여했다는 것을 총독의 부장에게서 확인하지 않았던가?

더 이상 몰리듯 얘기를 끌어갈 수는 없다. 왜 아무런 이유 없이 아레니우스가 분봉왕의 신하 알렉산더를 궁지로 몰아넣는 얘기를 자꾸 꺼내는가? 더구나, 며칠 전 단둘이 만났을 때 앞으로 두 사람이 친구로 지내자고 약속했는데, 지금 아레니우스의 태도는 친구로 묻는 일이 아니라고 느껴졌다.

그리고 또 한 가지, 무슨 생각으로 예루살렘 성전에 대하여 의문을 갖고 총독의 재판에도 동의하지 않는가? 적어도 예루살렘에서는 총독의 정책이나 성전의 조치에 의문을 가지는 일은 있을 수 없다. 그렇다면 아레니우스가 로마를 대신해서 총독이나 성전의 생각과 다른 제3의 판단을 할 수 있는 사람이라는 말인가?

'이 사람이 그런 판단을 할 수 있을 만큼 권한을 위임받고 바다를 건너온 사람인가?'

아닌 것처럼 보였다. 나름대로 맡은 역할이야 있겠지만, 총독의 유대 경영을 전반적으로 점검할 권한을 받은 사람은 아니라고 알렉산더는 판단했다.

"오늘 새벽 총독 각하께서 예수를 분봉왕 저하께 보내신 일은 아레니우스 공의 진언 때문이라고 저는 알고 있습니다만….."

우물쭈물하지 않고 직접 내놓고 물었다. 상대는 주위를 빙빙 돌며 슬쩍슬쩍 칼끝으로 급소를 노리는데, 이쪽에서는 한 칼 쭉 뻗어 정면으로 급소를 찌르고 나간 셈이다.

"어허! 어허! 허허허!"

아레니우스는 일부러 그러는 듯 크게 웃었다. 웃음소리가 어찌나 큰지 길가에 서 있던 유대인들이 모두 쳐다봤다. 그러거나 말거나 아레니우스는 한참 웃었다. 깜짝 놀라고 당황했을 때, 어떻게 대답할지 갑자기 생각하기 어려울 때, 한발 물러나거나 이왕 내친 것 앞으로 한 발 더 내디딜지 결정할 시간을 벌기 위해 그런 태도를 보인다. 알렉산더는 아레니우스를 조용히 지켜보았다.

한참 웃던 아레니우스가 정색을 하고 대답했다.

"그랬습니다."

"무슨 뜻으로 그리 진언을 하셨는지요?"

"왜 그랬다고 생각하십니까?"

그 말은 이제 적당한 선에서 멈추자는 말이다. 이러니저러니 따지지 말고 다른 얘기를 하자는 제안이다. 전쟁터 같으면 화친을 청하는 신호다. 내가 가진 것이 무엇이고, 상대가 가진 것이 무엇인지, 한발 더 나가면 무엇을 얻고 무엇을 잃을지 서로 잘 알고 있으니, 여기서 서로 물러서자고 아레니우스가 제안한 셈이다.

"글쎄, 저는 총독 각하와 분봉왕 저하의 우의를 세상에 보여 주는 일이라고 생각했습니다만….."

그렇게 말하면서 알렉산더는 그의 제안을 받아들였다. 한 걸음씩 물러서면 서로 명예를 지키는 선을 찾을 수 있다.

"그렇습니다. 바로 그렇습니다. 하하! 역시 알렉산더 공은 대단하십니다."

아레니우스가 말을 잇기 전에 알렉산더가 먼저 선수를 쳤다.

"제 생각을 더 말씀드려야겠군요. 지금은 총독 각하께서 유대를 통치하시기 때문입니다. 예수를 그대로 놔두면 각하의 통치, 로마의 위엄에 크게 손상이 갈 수밖에 없었습니다. 이 땅의 역사가 그걸 말해 줍니다. 그러니 어차피 총독 각하께서 엄하게 처형하실 작정을 하셨겠지요. 그러나 분봉왕 저하가 도성에 들어와 계시니 호의를 보이신 일이 아니겠습니까?"

그러더니 알렉산더는 갑자기 정색을 하고 이스라엘과 유대에서 일어났던 봉기와 저항운동을 설명했다. 그는 헬라의 쌍둥이 제국이 유대의 신앙전통을 무너뜨린 얘기도 했고, 그에 저항하여 일어난 마카비 형제들의 독립전쟁과 하스몬 왕조의 얘기까지 설명했다. 아레니우스도 유대에 와서 이미 들어 알고 있는 얘기였다.

왜 알렉산더는 예수가 초래할 위험을 얘기하다가 200년 전의 헬라 제국 때 있었던 일을 끌어댈까? 그의 마음속에 로마도 헬라와 다름없다는 것을 말하려는 것일까? 그래서 마카비 유다가 일으켰던 것처럼 예수도 군중을 이끌고 봉기할 위험이 있었다고 얘기하려는 것일까? 아레니우스는 그의 얘기를 들으면서 조금씩 궁금해졌다. 마치 그가 예수에 대해 역사적 사건이라는 의미를 부여하는 것처럼 느껴졌다.

그의 말을 끊지 않고 들어 보았다.

"옛 전통을 따르던 사회가 이방제국의 압력을 심하게 받으면 이제까지 그럭저럭 기능했던 기존의 지배세력은 무너지고, 제국의 압도적인 힘에 의지하는 세력, 제국에 적응하는 무리들이 생겨납니다. 제국의 압박을 받으면서 저항하거나 적응하게 되지요. 그런 과정을 살펴보면 무엇을 거부하고, 무엇에는 순응하고, 무엇은 아예 무시하는지 알 수 있습니다. 어떤 일에 좀 더 저항하는지, 어떤 일에는 이제까지 지녔던 전통을 조정해서 순응하는지…."

그리고 잠시 생각하더니 한마디를 덧붙였다.

"어떤 사람들이 저항하고, 어떤 사람들이 순응하고, 그리고 어떤 사람들이 아예 아무 생각 없이 무시하고… 무시한다기보다 철저하게 무력함을 깨닫고 절망한 다음 눈앞에 벌어지는 다른 일, 말하자면 먹고 사는 빵만 생각하는 사람들인지 알게 됩니다. 마지막 사람들은 누가 다스리든, 상관없는 사람들입니다. 그 사람들은 어떤 지배자가 들어서서 '무엇을 해라! 무엇은 하지 말라!'고 명령한다 해도 하루하루 살아가는 방식에 아무런 변화가 없는 사람들입니다. 말하자면 통치의 밖에 있다고 할까요?"

정치를 아주 깊게 들여다본 사람이나 할 수 있는 얘기를 알렉산더는 조심스럽게 쏟아 놓았다.

'어찌 이 사람 속에 이렇게 서로 다른 여러 명의 알렉산더가 들어 있는가?'

아레니우스는 알렉산더를 다시 바라보았다. 어찌 보면 비린내가 느껴질 만큼, 썩어가는 생선처럼 불쾌한 냄새를 풍기는 사람이고, 어찌 보면 로마 정치가들 중에서도 찾아보기 드물 정도로 뛰어난 식견을 가진 사람이었다.

'이런 정도의 사람이니 예수를 갈릴리에서 유대 예루살렘으로 몰아냈겠구나!'

그가 무슨 대답을 하든, 그에게는 예수를 유대로 밀어내고, 성전을 거쳐 빌라도 총독이 처형하도록 꾸밀 충분한 이유가 있었음에 틀림없다. 갈릴리에서 예수의 명예가 점점 올라가는 것을 질투했다거나, 말썽꾼 하나를 손 안 대고 제거하려고 그랬다고만 믿을 수는 없었다. 아레니우스가 알 수 없는 무엇이 있을 것 같다.

아레니우스 생각을 알아챘는지 알렉산더는 또박또박 말을 이었다.

"예수는 제가 알고 있었던 과정을 단번에 뛰어넘은 위험한 사람입니다."

그 말을 듣고 아레니우스는 깜짝 놀랐다. 그도 비슷한 생각을 했기 때문이다. 그렇다면 알렉산더도 예수가 얼마나 위험한 사람인지, 그가 세상에 끌고 들어온 위험이 먼 훗날까지 얼마나 큰 영향을 미칠지 충분히 깨달은 사람이 분명했다.

알렉산더는 자기가 생각했던 것을 차분하게 더 풀어 놓았다. 알렉산더야말로 예수를 가장 잘 아는 사람이었다. 새벽에 잠깐 예수를 만나 보았던 아레니우스는 그의 의견에 동조할 수밖에 없었다.

"하느님이 이스라엘을 특별히 뽑아 그분의 백성으로 삼았다고 그는 생각하지 않았습니다. 로마가 언젠가 하느님의 벌을 받는다거나, 이방을 물리치기 위해 이스라엘이 창과 칼을 들고 일어나 전쟁을 하자는 사람도 아닙니다."

한동안 무언가 생각하더니 알렉산더는 말을 이었다. 왠지 무언가 주저하는 듯 이상한 목소리였다. 하고 싶은 말과 해야 할 말이 달라 마음속에서 갈등을 느낄 때 사람들은 그런 목소리를 낸다.

"사람들이 억압에 순응하거나, 전통이나 믿음을 조정하거나, 먹고 사는 일에 몰두하면 세상이 안정되고 조용해진다고 예수는 믿지 않는 사람입니다."

"그럼 어떻게 하자는 말입니까?"

"저항하라고 가르칩니다. 힘으로 저항하지 말고, 사람의 가치와 사람의 존엄성을 내세워 상대가 부끄러움을 느끼도록 저항하라고 가르칩니다. 이에는 이, 눈에는 눈으로 맞대응하지 않고, 내 목숨을 내던지며 비폭력으로 저항하라고 가르칩니다. 왼뺨을 때리면 오른뺨을 돌려 대라고 말합니다."

"그것은 무슨 말입니까?"

"'당신이 지금 나를 때리는데, 나도 당신과 마찬가지로 사람입니다. 그러니 나를 때리는 일로 당신 스스로 부끄러워하시오.' 바로 그 말입니다. 민란이 일어나거나 반란이 일어나면 총독 각하가 군대를 동원해서 진압하실 수 있을 겁니다. 그런데 예수가 저항을 이끌면, 총독 각하는 무자비한 살육자가 될 뿐입니다. 목을 길게 늘어뜨리고 나선 사람들 목을 쳐야 하니까…."

"윽!"

아레니우스의 입에서 신음소리가 터져 나왔다. 총독 앞에 마주 선 수백 수천의 사람들이 두려움 없이 목을 길게 뺀 광경을 떠올렸다. 한 명, 두 명, 열 명, 백 명, 목을 베어도 눈 하나 깜짝하지 않고 칼을 받는 사람들이 떠올랐다. 칼을 휘두르는 사람의 눈을 똑바로 마주 바라보며 서 있는 그들의 모습이 보였다.

그건 이제까지 한 번도 겪어 보지 않았던 로마의 패배다. 무서워 덜덜 떨며 도망가면 창으로 등을 꿰뚫고, 칼을 휘두르며 덤벼들면 칼로 베고 창으로 찌를 수 있지만, 스스로 내민 목을 거침없이 칠 수는 없다. 같은 창이요, 같은 칼이라도 그때는 눈이라도 달린 듯 칼끝 창끝이 흔들릴 수밖에 없으리라.

"그래서⋯."

"예! 그런 일이 벌어지기 전에, 예수 한 사람을 콕 집어 처형하는 것이 올바른 대응입니다."

그러더니 알렉산더가 정색을 하고 아레니우스를 불렀다.

"아레니우스 공!"

"말씀하세요! 내가 오늘 공에게서 큰 가르침을 받습니다, 그려!"

"가르침이란 무거운 말씀을 하시니 입이 떨어지지 않습니다. 그런데, 공은 어찌 생각하실지 모르겠지만, 생각할수록 알 수 없는 일이 있습니다. 세상 사람들은 법이 확립되면 사회가 더 안정될 것이라고 믿는데, 따지고 보면 법을 만드는 사람들, 법을 지켜야 한다는 사람들에 의해서 더 많은 사람이 죽는다는 생각이 듭니다. 아, 이건 로마가 그렇다는 얘기가 아니고, 하느님이 내려 주셨다는 법과 가르침을 믿고 따른다는 우리 이스라엘의 얘기입니다."

아레니우스는 알렉산더의 가슴속에 떠오르고 가라앉는 두 가지 서로 다른 생각들이 무엇일지 미뤄 짐작했다. 예수 처형장이 빤히 올려다보이는 자리에 서서 그가 전혀 상반된 생각 때문에 갈등을 겪고 있음을 보았다.

'갈릴리 분봉왕의 신하라는 지위, 로마에 유학을 다녀와서 로마 사람처럼 살았고, 이스라엘 그 어느 누구보다 국제 정세나 이스라엘의 살아갈 방향에 대해 깊게 생각하는 사람인데… 무엇이 그의 가슴속에 알 수 없는 씨를 뿌렸나?'

그는 그가 속해 살고 있는 집단의 한 사람으로 지내다가도, 가끔가끔 알 수 없는 자신을 만나는 모양이다. 마치 오늘 아침부터 아레니우스가 그러했듯이.

"우리가 은밀한 공범이라고 생각하시는 겁니까, 알렉산더 공?"

"예? 아이구! 갑자기…."

아레니우스가 순식간에 알렉산더의 가슴 깊숙한 곳에 침입했다가 물러났다. 무척 당황하는 그의 표정을 보면서, 그의 마음속에 일어나는 구름을 보았다. 누가 구름을 가라앉힐 수 있으랴? 로마에서도, 이곳 유대에서도, 구름은 저절로 생기고 저절로 하늘을 덮고, 온 세상 떠나갈 듯 폭우를 쏟아 놓고 사라진다.

"알렉산더 공! 나는 분명하게 느낄 수 있습니다. 우리가 오늘 보고 있는 저 일은, 끝이 아니라 시작입니다. 그리고, 우리는 두 눈으로 그 일을 본 증인이라는 생각이 듭니다."

"증인이라고요?"

"로마의 유대총독, 예루살렘 성전 대제사장의 힘으로도 꺾을 수 없는 일….”

"아닙니다. 끝장을 보려고 벌인 일입니다.”

"그러셨겠지요! 그런데 법으로도, 힘으로도, 그리고 가장 수치스러운 처벌과 죽음으로도 꺾지 못하는 무엇이 있다! 그것을 우리 두 사람이 함께 보고 있는 셈입니다. 예수 저 사람은 세상을 지배하는 힘, 유대의 신이든 로마의 신이든 신이 허용했다고 믿던 힘이 결국 실패한다는 것을 보여 주려고 작정한 사람이라는 생각이 듭니다. 힘으로, 죽음으로도 꺾지 못하는 것, 저는 그것이 무엇일지 참 궁금합니다. 안 그렇습니까, 알렉산더 공?"

'예수는 십자가를 지고 말없이 언덕에 올랐다. 그건 결국 세상 힘이 패배했다는 것을 보여 주는 일이 아니겠는가?'

아레니우스는 그 생각을 떨쳐버릴 수 없었다. 그래서 한마디를 덧붙였다.

"예수 한 사람이 힘에 굴복하지 않으면, 곧 세상이 그렇게 될 겁니다.”

"아닙니다. 그럴 리가 없습니다. 그래서 저자는 더 처절한 죽음을 맞이하게 된 겁니다.”

"매질로, 모욕으로, 고통으로 그리고 마지막에 죽음으로 예수를 굴복시킬 수 있다고 나는 믿지 않습니다. 그러니 저렇게 자기 등에 십자가를 지고 올라갔지요.”

알렉산더는 흔들리지 않으려고 애쓰는 사람처럼 보였다. 아레니우스는 서쪽 언덕에 있는 예루살렘 성전 그리고 윗구역 맨 높은 곳에 도도하게 서 있는 총독궁을 건너다보았다. 그리고 예루살렘 북쪽, 예전에 헤롯왕이 지었다는 커다란 건물들을 바라보았다. 그곳에서 예전에는 헬라처럼 연극을 공연했다고 한다. 예루살렘성 서쪽 좀 넓은 곳에는 로마처럼 원형 경기장이 있는 것을 그는 입성하면서 눈여겨보았다. 그 모든 건축물이 오늘을 미리 내다본 헤롯왕이 세워 놓은 배경, 연극의 배경처럼 느껴졌다.

무엇을 깨달은 사람처럼 고개를 끄덕이더니 아레니우스는 조용히 몇 마디 말을 입 밖에 냈다. 마치 혼잣말처럼….

"지배자들과 신을 섬긴다는 사람들, 유대로 말하자면 예루살렘 성전에게 가장 큰 원수는 죄가 없는 희생자일 것입니다. 그 머리 위에 죄를 덧씌워야 하니까요."

알렉산더도 건너편 예루살렘성과 성전을 한참 바라보며 고개를 저었다. 그도 무언가 다른 생각이 들기 시작한 모양이다. 그러더니 그는 자신 없는 목소리로 한마디를 했다.

"왜 아레니우스 공이 그런 말씀을 하는지 저는 암만해도 알 수 없습니다. 우리는 해야 할 일을 했을 뿐입니다. 죄 지은 자에게 죄에 합당한 처벌을 내렸고…."

"공! 우리가 야만인입니까? 로마 북쪽, 큰 산맥 너머에 사는 사람들, 시리아 동쪽, 파르티아 사람들처럼 우리가 야만인입니까?"

아레니우스가 물었다. 알렉산더가 대답하지 못하자 그는 계속 자기 말을 했다.

"알렉산더 공이나 저나, 우리는 이 시대에 살고 있는 사람들 누구보다 더 많이 알고, 세상을 더 깊고 넓게 보았고 생각했던 사람들입니다. 야만인이 아닙니다. 그런데, 우리 모두 힘을 합쳐 갈릴리 빈민의 자식 예수 저 사람을 처형합니다. 놔두면 사회가 혼란스러워질까 봐 걱정하며 문명과 법의 힘을 빌려 재판을 열고 처형합니다. 우리가 무엇을 걱정했지요? 야만의 시대로 돌아갈까 봐 그랬나요? 그래서 야만인 주동자를 제거하려는 것인가요? 우리가 두려워한 것은 세상에 새로운 질서가 들어오려고 하는 것 아닌가요? 그 징조를 보았기 때문에? 세상은 주어진 대로 지키고 사는 것이 아니라 사람이 함께 이루고 살아야 할 세상, 결국 사람이 바꿀 수 있는 세상이라고 사람들이 깨닫는 것을 두려워했기 때문 아닌가요?"

알렉산더는 망연히 아레니우스를 바라보았다.

'무엇이 이 사람을 이렇게 바꿔 놓았는가? 왜 사람이 타고난 대로 살지 않고, 이처럼 믿을 수 없을 만큼 바뀌는가?'

그가 보기에 아레니우스는 무슨 꿈을 꾸는 사람처럼 보였다. 더구나 그가 혼잣말처럼 자꾸 되뇌는 말이 그랬다.

"징조지! 그 징조를 본 사람은…."

아레니우스는 예루살렘 성전이나 유대총독 빌라도가 예수를 처벌하는 이유로 법을 내세웠다는 것을 잘 알았다. 법이란 세상을 지배하는 로마에서도 그렇고 로마의 동쪽 끝 유대에서도 마찬가지다. 지배자들 손에 들려 있는 가장 편리한 가면이다. 언제나 얼굴에 뒤집어쓰기만 하면 힘을 발휘하는….

예루살렘 성전은 하늘과 땅을 잇는 법을 들이대며 예수에게 사형을 내렸고, 빌라도는 세상을 다스리는 로마의 법으로 십자가형을 명했다. 그러나 따지고 보면, 그들은 왜 꼭 예수를 처형해야 하는지 실제 속에 감춘 이유를 드러내지 않고 법을 내세웠다.

그들이 내세운 법은 예수를 처형하는 이유에 덧씌운 치장이었다. 이유를 드러내면 그들 지배체제가 저지른 불의와 잘못을 스스로 드러내게 될 수밖에 없었다. 아무리 좋은 말로 토라를 설명하고 지배의 정당성을 강조한다고 하더라도 이스라엘 유대를 지배하는 토라 체제는 근본적으로 경제적 불평등을 기본으로 삼았다. 잘못된 것을 바꾸거나 저항할 수 없도록 복종과 충성으로 촘촘하게 얽어 놓은 그물이었다.

'예수는 지배자들이 자기 이익을 지키려고 만든 법, 불평등을 해소할 수 없도록 짜 놓은 제도를 허물겠다는 사람!'

강은 이 샘물 저 샘물을 받아들이고, 흘러드는 냇물도 받아들이고, 호수에 머물다가 또 다른 줄기를 이루며 흘러간다. 마치 요단강이 그러하듯.

아레니우스 가슴으로 몇 갈래 서로 다른 물줄기가 흘러들어 뒤섞이고 있었다. 로마의 강, 유대의 강, 갈릴리의 강, 사람 사는 세상의 강, 두려움에 떨면서 십자가 처형을 지켜보는 유대 사람들의 강, 그리고 무엇인지 알 수 없는 혼란에 빠진 그 자신의 강물이 모두 흘러들고 뒤섞이고 소용돌이치며 흘러가는 것을 보고 있다.

강의 시작은 예수였다. 그 흘러가는 곳을 아레니우스는 아직 딱 짚어 가늠할 수 없었다. 다만, 예수의 가르침이 로마제국, 세상 모든 지배를 뒤흔드는 날이 오리라는 것을 느꼈다. 세상 모든 지배와 복종을 무너뜨리자는 강 앞에 서서 아레니우스가 할 수 있는 일은 과연 무엇이겠는가?

예수는 생각보다 훨씬 더 큰 사람이다. 예수는 오늘과 내일을 바라보는 사람이 아니었다. 그는 일 년 후, 백 년 후, 천 년 후 언제가 될지 알 수 없는 먼 훗날을 향해 지금 첫발을 내디딘 사람, 그다음 일은 다음 사람이 이어받기를 기대했음이 분명했다. 그가 걸었던 길을 다른 사람도 걷는 날이 오리라고 믿는 사람이었다. 그런 날이 분명 오리라고 믿은 사람이었다.

'예수는 결국 세상을 사람의 문제로 보았구나! 농사를 짓는 사람, 다스리는 사람, 제사드리는 사람, 가르치는 사람, 전쟁터에 나가서 다른 사람을 죽이는 것도 역시 사람…. 그러니 제도를 무너뜨리기보다 사람을 바꾸려고 했구나…. 아! 무서운 사람! 예수 선생은 때를 잘못 타고났소! 이제까지 사람이 살아온 역사에서 사람이 그 중심이었던 적이 언제 한 번이라도 있었던가요?'

그러자 빌하가 전해 준 예수의 말이 떠올랐다.

"나는 씨를 뿌리는 사람! 여러분 모두 씨도 되고 씨 뿌리는 사람도 되고."

그 말을 떠올리면서 아레니우스는 거듭 고개를 끄덕일 수밖에 없었다. 그리고 처음 빛줄기를 본 사람이기 때문에 자기는 그럴 수밖에 없었다고 얘기한 예수의 말을 이제 알아들었다.

'지배자들은 그렇다고 해도, 억압받고 수탈당하는 사람들이 예수를 받아들이지 못한 이유는 무엇일까?'

갈릴리 분봉왕도, 예루살렘 성전도, 그리고 로마의 유대총독까지 예수를 탄압하는 일에 힘을 합친 일은 이해할 수 있는 일이었다. 그런데 유대인들이, 막상 예수가 그렇게 그들의 형편 때문에 가슴 아파하고 자기의 생명까지 내던지는데 그 사람들이 예수를 대하는 태도에 아레니우스는 놀랐다. 몇 사람을 제외하고는 그들은 아주 냉담했다. 마치 자기는 예수와 아예 아무 관계도 없었던 것처럼, 전혀 자기들과는 상관없는 일 때문에 예수는 마땅한 처벌을 받는다고 생각하는 것처럼.

"왜 그럴까?"

아레니우스는 고개를 갸우뚱거리며 혼잣말을 했다.

"예? 무이라 하셨습니까?"

아까부터 그를 지켜보고 있었던 듯, 알렉산더가 한 발 가까이 다가서며 물었다.

"아? 아! 아닙니다."

"무슨 말씀을 하시길래… 혹 저에게 하시는 건가 하고…."

"아닙니다."

그렇게 말을 잘랐다. 알렉산더 그는 이스라엘과 유대의 지배층에 속하는 사람으로 예수를 예루살렘으로 몰고 쫓아 제거에 성공한 사람이다. 그에게서 이스라엘 사람, 유대의 평민들 생각을 알아볼 수는 없으리라.

그런데 알렉산더가 슬슬 먼저 입을 열었다.

"만일에 로마에서 이런 일이 일어났다면, 지금 말고 예전 공화정 시대에 말입니다. 그랬더라면…."

한동안 말이 없더니 그는 무엇인가 결심한 듯 하고 싶은 말을 내뱉었다.

"폭동이 일어났겠지요! 로마 시민과 주변 농촌의 농부들이 모두 들고 일어났겠지요, 광장을 가득 메우고 원로원에게 항의하고, 호민관도 나서고."

아레니우스는 깜짝 놀랐다. 알렉산더가 그의 마음을 그처럼 정확하게 읽고 있다니. 생각할수록 무서운 사람이다.

"예! 나도 실은 그 일이 궁금했습니다. 보세요! 주민들이 너무 조용하고 아무도 나서지 않는 것을…. 어찌 생각해 보면 예수가 저들을 위해 일하다가 저렇게 십자가에 달렸는데…."

"아레니우스 공! 로마와 유대는 다릅니다. 한 번도 이런 일을 생각해 본 적도 없고, 있을 수도 없는 일이기 때문입니다."

"그렇습니까?"

"그럼요! 경험해 보지 못했으니 바라지도 못하는 거지요."

"그건 또 무슨?"

"예수가 하느님을 아빠 아버지라고 불렀습니다. 어떤 사람은 그 말을 듣고 감격했겠지만, 경험하지 못한 일을 상상해서 받아들이려니 얼마나 어렵겠습니까? 예수가 가르침을 펼친다면서 입에 올린 얘기들 대부분 그렇습니다."

"어허!"

아레니우스는 알렉산더의 얘기를 받아들일 수밖에 없었다. 그로서는 그보다 더 잘 설명할 수 있는 다른 방법을 찾기 어려웠다. 그는 깊은 생각에 빠졌다.

아레니우스를 바라보면서 알렉산더는 점점 곤혹스러워졌다. 그는 단순히 한 사람의 로마 귀족이 아니다. 알렉산더가 만나 본 로마 사람들 중 뛰어나게 지적이고, 수완도 좋고, 배짱도 좋고. 더구나, 나중에 새로운 로마황제로 등극할 카프리섬의 젊은 가이우스 사람이다. 알렉산더 스스로 세계정세와 로마의 일을 꿰뚫고 있다는 자부심을 가지고 살았지만, 아레니우스도 자기와 견줄 만한 사람, 결코 놓쳐서는 안 될 귀중한 끈이 분명했다.

"이러니 저러니 내 생각을 덧붙이기보다는 보고 들은 일을 전하는 사람."

아레니우스가 지난번에 지나가듯 자기 역할에 대해 입에 올렸던 말이 마음에 걸렸다. 사람이 어찌 자기 생각을 곁들이지 않고 보고 들은 대로 옮기기만 한단 말인가? 사람은 보고 싶은 것을 보고, 듣고 싶은 것을 듣는다고 하지 않던가? 그가 하는 말을 듣고 보니, 아레니우스 마음속에는 보고 싶은 것과 듣고 싶은 것이 이미 자리 잡고 있음을 알았다.

그가 전하는 유대 상황이, 그가 이 언덕길에서 눈으로 보고 겪은 일이 로마가 유대를 다루는 정책에 반영된다면 좋은 일이 될지 나쁜 일이 될지 알렉산더는 가늠할 수 없었다. 어떤 판단을 할 수 있을 만큼 그를 아직 알지 못하기 때문이다. 그저 낯모르는 다른 로마사람보다는 조금 더 알고 있을 뿐이다.

"아레니우스 공!"

알렉산더가 정색을 하면서 그를 불렀지만 아레니우스는 일부러 못 들은 체하며 십자가 처형장을 올려다보았다. 그러더니 지나가는 듯한 말투로 입을 열었다.

"아까 공이 저쪽 처형장으로 들여보내려고 했던 사람들, 예수의 어머니 동생 아내 그 사람들을 내가 들여보내라고 말할까요?"

"어? 그거 좋지요. 그런데, 예수의 아내가 아니고 제자입니다."

"아! 그랬지요."

그 말을 남기고 아레니우스는 로마군 군영을 관할하는 장교에게 갔다. 그러더니 얼마 후에 십부장으로 보이는 사람과 함께 오더니 알렉산더에게 그 사람을 소개시켰다.

"이 병사와 함께 가서 처형장 입구를 지키는 경비병들에게 다시 얘기하세요. 얘기가 됐습니다."

"아이구! 잘됐습니다. 고맙습니다."

하려던 말이 있었던 것을 잊었는지, 알렉산더는 병사와 함께 부지런히 언덕길을 뛰듯 올라갔다. 예수의 어머니라는 사람 곁에는 조금 전에는 보이지 않던 남자들이 서너 명 더 모여 있었다. 아마 달아났던 제자들 중 몇 사람이 용기를 내서 찾아온 모양이었다.

'저 사람이 무슨 뜻으로 예수의 가족과 제자들을 처형장으로 들여보내려고 저럴까? 알다가도 모를 일….'

알다가도 모를 일은 알렉산더뿐만 아니라 아레니우스 자신도 마찬가지였다.

"후, 내가… 이 아레니우스가 어쩌다…."

그는 혼잣말을 중얼거렸다. 이전에는 듣지도 보지도 못했던 유대인 예수의 일에 왜 이처럼 마음을 쓰는지 스스로도 도저히 납득할 수 없었다. 로마에 돌아가서 동료들과 후원자들에게 무어라 얘기를 해야할지 알 수 없었다. 그런 일이 있었다고만 얘기하자니 마음속에 들어와 앉은 생각이 너무 무겁고, 차근차근 자세히 설명하기에는 아는 일이 너무 없었다.

'왜 내가 지금 여기서 이러고 있나? 로마도 아닌 유대 땅 예루살렘 산자락에 서서 십자가 처형장을 올려다보며…. 흐, 알 수 없는 일!'

그는 고개도 흔들어보고, 크게 숨을 들이쉬고 내쉬고 가슴을 쫙 펴 보았다. 그래도 가슴 한가운데 묵직한 바위처럼 콱 들어와 박힌 무엇을 어찌해 볼 도리가 없다. 이리 가려고 해도 걸리고, 저리 가려고 해도 걸리는 그 자리, 피할 수도 없고, 넘어갈 수도 없는 그 자리에 예수가 들어와서 박혀 있다.

'괜히 만나 봤나 보다!'

무슨 이유로 그를 만났는지 모르겠다. 무언가 좀 특이한 일이 있을 것 같아 만나 보자고 총독에게 청하기는 했지만, 막상 예수를 만난 일이 이처럼 산자락까지 그를 끌고 올 줄 생각도 하지 못했다.

따지고 보면, 유대인들은 들쥐 같다고 총독이 말했을 때, 그 말을 마음속에 담아둔 것이 잘못이었을지 모른다. 로마 사람이라는 우월감을 가지고 대장 뒤를 졸졸 따르는 유대의 들쥐를 생각하다가 들쥐가 아닌 사람을 만났기 때문인가? 아니면 예수가 가르쳤다는 말들이 그의 마음속에 씨가 되어 날아들어 뿌리를 내리기 시작했는가?

'왜 내가 여기 서 있나? 가장 폭력적인 현장에 서서 유대인이 고통을 받으며 죽어가는 것을 지켜보는 이유가 무엇인가?'

아무리 생각해도 모를 일이지만, 이미 돌이키기에는 때가 늦은 것 같았다. 예수는 세상에서 가장 잔인한 폭력 앞에 벌거숭이로 마주 선 사람이다.

"폭력아! 네가 가진 것이 무엇이냐? 네가 얼마나 나를 찌르겠느냐? 얼마나 쏘겠느냐? 어디를 얼마나 찢겠느냐! 너희 힘을 보여라! 여기 내가 서 있다! 폭력으로 이길 수 없는 사람, 가장 힘없는 한 사람의 유대인, 내가 여기 서 있다. 나를 이기지 못하면, 폭력 너는 아무도 이길 수 없을 것이다!"

분명 예수가 십자가에 매달린 채 그렇게 말하면서 로마의 폭력, 제국의 폭력, 세상의 폭력에 저항하는 것 같았다. 순순히 매달렸다는 말은 복종이 아니고 가장 큰 저항이 분명했다.

아침 해뜨기 전, 그 짧은 시간 예수를 만나보고서 예수의 가르침이 남다르다는 것을 깨달은 아레니우스는 따지고 보면 그 일을 위해 로마에서 배를 타고 건너온 사람일지도 모른다. 예수에게서 무엇인지도 모를 씨를 받아 로마로 옮겨갈 사람….

비록 예루살렘 성전과 로마 총독이 힘을 합쳤고, 알렉산더가 갖은 계획을 세워 막으려고 했지만 예수의 가르침은 이미 세상에 씨로 뿌려진 뒤였다.

향이 들어 있는 주머니를 방구석에 놓아두면, 아무리 싸고 또 싸고 덮고 또 덮어도 방 안에 향기가 천천히 퍼지기 마련이다. 예수라는 사람이 한 번 살다 떠난 세상은 영원히 지워지지 않고 잊을 수 없는 향이 감돌게 된다. 씨를 통해 생명이 이어지듯, 예수는 그의 존재를 통해 폭력의 냄새를 지우는 향이 된 사람이다. 사람들마다 향주머니를 하나씩 차고 있다는 것을 깨우쳐 준 사람이다.

처형장을 올려다보며 아레니우스는 중얼거렸다.

"그러나 예수 선생! 나는 그럴 수 없소! 씨가 되고, 씨 뿌리는 사람이 되고, 선생의 향을 로마로 묻혀가는 사람이 될 수 없소! 선생은 나에게 이 언덕에서 본 일의 증인이 되기를 기대했겠지만, 안타깝게도 나는 이 처벌이 정당했다는 증인이 될 수밖에 없소. 나는 로마 사람이기 때문이오. 아마도 선생이 로마에서 맞상대해야 할 첫 사람이 이 아레니우스가 될 것이오!"

✠

"얘야! 나도 가자!"

예수의 뒤를 따라 걸어 올라온 어머니 마리아가 갑자기 손을 허우적거리며 예수에게 다가갔다. 예수가 걸어 올라온 산길에서 해골바위 위 조그만 언덕 처형장으로 발걸음을 옮기기 시작할 때였다.

"어머니!"

막달라 마리아가 놀라서 외쳤다. 야고보가 나서기도 전에 로마군 병사가 어머니 마리아를 우악스럽게 떼밀었다. 그 바람에 그녀는 비척거리며 물러나다가 힘없이 스르르 무너졌다. 마리아가 얼른 쭈그리고 앉아 어머니 마리아를 안았고, 야고보가 겨드랑이에 손을 넣어 어머니를 부축해서 일으켜 세웠다. 그녀의 눈은 아무것도 들어 있지 않은 듯 그저 휑했다. 알아들을 수 없는 무슨 말을 끊임없이 되뇌면서 그녀는 일어서려고 안간힘을 썼다.

그때 마리아는 보았다. 분명 알렉산더였다. 그는 마리아에게 눈길도 주지 않은 채 그들이 처형장으로 들어가도록 길을 터주라고 로마 병사에게 얘기하고 있었다. 병사가 완강하게 거절하자 그는 뒤도 안 돌아보고 언덕을 내려갔다. 알 수 없는 일이었다.

'왜 저 사람이?'

동정 때문에 그런 것이 아니라는 것을 마리아는 안다. 서로 눈을 마주치지 않았지만 알렉산더의 눈이 얼마나 차갑게 번쩍였는지 그녀는 느끼고 있었다. 앙갚음하기 위해서라면 그가 무슨 일이든지 할 수 있는 사람이라는 것을 그녀는 이미 오래전부터 알았다. 무엇 때문에 그가 나섰는지 물어보지 않아도 그녀는 알 수 있었다. 십자가에 매달린 히스기야 때문이리라.

멀리서 보기에도 십자가에 매달린 히스기야의 모습은 처참하고 끔찍했다. 그녀는 사람들이 수군거리는 소리를 들어 이미 알고 있었다. 얼마나 끔찍한 모습이면 사람들이 그저 숨만 붙어 있는 고깃덩어리라고 말했을까?

'히스기야 님!'

무어라 그에게 말을 건넬 수도 없고 다가갈 수도 없다. 세포리스 저수조에서 알렉산더 앞에 당당하게 버티고 서 있던 모습만 생각날 뿐이다. 뒷산에 어머니를 묻고 언덕을 내려가 영원히 나사렛을 떠났다던 그의 말이 자꾸 가슴속을 맴돌았다. 어깨를 곧추세우고 의연하게 위수대 감옥으로 돌아가던 모습만 눈앞에 어른거렸다.

'히스기야 님! 영원히 당당하신 분! 등을 보이고 떠날 수 있는 분!'

마리아는 그런 히스기야를 자랑스럽게 생각하며 살아가기로 마음먹었다. 몸은 찢어지고 무너졌어도 애써 의연한 마음으로 떠나는 그를 그렇게 배웅하기로 작정했다. 마치 히스기야의 어머니가 남편을 마음에 담아 두었듯….

'선생님! 히스기야 님! 두 분의 자리가 결국 여기인 것을….'

알렉산더는 예수와 히스기야를 예루살렘 올리브산 기슭 십자가 처형장으로 자기가 몰았다고 생각했다. 그러나 시대의 아픔에 눈을 뜬 두 젊은이가 물길 따라 흘러내리나가 당연히 한곳에서 합쳐진 것이라고 마리아는 생각했다.

참 이상하다는 듯 사람들이 자기들끼리 수군거렸다.

"예수가 하느님 나라를 이루겠다고 했는데, 십자가에 매달려 허무하게 죽어 버리면, 그럼 이게 뭐야! 하느님 나라는 실패한 거야, 아니면 그래도 이뤄지는 거야?"

그러자 다른 사람들이 막달라 마리아와 예수의 어머니 마리아를 힐끔힐끔 바라보면서 말을 받았다.

"하느님 나라가 한 사람이 순교해서 이룰 수 있으면, 이미 백 번, 천 번, 만 번도 더 이뤄졌겠다."

그럴 것이다. 그 사람은 이미 이스라엘이 처한 현실을 아주 정확하게 꿰뚫어 보고 있는 사람이 틀림없었다. 그러자 한 사람이 마리아도 들으라는 듯 일부러 큰 소리로 말했다.

"그건 그렇고, 예수를 따라다니던 제자들은 다 어디 갔어? 여자들 몇 명 빼놓고 모두 도망간 거야?"

"아!"

마리아는 소리도 못 내고 깊은 한숨을 내쉬었다. 사람들이 그렇게 말하는 것도 무리가 아니었다. 예수가 가르친 하느님 나라가 허무하게 무너져 내리는 것을 그녀도 눈으로 보고 있으니, 다른 사람들은 무슨 얘기인들 못하랴! 그들이 한 말 속에는 사람들이 이해하지 못하거나 받아들일 수 없는 몇 가지 중요한 질문이 담겨 있었다. 마리아도 아직 그 질문에 대답할 수 없었다.

'저 사람들은 선생님 가르침을 부인하고 싶어서 저리 묻는 것이 아니고, 왜 그런지 묻고 있구나. 믿고 싶은데 믿어지지 않아서…. 하기야 선생님이 저리 십자가를 지고 처형장으로 걸어가고 있으니 누구인들 안 그럴까?'

하느님 나라는 차곡차곡 스스로 답을 얻어야 이해할 수 있는 나라다. 하느님이 누구인지 어떤 분인지, 그리고 그 나라가 어떻게 이뤄지고 누가 다스리는지, 누가 그 나라에 들어갈 수 있고, 언제 어디에 이뤄지는지 깨달아야 한다. 그리고 하느님 나라를 이룬다면서 왜 예수가 십자가에 매달리는 끔찍한 참변을 겪어야 하는지, 그럼 예수는 과연 누구인지 그들은 묻고 있는 셈이다.

그 질문에 답할 수 없다면 예수가 겪는 고난을 사람들은 영원히 이해할 수 없을 것이다. 마리아도 아직 대답할 수 없다. 예수가 고난받는 이유를 그녀도 납득하지 못했기 때문이다. 가슴 아픈 것은 그들이 예수를 따르던 제자들을 비난했다는 점이다. 비록 마지막 씨를 남겨두었다고 예수나 그녀나 생각했지만….

'선생님은 십자가를 지고 저 언덕을 오르는데, 세상은 아직 가시덩굴 가득 덮인 돌밭입니다, 선생님! 하느님 나라가 가능하다고 믿지도 않고, 기다리지도 않고….'

마리아는 예수가 갈릴리 가버나움을 중심으로 사람들을 불러 모아 가르치던 몇 년 전 그때의 일을 떠올렸다.

"하느님 나라가 시작됐습니다."

처음 예수의 가르침을 들으면서 사람들은 걱정부터 앞섰다. 세례자 요한이 외쳤던 무서운 하느님 나라를 떠올렸기 때문이었다.

"죄를 회개하라! 하늘나라가 가까이 왔다. 도끼가 이미 나무뿌리 위에 놓였으니 좋은 열매를 맺지 않은 나무는 하느님이 다 찍어서 불 속에 던질 것이다."

요한의 선언을 들으면서 사람들은 도끼를 든 채 눈을 부릅뜨고 노려보는 하느님의 모습을 떠올렸다. 날렵하게 몸을 날려 도끼로 나무를 쾅 찍어 쓰러뜨리는 하느님. 아무리 큰 나무라도 도끼질 몇 번이면 쓰러지기 마련인데 힘없는 그들이야 단 한 번 도끼질도 견뎌내지 못할 것이 뻔했다.

활활 타오르는 불구덩이에 찍어낸 나무를 던져 넣으며 하느님이 거칠게 외치는 소리가 들렸다.

"네 죗값이다!"

그런데 세상을 살면서 저지른 죄, 그 나쁜 열매가 오로지 나의 잘못이었던가? 험하고 힘든 세상에 한 번도 죄를 짓지 않고 살 수 있는 사람이 얼마나 되겠는가? 아무리 단단히 결심한다고 해도 결국 다시 무너져 죄를 질 수밖에 없는 세상을 사람들은 살고 있었다. 죄의 기준도 토라, 좋은 열매의 기준도 토라라면 아예 가망 없는 세상일 뿐이었다.

이스라엘의 역사는 죄와 벌의 굴레였다. 사람들은 언제나 죄를 지었고, 하느님은 언제나 벌을 내렸다. 처벌이 두려워 벌벌 떨며 하느님 앞으로 돌아왔다가 위기가 지나가면 떨어져 나가기를 반복하며 살던 이스라엘이었다. 요한의 가르침만으로는 이스라엘이 겪었던 악순환의 고리를 끊을 수 없었다.

"일곱 귀신이 들린 여자!"

그때까지 마리아는 사람들에게 죄인으로 불리며 살았다. 토라는 그녀가 겪은 안타까운 사정을 조금도 봐주지 않았다. 토라에 따른 요한의 말대로라면 그녀는 도끼로 찍어내 불에 던져질 나무일 뿐이었다.

그런데 예수는 요한과 달랐다. 예수가 얘기하는 하느님 나라는 토라에 기록된 율법을 모두 지킨 사람만 들어갈 수 있는 나라가 아니었다. 닫혀 있다던 하늘 문이 그들에게도 열려 있다고 예수는 가르쳤다. 그 나라는 세상 마지막 날에 심판의 결과에 따라 올라가는 나라가 아니었다. 누구나 들어갈 수 있는 나라가 땅 위에서 지금 이뤄지고 있다는 놀라운 가르침 앞에 사람들은 새로운 세상의 희망을 보았다.

"이 땅 위에 이뤄지는 하느님 나라는 여러분처럼 가난하고 힘없고 눌린 사람이 먼저 들어가는 나라입니다. 슬퍼 우는 사람, 배고픈 사람, 세상 어디에도 기댈 곳 없는 사람, 외로운 사람, 고통을 겪으며 밤새우는 사람, 비를 맞으며 캄캄한 밤길 걸어야 하는 사람, 죄인이라고 불리는 사람을 하느님 아버지가 그분의 세상으로 부르십니다."

마리아가 생각하기에 예수가 가르친 하느님 나라는 은총이면서 한편으로는 권리였다. 나도 그 나라에 합당한 몫을 가지고 있고, 내 몫만큼 책임도 따르는 일이었다.

'그래서 선생님은 하느님 나라를 아버지의 집으로 말씀하셨구나! 하느님이 아버지인 나라! 사람이 하느님의 아들과 딸이 되는 나라! 모두 한 가족이 되는 나라!'

가버나움으로 예수를 찾아간 그날이 마리아에게는 새 가족을 만난 날이 됐다. 그녀에게는 하느님 나라의 시작이었다. 그 나라에 들어가는 자격이나 조건은 따로 정해져 있지 않았지만 그 나라를 찾는 사람이어야 찾게 되는 나라였다.

마리아 생각으로는 예수가 십자가 가로기둥을 지고 처형장으로 오른 것을 그저 바라보기만 한다면 사람들은 아직 하느님 나라의 문고리를 잡지 못한 셈이었다.

"하느님 나라가 그렇다면서 … 왜 예수는 자기가 매달릴 십자가를 지고 비틀비틀 처형장을 걸어 올랐는가?"

사람들 마음을 무거운 질문이 짓눌렀다. 마리아가 그 물음에 대답할 수 있는 일이 아니다. 사람마다 자기 걸음으로 걸어야 하기 때문이리라. 더구나 아직 마리아도 그녀 스스로 넘겨야 할 고비가 남아 있었다. 그들뿐만 아니라 예수의 동생 야고보도, 조금 떨어진 곳에서 눈물 흘리며 처형장을 바라보는 므나헴도 그 질문의 대답을 아직 찾지 못하고 있었다. 하느님 나라를 이루려던 예수의 실패인가? 하느님의 실패인가? 하느님 나라는 처음부터 불가능한 나라였던가?

아무도 대답하지 않았다. 예수는 원래 답을 주는 사람이 아니었고, 하느님도 물음에 답하지 않았다. 사람이 하느님 나라를 이루어야 하니 그분이 나서서 대답할 일이 아니었다.

'선생님! 저들을 이렇게 놔두고 떠나시면….'

마리아는 안타까워 예수에게 마음으로 말을 걸었지만, 예수는 대답하지 않았다.

'사람들이 끊임없이 묻고 또 물으며 선생님이 걸어 올라오신 십자가

의 길을 생각하면 깨닫게 됩니까?'

그래도 예수는 아무 말이 없다.

'아! 선생님!'

마리아는 예수의 마음이 되어 사람들의 질문을 생각하고 또 다시 생
각했다. 그러면서 예수의 가르침을 떠올렸다.

"왜 그런지 물으세요! 묻고 또 묻고⋯."

그러면 스스로 일어나 그 길을 걷는 사람도 나오고 입을 비죽이며
비아냥거리던 사람이 무릎을 꿇고 엎어지기도 하고 누군가는 손을 내
밀어 일으켜 세우는 날이 오리라는 생각이 들었다.

깨달음은 지식에서 오지 않고 살로 된 마음에서 몸을 일으킨다는 것
을 예수가 가르치지 않았던가? 그것은 주어지는 것이 아니라 어차피
각자 개인에게 달린 일이다. '왜'라는 물음을 붙잡고 있으면 밤새 무엇
을 붙잡고 씨름했는지 날이 밝기 전에 깨닫게 될 것이다.

므나헴과 유다와 작은 시몬은 마리아가 서 있는 곳에서 베다니 넘어
가는 산길 위쪽으로 200걸음쯤 떨어진 곳에 모여 있었다. 어떻게 찾아
왔는지 므나헴이 앉아 있는 곳에 유다가 찾아오고, 얼마 지나지 않아
작은 시몬도 찾아왔다. 유다와 시몬을 만나자 눈이 벌게지더니 므나헴
은 고개를 푹 숙였다. 그 모습을 보고 유다가 힘들게 입을 열었다.

"선생님 얼굴 한 번만 더 뵙고, 나는 내 길을 떠날 생각이오!"

"다른 제자들 찾아 갈릴리로 가지 않고?"

작은 시몬이 물었다.

"내가 왜?"

"하기야…그럼 나는 어떻게 할까?"

"시몬은 다른 제자들 찾아가 봐요! 그래도 되잖아!"

유다의 말을 듣고도 시몬은 아무 대답도 할 수 없었다.

세 사람은 그렇게 앉아 처형장도 내려다보고, 산길에 촘촘히 늘어선 사람들도 바라보고, 골짜기 건너편 성문 앞 공터에 가득 늘어선 사람들도 바라보았다. 아무도 먼저 말을 꺼내지 않았다.

그때였다. 유다가 갑자기 목소리를 낮춰 혼잣말처럼 말했다.

"저자가 누군가? 보통 사람은 아닌 듯한데…"

"누구?"

그 말이 채 끝나기 전에 므나헴이 신음처럼 내뱉었다.

"알렉산더! 갈릴리의 알렉산더!"

"그럼 저놈이 바로 늘 우리를 몰고 쫓던 그놈이오? 너 오늘 잘 만났다! 자 당장 저놈부터 해치웁시다. 내게 칼이 몇 자루 있소."

유다는 벌떡 일어나 금방이라도 달려 내려갈 태세다. 그러자 므나헴이 황급히 나서서 말렸다.

"아니오! 유다! 지금은 안 되오! 알렉산더 주위에 서 있는 저 몇 사람은 갈릴리 분봉왕의 부하들인데 칼을 잘 쓰기로 유명한 자들입니다. 그리고 지금 덤벼들면 선생님 어머니와 동생 그리고 마리아에게 당장 해가 미칠 거요. 그리고 나는 나설 수가 없소! 그렇게 하는 것은 선생님의 뜻이 아닐 것이 분명하오."

"그러니 모두 실패한 사람들이 된 거요!"

그러더니 유다는 작은 시몬을 바라보았다. 그도 같은 생각이냐고 묻는 듯한 표정이다.

"나도 지금은 때가 아니라고 생각하오, 유다!"

"흥! 언제 우리에게 유리한 때가 온다는 말이오? 해치울 때 해치워야지!"

그러나 작은 시몬은 고개를 가로저었다. 할 수 없이 유다도 다시 주저앉았다. 그리고 분을 못 참겠다는 듯 한참 어깨를 들먹이며 씩씩거렸다.

유다가 영영 돌아올 수 없는 먼 길을 떠나는 것처럼 느껴져서 므나헴은 가슴이 아팠다. 몇 마디 위로의 말을 건네려고 유다를 바라보니 툭 튀어나올 듯 붉게 충혈된 눈으로 입을 굳게 다물고 처형장만 바라보고 있었다.

제자들 중 겨우 세 사람이 모여 앉은 자리였지만, 세상 끝만큼이나 멀리 떨어져 있는 것처럼 그들은 같은 곳을 쳐다봤다. 그때 예수는 처형장까지 마지막 몇 백 걸음 떨어진 곳에 이르렀다.

사람의 시대

———·———

처형장까지 이제 백 몇 걸음도 남지 않았다. 조금만 발을 헛디디면 바로 아래 칸 무덤으로 떨어질 만큼 길이 좁았다. 앞을 바라보려고 고개를 들면 금방 균형이 뒤로 몰려 벌렁 뒤로 넘어갈 것 같다. 할 수 없이 고개를 숙인 채 땅만 보고, 어깨도 구부정하니 앞으로 숙이고, 다리를 되도록 넓게 벌리고 천천히 걸어야 넘어지지 않고 걸음을 옮길 수 있었다.

그때 예수는 아버지 음성을 들었다. 집이 가까워질 때마다 들었던 목소리, 몹시 지쳐 아주 탈진한 목소리였다.

"얘야! 예수야! 좀 쉬었다 가자!"

세포리스에서 일을 마치고 산길을 걸어, 조그만 골짜기를 내려가고 오르다가 나사렛 마을이 눈에 보이는 모퉁이에 이르면 아버지는 늘 예수에게 쉬어 가자고 말했다. 예수가 어렸을 때는 아들이 힘들까 봐 아버지가 쉬었고, 어느 때부터는 아버지를 생각해서 예수가 발걸음을 멈췄다. 헐떡거리며 몰아쉬는 아버지의 숨소리에 산골짜기를 불어 오르는 바람소리가 섞였다는 생각이 들던 때부터 아버지는 급격하게 무너지기 시작했다.

산모퉁이에서 바라보면 멀리 집이 보였다. 어머니와 어린 동생들이 기다리는 집, 아직은 햇빛을 받고 서 있는 집, 아버지와 아들이 마당에 들어서면 어둠도 성큼 뒤따라 올라왔다. 집은 밖에 나가 돌아다니던 남자들이 해 지기 전에 찾아 돌아가는 곳이다. 왜 십자가 처형장을 보자 집이 떠올랐는지 알 수 없는 일이다.

'집! 아버지와 어머니와 동생들이 있는 집!'

예수에게 집은 언제나 하루의 끝을 의미했다. 돌아가야 할 곳이었고 일을 끝내는 시간이기도 했다. 달이 뜨고 별이 내려다보는 마당, 멍석에 식구들이 둘러 앉아 부족하면 부족한 대로 빵을 떼는 곳.

'무엇인가 입에 넣어 주고, 등을 쓸어 주고, 하루를 내려놓고 쉬는 곳. 그것이 사람이 세상을 사는 일!'

허겁지겁 빵을 입에 몰아넣는 동생들을 보는 어머니의 눈에는 늘 슬픔이 담겨 있었다. 배부르다며 남은 빵을 밀어 놓고 아버지 어머니가 물러앉으면 예수도 그렇게 했다. 눈치를 보던 동생들이 주저하며 그 빵에 손을 대면, 제일 막내, 그 예쁜 여동생 요한나도 빵을 내려놓고 물러났다. 그런 곳이 바로 집이었다. 일을 끝내고 쉬는 때가 집에 들어온 때였다.

웬일인지 예수는 세상일에 늘 미안하다는 생각을 하며 살았다. 한 모퉁이를 돌 때마다, 한 고비를 넘을 때마다, 걸어온 길을 뒤돌아보고 앞으로 걸어갈 길을 목을 쭉 빼고 바라볼 때마다 미안함을 느꼈다. 세상이 그리 된 것이 마치 그의 책임이라는 듯, 그가 나서서 바꾸고 돌보아야 한다는 듯….

이제 마지막 남은 백 몇 걸음을 걸으면, 그러면 미안함이 사라질 것인가? 주저하며 참지 못하던 동생들의 배고픔도, 빵을 밀어 내놓던 요한나의 파리하고 작은 손끝이 가늘게 떨리던 일도, 어머니의 눈에 담겨 있던 슬픔도 끝나는가? 예수가 십자가를 지고 처형장에 오르면 세상이 단번에 바뀔 것인가? 그곳은 집이 될 수 있는가? 그에게 길의 끝이고, 시간으로도 끝인가?

아니다! 고통은, 배고픔은, 알쏭달쏭 슬픈 눈길은, 떨리는 손길은 어떤 사람이 참을 수 없을 만큼 큰 고통을 대신 겪는다고 사라질 수 없다. 세상에는 여전히 슬픈 사람들, 배고픈 사람들, 억울한 사람들, 어느 곳에도 등을 대고 기댈 수 없는 사람들이 넘쳐 날 것이다.

자기 몫을 빼앗긴 사람들을 깨우쳐 세우기보다 움켜쥔 사람들과 억누르는 사람들을 깨우치는 일이 먼저라고 예수는 생각했다. 신에게 힘을 받았다고 외치며 높은 곳에 우뚝 선 지배자들에게 그들도 스르르 무너지는 날이 온다는 것을 알려 주는 일이 더 중요했다. 힘으로 굴복시킬 수 없는 존재가 있다는 것, 그들이 가진 폭력보다 더 큰 힘이 있다는 것, 결국 지배자와 세상과 정통의 권위가 의지했던 힘이 허무하게 무너지는 날이 온다는 것을 깨닫게 해 주는 일이 시작되리라.

그래서 예수에게 십자가는 끝이 아니고 시작이다. 사람들이 십자가를 끝으로 삼지 않고, 출발하는 지점으로 삼을 수 있도록, 그들이 앞으로 걸어갈 길을 보여주는 이정표가 예수에게는 십자가다. 그래서 이제부터 십자가는 하느님의 실패도 아니고 예수의 실패도 아니고,

지배자의 실패, 지배자가 행사한 폭력의 실패다.

나사렛 집 언덕을 오르듯, 예수는 십자가를 지고 허덕허덕 처형장 길을 올랐다. 슬픈 사람들의 마음을 짊어지고 올랐고, 억울한 사람들의 사연을 안고 올랐고, 자기를 보호할 수 있는 어떤 수단도 갖지 못한 사람들의 슬픔과 함께 올랐다. 그 길이 이기는 길이라고 생각하고 걸었다. 그가 십자가에 오르면, 세상이 더 이상 그들을 억누를 방법도, 빼앗을 것도 없게 된다는 것을 믿고 올랐다. 어린 여동생이 제 몫의 빵을 밀어 놓던 마음을 생각하며 마지막 힘든 걸음을 걸었다.

짐작했던 대로 처형장에 세워진 십자가에는 히스기야와 바라바가 매달려 있었다. 언덕은 겨우 3개의 십자가를 세울 수 있을 정도의 넓이였는데 성전을 굽어보는 방향으로 가운데 십자가에는 바라바, 오른쪽에는 히스기야가 매달려 있다. 바라바의 왼쪽에 예수의 십자가 세울 자리를 잡아 둔 모양이었다.

이미 십자가에 매달린 지 꽤 시간이 흐른 모양이었다. 히스기야와 바라바는 눈을 뜨기도 힘든 듯, 고개를 떨군 채 예수를 그냥 내려다보고 있었다.

곧 로마군 백인대장이 언덕 위에 올라왔다. 그가 손짓하며 몇 마디 짧은 명령을 내리자 곧 병사들이 달려들어 예수의 아랫도리를 가렸던 천을 벗겨 냈다. 그리고 그가 짊어지고 올라온 기둥을 눕히더니 예수의 양손을 다시 한번 더 꽁꽁 묶었다. 히스기야의 목소리가 들렸다.

"예수! 별거 아냐!"

예수가 올려다보니 꿈틀꿈틀 애써 몸을 끌어올리며 가쁜 숨을 쉬면서 바라바가 토막토막 내뱉듯 예수에게 말했다.

"배신자들! 내가, 이 바라바가… 더럽고 비겁한 너희 갈릴리 놈들과 함께 십자가에 매달렸다는 일이야말로 두고두고 씻을 수 없는 수치다! 아! 이 치욕스러운 이름이여!"

십자가 위까지 증오와 미움을 끌고 올라가 매달린 바라바가 한없이 불쌍했다.

위수대장의 명령에 따라 로마군은 바라바와 히스기야의 십자가 위에 각각 '유대인의 메시아'라는 팻말을 달아 놓았다. 유대인들이 메시아라고 믿는 사람이라도 로마는 거침없이 처형한다고 밝힌 셈이다.

메시아는 죄명이 아니다. 메시아는 유대인의 꿈이고, 유대인이 이루고 살겠다는 세상에 대한 비전이었다. 그 팻말은 유대인의 꿈을 철저하게 짓밟으며 복종을 강요하는 위협이었다.

"메시아? 유대인들에게 메시아는 필요 없다. 오로지 로마에 복종하면서 평화를 누리고 살 것인가? 아니면 십자가 처형을 받아들일 것인가? 보아라! 너희들의 메시아는 이렇게 죽었다!"

유대인들은 메시아에 대한 기대를 가지고 기다렸다. 따지고 보면 유대인들이 기다렸던 메시아와 가장 가까워 보인 사람은 바라바였다. 바리새파 사람들이나 대부분 유대인들이 알고 있던 메시아의 역할을 선언하며 나선 사람이었기 때문이다. 토라의 나라를 회복하겠다고 일어섰고, 이스라엘의 하느님 야훼가 그들과 함께할 것이라고 굳게 믿었다.

십자가에 달려 고난을 받는 바라바를 통하여 오랫동안 침묵하던 이스라엘의 하느님이 역사에 개입하는 계기가 될 수 있다고 믿는 사람들도 있었다. 그가 하느님에 대한 믿음을 지키고, 하느님이 내려 준 법 토라를 회복하려다 순교하였으니 고난의 끝에 하느님이 일으켜 세워 그를 신원해 줄 것으로 사람들은 믿었다.

그런데 히스기야의 십자가에 '메시아'라는 팻말을 붙인 것은 조롱이다. 갈릴리 나사렛 출신 천민, 도적떼 두목, 이투레아에서 내려온 사람을 메시아라고 부른다면 그것보다 더 우스꽝스러운 조롱은 없을 것이다.

예수에게는 어떤 팻말을 달아 놓은 것인가? 위수대장은 아무도 생각하지 못했던 팻말, '유대인의 왕'이라고 쓴 팻말을 준비했다. 예수의 십자가 위에 버젓이 달아 놓고, 오래오래 세상의 조롱거리로 삼을 계획이었다.

"아!"

예수는 길게 한숨을 내쉬었다. 그리고 전날, 성전 뜰에서 요하난 벤 자카이가 했던 말을 떠올렸다.

"세상 그 누가 십자가에 매달려 처형된 사람의 가르침에 귀를 기울이겠습니까? 무슨 수로 제자들이 그 가르침을 세상에 전할 수 있을 것이며, 그런 세상에서 제자들이 할 수 있는 일이 무엇이겠습니까?"

당연한 물음이었다. 점잖게 말해 물음이었지, 요하난은 예수에게 현실의 한계를 똑바로 바라보라고 말한 셈이었다. 십자가형을 받은 사람이라는 말을 들으면 세상 어느 누구도 예수가 가르쳤다는 말을 아예 들어보려고 하지 않을 것이 분명했다. 예수의 제자였다는 말을 듣자마자 상대방은 즉각 쫓아내거나 심한 조롱을 퍼부을 것이다. 제자들이 무슨 일을 하든 손가락질 받고 모욕을 당할 수밖에 없을 것이다.

십자가 처형이 어떻다는 것을 아는 사람들이라면, 어느 누구도 제자들과 상종하려고 하지 않을 것이 분명했다.

"그러니⋯ 선생의 가르침보다, 왜 선생이 십자가형을 받았는지, 선생은 누구였는지, 십자가형을 받은 이후 어찌 됐는지⋯. 마치 달이 아니라 달을 가리키는 손가락을 먼저 쳐다보는 일〔視指忘月〕이 생기겠지요."

요하난은 예수의 눈을 똑바로 바라보며 천천히 입을 열었다.

"예수 선생에게 제자가 없었으면 선생의 마음을, 가르침을, 살아온 일을 사람들이 생각이라도 해 볼 텐데, 제자들 때문에 가르침은 사라지고 선생만 남게 될 것입니다. 선생이 특별한 사람이었다고, 특별해서 십자가에 매달렸다고 얘기해야 사람들이 귀를 기울일 테니, 제자들이 선생의 가르침을 세상에 전달하는 일에는 실패할 겁니다."

예수는 고개를 끄덕였다. 그럴 수밖에 없을 것이라는 것을 그도 알았다.

"그래도 씨는 바람에 날려 퍼질 겁니다."

예수는 겨우 그렇게 대답했다. 그러자 요하난이 한마디를 이어 말했다.

"내 생각으로는 지금 저 제자들 말고, 경전을 좀 안다는 사람들이 들어서서 온통 뒤지고 살펴 찾아내겠지요. 왜 선생이 그런 고난을 겪었는지. 그 고난이 무슨 의미가 있는지⋯. 그러면 한 마디 말을 찾아낼 겁니다."

"무슨 말씀이신지요?"

"희생제물⋯!"

예수는 들이쉰 숨을 내쉬지도 못할 만큼 놀랐다. 그도 세례자 요한의 제자가 되어 요단강 가에서 그들과 함께 지냈을 때 들은 내용이 있기 때문이었다. 그리고 혼잣말처럼, 어쩌면 요하난에게 묻는 말처럼 말했다.

"속죄일이 아니고 유월절인데요, 지금이….."

"상관없지요. 선생의 제자들은 속죄일 희생양이나 희생염소를 유월절로 끌고 올 겁니다."

예수는 다시 말없이 고개를 끄덕였다. 그러더니 한참 만에 입을 열었다.

"그러겠지요! 그래도 씨는 뿌려질 겁니다. 저들도 모르는 새에….. 한 샘에서 솟아난 물로 강이 되는 법은 없지 않습니까?"

"허어! 예수 선생이 나보다 훨씬 그릇이 큽니다, 그려! 나는 그저 바리새파 선생일 뿐이군요."

요하난이 그렇게 걱정한 이유가 있었다. 그의 얘기를 들으니 예수의 눈에도 앞으로 어떤 일이 벌어질지 눈에 훤히 보였다. 속죄일에 드리는 희생제사와 유월절에 어린양을 잡아 문설주에 피를 바른 일을 예수의 제자들이 하나로 묶을 것을 요하난이 예측한 셈이었다.

예수는 말없이 고개를 끄덕였다.

'그럴 것이다. 정녕 그럴 것이다. 요하난 선생의 말대로 사람들은 영원히 나를 이해하지 못할 것이다. 이해하지 못할 뿐만 아니라, 엉뚱한 가르침을 내 이름으로 전할 것이다.'

그 생각이 들자 므나헴에게 맡긴 일이 걱정됐다. 그가 제대로 증언을 해도 사람들은 보고 싶은 대로 보고, 듣고 싶은 말만 듣지 않겠는가?

"죄는 하느님의 명령을 어기는 것!"

"하느님은 사람이 지은 죄에 언제나 벌을 내리시는 분!"

이스라엘이 하느님을 섬기는 방식이 그러했다. 사람들은 잘못을 저지른 이웃에게 빌고 용서를 구하지 않았다. 하느님의 법을 어겨 하느님이 내리는 벌을 받게 되었으니 죄의 용서를 비는 대상이 하느님일 수밖에 없게 됐다.

"내가 하느님 앞에 죄를 지었으니, 이제 그분 앞에 엎드려 슬피 울며 죄를 자복하고 용서를 구합니다."

용서를 청원하고 용서받기 위해 토라에 따라 하느님이 원하는 제물의 생명을 바쳤다.

속죄제사의 가장 중요한 의미는 죄인을 대신하여 다른 사람이나 짐승이 희생제물이 되어 생명을 잃는다는 점이다. 어떤 제물을 바칠지 그 종류를 야훼 하느님이 결정해 주었고, 제사를 드리는 의식과 절차 또한 야훼가 정했기 때문에 신성하다고 믿었고 사람이 마음대로 바꿀 수 없었다.

속죄일 제사에서는 염소 한 마리를 도살하여 번제물燔祭物로 제단에 바쳤다. 사람들의 죄를 대신 진 다른 한 마리는 광야로 끌고 나가 아세라 신에게 바쳤다. 염소를 대속물代贖物로 바치면서 정작 죄인들은 경건한 구경꾼으로 물러날 수 있는 교묘한 장치였다. 그런 의식을 치르며 죄와 벌에서 벗어나고 싶었던 사람들이었으니 예수의 십자가를 또하나의 속죄제사로 이해할 것이 분명했다.

벌은 죄를 지은 개인에게만 내리지 않는다고 믿었다. 죄에 따라 이스라엘 민족 전체가 감당할 수 없는 처벌을 죗값으로 받게 된다고 생각했다. 그런데 이스라엘을 통해 세상 모든 사람들이 하느님의 용서를 받는다고 믿는 사람들이라면 인류를 위해 드린 속죄제사의 희생제물이 바로 예수였다고 말할 것이 분명했다. 그래서 요하난이 말했을 것이다, 희생제물이 유월절로 끌려온다고. 그래야 유월절에 십자가 처형을 받는 예수의 의미를 설명할 수 있으니까.

속죄일 희생염소와는 달리 유월절에 잡는 어린양은 하느님이 이집트에서 히브리를 보호했던 사건과 연관돼 있다. 어린 양의 피를 문설주에 바른 히브리의 집을 죽음이 지나쳐갔다는 사건은 해마다 반복되는 일이 아니라 이스라엘 역사에서 단 한 번 일어났던 일이었다. 또 다시 일어날 일도 아니었다.

요하난은 예수의 제자들이 무엇을 어떻게 할지를 예측했다. 선생이 유월절에 겪은 고난을 설명하기 위해 죄에 대한 대체물, 즉 희생양이나 희생염소 같은 속죄일의 제물을 끌어대리라고 미리 짚었다.

"어쩌면 영원한 중보자仲保者, 영원한 대체물이라고 선생을 내세우겠지요. 그렇게 생각하기 시작하면, 왜 선생이 선택돼서 고난을 받아야 하는지 경전을 뒤질 겁니다. 그러나 선생! 터무니없는 그 일은 실패할 것입니다. 속죄일 희생양이나 예정된 고난이 선생이 겪는 일과 아무 상관없다는 것을 모든 유대인이 너무 잘 알기 때문입니다."

요하난은 예수가 감당하려는 고난이 부질없다는 것을 끈질기게 설득했다. 오히려 그의 가르침이 널리 퍼지는 데 걸림이 될 뿐이라고 자존심까지 흔들어 댔다.

"요하난 선생님! 저에게는 이 길밖에 다른 길이 없습니다. 일부러 이 길을 걸어온 것이 아니고, 제가 걸어온 길의 끝이 여기라는 말씀입니다. 세상은 제 길의 끝에 십자가를 놓았을 뿐입니다."

왜 세상이 예수를 제거하려는지, 왜 이름을 처절하게 지우려는지 요하난도 모르지 않았다.

"어찌 이 시대에 선생과 내가 동시에 살아서… 이 늙은이가 눈으로 그 일을 직접 보아야 한단 말이오! 아!"

"선생님에게 맡겨진 일 또한 제가 지고 갈 일보다 쉽지 않습니다."

"그렇겠지요? 나는 이스라엘의 배신자가 되겠지요?"

"아닙니다. 선생님으로 인해 생명이 이어지는 셈이지요!"

"고맙습니다. 내가 예수 선생에게서 오히려 위로를 받았습니다."

"선생님같이 뛰어난 바리새파 학자와 얘기를 나누면서 저도 많은 것을 배웠습니다. 결국 사람들이 언젠가는 거쳐야 할 일을 저와 선생님이 먼저 겪는 셈이지요."

십자가를 짊어지고 올리브산 자락 언덕을 오르는 사람은 예수지만, 요하난 벤 자카이도 그에 못지않게 고통스러운 짐을 짊어지고 그의 언덕을 걸어 올라가리라는 것을 예수는 알았다.

"이스라엘의 배신자!"

요하난이 툭 던진 말은 그 스스로 겪을 운명이 어떠하리라 뼈저리게 깨달은 고통스러운 신음소리였다. 예수나 요하난이 겪은 고통을 사람들은 결코 받아들이지 못할 것이다. 사람들과 단절된다는 사실이 두 사람에게는 몸이 겪는 고통보다 더 큰 고통이 됐다.

예수도 요하난도 사람들이 언제쯤 눈을 뜰지 알지 못했다. 아직 아무도 걸어가 보지 않은 길이니 누구인들 언제 그때가 될지, 그러면 무슨 일이 일어날지 어찌 알 수 있겠는가?

훗날, 예루살렘 성전이 무너지고 '유대'라 부르는 나라가 땅 위에서 영원히 사라지게 되는 날, 그 땅을 떠난 사람들이 땅끝으로 뿔뿔이 흩어져 유랑민족이 되는 날, 요하난은 영원히 무너지지 않을 성전을 사람들 가슴속에 세웠다. 성전에서 희생제사를 드리지 않고도 하느님의 백성으로 살아갈 수 있는 길을 낸 것이다. 그런 면에서 예수와 요하난은 희생제사가 없어도 하느님과 사람은 화해할 수 있도록 연결시킨 사람이 되었다.

예수는 요하난이 예측했듯 실패할 것을 아는 사람으로 십자가를 지고 오른다. 그가 애써 일으켜 세우려고 했던 세상, 사람이 세상의 주인이 되어 사는 나라는 가뭇 사라지고, 세상을 다시 하느님의 세상으로 바꿀 것을 알았다. 예수가 보여 주었던 이정표 밑에서 선생의 십자가 처형을 경험한 제자들은 이정표를 옮겨 이제까지 걸어왔던 길을 거꾸로 가리킬 것이다. 그리고 제자들은 그 길을 되돌아가는 첫 사람이 될 것이다. 속죄일 염소와 유월절 어린 양을 하나로 묶으면 당연히 그렇게 될 수밖에 없으리라.

예수가 무거운 가로기둥을 짊어지고 쓰러지고 넘어지며 언덕을 오르고 비틀비틀 힘들게 무덤 사이를 걸을 수 있었던 것은 요하난과 나눴던 대화의 힘이 컸다. 해야 할 일이 무엇이고, 할 수 없는 일이 무엇인지 분명하게 깨달았기 때문이었다. 그날이 언제든 때가 되면 뒤집힌 이정표를 따라 되돌아간 사람들이 다시 돌아와 예수가 가리키는 목적지를 향해 걸어갈 것을 그는 믿었다.

'그 일은 나에게 달린 일도, 그분에게 달린 일도 아니라 오로지 사람에게 달린 일…. 뿌려진 씨에서 싹이 나고 또 싹이 나고, 그분이 사람들을 돌보지 않는다는 것을 깨닫고 나서도 아주 오래 후에….'

십자가에 매달린 히스기야와 바라바를 올려다본 예수는 덜컥 겁이 났다. 처참한 몰골로 매달려 있는 히스기야가 오히려 부러웠다. 그는 이미 한 고비를 지나 마지막 언덕을 오르는데, 예수는 이제 첫 고비를 맞이할 차례다. 고통을 능히 감내하도록 의지가 몸을 마비시킬 것인가? 그렇지 않다. 온몸을 헤집고 찌르고 갉아먹고 치솟고 한없이 깊은 어둠 속으로 끌고 내려가면서 몸을 갈래갈래 찢을 것이다.

'예수! 별거 아녀! 예수 별거 아녀! 예수 별거 아녀….'

히스기야가 해 준 말을 자꾸 떠올리면 떠올릴수록 얼마나 아플지 점점 고통이 더 무서워졌다. 꿀꺽 침이 넘어갈 만큼 두렵고 몸은 겨울비를 맞은 것처럼 떨리고 추웠다. 그러면서 재판 끝에 빌라도가 마지막 던져 놓은 끈적끈적한 말이 자꾸 생각났다. 마음 여기저기 쩍쩍 눌어붙어 떨어질 줄을 모른다.

"다만, 숨이 끊어지기 전이라도 로마법과 포고령을 위반한 죄를 인정하고, 유대와 갈릴리의 안정을 해친 죄를 고백하고, 이스라엘의 법과 가르침에 복종하겠다고 맹세한다면 십자가 처형을 재고하겠다."

십자가형이 아니라 다른 처형으로 바꿔줄 수 있다는 말로 들리고 숨이 빨리 끊어지게 해 주겠다는 뜻으로도 생각됐다. 처형 중에 십자가에서 끌어내려 다른 처형으로 바꾸거나 숨이 끊어지자마자 십자가에

서 주검을 내려주는 은혜를 베풀 수도 있고…. 왜 자꾸 그 말이 떠오르는지….

예수는 빌라도가 던진 미끼가 얼마나 비열한지 잘 알았다. 한마디 슬쩍 깔아 두면서 예수를 파렴치한 잡범 수준으로 떨어뜨리려는 속셈이다. 그런 제안을 예수가 받아들이든 말든, 목숨을 구걸하거나 고통을 못 이겨서 다른 처형을 호소할 수도 있다고 밝혀 둠으로 예수의 마음속에 가장 부끄러운 밑바닥으로 떨어지는 길의 문을 열어 두었다. 몸에 가하는 고문에 더해 마음에 큰 못을 쾅 박아 놓는 말이다. 마지막 순간까지 끊임없이 갈등하도록 만드는….

말도 되지 않을 것 같던 빌라도의 유혹이 올가미가 되어 예수 눈앞에서 어른거린다. 마음이 멈칫거린다는 말이 무엇인지 알 것 같았다. 그 유혹에 굴복하면 십자가에 달린 것보다 더 큰 수치를 당하리라. 그래서 그는 가로기둥을 지고 언덕을 오르며 제자들을 위해 빌었다. 어느 때가 되면 그들도 십자가를 지고 언덕을 오르는 광경이 눈에 보이기 때문이다.

"꿋꿋하게 십자가를 지면서 세상 폭력을 이기겠다고 애쓰지 마시오! 십자가는 극복해야 할 고난이 아니라, 더 이상 다른 길이 없는 막다름이오."

사람이 세상의 주인이라는 것을 깨닫지 못하면 십자가를 지고 예수의 뒤를 따르는 일은 하느님에게 세상 개입을 청원하며 호소하는 몸부림으로 보일 것이다. 그런 청원은 언제나 실패할 수밖에 없다. 하느님이 대답하지 않는다는 사실을 온 세상에 드러내는 일이 될 뿐이다.

예수의 십자가를 기억하는 사람들은 그래서 그가 한없이 어리석은 사람이었다고 고개를 저으리라. 히스기야나 바라바가 십자가에 매달린 이유는 알지만, 예수가 지고 오른 십자가는 아무도 이해하지 못하는 일로 오랜 세월 동안 남을 것이다. 예수는 세상을 품으려고 애썼지만 세상은 끝끝내 그를 밀어내고, 설령 받아들인다는 사람들도 자기들이 생각한 옷을 그에게 입힐 것이다.

그래서 예수는 더욱 외롭다. 그도 사람이었으니 그럴 수밖에 없다. 그러나 이를 악물고서라도 사람답게 마지막 길을 걷기로 작정했다. 벌벌 떨며 무너지는 사람이 아니라 왼뺨 다음 오른뺨을 돌려 대는 사람으로.

히스기야가 매달린 십자가, 그리고 바라바가 매달린 십자가 앞을 지나 맨 왼쪽 자리에 예수가 들어서자 로마군은 길게 누워 있는 세로기둥 위에 그를 눕혔다. 그리고 세로기둥과 가로기둥을 단단한 줄로 여러 번 묶었다. 때로는 처형받는 사람이 격렬하게 몸부림칠 때 묶은 끈이 풀려 가로기둥이 사람과 함께 거꾸로 쑤셔 박힐 때도 있어서 아주 단단히 묶어 두어야 한다.

하늘을 바라보고 벌렁 드러누워 있으니, 니산월 하늘이 끝없이 높았다. 파란 하늘에 하얀 구름이 둥실 떠 있고, 새들이 하늘을 빙빙 돌고 있었다. 백부장은 예수가 숨을 좀 돌릴 시간을 주더니 시간이 늦었다는 것을 깨달았는지 갑자기 피리를 불었다.

"삑! 삐이익! 삐빅!"

아마 예수를 못 박으라는 신호이리라.

숨을 고르며 누워 있던 예수 다리 쪽으로 병사들이 몇 명 달라붙었다. 이미 두 손은 가로기둥에 꽁꽁 묶여 있고, 가로기둥은 세로기둥에 단단히 고정시켰으니, 세로기둥에 예수의 다리를 고정시키면 십자가를 일으켜 세울 수 있으리라.

아버지를 따라 다니며 때로 목수 일도 했던 예수였기 때문에 나무나 못을 어떻게 다뤄야 하는지 잘 안다. 나무의 틈을 벌릴 때는 늘 쐐기를 박아야 하고, 나무와 나무를 연결할 때는 움직이지 않도록 부목副木을 대야 한다. 아마 못을 박는 자리 바깥쪽으로 부목을 대리라. 그리고 부목에 못을 댄 다음 망치질을 할 것이다. 발뒤꿈치를 관통해서 세로기둥에 못 박아야 하기 때문에 꽤 굵은 쇠못을 쓸 것 같았다.

예수는 병사가 들고 선 못을 보았다. 일부러 본 것이 아니고 그냥 눈에 띄었다. 집 짓는 데 쓰는 못이 아니라 길고 굵고 거칠었다. 엄지손가락 굵기로 사각인지 오각으로 보였다. 대장장이가 불에 달구고 망치로 두드려 모양을 만들면서 여러 번 물에 담금질했는지 시커먼 색이 뚜렷한 새 못이다. 한쪽 끝은 뾰족했고 망치로 두드린 못 머리는 유난히 뭉툭하고 컸다. 길이는 예수 손으로 한 뼘 반이나 될 만했다.

병사들은 예수의 두 다리를 꽉 붙잡아 발뒤꿈치 복숭아뼈 안쪽을 세로기둥 양쪽에 바싹 붙여 끈으로 묶었다. 복숭아뼈 바깥쪽에 부목을 대는 것을 느꼈는가 싶은데, 엄청난 충격과 고통이 온몸을 때렸다.

"아!"

예수는 자기도 모르게 커다란 비명을 질렀다. '아플 것이다, 무척 아플 것이다!' 짐작은 했지만, 마치 온몸의 힘줄을 잡아당긴 듯, 고통은 깊고 넓고 무거웠다. 무어라 말로 할 수 없는 아픔이 가슴과 머리, 배, 다리를 한없이 높은 어디로 치올렸다가 깊은 저 아래로 잡아끌었다.

또 한 번, 그리고 또 한 번 병사들은 망치질을 했다. 고통을 못 이겨 소리를 질렀다. 그런다고 아픔이 줄어드는 것도 아닌데 … 자기도 모르게 입에서 터져 나오는 고통소리를 멈출 수가 없었다. 예수가 격렬하게 발을 비틀었는지, 한 번은 못이 아니라 발뒤꿈치를 정통으로 망치가 때렸다. 복숭아뼈를 발뒤꿈치 쪽으로 관통해서 못질하는 것이라 한두 번으로 뼈를 세로기둥에 고정시킬 수는 없는 일, 병사들은 거푸 여러 번 망치질을 했다.

예수의 몸은 심하게 경련을 일으켰다. 다리가 계속 부들부들 떨렸다. 복숭아뼈 깨진 하얀 조각이 부목을 댄 틈으로 삐져나왔다. 온몸이 아직 부들부들 떨리고 있는데, 세로기둥 양쪽에 두 발뒤꿈치를 고정한 병사들은 곧 예수의 머리 쪽으로 이동했다. 그리고 세로기둥 맨 끝부분에 예수의 죄목을 적은 패를 못으로 박아 붙였다.

이제 팔목을 못 박을 차례, 병사들은 아무렇지도 않게 드러누워 있는 예수의 몸을 이리저리 건너 다녔다. 그들에게 예수는 똑같은 사람이 아니라, 그저 꿈틀거리고 푸덕거리며 살을 떨고 있는 짐승으로 보이는 모양이다.

병사들이 양쪽 손목을 더듬는 것을 느꼈다. 손목 뼈 중간, 쉽게 못이 빠지지 않을 부위를 찾아내더니 그곳에 부목을 댔다. 두 팔을 쫙 벌려 가로기둥에 붙들어 맨 상태이고, 양쪽 어깨 쪽에 병사가 한 사람씩 손목을 바라보고 예수의 팔을 지그시 밟고 섰다.

그리고 병사들은 양쪽에서 동시에 망치질을 했다. 엉덩이와 배와 창자와 가슴과 숨이 모두 위로 치솟아 오르는 것처럼 처절한 고통이 덮쳤다. 발뒤꿈치에 못을 박을 때보다 더 날카롭고 뾰족한 아픔이었다. 머릿속을 푹 찌르고, 어깨를 들썩거리게 하고, 몸을 비틀 수밖에 없는 아픔이다. 두 번의 큰 망치질로 못이 깊게 가로기둥에 박혔는지, 병사들은 망치질을 멈췄다.

세로기둥 위에 걸쳐진 몸뚱어리가 심하게 들썩이고 떨렸다. 팔목 핏줄이 터져 피가 뿜어져 부목을 타고 흘러내렸다.

하늘이 깜깜했다. 아무것도 보이지 않았고, 아무것도 볼 수 없었다. 그리고 곧 속이 메슥메슥해지고 세상이 빙글빙글 돌 듯 어지러웠다. 토하고 싶은데 뱃속에서 아무것도 올라오지 않았다. 못을 박을 때보다는 좀 고통이 줄어든 듯, 눈을 떠 보니 하늘이 아직 조금 남아 있었다.

가로기둥 양쪽에 앞뒤로 끈을 매고, 세로기둥 끝에도 끈을 맨 다음, 병사들은 십자가를 일으켜 세우기 시작했다. 먼저 앞에서 줄을 잡아 당겨 일으켜 세우더니, 나중에는 앞뒤에서 서로 줄로 균형을 잡으며 똑바로 세웠다.

점점 세상이 다시 눈에 들어왔다. 눈을 떠 보니, 골짜기에 가득 들어선 사람들이 보였고, 예루살렘 성문 앞 광장에 하얗게 모여 선 사람들이 보였고, 움막마을이 보였고, 성 너머 아랫구역, 윗구역 그리고 성전이 눈에 들어왔다. 그렇게 하나씩 차곡차곡 눈에 들어오더니 곧 전체가 다 보였다. 예루살렘이 보이고, 유대가 보이고, 이스라엘이 보이고 세상이 보였다. 세상은 무엇에 단단히 붙잡혀 어디로 끌려가고 있었다. 어쩌면 뒤쫓는 사람들에게 쫓겨 가는 것처럼 보였다.

"이건 아닌데⋯."

예수는 고개를 흔들었다. 세상은 이러면 안 되었다. 한쪽에서는 사람들이 죽어 넘어가고, 한쪽에서는 무언가 썩어 냄새가 진동하고, 세상 한쪽에는 큰 불이 나서 산과 들을 불태우고 강물과 호수를 말리고 있었다. 세상은 아무런 대책도 없이 무너지고 부서지고 불탄다. 담장 무너지듯 무너진 세상에 깔린 사람이 악인이고 선인이고 지배자고 억눌린 사람이고 무슨 소용이 있으랴! 곧 모두 함께 파묻힐 것을….

로마 총독과 유대인 지도자들과 갈릴리 분봉왕은 고작 예수 한 사람을 무너뜨림으로써 세상이 평안해질 줄로 믿었을 것이다. 예수에게 고통과 치욕을 안겨 주면 그가 무너지고, 그가 뿌린 씨는 말라 사라질 줄로 믿었다. 갈릴리에서부터 그나마 쌓아 올렸던 평판이 무너지면 예수도 무너질 줄로 알았다.

"나 하나 무너뜨리는 일로 끝날 수 없는 일인 것을…."

예수의 눈에 불길에 휩싸인 예루살렘이 보였다. 엄청난 크기의 돌로 쌓았던 성전 벽에 균열이 생기더니, 점차 커지고 마지막에는 스르르 주저앉는 광경이 보였다. 둘러싸고 불을 지르는 사람들 때문이 아니고, 스스로 무너지는 것처럼 보였다. 사람이 돌 위에 돌을 쌓아 건물을 세운다는 것이 얼마나 의미 없는 짓인지 보여 주려는 듯.

"이대로 끝입니까, 아버지? 하늘 아버지?"

그분은 대답하지 않았다.

"제가 뿌린 씨가 싹이 틀 때까지, 그때까지만이라도 기다려 주실 수 없겠습니까?"

그래도 그분은 대답하지 않았다. 마치 그건 그분의 손에 달린 일이 아니라는 듯.

"제 몸을 제사를 드리면 받으시겠습니까?"

다른 유대인들이 그러하듯 불쑥 그렇게 물었지만 그분은 대답을 하지 않았다. 그런데 예수의 마음속에서 불쑥 한 가지 생각이 떠올랐다.

"아직도 나에게서 대답을 구하느냐? 내가 언제 한 번이라도 제사를 받았더냐? 다 저희들이 지어낸 얘기지….."

하느님은 흥정하시는 분이 아니라고 예수는 생각했다. 제사를 받고 마음 돌리는 분이 아니고, 자기들이 저지른 잘못을 용서받기 위해 다른 생명을 희생제물로 바치는 이스라엘의 노력에 한 번도 고개를 끄덕인 적이 없는 분이다. 사람들은 자기 생명이 아니라 늘 다른 생명을 희생제물로 바치지 않았던가? 자기 생명을 바칠 용기가 없는 사람들이 하느님을 다른 생명을 희생제물로 대신 받아들이고 눈이나 감는 비열한 하느님으로 모시지 않았던가?

"내가 겨우 섬김이나 받으려고 세상을 지었겠느냐?"

예수는 고개를 저었다. 그분은 그런 분이 아니라고 믿기 때문이다.

사람들이 두려움에서 풀려나 밝은 하늘 아래 사는 것이야말로 하느님이 원했던 일 아니었겠는가?

'사람이 억압에서 벗어나 자유를 얻기 위해 얼마나 오랜 세월 애써 왔던가? 모든 억압은 두려움에 뿌리내린 것을….'

예수는 고개를 흔들며 옆을 바라보았다. 두 개의 십자가가 나란히 서 있다. 바로 옆에는 바라바가 매달려 있고, 그 오른쪽 끝에 히스기야가 처참한 모습으로 매달려 꿈틀거리고 있었다.

'이제부터 시작이야!'

예수는 스스로에게 다짐했다. 발뒤꿈치와 손목에 못이 박힌 고통보다 숨 쉬는 일이 더 힘들었다. 겨우 몸을 추스르니 조그만 받침에 엉덩이를 기댈 수 있었다.

'이렇게 되면 내가 실패한 것인가?'

실패든 승리든 굳이 구분할 일이 아니라는 생각이 들었다. 십자가에 실패의 깃발이 꽂힌다면, 그것은 예수나 하느님의 실패가 아니고 힘으로 굴복시키려고 덤벼들었던 폭력의 실패일 수밖에 없으리라.

예수는 십자가를 벗어나려고 저항하지 않고, 죽임의 흑암을 피하려고 애쓰지 않았다. 초월하려 하지도 않았고, 그 흑암 속으로, 영원한 소멸로 보이는 죽음 속으로 스스로 걸어 들어갔다. 죽음은 달아난다고 피할 수 없는 것, 예수는 죽음을 끌어안음으로 세상 권세와 악이 궁극적으로 가지고 있었던 힘을 무력화시켰다. 예수가 죽음을 그렇게 받아들이자 하느님은 천지를 창조하기 전부터 있었던 흑암으로 돌아가는 일을 걱정하지 않게 되었다. 창조 이후의 세상뿐만 아니라 이전의 흑암마저도 사람과 함께 누릴 수 있음을 하느님도 알았다.

그런데 죽음까지 덥석 받아들이는 예수를 왜 세상은 끝까지 받아들이지 않았는가? 예수의 방식이 너무 낯설었다. 아마 예수가 군대를 모아 쳐들어가거나 불을 지르고 칼을 휘두른다면 지배세력은 훨씬 더 쉽게 대응했을 것이다. 그것은 늘 익숙한 저항이었고 그런 저항을 진압할 수 있는 대책은 겹겹이 준비돼 있었다. 역사에서 이제까지 모든 사람들이 폭력에 맞서 폭력을 행사했기 때문에 지배자들은 눈 하나 깜짝하지 않고 그런 저항을 진압했다.

예수의 비폭력 저항을 겪으면서 예루살렘 성전이나 빌라도 총독은 끝없는 낭패감을 느낄 수밖에 없게 됐다. 한 번도 겪어보지 못했고, 어떻게 대응할지 생각도 못 했던 저항이었다. 예수를 체포해서 매질하며 고문하고 십자가에 매달아 숨이 끊어질 때까지 계속 고문한다고 해서 지배자들이 새롭게 얻을 수 있는 것은 아무것도 없었다. 이미 그들은 폭력을 행사해서 싸울 때마다 늘 이겼기 때문이다.

그런데 십자가에 매달린 예수는 역사의 물줄기를 바꾸는 역설이다. 십자가에 매달린 예수는 그곳에서 예루살렘성을 내려다보고 성전을 내려다보고 윗구역에 도도하게 버티고 서 있는 총독궁을 내려다본다. 세상 권력과, 이스라엘이 섬겼던 야훼 하느님의 권능을 대신하는 세상에게 예수는 그들이 옳지 않음을 깨우쳐 주고 있다. 뺨을 때린 사람 눈을 바라보면서 다른 뺨을 돌려 대는 것처럼.

"사람이 자유를 얻기 위해, 여기까지 걸어오기 위해 얼마나 오랜 시간 피를 흘리고 싸웠는가?"

예수는 혼잣말로 중얼거렸다. 그동안 자유를 얻기 위해 사람이 흘렸던 모든 피가 있었기에 예수의 역설이 더욱 강한 울림을 일으켰다.

"피로 이룰 수 있는 일은 아무것도 없음을 그대들은 깨달으시오! 폭력의 본질이 무엇인지 두 눈을 뜨고 보시오! 그것은 바로 내가 나를 죽이는 일이오. 세상 모든 사람이 나와 연결되어 있음을 아시오. 하느님 앞에는 너와 내가 다르지 않고 오로지 한 생명, 사람일 뿐이오."

이스라엘이 입으로 믿었던 야훼 하느님과 달리 예수가 가슴속으로 모셔 들인 하느님은 모든 종류의 앙갚음을 부인한다. 보복을 하느님께 맡기고 원수 갚음에 나서지 말라는 말은 하느님의 본성을 아주 크게 왜곡한 가르침이었다. 어떤 명분으로도 거룩한 전쟁, 정당한 전쟁은 없다. 거룩을 지키기 위한 폭력은 하느님의 뜻이 아니다. 폭력에 의해 쫓겨나고 굶주리고 핍박받는 사람들 틈에서 그분은 사람들에게 신호를 보낸다.

"내가 여기 이들과 함께 있다!"

하느님이 직접 행사하는 폭력도 없고, 하느님에게서 승인받은 폭력도 없다. 정의를 위한 폭력, 해방시키는 폭력도 있을 수 없다. 하느님이 폭력적으로 보복해 줄 것을 기다리며 비폭력을 선택하는 것은 이치에 맞지 않는 일이다.

공정한 하느님이 정의를 바로 세우고, 악인이나 하느님 백성들의 원수를 격파해서 정의를 배반한 자로 단죄하고, 불순종의 백성을 처벌하고, 새로운 정의를 세운다는 구원은 하느님의 본성을 깨닫지 못한 말이다. 하느님이 정한 배분적 정의를 회복하기 위해 폭력적 회복의 정의를 앞세운다면 하느님을 그저 대리 싸움꾼으로 부른 것과 마찬가지다.

폭력적 세계에서 하느님이 비폭력적이라면 그럼 사람은 어떻게 살아야 할까? 권능의 역사 안에서 역사의 종말 때에, 회개하지 않는 악인들을 없애지도 않고 강제로 정의를 실현하지 않는다면, 사람은 어떻게 세상을 덮은 불의와 회개하지 않는 악인들에게 대응하여야 하나?

예수는 해답을 제시하기 위해 십자가를 지고 언덕에 오른 사람이 아니다. 오히려 그런 세상에 사람이 어떻게 살아야 하는지 물으며 십자가에 달렸다. 하느님이 뒤로 물러났다고 믿든, 자리를 비웠다고 생각하든, 그런 세상에 사람이 다른 사람과 살아갈 수 있는 방법이 무엇인지 오히려 예수가 사람들에게 묻는다.

"왜? 이유를 물으면 누가 무엇을 어떻게 해야 한다는 것을 찾기 마련 아니겠습니까? 하느님이 세상을 책임지시지 않는다면 우리 사람이라도 책임지고 나서야 하지 않겠습니까?"

✠

예수의 어머니 마리아와 동생 야고보, 그리고 막달라 마리아가 처형장으로 들어가도록 길목을 지키던 로마군 병사들이 길을 터주었다. 어디에서 지켜보고 있었는지 요안나와 갈릴리에서 온 다른 마리아, 살로메도 예수의 십자가 아래 모여들었다. 베다니 넘어가는 산길에서 내려와 마리아 뒤에 서 있던 작은 시몬, 므나헴, 그리고 유다도 용기를 내어 처형장으로 들어왔다.

어머니 마리아는 조심스럽게 십자가로 다가갔다. 그리고 아들의 다리를 쓰다듬었다.

"애야! 내 아들아! 예수야!"

세로기둥에 단단히 못 박힌 양쪽 발뒤꿈치를 바라보더니 쇠못을 어떻게든 뽑아 보려고 손을 댔다. 그러자 바라보고 있던 로마 병사가 창을 쭉 내밀어 제지했다.

할 수 없이 한 발 물러나면서 아들을 부른다.

"예수야! 에미다! 정신 좀 차려 봐라!"

"어머니⋯. 여기까지 걸어왔습니다."

거칠게 헐떡이면서 예수가 말했다. 몸을 뒤틀면서 숨을 조금 쉰 모양이다. 십자가에 매달리면 한 번 들이쉰 숨으로 한참을 버텨야 한다.

한 마디라도 말을 하면 다시 몸을 솟구쳐 가슴을 치올리고 숨을 들이쉬어야 하는데 그 일이 여간 고통스럽지 않다.

"내가 이 일을 얼마나 두려워하며 피하려고 했는지. 너를 뱄을 때 이 꿈을 꾸었다."

"말 안 하셔도… 어릴 때부터 알았습니다."

예수는 겨우 한 마디 말을 더 하더니 다시 숨을 헉헉거렸다.

어머니는 갈릴리에서부터 꼭 끌어안고 왔던 보퉁이를 막달라 마리아에게 넘겨준다.

"이것을 마리아가 받아요."

마리아는 무엇인지 묻지 않는다. 아들이 숨을 거두면 그 시신을 닦아 줄 향유라는 것을 이미 알았기 때문이다.

그때 야고보가 십자가에 다가가 예수의 다리를 만져본다. 예수가 몸을 뒤틀면서 움직이는 바람에 상처가 터져 새로 흐른 벌건 피가 그의 손에 묻는다.

"형! 예수 형!"

그러더니 야고보는 고개를 푹 숙였다.

"형! 나는 형에게 아무 말도 못 해줬어!"

예수의 다리를 쓰다듬지만, 차마 못이 박힌 발뒤꿈치는 만져 볼 용기가 나지 않는다. 사람의 살이라고 할 수 없을 만큼 거무튀튀 거칠고 뻣뻣하고 바짝 마른 다리다. 벌거벗은 예수의 몸에 난 채찍 자국, 피가 흘러내려 검붉게 엉겨 붙은 자국이 눈에 들어왔다.

"하고 싶은 말이 있었어!"

야고보는 더 늦기 전에 예수에게 들려주고 싶은 말을 하기로 마음먹었다. 얼마 만에 형에게 마음을 전하는 일인가? 희미하게 눈을 뜨고 내려다보는 예수와 눈이 마주치자 야고보는 그동안 마음속에 간직했던 말을 힘들게 입 밖에 냈다.

"나는 아버지가 형을 왜 그렇게 사랑했는지 알 수 있어!"

"다행이다."

예수가 짧게 대답했다. 더 이상 말을 이어갈 수 없다.

야고보는 눈물 가득한 눈으로 형을 쳐다보았다. 마지막 때가 됐는지 푸들푸들 떨던 몸이 조금씩 가라앉는다. 야고보를 바라보고 있던 로마군 병사가 눈짓으로 이제 거의 끝나간다는 신호를 보냈다.

"겨우 이러자고…."

야고보는 말을 더 이을 수 없다. 예수가 그를 내려다보고 있다. 그 눈에는 아무것도 들어 있지 않았다. 뜨고는 있지만, 이미 점점 비워지는 눈이었다. 평소와 달리 빛이 들어 있지 않았다.

"히스기야!"

겨우 숨을 한 번 들이 쉰 예수가 목을 쭉 빼고 바라바 십자가 오른쪽에 있는 히스기야를 불렀다. 그의 십자가 밑에는 막달라 마리아와 유다가 서 있었다.

"히스기야! 동무야!"

예수가 헉헉거리며 불러도 그는 아무런 대답을 하지 못하고 매달려 있다.

"히스기야 님!"

마리아도 그를 불렀다.

"동지! 히스기야 동지!"

유다는 울음 섞인 목소리로 히스기야를 부르며 목이 멘다. 히스기야는 꿈틀거리며 반응을 보이려고 애를 쓰는 것 같다. 힘을 써서 몸을 끌어올려 조그만 나무판 받침에 엉덩이를 걸칠 수 있으면 숨을 들이쉬고, 그러지 못하고 받침에서 몸이 미끄러져 내리면 금방 숨이 끊어질 것처럼 헉헉거린다.

"히스기야 님! 잘 가세요!"

마리아는 히스기야를 울음으로 떠나보내지 않겠다고 거듭거듭 다짐했다. 차마 눈 뜨고는 볼 수 없을 만큼 처참한 그의 몰골을 보면서 의연하게 위수대 감옥으로 돌아간 그의 모습만 떠올리기로 했다. 그는 등을 보이고 걸어갔다. 어깨를 약간 추켜세워 올린 채 주저하거나 머뭇거리는 기색 없이 성큼성큼 자기 발로 걸어간 그였다.

이미 그의 몸에서는 썩는 냄새가 풍겼다. 허연 뼈가 드러나도록 살을 떼어 낸 부분에서는 피가 흐르다 굳기를 여러 번 반복하더니 이제는 아주 엉겨 붙어 검게 굳었다. 이름도 모를 숱한 하루살이 날벌레와 파리들이 상처에 잔뜩 몰려들어 윙윙거렸다. 더구나 부목을 대고 발뒤꿈치를 세로기둥에 못 박아 고정시켰는데, 왼쪽 오른쪽 쇠못에는 그의 몸에서 떼어낸 살점들이 줄에 꿰인 채 매달려 있다. 몸에서 떼어 낸 지 이미 오래돼서 살이라고 부를 수도 없을 만큼 시커멓게 변했고, 그곳에 큰 파리 작은 파리 날벌레가 새카맣게 달라붙었다.

아버지에 이어 아들까지 똑같이 로마군에 의해 십자가형을 받게 된 히스기야는 참 슬픈 사람이다. 세상 사람들 모두 자기 한 몸, 자기 식구 건사하기에 바쁜데 히스기야 부자는 무엇을 이루려고 십자가에 매달렸을까? 조금씩 들어 알고 있는 그의 삶이 너무나 불쌍하고 안타까웠다.

마리아는 어깨를 나란히 하고 앉아 그가 하려는 말을 모두 들어 주고 싶다. 가끔가끔 그의 얼굴을 바라보며 위로해 주고 싶다. 붙잡고 있어야 좋은 일 하나 없겠지만, 고통을 오래오래 끄는 일밖에 안 되겠지만 그래도 할 수만 있다면 조금 더 그의 생명을 붙잡고 싶다.

"히스기야! 내가… 자네 길을 걸을 수도 있었어! 나도 그러고 싶었어!"

예수의 목소리가 들렸다. 마리아가 쳐다보니 예수는 안타까운 눈으로 히스기야를 바라보고 있다. 겨우 몸을 비틀어 끌어올린 다음 막 받침에 몸을 의지하고 크게 숨을 한 번 들이쉰 다음 그 숨으로 하는 말이었다.

'선생님이 히스기야 님의 길을!'

마리아의 생각에도 그랬을 것 같았다. 예수든 히스기야든 세상을 그대로 놔두고 지낼 수는 없었으리라! 그렇게 살아가는 사람들이 잘못이라는 말이 아니라, 그 두 사람은 세상일에 자기가 책임이 있는 사람처럼 살지 않았던가? 그들은 자기를 생각하는 눈으로 다른 사람을 바라본 사람들이었다.

"응!"

정신이 좀 돌아왔는지, 몸을 꿈틀거리며 끌어올려 숨을 쉰 히스기야가 신음인지 대답인지 소리를 냈다.

"히스기야 님!"

"히스기야 동지!"

420

"애야! 히스기야야! 이게 웬일이니!"

마리아와 유다와 어머니 마리아가 동시에 히스기야를 불렀다. 세로 기둥에 머리를 단단히 붙들어 매었던 줄이 몸부림치는 바람에 조금 느슨해지기는 했지만 이제는 힘이 다 빠져서 그런지 히스기야는 고개를 돌릴 수도, 굽혀 내려다볼 수도 없다. 눈만 돌려 내려다보는 일도 무척 힘든 모양이다.

히스기야가 좀 정신이 든 것처럼 보이자 작은 시몬도 그 십자가 아래로 걸어왔다. 사람은 마지막 숨을 거두기 전에 놀라울 만큼 또렷한 생기를 보이기 마련이다. 하기야 생기가 남아 있으면 어찌 죽음이 생명을 지우겠는가? 죽음으로 들어가려면, 영원한 소진 속으로 들어가려면 생기를 모두 소진해야 들어갈 수 있지 않겠는가?

"나도… 정말 그랬어! 예수 자네가 하는 일을…."

워낙 작은 목소리라서 바라바가 매달린 십자가 왼쪽 예수에게는 들리지도 않았을 것 같은데 놀랍게도 예수가 그 소리를 알아듣고 말을 받았다.

"나도 알아! 그래서 여기 이렇게 같이 있잖아! 나사렛에서 그랬던 것처럼…."

두 사람은 나사렛 뒷산, 독수리바위 앞가슴에 앉아 있던 때처럼 말을 주고받았다. 그러다가 예수의 몸이 받침에서 툭 떨어졌다. 금방 숨을 헉헉대고 심하게 몸을 떨더니 겨우겨우 꿈틀대며 몸을 끌어올려 다시 받침에 몸을 기댔다.

"히스기야 님!"

마리아가 이름을 부르며 조심스럽게 올려다보자 그는 마지막 힘을 다해 웃음을 지었다. 그 웃음은 무어라 설명할 수 없을 만큼 복잡한 웃음이었다. 절망의 웃음도 아니고, 반가움도 아니고, 어찌 보면 한없이 미안하다는 표정이고, 다시 보면 여자 앞에 처음 나선 숫기 없는 남자의 웃음 같았다.

"미안해요! 마리아!"

마리아라는 이름을 입에 올릴 때 그의 입꼬리가 약간 위쪽으로 올라가면서 잠깐 아주 행복한 얼굴이 됐다.

"아니에요! 저는 히스기야 님을 늘 생각하면서 살아갈게요. 어머니가 그러하셨듯…."

"아! 어머니… 떠나셨지! 그 밤에…."

어머니와 살았던 날이 어떠했든, 히스기야에게는 캄캄한 밤중에 비틀비틀 뽕나무 밭 안쪽으로 걸어 들어간 어머니로 기억되는 모양이었다. 그의 표정이 그 순간 아주 처연해졌다.

"저는 여기 남아 있을 게요!"

"그래요! 고마워요!"

마리아는 히스기야를 올려다보고 있는 동안 놀라운 경험을 했다. 히스기야의 모습이 조금씩 예수의 모습으로 바뀌어 갔기 때문이다. 그가 먼 하늘을 바라보며 슬쩍 지은 미소는 늘 익숙한 예수의 미소였다. 눈을 끔벅이며 다시 보았다. 히스기야는 예수의 십자가와 하나로 포개졌다.

예수와 히스기야가 두 사람이었지만 결국 한 사람이었다는 것을 마리아는 깨달았다. 나사렛 언덕마을을 떠난 이후, 두 사람은 따로따로 길을 걸어왔지만 그 길은 올리브산 자락에서 하나로 합쳐졌다. 예수가 가 보지 못한 길을 히스기야가 걸었고, 히스기야가 쳐다만 보고 걷지 못한 길을 예수가 걸은 셈이었다.

아주 날카로운 꼬챙이로 가슴을, 그것도 아래쪽에서부터 치켜올려 찌르는 것처럼 아팠다. 그냥 한 번 쿡 찌르고 지나가는 통증이 아니고, 지그시 눌러 찔러 올리는 것 같다. 무엇보다도 숨을 쉴 수 없다. 편안하게 숨을 쉴 수 있다는 것이 그렇게 다행이고 좋은 일인지 예수는 처음 알았다.

이제 와서 하느님에게 다시 매달릴 수는 없다. 이미 그분은 무슨 일이 일어날지 예수에게 알려 주지 않았던가? 그의 가슴속에 들어와 살이 된 하느님의 음성이었는지, 아니면 그 스스로의 생각이었는지 알 수는 없지만, 언제나 그 목소리는 마치 아버지가 하는 말 같았다. 그 목소리가 해골바위 언덕 십자가로 그를 끌고 오지 않았던가, 지금은 침묵하고 있지만….

"애야! 예수야! 네가 나에게 의지하지 않고 오로지 사람의 힘만으로 걸음을 걸으려고 한다면 너에게 닥칠 일이 무엇인지, 각오는 되어 있느냐?"

"예! 아버지!"

"너는 철저하게 버려질 것이다. 너를 찌르는 사람들은 조금도 나를 두려워하지 않고 너를 찌를 것이다. 그러면서 내가 침묵을 깨고 개입하러 나서는지 힐끔힐끔 하늘도 살피고, 산 너머도 살피고, 그들이 발디디고 선 땅 아래도 살피리라."

예수는 그 말이 무슨 말인지 알았다. 나사렛에서 사람들이 눈앞에

엄연히 서 있는 그를 없는 사람 취급했을 때 그가 얼마나 외로움을 느꼈던가? 그런 날 밤이면 아버지가 그의 머리통을 가슴에 끌어안고 등을 쓰다듬어 주었다. 아무 말도 하지 않고 오래오래 쓸어 주었다. 아랫동생 야고보는 조금 떨어진 발치에 우두커니 앉아 아버지와 형을 그저 바라보았다. 형을 밀어내고 아버지의 품을 차지하려고 나서지 않고 으레 그럴 경우 형이 위로받아야 하는 것을 알고 있다는 듯, 아무 말 없이 바라보기만 했다.

그때 예수는 들었다. 가슴속을 맴돌던 생각이 음성이 되었다.

"그것보다 더 큰 외로움이리라."

십자가에 매달려 헐떡이며 고통스러운 숨을 쉬고 있을 때 아버지는 다시 예수에게 말을 걸었다.

"다른 사람은 막연하게나마 내가 나타나 너를 구원할 줄로 믿겠지만, 예수야! 너는 아예 내가 손 내밀지 않을 것을 알지 않느냐? 그 끝 모를 외로움과 절망을 어찌 견디리?"

그렇게 대화를 하는 중에도 정신은 자꾸 흐트러져 퍼져 나가는 것 같다.

'이러면 안 돼! 조금 더 말씀을 나누어야….'

그러는데 갑자기 큰 소리가 들렸다.

"하느님, 하느님, 왜 나를 버리시나이까!"

히스기야였다. 그는 처절하게 외쳤다. 예수가 바라보니 그가 매달린 십자가 아래에 모여 섰던 막달라 마리아, 유다 그리고 작은 시몬이 깜짝 놀라 그를 올려다본다. 어디서 그런 힘이 나왔는지 히스기야는 큰 소리로 말했다. 목구멍을 올라온 소리는 갈래갈래 갈라져 흩어지다가 겨우 가닥으로 모여 말이 된 듯, 알아듣기 어려웠다.

"이렇게 끝까지 버리고 침묵하는군요? 37년이 지났는데 당신은 여전하군요?"

숨을 한 번 들이쉰 다음 그는 다시 외쳤다.

"아버지와 아들이 똑같이 십자가에 매달려도 눈을 감고, 가련한 여자가 뽕나무에 목을 매도 눈을 감고…. 언제쯤이면 나서실 겁니까?"

그의 목소리에는 울음이 반이나 섞여 있다. 왜 안 그렇겠는가? 십자가에 매달려 숨을 거둔 아버지 유다, 손가락질 받다가 아들 혼자 남겨두고 떠난 어머니를 생각하면 어찌 하느님에게 물어보지 않고 그냥 떠날 수 있겠는가?

"언제… 언제 개입하실 것입니까? 몇 명이나 더 죽어야, 몇천 년이나 더 지나야 당신은 이 백성의 울음소리에 마음을 열 것입니까?"

그 말은 예수의 가슴속을 찌르고 들어오는 날카로운 꼬챙이가 됐다. 푹푹 찌르고, 찌른 자리에서 비틀고, 그 자리에서 위로 곧추세워 찌르고 아래를 긁듯 후벼 팠다. 무어라 그에게 말을 건넬 것인가? 그것은 애당초 기대할 수 없는 일이었다. 아무도 사람을 구원하기 위해 나타나지 않는다는 것을 지금 히스기야에게 얘기해 줄 수는 없었다. 예수는 히스기야의 안타까운 외침을 못 들은 체 넘겼다.

그러자 히스기야가 헐떡이며 외치는 소리가 들렸다.

"예수! 말 좀 해 봐!"

그러자 가운데 십자가에 매달린 바라바가 말했다. 그도 깨어난 모양이었다.

"그자가 무슨 말을 할 수 있다고… 이 겁쟁이들! 이제 숨이 끊어지게 되니까 거룩하신 그분을 찾아? 네놈들 두 사람은 가장 깊은 곳보다 더 깊은 곳, 그곳에 갇혀서 영원히 나오지 못할 거야! 새 생명은 믿음을 지킨 자만 얻을 수 있는 것을…."

예수는 바라바가 한없이 불쌍했다. 그러나 그가 매달려 살아온 허상을 깨부술 수도 없었다. 그는 그 상像을 붙잡고 살아온 사람이기 때문이다.

예루살렘 사람들이 죽은 사람들을 장사 지내는 묘지, 올리브산 남서쪽 자락 무덤들 한가운데 해골처럼 생긴 바위 위 조그만 언덕, 그곳에 세워진 3개의 십자가 위에 이스라엘 역사에서 한 번도 한자리에 서보지 못한 3가지 믿음이 달려 있다. 끝까지 그분의 손에 매달리는 사람과, 한 번도 손 내밀어 잡아주지 않은 분에 대한 마지막 호소와, 그럴 일은 애초에 없었다고 믿는 사람이 달려 있다. 그건 세상이 처음으로 겪는 갈등이다. 하느님이 구원의 손길을 내밀지 않는다는 것을 확신한 사람 예수가 끼어 있기 때문에 그러했다.

'하느님은 듣는 분이다. 그리고 묻는 사람의 마음을 통해 대답하는 분이다. 하느님은 이끄는 분이다. 걷는 사람의 마음을 통하여 걸음을 이끄는 분이다.'

"히스기야! 그대는 오늘 나와 함께 하느님 나라에 있을 걸세."

그는 히스기야를 그렇게 위로했다. 하느님 나라가 어떤 나라고, 누가 들어가고, 그곳에 가면 어떤 일이 있을지 말해 줄 수 없지만 그건 히스기야에게 큰 위로를 주는 말이다.

"고맙네, 예수! 자네와 함께 있을 곳이라면 나는 어디든 좋네⋯."

히스기야의 숨소리는 점점 더 거칠어졌다. 그렁그렁 가래가 끓었지만 가래를 뱉어내기는 고사하고 숨마저 제대로 쉴 수 없다. 갈비뼈가 가슴과 옆구리를 찌르는 듯, 한없이 조여들었다.

"죽든 살든, 대제사장 그놈을 찾아서 안으로 밀고 들어갔어야 했는데⋯."

바라바의 후회하는 소리가 안타까웠다. 예수가 그에게 말했다.

"바라바! 그대는 그대가 해야 할 일을 한 거요. 사람들이 그대의 용기와 경건한 믿음을 오래오래 기억할 거요. 그대를 축복하겠소!"

세상에는 위로받아야 할 사람과 더 늦기 전에 길을 바꿔야 할 사람이 있기 마련이다. 십자가에 달려 이제 곧 숨이 끊어질 사람에게 무슨 말을 할 것인가? 그를 바른 길로 이끌기 위해 꾸짖고 깨우치는 일이 무슨 의미가 있는가?

바라바나 히스기야는 죽음 다음에 다른 세상이 있다고 믿었다. 그들이 살았던 이 세상은 다음 세상을 준비하는 곳이라고 믿었다. 죽음의 강을 건너면, 다음 세상에 들어가는 것으로 믿는 사람에게 여기가 사람이 살아가는 마지막 세상이라고 말해 줄 수는 없다. 그들에게는 어차피 의미 없는 일이다.

하느님 나라는 어느 곳에 따로 있어서 들어가는 것이 아니고, 여기 이 땅에 이뤄지는 것임을 어찌 설명할 수 있으랴? 그들이 하느님 나라에서 죽임 당한다는 사실을 어찌 말해 줄 수 있으랴? 죽음은 그 세상에서 배제당하는 것이라고 생각하는 한 그는 죽임을 당한 세상에서 쫓겨나는 것으로 이해할 수밖에 없으리라.

"히스기야 님!"

마리아의 떨리는 목소리가 들렸다.

"으흐, 으흐윽!"

유다와 작은 시몬의 울음소리가 들렸다.

예수는 눈을 돌려 오른쪽 끝에 있는 십자가를 쳐다봤다. 역시 히스기야였다. 그는 예수의 위로를 듣고 난 다음 엷은 미소를 띤 채 이 세상을 놓고 떠났다.

나사렛 언덕마을에서 태어나, 갈릴리를 떠돌고, 이투레아 눈 덮인 골짜기를 헤매던 사람, 하얀리본 결사를 이끌고 갈릴리로 유대로 바람처럼 구름처럼 떠돌고 휩쓸던 그는 예루살렘 성전이 마주 보이는 올리브산 자락에서 떠났다. 아버지의 뒤를 따라갔다고 말할 수도 있고, 그 마음속에 조금씩 자리 잡고 있던 깨달음을 따라 사라졌다고도 말할 수 있으리라.

"잘 가게!"

무슨 말로 동무 히스기야를 배웅할 것인가? 이제 영원히 사라졌다고 말할 수도, 또 만나자고 말할 수도 없었다. 그건 사람과 사람이 살아가는 예의였다. 그는 하느님이 언젠가 개입할 것으로 믿었으니 그날을 기다리며 숨을 거두었을 것이다.

알렉산더는 십자가 처형장에서 일어나는 작은 움직임으로 히스기야가 숨을 거두었다는 것을 알아챘다.

'무서운 년!'

멀리 막달라 마리아를 바라보면서 그는 가슴이 섬뜩했다. 그녀는 울부짖지도 않고, 무너져 그 자리에 쓰러지지도 않고, 그저 조용히 서 있었다. 히스기야 십자가 아래 한동안 서 있던 그녀가 곧 천천히 걸음을 옮기는 것이 보였다. 세 십자가 중 가운데에 매달린 바라바를 한참 바라보더니 예수가 매달린 십자가 앞에 가서 섰다. 처형장을 둘러싼 로마군 병사들과 그들을 지휘하는 백부장은 그저 지켜보고 서 있었다.

"갈릴리의 도적 두목의 숨이 끊어진 것 같습니다."

알렉산더는 아레니우스를 바라보며 마치 자기에게 그런 의무가 있다는 것처럼 알려 주었다.

"그렇군요! 예수는?"

"아직 숨이 붙어 있나 봅니다."

"좀 올라가 볼까 생각하는데⋯."

"아레니우스 공! 그러시면 총독 각하께서 좀 불편하실 것 같습니다만⋯."

알렉산더는 히스기야의 살을 떼어 내고 찢어 젖힌 처참한 모습을 아레니우스에게는 보여 주고 싶지 않았다. 그것을 보아야 할 사람은 마리아였기 때문이다. 그래서 순간 총독 얘기를 하면서 아레니우스를 막았다.

"아! 그럴 수도 있네요."

아레니우스는 자기가 올라간다고 달라질 것은 아무것도 없다는 것을 안다. 더구나 예수의 숨이 끊어지기 전에 그 앞에 선다고 해도, 말이 통하지 않으니 무어라 대화도 할 수 없을 것이다. 로마 사람이 처형장에 올라 예수 십자가 앞에 서서 그의 최후를 지켜보았다는 말이 퍼지면, 빌라도 총독뿐만 아니라 로마의 친구들과 후원자도 불편하게 생각할 것이 틀림없다.

"이렇게 유대인들의 헛된 희망이 허망하게 사라집니다."

이제 그가 해야 할 일을 끝마친다는 듯 알렉산더가 말했다. 마치 두루마리에 마지막 한 마디마저 적고 끝났다는 표시를 한 다음 둘둘 말아 들듯, 지난 닷새 동안 예루살렘에 펼쳐졌던 얘기를 마무리 짓듯…. 웬일인지 예수보다 도적 두목을 더 중요한 사람으로 여긴다는 느낌이 드는 말이었다. 그래서 아레니우스는 알렉산더의 말에 가볍게 대꾸했다.

"헛된 희망이라… 두고 볼 일이지요!"

"그럼요! 아레니우스 공! 보세요, 저들을…. 이제 곧 자기 자리로 돌아갈 겁니다. 유월절 명절 음식을 먹어야 하니까요!"

처형장으로 들어가는 길옆까지, 기드론 골짜기에서 올라온 사람들이 가득 늘어서서 처형장을 바라보고 서 있었다. 골짜기에서도 올려다보고, 건너편 성문 밖 넓은 공터 그리고 심지어 성전 앞 광장과 성전으로 오르는 언덕길에도 하얀 옷을 입은 사람들이 빽빽하게 서서 구경하고 있었다.

"흠!"

아레니우스는 사람들이 무엇을 생각하면서 처형장을 바라보고 있을지 그것이 궁금했다. 십자가에 매달려 꿈틀거리고 버둥거리는 사람을 한때 이 세상에서 그들과 함께 숨 쉬며 살았던 사람으로 보지 않는 것 같았다. 영원히 건널 수 없는 깊은 골짜기 이쪽에서 건너편을 바라보기 때문이리라. 고통스럽게 숨을 이어가는 가장 수치스러운 살덩이가 꿈틀거리며 매달려 있다고 생각하리라.

그중에서도 예수는 가장 이상한 사람일 것이다. 누구도 받아들일 수 없는 하느님을 가르쳤고, 토라가 금지한 죄를 범했고, 로마의 법을 어겼고, 그리고 세상을 어지럽힌 사람으로 당연히 받을 벌을 받는다고 사람들은 생각하리라.

아레니우스는 군영 밖으로 천천히 걸어 나갔다. 얼른 로마군 경비병들이 따라 나와 그를 둘러싸고 경호했다.

"괜찮아요!"

그렇게 말하면서 유대인들을 살펴보다가 아레니우스는 깜짝 놀랐다. 군영 안에서 본 것과 다른 느낌을 받았다. 로마에서 보았던 처형장과 달리 외치고 떠들거나 처형을 유흥으로 즐기는 사람은 하나도 없었다. 한숨을 쉬는 사람, 고개를 계속 흔드는 사람, 목소리를 낮추어 옆 사람과 소곤거리는 사람⋯. 말을 하거나 표현하지는 않았어도 그들은 무언가 잘못되었다고 느끼고 있음이 분명했다.

아레니우스는 처형장을 올려다보았다. 그때 사내 네 명이 예수가 매달린 십자가 앞에 막 무릎을 꿇었다. 상상할 수 없는 일이다.

"십자가 밑에서 무릎을 꿇다니⋯."

알렉산더에게 한마디 하려고 돌아다보니 그도 아주 심각한 얼굴이었다. 십자가 아래에 무릎 꿇는 사람들을 그도 본 모양이다.

"알렉산더 공! 저들이 누구일까요? 십자가 밑에 무릎을 꿇다니!"

알렉산더는 아무 말도 하지 못했다. 그의 가슴속에는 끝없는 낭패감이 몰려들었다. 예수의 숨이 채 끊어지기도 전에 이미 알렉산더는 패배한 셈이다. 처음 예수에 대해 보고를 들었던 날을 떠올렸다.

"예수는 가문이라고 부를 것도 없는 하층민 출신입니다. 땅 한 떼기도 없어 목수 석수로 먹고살다가 나중에는 갈릴리 호수에 와서 고깃배를 타던 사람… 그런데 그를 따르는 사람들이 호숫가에 모여듭니다."

"그런 사람 일까지 왜 내게 보고를 하는가?"

"심상치 않아서요!"

"제까짓 것들이 뭘!"

그날부터 시작해서 예수를 몰고 쫓아 유대 예루살렘 성밖에서 십자가에 매달았는데 그 발밑에 아직도 따르는 사람이 모이다니… 한 번도 경험해 본 적이 없던 이상한 물이 가슴에 차오르는 것을 알렉산더는 느꼈다.

'내가 어찌할 수 없는 일인가? 이렇게 했는데도 막을 수 없다면 무슨 방법으로도 할 수 없으리….'

몸이 후들후들 떨렸다. 서 있던 자리에서 뒤로 한 발 떠밀린 것 같아 괜히 아레니우스 보기가 부끄럽다는 생각이 들었다. 무어라 설명할 수도 없고, 그냥 받아들일 수도 없고, 그렇다고 아무 일도 없었다는 듯 눈감을 수도 없는 일이 벌어진 셈이다. 모든 것을 완벽하게 조정하고 이끌었다고 생각했는데 따지고 보면 헛힘만 쓴 꼴이 됐다.

"역시… 이렇게 끝날 일은 아니었던가 봅니다, 알렉산더 공!"

그는 아레니우스의 목소리를 들었다. 아득하게 먼 곳에서 들리는 소리 같았다.

"다른 방법은 없었습니다. 우리와 함께할 수 없는 사람이었습니다."

무거운 것을 땅에 질질 끌고 온 사람 목소리로 알렉산더가 대답했다. 그 말밖에 할 수 없었다.

"함께할 수 없다는 말은 맞는 말이겠지만, 그래도 다른 방법을 찾았어야…."

아레니우스가 갑자기 하던 말을 멈췄다. 그는 무언가 떠오른 생각을 밀어내려고 애쓰는 사람처럼 보였다. 그러다가 한참 만에 혼잣말을 했다.

"내가, 이 아레니우스가 구경꾼이 아니랍니다."

히스기야가 숨을 거둔 지 얼마 만에 바라바가 다시 깨어났다. 그리고 유다와 작은 시몬을 불렀다. 그들 두 사람이 바라바의 십자가 밑에 가서 그를 올려다보고 섰다.

"유다! 시몬!"

바라바가 유다와 시몬에게 마지막 말을 남기려고 애썼다. 그는 악을 쓰며 버틸 힘을 잃은 것처럼 보였다. 하기야, 이미 히스기야의 숨이 끊어졌으니 더 이상 누구를 증오하고 욕을 퍼부을 상대를 잃은 셈이다. 대제사장이나 로마군이 미웠고, 아버지를 산 채로 불태운 지배 세력이 미웠지만 거사가 실패한 이후로는 배신자 히스기야를 원망하고 증오하는 오직 한 가지 마음으로 버텼던 그였다.

조금 전까지 몸을 부들부들 떨던 바라바는 아무 말도 못하고 멀거니 아래를 내려다보았다. 두 사람을 부르기는 했으나 아마 그의 눈에 보이지 않는 모양이었다.

"동지! 바라바 동지!"

유다가 그를 불렀다. 몸을 조금 꿈틀대더니 바라바가 겨우 몇 마디 말을 남겼다.

"우리는 실패했는데… 배신자 저놈 때문에… 동지들이 꼭 이뤄주시오! 토라의 나라! 로마 놈들을 몰아내고…. 아, 지극히 높으신 분 하느님! 저를 받으소서!"

그리고 길게 숨을 내쉬더니 목을 툭 떨어뜨렸다. 마지막 숨을 내쉴 때, 입가에 대롱대롱 매달려 있던 거품이 푹 터졌다. 마치 바라바의 꿈이 사라지는 것처럼.

건장하고 질긴 사람 같으면 이틀이고 사흘이고 십자가에 매달려 버티지만, 바라바나 히스기야나 하루를 버티지 못하고 숨이 끊어졌다. 그것은 그들에게는 커다란 축복이었다. 바라바는 체포되면서 화살을 여러 대 맞은 데다 창에도 찔려 피를 너무 많이 흘려 어차피 오래 버틸 형편이 아니었다. 히스기야는 로마군 위수대 감옥에서 살점을 떼어 내고 살을 찢고 후벼 파는 끔찍한 고문을 받았으니 그 자리에서 숨을 거두지 않고 들것에 실려 와 십자가에 매달리도록 버틴 것이 놀랄 만한 일이었다.

스스로 목숨을 끊는 법을 배웠다는 히스기야가 십자가에 매달려서 고통을 다 받으며 숨을 거둔 일은 유다와 작은 시몬에게도 놀라운 일이었다. 왜 그랬는지 알 수는 없지만 그럴 이유가 있었으리라. 이유가 있다면 능히 그럴 사람이 히스기야였다.

유다는 바라바의 죽음을 유독 슬퍼했다. 안타깝고 회한 가득한 목소리로 그는 혼잣말처럼 중얼거렸다.

"나는 오로지 거사를 성공시키려고 했던 것뿐이었소! 오늘 이후로 동지가 못 다 한 일을 위해 살겠소! 지켜보시오, 바라바 동지!"

이제 바라바도 숨을 거두었고, 마리아나 작은 시몬은 모두 예수의 십자가 아래로 걸음을 옮겼지만 유다는 그 자리에서 계속 바라바를 올려다보았다. 그러면서 그의 얼굴은 점점 무섭게 굳어 갔다.

백부장이 눈짓을 하자 로마 병사들이 십자가에 매달린 예수와 히스기야 그리고 바라바를 긴 막대기를 올려 여기저기 꾹꾹 찔러본다.

"여기는 아직 안 죽었습니다."

예수가 약간 꿈틀거리며 반응하자 병사가 백부장에게 보고했다.

"가운데 그자는 죽었나?"

"예! 완전히 숨이 끊어진 것 같습니다."

"그럼 끌어내려!"

"끌어내려요?"

"그래! 그자만!"

병사들 몇 명이 바라바가 매달린 십자가에 달려들었다. 우선 땅에 묻힌 기둥을 파내기 시작했다. 쓰러지지 않도록 구덩이를 깊이 파고 기둥을 묻었던 터라 파내는 일이 생각보다 쉽지 않았다. 그러자 백부장이 길가에 서서 바라보던 누군가에게 손짓했다. 하인차림의 두 사람이 달려왔다.

"너희들이 해!"

"예! 예!"

그러면서 그들은 부지런히 기둥 밑을 파기 시작했다. 조금 더 파고 들어가자 기둥이 옆으로 비스듬히 쓰러지기 시작했다.

"아이구! 아이구 도련님!"

그들 중 한 사람이 자지러지듯 놀라 십자가에 매달아 둔 줄을 허겁

지겹 잡아당기며 세우려고 애썼다. 백부장이 부하에게 손짓했다. 그러자 병사들 서너 명이 나서서 네 군데로 늘어진 줄을 하나씩 잡아당겨 십자가가 그대로 쿵 쓰러지지는 않았다. 예수나 히스기야의 십자가는 기둥을 세운 후 줄을 모두 걷어 내렸지만 바라바의 십자가에만 줄을 남겨 두었던 것으로 보아 처음부터 시체를 십자가에서 내리기로 정해져 있었던 모양이다.

구덩이를 다 판 다음 줄을 잡고 있던 네 사람 중 왼쪽 오른쪽에서는 줄을 더 단단하게 잡고 버티고 앞쪽에서는 느슨하게 풀어 주자 기둥이 서서히 땅으로 기울어졌다. 하인 복장의 두 사람이 얼른 다가가 십자가의 머리 부분을 잡아 조심스럽게 땅에 뉘였다.

바라바의 시체가 두 발은 세로기둥 양 옆에 못이 박힌 채 십자가를 등에 지고 땅 위에 내려졌다. 하인들은 손을 묶은 끈을 풀고, 팔목에 박은 못을 빼내려고 애썼다. 살에다 직접 못을 박은 것이 아니고 각각 조그만 나무 조각을 부목으로 댄 채 못이 박혀 있어서 쉽게 뺄 수 없었다. 두 팔목과 왼쪽 발뒤꿈치에 박힌 못은 겨우 뺐지만 오른쪽 발뒤꿈치에 박힌 못이 영 빠지지 않았다.

그러자 백부장이 짜증스러운 소리를 했다.

"그냥 잡아 제쳐!"

알아듣지는 못하지만 너무 시간을 끈다고 화를 낸다는 것을 깨달은 하인들은 한 발로 세로기둥을 밟고 다리를 제쳤다. 제대로 박히지 않은 못이 세로기둥의 옹이 자리에 박혀 구부러진 모양이었다. 나뭇조각과 함께 못이 기둥에서 빠졌다. 빠졌다기보다 비스듬 못이 박혔던 나뭇조각이 깨져 떨어진 셈이다. 그런데 두 팔목과 왼쪽 발꿈치에서는 못을 완전히 뺐기 때문에 부목으로 살에 댔던 나뭇조각이 떨어져 나갔지만 오른쪽 발뒤꿈치에는 기둥에서 떨어져 나온 나무쪽과 원래 살에 대고 박았던 못과 부목 조각을 빼낼 수 없었다. 하인들이 그 못을 빼고 조각들을 떼어 내려고 이리 만지고 저리 만지며 쩔쩔매자 백부장이 다시 짜증을 냈다.

"그냥 가져가!"

그래서 바라바의 시체는 오른발 뒤꿈치에 구부러진 못과 살에 댔던 나뭇조각이 그냥 붙어 있는 채로 넘겨졌다. 원래 쇠못은 귀한 물건이라 바라바에게서 빼낸 3개의 못을 로마군 병사가 챙겼다.

하인들은 가지고 온 하얀 세마포를 바닥에 펴더니 바라바 머리와 다리를 들어 그 위에 눕히고 둘둘 말았다. 그러더니 그중 한 명이 시체를 등에 지고 부지런히 길 쪽으로 걸어 나갔다. 그들이 길가로 나오자 사람들이 모두 비켜섰다. 한 사람은 시체를 지고, 한 사람은 둘둘 말은 밑동을 받치고 부지런히 산자락을 한 백 걸음쯤 내려가더니 길 왼쪽에 있는 다른 무덤 쪽으로 바라바를 옮겼다. 아마 그곳에 있는 어느 묘에 늦기 전에 매장할 모양이다. 그렇게 한두 해 매장해 두면 살이 썩고 뼈만 남는다. 나중에 뼈만 추려 유골함이나 항아리에 담아 조상들 뼈와 함께 모셔 두는 것이 이스라엘의 풍습이었다.

"저 도적 두목 시체는 내주고 예수하고 또 한 사람 도적 두목의 시체는 그냥 매달아 둘 모양이네….""

"그러게 말이야! 저 시체를 내준 것만도 나는 난생처음 들어보는 일이야. 로마군이 사람을 십자가에 매달아 죽인 다음 시체를 내주다니….""

"별일이군!"

구경하던 사람들은 고개를 갸웃거렸다.

웬일인지 로마 군인들은 바라바를 내린 빈 십자가를 다시 세웠다. 십자가 3개가 서 있지만 가운데 것은 이가 빠진 듯 빈 십자가고 예수와 히스기야만 양쪽에 매달려 있다.

바라바는 스스로 그가 메시아라고 생각했을 뿐만 아니라 사람들이 그렇게 불러주기를 원했던 사람이다. 그 스스로 새벽녘 동쪽 하늘을 비추는 별, 빛을 불러오는 사람이기를 원했다. 바리새파 의인의 아들로 유대인들이 총독을 설득한 끝에 숨이 끊어지자 십자가에서 내려져 장사를 치렀다. 십자가 처형을 받은 사람으로는 유대 역사에서 오직 한 번 있었던 특혜였다.

그가 하얀리본을 이끌고 혁명을 일으키겠다고 나섰을 때 바리새파 지도자 가말리엘이 마음속으로 호응했던 이유는 오랜 세월 이스라엘이 기다린 메시아의 역할과 바라바가 하려는 일이 거의 정확하게 일치했기 때문이다.

"토라의 나라를 세우겠다!"

바라바가 내세운 구호야말로 바리새파 사람들이 가슴속에 품었던 열망이었다. 정통 사독 가문의 후손 중에서 새로운 대제사장을 세우겠다는 약속은 그때까지 성전을 지배한 사두개파 제사장들에 대한 사람들의 반감을 제대로 짚어낸 일이었다.

도적떼 하얀리본의 두목이라는 사실도 그가 메시아가 될 수 있는 아주 매력적인 요소였다. 이스라엘이 기다린 메시아는 옛 다윗왕 같은 사람이었다. 다윗이 왕위에 오르기 전, 사울왕에게 쫓겨 돌아다닐 때 그는 도적떼 두목으로 불렸으니 사람들은 바라바에게서 당연히 다윗왕의 젊은 시절을 떠올렸다.

토라의 나라를 세우려고 일어섰다가 이방제국 로마에 의해 십자가 처형을 받아 순교했으니 이스라엘의 하느님 야훼가 그를 다시 불러 일으켜 신원伸寃할 날이 오리라고 사람들은 믿었다.

메시아라고 불리기를 거절한 예수와 메시아가 되고 싶었던 바라바 그리고 예수가 꿈꿨던 하느님 나라를 힘으로 이뤄 내겠다고 나섰던 히스기야, 그 세 사람을 세상이 어떻게 평가하고 받아들일지는 사람들이 믿고 고백한 하느님의 역사役事에 따라 달랐다.

예수는 무릎을 꿇은 네 사람을 내려다보았다. 그리고 이제는 비교적 또렷하니 알아들을 수 있는 목소리로 말했다.

"유다, 므나헴, 작은 시몬… 일어나시오. 야고보는 왜?"

동생 야고보도 다른 제자들처럼 무릎을 꿇었기 때문이다.

"나도 이제부터… 형의 뒤를 따르겠어요."

그 말을 듣고 어머니 마리아가 깜짝 놀라 말렸다.

"아이고 얘야, 야고보야!"

"어머니, 저를 막지 마세요. 예수 형도 안 막으셨잖아요! 저도 형의 제자가 되겠습니다."

야고보의 단호한 말에 어머니 마리아는 한 발 물러서고, 막달라 마리아는 마음에 짚이는 것이 있다는 듯 고개를 끄덕였다. 동생 야고보를 예수가 직접 제자로 받아들인 순간이다.

"므나헴! 그대에게 맡겼던 일을 하시오. 그리고 유다, 시몬, 원수를 갚으려고 하지 마시오. 이 일은 일어나야 할 일이었소. 그러니 칼을 버리시오."

숨이 가빠 여러 번 어깨를 들썩이며 숨을 쉬고 난 후 말을 이었다.

"요안나, 마리아, 살로메! 그동안 고마웠소. 그대들을 축복하오. 이제 갈릴리로 가면 집에 돌아가서 맡은 일을 하며 사시오."

그리고 마지막으로 어머니를 내려다보며 말했다.

"어머니! 어머니의 아들이어서 감사합니다."

그러더니 그는 힘들여 다시 한번 크게 숨을 들이 쉬었다.

"동생들 얼굴을 한 번이라도 더 보고 싶었는데…."

예수도 아버지 어머니의 아들이고, 동생들의 형이고 오빠였다. 그가 세상에서 가장 중요하게 생각했던 관계가 가족이었다. 세상이란 촘촘하게 서로 얽혀 기대고 사는 가족이라고 생각했기 때문이다.

"마리아! 그대에게 주어진 일, 세상의 어머니가 되시오. 누군가 위로가 필요할 때 그대에게 의지할 수 있도록…. 쓰러진 사람을 그대로 놔두고 하느님 나라를 이룰 수 있는 방법은 없소."

십자가에 매달린 예수는 어딘지 모를 한없이 먼 곳으로 몸이 끌려가는 것을 느꼈다. 끌려가는지 빨려 들어가는지 앞으로 떠가다가 갑자기 다시 제자리로 돌아오기를 계속했다. 돌아올 때면 무언가 아쉽기도 하고, 묘한 안도감도 느꼈다. 이상하게도 십자가가 앞뒤로 흔들흔들 흔들리는 것처럼 느껴졌다.

"하느님!"

대답이 없으면 바꾸어 달리 불렀다.

"아버지! 하늘 아버지! 아빠 아버지!"

어릴 적에는 목소리만 듣고도 득달같이 쫓아왔던 어머니가 어느 날부터 조용히 지켜보던 것처럼, 그분도 부를 때마다 가슴속에 떨림으로 대답하다가 언제부터인가 목소리 대신 눈빛으로 대답하고, 그리고 느낌으로 대답하다가 사라졌다.

"아!"

예수는 하느님이 개입하지 않을 것을 알면서도, 마지막 한 가닥 끈을 놓고 싶지 않았다. 그것은 참으로 잔인한 마지막 시험이다. 유대 광야를 벗어날 때 하느님이 보호해 준다는 기대를 이미 버렸지만, 그래도 가끔가끔 뒤를 돌아보며 그분을 찾아보며 살았다. 때로는 발꿈치를 들고 멀리 바라보기도 했고, 때로는 마음속으로 그분을 불러 보기도 했다.

갈릴리를 떠나 예루살렘 길에 오른 이후부터 그분은 불러도 대답이 없었다.

"이제 네 몫이야!"

메아리처럼 그 한마디 남겨 놓고.

하느님은 이제는 아예 세상일에 개입할 수 없는 분이 되어 있다는 것을 예수는 안다. 계획한 대로 그분은 모든 것을 단계적으로 사람에게 맡겼다. 예수가 안타깝게 울부짖는다고 그분이 대답하고 나서면 이제까지 사람을 이끌어 겨우 여기까지 도달한 역사를 모두 부정하고 다시 처음부터 시작해야 할 형편이 될 것이다.

그래서 하느님은 개입할 수 없는 분이 되었다. 가슴이 아파도, 온몸이 찌르르 떨리고 저려도 개입할 수 없는 분이다. 사람과 맺었던 관계를, 사람을 키우고 훈련시켰던 그 숱한 날과 쌓은 역사를 무너뜨릴 수 없어서 그렇다.

그런 하느님을 처음 경험하는 사람이 예수였을 뿐이다. 그런 하느님이 몸 안에 들어와서 사람과 하나 되었음을 처음으로 깨달은 사람도 바로 예수였다.

"사람이 할 수 없는 것은 하느님도 하실 수 없을 뿐…."

하느님이 겨우 사람이 되었는데, 그분에게 다시 하늘에 올라 모든 것을 내려다보며 주재하고 간섭해 달라고 매달릴 수는 없다. 겨우 합쳐졌는데, 사람을 떠나 다시 신이 돼 달라고 부탁할 수 없다. 이미 그분은 예수와 한 몸이 되어 예수와 함께 사람의 모습으로 십자가에 달려 있지 않은가?

"하느님! 이 십자가까지 하느님의 예정이었습니까? 이 일을 거쳐야 사람이 정녕 사람이 된다는 말씀입니까?"

그 물음에도 그분은 대답이 없다. 지난번 기드론 골짜기에서 그분에게 매달렸을 때 마음을 울려오는 소리를 듣지 않았던가?

"네가 첫 사람이듯, 나도 이 일은 처음이란다."

그러니 벌어지고 있는 어떤 일도 그분의 계획이 아님은 분명했다. 예수가 십자가에 매달려 마지막 숨을 쉬기 위해 꿈틀거리며 몸을 애써 끌어올리는 일은 무언가를 이루기 위해 예정된 일이 아니고, 그가 걸어온 걸음의 결과라는 뜻이었다. 그러니 일이 잘못돼 간다고 급하게 하느님이 나서서 중단시키거나 되돌릴 수 없다는 것을 예수는 받아들였다.

예수는 갑자기 가슴 깊은 곳에서 들려오는 소리를 들었다. 그 목소리가 하느님의 음성인지 예수의 생각인지, 몸을 놓고 떠나기 전 마지막 숨결인지 알 수 없지만 그는 분명 소리를 들었다.

"예수야! 내가 개입할 수 없는 것처럼, 너와 단절한 것처럼, 너도 네 제자들을 놓아 주어라! 그들 생각대로 그들도 제 길을 걷도록…. 단절을 경험하여야 자기 걸음을 걷지 않겠느냐? 사람이 나에게서 걸어 나갔듯 야고보도, 요한도, 시몬 게바도, 유다도, 모든 사람이 각자 자기의 길을 스스로 선택하고 걸어야 하지 않겠느냐?"

"그래서 저는 이정표에 불과하다고, 저를 지나서 한참 더 걸어가야 한다고 말해 두었습니다."

"이정표는 무슨! 마음이 시키는 대로 살면 되지!"

"그래도 하느님 나라를 이루려면…."

예수는 더 이상 무어라 할 말을 잃었다. 수백 수천 수만 수백만 명의 사람들에게 어찌 한 가지 세상만 하느님 나라로 믿고 그곳에 이르러야 한다고 말할 수 있단 말인가?

"그 세상을 이룬다고 말했지? 가야 할 곳, 도달해야 할 목표? 그런 세상은 없다. 사람 속에 내 형상이 들어 있는데 어디로 또 나를 찾으러 떠난단 말이냐? 무엇을 찾아? 그러니, 찾으러 돌아다니고 헤매고 울고불고 하다가 결국은 깨닫지 않겠나? 찾았던 거기가 바로 여기고, 지금이 그때고, 사람이 찾아 헤맨 하느님이 바로 자기였다고."

"그래서 밖에, 위에 있는 하느님과 단절해야 한다고 말씀하신 겁니까?"

"어미젖에 매달리면 어찌 다른 음식을 먹을 수 있겠느냐? 나도 지켜보기 힘들었다. 나도 처음이었으니까…."

그분은 또 '처음 겪는 일'이라고 말했다. 철저한 단절도 처음이고 단절의 끝에 무엇이 있을지 그분도 모른다는 말 같았다. 이제 예수 한 사람, 살아 있다는 마지막 신호가 끊어질 때까지 예수와 함께 매달린 하느님도 꿈틀거린다. 숨을 헐떡인다. 숨을 한 번 더 들이쉬려고 몸을 비틀어 끌어올린다.

"오빠? 오빠!"

아주 조그맣고 말랑하고 부드러운 손이 예수의 손끝을 살그머니 잡는다. 보나마나 요한나가 분명하다. 요한나, 맑고 까만 눈이 세상에서 제일 예쁜 막냇동생. 예수는 요한나의 작은 손을 살짝 잡는다. 조금이라도 세게 잡으면 세상에서 제일 작은 동생의 손이 부스러지리라.

오빠와 눈이 마주친 것이 좋은 듯, 동생은 팔짝팔짝 번갈아 깨금발로 앙감질을 하면서 매달린다. 그런데 왜 가슴이 아리더니 저릿저릿 아프기 시작할까? 그건 그 애의 눈 때문이리라! 새 샌들을 신고 좋아라 마당 끝까지 달려갔다 달려오던 요한나가 남긴 기억 때문이리라.

인기척이 났다. 뒤돌아보니 어머니 마리아가 몇 발짝 뒤에서 따라오고 있었다. 어머니 옆에는 예닐곱 살 어린 예수, 그 뒤로 줄줄이 동생들이 뒤따랐다. 그런데 동생들 나이가 모두 고만고만, 예수 또래였다. 어머니 옆 예수를 바라보니 그도 예수를 바라본다. 30여 년 세월은 아무것도 아닌 듯, 어린 예수가 눈으로 하는 말을 예수는 모두 알아들을 수 있었다. 그건 분명히 천천히 걸으라는 말이었다, 앞에서 걷는 사람이….

"오빠! 가요!"

옆에서 요한나가 예수의 팔을 흔들며 재촉한다. 그 말에 따라 걸음을 옮기다 보니 저만치 스무 걸음쯤 앞에 아버지 요셉이 서서 기다린다. 예수가 걸음을 옮기자 미소 띤 얼굴로 아버지는 다시 앞서 걸었다. 요한나는 오빠를 독차지해서 신이 난 듯, 예수 손을 잡은 작은 팔을 앞뒤로 내저으며 걸었다. 평소라면 한시도 쉬지 않고 이것저것 묻고 재잘댈 텐데 웬일인지 말없이 걸었다.

갑자기 동생도 아버지도 사라졌다. 다만, 처음 보는 문이 앞을 가로막고 있을 뿐이다.

"예수야! 이제 문을 열고 네 길을 찾아가라! 모든 사람과 함께 가라! 저 들로 가라! 바다로 가라! 산으로 올라가라! 사람들과 손잡고 천천히 함께 가라!"

"아버지! 강을 건너기로 했잖습니까?"

"그랬지. 그러니 배에서 내려라!"

"제가 배를 타고 있었습니까? 이제 어디로 가는 겁니까?"

"그건 네가 알아서 할 일!"

"차라리 돌아가고 싶습니다, 아버지!"

"이제 늦었다. 하늘을 날아보았는데 어찌 다시 배를 땅에 대고 기어다니며 살 수 있겠느냐? 새가 알을 깨고 하늘을 날 듯, 다시는 알 속으로 돌아갈 수 없느니라."

"그래도 무섭습니다."

"너는 네 입으로 다시 태어나야 한다고 말하지 않았느냐? 영원히 살려면⋯."

"예! 그러나 그 말이 이런 일일 줄은 몰랐습니다. 그때는⋯."

"그렇겠지. 나도 몰랐다. 그러나 이제는 깨닫지 않았느냐? '다시 태어난다'는 말은 '위로부터 태어난다'는 말인 것을…. 이제 사람은 위에서 태어난 셈이 된다. 자, 예수야! 떠나자!"

"떠나자고 하셨습니까? 같이 가시는 겁니까?"

"내가 너고 네가 나인 것을…. 어찌 너 혼자 간다고 생각했느냐? 너 혼자 가는 것이 나와 함께 가는 것이니라. 이렇게 나와 묻고 대답하고…."

예수는 문에 손을 대고 밀려고 하다가 물었다.

"이 문을 열면, 들어가는 것이 됩니까? 나가는 겁니까?"

정신이 점점 몽롱해지는 중에도 예수는 그 일만은 꼭 알고 싶었다. 이제까지, 사람이 살고 있는 이 세상이 사람에게 허용된 마지막 세상이라고 생각은 했지만, 막상 마지막 고개를 넘는다고 생각하니, 고개 너머에 반드시 무엇이 있을 것 같았다. 고개를 넘는 일이야말로 예수에게는 문을 열고 문턱을 넘는 것이나 마찬가지였다.

"나가는 것이지…."

"어디로 나갑니까?"

"사람이 주인이 되어 사는 세상… 내가 사람이 되고, 네가 하느님이 되는 세상…."

"그곳에서 제가 할 일이 있습니까?"

"문을 여는 것으로 충분하지 않다고 생각한다는 말이냐? 아직도 너는 사람을 믿지 못한단 말이냐? 그래도 할 수 없는 일…. 한 사람이 천년만년 살 수 없으니 어차피 다른 사람, 네 이후에 올 사람들 몫이 아니겠느냐?"

예수는 정신을 놓지 않으려고 애썼다.

"아직 궁금한 것이 많습니다."

그분에게 물어봐야 할 얘기는 아직도 많은데 정신은 자꾸 주르르 흘러내린다. 그럴 때면 하늘도 둘둘 말려 내려온다. 애써 눈을 떠 보면 하늘이 겨우 줄 하나 붙잡고 힘겹게 대롱대롱 매달려 있고, 별이 곧 쏟아지고 해도 미끄러져 내릴 만큼 이미 세상은 기울 대로 기울었다.

"하기야, 문을 열고 나가면 세상으로 들어가는 것이니⋯."

이제부터는 하느님에게 지분持分도 권한도 없겠다는 생각을 했다. 그분의 모든 것을 사람에게 넘겨주고, 사람 속으로 스며들어 살이 되고 마음이 되었으니⋯.

"아버지! 이제 사람이 새 세상으로 나아갑니다. 그것을 원하셨지요?"

"새 세상으로 나가는 것이 아니고, 네가 원하면 영원히 저들과 함께 있는 거란다. 끝에서 어디로 간단 말이냐? 사라지든, 끝에 머물든⋯."

"저는 머물겠습니다."

"그러든지⋯ 네가 첫 사람이니 네가 결정해라!"

하느님의 시대가 사라지고, 사람의 시대 문을 연 사람 예수는 모든 것을 내려놓고 그 자신도 사라졌다. 갈릴리 호수를 가득 덮었던 아침 안개가 걷히듯⋯. 사라지는 것이 바로 함께 머무는 것이라고 처음 안 사람으로.

✚

예수도 숨을 거두었다. 그는 더 이상 아무 말도 남기지 않았다. 마치 모두 남은 사람들 몫이라는 듯.

"선생님!"

마리아가 예수를 불렀지만 예전과 달리 아무 울림이 없다. 그녀의 부름은 그냥 허공을 떠돌고, 어딘지 모를 곳을 돌고 돌다가 찾는 사람이 없어 포기한다는 듯 사라질 것이다.

막달라 마리아는 두세 걸음쯤 물러나 예수가 매달린 십자가를 올려다보았다. 그녀는 울지 않았다. 이미 그 일은 오래전에 예정되었던 것처럼 느껴졌다. 지난 며칠 동안 그녀는 다가오는 현실을 미리 조금씩 받아들였다.

그러다가 마리아는 히스기야의 십자가 밑으로 다가갔다. 처음이자 마지막으로 그를 만져본다. 그러자 차디찬 몸이 된 그가 마리아의 손길에 깜짝 놀라 몸을 움찔 움직이는 것처럼 느껴졌다. 가슴 한복판, 허벅지, 등, 그리고 팔 여기저기에서 살을 떼어 내고, 어느 부위는 떼어 낼 살이 없어서 그런지 살 껍질을 벗겨내서 피가 말라 굳었다. 가슴부터 아래까지 피가 흘러내리다가 맺히고 굳어 군데군데 덕지덕지 붙어 있다. 십자가가 세워진 땅 위에도 피가 검게 말라붙었다. 줄에 꿰어 발목에 매단 살과 껍질이 벗겨지고 뼈가 드러난 여기저기에 파리가 윙윙거리며 달라붙어 그가 남기고 떠난 몸을 탐했다.

야고보가 로마군 백부장에게 사정하는 소리가 들렸다.

"십자가에서 형을 내릴 수 있도록 허락해 주시오! 나는 예수의 동생, 이분은 어머니요."

그러나 그는 야고보가 하는 말을 거절한다는 뜻인지 못 알아들었다는 뜻인지 고개를 흔들었다. 야고보가 그에게 다시 다가가며 애원하자 옆에 서 있던 병사가 칼을 뽑아 들었다.

448

"야고보! 그만해라! 소용없다. 이제 다 소용없다."

예수 십자가 밑에 앉아 있던 어머니가 작은 소리로 그를 타일렀다.

"우리가 무슨 힘이 있다고…."

그렇다. 힘있는 사람의 가족이라면 십자가에 달리지 않는다. 십자가에 달릴 일을 하지 않거나, 십자가에 달리기 전에 빼낸다. 십자가에 달려 처형되더라도 바라바는 손을 써서 십자가에서 내려졌다.

예루살렘 사람 중에 갈릴리의 예수와 히스기야가 십자가에 달려 죽었다고 눈물 흘릴 사람이 몇 명이나 될 것인가? 선생을 따르던 제자들 중에 베다니에서 떠났다는 제자는 한 사람도 십자가 앞에 나오지 않았다. 그것이 현실이다.

예루살렘 아랫구역에 저녁 해가 드리운 그림자가 깊어질 무렵, 사람들은 줄을 지어 성전 앞 광장으로 올라갔다. 이제 해가 지면 유대 달력으로 니산월 보름, 유월절 명절이다. 성전 망루에서 나팔 소리가 울릴 때까지 뜰 안에 들어가 검정색 돌로 표시해 둔 격자 안에 앉아 있어야 모여 앉은 사람들에게 성전 하인들이 양고기를 나눠 준다.

몸이 아파서 성전 뜰 안으로 걸어올 수 없는 사람들에게는 골목골목을 책임 맡은 사람들을 통해 쓴 나물과 누룩이 들어가지 않은 빵과 양고기가 전해진다. 그래서 가족들은 병자 걱정을 하지 않고 성전에 오를 수 있다. 성전에서 양고기를 먹고, 유월절 음식을 먹는 일이야말로, 일 년 중 가장 중요한 행사였다.

움막마을 사람들에게는 성전에서 별도로 음식을 내려 준다. 성문 앞까지 성전 하인들이 수레에 싣고 내려와 전해 준다. 집도 없이 올리브산 자락과 패망산 자락 나무 밑이나 바위 옆에서 살아가는 사람들에게도 성전은 유월절 음식을 나눠 준다.

올리브산 공동묘지 옆 길가에 서서 십자가 처형을 구경하던 사람들도 때가 되니 모두 산을 내려갔다. 그들 중에 십자가만 바라보면서 유월절 명절을 놓치고 싶은 사람은 아무도 없다.

예수와 히스기야의 십자가 아래 몇 사람이 남아 있다. 예수의 어머니 마리아는 점점 식어가는 아들의 시체, 흐르던 피가 엉겨 붙어 시커멓게 굳어가는 예수의 발을 쓰다듬고 또 쓰다듬고 다른 제자들은 넋을 놓은 듯 철퍼덕 주저앉아 십자가에 달린 예수를 바라본다. 아들의 다리를 쓰다듬던 어머니 마리아가 비틀비틀 걸음을 옮겨 히스기야의 십자가 밑으로 다가가서 그의 발도 쓰다듬었다.

"히스기야야! 너까지 이게 웬일이니… 이렇게 험한 꼴로…."

그의 양쪽 발뒤꿈치에 박아 놓은 못에는 몸에서 떼어낸 살점들이 줄에 꿰어 매달려 있고, 파리들이 새카맣게 달라붙어 윙윙거렸다. 멀지 않은 곳에 모여든 들개들이 우르르 달려들 기회를 노리며 경중경중 뛰고 있다.

해 그림자는 빠르게 산자락을 올라왔다. 이미 기드론 골짜기와 힌놈 골짜기 깊은 곳은 그림자에 덮였다. 예루살렘 성전은 저녁 햇빛을 정면으로 받아 세상에서 제일 아름다운 건물로 빛났다. 성전 동편, 햇빛 반대쪽은 알아볼 수 없을 만큼 형체가 검은 색으로 뭉그러졌고, 건물 틈새로 비치는 햇빛은 화살이 뚫고 나온 것처럼 날카롭다.

백부장의 지시를 받고 병사 하나가 창을 들어 예수의 오른쪽 옆구리를 푹 찔렀다. 그곳에서 물과 피가 쏟아졌다. 피는 이미 검은 색깔이었다. 피와 물이 섞여 예수의 아랫도리를 타고 내리더니 오른발을 타고 내리고, 단단하게 못이 박힌 오른발 발뒤꿈치를 지나 세로기둥을 타고 흘러내리고 더러는 옆구리에서 땅으로 떨어졌다.

"죽었습니다."

작은 시몬, 유다, 그리고 므나헴이 예수의 십자가에 다가가 팔을 뻗어 예수의 다리를 만져보며 그를 올려다본다. 그러자 가까이 서 있던 로마군 십부장이 한 옆에 뉘어 있는 사다리를 눈으로 가리켰다. 그러자 얼른 유다가 사다리를 가져다가 예수가 매달린 십자가 뒤에 세웠다. 제대로 단단히 세워졌는지 몇 번 흔들흔들 자리를 고정하는 것을 보고 있던 어머니 마리아가 막달라 마리아에게 잠시 맡겼던 조그만 보따리를 받아 풀기 시작했다. 나사렛에서부터 소중하게 품고 다녔던 보따리였다.

"마리아! 이걸 내 아들 예수에게 부어 주고 씻어 주어요. 나는 사다리를 올라갈 수 없네요."

그녀는 보따리 속의 물건을 꺼내 막달라 마리아에게 건넸다.

"조금 남겨서 히스기야도 좀 씻어줘요. 불쌍한 사람…. 아버지를 따라 이런 참혹한 꼴을 당하다니…."

하얗고 부드러운 천과 어른 손바닥 크기의 병 두 개였다.

"예수 할례받던 날 입혔던 옷이에요. 이 약은 시몬 삼촌의 말씀을 듣고 그때 준비해 뒀던 거예요. 이걸 쓸 날이 오지 않기를 그렇게 빌었는데, 기어이 이렇게…."

그녀는 말을 맺지 못했다. 그러나 울지도 않았다. 울음으로 나타낼 수도 없을 만큼 크고 깊은 슬픔, 어쩌면 세상이 별것 아니라는 허무가 그녀를 사로잡고 있는 것 같았다.

시체에 손을 댄다는 것은 가족이라는 말이다. 그것을 생각했는지 유다가 어렵게 말을 꺼냈다.

"먼저 마리아가 씻어드리고, 다음에는 동생이 씻고, 작은 시몬과 므나헴과 저도 씻어드릴 수 있도록 허락해 주십시오."

"그러시오! 그리고 히스기야도 그렇게 씻어 주면 고맙겠소!"

"물론입니다, 어머님!"

막달라 마리아는 조심스럽게 사다리를 올라갔다. 예수가 등에 지고 올라온 가로기둥 뒤에 걸쳐 놓은 사다리 위, 옆으로 기울어진 예수의 머리를 세로기둥과 가지런히 세웠다. 그리고 예수의 머리와 자기의 머리를 같은 높이에 놓고 건너편을 바라보았다. 그녀의 눈에도 불이 환하게 켜진 예루살렘 성전과 윗구역 아랫구역이 훤히 들어왔다. 남동쪽 성문 밖 움막마을도 눈에 들어오고, 성문 앞에 모여드는 사람들도 보였다. 그들은 분명 성 안에 들어갈 수 없는 사람들로 유월절 음식을 타러 모여들었을 것이다.

예루살렘 너머, 멀리 서쪽 산 위에 무섭게 벌건 구름이 군데군데 뭉쳐 있다. 그날 하루 벌어진 일을 기억해 두라고 말하는 것 같기도 하고, 내일은 날이 청명하게 맑고 좋으리라는 예고이기도 했다.

'선생님! 여기까지 오셨군요!'

다른 때와 달리 예수는 아무 말도 없다.

'여기까지 저희를 이끌고 오셨군요! 이제 남은 길은 저희들이 걸어야 할 길….'

그래도 예수는 말이 없다. 마리아는 예수를 선생으로 따르기 시작한 이후 처음으로 완전히 그와 단절되었음을 알았다.

'하기야! 하느님도 입을 닫으셨는데….'

정성스럽게 그의 머리와 어깨를 씻어 주었다. 채찍을 맞아 벌어지고 터진 살에도 약을 조금 부어 넣어 꼭꼭 눌러 닦았다. 할례를 받을 때 입었다는 옷은 예수의 몸에 묻었던 흙과 말라붙은 땀으로 금방 누렇게 변했다.

"마리아, 서둘러요! 곧 해가 질 거요!"

유다의 채근을 받고 그녀는 사다리를 내려왔다. 예수의 가슴은 므나헴이 닦고, 배는 유다가 씻고, 아랫도리는 예수의 동생 야고보가 정성스럽게 씻었다.

그리고 어머니 마리아가 부탁한 대로 히스기야도 같은 순서로 씻고 약을 발라 주었다.

"잔인한 놈들!"

유다가 몸서리를 치며 신음처럼 말을 내뱉었다. 뼈가 드러나도록 군데군데 살을 베어 내고 떼어 내고, 이미 그렇게 베어진 곳은 시커멓게 변하여 썩기 시작했고, 사람 손길이 닿는데도 파리들이 물러나지 않고 달라붙어 있었다.

"이렇게 잔인할 이유가 무엇이 있다고… 에그 징그러운 놈들!"

작은 시몬이 혼잣말처럼 로마 군인들을 욕했다. 마리아는 아무 소리도 하지 않고 그저 그들이 하는 말을 들었다. 그러나 그녀는 히스기야에게 가해진 잔인한 고문이 알렉산더의 뜻이었음을 알았다. 그녀와 일행에게 십자가 밑에 갈 수 있도록 조치해 준 뜻도 알았다.

'나에게 이 모습을 보여 주려고….'

그런데 그때까지 잘 견디던 야고보가 히스기야 아랫도리를 씻어 주다가 왈칵 울음을 터트렸다.

"예수 형! 히스기야 형!"

그는 컥컥 숨이 막히는 소리를 하며 울었다.

히스기야까지 모두 꼼꼼히 씻었을 때, 해가 서쪽 산을 넘어갔다. 그때 막달라 마리아가 어머니 마리아에게 조심스럽게 말을 걸었다.

"어머님! 이제 베다니로 넘어가시지요!"

"예수와 히스기야를 저리 놔두고 어찌 넘어간대! 못 할 일이지…."

"그래도 이제 가셔야 합니다."

아닌 게 아니라 로마군 병사들이 슬슬 그들을 몰아내려고 채비를 차리고 있었다. 그들은 십자가 주위에 4개의 구덩이를 파서 사람 머리 크기의 기름단지를 묻었다. 기름이 단지 아구리까지 잘름잘름 차 있고, 삼발이처럼 생긴 장치로 사람 키 높이의 심지를 세워 놓았다. 그 심지에 불을 밝힐 모양이다.

"명절 기간 동안에는 밤마다 저렇게 불을 밝혀 놓는 답니다."

"왜요?"

"사람들이 바라볼 수 있도록… 성전에서도 불빛이 보이도록…."

므나헴이 작은 목소리로 말했다.

"저기 산자락에 있는 군영에서 여기를 감시한답니다. 누구도 접근

하지 못하도록….″

유다도 그가 들은 대로 한마디 보탰다.

″저기 십부장이 우리 보고 이제 여기서 나가라고 합니다.″

그러자 야고보가 결심한 듯 어머니를 설득했다.

″이제 넘어가시지요! 곧 어두워집니다.″

어머니 마리아는 오른쪽 끝 예수의 십자가로 다가가서 아들의 발과 다리를 천천히 쓰다듬었다. 키가 작은 그녀의 손이 닿을 수 있는 곳까지 까치발을 하고. 그리고 히스기야의 험한 몸을 쓰다듬었다. 야고보와 제자들도 모두 어머니 마리아가 했던 것처럼 예수의 몸을 쓰다듬고, 히스기야의 몸을 쓰다듬고, 그리고 그 자리를 떠났다.

마리아는 생각보다 침착했다. 히스기야의 몸을 쓰다듬을 때 그녀는 무슨 말을 그에게 남기는 듯 입을 달싹거렸다.

끝까지 길가에 남아 서성이던 예루살렘 아랫구역 사람들도 자리를 떴다. 하늘에는 아까부터 날짐승들이 떼 지어 날며 사람들이 자리를 뜨기를 기다리고 있었다. 묘지 남쪽 끝에는 더 많은 들개 떼가 몰려 으르렁거렸다.

″나가! 이제 나가!″

마지막으로 처형장을 폐쇄한다는 듯, 병사들이 창을 가로 뉘여 어머니 마리아와 야고보와 막달라 마리아를 몰아내기 시작했다. 조금 더 있겠다고 야고보가 사정하자 병사는 가로로 들고 있던 창을 꼬나들어 겨누면서 외쳤다.

″나가! 가! 찌른다!″

그들은 할 수 없이 유다, 작은 시몬 그리고 므나헴의 뒤를 따라 자리를 떴다. 무엇을 더 할 수 있을 것인가? 이미 14일 해가 졌는데.

이제부터 유월절이 시작된다. 예전 같으면 유월절에 잡기 위해 니산월 10일에 가려 뽑아 놓았던 양을 우리에서 끌어내 잡았을 시간이다. 해가 지면 양고기를 먹기 시작해서 그 밤 안으로 다 먹어야 한다. 이스라엘을 해방한 하느님의 은혜를 찬송하면서. 성전에서만 유월절 제사를 드리도록 바뀐 다음부터는 유월절 양고기를 먹기 위해 성전 뜰에 모여든다. 예루살렘 아랫구역에 사는 사람들은 가족을 이끌고 늦지 않게 성전에 올라야 한다. 일 년에 그날 하루만은 양고기와 누룩을 넣지 않은 빵이 풍족했다.

어머니 마리아와 야고보와 막달라 마리아를 몰아낸 다음 로마군도 길가로 걸어 나왔다. 처형장은 무덤들이 모여 있는 자리여서 유대인들이라면 누구도 그곳에 발걸음을 하지 않을 곳이고, 더구나 올리브산 자락에 자리 잡은 로마군 병영에서 빤히 보였다. 로마군이 철저하게 산길을 통제하기 때문에 아무도 그곳으로 접근할 수 없는 곳이 됐다.

슬쩍 바람이 분다. 올리브 나무가 바람에 흔들린다. 서쪽 하늘은 무서우리만치 붉었다. 사람들은 지난 며칠 동안 핏빛처럼 붉었던 하늘이 무슨 뜻이었는지 이제 깨달았다.

일행은 아주 천천히 올리브산을 올랐다. 베다니로 내려가는 산 중턱에 이르렀을 때, 마지막 햇빛이 멀리 서쪽 산을 넘어 사라졌다. 서쪽 하늘을 온통 덮고 있던 붉은 구름이 점점 색을 잃고 컴컴해질 때까지 그들은 중턱에 오래오래 앉아서 예루살렘 성전도 내려다보고 윗구역 아랫구역도 내려다보고, 어둠에게 몸을 통째로 내어 준 골짜기도 내려다보고, 예수와 히스기야가 매달려 있는 십자가도 내려다봤다. 아무도 입을 열지 않았다.

로마 병사들이 단지에서 뽑아 올린 심지에 불을 붙여 놓아 멀리서도 십자가는 그 형상을 뚜렷이 볼 수 있었다.

"선생님! 어디로 가셨습니까? 언제 다시 오십니까?"

유다가 중얼거리듯 물었다. 그 소리를 듣고 마리아가 혼잣말로 대답했다.

"선생님은 다시 오시지 않아요! 이제 아무리 물어도 대답하지 않으실 거예요! 마치 하느님이 선생님의 애타는 물음에 대답하시지 않고 침묵하셨듯…. 그런데, 우리 마음속에서 선생님이 하시는 말씀을 들을 수 있게 되면, 선생님은 우리가 되신 거겠지요, 마치 하느님이 사람이 되셨듯…."

후르르 후르르 새들이 하늘을 날아 처형장으로 모여들고 있었다. 처형장을 밝히는 4개의 불빛에 무언가 물결이 출렁거리듯 움직이는 것들이 보였다. 그것들은 십자가 주위를 휘돌아 감싸더니 점점 빨라졌다. 펄쩍 뛰어오르고, 달리고, 쫓고, 쫓기고.

그 모습을 바라보던 작은 시몬이 올라왔던 길을 다시 달려 내려가려고 했다. 마리아가 말렸다.

"이제 선생님은 거기 안 계세요!"

그제야 제자들은 꺼이꺼이 울기 시작했다. 울음은 아주 가늘고 긴 줄처럼 목을 타고 흘러나오고, 서리서리 감기고, 때로는 격하게 바위를 휘돌고 뛰어넘다가 철렁 아래로 떨어졌다.

어머니 몸에서 분리돼 세상에 나온 아기가 내는 첫 소리가 왜 울음일까? 로마황제 티베리우스가 세상을 다스린 지 19년 되던 해 유월절, 지중해 동쪽 유대 땅에서 사람이 처음으로 분리의 울음을 울었다.

끝

간단한 뺄셈

신神 - 세상世上 = 신神

세상 - 신 = 0

이래야 올바른 신앙이라고 믿었습니다. 신이 없는 세상은 텅 빈 허무이며 창조주의 손을 떠나면 사람은 아무것도 아니라고 생각했습니다. 따라서 세상을 세상 되게 하고 모든 존재가 존재할 수 있게 하는 신의 뜻을 살피고 따르는 일이 신앙생활의 목표라고 주저 없이 고백했습니다.

그런데 기독교에서 그리스도(메시아)로 섬김을 받는 예수, 신의 아들로 삼위일체 하느님의 한 분이 된 예수가 보내는 다른 신호를 보았습니다.

"삶은 되돌아 거슬러 오르는 것이 아니고, 앞으로 그리고 아래로 흘러 내려가는 겁니다."

"하느님에게 되돌아가지 말고, 내가 진 십자가를 출발점으로 삼아 세상으로 나아가시오!"

"사람이 세상의 주인이 되는 세상, 사람이 하느님의 형상을 품고 자유롭게 살아가는 세상을 위해 나는 십자가를 졌습니다. 세상은 사람이 사람과 더불어 살아가는 유일한 터전입니다. 다른 세상으로 옮겨가기 위해 거치는 대기 장소가 아니라 사람이 살아가는 마지막 세상입니다."

우화偶話 가득한 동굴에서 사람을 끌어내 자유를 주었으니 예수 자신에게서도 떠나라는 말이었습니다. 그는 사람을 믿되 끝까지 믿었습니다.

그 신호에 당황했습니다. 이제까지 아무도 걸어가 본 적 없는 길로 사람이 각자 떠나야 할 때라니 … 감당할 수 없는 일이었습니다. 그래서 어린 아이처럼 주저앉아 칭얼대고 사정하다가 이 책 《소설 예수》를 쓰는 것으로 제 걸음을 대신하겠다고 작정했습니다.

우선 예수가 왜 그런 말을 하게 됐는지, 그가 한 말의 뜻은 무엇이었는지, 사람이 걸어가 다다르게 될 그 세상을 무엇이라고 생각했는지, 끝없는 질문을 가지고 그를 찾아갔습니다. 지금 만난 예수로부터 출발해서 2천 년 전 지중해 동쪽 땅에 살았던 예수를 찾아갔습니다. 그는 1세기 지중해 동쪽 지방의 역사적 정치적 종교적 문화적 사회적 경제적 환경 안에 살고 있었습니다.

2005년부터 자료를 모으고 2016년 5월에 《소설 예수》를 쓰기 시작해서 5년 8개월 만에 7권의 책으로 완성했습니다. 그가 살았던 세상을 소설에 복원해 내려고 노력했습니다.

그가 태어나던 해(기원전 4년), 헤롯 왕이 죽었다는 소식이 전해지자 이스라엘 전역에서 봉기가 일어났습니다. 나사렛에서 15리(6km) 떨어진 큰 도시 세포리스가 처절하게 무너지고 모든 주민이 살해되거나 사로잡혀 로마로 끌려가 노예로 팔렸습니다. 남쪽으로 400여 리 떨어진 예루살렘에서는 2천 명이나 되는 사람들이 십자가에 매달려 처형됐습니다. 모두 이스라엘을 지배하던 로마가 저지른 일이었습니다.

예수가 예루살렘에서 처형(서기 33년) 당한 지 33년 후, 제 1차 유대 전쟁이 일어났습니다. 서기 70년, 예루살렘 성이 함락되고 성전은 철저하게 파괴되었습니다. 유대라는 나라는 땅 위에서 사라지고 유대인은 유랑민족이 되어 전 세계를 떠돌게 되었습니다. 세계를 지배하던 패권제국 로마가 '로마의 평화'Pax Romana를 지키기 위해 저지른 일이었습니다.

70여 년 간격으로 로마제국이 저지른 두 가지 참극 중간 시기에 예수는 '하느님 나라'를 선언하며 활동하다가 처형당했습니다. 그가 십자가에 매달려 숨을 거두었을 때, 하느님 나라는 여지없이 실패한 것처럼 보였고, 로마제국의 폭력이 세상을 덮었습니다. 그러나 십자가 처형은 예수의 실패가 아니었습니다. 폭력으로도 굴복시킬 수 없는 것이 있다는 증거가 됐습니다. 사람이 자유를 향해 내딛는 걸음을 확인하는 일이었습니다.

1세기로 찾아가 만난 예수는 '사람'에 대하여 한없는 믿음을 가진 사람이었습니다. 꿈꾸는 눈을 가진 사람이었으나 한편으로는 철저한 현실주의자였습니다. 그리고 21세기의 눈으로 보아도 깜짝 놀랄 만큼 외향적인 사람이었습니다.

소설을 쓰기 시작할 무렵에는 예수에게 덧입혀진 모든 옷과 가림을 철저하게 벗겨낼 계획이었습니다. 그러나 그럴 수 없었습니다. 지난 2천 년 동안 예수를 통하여 위로받고 소망을 얻었던 사람들이 믿고 고백했던 예수를 확 끌어내릴 수 없었습니다. 글을 쓰다가 생각이 막혀 독일 시골 들판을 걷던 어느 날, 사람들이 찾지 않는 관목 숲 속에서 1918년에 세워진 십자가를 발견한 이후에 마음을 바꾸었습니다.

그러나 《소설 예수》는 부활사건을 경험한 사람들의 눈에 의지하지 않았습니다. 예수가 살았던 삶을 따라갔고, 올리브산 자락 유대인의 묘지 구역 해골바위 위에 세워진 십자가 죽음의 현장에서 끝을 냈습니다. 그 이후는 오로지 독자들의 몫으로 남겨두었습니다.

21세기에 이 소설을 읽은 독자들은 2천 년 전 예수를 가로막았던 벽을 다시 발견할 것입니다. 제국은 여전히 하늘만큼 높고 강고합니다. 예수가 무너뜨리려고 했던 성전은 모습과 이름만 바꾼 채 여전히 사람들을 억누릅니다. 아래로 흘러내리는 물을 막아 가둬 놓고 그들만 누리는 은혜를 찬양합니다. 예수는 밖으로 퍼져 나가는 사람이었는데 그를 따르는 사람들은 내적 성숙과 초월의 길을 걷습니다.

예수가 확신에 찬 목소리로 저에게 얘기했습니다. 2천 년 전의 예수가 21세기를 얘기한 셈입니다.

"내적 지향의 사람들, 특히 종교인들은 허虛함을 가리기 위해 외적으로 표현되는 교리教理, 의식, 제례祭禮와 공동체의 규율을 내세웁니다. 그래서 자기와 같은 믿음을 지닌 사람들 외에는 모두 배제하고 거부할 것입니다."

《소설 예수》를 쓰는 동안 전해 내려온 숱한 기록과 해설보다 훨씬 더 많은 얘기를 그에게서 들었습니다. 십자가에서 숨을 거둘 순간까지 그가 안타까워했던 일들도 들었습니다. 예수는 그가 죽은 후 제자들이 어떻게 물러나고 무엇을 내세울지 이미 알고 있었습니다.

예수에 대한 이야기였기 때문에 많은 분들의 조언과 충고를 들었고, 그분들이 기꺼이 추천해 주신 책들이라면 거의 읽고 공부했습니다. '역사적 예수'Historical Jesus 연구서들에 깊이 빠져 있을 때, 돈 큐핏Don Cupitt의 급진신학Radical Theology에 눈뜰 수 있도록 지도해 주신 분께 깊은 감사를 드립니다. 어느 분은 자신이 발간하려는 책의 원고를 통째로 제공하셨고, 어느 분은 리처드 호슬리Richard Horsley를 소개해서 제 생각을 넓히고 당시의 환경을 되살리는 데 큰 도움을 주셨습니다. 생명 살리기 운동에 앞장선 분에게서 받은 귀한 깨우침에 감사드립니다.

《소설 예수》는 기독교라는 종교에서 걸어 나올 수밖에 없었던 고백을 담은 책입니다. 그래서 한없이 불편할 책입니다. 그럼에도 불구하고 손가락질하지 않고 따뜻한 눈으로 제 걸음을 지켜보신 많은 분들께 감사드립니다.

완결하지 않은 '두서없고 정신없는' 원고를 들고 나남출판사를 찾았을 때 조상호 회장님은 '한번 해보자'면서 큰 응원으로 제 손을 잡아주었습니다. 방순영 편집장님, 신윤섭 편집이사님, 이한솔·이윤지 편집자님의 정성어린 편집, 그리고 이필숙 실장님의 의미심장한 디자인 덕분에 《소설 예수》가 세상에 나올 수 있었습니다.

나이 70이 넘은 사람이 대하소설을 써냈다는 것보다 예수 그분과 맺었던 약속을 지켰다는 사실이 더 기쁩니다. 이제 예수는 소설 속에서 나와 독자들에게 직접 말을 건네면서 함께 길을 걸으리라고 믿습니다.

감사합니다.

2022년 7월
윤 석 철

이스라엘 연표

	이스라엘	주변국
기원전 2000	**성서 시대 [전사 (前史). 성경 기록에 의거]** 기원전 21세기 아브라함이 가족을 이끌고 가나안으로 이주. 　　　　　　뒤이어 이삭, 야곱이 활동한 족장시대. 기원전 19세기 이집트 종살이(430년) 기원전 15세기 이집트 탈출(성전 건축 480년 전), 광야 유랑(40년). 기원전 14세기 가나안 정복 시작.	
기원전 1000	**왕정 시대** 기원전 1020　사울왕 즉위. 기원전 1000　다윗왕 즉위. 기원전 960　솔로몬왕 즉위. 성전 건축(기원전 957). 기원전 930　남왕국 유다와 북왕국 이스라엘로 분열. 기원전 722　앗시리아의 침공으로 북왕국 이스라엘이 멸망. 기원전 587　바빌론이 남왕국 유다를 정복하고 성전을 파괴. 　　　　　　유대인들이 바빌론 포로로 끌려감(기원전 586). 기원전 538　바빌론 포로들이 귀환하여 예루살렘에 정착. 　　　　　　성전 재건 착수(기원전 515 재건 완료).	기원전 1279 **이집트** 람세스 2세 즉위 　　　　　　(재위~1213).
기원전 500	**헬라 지배기** 기원전 330　헬라의 지배 시작. 기원전 167　헬라 통치에 대항해 유다 마카비가 독립전쟁 시작. **하스몬 왕조** 기원전 142　유다의 동생 시몬이 유대인을 해방하고 왕으로 추대. 기원전 104　하스몬 왕조가 이두매, 사마리아, 갈릴리를 정복	기원전 330 **마케도니아** 알렉산드로스 대왕이 　　　　　　페르시아 정복.
서기 1	**로마 지배기** (기원전 1세기~서기 4세기) 기원전 63　로마에 의해 정복됨. 기원전 40　로마 원로원이 헤롯을 유대왕으로 임명. 기원전 37　헤롯이 로마군의 도움을 받아 예루살렘을 　　　　　　함락시키고 왕위에 오름. 기원전 5/4　겨울. 예수 탄생. 기원전 4　헤롯왕 사망. 로마황제가 헤롯왕의 세 아들 　　　　　　(아켈라우스, 안티파스, 빌립)을 분할 통치자로 임명. 서기 6　아켈라우스 폐위, 로마제국이 임명한 총독이 　　　　　　아켈라우스의 영지(유대, 사마리아, 이두매) 통치. 서기 18　가야바가 예루살렘 성전 대제사장이 됨. 서기 26　본디오 빌라도가 로마총독으로 부임. 서기 29　예수가 세례자 요한으로부터 세례를 받음. 서기 33　예수 처형.	**로마 제국** (기원전 1세기~서기 5세기) 기원전 63　폼페이우스 장군이 예루살렘 정복. 　　　　　　성전 약탈. 기원전 44　율리우스 카이사르가 암살됨. 기원전 31　악티움 해전에서 옥타비아누스가 　　　　　　안토니우스, 클레오파트라 연합군 　　　　　　격퇴. 로마의 1인 통치자가 됨. 기원전 27　옥타비아누스가 초대황제 등극. 　　　　　　아우구스투스 황제로 불림. 서기 14　아우구스투스 황제 사망. 　　　　　　양아들 티베리우스가 2대 황제 즉위.